JOANNA COURTNEY

# Das purpurne Herz



GOLDMANN
Lesen erleben

*Buch*

England 1055: König Edward, der Bekenner, hat dem Land noch immer keinen Erben geschenkt, und die Zukunft des Königreiches ist unsicherer als jemals zuvor. In einer Zeit, in der Ehen politische Bündnisse sind, träumt die junge Hofdame Edyth, Tochter des mächtigen Earl of Mercia, trotzdem von der großen Liebe. Als ihre Familie verbannt wird und ins Exil nach Wales geht, scheinen all ihre Hoffnungen für die Zukunft plötzlich dahin. Bis der charismatische Griffin, König der Waliser, sein Herz an die hübsche, ungestüme Angelsächsin verliert. Doch ihre Liebe hat einen Preis: Als Edyth gekrönt wird, steht sie plötzlich einem feindlich gesinnten England gegenüber. Nur Harold Godwinson und seine Frau Svana halten weiterhin zu ihr. Und als König Edward stirbt und ein altes Versprechen England ins Verderben zu stoßen droht, muss Edyth eine folgenschwere Entscheidung treffen. Denn auf der anderen Seite des Kanals schart William, der Herzog der Normandie, ein gewaltiges Heer um sich, um seinen Anspruch auf den Thron geltend zu machen ...

*Autorin*

Joanna Courtney verbrachte schon als Kind unzählige Stunden damit, ihre Geschwister mit erfundenen Geschichten zu unterhalten. An der Cambridge University kombinierte sie ihre Leidenschaft für Literatur und Geschichte und studierte mittelalterliche Literatur. Seitdem hat sie über zweihundert Geschichten und Fortsetzungsromane für Frauenzeitschriften geschrieben, die auch im BBC Radio ausgestrahlt wurden. Sie hat einige Belletristik-Preise gewonnen, bei einem preisgekrönten Theaterstück Regie geführt und unterrichtet Kreatives Schreiben im ganzen Land. Joanna lebt mit ihrem Mann und vier Kindern in Derbyshire. »Das purpurne Herz« ist ihr erster Roman und der Beginn einer historischen Trilogie.

# Joanna Courtney

# Das purpurne Herz

Historischer Roman

Aus dem Englischen
von Nicole Hölsken

GOLDMANN

Die englische Originalausgabe erschien 2015 unter dem Titel
»The Chosen Queen«
bei Pan Books, an imprint of Pan Macmillan, London



Dieses Buch ist auch als E-Book erhältlich.

MIX
Papier aus verantwortungsvollen Quellen
FSC® C014496

Verlagsgruppe Random House FSC® N001967

1. Auflage
Deutsche Erstveröffentlichung September 2017

Umschlaggestaltung: UNO Werbeagentur, München
Umschlagmotiv: FinePic®, München
Redaktion: Eva Wagner
MR · Herstellung: kw
Satz: Buch-Werkstatt GmbH, Bad Aibling
Druck und Bindung: GGP Media GmbH, Pößneck
Printed in Germany
ISBN: 978-3-442-48570-3
www.goldmann-verlag.de

Besuchen Sie den Goldmann Verlag im Netz

*Für meinen Mann Stuart,*
*der immer an mich geglaubt hat*

ENGLAND
1066
SCHOTTLAND
NORTHUMBRIA
GODFRED
Stamford
Bridge
York
Fulford
Riccal
Rhuddlan
Caernarvon
Chester
Gwynedd
MERCIA
Powys
Billingsley
WALES
Coventry
EAST ANGLIA
St.
Davids
Hereford
Deheubarth
Glamorgan
Gloucester
Nazeing
London
WESSEX
Wilton
Abbey
Britford
Winchester
Senlac Field
Bosham
Hastings

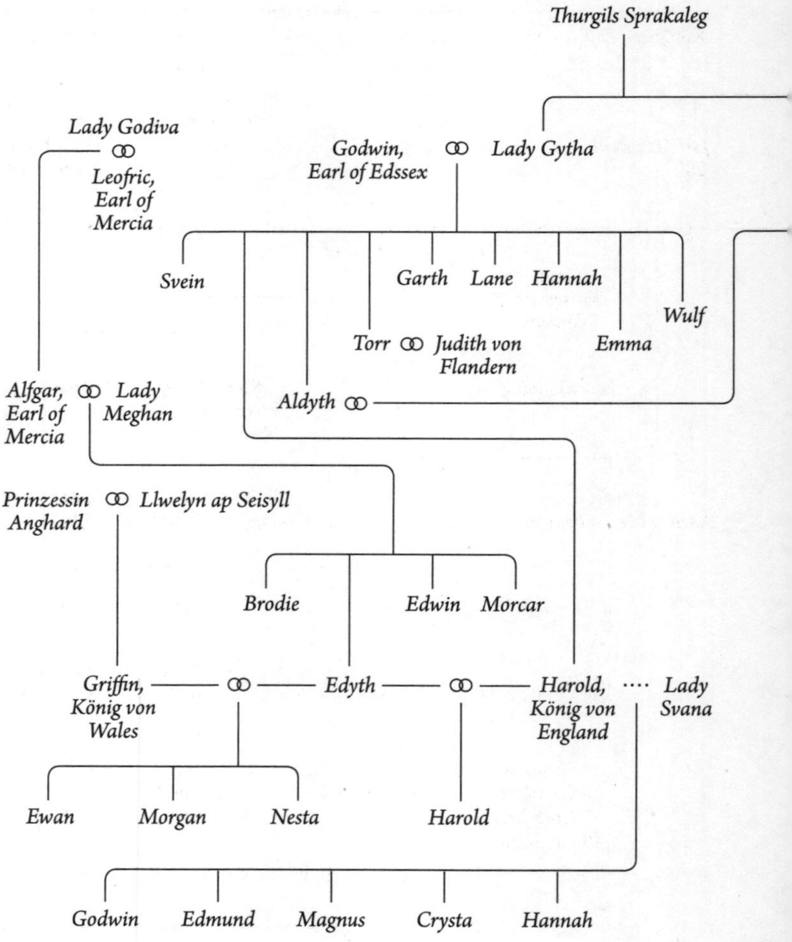


## *Stammbaum der »Drei Königinnen Saga«*

Gepunktete Linien markieren Handfasting-Ehen

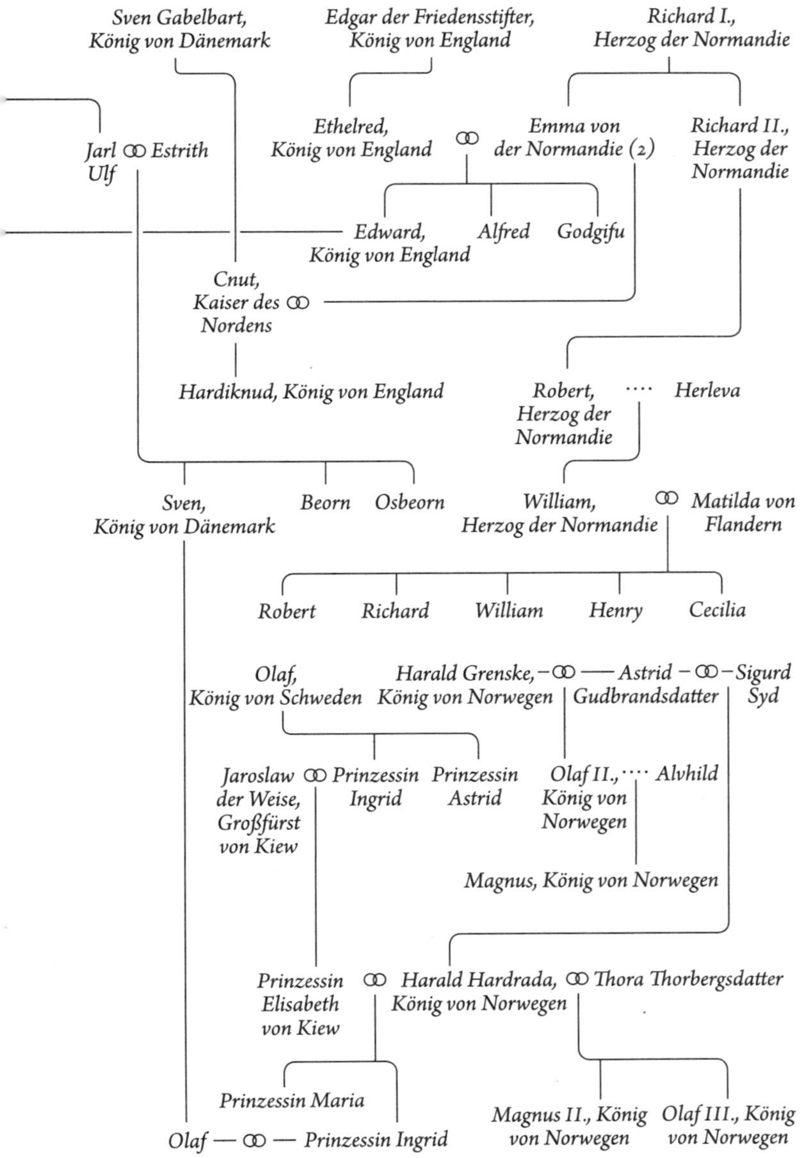
Sven Gabelbart, König von Dänemark
Edgar der Friedensstifter, König von England
Richard I., Herzog der Normandie
Jarl Ulf ⚭ Estrith
Ethelred, König von England ⚭ Emma von der Normandie (2)
Richard II., Herzog der Normandie
Edward, König von England
Alfred
Godgifu
Cnut, Kaiser des Nordens ⚭
Hardiknud, König von England
Robert, Herzog der Normandie .... Herleva
Sven, König von Dänemark
Beorn
Osbeorn
William, Herzog der Normandie ⚭ Matilda von Flandern
Robert
Richard
William
Henry
Cecilia
Olaf, König von Schweden
Harald Grenske, König von Norwegen – ⚭ — Astrid Gudbrandsdatter – ⚭ – Sigurd Syd
Jaroslaw der Weise, Großfürst von Kiew ⚭ Prinzessin Ingrid
Prinzessin Astrid
Olaf II., König von Norwegen .... Alvhild
Magnus, König von Norwegen
Prinzessin Elisabeth von Kiew ⚭ Harald Hardrada, König von Norwegen ⚭ Thora Thorbergsdatter
Prinzessin Maria
Olaf — ⚭ — Prinzessin Ingrid
Magnus II., König von Norwegen
Olaf III., König von Norwegen

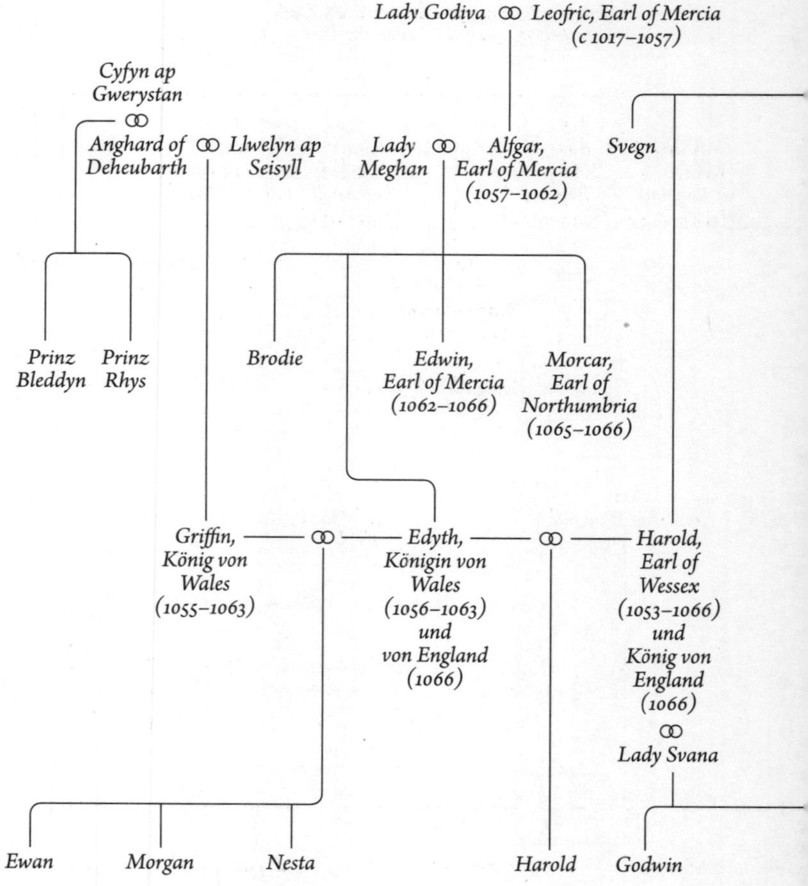


*Stammbaum von Edyth of Mercia*

Die Jahreszahlen beziehen sich auf die Regierungszeit

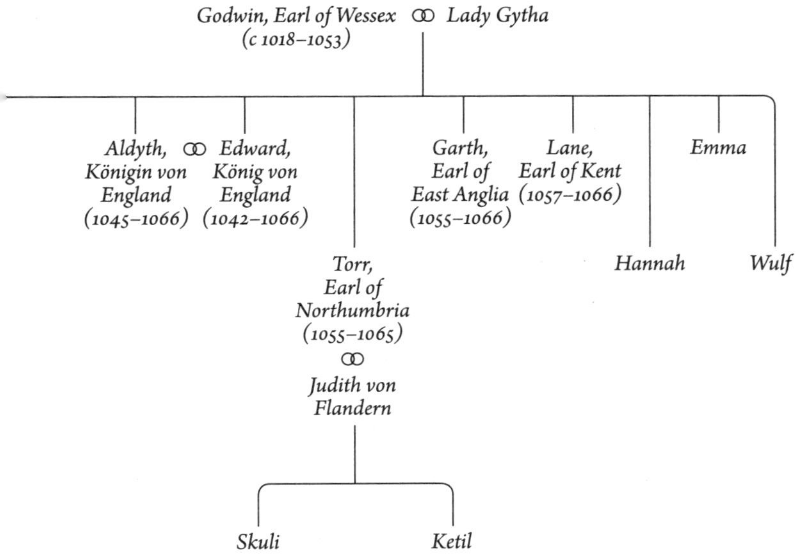
Godwin, Earl of Wessex
(c 1018–1053)
Lady Gytha
Aldyth, Königin von England (1045–1066)
Edward, König von England (1042–1066)
Torr, Earl of Northumbria (1055–1065)
Judith von Flandern
Skuli
Ketil
Garth, Earl of East Anglia (1055–1066)
Lane, Earl of Kent (1057–1066)
Hannah
Emma
Wulf

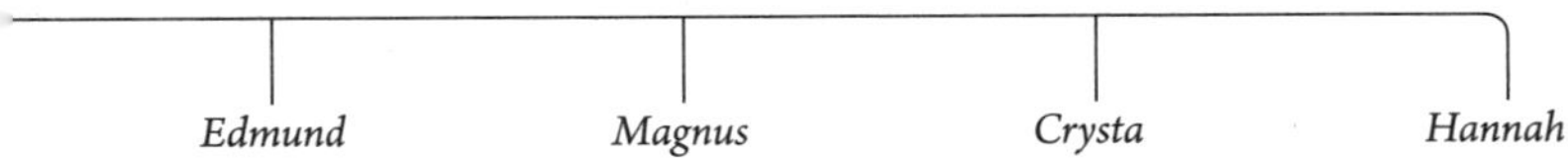
Edmund
Magnus
Crysta
Hannah

# Prolog

*Manchmal, wenn sie ihre Augen schließt und sich jene Nacht vorstellt, kann Edyth nicht sagen, wo die Erinnerung aufhört und der Traum beginnt. Sie fragt sich, ob sie damals verzaubert wurde. Sie war immerhin erst acht Jahre alt, und ihr Geist bewegte sich immer wieder in Fantasiewelten, aber etwas an dieser Nacht, die sich unter einer Million Sterne im Schein des Feuers abspielte, fühlt sich auch heute noch so verlässlich an, so real, als ob ihr Geist nicht benebelt, sondern zum ersten Mal richtig klar gewesen wäre.*

*An diesem Tag sah Harold wie ein König aus. Sogar in der einfachen Kluft des Bräutigams in dunkelstem Grün wirkte er wie ein Mitglied des Königshauses, als er voranschritt, um Lady Svanas Hand zu nehmen. Nirgendwo gab es eine Spur von Gold, nur Blumen; keine Bischöfe, nur einen lächelnden Mönch in sackartigem Gewand und mit bloßen Füßen. Es gab keinen Ehevertrag, keine förmlichen Gebete, keinen Austausch von Ländereien oder kostbaren Brautgeschenken, nur zwei ineinander verschlungene Hände, die zwei Menschen für ein Jahr und einen Tag aneinander banden.*

*»Länger nicht?«, hatte Edyth gefragt. Die Ehe währte schließlich ewig, das wusste jeder – murrte darüber, scherzte darüber, akzeptierte es.*

*»Nur wenn wir es wollen«, hatte Lady Svana damals zu ihr gesagt. »Unsere Ehe ist eine Herzensangelegenheit, keine vor dem Gesetz. Wenn wir aufhören, einander zu lieben, ist sie vorüber.«*

*Edyth hatte wohl schockiert ausgesehen, denn Svana hatte gelacht und gesagt: »Keine Angst, diese Verbindung wird bis zum Tode andauern – aber Liebe braucht Freiheit.«*

*Diese Worte hört Edyth auch jetzt noch, wie die Melodien der Fiedler, die damals die ganze Nacht über erklangen: »Liebe braucht Freiheit.« Und sie tauchen ihre Erinnerung in tausend wundervolle Farben. Es gab ein großes Gelage – an langen Tischen, die auf dem Rasen aufgestellt worden waren. Als die Sonne untergegangen war, hatte man Myriaden von Laternen an den Bäumen angezündet, und die Menschen hatten getanzt. Die Gäste waren im Rausch des Maientanzes um ein riesiges Feuer herumgewirbelt, das sie in taumelnde Schatten verwandelt und Funken der Freude in den Nachthimmel entsandt hatte, bis schließlich die Morgenröte den Himmel entzündete und alles vorüber war.*

*Am nächsten Tag war Edyth wie betäubt umhergewandert. Ihr Vater hatte verächtlich geklungen, womit er seinen schmerzenden Kopf und jegliche Erinnerung an den Mann, der er für kurze Zeit gewesen war, zu verschleiern suchte – ein Mann, der mit seiner Frau unter dem Sternenhimmel getanzt hatte, seine Tochter auf den breiten Schultern und seine Söhne ausgelassen um ihn herumspringend. Vielleicht war auch er verzaubert gewesen? Wenn ja, dann war der Zauber mit dem Licht des Tages verschwunden.*

*»Lächerliches heidnisches Zeug«, hatte er gemurmelt. »Was würde der Papst dazu sagen?«*

*Edyth war das gleichgültig gewesen. Sie hatte den Papst nie kennengelernt, der in weiter Ferne in irgendeiner geheimnisvollen Stadt jenseits des Meeres lebte. Aber Earl Harold war hier, und obwohl er im Königlichen Rat eine hohe Position bekleidete, in dem es um wirre Regeln und Debatten ging, war er es zufrieden, mit bloßem Haupt auf einem Hügel zu stehen und aus Liebe zu heiraten.*

*»Dieser Narr«, hatte ihre Mutter gesagt. »Was für Verbindungen hat sie denn? Welchen Einfluss kann sie geltend machen? Welchen Nutzen hat sie für ihn?«*

*Edyth hatte geschwiegen, aber ihr war es so vorgekommen, als glühe Harold von innen, wenn er mit der Frau zusammen war, an die er sich durch diese heidnische Hochzeit gebunden hatte, und dass es jenes Glühen war – viel eher als Gold oder Ländereien oder sein Titel –, das die Menschen in seinen Bann zog. »Liebe braucht Freiheit«, hatte Svana gesagt, und Edith hatte diese Worte seitdem immer im Herzen bewahrt. Das war ihr Ideal gewesen, für immer verwoben mit dem Schein des Feuers und dem Duft des Grases, und nun, da sie kurz davor war, ebenfalls zur Frau zu erblühen, ersehnte sie auch für sich selbst solch eine Leidenschaft.*

# Teil Eins

# Kapitel eins

**Westminster, März 1055**

Die Dämmerung schlich über die wirbelnden Strudel der Themse hinweg und rief die Männer und Frauen aus König Edwards England in ihre Betten. In der Großen Halle Westminsters jedoch hörte ihr niemand zu, am wenigsten aber Edyth Alfgarsdottir. Das Klappern von Tellern und Klapptischen kündete vom Abbau, denn der formelle Teil des Mittfasten-Mahls war vorüber, und zum ersten Mal durfte sie bleiben, bis die Gesellschaft sich müde getanzt hatte. In ihrem Magen rumorte die Vorfreude, und sie drückte sich an eine Säule, fuhr mit den Fingern nervös den Spuren der komplizierten Schnitzereien im Holz nach, während sie jede wunderbare Einzelheit des Hofes in sich aufnahm, der vollkommen außer Rand und Band war.

Die königliche Halle war alt und beinahe so baufällig wie die Abteikirche dahinter, aber heute Abend ergossen sich die letzten Strahlen der Frühlingssonne in den riesigen Raum und ließen ihn erstrahlen. Das Licht fiel zu beiden Seiten durch die geöffneten Türen, sammelte sich um die kleinen Fensteröffnungen und kroch durch die Ritzen des Strohdachs über ihr. Es fing sich in der Goldverzierung der kunstvoll bemalten Schilde an den Wänden und tanzte auf dem üppigen

Schmuck, der Englands reichste Männer und Frauen zierte, so dass es Edyth schien, als funkele der ganze Saal vor nebulösen Versprechungen.

Lebhaftes Geplauder wirbelte so schnell in die Luft empor wie der Rauch aus der Feuerstelle inmitten des Raumes. Die förmlichen Verbeugungen und Begrüßungen waren vorüber. Man hakte einander freundschaftlich unter und lachte miteinander. Ladys zupften sittsam an dicken, maisgelben Zöpfen oder an ihrem Kopfputz, den sie diskret zurückschoben, um ihre hübschen Haarsträhnen zu zeigen. Die Männer verstauten ihre Essmesser in ihren reich verzierten Ledergürteln, strichen sich das Haar zurück und fuhren sich mit schwieligen Ritterhänden über ihre Schnurrbärte. Edyth hielt Ausschau nach einer Gruppe, der sie sich anschließen konnte, aber die Menschen brandeten ruhelos umher, so schnell wie Mäuse in einer Scheune, und sie wagte es nicht, jemanden anzusprechen.

Betreten schaute sie sich um und blickte zur Wand der Großen Halle hinüber, wo die Älteren und Gebrechlichen, deren Glieder zu geschwollen waren, zu verbogen oder von Schwertern versehrt, um sie länger auf den Beinen zu halten, auf harten, hölzernen Bänken kauerten und sehnsüchtig durch die geöffneten Tore der niedrig stehenden Sonne entgegensahen. Diese hing tief über der Themse, die gleich hinter der Halle dahinfloss, und schon bald würde sie im dunklen Wasser versinken. Dann konnten die Versehrten und die Kinder sich in ihre Betten zurückziehen. Doch hier in der Halle würde man die Binsenkerzen an den mit Teppichen verhangenen Wänden entzünden, damit das Fest weitergehen konnte, und sie, Edyth, würde diesmal daran teilnehmen dürfen.

Tief sog sie die Luft ein, die schwer war vom Duft geräucherten Fleischs und gewürzten Apfel-Honig-Weins, und zwang sich, einen Schritt auf die mittige Feuerstelle zuzumachen. Die Überbleibsel des Hirsches, den man über dem Feuer herabgesenkt hatte, damit er knusprig wurde, spuckten Fett, weshalb man darum herum ein gutes Stück freigelassen hatte. Durch den Wirbel aus Rauch und Licht entdeckte Edyth ihre Freunde, die sie eifrig zu sich herüberwinkten. Instinktiv ging sie auf sie zu, duckte sich aber dann und wischte sich eine winzige Ascheflocke aus dem Auge. Sie war heute Abend nicht in der Stimmung für Geplauder. Sie hatte sich so viele Jahre danach gesehnt, Teil des spätabendlichen, höfischen Lebens zu werden – aber nun, da sie hier war, war sie nervös und ruhelos und hatte für den üblichen Klatsch und Tratsch nicht viel übrig. Vielleicht hatte die Stimmung ihres Vaters auf sie abgefärbt – am darauffolgenden Tag sollte der Große Rat tagen, und er war den ganzen Tag über nervös wie ein Falke ohne Haube gewesen –, vielleicht lag diese Ruhelosigkeit aber auch nur an ihr selbst.

»Möchtet Ihr tanzen?«

Edyth zuckte zusammen und starrte den Mann an, der sich tief vor ihr verbeugte. Der juwelenbesetzte Saum seiner eleganten blauen Tunika funkelte im tanzenden Licht. Er richtete sich auf, streckte ihr gebieterisch die Hand entgegen, und das Blitzen seiner bernsteinfarbenen Augen ließ die königliche Halle zu zuckenden Schatten verblassen.

»Mit Euch?«, stammelte Edyth.

Er ließ seinen Blick zum Schein über die zechende Menge schweifen und richtete ihn dann wieder auf sie.

»Ich pflege schöne Frauen nicht zu fragen, ob sie mit anderen Männern tanzen wollen.«

Edyth errötete und blickte sich schuldbewusst um. Lord Tostig of Hereford gehörte zur Godwinson-Familie, die im Süden Englands besonders einflussreich war, weshalb ihr Vater, Earl Alfgar, sie mit grimmiger Inbrunst hasste. Der Umgang mit einem von ihnen war in seinen Augen gleichbedeutend mit Hochverrat. Sie zögerte.

»Möchtet Ihr nicht tanzen?« Torr zog seine Hand ein Stück zurück, und instinktiv streckte Edyth die ihre aus, um sie zu ergreifen. »Also doch? Hervorragend. Ich bin kein schlechter Tänzer, ich werde Euch schon nicht auf die Füße treten.«

»Es sind wohl kaum meine *Füße,* um die ich besorgt bin«, gab sie zurück, und er lachte.

»Glaubt nicht alles, was Ihr bei Hofe hört, Lady Edyth.«

Edyth errötete erneut und sah zu der mit Binsen bestreuten Tanzfläche hinüber. Lord Tostig war allgemein bekannt als Torr oder Tower, ein Spitzname, über den in den Frauengemächern häufig gekichert wurde. Er stand in dem Ruf, die schönsten Frauen bei Hof ebenso wirkungsvoll zu jagen, wie er Wildschweine jagte. Jagte er nun sie – Edyth?

»Wenn ich auch nur die Hälfte davon glauben würde«, brachte sie mühsam hervor, »hätte ich allen Grund, vorsichtig zu sein, nicht wahr?«

Er lachte wieder. »Das könnte sein. Aber Vorsicht, Lady Edyth, wird häufig überbewertet. Sollen wir also?«

Seine üppig beringten Finger packten fest zu, als er sie durch die Menge der Gäste um das Feuer herum und zum hinteren Teil der Halle führte. Die Spielleute saßen auf einem erhöhten Podium und stimmten ihre Instrumente, die Diener räumten die duftenden Binsen vom Boden weg, und überall lockten junge Männer ihre Partnerinnen auf die Tanzfläche.

Edyth spürte das kokette Schwatzen um sich herum wie ein gleichmäßiges Summen mehr, als dass sie es hörte, und sah sich um. Sie entdeckte ihre Freundinnen, die sich anstießen und auf sie deuteten. Sie schluckte und straffte die Schultern. Niemand sollte ihr Recht infrage stellen, mit den anderen zu tanzen. Der enge Schnitt ihres kostbaren, tief rostroten Gewandes brachte ihre üppigen Kurven zur Geltung, die schmeichelnden, weiten Ärmel enthüllten ihre schlanken Arme. Das Kleid war ebenso prachtvoll wie die Roben der anderen Hofdamen, und dennoch war sie sich ihrer Stellung unter ihnen noch unsicher. Lord Torr hingegen schien nichts Seltsames an der Wahl seiner Tanzpartnerin zu finden und führte sie voller Selbstverständlichkeit in die Mitte der Tänzer.

»Vertraut mir«, wisperte er, und seine Lippen streiften ihr Ohr.

Edyth schluckte. Vertrauen war das Letzte, was der junge Lord erweckte, obwohl sie nicht genau wusste, wieso. Sie stellte fest, dass die Mysterien erwachsener Beziehungen ärgerlich schwer zu durchschauen waren. Sie hatte versucht, ihren älteren Bruder Brodie darüber auszufragen, als er Met aus dem Fass ihres Vaters gestohlen hatte. Er war tiefrot angelaufen und hatte verkündet, dass sie das in ihrer Hochzeitsnacht herausfinden würde. Aber sie war erst vierzehn; ihre Hochzeitsnacht würde noch drei oder vier Jahre auf sich warten lassen, und sie wollte es jetzt wissen.

Sie hatte nicht gewagt, ihre Mutter zu fragen. Die schmallippige Lady Meghan hätte nur das geantwortet, was sie so oft sagte: dass diese Frage sich für Edyth nicht schickte, und dass die anderen Mädchen nur erfundene Geschichten und Halbwahrheiten erzählten. Lord Torr, das war ihr instinktiv klar, würde all ihre Fragen beantworten, wenn sie es wünschte, aber plötzlich erschien ihr das Wissen darum gefährlich. Sie versuchte erneut, ihm ihre Hand zu entziehen, aber die Musikanten spielten bereits auf, und der Tanz begann. Die sechzehn Paare sahen zum anführenden Paar herüber – Torrs jüngerem Bruder Lord Garth und seiner Schwester, Königin Aldyth –, um deren Tanzschritte zu imitieren, und eine Zeitlang war Edyth gezwungen, sich zu konzentrieren. Lord Torr jedoch entpuppte sich tatsächlich, wie angekündigt, als guter Tänzer und beherrschte die Schritte alsbald mühelos.

»Also, Lady Edyth«, sagte er, während er sie selbstsicher über die Tanzfläche führte, »seid Ihr bereit für das, was der morgige Tag bringen wird?«

Edyth zuckte zusammen. Morgen sollte im Königlichen Rat ein neuer Earl of Northumbria gewählt werden, und ihr Vater, momentan Earl des bescheidenen East Anglia, war fest entschlossen, selbst dazu ernannt zu werden. Seine Nervosität machte ihn aufbrausend und reizbar und erinnerte sie jetzt an den Verrat, den sie mit der Wahl ihres Tanzpartners begangen hatte. Nervös blickte Edyth sich nach ihm um. Noch bewegte sie sich im Schutz der Menge, aber wie lange noch? Torr zog sie dichter zu sich heran.

»Nur Gott weiß, was der morgige Tag bringen wird, Mylord«, antwortete sie atemlos.

Er gluckste. »Sehr gut, Lady Edyth. Earl Alfgar hat durchaus eine Politikerin aus Euch gemacht.«

»Mein Vater ist ein Edelmann.«

»Aber ist er auch ein weiser Mann?«

»Mylord?«

Wieder dieses Glucksen.

»Ihr müsst darauf nicht antworten. Auch mir würde es nicht gefallen, wenn meine Sprösslinge sich über mich oder meine Frau äußern würden.« Er lächelte leichthin, schien nichts Seltsames daran zu finden, über die schlanke und vornehme Judith von Flandern zu sprechen, während seine Finger leise die ihren liebkosten. »Und schließlich trachten wir alle danach weiterzukommen. Ich für meinen Teil hinke ewig meinem glattzüngigen älteren Bruder hinterher.«

»Earl Harold?« Edyth runzelte die Stirn. Seit seiner Feenhochzeit hatte sie an dem liebenswürdigen Earl Harold of Wessex einen gewissen Gefallen gefunden. Sie hatte beim Kronzeremoniell bei Hof gesehen, wie die Männer ihm an den Lippen hingen, wie sie zu ihm aufblickten. Auch die Frauen zog er in Scharen an. Obwohl er immer höflich war, hatte sie nie erlebt, dass er eine von ihnen umgarnte, wie Torr es eindeutig jetzt mit ihr versuchte. Earl Harolds Gunst gehörte auch nach jahrelanger Handfasting-Ehe seiner schlanken, ätherischen Frau, und Edyth liebte es, sie zusammen zu sehen, wenn Lady Svana ihn bei Hof begleitete.

Die Lady mit dem sanften Gesicht lächelte ihr häufig zu, winkte manchmal sogar, aber da ihr Vater ständig über die Godwinsons wetterte, hatte Edyth es nie gewagt, sich ihr zu nähern, sondern sie nur aus der Ferne bewundert. Aber sogar Earl Alfgar hatte Harold widerwillig als »besten der Godwin-Sippe« bezeichnet, also beurteilte Torr seinen Bruder doch offenbar falsch? Aber sein Blick war umwölkt gewesen, seine Schritte waren langsamer geworden, und da sie ebenfalls unter der Gängelei ihres eigenen älteren Bruders gelitten hatte, tat er ihr plötzlich leid.

»Vielleicht wird East Anglia morgen ja Euch gewährt?«, schlug sie vor, als sie mitten im Tanz innehielten, und zu ihrer Freude funkelten seine Augen jetzt lebhaft.

»Glaubt Ihr?« Sie nickte eifrig, und er lächelte, ein bedächtiges, listiges Lächeln. »Aber ist das nicht die Grafschaft Eures Vaters, Mylady? Will er sich denn anderweitig orientieren?«

Edyth drehte sich der Magen um. Jetzt saß sie in der Falle. »Nein! Ich meine, wer weiß? Vielleicht, im Laufe der Zeit, so Gott will …«

Verwirrt blickte sie sich in der überfüllten Halle um. Eine schöne Politikerin war sie! Plötzlich entdeckte sie ihren Vater, der ihr Gott sei Dank den breiten Rücken zuwandte, während er sich am Feuer ernst mit ein paar Männern unterhielt. Ihr wurde heiß, als ob sie den Flammen zu nah gekommen sei, und sie hoffte inständig, dass er nicht hersah, ehe der Tanz sie wieder in die entgegengesetzte Richtung geführt hatte. Gott sei Dank wirbelte Torr sie davon.

»Sorgt Euch nicht, Edyth, diese Unterhaltung ist nur für unsere Ohren bestimmt. Ist es nicht eine Schande, dass Earl Wards Sohn Osbeorn im Kampf getötet wurde und das Erbe seiner Grafschaft nicht antreten konnte?«

»In der Tat«, pflichtete sie ihm bei, dankbar, dass er das Thema gewechselt hatte. Es war der Tod des legendären Kriegers aus dem Norden, Earl Ward of Northumbria, der den Rat zusammengeführt hatte, um seinen Nachfolger zu wählen. »Durch die Hand der Schotten zu sterben, ist ein schreckliches Schicksal.«

»Eine schreckliche Notwendigkeit, wie ich fürchte.«

»Eine Notwendigkeit, Mylord?«

»König Edward ist versessen darauf, dass der junge Prinz Malcolm gegenüber dem Verräter Macbeth seinen Anspruch auf den Thron geltend macht. Und da Earl Ward ihn in seinem Exil unter seine Fittiche genommen hat, waren er und Osbeorn auf einen Kampf erpicht. Es ist ein Glück, dass Lord Malcolm von Engländern aufgezogen wurde, findet Ihr nicht auch? Ein Verbündeter jenseits der Grenze ist für die Krone von denkbar größtem Wert, wisst Ihr, und natürlich für den neuen Earl of Northumbria, wer immer das sein wird.« Er schob sie von sich, aber seine Finger ließen sie keinen Augenblick lang los, und kaum war sie aus der Reihe der Tanzenden ausgeschert, zog er sie wieder zu sich heran. »Ich kenne Lord Malcolm gut. Auch ich war Knappe bei Earl Ward, weshalb ich viele Jahre bei ihm gelebt habe. Ein kluger junger Mann, der gern verhandelt – mit den richtigen Leuten.«

Seine Worte kamen Edyth vor wie Schlangen, die gefährlich nah um ihre Füße züngelten, zu schlüpfrig, um sie zu fassen zu bekommen. Jetzt bereute sie es, ihre Freundinnen gemieden zu haben. Der Tanz wurde schneller und schneller, und während Torr sie geschickt herumwirbelte, nahm sie aus den Augenwinkeln den Rausch der Lichter wahr, die sich wie in einem Nebel verdichteten, weil sie sich in den glänzend polierten Erhebungen der überall hängenden Schilde spiegelten.

»Ich könnte Euch ihm vorstellen, wenn Ihr wollt«, schnurrte Torr. »Er ist ein recht gutaussehender Mann, dieser Lord Malcolm, von guter Statur, und er sucht sicher eine Frau.«

»Ich denke, ich kann darauf vertrauen, dass mein Vater mir einen passenden Mann aussucht, vielen Dank.«

»Natürlich, natürlich. Aber Ihr seid für England ein wichtiges Gut, Lady Edyth. Kennt Euer Vater Malcolm ebenso gut wie ich? Er ist kurz davor, seinen Thron wieder für sich zu beanspruchen, *sehr* kurz davor. Ihr könntet Königin von Schottland werden, Edyth. Ich wette, das würde Euch gefallen. Ihr würdet Euch dafür erkenntlich zeigen, nicht wahr?«

Er ließ seine Hand von ihrer Taille hinabgleiten und umfing die üppige Kurve ihres Gesäßes. Edyth spürte ein erregtes Vibrieren zwischen den Beinen und hasste sich selbst dafür.

»Lieber wäre ich Königin von England«, erwiderte sie steif und entzog sich ihm.

»Woher wollt Ihr das wissen? Ich glaube, dafür seid Ihr etwas zu spät dran.«

»Ich meinte nicht …«

»Die Nichte meiner Gemahlin hat Euch bereits aus dem Rennen geworfen.«

Edyth blieb schockiert stehen. »Lady Matilda? Aber sie ist mit William, dem Herzog der Normandie, vermählt, nicht wahr?«

»In der Tat. Herzog William, dem der Thron Englands versprochen wurde.«

»Unsinn.« Die Überraschung ließ sie unverblümt reagieren, und sie biss sich auf die Zunge, aber Torr lachte nur.

Dann beugte er sich näher zu ihr herab, so dass sein Mund dicht an ihrem Ohr lag. »Es ist wahr, Edyth. Als er nach England kam, wurde ihm die Krone versprochen. Er war hier. Vor vier Jahren, im Jahre 1051 zur Christmette. Erinnert Ihr Euch nicht?«

Edyth trat unbehaglich von einem Bein aufs andere, während die anderen Tänzer um sie herumwirbelten. Sie war damals noch jung gewesen, erst zehn Jahre alt, aber sie erinnerte sich *dennoch*. Es war eine seltsame Weihnachtszeit gewesen, steif und förmlich. Die Normannen mit den spitzen Nasen hatten die Stimmung der sonst so ausgelassen feiernden Sachsen gedämpft. Aber hatte es tatsächlich eine Zusicherung auf den Thron gegeben? So ganz ohne Zeremonie?

»Ihr erinnert Euch«, drängte Torr und musterte sie. »Ich nicht. Denn ich war nicht anwesend. Keiner von meiner Familie war dort. Wir waren im Exil.« Er schüttelte den Kopf. »Von verbitterten Männern in die Verbannung geschickt.« Er fuhr ihr mit einem Finger über die Wange, und sogleich stand ihre Haut in Flammen. »Im Exil schwindet jede Hoffnung dahin, Edyth, denn man ist fern von allem, was man kennt und liebt. Kein Wunder, dass Malcolm für Schottland kämpfen wollte.«

Edyth blinzelte. Diese ganze Unterhaltung wand sich noch immer wie eine Natter um sie herum, und sie hatte das Gefühl, von ihr verschlungen zu werden.

»Herzog William ist im Augenblick für niemanden von Interesse«, brachte sie mühsam hervor, als Torr sie wieder in die Menge der Tanzenden dirigierte. »Was immer gesagt wurde, es ist Vergangenheit. Niemand hält ihn für König Edwards Erben.«

Torr lächelte – ein bedächtiges, laszives Lächeln, das ihr durch Mark und Bein ging. »Herzog William schon. Und sagt mir: Wer sonst käme für den Thron in Frage? Harald Hardrada, der König der Wikinger, vielleicht? Und bestimmt niemand von der vielgepriesenen englischen Linie des Cerdic-Clans. Der König hat keine Kinder, Edyth, noch nicht einmal Neffen. Nur einen entfernten Vetter, der im tiefsten Ungarn festsitzt. Wenn Edward stirbt, ist England weit offen – *sehr* weit offen!«

Edyth riss sich los, verließ die Tanzfläche und stieg auf die Strohballen am Rand.

»Solche Reden solltet Ihr nicht führen, Mylord. Es ist nicht richtig. Der König wird nicht sterben, und selbst wenn er es tut, werden wir an seiner Stelle keinen normannischen Fürsten inthronisieren. Das würde niemand zulassen.«

»Natürlich nicht.« Er folgte ihr so dicht, dass sie gegen die Holzwand zurückwich und spürte, wie ihr Kopf gegen die Kante eines Schildes stieß. Sie hob die Hand, um den

Schmerz ebenso fernzuhalten wie ihren Tanzpartner, aber Lord Torr ließ sich so leicht nicht abweisen. »Leise, Liebste«, sagte er sanft. »Ihr wollt doch nicht, dass Euer Vater hört, dass Ihr solche Reden führt?« Leicht legte er ihr einen Finger auf die Lippen. »Sorgt Euch nicht. Lassen wir die Politik fallen und denken wir mehr ans … Vergnügen.«

Mit der Fingerspitze berührte er Edyth' Zunge, und die Berührung entzündete ein tiefes Feuer irgendwo, unbehaglich tief unten in ihr. Sie bemühte sich, es einzuordnen, aber solange er so dicht vor ihr stand, konnte sie keinen klaren Gedanken fassen. Hier an der Wand war es erheblich dunkler als auf der Tanzfläche, und da die dort herumwirbelnden Tänzer sie von den anderen trennten, waren sie hier fast allein.

»Man sagte mir, dass Vergnügen«, stieß sie mit ärgerlicherweise heiserer Stimme hervor, »etwas sehr Flüchtiges ist.«

Er lehnte eine Hand gegen die Wand über ihr, drängte seine Hüften gegen die ihren. »Vielleicht habt Ihr recht, Edyth. Sicher ist es besser, die Liebe zu finden – die wahre Liebe.«

»Wie Earl Harold und Lady Svana?«

»Wie Harold und seine kleine Heidenfrau, ja, aber mein Bruder ist nun einmal der standhafte Typ. Er ist von Natur aus loyal, verantwortungs- und pflichtbewusst und all die anderen langweiligen Dinge.«

Unwillkürlich musste Edyth kichern. »So etwas dürft Ihr nicht sagen – Ihr seid ein Lord.«

»Vorläufig.« Torrs Augen glitten kurz über seine Schulter zu der überfüllten Halle zurück, dann richteten sie sich wieder auf sie. »Aber Ihr politisiert schon wieder, und das ist reine Verschwendung. Was wäre das Leben ohne Vergnügen, Edyth Alfgarsdottir?«

Seine bernsteinfarbenen Augen tauchten in die ihren ein,

und Edyth spürte, wie sie magisch von ihm angezogen wurde. Ihr schwindelte. Sie fühlte sich so benommen, als ob sie immer noch tanzte, und so blind wie in tiefster Nacht. Aber dann hörte sie ein leises Knurren, und voller Schrecken wurde ihr klar, dass ihr allzu leicht erregbarer Vater in der Nähe war. Sie riss sich los und trat mit festem Schritt zur Seite.

»Ich habe schon viel zu viel von Eurer Zeit beansprucht, Mylord«, sagte sie mit einem Knicks. »Eure Gemahlin wird Euch sicherlich schon vermissen, und mein Vater sucht nach mir.«

Einen Augenblick lang sah Lord Torr ärgerlich aus, und die Hitze in Edyth' Eingeweiden gefror zu Eis, aber dann gluckste er.

»Ihr seid eine pflichtbewusste Tochter, Lady Edyth, das ist gut. Ihr werdet Eurem Vater morgen eine Stütze sein müssen.«

»Was meint Ihr damit?«, fragte sie. Alfgar drängte sich zwischen den Tänzern hindurch und war fast bei ihnen. »Was meint Ihr damit, Mylord?«

Aber mit einer tiefen Verbeugung und einem boshaften Augenzwinkern verschwand Torr und ließ Edyth allein, als ihr Vater mit der Wucht eines Wikingerschiffes auf sie zugesegelt kam, ihren Arm packte und sie zur Seite riss.

»Was um aller Welt treibst du hier, junge Lady?«

»Tanzen, Vater«, stammelte sie und versuchte, sich seinem Griff zu entwinden.

»Tanzen? Dich wie ein Wildfang aufführen, meinst du wohl – und dazu noch mit *ihm.*«

Alfgars Gesicht war weinrot, und er fuhr sich mit einer Geste durchs Haar, die sie nur zu gut kannte; es bedeutete, dass sein feuriges Temperament kurz vor dem Ausbruch stand.

»Lord Torr war sehr höflich«, sagte sie nervös.

Alfgar spie ins Stroh. »Darauf möchte ich wetten, und ich weiß auch, wieso.«

Edyth öffnete den Mund, um zu protestieren, aber dann beherrschte sie sich ausnahmsweise. »Warum, Vater?«, fragte sie stattdessen mit weit aufgerissenen Augen.

»Warum?« Alfgar wirkte verblüfft, doch dann wurde sein Gesicht noch roter. Seine Stimme wurde leise. »Das soll dich nicht kümmern. Halte dich nur fern von ihm. Nun, was hat er zu dir über Northumbria gesagt?«

»Northumbria?«, stotterte sie. »Nicht viel.«

»Nicht viel? Was hat das zu bedeuten? Er hat etwas gesagt. Erzähl es mir!«

Edyth spürte, wie ihr Tränen in die Augen stiegen. Ihre wunderschönen, bernsteinbesetzten Fibeln lasteten schwer auf ihren Schultern, und ihre Augen brannten vom Rauch des Feuers und dem Geruch nach Honigwein im schweren Atem ihres Vaters. Sie suchte verzweifelt nach einer Antwort, fand aber lediglich Schlangenhaut – geflüsterte Andeutungen von Erbschaft und Exil.

»Er hat nur gesagt, dass ich dich morgen unterstützen muss.«

»Mich unterstützen? Was hat das zu bedeuten? Was will er damit andeuten?«

»Ich weiß es nicht, Vater, ehrlich.«

Und jetzt flossen die Tränen doch. Wütend wischte sie sie weg, aber es reichte. Ihr Vater lockerte den Griff um ihren Arm.

»Ach, aber, aber, Edie, nicht weinen. Es tut mir leid. Du bist noch jung, noch ein Mädchen – was umso mehr Grund ist, dass dieser Ochse von einem Torr dich nicht …«

»Nein, bin … bin ich nicht, Vater.«

Er sah sich nach ihrer Mutter um. Er würde sie wie ein kleines Kind zu Bett schicken, und das wollte sie unbedingt vermeiden. Sie schluckte die Tränen herunter, straffte Schultern und Nacken. »Ich glaube, wir müssen ihn im Auge behalten, Vater. Dabei kann ich dir helfen.«

Er schüttelte nachsichtig den Kopf, aber er musterte sie eindringlich. Jetzt hatte sie seine Aufmerksamkeit.

»Du weißt nicht, worauf du dich da einlassen würdest, Kind.«

Das stimmte, aber es hatte keinen Zweck, ihm jetzt beizupflichten. »Ich kann es schaffen, Vater. Für dich kann ich alles schaffen.«

Sie lächelte zu ihm auf, und er nahm sie mit einem leisen Lachen in die Arme, erstickte sie mit einer Mischung aus Wolle, Met und Schweiß.

»Ich könnte doch mit *dir* tanzen, Vater?«, schlug sie liebenswürdig vor.

»Oh nein!« Wie sie es erwartet hatte, wich Alfgar zurück. »Nein, dein alter Herr ist mittlerweile viel zu steif zum Tanzen, Edyth. Such dir jemand Jüngeren, aber nicht – *nicht,* hörst du? – einen Godwinson.«

»Ja, Vater.«

Sie machte eine knappe Verbeugung und floh. Der Rest des Abends gehörte ihr; um das Morgen wollte sie sich jetzt keine Gedanken machen.

# Kapitel zwei

Edyth griff nach dem nächsten Ast und verfluchte ihre weiten Röcke, weil sie sie behinderten. In diesem Tempo würde sie zu spät zur Ratsversammlung kommen. Sie kletterte höher in den Baum hinauf, dann hielt sie inne, um schuldbewusst durch die Zweige zurück zum Lager König Edwards in Westminster zu blicken, das wenig mehr als hundert Schritte entfernt auf Thorney Island lag. Die Menschen drängten sich auf der hölzernen Brücke über dem brodelnden Tyburn, denn alle wollten rechtzeitig ankommen, um Zeuge des großen Ereignisses zu sein. Pferde scharrten unter ihren ungeduldigen Reitern, Fuhrwerkkutscher schubsten einander, weil jeder vorn stehen wollte. Die Luft vibrierte vor kaum unterdrückter Aggression. Zur Rechten wälzte sich, unbeeindruckt von dem Treiben, die breite Themse vorbei, unbehelligt wegen ihrer gefährlichen Strudel. Auf den Weiden Chelseas zur Linken hingegen wimmelte es von schlammverschmutzten Dienern. Wenigstens sah niemand zu ihr hinüber, und so richtete sie ihr Augenmerk wieder auf den Wald.

Sie war gerade hinter ihrer Familie vom Markt in Chelsea zurückgekehrt, als sie gesehen hatte, wie Lord Torr mit einer Dienstmagd in die Büsche schlüpfte. Nach dem Zusammentreffen des vergangenen Abends war ihre Neugier geweckt, weshalb sie den beiden kurzerhand gefolgt war. Kurz hatte sie das ungleiche Paar aus den Augen verloren, aber nun kamen Geräusche von der anderen Seite des Brombeergestrüpps – ein heiseres Keuchen, das sie gern verstanden hätte –, und sie hatte sich auf einen Baum geschwungen, um sie besser beobachten zu können.

Schuldbewusst blickte Edyth wieder zum königlichen Lager zurück, wo die farbenprächtigen Dächer der Pavillonzelte über dem Palisadenzaun hervorlugten. Die Flaggen aller großen Familien des Landes wehten stolz in der leichten Brise und verspotteten jene, die noch nicht drinnen waren. Edyth schauderte, als sie das schwarz-goldene Banner ihres Vaters entdeckte. Bis zur Ratsversammlung würde es noch etwas dauern, aber er schritt wahrscheinlich schon jetzt ruhelos auf und ab wie ein Bär im Käfig. Sie musste sich sputen. Sie griff nach einem flechtenbewachsenen Ast, hievte ihren schlanken Körper weiter nach oben, und da entdeckte sie sie plötzlich.

»Oh!« Sie schlug sich die Hand auf den Mund, um einen überraschten Aufschrei zu unterdrücken, und hätte beinahe das Gleichgewicht verloren. Es war so ganz anders, als sie es sich vorgestellt hatte. Das Mädchen kniete, seine derben, braunen Röcke waren hochgeschoben, so dass ihre intimste Weiblichkeit zu sehen war, während Torr, seine Hose auf den Knöcheln, sie grob nach hinten zerrte.

Edyth beobachtete, wie er eine Hand ausstreckte und das Haar des Mädchens packte, so dass sie sich aufbäumte und seinen Namen schrie, und diesmal konnte Edyth ein Keuchen nicht unterdrücken.

Torr sah auf. Er entdeckte sie sofort, doch statt sich eilig zu verstecken, blickte er ihr unverwandt in die Augen. Einen langen Augenblick war sie wie gelähmt, dann riss sie sich von dem Anblick los und begann mit dem Abstieg, halb kletternd, halb fallend durch die dichten Zweige der Eiche.

Ihr Haar und ihre Röcke verfingen sich im Geäst, aber sie wagte es nicht anzuhalten. Sie musste fort von hier. Als sie fast schon unten war, rutschte sie aus und fiel. Sie schrie auf, als der Boden auf sie zukam, aber in letzter Minute fingen zwei starke Arme sie auf und setzten sie sanft zu Boden. Entsetzt bei der Vorstellung, dass es womöglich Lord Torr war, der sie festhielt, versuchte sie, sich zu befreien.

»Ganz ruhig. Ihr seid in Sicherheit.«

Seine Stimme war leise und sanft, und Edyth wagte einen Blick auf sein Gesicht.

»Oh, Gott sei Dank.«

Es war nicht der dunkeläugige Torr, sondern sein Bruder, Earl Harold.

Er sah sie so freundlich an, dass sie ihm am liebsten in die Arme gesunken wäre, aber sie erinnerte sich gerade noch rechtzeitig an das Missfallen ihres Vaters und zog sich zurück.

»Geht es Euch gut, Lady Edyth?«, fragte Harold. »Ihr seid weiß wie ein Laken.«

»Ich … ich bin gefallen.«

»Das habe ich gesehen, und ich bin nicht überrascht. Ihr kamt so geschwind herunter wie ein Jagdhund, der hinter seiner Beute her ist.«

»Ich komme zu spät zur Ratsversammlung«, sagte Edyth schwach. »Mutter wird mich umbringen.«

»Spätestens, wenn sie Euer Kleid sieht. Was hattet Ihr denn dort oben zu suchen?«

Edyth zerrte kläglich an den Rissen ihres wollenen Obergewandes herum, während ihre Gedanken sich überschlugen. »Ich glaubte, einen Falken gesehen zu haben.«

»Tatsächlich? Wo?« Harold war sofort hellwach, suchte die Bäume ab, und Edyth fluchte im Stillen.

»Ich habe mich geirrt. Es war nur … ein Rotkehlchen.«

»Ihr habt ein Rotkehlchen mit einem Falken verwechselt? Kommt schon, Lady Edyth, angesichts der ausgezeichneten Falknerei Eures Vaters kann ich das kaum glauben. Was hattet Ihr wirklich im Sinn?«

Edyth blickte unbehaglich auf die Bäume. Jemand kam auf sie zu, dessen war sie sich sicher.

»Ich muss zurück«, sagte sie verzweifelt und wandte sich zur Straße, die zum königlichen Lager führte.

In diesem Augenblick jedoch teilten sich die Büsche vor ihnen, und Harold hielt Edyth an der Schulter fest, als die Dienstmagd auftauchte, die immer noch ihre Kleider glattstrich. Das arme Mädchen starrte das prächtig gekleidete Paar an, ihre Augen weiteten sich vor Schreck, dann machte sie einen hastigen Knicks, wandte sich um und rannte davon.

»Also ein Falke, junge Lady«, sagte Harold düster zu Edyth. »Kommt mit, wir kehren besser zu Eurer Mutter zurück.«

»Nein, bitte …«

Aber Harold packte ihre Schulter umso fester, und Edyth war gezwungen, ihm nach Westminster zu folgen.

»Earl Harold«, bat sie, »bitte erzählt es nicht meiner Mutter. Ich hörte Geräusche. Ich war nur … neugierig.«

»Neugierig? Darauf möchte ich wetten. Und habt Ihr herausgefunden, was Ihr wissen wolltet?«

Edyth errötete, als vor ihrem geistigen Auge Lord Torrs nacktes Gesäß und – noch beängstigender – der Blick in seinen Wolfsaugen erschien, nachdem er sie entdeckt hatte. Das Bild prickelte in ihr mit einer übelkeitverursachenden Mischung aus Erregung und Widerwillen.

»Ich …«, fing sie an. Harolds Finger vergruben sich in ihrer Schulter, und ihr Knie schmerzte – anscheinend hatte sie es sich bei ihrem Sturz an einem Ast gestoßen. Ihr drehte sich der Magen, und plötzlich hätte sie sich am liebsten nur noch im Bett verkrochen und versteckt. »Ich …«, hob sie erneut an, brachte aber keinen Ton mehr heraus.

Harold blieb stehen und hielt Edyth fest. Sie blickte auf die unebene Straße, fixierte die Spuren der Karren in dem verzweifelten Versuch, die Tränen zurückzuhalten.

»Es tut mir leid«, stammelte sie.

»Ihr seid schockiert.« Er hielt ihr ein Leinentuch hin, und sie ergriff es dankbar, wischte sich ihre dummen, ständig feuchten Augen. »Keine Sorge. Alles wird gut.«

Seine Stimme war freundlich, und sie hätte ihm fast geglaubt, als sie hinter sich ein übermütiges Pfeifen und näher kommende Schritte hörte. Ihr ganzer Körper verspannte sich, ihre Haut kribbelte.

»Oh nein«, sagte Harold, und es war eher ein Knurren. »Nicht du? Sie hat ausgerechnet *dich* gesehen?«

Edyth verbarg ihr Gesicht in dem Leinentuch, aber auch so konnte sie Lord Torrs heiße Präsenz spüren, als er vorbeischlenderte, so dicht, dass er sie fast gestreift hätte. Ihr Körper pulsierte, und sie biss sich heftig auf die Lippe, kämpfte gegen das Gefühl an.

»Wir unterhalten uns später«, hörte sie Harold sagen.

»Ich freue mich schon darauf«, kam die gelassene Antwort, und dann war er Gott sei Dank verschwunden.

Stille senkte sich herab, nur unterbrochen vom Pulsieren des eigenen Blutes in ihren Ohren. Dann hörte sie Harold seufzen.

»Ich glaube«, sagte er, während er das Leinen aus ihren Fingern löste und ihr seinen starken Arm darbot, »wir gehen jetzt besser zu Svana.«

Edyth starrte nervös auf den weichen, mit Baumwollstoff verhangenen Eingang, der mit eleganten Goldfäden durchzogen war, so dass er in der tiefstehenden Märzsonne zu schimmern schien. Sie hatte Lady Svanas Lächeln und Winken immer gemocht, aber solange ihr Vater als knurrender Wächter an ihrer Seite stand, hatte sie es seit jener Feenhochzeit vor langer Zeit nie gewagt, mit ihr zu reden. Sie hatte gehört, dass sie eine Zauberin sei – eine Meisterin der überlieferten Magie, wie man sie im Osten des Landes kannte. Die Ladys in den Frauengemächern erzählten sich, dass sie ihre Ländereien in East Anglia von einem alten Zauberergeschlecht geerbt habe und dass sie große Geheimnisse kenne. Sie flüsterten, dass sie hundert Jahre alt sei, aber ihre Jugend und Schönheit mit Tränken und Zaubersprüchen erhalte, und dass sie immer nur ein paar Wochen bei Hofe weilen könne, bevor sie wieder zu ihrem wahren Ich zusammenschrumpfte. Sie behaupteten, dass sie Harold verzaubert habe, auf dass er sie liebe, und dass sie ihre Leibesfrucht beliebig beeinflussen könne und – und das war am schlimmsten – dass sie diese verblüffenden Geheimnisse nicht mit anderen Frauen teilte.

Edyth war erleichtert, dass ihre Mutter, Lady Meghan, das alles für Unsinn hielt, aber Earl Alfgar murmelte immer noch etwas von »heidnischen Neigungen«. Auch wenn er East Anglia seit drei Jahren regierte, hatte er nicht zugelassen, dass seine Familie nach der damaligen Hochzeit, die Edyth immer noch in ihrem Herzen wog, Svana noch einmal besuchte. Viele Male war sie bis zur Grenze von Svanas Ländereien in Nazeing geritten, hatte dort nach Zeichen für irgendwelche Zauber Ausschau gehalten, aber nie hatte sie mehr entdeckt als Schafe und Schweine und Arbeiter auf den Feldern – obwohl sie fröhlicher zu pfeifen schienen als die meisten anderen.

Ihr Herz pochte heftig, und sie blickte sich im königlichen Lager um, das nur so wimmelte von Menschen. Diejenigen, die gespannt auf der Brücke gewartet hatten, waren wie geschlagene Butter zurückgewichen, als Earl Harold sich näherte, und sie war sich an seinem Arm wie eine richtige Lady vorgekommen. Drinnen jedoch herrschte wüstes Gedränge, denn Diener stellten Pavillons für Nachzügler auf, und ihre edlen Herren warteten ungeduldig darauf hineinzugelangen, um sich ihrer von der Reise beschmutzten Kleider zu entledigen und in ihre feinen Gewänder, die sie zur Ratsversammlung trugen, zu schlüpfen. Niemand würde es bemerken, ob sie mit Earl Harold hineinging, oder – in der Tat – wieder herauskam.

Erst gestern Abend hatte Brodie ihr berichtet, dass er auf seiner Rückkehr von der Großen Halle gesehen hatte, wie ebendieser Pavillon in seltsamem Licht erstrahlte. Edyth hatte ihn verspottet. Wenn er ein Bier in der Hand hielt, war er ohnehin nicht ernst zu nehmen, und außerdem erfand er immer wieder irgendwelche Geschichten, um sie zu erschrecken. Aber jetzt kamen ihr all diese Erzählungen plötzlich wieder in den Sinn und verhärteten sich zu einem schmerzhaften Klumpen der Angst in ihrer Kehle.

»Vielleicht«, stammelte sie mühsam, »wäre es besser, wenn ich in meinen eigenen Pavillon zurückkehrte?«

Harold neigte den Kopf zur Seite und lächelte leichthin. »Wenn Euch das lieber wäre. Ich werde Euch hinbringen.«

»Nein! Ich meine: Nein danke, Mylord. Ich schaffe das selbst.«

Er sah auf sie herab, nicht grausam, sondern mit steinharter Entschlossenheit. »Ihr wisst, dass ich das nicht zulassen kann. Wir müssen über das, was Euch heute zugestoßen ist, sprechen, und wir können das entweder dort mit Euren Eltern tun …« – er deutete über das Lager hinweg auf das gedrungene, schwarz-weiß-goldene Zelt – »… oder hier, mit meiner Frau.«

Edyth betrachtete sein Zelt erneut. War Lady Svana wirklich darin? Sie erinnerte sich noch immer an ihre kurze Unterhaltung bei der Hochzeit, aber das war ein ganz besonderer Tag gewesen, ein freier Tag. Würde sie sich trauen, auch hier bei Hof mit ihr zu reden? Aber andererseits: Konnte sie es wagen, sich der lautstarken Enttäuschung ihrer Eltern zu stellen? Und das so kurz vor dem großen Moment ihres Vaters?

»Das dachte ich mir«, sagte Harold lächelnd. Er ging zum Zelteingang und nickte dem wachhabenden jungen Diener zu. »Morgen, Avery.«

»Guten Morgen, Mylord, Mylady.«

Sein Leibeigener machte eine tiefe Verbeugung, schlug die Zeltplane zurück, und Harold tauchte darin ab. Edyth zögerte nervös. Ob es drinnen heidnische Bilder gab? Knochen? Vielleicht sogar Runen? Man erzählte sich, dass man sich, wenn man nicht wusste, was man tat, selbst verfluchen konnte, indem man sie las. Während der Hochzeit hatte es keine derartigen Schrecken gegeben, aber vielleicht *war* sie ja verzaubert gewesen. Harold steckte den Kopf heraus.

»Kommt, Edyth, und schnell, bevor Euer Vater Euch entdeckt.«

Er zwinkerte, und wie betäubt zwang Edyth ihre Füße, sie hineinzutragen. Sie wagte kaum einen Blick, aber als sie schließlich doch den Kopf hob, staunte sie erleichtert. Die rot-goldenen Zeltwände waren mit blassgelber Gaze verhangen und mit eleganten Wandteppichen geschmückt, auf denen nichts Heidnischeres zu sehen war als Blumen und Bäume. Auf dem Boden lagen Felle, die sich durch die dünnen Sohlen ihrer Stiefel weich anfühlten, und die spärlichen Möbel bestanden aus einfachem, hellem Holz.

Eine Öllampe hing von der Mittelstrebe herab. Sie war von blassgrünem Glas umgeben, das schimmernde Muster auf das Leinen der Zeltwände malte. Das Öl war offensichtlich mit Kräutern versetzt worden, denn die Luft hier drinnen duftete nach den eher derben Gerüchen im Zeltlager frisch und süß. In nichts ähnelte diese Behausung dem dunklen Pavillon ihrer eigenen Familie – der mit schweren Teppichen, Schilden und Waffen geschmückt war –, und Edyth blickte sich staunend um, bis ihre Augen auf ihre Gastgeberin fielen und ihr plötzlich vor Nervosität ganz flau wurde.

Lady Svana hatte sich aus ihrem Sessel erhoben. Sie war einen Kopf größer als Edyth. Sie trug ein fließendes Gewand in lichtem Frühlingsgrün, das an der Taille mit einem einfachen Band aus Bernsteinperlen zusammengehalten wurde. Ihr Haar – von der Farbe reifer Haselnüsse – trug sie offen wie eine Magd. Edyth versank in einem tiefen Knicks, aber Lady Svana ergriff ihre Hand und zog sie in einer einzigen leichten Bewegung nach oben und zu sich heran. Edyth nahm ihren Geruch wahr – nach Lavendel, Rosmarin und Gras – und sog ihn tief ein.

»Ihr seid Lady Edyth, nicht wahr?«, sagte die Gastgeberin mit sanfter, aber vollkommen menschlicher Stimme. »Wie schön, dass wir einander endlich richtig vorgestellt werden.«

Edyth versuchte zu lächeln, aber ihre Mundwinkel zitterten.

»Aber Ihr seht bedrückt aus, meine Liebe«, fuhr Svana fort. »Kommt, setzt Euch zu mir.«

Sie deutete auf einen wunderschönen Sessel aus geflochtener Weide, der mit weichem Schafsfell ausgelegt war, aber Edyth blickte von der fast weißen Wolle auf ihr zerrissenes, von der Baumrinde fleckiges Gewand und schüttelte den Kopf.

»Besser nicht, Mylady.«

»Warum zieht Ihr dieses Kleid nicht einfach aus, wenn Ihr Euch darin nicht wohlfühlt?«

Edyth geriet in Panik. Fingen so diese heidnischen Rituale an? War sie dem Kochtopf entgangen, um jetzt ins Feuer geworfen zu werden?

»Dahinter.« Lady Svana faltete einen laubgesägten Paravent auseinander. »Ihr könnt mein Nachtgewand tragen, und meine Magd kann die kleinen Risse nähen, während wir uns unterhalten.«

Edyth holte tief Luft und blickte auf ihren zerrissenen Rock hinab. »Kleine Risse?«

»Große, dicke Löcher, wenn Euch das lieber ist, meine Liebe. Aber jedenfalls wird die Ratsversammlung bald eröffnet, und Ihr werdet weniger Ärger mit Euren Eltern bekommen, wenn sie geflickt sind. Elaine näht sehr sorgfältig.«

Eine ältere Frau mit grauem Haar und freundlichen Augen kam hervor und nickte selbstbewusst. Edyth betrachtete ihre mitgenommenen Röcke und stellte sich Meghans Zorn vor, wenn sie bei dem wichtigsten Ereignis in der politischen Karriere ihres Vaters in diesem Aufzug erschien.

»Ich möchte Euch keine Mühe machen«, antwortete sie.

»Es macht keine Mühe, Mädel«, sagte Elaine. »Ich habe viele Risse dieser Art in den Kleidern meiner Herrin geflickt, als sie in Eurem Alter war, und die meisten davon ohne das Wissen ihrer lieben Mutter. Ihr seid auf einen Baum geklettert, was? Nun, nicht so schlimm, oder? Wenn Ihr nur …«

Sie deutete auf den Paravent, und Edyth, die nicht weiter protestieren wollte, schlüpfte dahinter und zog das Kleid aus. Es war eines ihrer besseren Gewänder aus dunkelgrüner Wolle, die ihre Mutter einem flämischen Händler für ein »hübsches Sümmchen« abgekauft hatte. Sie konnte sich also vorstellen, welchen Ärger sie mit Lady Meghan bekommen würde, wenn sie die Bescherung sah. Kleinlaut reichte sie es Elaine heraus und erhielt im Gegenzug eine leichte Robe aus weichem, fliederfarbenem Stoff. Soweit sie sehen konnte, wurde das Gewand nicht, wie normalerweise, über den Kopf gezogen, sondern von hinten angezogen, hüllte sie ein und wurde mit einem seidenen Band zusammengehalten. Es war viel zu lang, und sie musste es in den Händen zusammenraffen, um einen Schritt zu wagen, aber es fühlte sich wunderbar an.

»Es ist wunderschön«, sagte sie zu Svana, als sie wieder hervorkam. Ihre Scheu hatte sie durch die Freude über dieses Kleidungsstück ganz vergessen. »Was ist das für ein Stoff?«

»Osmanische Seide. Harold hat es mir von seinen letzten Reisen mitgebracht. Er hat Schuldgefühle, wenn er so lange weg ist, deshalb bringt er mir immer schöne Geschenke mit, um es wiedergutzumachen.«

»Und um sicherzugehen, dass sie mich zurücknimmt«, fügte Harold hinzu, schlang den Arm um Svanas schmale Taille und küsste sie. »Ich fürchte stets, dass sie meiner überdrüssig wird.«

»Aber das wird sie nie«, erwiderte Svana sanft.

Ihre Blicke trafen sich, und sie lächelten einander zu. In Edyth' Kopf sangen wieder die ewigen Worte *»Liebe braucht*

*Freiheit«*, aber nach dem, was sie heute Morgen gesehen hatte, kam ihr dieser Gedanke nicht mehr ganz so einfach vor. Ihr Leben lang hatte ihre Mutter von dem wunderbaren Mann gesprochen, der ihr wie ein wunderbares Geschenk irgendwann in den Schoß fallen würde, aber jetzt war ihr klar geworden, was das beinhaltete – nicht nur Große Hallen und schöne Gewänder und edle Pferde, sondern das gutturale, nackte Ritual des Ehebetts. Unbehaglich trat sie von einem Fuß auf den anderen, und Svana löste sich schnell von Harold und drückte sie mit festem Griff in einen Sessel.

»Ihr seht immer noch blass aus«, sagte sie. »Etwas warmer Wein wird Euch helfen. Harold!«

Harold nickte, und sehr zu Edyth' Verwunderung schritt er zu einem Seitentisch, goss Wein aus einem Krug in einen Kelch und schlenderte damit davon, wahrscheinlich, um ihn über einer der Kohlenpfannen im Zeltlager zu erhitzen.

»Aber … aber er ist ein Earl«, protestierte Edyth.

»Er ist ein Mann, Edyth. Er muss sich nützlich fühlen.«

Edyth dachte über diese neue Information nach. Mussten Männer sich tatsächlich so fühlen? Trieb sie das dazu, dass sie …?

»Edyth? Meine Liebe? Was habt Ihr von Eurem Baum aus beobachtet?«

Svana musterte ihr Gesicht, aber nicht wie ihre Mutter, wenn sie nach Schmutzflecken oder einem verräterisch schuldbewussten Gesichtsausdruck fahndete, sondern voller aufrichtiger Sorge. Doch Edyth fühlte sich noch immer unbehaglich.

»Nichts.«

Svana zog eine fein geschwungene Augenbraue in die Höhe. »Ihr vertraut mir nicht.«

Das war keine Anklage, aber Edyth sehnte sich danach, sich die Gunst dieser Frau zu verdienen, und die Versuchung, zu antworten, war groß. Sie sah sich um. Harold war immer noch nicht da. Avery stand vor dem Zelteingang, und Elaine beugte ihren grauen Kopf über die Nadel. Sie waren so allein, wie es bei Hofe nur möglich war.

»Da war ein Mann«, stieß sie hervor.

»Ein bestimmter Mann?«

»Lord Torr.« Sie errötete heftig, als sie das sagte; sogar sein Name klang jetzt schamlos.

»Oh. Oh, ich verstehe.«

»Tatsächlich?«

»Ich nehme an, er war nicht allein?« Edyth schüttelte den Kopf. »Mit einem Mädchen vielleicht? Waren sie nackt, Edyth?«

Sie sagte es so schlicht, dass Edyth vor Überraschung direkt antwortete. »Irgendwie schon. Er hatte keine Hose an, und seine Tunika war hochgeschoben, und sie … sie …«

»Hatte die Röcke bis zur Taille hochgeschoben?«

»Ja«, pflichtete Edyth bei, und ihre Kehle fühlte sich so trocken an, dass sie es kaum herausbrachte. »Aber sie war … Sie war …« Sie schloss die Augen und zwang sich, es auszusprechen, »... auf den Knien.«

Sie suchte weiter nach Worten, aber Svana rettete sie.

»Und Ihr wollt jetzt vielleicht wissen, ob das normal ist?« Edyth nickte stumm, aber Svana schien in keiner Weise verlegen zu sein. »Normal ist ein Wort, das uns so viele Grenzen auferlegt, nicht wahr? Und der menschliche Körper ist so wunderbar grenzenlos. Ein Mann und eine Frau können sich auf jede Weise lieben, die sie wollen.«

»Ja?«

»Natürlich, solange sie es *wirklich* wollen – und zwar *beide.* Lasst nie zu, dass ein Mann irgendetwas mit Euch tut, das Ihr nicht wollt, Edyth.«

»Auch dann nicht, wenn er mein Gemahl ist?«

*»Ganz besonders* nicht, wenn er Euer Gemahl ist!«

Svanas Stimme klang jetzt spielerisch, und Edyth blickte auf und entdeckte, dass Harold mit ihrem Wein wieder ins Zelt gekommen war. Sie spürte, wie Hitze ihren ganzen Körper durchflutete, und streckte die zitternde Hand nach dem Kelch aus, den er ihr entgegenhielt. Seit Jahren hatte ihre Mutter ihr eingeschärft, dass eine Frau ihrem Mann in jeder Hinsicht zu gehorchen hatte; sie wäre entsetzt gewesen, wenn sie Svanas Worte gehört hätte. Edyth blickte schuldbewusst zum Zelteingang hinüber, aber als Harold lachte, sah sie ihn an.

»Lasst Euch von ihr keine Flausen in den Kopf setzen«, sagte er leichthin und umfing erneut Svanas Taille, als ob seine Hände magisch und ohne sein Zutun von ihr angezogen würden. »Sie kommt aus dem Osten und glaubt deswegen, dass sie machen kann, was sie will.«

Er blickte auf seine Frau herab, und Edyth bemerkte, dass seine Augen sich verdunkelten, wie sie es bei Lord Torr im Wald ebenfalls gesehen hatte. Sie spürte, wie ihr neues Wissen und Bewusstsein sich hinter ihren Augen sammelte, schwer und quälend, und rieb sich über die Stirn, als könne sie es wegwischen. Svana beugte sich sofort zu ihr vor.

»Seid Ihr müde, meine Liebe?«

»Nein!«

»Verwirrt?«

»Ein wenig.«

»So soll es auch sein. Erwachsen zu werden braucht Zeit.«

Edith nippte an ihrem Wein. »Ich glaube, das Mädchen war bereit dazu.«

»Dann ist alles gut«, sagte Svana fest.

»Auch, wenn sie nicht verheiratet sind?«

»Besser, man ist verheiratet.«

»Wie Ihr beide?«

»Genau.«

»Aber Ihr seid doch nicht richtig verheiratet, oder?«

Das hatte ihr Vater ihr bestimmt hundert Mal versichert, aber ihre Worte schienen Svana wie Pfeile zu treffen.

»›Richtiger‹, als jeder Priester es zu tun vermag«, erwiderte sie spitz.

Edyth zuckte entsetzt zusammen, und Harold machte einen hastigen Schritt vor. »Eine Handfasting-Heirat verbindet zwei Herzen, Edyth. Das ist doch sicherlich mehr wert als das Aushandeln von Eheverträgen über Ländereien und auch mehr als der kirchliche Segen?«

»Ja«, stammelte sie und sah hilflos an ihm vorbei zu Svana hin, deren biegsamer Körper ganz steif war. »Ja, ja, ich verstehe. Es tut mir leid. Es tut mir so leid. Ich wollte nicht ...«

Aber so schnell, wie sich Svana angespannt hatte, erholte sie sich auch wieder, schüttelte den wie auch immer gearteten Zorn, der sie in seinen Fängen gehalten hatte, sichtbar ab.

»Nein, Edyth, *mir* tut es leid. Handfasting-Ehen sind ein Brauch meiner Leute, und ich vergesse immer, dass andere sie vollkommen anders bewerten als wir. Ich bitte Euch nur um das eine: Verlasst Euch niemals auf das Urteil anderer, wenn Ihr zur Frau heranwachst. Versteht Ihr?«

Edyth nickte; sie war sich peinlich bewusst, dass die meisten ihrer Ansichten – wenn es überhaupt Ansichten waren – eher die ihres Vaters als ihre eigenen waren. Earl Alfgar hatte seine Meinung immer frei heraus geäußert, und nie hatte sie auch nur in Erwägung gezogen, sie infrage zu stellen. Aber wenn seine Ansichten eine liebreizende Lady wie Svana verletzen konnten, dann war es jetzt höchste Zeit, einmal darüber nachzudenken.

»Sorgt Euch nicht«, sagte Svana, die ihren Gesichtsausdruck sah. »Euch bleibt noch viel Zeit. Ah, Elaine, danke.«

Edyth beugte sich dankbar über das geflickte Gewand und musterte es ungläubig – der kostbare Stoff war beinahe so gut wie neu. Sie blickte auf Elaines Finger, dann wieder auf ihr Kleid.

»Kannst du zaubern?«, fragte sie unsicher.

»Nein, Mädel.« Elaine lachte. »Ich habe nur ein bisschen Übung.«

Sanft legte Svana ihre Hand auf Edyth' Arm. »Es gibt keine Zauberei, wisst Ihr, Edyth – egal was gesagt wird –, außer vielleicht den Zauber, den wir selbst wirken. Soll ich Euch helfen, Euer Gewand überzustreifen?«

»Ich schaffe es allein, danke.«

Edyth drängte sich hinter den Paravent. Ihre Gedanken überschlugen sich. Sie zögerte, Svanas sinnliches Gewand auszuziehen, aber im Zeltlager erklang schon die scheppernde Kirchenglocke und rief die Menschen zur Ratsversammlung. Ihre Mutter würde wütend sein, wenn sie nicht anwesend war. Ihr Vater ebenfalls. Schnell zog sie sich um und faltete Svanas seidenglattes Gewand so sorgfältig wie möglich zusammen.

»Ich muss gehen.«

»In der Tat. Danke, dass Ihr uns einen Besuch abgestattet habt.«

Aus Svanas Mund klang es, als habe es sich nur um einen Höflichkeitsbesuch gehandelt, wofür Edyth dankbar war, aber Harold …? Sie sah zu ihm hinüber. Er war nicht besonders groß, aber er hielt die Schultern gerade und schien durch seinen gebieterischen Blick an Größe zu gewinnen. Sie nahm an, dass er als gutaussehend galt. Seine Augen waren von einem verblüffenden Mitternachtsblau, sein sandfarbenes Haar war wild gelockt, und seine Arme so kräftig und lang, dass sie wirkten, als könne er eine Frau zweimal umschlingen. Wie er wohl aussehen mochte, wenn er …? Sie schüttelte den unzüchtigen Gedanken ab. Sie konnte nicht herumlaufen und sich bei jedem beliebigen Mann diese Frage stellen, nur weil sie Zeuge einer solchen Szene geworden war.

»Werdet Ihr es meiner Mutter erzählen?«, fragte sie nervös.

Harold sah Svana an, und Edyth bemerkte, dass sie den Kopf schüttelte. Sie hielt den Atem an.

»Diesmal noch nicht«, bestätigte Harold. »Aber Edyth, gebt auf Euch Acht. Das nächste Mal fallt Ihr womöglich noch tiefer.«

Sie erinnerte sich an Torrs herausfordernden Blick und wusste, was er meinte. Sie schüttelte den Kopf, um die gefährlichen Erinnerungen loszuwerden, die sich dort festgesetzt hatten.

Sie verabschiedete sich von Harold und Svana und trat vorsichtig vors Zelt. Sofort entdeckte sie den schwarzen Mantel ihres Vaters auf einem der unebenen Pfade zwischen den Pavillons. Mit pochendem Herzen schlüpfte sie zur Seite, damit er sie nicht sah, und umrundete ein paar kleinere Zelte, um dann hinter ihm hervorzukommen.

»Vater.«

»Edyth, das wurde auch Zeit! Deine Mutter gackert bereits wie ein Zwerghuhn. Wo in Gottes Namen bist du gewesen?«

Edyth blickte zu ihm auf. Sie hatte ihren Vater bislang noch nie belogen, hatte es nie müssen. Oft genug war sie ein Opfer seiner Temperamentsausbrüche gewesen, aber im Großen und Ganzen war er zwar streng zu ihren drei Brüdern, bei ihr aber immer nachsichtig gewesen. Doch jetzt ... Sie kramte in ihrer Tasche, die Gott sei Dank immer noch an ihrem Gürtel hing, und holte die Bänder heraus, die sie auf dem Markt gekauft hatte. Mit unschuldigem Gesicht hielt sie sie ihm entgegen. Einen Augenblick lang wirkte er misstrauisch, dann grinste er.

»Also wirklich, Edie, mein Liebes, nur du kannst dich so lange mit ein paar Bändern aufhalten! Aber trotzdem ...« Er beugte sich vor, und ein fast kindliches Lächeln umspielte seine Lippen. »Wir müssen heute alle unser Bestes geben.«

Er tätschelte seine Tunika, eine neue in teurem Dunkelblau, die über seinem Bauch heller wurde. Dann deutete er mit einem verzagten Nicken auf die passenden Bänder an seiner Hose.

»Du siehst sehr gut aus, Vater«, versicherte Edyth.

»Danke, Edie, und ich bin überzeugt, dass deine Bänder dich ebenfalls kleiden werden; als Tochter des zukünftigen Earl of Northumbria solltest du so gut wie möglich aussehen.«

»Vater ...!«

»Pst, ist nur eine Formalität, nichts weiter. Ehe du dichs versiehst, wird jedermann es wissen. Aber jetzt komm, ich führe dich in den Witan – deine Mutter wartet schon seit Ewigkeiten auf der Bank, und ich muss mich den Ratsmitgliedern anschließen.«

Er richtete sich auf, und sein Gesicht war von feierlichem Ernst. Dann bot er ihr seinen Arm dar. Edyth nahm ihn vorsichtig. Ob er spürte, dass sie noch vor Kurzem am Arm des

Earl of Wessex einhergeschritten war? Aber Alfgar schien nichts zu bemerken. Und während die Großen und Mächtigen Englands sich zum Regierungsspektakel versammelten, konnte Edyth diese unbehagliche Vorstellung für sich behalten.

# Kapitel drei

»Edyth! Endlich! Hast du keinen Sinn für Höflichkeit? Wo im Namen aller Heiligen hast du nur gesteckt?«

»Tut mir leid«, murmelte Edyth. »Ich habe die Zeit vergessen.«

Ihre Mutter, Lady Meghan, saß auf einer der vorderen Bänke. Prächtig angetan mit einem neuen Gewand und einer dreireihigen Bernsteinkette, schäumte sie vor selbstgerechtem Zorn. Edyth umrundete sie und schlüpfte zwischen ihre beiden jüngeren Brüder. Ihre Wangen brannten, als sie das Grinsen der hinter ihnen sitzenden Menschen sah.

»Du warst sehr ungezogen, Edie«, sagte der neunjährige Morcar fröhlich.

»Sehr ungezogen«, stimmte Brodie auf Meghans anderer Seite selbstgefällig zu. »Manche Leute haben einfach keine Ahnung von Schicklichkeit, nicht wahr, Mutter?«

Edyth widerstand dem Drang, dem älteren ihrer beiden Brüder die Zunge herauszustrecken, und ließ stattdessen den Blick über die sich versammelnde Menge schweifen. Die Ratsversammlung wurde, wie immer, auf dem Gelände von Thorney Island zwischen der verfallenen Westminster Abbey und dem Kiesstrand, der zur Themse hinabführte, abgehalten. Diener hatten seit dem Morgengrauen gearbeitet, um ein hölzernes Podium zu errichten, das etwa zwanzig Schritte lang war, und nun blickte Edyth zu zwei riesigen Thronen hinauf, die darauf standen und deren reich geschnitzte Lehnen dem Fluss zugeneigt waren. Sie wünschte sich inständig, König und Königin würden ihre Plätze einnehmen und die Versammlung eröffnen, bevor ihre Mutter weiterschimpfen konnte.

»Wir sind jetzt schon seit Ewigkeiten hier«, sagte der kleine Morcar. »Mein Popo ist schon ganz wund vom Sitzen.«

»Pst, Marc.« Edwin, der zwei Jahre älter war, aber mindestens fünf Jahre ernsthafter, sah seinen Bruder mit verärgertem Stirnrunzeln an. »Derlei Worte darfst du nicht in der Öffentlichkeit benutzen.«

»Welche Worte denn? Popo?!«

Edwin hob die Hand, und Edyth beugte sich schnell vor und kramte in ihrer Tasche nach den Überresten der Trockenfrüchte, die sie auf dem Markt erstanden hatte. Sie teilte es zwischen den Jungen auf, und zumindest für den Augenblick war der Frieden wiederhergestellt. Sie stieß einen kleinen, erleichterten Seufzer aus und machte es sich bequem. Es war noch viel Zeit, egal was ihre Mutter sagte. Die achtzehn Räte hatten ihre Plätze auf den eleganten Stühlen unter dem Podium noch nicht eingenommen, und viele der Lords und Ladys drängten sich immer noch auf die halbkreisförmig angeordneten Bänke gegenüber. Da das Fürstentum Northumbria vergeben werden sollte, hatte sich auch der letzte Edelmann auf die Reise nach Westminster begeben, und Edyth wurde klar, dass ihre Mutter schon einige Zeit hier gewesen sein musste, um sich die vorderen Sitze zu sichern. Kein Wunder, dass sie griesgrämig war.

»Ihr nicht auch noch!«, hörte sie ihre Mutter jetzt murmeln, und Edyth blickte auf und verkniff sich ein Lächeln, als sich ihre Großmutter, die stattliche Lady Godiva of Mercia, graziös auf ein schmales Bankstück neben ihr gleiten ließ.

»Danke Euch, meine Liebe!«, sagte Godiva zu ihr, ordnete ihre eleganten goldfarbenen Röcke und zupfte die mit üppiger Spitze besetzten Ärmel ihrer Untertunika zurecht, so dass sie diskret an ihren immer noch schmalen Handgelenken hervorsahen.

»Ihr seid zu spät«, zischte Meghan.

Godiva sah ihre Schwiegertochter gelassen an. »Im Gegenteil. Ich komme genau zum richtigen Zeitpunkt, meine Liebe. Ich bin viel zu alt, um hier darauf zu warten, dass diese faulen Ratsmitglieder endlich erscheinen.«

Edyth kicherte, aber schließlich tauchten die »faulen« Ratsmitglieder – die höchsten Würdenträger Englands – aus dem Abteihof auf und bahnten sich den Weg durch die Menge. Nachzügler quetschten sich noch hastig auf die verbleibenden Sitze.

»Müsst Ihr so drängeln?«, sagte Edyth' Mutter jetzt und wandte sich entrüstet an eine üppige Frau, die sich auf das Ende ihrer Bank zu zwängen versuchte.

»Muss ich, ja«, erwiderte die Frau scharf. »Oder soll ich etwa wie ein gemeiner Bürger auf dem Boden sitzen?« Hochmütig deutete sie auf das Volk, das sich glücklich auf den Wiesen vor dem Dienstbotentrakt der Abtei zu ihrer Linken niedergelassen hatte. Wie immer waren sie mit Teppichen, Säcken und Strohballen hergekommen, auf denen sie sitzen konnten, und mit Körben voller Essen, um die Unmengen von Kindern zu füttern, die in ihrer Nähe spielten. Die Ratsversammlung war ein beliebtes Spektakel, und niemand, der in Gehweite lebte, wollte die Gelegenheit verpassen, die feinen Gewänder und das Regierungstheater in Aktion zu sehen.

Manchmal dachte Edyth, dass es in der rauen, wilden Menge viel mehr Spaß machen müsste, aber man sagte ihr, dass es nicht »würdevoll« sei, und offensichtlich empfand die Dränglerin es genauso. Als der König und die Königin unter lauten Hochrufen erschienen, versuchte die Nachzüglerin erneut, ihr Gesäß auf dem bedauernswert unzureichenden Platz neben dem entsetzten Brodie unterzubringen, aber Lady Meghan ließ das nicht zu.

»Hier ist kein Platz«, sagte sie eisig. »Wenn Euch ein Sitzplatz so wichtig war, hättet Ihr vielleicht früher kommen müssen.«

Sie schüttelte ihre Röcke auf, pflanzte ihre Füße darunter fest auf den Boden, und die Frau war gezwungen, den Rückzug anzutreten. Lady Godiva beugte sich vor.

»Sehr gut, Meghan, meine Liebe. Wer glaubt sie denn, dass sie ist, wenn sie erst zu dieser späten Stunde kommt?«

Edyth sah zu ihrer Großmutter auf, die ihr zuzwinkerte, aber Meghan schnaubte nur und sagte: »Manche Menschen müssen eben erst noch lernen, was sich gehört. Ich brauche Platz. Immerhin bin ich die Frau des Earl of East Anglia, und sehr bald werde ich …«

»Mutter, es ist noch nichts entschieden.«

»Ja, aber …«

»Still! Sieh doch, der König spricht.« Edyth deutete dankbar zum Podium, und erwartungsvolle Stille senkte sich über die Masse der Menschen herab, die sich auf der Insel zusammendrängten.

Königin Aldyth setzte sich auf ihren Thron, ihre schlanke Figur aufrecht und elegant, den Kopf hoch erhoben unter ihrer reich geschmückten Krone, während König Edward nach vorn trat, um zu seinen Leuten zu sprechen. Er war ebenso dünn wie seine Gemahlin, aber er war groß und hielt sich gerade. In seinem kostbaren, tiefroten Mantel und der juwelenbesetzten Krone mutete er durch und durch königlich an. Edyth erinnerte sich daran, wie Torr am vergangenen Abend so lässig darüber gesprochen hatte, dass ihm ein Erbe fehlte, und plötzlich ging ihr auf, wie weiß das Haar des Königs war, wie knotig seine Hände, als er sie erhob, um der Menge Schweigen zu gebieten. Wie gebeugt seine Schultern unter dem schweren Mantel. Sie schauderte, aber dann rief sie sich schnell ins Gedächtnis, dass die Königin noch jung war und sehr schön. Es war noch Zeit, viel Zeit. Torr hatte kein Recht, so zu reden.

Unwillkürlich wanderte ihre Blick umher auf der Suche nach dem hochmütigen Lord. Er saß an Earl Harolds Seite und sah unheilverkündend und selbstgefällig drein. Aber vielleicht war er ja immer so? Edyth hatte ihm zuvor nicht allzu viel Aufmerksamkeit geschenkt, aber jetzt schien sie ihn kaum ignorieren zu können. Er saß stocksteif da in einer Tunika, die so goldüberladen war, dass sie fast wie eine Rüstung wirkte, und er glänzte in der untergehenden Sonne wie ein Pfau neben dem ernsten Falken, seinem Bruder. Sein Mantel war mit seinem Wappen bestickt – dem scharfen Speer –, und er strich leicht darüber, während ein leichtes Lächeln seine vollen Lippen umspielte. Dachte er an die Dienstmagd?, fragte sie sich, und plötzlich fand sie ihre eigenen Gedanken abscheulich und wandte den Blick von Torr ab, um sie wieder auf den König zu richten.

»Ratsherren«, sagte der nun, »geehrte Gäste, Lords, Ladys und mein Volk – willkommen.«

Seine Hände beschrieben einen weiten Bogen, und alle beugten sich vor. Die Regengüsse des Frühlings hatten den

Tyburn zu einem gurgelnden Strom anschwellen lassen, dessen Wasser gegen das Ufer schäumte, so dass es schwer war, jedes Wort zu verstehen. Der König erhob die Stimme.

»Wir sind heute hier«, hub er an, »um den Tod eines großen Mannes zu betrauern. Earl Ward hat das Fürstentum von Northumbria seit zweiunddreißig Jahren mit großer Weisheit und Stärke regiert.«

Die Menge raunte bewegt. Earl Ward war ein Bär von einem Mann gewesen, wortgewaltig auf dem Schlachtfeld, aber umso weniger beredt in höfischer Gesellschaft. Ein Mann direkter Worte, der an die Macht gekommen war, als die Wikinger eine ständige Bedrohung für die Küsten des schwachen König Ethelred gewesen waren. Er war ein Mann von klaren, einfachen Grundsätzen gewesen, dessen Lebensinhalt darin bestanden hatte, für die Sicherheit seines Volkes zu sorgen. Er war ein getreuer Gefolgsmann der Krone gewesen, und es würde schwer sein, in seine Fußstapfen zu treten.

Edyth ertappte sich dabei, wie sie nach ihrem Vater suchte – dem Mann, der darauf hoffte, dies tun zu dürfen. Er saß zur Linken des Königs neben seinem eigenen Vater, Earl Leofric of Mercia, und Edyth konnte sehen, wie seine Knie zuckten und seine dicken Finger nervös an dem Rosenkranz an seinem Gürtel herumklickten. Seine neue Tunika war jetzt schon verrutscht, und eine der Bindungen an seiner Hose hatte sich gelöst und flatterte im Wind. Edyth sah nervös zu Meghan herüber, aber ihre Mutter blickte unverwandt nach vorn, und so konnte sie dem König nur weiter zuhören.

»Erzbischof Eldred wird nach diesem Witan einen Gedenkgottesdienst abhalten«, hörte sie und spürte, wie Morcar sie am Ärmel zupfte.

»Müssen wir da etwa auch noch hin, Edie?«

Sie legte ihm schnell die Hand auf den Mund, um seine helle Stimme zu dämpfen. »Ja, Marc.«

Er verdrehte seine hellbraunen Augen. »Aber das ist so langweilig.«

»Aber wir erweisen ihm die letzte Ehre.«

»Langweilig.«

Seine Worte waren wie ein Echo dessen, was Torr gestern Abend gesagt hatte, und Edyth rutschte erneut unbehaglich auf ihrem Sitz hin und her. Aber jetzt war nicht der richtige Zeitpunkt, um an derlei Dinge zu denken. Auf ihrer anderen Seite konzentrierte sich Edwin auf den König, und Brodie war fast genauso unruhig wie ihr Vater. Zwischen den beiden konnte sie Meghan sehen, wie sie sich ihre Nägel in die Handflächen grub, als könne sie sich das Fortkommen ihres Mannes aus dem Fleisch ritzen.

»Aber zuerst müssen wir einer feierlichen rechtlichen Verpflichtung nachkommen«, sagte König Edward.

Edyth spannte sich an. Lord Torr schob unaufällig seinen Mantel von den Füßen, als ob – sie hätte es schwören können – er sich gleich erheben wollte. Rechts von ihnen saß Lady Judith, Torrs magere Frau, noch gerader als sonst, und Edyth hörte Lady Godiva, die die Dinge stets durchschaute, leise seufzen. Plötzlich wünschte sie, der König möge weitere Lobeshymnen über die Tugenden des verstorbenen Earls singen. Sie schloss die Augen.

»Northumbria ist ein großes Fürstentum und eine riesige Herausforderung. Sein Herrscher schützt sein Reich und all die Menschen, die darin leben, vor unseren Feinden – vor den wilden Schotten im Norden und vor Hardradas grausamen Wikingern im Osten. Das ist eine große Aufgabe, und ich habe lange und intensiv darüber nachgedacht, wen ich dafür auswähle.«

Edyth spürte jetzt, wie auch ihre Nägel sich in ihre Handflächen bohrten, und war dankbar, als Morcar seine kleine Hand in die ihre schob und sie zwang, damit aufzuhören. Sie öffnete die Augen, und einen Augenblick lang sah sie die Versammlung nur noch ganz verschwommen. Doch dann sah sie wieder klar. Jeder Mann, jede Frau und jedes Kind in der Arena und davor schwieg konzentriert. Nur die Flüsse flossen unbeeindruckt vorbei, und Edyth konzentrierte sich auf einen kleinen Holzklotz, der auf die offene Themse zutrieb.

»Ich brauche einen furchtlosen, Respekt gebietenden und entschlossenen Mann für diese Aufgabe, und ich glaube ihn gefunden zu haben. Von heute an vertraut die Krone das Fürstentum Northumbria …«

Der Holzklotz traf auf die wogende Flut und wurde auf der Stelle unter die Wasseroberfläche gezogen.

»… Lord Tostig Godwinson an.«

Um Edyth herum brach die Menge in Jubel aus, aber sie konzentrierte sich auf das Holzstück. Wo war es? War es von den heimtückischen Unterströmungen der Themse in die Tiefe gezogen wurden? Die Welt schien stillzustehen, während sie in das aufgewühlte Wasser blickte. Aber plötzlich tauchte es wieder auf, schoss blitzschnell aus einem mit weißem Schaum besetzten Wirbel hervor und tanzte fröhlich stromabwärts. Edyth hätte fast zum Abschied die Hand gehoben, aber als sie sie bewegte, spürte sie Morcars feuchte Hand, und ihr Verstand setzte wieder ein.

»Nein«, stöhnte Meghan. »Nein, nein, nein.«

Brodie nahm sie fest in den Arm, aber er wirkte so schmal um ihre bebenden Schultern, dass er es sicherlich nicht allein schaffte, seine empfindsame Mutter vor dem Klatsch zu beschützen, der sich um sie herum bereits erhob.

»Warum weint Mutter?«, fragte Morcar Edyth.

»Weil wir nicht nach Northumberland gehen.«

»In das große Fürstentum zu der riesigen Herausforderung?«, fragte Edwin. »Das von so vielen Feinden umgeben ist?«

Edyth nickte. »Du hast gut zugehört, Edwin.«

»Aber warum sollten wir dort denn hingehen wollen?«, erklang nun wieder Morcars Stimme. »Klingt grässlich.«

Edwin sah ihn spöttisch an. »Es ist eine Ehre, Marc.«

»Es klingt trotzdem grässlich.«

»Es ist grässlich«, sagte Godiva energisch, »aber dein Vater wollte das Fürstentum trotzdem verliehen bekommen, und er gehört nicht zu den Menschen, die eine Kränkung leicht verkraften. Er muss jetzt unbedingt Ruhe bewahren.«

Ihre scharfen Augen fixierten ihren Sohn, wie ein Falkner seinen Vogel, und Edyth wandte sich nervös um und beobachtete Earl Alfgar. Er hatte sich halb von seiner Bank erhoben und fuhr sich mit den Händen durch sein dichtes Haar auf eine Weise, die sie nur allzu gut kannte.

*Setz dich, Vater,* bat sie ihn im Stillen, *bitte setz dich wieder hin.* Aber Alfgar war nicht in der Stimmung, um gedankliche Schwingungen aufzufangen, egal wie inbrünstig sie waren. Als Lord Torr seinen Mantel zurückschlug, so dass seine goldene Tunika aufglänzte, erhob sich Alfgar ebenfalls.

»Mutter«, warnte Edyth drängend und griff über Edwin hinweg, um Meghan am Knie zu packen und zu schütteln.

Meghan wurde bleich. »Alfgar«, murmelte sie. »Alfgar, nein.« Aber ihr Mann sah noch nicht einmal zu ihr hin.

»Warum?«, fragte er laut.

Die Menge wurde sofort still. Jemand kicherte. Alle beugten sich vor, um seine Worte verstehen zu können.

»Warum?«, fragte der König kalt. »Stellt Ihr etwa mein Urteil in Frage, Mylord?«

»Ist das nicht die Aufgabe der Ratsmitglieder, Sire?«

Scharf wurde in der Menge der Atem eingezogen, aber Edward neigte nur einfach den Kopf. »In privatem Rahmen, ja.«

»Aber diese Angelegenheit wurde nicht in privatem Rahmen diskutiert.«

»Weil, Earl Alfgar, diese Entscheidung nur zwischen mir und Gott getroffen wurde.«

»Und Gott wählte diesen … diesen aufgeblasenen Grünschnabel als Herrscher über Northumbria?«

»Leo«, murmelte Godiva drängend und leise, und als ob er seine Frau am anderen Ende der Arena gehört hätte, erhob sich nun Earl Leofric, um seinen Sohn zurückzuhalten. Alfgar jedoch war noch näher auf seinen König zugetreten, so dass sein Vater ihn nicht mehr erreichen konnte. Edward blickte auf ihn herab.

»Glaubt Ihr, Mylord, dass Ihr besser in der Lage seid, Gottes Wünsche für mein Königreich zu verstehen, als ich, sein gesalbter Vertreter?«

Alfgar zauderte. »Nein, Sire, natürlich nicht. Ich frage mich nur, ob Ihr die Angelegenheit in vollem Ausmaß überdacht habt. Ein Earl hat die Verpflichtung, für seine Leute Sorge zu tragen, und um das zu verstehen, braucht man Zeit und Weisheit. Lord Torr ist jung und unerfahren, während ich Euch seit vielen Jahren diene und mich in East Anglia als guter Herrscher erwiesen habe.«

»Ich hoffe, das werdet Ihr auch weiterhin sein.« Edwards Stimme klang warnend und scharf. Die Menschen in der Menge leckten sich die Lippen.

»Aber …«

»Nehmt wieder Platz, Earl Alfgar. Ihr unterbrecht die Ratsgeschäfte. Euer Geburtsrecht liegt in Mercia, und Ihr – und da Ihr der einzige Sohn seid, auch Eure Familie – werdet der Krone am besten in Mittelengland dienen. Lord Torr wurde einige Jahre als Mündel des Earls aufgezogen und kennt das Land gut. Ich bin überzeugt davon, dass er dort klug regieren wird.«

Er hob die Hand und deutete auf Torr, der breitbeinig dastand, das ansehnliche Haupt hoch erhoben. Alfgar sah zu ihm hinüber. Hinter ihm streckte Earl Leofric die Hand aus, aber Alfgar sprang mit einem erstickten Knurren davon, als hätte ihn die Berührung seines Vaters verbrannt.

»Wieder und wieder werde ich geschmäht.« Er schritt auf dem Podium auf und ab und funkelte die übrigen Ratsmitglieder wütend an. »Wieder und wieder muss ich für diese Familie zurückstehen.«

Er spuckte vor Torrs Füßen in den Staub, und die Menge hinter ihm heulte ermutigend. Edyth spürte, wie Lady Godiva neben ihr zitterte, und Kälte kroch ihr die Füße hinauf. Sie umfing Morcars warme Hand und legte Edwin unauffällig ihre andere Hand um die Schultern. Sie hatten ihren Vater schon oft so gesehen. Sein Temperament entflammte angesichts der kleinsten Kleinigkeiten. Dann versteckte man sich am besten und wartete ab, bis die Flamme wieder erloschen war. Der König jedoch wusste das nicht, und Edyth war sicher, dass es ihm auch gleichgültig war.

»Ich wurde erst dann zum Earl East Anglias ernannt, als dieser Emporkömmling …« Alfgar wirbelte herum, um wild auf Harold zu zeigen, »… ins Exil verbannt wurde. Und kaum kam er zurück – wohlgemerkt, durch die Kraft des Schwertes …« Er zog sein Schwert aus der Scheide, und die Menge keuchte wie aus einem Munde. »... befahl man mir, es zurückzugeben.«

»Vielleicht mit Recht, Mylord, wenn Ihr nicht wisst, wie man seiner Verantwortung gerecht wird.«

Das war Torr, seine Stimme beherrscht und ruhig, als er auf das Schwert deutete, das Alfgar schwang. Nur Ratsmitgliedern war es erlaubt, den Witan bewaffnet zu betreten, und zwar ausdrücklich nur zu dem Zweck, die Person des Königs zu schützen. Torr stellte sich bewusst vor Edward und griff nach Alfgars Waffe, aber dieser – noch erboster als zuvor – sprang davon und richtete es direkt auf den Rivalen.

Zu Edyth' Linken stöhnte ihre Mutter erneut, ein leiser, wehklagender Laut, der Edyth ans Herz ging. Sie wäre gern aufgesprungen und hätte ihrem Vater zugerufen, dass er aufhören möge, aber sie wusste, dass es keinen Zweck hatte. Er würde sie durch das Getöse seines eigenen Zorns ohnehin nicht hören. Er würde niemanden hören.

»Earl Alfgar!« Edwards Stimme dröhnte über die schweigende Menge hinweg. »Legt auf der Stelle Eure Waffe nieder.«

*Er weiß es nicht,* dachte Edyth. Der König wusste nicht, dass Ihr Vater in diesem Zustand taub für jegliche Vernunft war. Wie konnte er auch? Und jetzt machte er einen Schritt vor, und Alfgar richtete die Schwertspitze instinktiv fort von Torr und auf ...

Sofort waren alle Ratsmitglieder auf den Beinen. Schwerter blitzten, als sie aus den Scheiden gezogen wurden, und innerhalb weniger Augenblicke war Alfgar umzingelt. Er sah sich um, sein Zorn verwandelte sich in Verwirrung, und Edyth blutete das Herz, als hätte ihr Vater es selbst durchschnitten. Jemand – Earl Harold, dachte Edyth – nahm ihm behutsam das Schwert aus der erschlafften Hand, und er stand wehrlos und gebeugt vor seinem König.

»Earl Alfgar, das Schwert gegen den König zu richten, ist Hochverrat.«

»Sire, ich wollte nicht …«

»Hochverrat. Dafür kann es keine Gnade geben. Betrachtet Euch fortan als *Neiding.«*

»Neiding. Neiding!« Mit boshafter Freude griff das gemeine Volk das Wort auf, begeistert, Zeuge eines so dramatischen Spektakels zu sein. »Neiding.« Ein Nichts. Ein Gesetzloser.

Der König hob die Hände und sprach über den zischenden Chor hinweg: »Ihr müsst mit Eurer Familie dieses Land so lange verlassen, bis Ihr Euch eines Amtes wieder als würdig erweist.«

»Sire?« Alfgar sah so verwirrt aus wie ein alter Mann, der aus tiefem Schlummer hochschreckt, und der König legte ihm die Hand auf die Schulter.

»Ihr braucht Zeit zum Nachdenken, Mylord. Ihr müsst Euch darüber klar werden, was es bedeutet zu regieren, das Leben Eurer Untertanen in Euren Händen zu halten.«

»Das werde ich. Das werde ich, Sire.« Alfgar suchte nach einem Ausweg. »Das kann ich. Wirklich! Ich werde mich auf meine Ländereien in East Anglia zurückziehen und …«

»Alfgar, Ihr habt keine Ländereien mehr. Ihr seid ein Neiding.«

Wieder hallte das Wort von überall her wider, und nun hatten sich sogar die Lords und Ladys von ihren Sitzen erhoben und versuchten, den letztendlichen Urteilsspruch zu vernehmen.

»Nein!« Edyth umfasste ihre Brüder fester, als ihr Vater auf die Knie fiel. »Nein, bitte!«

»Das bereitet mir kein Vergnügen, Alfgar, aber ein solches Verhalten kann ich nicht durchgehen lassen. Ihr seid verbannt.«

Das Wort traf Edyth wie ein Hammerschlag auf den Kopf, und sie erzitterte darunter. Verbannt? Was hatte Torr gestern Abend gesagt? *Im Exil schwindet jede Hoffnung dahin, Edyth, denn man ist fern von allem, was man kennt und liebt.* Hatte er gewusst, was hier geschehen würde? Hatte er sich das erhofft?

Ihr Blick suchte nach ihm, fand ihn. Er stand etwas abseits, und voller Schrecken sah sie, dass er sie direkt anblickte. Sie spürte wieder seine Hand an ihrer Taille, als hätte er sie über die Menge hinweg nach ihr ausgestreckt, um sie an sich zu ziehen und jedem zu zeigen, dass diese Demütigung auch sie betraf.

»Wir müssen gehen.« Sie riss sich von seinem Anblick los und packte ihren älteren Bruder. »Wir müssen gehen, Brodie – jetzt!«

»Sehr richtig, meine Liebe«, sagte Lady Godiva ruhig, dann beugte sie sich dichter heran und fügte hinzu: »Pass auf dich auf, Edyth – und bleib stark. Ich weiß, dass zumindest du das sein kannst.«

Überrascht sah Edyth ihre Großmutter an. Dann nickte sie dankbar und wandte sich um. Brodie hatte sich hoch aufgerichtet. Er hielt seine Mutter fest im Arm und begann, sich den Weg aus der Arena zu bahnen. Aber die große Frau, der Meghan zuvor den Sitzplatz verweigert hatte, stellte sich ihnen in den Weg.

»Habt Ihr beschlossen, die Bank jetzt doch zu räumen?«, stichelte sie. »Wie freundlich!« Durch das Kichern der Umstehenden ermutigt, fügte die Frau hinzu: »Manche Menschen müssen eben erst noch lernen, was sich gehört.«

Noch mehr Gelächter.

»Geh weiter, Brodie«, drängte Edyth, aber es war, als ob sie von allen Seiten bedrängt würden, angerempelt – wie Äpfel, bei denen man nach faulen Stellen sucht. Ihr drehte sich der Magen unter den vielen Berührungen, aber dennoch kämpfte sie sich hocherhobenen Hauptes weiter den Weg frei.

»Urteilt nicht vorschnell«, sagte sie herausfordernd. »Das Schicksalsrad kann sich allzu schnell wieder drehen.«

»Oftmals sogar zu schnell für uns Sterbliche«, stimmte eine tiefe Stimme ihr zu. »Lasst sie bitte durch, lasst sie vorbei. Zeigt ein wenig Gnade vor Gottes Angesicht.«

Die Menge teilte sich, als ob Moses selbst gesprochen hätte, und Edyth entdeckte, wie Harold Godwinson vortrat, als sie ihre Familie durch die willkommene Gasse führte.

»Gott segne Euch, Mylord«, sagte sie, als sie ihn erreichten.

»Und Euch, Lady Edyth. Wir werden Euch Geleit geben.«

Er drehte sich zur Seite, und Lady Svana tauchte neben ihm auf. Sie trug ein weiches, graues Gewand, das sie im Gehen wie Nebelschwaden umwirbelte, aber fest wie ein Felsen wich sie nicht von Edyth' Seite, als sie auf die Tore des Lagers zuschritten.

»Wo gehen wir hin?«, fragte Edyth sie.

»Ich weiß es nicht. Aber Euer Vater wird für Eure Sicherheit sorgen.«

»Wie er es heute Morgen getan hat?« Edyth beherrschte sich wieder. »Das wird er, ich weiß. Ich habe nur …« Sie senkte die Stimme. »Angst.«

»Natürlich habt Ihr die. Ich war so vollkommen verängstigt, als Harold verbannt wurde, dass ich wochenlang krank war.«

»Wirklich?«

»Wirklich. Aber am Ende wurde alles gut.«

Sie gelangten zu der Brücke, die von der Insel herabführte, und Harold blieb stehen.

»Ihr seid Euch sicher bewusst, dass Euer Bruder an dem Verlauf der Ereignisse beteiligt war«, sagte Edyth vorsichtig zu ihm.

Er verbeugte sich. »Was mir in der Tat kein Vergnügen bereitet.«

Edyth wollte noch etwas sagen, aber Harold zog sich bereits zurück, sein Blick war wachsam. Sie ergriff Svanas Arm.

»Wie lange?«, fragte sie drängend. »Wie lange hat es gedauert, bis er zurückkehren durfte?«

Svana schluckte. »Ein Jahr.«

»Ein Jahr? Ein ganzes Jahr? Was soll ich so lange nur tun?«

Svana beugte sich vor und hauchte ihr einen Kuss auf die Stirn. »Schreibt mir.«

»Das wollt Ihr nicht wirklich …«

»Schreibt mir, Edyth, wirklich. Und jetzt seht dort.«

Edyth wandte sich um und folgte Svanas Blick. Sie entdeckte ihren Vater zwischen zwei Wachmännern, die Knie und das Haupt tief gebeugt.

»Vater!«

Alles andere war vergessen. Sie rannte zu ihm hinüber, schob die verlegenen Wachmänner einfach beiseite. *»Ihr werdet Eurem Vater morgen eine Stütze sein müssen«,* hatte Lord Torr – jetzt Earl Torr – am vergangenen Abend zu ihr gesagt, und die spöttischen Worte wollten ihr jetzt einfach nicht aus dem Kopf gehen. Wie konnte er es wagen? Wie konnte er jemals annehmen, wenn auch nur für einen einzigen Augenblick, dass sie das nicht sein würde?

»Es tut mir so leid«, sagte Alfgar und zog die Seinen in die bebenden Arme. »Es tut mir so unendlich leid.«

»Es wird schon werden«, sagte Edyth zu ihm. »Alles wird gut werden, Vater. Wir werden zusammen dafür sorgen. Nun kommt.«

Lady Godiva hatte gesagt, dass sie stark sein konnte, und das würde sie beweisen. Sie reckte das Kinn, nahm Alfgars Arm und führte ihre Familie von Westminster fort, fort von der Menge und fort vom Hof.

# Kapitel vier

**North Wales, Mai 1055**

»Hier werden wir unsere Macht wieder aufbauen, Edyth.« Alfgar ließ die Zügel los und breitete die Arme aus. »Hier sind wir in Sicherheit.«

»In Sicherheit«, echote Edyth gehorsam, obwohl das in Wahrheit wohl kaum die erste Formulierung war, die ihr in den Sinn kam.

Sie waren tagelang geritten, und sie war erschöpft und wund vom Sattel. Morcar hatte die meiste Zeit über gequengelt, sich die haselnussbraunen Locken gerauft und den Mägden bittende Blicke zugeworfen. Und er wurde immer wütender, als er merkte, dass er diesmal nicht mit seinen charmant funkelnden Augen seinen Kopf durchsetzen konnte. Im Gegensatz dazu war Edwin immer stiller geworden, hatte sich hinter seinem blonden Schopf verschanzt und kaum genug gegessen, dass seine magere Gestalt bei Kräften blieb. Heute Morgen hatte er noch kein einziges Wort gesprochen, aber eigentlich gab es ja auch nicht allzu viel, worüber man hätte reden können.

»In Sicherheit«, wiederholte Edyth, wie um zu testen, ob dieses Wort der Wahrheit entsprach. Aber es klang nach wie vor falsch.

Sie sah sich um. Sie standen auf der Kuppe einer recht hohen Anhöhe und konnten das unebene Weideland überblicken, das von unzähligen Schafen übersät war und sich bis zum fernen Meer erstreckte. Und was für ein Meer das war! Edyth war in Mercia, im Land ihrer Väter, aufgewachsen und an herabstürzende Flüsse und große Seen gewöhnt, aber nicht an diesen schier grenzenlosen Ozean. Auch nachdem ihr Vater zum Earl von East Anglia ernannt worden war, hatten sie sich immer im Landesinneren um Thetford und Nazeing aufgehalten und die ungeschützte Ostküste gemieden. Sie kannte natürlich die Gezeiten der Themse, und manchmal war sie nach den höfischen Zusammenkünften in Winchester nach Southampton geritten, aber dort war das Meer im Vergleich zu diesem wilden walisischen Wasser schmal und zahm.

Es war Frühling. Das erkannte man am Grün des Grases und dem Buttergelb der Narzissen, die allerorten Freude verkündeten. Doch die zarten Sonnenstrahlen konnten die entschlossene Kälte der Meeresbrise nicht durchdringen oder den wogenden Wellen Farbe verleihen. Edyth zitterte auf ihrem Sattel. Das Meer erschien ihr wie eine eiserne Klammer, die das hilflose Land in ihren Klauen hielt. Eine Flottille aus langen, dunklen Booten lag vor der Küste vor Anker, aber ansonsten war das Wasser ein riesiges, erbarmungsloses Nichts. Ihr Vater musterte sie erwartungsvoll, als ob er ihr eine Art Festmahl präsentierte, aber die Antwort fiel ihr schwer.

»Mir kommt dieses Land alles andere als sicher vor, Vater«, bekannte sie schließlich.

»Pah!« Er warf den Kopf in den Nacken, und sie spürte den Stachel seiner Enttäuschung. »Das hier ist Rhuddlan, Mädchen, der Palast des Roten Teufels selbst, denn so nennt man

König Griffin von Wales. Glaub mir, hier ist es absolut sicher – zumindest, solange man auf seiner Seite steht!«

Er lachte herzhaft über seinen eigenen Witz, und Edyth blickte zu Brodie hinüber. Ihr hoch aufgeschossener Bruder biss die Zähne zusammen, wie er es immer zu tun pflegte, wenn er Angst hatte, und das machte sie kühner.

»Und *sind* wir denn auf seiner Seite, Vater?«

»Natürlich, natürlich. Wofür hältst du mich, für einen Dummkopf? Ich habe König Griffins Aufstieg in den vergangenen zehn Jahren verfolgt. Ich wurde schon auf ihn aufmerksam, als wir noch in Mercia lebten, aber auch von East Anglia aus …« – er reckte beim Gedanken an sein verlorenes Fürstentum das Kinn – »… habe ich immer dafür gesorgt, dass sich Freunde von mir in seiner Nähe aufhielten.«

»Spione, Vater?«

*»Freunde,* Edie. Ein Mann braucht Verbündete, wenn er bei Hof prosperieren will. Ich habe hart gearbeitet, um mir diese Freunde zu schaffen, und nun trägt diese Arbeit Früchte. Griffin ist soeben von einem großen Sieg im Süden von Wales zurückgekehrt und wird nach Möglichkeiten Ausschau halten, um seine politische Stabilität weiter zu sichern. *Ich* bin eine dieser Möglichkeiten.«

»Du bist ein liebevoller und fürsorglicher Gatte und Vater, Alfgar, mein Lieber«, sagte Meghan.

Edyth blickte erneut zu Brodie hinüber, und diesmal fing er ihren Blick auf, und sie sah, dass sich ihre eigene tiefe Skepsis in seinen Augen widerspiegelte. An Alfgars Ausbruch im Königlichen Rat war nichts Fürsorgliches gewesen, allerdings wagte keiner von ihnen, das auszusprechen.

»Ich gebe mein Bestes.« Alfgar lächelte. »König Griffin ist der Herrscher über ganz Wales – der erste Mann, der es je gewagt hat, die Vorherrschaft über alle vier Territorien zu erlangen, und das mit kaum mehr als vierzig Jahren. Das, Edie, hat er durch politische Intelligenz, Wagemut auf dem Schlachtfeld und, wie man mir berichtet, dank endloser Energie und dank seines Charismas geschafft.«

»Mit anderen Worten«, sagte Brodie leise zu Edyth, »der Rote Teufel ist listig, skrupellos und gnadenlos.«

»Und unser Gastgeber«, fügte Edyth nervös hinzu.

»Wenn er dazu bereit ist«, gab Brodie zurück.

Edyth erschauerte und blickte erneut über das wilde Land. Unter ihnen, im Herzen des Tals, stand die mutmaßliche Festung des walisischen Königs. Sie ähnelte einer klassischen englischen Burg, umschlossen von einem spitzpfahligen Palisadenzaun. Darin befanden sich die üblichen schilfgedeckten Gebäude – eine Große Halle, Schlafsäle, Ställe, Küchen und Latrinen –, aber im Gegensatz zu den meisten englischen Palästen stand dieser hier allein in der öden Landschaft. Nirgends entdeckte sie eine Stadt, kleinere Dörfer oder andere Zeichen menschlichen Lebens jenseits der königlichen Umfriedung.

»Reiten wir hinein, Vater?«

»Natürlich, Edyth, natürlich.«

Das Lächeln, das Alfgar ihr schenkte, war ein wenig zu strahlend, und Edyth wurde plötzlich übel, als sie erkannte, dass auch er nervös war.

»Erwartet der König uns denn?«

»Oh ja. Ich habe ihm Briefe gesandt. Offensichtlich hat er keine Gelegenheit gefunden, uns zu antworten, da wir bereits auf Reisen waren und er gerade vom Schlachtfeld zurückkehrte, aber ich bin zuversichtlich, dass wir ihm willkommen sind.«

Dennoch zögerte er. Unten bemerkten Edyth mit ihren scharfen Augen, dass die großen Tore Rhuddlans sich öffneten. Zwei Männer auf Pferden ritten hinaus, in voller Rüstung mit erhobenen Schwertern.

»Äh, Vater …«

»Nicht so ungeduldig, junge Dame. Ich werde kurz in unserem Gepäckwagen nach einem passenden Geschenk suchen, das wir Griffin bei unserer Ankunft überreichen können.«

»Vater, sieh doch!« Brodie hatte die Männer ebenfalls entdeckt und zerrte am Ärmel seines Vaters.

Alfgar erbleichte. Er sah sich nach seiner Familie um, und einen Augenblick lang glaubte Edyth, er würde ihnen befehlen, in die dunklen, zerklüfteten Berge am Horizont zu fliehen, aber dann straffte er die Schultern.

»Ihr bleibt hier. Ich werde diesen Männern entgegenreiten.«

Er gab seinem Pferd die Sporen, aber offenbar mit zu wenig Überzeugung, um das Tier anzutreiben. Fluchend vergrub er die Sporen erneut im Fell des Pferdes, und jetzt preschte es vor, so dass er sich an den Zügeln festhalten musste, um oben zu bleiben.

Meghan ließ sich auf den Hals ihres Pferdes sinken. »Man wird ihn umbringen«, stöhnte sie. »Erst ihn und dann uns alle.«

Bei diesen Worten fing Morcar an zu weinen, und Edyth wendete schnell ihr Pferd, um an die Seite ihres kleinsten Bruders zu reiten.

»Unsinn, Mutter«, sagte sie brüsk. »Er wird keine Besucher töten, die in friedlicher Absicht kommen. Er ist ein König.«

»Ein walisischer König«, sagte Meghan düster, und Morcar wimmerte erneut.

»Mutter«, tadelte Edyth. »Wir müssen stark bleiben, wie meine verehrte Großmutter sagte.«

»Ja nun, deine verehrte Großmutter sitzt ja auch nicht in der walisischen Wildnis und hofft auf die Gastfreundschaft eines teuflischen Königs.«

»Mutter!« Morcar weinte jetzt noch lauter, und Edwin war so weiß wie die Schafe, die sie umstanden. Edyth streckte beiden Brüdern die Hände entgegen. »Alles wird gut werden, meine Brüder. Wirklich.«

Morcar nickte gehorsam, aber Edwin funkelte sie nur wütend an. Im Tal hatte Alfgar mittlerweile die bewaffneten Männer erreicht. Es folgte ein kurzer Wortwechsel, aber dann senkten sie die Schwerter, beugten die Köpfe, und plötzlich wandte sich Alfgar um und bedeutete ihnen mit aufgeregtem Winken nachzukommen.

»Siehst du«, sagte Edyth zu Edwin. »Ich habe dir doch gesagt, dass alles gut wird.«

Doch Edwin sagte nichts, seine hellen Augen wirkten umwölkt unter seinem windzerzausten Haar. Und es blieb ihnen nichts übrig, als ihre Pferde anzutreiben, um der augenscheinlichen Sicherheit des Palastes von Rhuddlan entgegenzureiten.

»Ist das der König?«, flüsterte Morcar und zog Edyth am Rock.

Verstohlen streckte sie die Hand nach unten aus, um ihn daran zu hindern. Sie hatte sich umgezogen und ihre beschmutzte Reisekleidung gegen das tiefgrüne Gewand eingetauscht, das sie auch bei der Ratsversammlung getragen hatte, und sie wollte verhindern, dass Elaines bislang unbemerkte Näharbeiten wieder aufgingen.

»Natürlich, Dummchen«, antwortete Edwin an ihrer Stelle mit von der Wärme und dem Essen gelösterer Stimme. »Er trägt schließlich eine Krone.«

»Aber er ist so … so …«

Morcar suchte nach dem richtigen Wort, und als Edyth sich in der vollen Halle umsah, erkannte sie auch, warum. König Griffin stand mit ihren Eltern an der riesigen Feuerstelle in der Mitte, etwa zehn Schritte von dort entfernt, wo sie mit den Jungen nervös darauf wartete, ihm vorgestellt zu werden. Obwohl er auf gleicher Höhe wie seine Untertanen stand, schien er sie weit zu überragen, seine schlanke, große Gestalt ebenso großartig wie angsteinflößend. Er war fast so groß und breitschultrig wie der legendäre Earl Ward, aber er wirkte noch imposanter durch seine dunkle Mähne, die von tief kupferfarbenen Strähnen durchzogen war, und auf der ein einfacher, goldener Haarreif thronte, der sowohl seine Majestät als auch seinen Status als Krieger betonte.

Trotz der Kälte trug er eine kurzärmelige Tunika aus schwerem rotem Stoff, und dicke goldene Armreifen umfingen seine Arme und wanden sich durch das dichte und gleichfalls kupferfarbene Haar, das sie bedeckte wie Rost. Auch seine Beine waren nackt. An den Füßen trug er hervorragend gearbeitete Lederstiefel, die ihm bis zu den Knien reichten. Das Leder war mit kunstvollen keltischen Knoten verziert, die sich in Blau davon abhoben. An seinem Gürtel war eine passende Scheide befestigt, in der ein Schwert ruhte. Dessen massiver, ungeschmückter Knauf wartete wie ein gehorsamer Hund nur darauf, ihm in die große Hand zu gleiten.

Er sah tatsächlich wie der Rote Teufel aus, als der er bekannt war, und doch war sein Gesicht anziehend, und aus seinen Augen – blassblau wie Aquamarine – leuchteten Verstand und Intelligenz. Als Alfgar Edyth nach vorn winkte und die Menge sich neugierig teilte, um sie hindurchzulassen, wandten sich diese Augen ihr zu, und sie hatte das Gefühl, als ob er jedes kleinste Detail an ihr wahrnahm, als ob sie nackt vor ihm stünde. Unvermittelt durchfuhr ein erregter Schauer ihren Körper – wie ein Pfeil, der sie im tiefsten Kern ihres Seins traf.

Der König lächelte. Er schien ihre Reaktion zu sehen, als hätte er diesen Schauer bewusst verursacht. Sie trat näher und ertappte sich dabei, wie sie sein Lächeln erwiderte.

Ihr Vater versuchte, etwas zu sagen, aber Griffin trat vor und schnitt ihm das Wort ab. »Das muss Lady Edyth sein.«

Alfgar fing sich schnell wieder. »Das ist meine Tochter, Sire, ja.«

Edyth sank in einen tiefen Knicks und hörte Griffin lachen – ein volltönendes, musikalisches Lachen. »Sie ist wohlerzogen. Diese hübschen englischen Manieren.«

Er streckte ihr seine große Hand entgegen, und Edyth wollte sie dankbar ergreifen, weil sie glaubte, dass er sie aus der Bittstellung befreien wollte. Aber er umfing stattdessen ihr Kinn. Seine Finger waren warm und überraschend sanft, obwohl er nachdrücklich ihr Gesicht nach oben schob. Edyth' Mund wurde mit einem Mal ganz trocken, und sie leckte sich über die Lippen. In Griffins Augen flackerte es.

»Ich fühle mich geehrt, in Eurem wunderschönen Palast Aufnahme zu finden, Sire«, brachte sie hervor, sich der walisischen Höflinge – einer raubeinigen Versammlung von Soldaten und ihrer hübschen, dunkelhaarigen Frauen –, die sie umzingelten, schmerzhaft bewusst.

»Das habt Ihr«, stimmte er mit bedächtigem Lächeln zu, »und ich bin erfreut, Euch hier zu haben.«

Er betonte das Wort »haben« auf seltsame Weise, und Edyth, die immer noch vor ihm kniete, spürte, wie ihr das Blut in den Adern sang. Hinter ihr versetzte ihre Mutter ihr einen Knuff, aber was hätte sie tun sollen? Der König sah ihr direkt ins Gesicht, seine Finger immer noch unter ihrem Kinn, und seine Augen bohrten sich förmlich in die ihren.

»Ich hoffe, dass wir Euch keine Unannehmlichkeiten bereiten werden, Sire«, stammelte sie.

»Mir Unannehmlichkeiten bereiten?« Gott sei Dank zog er sie endlich auf die Füße. »Ich glaube sogar, Edyth Alfgarsdottir, dass Ihr mir möglicherweise sogar recht viel Ärger bereiten werdet.«

Jetzt lachte auch ihr Vater, ein raues, unbehagliches Geräusch, das man eher bei einem Esel als einem Mann erwartet hätte. Edyth war entsetzt.

»Sire, ich hatte nicht die Absicht …«

»Pst, Lady Edyth. Keine Sorge. Ich mag Ärger, nicht wahr, Männer?«

Er ließ sie endlich los und wandte sich seinen Höflingen zu, die lachten und ihm antworteten. Sie sprachen ihre eigene Sprache, und trotz ihres lieblichen Klangs bestand kein Zweifel an dem zotigen Unterton. Edyth zwang sich, bescheiden nach unten zu blicken, aber ihr Blut pulsierte. Die Jungen wurden ebenfalls vorgestellt, und sogar Morcar verbeugte sich tief, was ihm ein herzhaftes Tätscheln auf den Rücken einbrachte. Dann wandte Griffin sich plötzlich um.

»Lady Edyth, Lady Meghan, ich möchte Euch Lady Gwyneth vorstellen.«

Der König streckte die Hand nach hinten aus und zog wie ein Zauberer eine Frau aus der Menge hervor. Er zerrte sie förmlich nach vorn, so dass sie stolperte und den König wütend anfunkelte, als sie sich aufrichtete und die Neuankömmlinge musterte. Anhand der Linien um ihre Augen und auf ihrer Hand, die sie ihnen zögernd entgegenstreckte, schätzte Edyth, dass sie so alt wie ihre eigene Mutter sein musste, aber das Leben nicht freundlich mit ihr umgegangen war. Meghans hübsches Gesicht war guter Ernährung und feinen Ölen zu verdanken, Lady Gwyneth hingegen war unglaublich dünn, fast schon mager, und ihr Gesicht war zwar faszinierend, aber ausgemergelt und angespannt. Unwillkürlich blickte Edyth wieder zum König, der vor Gesundheit und Vitalität nur so strotzte, und fragte sich, warum er diese Frau so kurzhielt.

»Ihr glaubt, ich gebe ihr nichts zu essen«, sagte Griffin.

Edyth zuckte zusammen. Hatte sie etwa laut gesprochen? »Natürlich nicht, Sire.«

»Ich sage ihr immer wieder, dass sie etwas essen soll, aber sie widersetzt sich mir!«

Lady Gwyneth ging zum Angriff über, ihre Hände flogen in ihre mageren Hüften. »Ich unterstehe nicht Eurem Befehl.«

»Das glaubt Ihr beharrlich.« Der König grinste Edyth an. »Lady Gwyneth nährt ihren Zorn.«

»Lady Gwyneth«, spie die Lady hervor, »hat jede Menge Gründe, zornig zu sein.«

Edyth blickte von einem zum anderen, erstaunt über diesen lautstarken Wortwechsel. Auch am englischen Hof gab es Auseinandersetzungen, aber sie fanden immer hinter verschlossenen Türen statt. Dünnen Türen vielleicht – die ganz sicher nicht ausreichten, um Klatsch und Tratsch Einhalt zu gebieten –, aber immerhin Türen. Sie ließ den Blick über Griffins Hof schweifen, genoss offen das lebhafte Streitgespräch und spürte, wie ein gefährliches Lachen in ihr aufstieg, während das königliche Paar miteinander abrechnete.

»Vielleicht, Mylady, hättet Ihr es lieber gehabt, wenn ich Euch geheiratet hätte?«

Edyth sah, wie die Augen ihrer Mutter sich weiteten, und hatte ihre liebe Not, die eigene Überraschung zu verbergen. Gwyneth jedoch streckte ihre knochigen Hüften vor und funkelte den König aus fast schwarzen Augen an.

»Vielleicht, Mylord, hätte ich Euch noch in einer Million Jahren nicht geheiratet.«

»Seltsam – dabei konntet Ihr es doch kaum erwarten, mit mir das Bett zu teilen.«

Einige der Männer grölten, und Meghan hielt sich die Hand an den Kopf, als müsse sie gleich in Ohnmacht fallen. Edyth sah, wie Alfgar seiner Frau einen Arm um die Taille legte, aber seine eigenen Augen leuchteten vor Belustigung, und sie fragte sich mit einem Mal, ob ihr Vater hier, in einem Land, das offenbar nicht von langweiligen Konventionen regiert wurde, einen Ort gefunden hatte, an dem er aufblühen würde.

»Ich hatte wohl kaum eine Wahl!«, kreischte Gwyneth.

Darauf hob Griffin die große Hand. »Das stimmt nicht, Mylady. Ich habe nie eine Frau in mein Bett gezwungen.«

»Brauchtet Ihr ja auch nie«, rief jemand aus der Menge, und Griffin grinste und winkte, als ob er ein großes Kompliment entgegennähme.

»Vielleicht, weil ich der König von Wales bin!«

Daraufhin brach die Große Halle in Hochrufe aus, die Männer jubelten über den neuen Status ihres Anführers. Edyth sah sich verwundert um. Brodie hatte sich aus ihrer Gruppe inmitten der Halle entfernt und war zu ein paar Jungen hinübergegangen. Edyth sah, wie er strahlte, als einer von ihnen ihm herzhaft, aber anscheinend gastfreundschaftlich auf den Rücken schlug. Meghan hatte unterdessen ebenfalls die Gelegenheit ergriffen, sich von ihrem Mann zu lösen und die beiden kleineren Jungen, die mit großen Augen dem Treiben zusahen, zu den beiden großen Türen zu geleiten, wo die Amme voller Angst kauerte. Die Magd packte die zwei und drängte sie dankbar hinaus. Edyth bemerkte, wie ihre Mutter ihnen ein paar Schritte folgte, bevor sie sich zwang, wieder hineinzugehen.

Sie betrachtete Griffin erneut. Er stand hoch aufgerichtet und stolz da, nahm die Bewunderung seiner Leute entgegen, als habe er ein Recht darauf, und Edyth musste zugeben, dass – so huldvoll König Edward immer auftrat – dieser Mann es war, der wirklich wie ein Monarch wirkte. Er fing ihren forschenden Blick auf und lächelte.

»Ihr haltet uns sicher für sehr wild, Lady Edyth.«

»Nein, Sire. Ihr habt einen großen Sieg errungen und solltet feiern.«

»Ihr habt recht. Und wie sollen wir feiern?«

Stille senkte sich über die Halle herab, und Edyth war sich schmerzhaft bewusst, dass sich viele Augenpaare wieder auf sie richteten.

»Mit einem Gelage?«, schlug sie verlegen vor. »Und … und mit Tanz?«

»Tanz – ja!« Griffin verbeugte sich tief. »Und Ihr, Edyth Alfgarsdottir, unser höchst willkommener Gast, werdet mir die Ehre erweisen.«

Edyth sah zu ihrem Vater hinüber, der ermutigend nickte. »Die Ehre ist ganz auf meiner Seite, Sire.«

Edyth nahm Griffins dargebotene Hand, und noch mehr Hochrufe wurden laut, als der König seinen Höflingen bedeutete, um die Feuerstelle herum eine Tanzfläche freizumachen.

Ihr Herz sang vor Freude. Der König, dieser strahlende, ungeschliffene Rubin, mochte sie. Vielleicht würde das Exil ja doch nicht so schlimm werden?

Wenig später, als Edyth an die Wand der Frauenlatrine gedrängt wurde, war sie sich dessen nicht mehr ganz so sicher.

»Was fällt dir ein, junge Lady?«

Meghan stemmte eine Hand in ihre üppige Hüfte. Mit der anderen drückte sie Edyth an die kalte Holzwand. Sie kochte offensichtlich vor Wut.

»Mutter, was ist los?«

»Du weißt genau, was los ist. Du bist für derlei Spielchen noch nicht alt genug.«

»Was für Spielchen?«

»König Griffin schöne Augen zu machen. Er ist zweiundvierzig – mehr als doppelt so alt wie du – und hundertmal erfahrener.«

»Wie meinst du das?« Edyth machte große Augen, aber Meghan ließ sich von der Unschuld ihrer Tochter nicht so leicht hinters Licht führen wie ihr Mann.

»Du weißt, wie ich das meine. Ich habe Nachforschungen angestellt, und sie sagen, der König wird niemals heiraten. Er muss es auch nicht; er pfählt jedes Mädchen, das ihm gefällt.«

»Mutter!«

»Komm mir nicht mit ›Mutter‹, Edyth. Du musst dir darüber im Klaren sein. Kannst du dir vorstellen, dass König Edward sich so verhalten würde? Oder was er sagen würde, wenn er sähe, welch schamlosem Treiben wir hier ausgesetzt sind? Hör mir zu: Du hast jetzt seit einem Jahr deinen Monatsfluss, und das Letzte, was diese Familie brauchen kann, ist ein walisischer Bastard in deinem Bauch, wenn wir uns unseren Weg zurück in die anständige englische Gesellschaft erkämpfen.«

»Pst, Mutter!« Edyth sah sich entsetzt um. Sie waren allein in der Latrine, aber die Wände waren dünn, und jeder, der vorbeikam, konnte sie hören.

»Komm mir nicht mit ›Pst‹!« Meghan hatte sich in Rage geredet, obwohl ihre Stimme nur noch ein gepresstes Flüstern war. »Glaubst du, ich bin freiwillig hier? Glaubst du, es gefällt mir, von der Gnade eines seltsamen Königs abhängig zu sein, der sich für Gott hält, nur weil er eine Handvoll rebellischer Kelten besiegt hat?«

Edyth biss sich auf die Lippe. Meghans umwölkte Augen glänzten fiebrig, und aus ihrem sonst so makellosen Haar hatten sich ein paar wilde Strähnen gelöst. Ihr war bislang nicht klar gewesen, wie sehr ihre Mutter sich auf ihrem langen Ritt nach Westen beherrscht hatte und dass sie kurz vor dem Zusammenbruch stand.

»Es wird alles gut«, beruhigte sie sie. »Quäl dich nicht, Mutter. Ich habe nur versucht, nett zu dem König zu sein, damit er uns nicht wegschickt. Du willst doch auch nicht, dass er uns wegschickt, oder? Nicht jetzt. Nicht, wo wir alle so erschöpft sind.«

Vorsichtig streckte sie die Hand aus und berührte den Arm ihrer Mutter. Sie spürte, wie ihre Mutter wankte, dann plötzlich umarmte sie Edyth fest.

»Du hast recht, Edyth. Natürlich hast du recht. Du bist ein kluges Mädchen, viel klüger als ich, das weiß ich. Und dein Vater weiß es auch.«

»Unsinn, Mutter.«

»Nein, Edie, man muss die Wahrheit aussprechen, wenn man sie erkennt. Du bist ein kluges Mädchen, und du wirst zu einer klugen Frau heranwachsen. Aber nicht, wenn du dich jetzt verführen lässt – noch nicht einmal von einem König.«

»Ich werde vorsichtig sein«, versprach Edyth. »Ich werde sehr vorsichtig sein, Mutter.«

# Kapitel fünf

**Nazeing, Juni 1055**

*Lady Svana,*

*Ihr habt mir in Eurer Großmut erlaubt, Euch aus meinem Exil zu schreiben, weshalb ich mir jetzt die Freiheit nehme, dies zu tun. Ich weiß, Ihr seid sehr damit beschäftigt, Euch um Eure Ländereien zu kümmern und Eure Kinder zu betreuen sowie Earl Harold eine gute Frau zu sein, deshalb werde ich nicht viel von Eurer Zeit in Anspruch nehmen.*

*Mir geht es gut. Wir wurden von König Griffin von Wales aufgenommen, der ein freundlicher Gastgeber und ein faszinierender Mann ist. Er ist der allererste Herrscher über ganz Wales, und seiner streitbaren Leibwache zufolge muss es schwer gewesen sein, diesen Titel zu erringen.*

*Er hat hier eine Gefährtin, Lady Gwyneth, die jedoch nicht seine Gemahlin ist. Sie ist ein griesgrämiges Ding, und ich weiß nicht, warum er sich überhaupt um sie kümmert, aber er schenkt ihr nur wenig Aufmerksamkeit, tanzt lieber – könnt Ihr das glauben? – mit mir. Die Tänze hier sind sehr wild und sehr schnell – selbst Lord Garth hätte Mühe, mitzuhalten –, aber der König kennt sie alle und ist groß und stark genug, um sogar eine dumme Anfängerin wie mich über die Tanzfläche zu führen. Ich lerne schnell.*

*Hier ist es wunderschön. An den meisten Tagen reite ich hinaus bis zum Wasser, und man kann weite Strecken am Meer entlangreiten. König Griffin sagt, dass es hier viele verborgene Buchten gibt, die er mir zeigen wird, wenn es wärmer wird. Ich freue mich darauf, denn hier ist es noch immer kalt, obwohl das Osterfest schon lange hinter uns liegt. Es ist, als ob der Wind vom grauen Meer abgekühlt würde und sich erst erwärmt hat, wenn er Euch im Osten erreicht.*

*Auf den Schwingen des Windes sende ich Euch meine Liebe und hoffe, dass sie immer noch warm ist, wenn sie Euch antrifft.*

*In Zuneigung und Ehrerbietung,*
*Edyth Alfgarsdottir*

Svana sah von dem Pergament auf und runzelte die Stirn. Es war ein liebenswerter Brief, aber irgendetwas daran beunruhigte sie. Sie steckte ihn in die Tasche an ihrem Gürtel, verließ ihr Gemach und betrat den Mittelhof. Draußen streckte sie die Hand aus, als wolle sie die Liebe fangen, die Edyth ihr mit dem Wind geschickt hatte, und hielt sie an die Brust. Sie mochte das Mädchen. Es hatte Feuer und Neugier. Edyth war offen für die Welt, was ihr, wie Svana hoffte, im Leben von großem Nutzen sein würde. Aber es machte sie auch sehr verletzlich.

Sie schritt voran, gackerte geistesabwesend den Hühnchen zu, die sich um sie scharten, und ging hinaus auf das offene Weideland. Ihre Augen suchten das flache Grün nach Harold ab. Er war für drei kostbare Wochen den höfischen Pflichten entronnen, um mit ihr und den Kindern zusammen zu sein, und sie schickte ein Dankgebet zum Himmel, dass er jetzt hier war und sie mit ihm über Edyth' Brief sprechen konnte. Svana hatte ihre Ländereien vor vielen Jahren geerbt und war es seit Langem gewohnt, ihren Hof und ihre Leute zu befehligen, aber das hier war etwas anderes. Etwas an der jungen Lady aus Mercia hatte ihr Herz berührt. Die kluge, lebenshungrige junge Frau erinnerte sie heftig an ihr jüngeres Selbst, obwohl sie mit vierzehn noch in sicherer Geborgenheit bei ihrer Familie gelebt hatte und nicht auf sich selbst gestellt an einem fremden Hof wohnen musste. Svana machte sich Sorgen um Edyth, um sie alle. Denn es war nicht nur Edyth' Unschuld, die auf dem Spiel stand, sondern es handelte sich um eine möglicherweise hochbrisante politische Situation. Deshalb brauchte sie jetzt ihren Mann.

»Alles in Ordnung, Mylady?«

Sie wandte sich um und entdeckte Joseph, den äußerst fähigen Steward, der seit vielen Jahren mit ihrer Magd Elaine verheiratet war. Beide waren von unschätzbarem Wert für sie gewesen, als sie sich in die Leitung ihres Gutes einarbeitete. Nun stand er da, die Kappe ehrerbietig in der Hand, aber die Augen leuchtend und wachsam. Sie ermutigte ihre Dienerschaft, offen mit ihr zu reden, weil sie komplizierte Hierarchien und den aufgesetzten Respekt verachtete, den so viele Gutsherren bei der Regelung ihrer Angelegenheiten von ihren Bediensteten einforderten. Sie sah Joseph direkt in die Augen.

»Alles in Ordnung. Ich suche nur nach Harold.«

»Der Earl ist vor einiger Zeit mit seinem Falken ausgeritten, Mylady, und ich glaube, er hat den jungen Godwin mitgenommen. Sagte, es sei Zeit, mit seiner Ausbildung anzufangen.«

Svana lächelte. Harold hatte am vergangenen Abend schon eine entsprechende Andeutung bei ihrem Ältesten gemacht, und sie freute sich, dass er Wort gehalten hatte. Godwin war sicher außer sich vor Freude; sie hoffte nur, dass er ruhig bleiben konnte. Harold war ein geduldiger Mann, aber dennoch ein Mann, und wenn sein Sohn den Vögeln, die seine Leidenschaft waren, nicht die nötige Achtung erwies, konnte es Ärger geben.

»Ich glaube, ich reite ihnen hinterher«, sagte sie. »In welche Richtung sind sie gezogen?«

»Rüber zum Old Hooky.« Joseph deutete auf das kleine Wäldchen, das am Horizont zu sehen war. »Die Vögel sind anscheinend gern dort.«

Svana unterdrückte ein Lächeln. Ihr Steward liebte Gottes Geschöpfe, aber es bestand kein Zweifel, dass er es vorzog, wenn sie mit ihren Füßen – vorzugsweise vieren – fest auf dem Boden standen.

»Dank dir, Joseph.«

»Ich hole Spirit für Euch heraus.«

Er eilte zu den Ställen, um ihr Pferd zu holen, und Svana blickte ihm mit liebevollem Lächeln hinterher. Sie hätte nie am Hof leben können mit seiner ganzen Rangelei um belanglose Macht und Privilegien. Harold hätte es gern gesehen, wenn sie ihm häufiger im Gefolge des Königs Gesellschaft geleistet hätte, aber es belastete sie, ständig zu reisen, immer in Zelten zu leben und jeden Abend in einer Großen Halle zusammen mit misstrauischen Lords und Ladys zu speisen. Harold gefiel das genauso wenig, aber er war von dem großen Earl Godwin, dem Namensvetter ihres eigenen Sohnes, zu dieser Lebensweise erzogen worden. Deshalb war er bei Hof noch deutlich entspannter als sie selbst. Und er konnte immer wieder hierher zurückkehren, um sich zu erholen.

Sie wiederum hätte Harold gern häufiger hier gehabt, aber sie hatten gelernt, Kompromisse einzugehen. Die meisten

Leute fanden ihre Ehe seltsam – nein, sie fanden *sie* seltsam, weil sie ihrem hochwohlgeborenen Gemahl nicht überallhin folgte. Insbesondere die Frauen neideten es ihr, dass sie die Ländereien ihres Vaters geerbt hatte, ein Privileg, das sonst nur im freigeistigen Danelag im Osten des Landes gewährt wurde. In den anderen Regionen konnten Frauen nur Brautland besitzen, das ihnen zu Lebzeiten geschenkt wurde, aber selten gehörten ihnen ganze Güter. Svana dachte manchmal, dass die Ladys bei Hof ihre Ländereien als persönliche Beleidigung betrachteten und anscheinend nicht verstanden, welche ungeheure Verpflichtung ein solches Gut darstellte, das ihrer Familie fast schon ein ganzes Jahrhundert lang gehörte. Häufig murrten sie über ihre fehlende Hingabe Harold gegenüber, und manche hatten sogar versucht, ihn von ihr fortzulocken; das wusste sie, weil er mit ihr darüber lachte.

»Ich gehöre dir«, flüsterte er dann, wenn die Lichter gelöscht waren und sie eng umschlungen unter der Decke lagen. »Ich gehöre dir auf ewig. Nicht weil ein Priester mir das sagt, sondern weil mein Herz es tut.«

*Geliebter Harold,* dachte sie nun. Sie wusste, dass auch er ihre »Gepflogenheiten aus dem Osten« manchmal seltsam fand. Das Danelag war durch einen Vertrag zwischen dem großen König Alfred und den einfallenden Wikingern vor fast zweihundert Jahren von Wessex getrennt worden und hatte seitdem seine eigene Gesetzgebung beibehalten. Svana schätzte die Unabhängigkeit, die diese Gesetze ihr als Frau und als freier Geist unter Gottes Himmel ermöglichten. Sie war eine ebenso gute Christin wie jeder andere in England, aber die römischen Fesseln erstickten sie, und sie bevorzugte eine eher natürliche Form der Religionsausübung. Harold, ein eiserner Traditionalist, verstand ihre Skepsis der Priesterschaft gegenüber nicht, und deshalb rührte es sie umso mehr, dass er sich darauf eingelassen hatte, sie unter freiem Himmel zu heiraten.

Jetzt schickte sie ein leises Gebet in die watteweichen Wolken über ihr, als Joseph ihren Apfelschimmel Spirit brachte und ihr in den Sattel half. Sie lächelte ihm dankbar zu und spornte das Pferd zum Galopp an, ritt den Hügel hinauf auf das Wäldchen zu, ließ der Stute die Zügel schießen und genoss das Gefühl des Windes in ihrem Haar. Auf der Hügelkuppe angelangt, machte ihr Herz einen Satz, als sie Harolds neue, orangefarbene Tunika zwischen den Blättern erspähte.

»Harold!«, rief sie, aber er hörte sie nicht, und plötzlich war sie froh darüber, denn es bot ihr die Gelegenheit, ihn unbemerkt zu beobachten.

Er beugte sich eifrig über den siebenjährigen Godwin, der in ernsthafter, aufrechter Haltung dastand, die Arme ausgestreckt, jede Faser seines Seins auf seinen Vater konzentriert. Harold rief sein preisgekröntes Falkenweibchen, Artemis, zu sich herunter, und Svana hielt unwillkürlich den Atem an, als sein breiter Arm sich dem seines Sohnes näherte. Einen Augenblick lang schien die Welt stillzustehen, und dann hüpfte der Vogel – wohlüberlegt und gelassen – von dem Mann zu dem Jungen hinüber. Sofort stützte Harold Godwin mit der anderen Hand, aber der Junge wich nicht zurück, und sogar aus dieser Entfernung sah Svana, wie Harolds Schultern sich entspannten, und spürte sein Lächeln.

Sie schnalzte mit der Zunge, um Spirit zum Weitergehen zu bewegen, und Godwin, dessen Ohren schärfer waren als die seines Vaters, wandte sich um und entdeckte sie. Seine Hand zuckte, als wolle er ihr winken, aber er widerstand dem Impuls, und Svana spürte, wie die lächerlichen Tränen in ihre

Augen stiegen beim Anblick ihres Kindes, das so groß geworden war.

»Seht Ihr, Mylady«, rief Harold, »was für ein hervorragender Falkner unser Sohn ist.«

»Ich sehe es«, stimmte Svana zu, glitt von Spirit herunter und warf die Zügel über einen Ast. »Ich hatte nicht bemerkt, dass schon ein richtiger Mann aus ihm geworden ist.«

Godwin hielt seinen Arm jetzt sogar noch steifer, obwohl sein Gesicht vor Anstrengung ganz rot wurde. Harold beugte sich wieder herab, um ihm Artemis abzunehmen, und der kleine Junge rannte auf Svana zu.

»Ich hab's geschafft, Mutter. Ganz allein.«

»Das hast du, Winnie, das hast du.«

Er wich zurück. »Nein, Mutter, so sollst du mich nicht mehr nennen. Das ist der Name eines Kleinkindes.«

»Aber du *bist* mein Kind.«

»Nein.« Godwin schüttelte entschieden den Kopf. »Na ja, vielleicht noch manchmal.«

»Zur Schlafenszeit?«, schlug Svana vor.

»Zur Schlafenszeit«, stimmte er zu und küsste sie, bevor er sich wieder eines Besseren besann und sich in ihren Armen wand, damit sie ihn wieder herunterließ. »Aber jetzt ist noch nicht Schlafenszeit, und ich bin mit Vater beschäftigt.«

Svana ließ ihn los. »Ich fürchte, ich muss mit Vater reden, Godwin, nur für einen Augenblick.«

Harold trat schnell vor. »Vielleicht könntest du Artemis' Haube und ihr Geschüh holen, mein Sohn? Das wäre eine große Hilfe.«

»Ja, Vater.«

Godwin rannte zu Avery hinüber, um die Falknerutensilien zu holen, und Harold umfing Svanas Taille und küsste sie.

»Alles in Ordnung?«

Sie blickte ihm in die Augen, ein sanftes, dunkles Blau, umgeben von einem feinen bernsteinfarbenen Ring, den man nur sehen konnte, wenn man nahe vor ihm stand – sehr nahe.

»Sehr gut«, sagte sie und erwiderte seinen Kuss. »Es ist so schön, dass du hier bist, aber Harold, ich habe einen Brief hier.«

»Doch nicht vom König?«

»Nein. Nein, noch bist du in Sicherheit. Er ist von Edyth.«

»Edyth Alfgarsdottir? Das ist gut. Wie geht es ihr? *Wo* ist sie?«

»Auf Rhuddlan bei König Griffin.«

»Gott steh uns bei!« Harold verdrehte die Augen. »Aber das sollte uns nicht überraschen. Alfgar hat den Roten Teufel schon seit Jahren im Blick. Ich nehme an, das bedeutet, dass wir unsere westlichen Befestigungsanlagen verstärken sollten.«

Svana tätschelte seinen Arm. »Könntest du für einen Augenblick aufhören, an Politik zu denken, und stattdessen an Edyth?«

»Warum? Ist sie in Bedrängnis?«

»Ich weiß es nicht genau. Sie schreibt, dass der König mit ihr tanzt.«

»Darauf möchte ich wetten. Es geht die Sage, dass dieser Mann … oh. Oh, ich verstehe.«

»Sie ist vierzehn, Harold.«

»Alt genug, um verheiratet zu werden, meine Liebe.«

»In den Augen des Gesetzes vielleicht. Aber in Wahrheit ist sie noch ein Kind.«

»Und dazu noch ein neugieriges, aber immerhin ist ihre Mutter ja auch da, Svana.«

»Ich nehme nicht an, dass das etwas bewirken kann.«

»Du zweifelst an dem Einfluss, den Lady Meghan über ihre Tochter hat?«

»Nein.«

Harold lachte. »Wir sind nicht bei Hofe, Liebste. Ich bin's, erinnerst du dich?«

Svana stellte sich auf die Zehenspitzen und küsste ihn. »Ja, du bist es«, stimmte sie leise zu, »und darüber bin ich froh, aber ich möchte nichts Schlechtes über Lady Meghan sagen. Sie ist nur vielleicht etwas schwach.«

»Eine durchaus zutreffende Einschätzung«, stimmte Harold zu, »aber dennoch ist sie eine Mutter, die ihre Kinder beschützt, und Lord Alfgar wird nicht wollen, dass seine Tochter ihre Unschuld verliert. Zumindest würde das ihren Wert bei Hofe beträchtlich mindern.«

»Harold!«

»Nun, es stimmt doch. Heraus mit der Sprache, Liebling, was soll ich tun?«

Svana schüttelte sich. »Ich weiß es nicht. Nur, nun ja … je eher Alfgar begnadigt wird und nach East Anglia zurückkehrt, umso besser für seine Tochter.«

»Wenn nicht gar für England.«

»Alfgar macht seine Sache als Earl gut.«

»Was für ein Lob.«

»Bitte, Harold – für das Mädchen.«

»Na gut. Ich werde mit dem König reden, und ich werde Streitkräfte nach Hereford entsenden. Griffin wird sicher angreifen wollen, und wenn er das tut, können wir seinen Männern begegnen und einen Friedensvertrag aushandeln.«

»Könnten wir nicht gleich Frieden schließen?«

Harold lachte. »So funktioniert das nicht, Svana.«

»Warum nicht?«

»Warum nicht? Keine Ahnung. Man muss zunächst wohl seine jeweilige Macht demonstrieren, damit beide Seiten einander einschätzen können.«

»Mein Krieger«, hauchte Svana, eine Anspielung auf das Wappen, das er so stolz auf seinem Umhang und dem Schild trug.

Ihr eigenes Wappen zeigte eine üppige Weinrebe, und sie zog dieses zarte Motiv dem von Harold vor, aber sie war davon überzeugt, dass jeder das Recht hatte, so zu sein, wie er war, und das musste sie sich auch jetzt ins Gedächtnis rufen.

*»Dein* Krieger«, pflichtete Harold ihr ebenso leise bei und zog sie dicht zu sich heran, aber in diesem Augenblick verkündete das Klingeln der Falkenfesseln Godwins eilige Rückkehr. Svana entwand sich ihm graziös.

»Ich werde euch beide jetzt euch selbst überlassen und zurückreiten, um Elaine bei der Zubereitung eines feinen Festmahls für meine Falkner helfen.«

»Oh, gut!«, sagte Godwin. »Ich verhungere. Können wir nicht allein essen? Ohne Edmund und Magnus?«

»Dürfen deine Brüder denn nichts essen?«

»Doch, natürlich. Aber bei den Ammen.«

»Wie willst du ihnen denn dann von deinem Erfolg mit Artemis berichten?«

Svana sah, wie Godwin über diese schwierige Frage nachdachte, und lächelte Harold über seinen kleinen Kopf hinweg zu. Sie war froh, dass ihr Mann sich wieder entspannt hatte, und mahnte sich, nicht noch einmal vom Krieg zu reden. Harold war zu selten hier, um ihre Zeit mit Debatten zu verschwenden.

»Ich glaube, sie dürfen mitessen«, erklärte Godwin jetzt, »aber ich kriege mein Essen zuerst.«

»Wir werden sehen«, antwortete Svana leichthin und gab ihm und Harold einen Kuss, bevor sie zu Spirit zurückkehrte.

Sie würde das Mittagsbrot anweisen und anschließend Edyth antworten und ihr dringend raten, vorsichtig zu sein, bis sie dereinst wieder sicher nach England zurückkehren konnte.

# Kapitel sechs

**Rhuddlan, Juli 1055**

*Meine liebste Lady Edyth,*

*ich bin gerührt und fühle mich geehrt, dass Ihr mir geschrieben habt. Ich würde mich glücklich schätzen, wenn Ihr mir so viel wie möglich schreibt. Ich bin froh, dass es Euch gut geht und man Euch auf Rhuddlan willkommen geheißen hat. Ich hoffe, Ihr genießt Eure Zeit an König Griffins Hof, hoffe aber auch, dass Ihr bald wieder zu uns nach England zurückkehren könnt.*

*Ich bin sicher, dass jeglichem Antrag, den Euer Vater König Edward stellt, stattgegeben wird. Wenn Ihr ihn überreden könntet, vor ihm auf die Knie zu fallen, könntet Ihr schon bald wieder zurück in East Anglia sein und vielleicht eine Zeitlang auf meinem Gut verweilen. Harold ist häufig für seinen König fort, und ich würde Eure Gesellschaft sehr genießen, falls Eure Mutter Euch entbehren kann. Wir leben hier sehr einfach, aber Ihr wäret bestens versorgt.*

*Ich vertraue darauf, dass Ihr in Wales in Sicherheit seid. Ich bin sicher, dass es viel zu lernen und zu erleben gibt, aber ich bitte Euch, nichts zu übereilen. Wägt den Wert der Geschenke ab, die Ihr erhaltet, denn ich möchte Euch als die Edyth hier wieder willkommen heißen, die davonritt. König*

*Griffin ist ein mutiger, aber vielleicht auch ein gefährlicher Mann. Gebt auf Euch Acht, meine Liebe.*

*Mit sehr herzlichen Grüßen,*
*Svana*

»Um der Wahrheit Gottes willen«, murmelte Edyth bei sich, »was glauben denn alle von mir – dass ich gleich in sein Bett steige?«

Entrüstet warf sie den Kopf in den Nacken und versuchte, die leise Stimme in ihrem Inneren zu ignorieren, die ihr zuflüsterte, dass dieser Gedanke ihr alles andere als unangenehm war. Sie weilte jetzt seit drei Monaten in Wales, und Griffin überhäufte sie nach wie vor mit den schmeichelhaftesten Aufmerksamkeiten. Sie hatte gelernt, das schmerzhafte Ziehen, das sie bei seiner Berührung beim Tanz empfand, zu genießen. Und manchmal, wenn sie im Bett lag, mit ihren jüngeren Brüdern, die tief und fest auf den Pritschen an jeder Seite schliefen, legte sie sich ein Kissen an die Seite und stellte sich vor, wie es wohl sein mochte, Griffin neben sich zu spüren. Ein- oder zweimal hatte sie das Kissen sogar geküsst, na und? Es war reine Übung, mehr nicht. Es bedeutete nicht, dass sie irgendetwas dergleichen tatsächlich tun würde – jedenfalls nicht mit ihm. Er war einfach nur ein Mann, von dem sich leicht träumen ließ mit seinen starken Armen und den durchdringenden Augen und seiner melodischen, wissend klingenden Stimme.

»In Sicherheit«, hatte Svana in ihrem Brief geschrieben – die gleiche Formulierung, die damals ihr Vater benutzt hatte, als ob sie alle einem langweiligen Regelwerk folgten. Bei ihrem Vater wunderte sie das nicht, aber Svana hatte sie für großzügiger gehalten. *»Liebe braucht Freiheit.«* Das waren doch ihre Worte gewesen, nicht wahr?

»Das ist keine Liebe«, sagte eine Stimme in ihrem Kopf, und sie zog eine Grimasse, weil es der Wahrheit entsprach. Jeder hier am rauen Hof Rhuddlans sagte, dass der König niemals heiraten würde. Und außerdem sprach er davon, bald wieder in den Kampf ziehen zu müssen, und das würde dann wohl das Ende jeglicher Koketterie sein. Edyth' Körper vibrierte vor Enttäuschung, aber sie ignorierte es. Svana hatte sie eingeladen, sie zu besuchen. Darauf konnte sie sich freuen. Sie würde so bald wie möglich antworten, aber zuerst einmal musste sie sich zum Abendessen umziehen.

Sorgsam verstaute sie den Brief in einem Lederbeutel, den sie unter dem Bett versteckte, und rief nach ihrer Magd. Alfgar hatte nicht seine gesamten Bediensteten ins Exil mitbringen können, deshalb hatte Griffin Edyth ein Mädchen zugewiesen. Becca sprach nur Walisisch, aber Edyth lernte die Sprache, und sie brauchte Übung, denn sie hatte heute Abend vor, ihre neuen Sprachkenntnisse an Griffin zu erproben.

*»Ma' fe'n anrhydedd i ddawnsio gyda chi«,* wiederholte sie immer wieder, während Becca ihr das honigblonde Haar flocht. *Es ist mir eine Ehre, mit Euch zu tanzen.*

Sie war sicher, dass ihm das gefallen würde, und sobald sie fertig war, ging sie in die Große Halle, erpicht darauf, das so schnell wie möglich herauszufinden. Kaum war sie jedoch eingetreten, schob jemand eine Hand unter ihren Ellbogen, und sie entdeckte Lady Gwyneth an ihrer Seite.

»Lady Edyth, nicht wahr?«, fragte sie in etwas gebrochenem Englisch.

Edyth straffte die Schultern und schluckte. *»Fi'n Edyth«,* antwortete sie bedachtsam. *Ich bin Edyth.*

Die Frau zog eine Augenbraue in die Höhe. »Ihr sprecht Walisisch?«

»Ich bin dabei, es zu lernen.«

»Und wieso?«

»Ich finde es nur höflich, meinen freundlichen Gastgeber in seiner eigenen Sprache ansprechen zu können.«

Gwyneth schnaubte. »Das ist nicht die einzige Sprache, die er spricht«, sagte sie und schob ihre knochigen Hüften vielsagend nach vorn.

»In der Tat«, pflichtete Edyth ihr glattzüngig bei, wobei sie die Anspielung der älteren Frau ignorierte. »Sein Englisch ist einwandfrei.« Gwyneth verstand das letzte Wort offensichtlich nicht, und plötzlich kam Edyth sich gemein vor. »Ihr seid sehr freundlich, uns hier Asyl zu gewähren, Mylady.«

»Oh, ich habe damit nichts zu tun. Ich bin selbst nicht viel mehr als ein Gast.«

»Aber Ihr seid des Königs …«

*»Putain?* Hure?«

»Gefährtin.«

»Ich ziehe meine eigene Formulierung vor, egal in welcher Sprache.« Gwyneth lachte bitter. »Lasst Euch vom schönen kultivierten Schein nicht blenden, Mylady. Wir sind hier nicht in England. Wir geben uns hier nicht mit den römischen Feinheiten ab. Wenn ein Mann eine Frau will und stark genug ist, um sie sich zu nehmen, dann wird er das auch tun.«

Edyth sah sich nervös in der überfüllten Halle um. Ein Großteil des Hofes war anwesend, bediente sich großzügig mit dem hierzulande üblichen honiggewürzten Bier, aber der König selbst war noch nicht da. Der Abend war endlich warm, und die großen Türen zu beiden Seiten der Halle standen offen und boten einen herrlichen Ausblick. Im Hintergrund sahen die weit entfernten Berge ausnahmsweise eher blau als schwarz aus, und auf der anderen Seite hatte das stählerne Meer der untergehenden Sonne gestattet, seine sanft gewellte Oberfläche mit rosa- und apricotfarbenen Lichtern zu schmücken. Im Hof herrschte jetzt eine leichtere Stimmung, und die Menschen flüsterten und lachten entspannt miteinander. Edyth holte tief Luft und lehnte sich dichter zu Gwyneth hinüber.

»Ihr seid mit König Griffin nicht verheiratet?«

»Nein. Offensichtlich nicht. Ich bin keine Königin, oder?« Gwyneth schürzte die Lippen. »Ich war mit Lord Huw von Deheubarth verheiratet. In Deheubarth bin ich auch aufgewachsen, und meine Familie lebt noch immer dort. Griffin wollte es für sich, und nach ein paar Versuchen tötete er meinen Mann und riss es an sich – und mich gleich mit dazu.« Sie sprach mit einer fast überirdischen Ruhe, die Edyth verunsicherte.

»Das tut mir sehr leid«, sagte sie. »Liebtet Ihr Huw?«

»Ob ich ihn liebte?!«

»So dumm ist der Gedanke gar nicht. Meine Eltern lieben einander, glaube ich. Meine Großeltern tun es ganz bestimmt.«

»Dann sind Eure Großeltern besonders glücklich, Kind, oder sie lügen. Ich hatte nicht den Luxus, Huw zu lieben, aber er war mein Mann, und jedermann respektierte meine Stellung an seinem Hof. Ich war mehr als nur eine Kriegsbeute, wie ich es hier bin.«

»War König Griffin denn nicht … freundlich zu Euch?«

»Freundlich?« Gwyneth spuckte in die Binsen. »Freundlichkeit ist keine Tugend, die wir Waliser schätzen, Edyth. Griffin ist stark und mächtig und wollüstig.«

»Wollüstig?«

»Oh ja. Dieser Mann bereitete mir im Bett mehr Freude, als Huw es je zu tun vermochte.«

»Bereitete?«

*»Bereitet.* Ich bin vielleicht älter als Ihr und weniger …« – sie ließ die Augen zur Tür hinausschweifen und betrachtete das üppige Farbenspiel des Sonnenuntergangs – »… weniger rosig, aber Griffin begehrt mich noch immer.«

»Das bezweifle ich nicht, Mylady. Ich bin erst vierzehn – noch ein Kind.«

Gwyneth packte ihren Arm. »Dann verhaltet Euch auch wie eines, sonst werdet Ihr es bereuen. Männer lassen sich leicht kontrollieren, Lady Edyth, solange Ihr ihnen keine falschen Versprechungen macht. Ich werde es Euch zeigen.«

»Mir zeigen …?«, fing Edyth an, aber nun betrat der König die Halle, und Gwyneth eilte davon, um ihn zu begrüßen.

»Mylord.«

Er verbeugte sich knapp. »Lady Gwyneth.«

»Ihr seht heute Abend besonders gut aus, Sire. Lüstern.« Langsam ließ sie einen Finger seine Tunika hinabwandern, schmiegte sich an ihn und schloss Edyth damit aus.

»Ich erinnere mich, Mylady«, antwortete er sofort, »dass Ihr mich so am liebsten mögt.«

»Bereit, in die Schlacht zu ziehen – ja.«

Ihre Hand wanderte noch tiefer, und Edyth wandte sich ab. Wie konnte Gwyneth sich vor allen anderen so verhalten?

»Dann solltet Ihr zunächst ordentlich essen«, lachte Griffin laut genug, dass alle es hören konnten, »denn Ihr werdet heute Nacht Eure ganze Kraft brauchen. Sollen wir?«

Er bot ihr seinen Arm, und Gwyneth ergriff ihn und glitt mit einem spöttischen Augenzwinkern an Edyth vorüber.

Den ganzen Abend belegte sie den König mit Beschlag, verwickelte ihn in intime Gespräche in diesem walisischen Singsang und berührte ihn mit ihren offensichtlich erfahrenen Händen. Als die Minnesänger gerufen wurden, hatte Griffin sie auf seinen Schoß gezogen und war offensichtlich nicht mehr in Tanzstimmung. Kaum war der erste Tanz vorbei, da sprang er auch schon auf die Füße und verkündete der ganzen Halle, dass er »mit dieser Lady in die Schlacht ziehen wolle«, und verließ die Gesellschaft mit einer triumphierenden Gwyneth im Schlepptau.

Unter den wilden Hochrufen der Anwesenden beobachtete Edyth ihren Abgang und fragte sich, was sie jetzt empfinden sollte. Eifersucht – hatte Lady Gwyneth das beabsichtigt? Denn das verspürte sie nicht. Eher Mitleid, dicht gefolgt von Verachtung. In aller Öffentlichkeit so behandelt zu werden, war beschämend. Niemals würde ein Mann das mit ihr, Edyth, machen dürfen, selbst wenn er der König der gesamten Christenheit war. Und doch war die Freude des Abends dahin, und die übliche walisische Kälte schlich sich erneut in die Abendluft. Die Menschen zogen sich schon bald in ihre Betten zurück.

Edyth war froh, sich zurückziehen und sich in die willkommene Wärme ihrer Decken kuscheln zu dürfen. Sie lauschte dem leisen Schniefen ihrer Brüder zu beiden Seiten und versuchte, dankbar zu sein, dass König Griffin nicht sie zum Objekt seiner Begierde erklärt hatte. Doch sie konnte die Gedanken einfach nicht abschalten, die immer wieder zu dem Bett irgendwo in diesem einsamen Palast wanderten, wo er just in diesem Augenblick mit Lady Gwyneth in die Schlacht zog. Wenn man seine Liebeskünste an seinen Tanzkünsten maß, so waren auch sie sicher wild und roh, und dieser Gedanke erinnerte sie wieder an Earl Torr in den Wäldern. Edyth zog sich das Kissen über den Kopf in dem Versuch, ihre verdammte Neugier zu ersticken. Aber ihr war jetzt schon klar, dass sie in dieser Nacht nur wenig Schlaf finden würde.

Am nächsten Morgen erwachte sie aus einem unruhigen Schlaf. Das Schlafgemach war leer. Nur Becca saß in der Ecke und nähte. Das Sonnenlicht fiel durch die Ritzen der Fensterläden, und die Geräusche von unten zeugten davon, dass die Männer bereits bei ihren Waffenübungen waren. Sie sprang aus dem Bett und lief zum Fenster, um auf den Mittelhof hinabzublicken. Die Schlafkammer, die sie mit Edwin und Morcar teilte, befand sich zwei Ebenen über den Quartieren der Feldherren und bot einen guten Ausblick über den Hof. Die Gebäude des Hauptpalastes bildeten die vier Seiten eines Quadrats und standen erheblich dichter beieinander, als es in englischen Palästen üblich war. Wahrscheinlich, um vor den heftigen Meereswinden zu schützen – aber Edyth gefiel das Gefühl der Intimität und Privatheit, die diese Bauweise schuf, wenn man sich im Innenbereich aufhielt. Und heute sah der Palast einfach großartig aus.

Die Sonne tauchte einen Großteil des Innenhofes in ihren warmen Schein, so dass viele der Ritter ihre obere Tunika schon ausgezogen hatten und nun in ihren dünnen leinenen Unterhemden und Hosen kämpften. Edyth sah fasziniert zu, wie Griffins Oberbefehlshaber ihnen eine Reihe anstrengender Gefechtsübungen abverlangte, wie die Schwerter im Sonnenlicht blitzten und gefährlich klirrten, während die Männer paarweise miteinander rangen.

Für die Miliz des Königs gab es keine Ruhe. Griffin hatte ihr erklärt, dass Rhuddlan stets Gefahr lief, von einem der rivalisierenden walisischen Lager oder den barbarischen Iren angegriffen zu werden. Dublin war eng mit den marodierenden Wikingern und mit dem unersättlichen Krieger Harald Hardrada auf dem norwegischen Thron verbunden, so dass das Meer eher Bedrohung als Schutz darstellte. Es ging das Gerücht, dass der skandinavische König anstrebte, Herrscher des Nordens zu werden wie der legendäre König Knut, und dass Wales eine nützliche Hintertür in das begehrte England darstellen konnte, die ihm helfen konnte, sein Ziel zu erreichen. Niemand war töricht genug zu glauben, dass die Einheimischen auf dem Weg durch das Land verschont würden, deshalb war es von besonderer Bedeutung, wie Griffin Edyth versichert hatte, dass die Männer stets in Habtachtstellung waren.

Jetzt sah sie die hochkonzentrierten Blicke, mit denen die Männer ihre Klingen schwangen – stumpfe Übungsschwerter, die dennoch beeindruckend waren. Sie konnte sehen, wie sie die Zähne zusammenbissen, wenn ihre Muskeln schmerzten, und bei denen, die am nächsten zu ihr standen, konnte sie sogar das Spiel der Muskeln selbst erkennen. Plötzlich wurde sie von einem ruhelosen Schmerz erfasst.

*»Yn olygfa bendigedig«*, meinte ihre Magd schüchtern und trat neben sie. *Ein vortrefflicher Anblick.*

*»Bendigedig«*, bestätigte Edyth lächelnd.

*»Gweld dy frawd?« – Seht Ihr Euren Bruder?*

Edyth folgte dem ausgestreckten Finger des Mädchens und entdeckte Brodie, der intensiv übte. Er schwang seine Klinge genauso konzentriert wie alle anderen, und soweit sie erkannte, machte er seine Sache gut. Sie blickte zu Becca hinüber, deren Augen verschleiert dreinblickten.

*»Ydych chi'n hoffi fy mrawd?«*, fragte Edyth. *Mögt Ihr meinen Bruder?*

Becca errötete und schüttelte heftig den Kopf, deutete stattdessen auf Brodies Sparringspartner, einen jungen walisischen Wachmann.

*»Pwy yw e?« – Wer ist das?*

»Lewys«, bekannte sie, errötete noch heftiger und fügte ein sehr gebrochenes »Anziehen?« hinzu, während sie zu Edyth' Kleidertruhe hinübertrippelte.

Edyth verstand den Hinweis und ließ das Thema fallen. »Ich werde ausreiten«, sagte sie. »Ich will zum Meer – *y môr.«*

Dankbar griff Becca nach ihrem dunkelgrünen Alltagsgewand. *»Gyda phwy?«,* fragte sie. *Mit wem?*

Edyth runzelte die Stirn. Das war eine gute Frage. Brodie war offensichtlich beschäftigt, und ihr Vater nahm ebenfalls an den Waffenübungen teil. Er hatte sich einen weißhaarigen Gegner ausgesucht, hatte aber dennoch seine liebe Not, mit ihm mitzuhalten. Hier auf dem sonnigen Palasthof war das komisch anzusehen, aber Edyth war unbehaglich zumute, wenn sie darüber nachdachte, dass dies die Vorbereitung für einen tatsächlichen Kampf war, bei dem nicht nur Alfgars Würde, sondern sein Leben auf dem Spiel stehen konnte. Er brauchte so viel Übung wie möglich.

»Vielleicht mit meiner Mutter – *fy mam?«*

Becca nickte ermutigend, und nachdem die Schnüre ihres Gewandes schnell zusammengebunden waren, holte Edyth tief Luft und betrat die angrenzende Kammer, in der Meghan wohnte.

»Guten Morgen, Mutter.«

Meghan blickte von ihrer Näharbeit auf. »In der Tat, einen guten Morgen. Du bist wirklich eine Schlafmütze, Edyth.«

»Was kann ich dafür, wenn niemand mich weckt?«

»Niemand hat dich geweckt?! Mein Gott, der Lärm, den

diese Jungen heute Morgen machen, hätte die Geister deiner Ahnen aufwecken können.«

»Ich konnte gestern Abend nicht richtig einschlafen.«

»Wirklich? Geht es dir gut?«

»Ja, sehr gut, danke. Ich brauche nur Bewegung, glaube ich. Würdest du mit mir ausreiten?«

»Reiten? Ausreiten?«

»Ja, Mutter.«

»Wohin?«

»Hinunter zur Küste vielleicht. Dort ist es sehr hübsch und ...«

»... Und ganz sicher auch gefährlich. Diese Klippen sind so steil. Eine falsche Bewegung, und ...« Sie ließ die Hand nach unten sausen und klatschte damit heftig auf den Holzboden. Edyth zuckte zusammen, erholte sich aber schnell wieder.

»Wir können uns doch von den Klippen fernhalten, Mutter. Oh, sag doch, dass du mitkommst. Drinnen ist es so langweilig.«

»Wo ist deine Näharbeit?«

Edyth verdrehte die Augen. »Nähen kann man auch, wenn es regnet«, erklärte sie. »Und das tut es hier nun wirklich oft genug.«

»Das ist wohl wahr.« Meghan seufzte tief. »Oh Edie, ich möchte so gern nach Hause zurückkehren. Ich vermisse die Märkte, ich vermisse die Gesellschaft, den Hof. Bei Gott, ich vermisse sogar deine Großmutter!«

Mit einem Mal wirkte sie ganz winzig, wie sie sich da über ihre Näharbeit beugte, so dass Edyth spontan zu ihr trat und ihr einen Kuss gab.

»Das werden wir, Mutter – und zwar bald. Die Männer bereiten sich vor. Sie können jeden Tag losreiten.«

»Um zu kämpfen?«

»Wenn sie müssen, ja.«

»Alfgar auch?«

»Natürlich.«

»Und Brodie auch. Mein kleiner Brodie.«

Hilflos tätschelte Edyth Meghans Knie. »So klein ist er doch gar nicht mehr, Mutter. Hast du ihn da draußen mit dem Schwert kämpfen sehen?«

»Nein. Ich habe ihn nicht gesehen und will es auch gar nicht. Ich ertrage es einfach nicht, ihn in den Krieg zu schicken.«

»Aber Vater muss kämpfen, um sein Fürstentum zurückzubekommen, damit du wieder nach Hause kommst.«

Meghan stach unglücklich in den Wandteppich, an dem sie arbeitete, als ob es sie nach dem Blut des armen Stoffes dürstete. »Warum kann er nicht einfach mit dem König reden und sich entschuldigen?«

Edyth dachte an Svanas Brief, den sie unter ihrer Matratze versteckt hielt. *»Wenn Ihr ihn überreden könntet, vor ihm auf die Knie zu fallen …«* War es das, was ihrer Mutter vorschwebte? So weit würde es niemals kommen.

»Männer brauchen den Kampf«, sagte sie, »sonst langweilen sie sich, so wie ich mich langweile. Oh, mach mit mir einen Ausritt, Mutter – dann fühlst du dich sicher gleich viel besser.«

Meghan jedoch schüttelte eigensinnig den Kopf. »Ich gehe hier nicht aus. Ich will diesem tobenden Meer nicht zu nahe kommen. Ich mag es nicht.«

Edyth trat ans Fenster. Es war immer noch schön draußen.

»Nun ja, ich schon«, sagte sie. »Ich werde gehen.«

»Nicht allein.«

»Aber du kommst ja nicht mit.«

»Du gehst nicht allein«, wiederholte Meghan. »Wer weiß, ob da draußen nicht Räuber lauern? Such dir jemanden, der dich begleitet, sonst darfst du gar nicht ausreiten.«

Edyth gab auf. »Ja, Mutter«, pflichtete sie bei, so demütig sie konnte, dann floh sie aus der Kammer.

Ihr Körper war noch immer ruhelos und wild, und sie wusste, dass sie an diesem Morgen lieber die schrecklichen Eryri-Berge erklimmen würde, als sich in ihrer Kammer einsperren zu lassen. Sie musste unbedingt jemanden auftreiben, der mit ihr ausritt.

# Kapitel sieben

Die Röcke mit den Händen zusammengerafft, um ihren ungeduldigen Beinen mehr Freiheit zu geben, rannte Edyth zu den Ställen auf der anderen Seite des Hofes. Als sie die exerzierenden Männer umrundete, entdeckte sie Edwin und Morcar, die hölzerne Schwerter hielten.

»Zieht ihr auch in den Krieg?«, neckte sie sie im Vorbeigehen.

»Ja«, erwiderte Edwin grimmig, und Morcar schlug mit seiner Miniaturwaffe nach ihrem Bein.

»Möge Gott mit euch sein, ihr edlen Krieger«, lachte Edyth, wich dem Schlag aus und tauchte in den Ställen ab.

In dem langgestreckten, niedrigen Gebäude war es erheblich stiller. Man hörte nur den sanften Atem der zahlreichen Pferde, die die Stallungen zu beiden Seiten säumten. Die meisten von ihnen waren stämmige walisische Tiere, die, wie der König ihr berichtet hatte, zäh, schnell und in der Lage waren, das zerklüftete Gelände der schwarzen Berge zu erklimmen. Er hatte sie eines Abends zu den Toren der Großen Halle hinausgeführt. Von dort hatten sie in den silbernen Himmel geblickt, vor dem sich die gezackte Silhouette des Gebirges abhob, und er hatte sich an ihrer Furcht davor geweidet.

»Warum heißen sie schwarze Berge?«, hatte sie zu fragen gewagt.

»Weil Euer Schicksal schwarz sein muss, um Euch hineinzuführen«, hatte er erwidert und über ihren Gesichtsausdruck gelacht. »Nicht wirklich, Edyth. Die Eryri – die walisischen Highlands – sind wunderschön und werden nur schwarz genannt, weil in ihrem Inneren schwarzer Stein ruht. Sie sind der sicherste Ort auf der Welt, wenn man sie gut kennt. Denn kein Feind, der sich hier nicht auskennt, würde es wagen, die Verfolgung über die schroffen Felswände aufzunehmen.«

Edyth konnte seine glühende Begeisterung nicht teilen und verspürte wenig Neigung, die Berge näher zu erkunden. Aber sie mochte die Pferde mit den breiten Rücken und den stämmigen Beinen, und jetzt murmelte sie ihnen im Vorbeigehen zu und suchte nach einem Stallknecht, den sie überreden konnte, mit ihr auszureiten. Doch es schien niemand hier zu sein, und so gelangte sie zu ihrer eigenen Stute am hintersten Ende des Stalls, ohne eine Menschenseele zu sehen. Sie beugte sich über das Tor der Pferdebox und streichelte zärtlich den Nacken des braunen Pferdes. Dabei fiel ihr unwillkürlich auf, wie zart sie neben ihren walisischen Gefährten wirkte. Und wie klein. Edyth hätte schwören können, dass sie bei ihrer Ankunft in Wales vor drei Monaten noch nicht über ihren fein geschwungenen Rücken hatte sehen können.

»Wie es scheint, seid Ihr mittlerweile zu groß für Euer Pony.«

Die tiefe Stimme gab ihre eigenen Gedanken so genau wieder, dass es ihr vorkam, als ob Gott gesprochen hätte. Aber als Edyth herumwirbelte, sah sie den König vor sich stehen. Wo war er hergekommen? Und so lautlos? Sie ließ sich in einen tiefen Knicks sinken, aber er umfing ihre beiden Hände und zog sie wieder hoch.

»Wir sind hier nicht in England, Edyth – wir verschwenden unsere Zeit nicht mit Nettigkeiten. Außerdem seid Ihr viel hübscher, wenn Ihr aufrecht dasteht.«

Er hatte ihre Hände nicht losgelassen, und Edyth spürte, wie ihr Herz plötzlich wild in ihrer Brust pochte. Es war niemand im Stall. Sie war allein mit dem König.

»Wie Ihr wünscht, Sire«, brachte sie hervor.

Er lächelte. »Oh, ich kann mir noch viel nettere Varianten denken, wie ich Euch zu sehen wünsche, Edyth Alfgarsdottir, aber meine Zeit wird kommen.« Er musterte sie von Kopf bis Fuß. »Ihr müsst keine Angst haben.«

»Habe ich nicht.«

»Ich sehe, wie Euer Herz schlägt – hier.« Er berührte ihren Hals dort, wo ihr Blut pulsierte. »Und hier.« Nun fuhren seine Finger weiter nach unten über ihre Brust. Sie drückten gerade heftig genug, um einen feurigen Pfad auf ihrer Haut zu hinterlassen. Sie zuckte zusammen.

»Ich bin überzeugt, Ihr habt Eure Schlacht gestern Abend gewonnen«, schleuderte sie ihm entgegen.

»Natürlich«, erwiderte er unbeeindruckt. »Ich gewinne immer.«

»Das ist gut, wenn Ihr mit meinem Vater in den Krieg zieht.«

»Das werde ich. Sobald seine Söldnerschar angekommen ist, werden wir gehen. Aber sorgt Euch nicht, Edyth. Ich werde ihn zum Sieg führen, und vielleicht erwarte ich dann einen Preis dafür.«

Er war ihr noch einen Schritt näher gekommen, und sie war sich seiner Anwesenheit nur allzu bewusst, fast als sei sie von ihm umzingelt. Sie zwang sich, die Schultern zu straffen. »Einen Preis, Sire? Von Lady Gwyneth vielleicht?«

Seine Augen funkelten vielsagend, aber er sagte nur: »Nein, nicht von ihr.«

Er streckte den Arm aus und packte Edyth' langen, blonden Zopf. Er hob ihn hoch und wand ihn langsam um seine Finger. Dann beugte er sich vor und hauchte ihr einen Kuss auf den Hals. Sie war überrumpelt, hatte keine Zeit, schockiert zu sein. Ein Stöhnen entfuhr ihren Lippen, und sie spürte, wie sein Griff in ihrem Haar fester wurde. Aber dann ließ er sie mit einem leisen Seufzer los.

»Nun, was tun wir also mit diesem Pony?«

»Sire?«, stammelte Edyth verwirrt.

»Ihr seid mittlerweile zu groß für die Stute, so lieblich sie auch sein mag. Ihr braucht jetzt ein Ross für eine Frau.« Er grinste und ergriff ihre Hand. »Kommt. Ich habe genau das Richtige für Euch.«

Er schritt den Stall hinab, und Edyth, deren Körper immer noch von seiner Berührung vibrierte, hatte alle Mühe, Schritt mit ihm zu halten. Dann hielt er ebenso plötzlich vor einer Pferdebox an, so dass sie gegen ihn prallte.

»Ruhig Blut.« Er umfing ihre schmale Taille. »Seht her.«

Er deutete in die Box, und Edyth trat vor, um über das Holztor zu blicken. Dort stand die schönste Stute, die sie je gesehen hatte. Ganz schwarz, mit einer weißen Blesse auf der Nase. Sie hatte den muskulösen Körperbau der walisischen Tiere, aber zugleich einen zarteren Knochenbau.

»Sie ist eine Kreuzung«, erklärte Griffin ihr. »Ich habe eine hübsche englische Stute von meinem eigenen walisischen Hengst decken lassen, und diese Schönheit ist dabei herausgekommen. Sie gehört Euch.«

»Oh nein, Sire. So ein Geschenk kann ich unmöglich annehmen.«

»Ihr widersetzt Euch mir, Edyth?«

»Nein. Oh nein, Sire, es tut mir leid. Ich habe nur ...« Sie wagte es, ihn anzusehen, und bemerkte, dass er lächelte. Sie holte tief Luft. »Ich meine einfach nur, dass sie zu gut für mich ist.«

»Ah, Edyth Alfgarsdottir, nichts ist zu gut für Euch. Seid Euch dessen stets bewusst, dann werdet Ihr Euren Weg im Leben machen. Und nun wollen wir sie für Euch satteln.«

Er klatschte laut in die Hände, und ein Stallbursche kam herbeigelaufen. Edyth konnte nur ungläubig zusehen, wie der Stute ein kostbarer Ledersattel angepasst und sie aus dem Stall geführt wurde. Sie betrachtete sie nervös.

»Könnt Ihr gut reiten?«, fragte Griffin.

Mit einem Ruck hob Edyth den Kopf. »Ja.«

»Das habe ich mir gedacht. Dann los – steigt auf. Sie ist eingeritten und ein fügsames Ding, wenn Ihr ihr zeigt, wer der Herr ist.«

Edyth stellte den Fuß in den Steigbügel. Der Stallbursche eilte herbei, um ihr zu helfen, aber letztlich war es der König, der ihren Knöchel umfasste und sie hochhob, als sie das Pferd bestieg. Die Stute tänzelte etwas, aber Edyth ergriff instinktiv die Zügel, und das Pferd beruhigte sich.

»Sie mag Euch«, sagte Griffin.

»Wie heißt sie?«

»Môrgwynt. Das bedeutet ...«

»Meeresbrise.«

»Genau.« Er sah ihr forschend ins Gesicht. »Ihr lernt Walisisch, Edyth. Warum?«

»Für Euch«, antwortete sie unwillkürlich.

»Für mich?« Für den Bruchteil eines Augenblicks glaubte Edyth, eine zarte Röte am Hals des Königs zu entdecken, aber er fasste sich schnell wieder. »Das freut mich zu hören. Nun ja, dann los – Sie gehört Euch, damit Ihr sie reitet.«

Edyth rutschte verlegen auf Môrgwynts Rücken hin und her. »Meine Mutter lässt mich nicht allein ausreiten, Sire«, bekannte sie.

»Natürlich nicht. Ihr seid – wie ich, glaube ich, bereits erwähnte – ein zu stolzer Preis, um Euch an diesen wilden Klippen zu gefährden. Ich werde Euch begleiten.«

*»Ihr?* Ich meine, Ihr, Sire?«

Môrgwynt scharrte mit den Hufen, wollte ihre langen Beine bewegen, und Edyth spürte ihre Kraft und sehnte sich danach, sie auf die Probe zu stellen, aber mit dem König? Allein?

»Ihr haltet *mich* für das Risiko?«, meinte Griffin und schnalzte mit den Fingern, um sich seinen eigenen Hengst bringen zu lassen. »Ihr glaubt, dass der Rote Teufel Euch in Gefahr bringt? Oh ja, ich weiß, dass man mich so nennt, Edyth. Ich weiß alles, auch, dass Ihr recht habt, Euch Sorgen zu machen. Aber ich habe mich unter Kontrolle – zumindest vorläufig. Kommt, reiten wir los!«

Es war ein herrlicher Morgen. Die Wachen des Königs ließen sie durch die kleinen Hintertore hinaus, die direkt auf einen Weg hinausliefen, der zum Meer führte, und Môrgwynt flog über das raue Weideland hinweg, ebenso wild darauf, frei zu sein, wie Edyth. Sie war schnell und reagierte auf jeden kleinsten Befehl, und als sie die Küste erreichten, hatte Edyth sie vollkommen im Griff.

»Ihr beide seid füreinander geschaffen«, sagte Griffin, als sie am Klippenrand anhielten.

»Ja, ich habe das Gefühl, sie schon seit Jahren zu reiten«,

stimmte Edyth eifrig zu. Die Freude über den Ritt hatte ihre Zunge gelöst.

»Und werdet das hoffentlich auch noch viele Jahre tun.«

»Ich …«, stammelte Edyth töricht. Der Gedanke an eine Zukunft nach dieser seltsamen Zeit des Exils verfing sich wie ein Angelhaken in ihrer Zunge.

Griffin fegte ihr Zögern vom Tisch. »Kommt, ich bringe Euch hinunter zum Sandstrand«, sagte er. »Im Augenblick herrscht Ebbe. Wir können also am Meeresrand entlanggaloppieren, und ich kann Euch meine Schiffe zeigen.«

Sie sah hinab auf fünf Langschiffe, die sanft auf den Wogen schaukelten. Sie bestanden aus einfachem Holz ohne die Verzierungen, wie sie bei der englischen Flotte bevorzugt wurden. Aber wie alles, was Griffin besaß, wirkten sie solide und stark. Edyth hatte die Männer beobachtet, die sie an schönen Tagen segelten, und sie war begierig darauf, sie aus der Nähe zu sehen. Sie spähte über die Klippen hinweg. Ein unebener Pfad wand sich zwischen den Felsen nach unten, den die Pferde niemals bewältigen konnten.

»Wie gelangen wir denn zum Strand?«, fragte sie.

»Folgt mir.«

Griffin gab seinem Pferd die Sporen und lenkte es landeinwärts. Er führte Edyth in eine Senke, die sich den Hügel hinabwand und schließlich öffnete, als ob sie die Küste hier nur zu ihrem persönlichen Vergnügen zur Schau stellen wollte. Môrgwynt stolperte, als sie den weichen Sand unter den Hufen spürte, aber Edyth drängte sie sanft voran, und schon bald verfiel sie in leichten Trab.

Der Himmel war klar. Nur ein paar kleine Wölkchen jagten einander über den Horizont. Die Sonne stand jetzt hoch und schleuderte ihre Strahlen scheinbar achtlos über das Wasser, und das Meer warf sie in tausend Goldklumpen zurück. Vögel wirbelten im Wind, kündeten allseits von ihrer Freude und spornten die Pferde zu mehr Tempo an. Der Strand war lang, und als die Pferde auf den festeren Sand am Spülsaum trafen, verfielen sie in leichten Galopp, so dass das Wasser zu beiden Seiten hochstob. Er traf Edyth' Röcke, aber das war ihr egal. Griffin hielt sich hinter ihr, und sie ließ Môrgwynt die Zügel schießen. Sie bemerkte kaum, dass ihr Haar sich aus ihrem züchtigen Zopf gelöst hatte oder dass ihre Wangen sich von der Sonne und dem scharfem Ritt röteten, bis sie viel zu bald die zerklüfteten Felsen am Ende des Strandes erreichten und sie das Pferd zügeln musste.

Sie wandte sich um und sah Griffin auf sie zupreschen. Sein kupferdurchzogenes Haar flatterte hinter ihm im Wind, die Muskeln bewegten sich im Einklang mit seinem Hengst. Als Reaktion vibrierte ihr ganzer Körper, als ob die Sonne ihre ganze Kraft über sie ausgegossen hätte, während er sein Pferd so abrupt anhielt, dass der Sand nach allen Seiten stob.

»Ist es nicht herrlich?«

»Herrlich«, stimmte Edyth zu. »Ich liebe es.«

»Das sehe ich, und ich freue mich darüber. In diesem Palast gibt es für Euch nicht allzu viel zu tun, fürchte ich.«

»Ich kann nur nähen.« Edyth krauste die Nase, und Griffin lachte.

»Ihr näht also nicht gern?«

»Nein. Ich weiß, dass ich es gern tun sollte, aber es geht immer so langsam voran.«

»Im Gegensatz zu Môrgwynt.«

»Ja.« Sie streichelte den langen Hals der Stute. »Und ich bin so gern draußen. In den Frauengemächern ist es so stickig und erdrückend.«

»Da habt Ihr sicher recht. Einer der großen Vorzüge, ein Mann zu sein, besteht darin, dass man die Frauengemächer meiden kann.«

»Dafür müsst Ihr in den Krieg ziehen«, kicherte Edyth.

Er wurde mit einem Schlag nüchtern. »Ja. Ich fürchte, ein Schwert sticht schlimmer als eine Nadel, aber um ehrlich zu sein, Edyth: Ich bedaure zwar die Verschwendung von Leben, aber für einen guten Kampf bin ich immer zu haben.«

Er sah auf seine Schiffe hinaus, die auf dem Meer schaukelten, und Edyth musterte ihn. »Ihr kämpft an der Seite meines Vaters – warum?«

»Warum? Warum nicht? Es steht nun einmal eine Schlacht an, und sie muss ausgetragen werden. Verbündete sind immer von Nutzen. Land ist ebenfalls nützlich, besonders die fruchtbaren Grenzgebiete der Marches. Und wenn ich Englands Grenzen nicht bedränge, dann wird umgekehrt England mich bedrängen, und das kann ich nicht zulassen. Ich muss jetzt ganz Wales schützen.«

»Was ist denn ganz Wales?«

»Gute Frage.« Er lächelte. »Wales besteht aus vier Territorien, Edyth, die durch die Berge voneinander getrennt sind. Gwynedd hier im Nordwesten ist mein eigentliches Kernland, das mir von Geburts wegen zusteht – obwohl mein Bastard-Onkel es mir viel zu lange vorenthalten hat.«

»Was ist mit ihm passiert?«

»Nichts, das er nicht verdient hätte. Jedenfalls gehört es jetzt mir, und es ist wunderschön.«

Edyth schluckte, fragte aber weiter. »Und Powys? Das verwaltet Euer Halbbruder für Euch?«

»Bleddyn, ja. Dort lebt meine Mutter mit ihrem zweiten Mann und meinem jüngeren Bruder, Rhys.«

»Und im Süden?«

»Der Süden!«, spie Griffin, und seine Augen verdunkelten sich. »Gott schütze uns vor dem Süden.«

»Wo Lady Gwyneth herkommt?«

»Fürwahr. Sie stammt aus Deheubarth, und die ganze Region ist genauso lästig wie sie. Ihr Neffe, Prinz Huw, murrt beständig über mich, aber mehr wagt er nicht. Prinz Caradog in Glamorgan ist genauso schlimm, und ich muss die beiden stets im Auge behalten – daher meine Soldaten und meine Schiffe.«

Stolz deutete er auf seine Flotte. Von hier aus konnte Edyth die schlanken Kurven der Schiffe sehen, die langen Ruder und die geschickt gerefften Segel. Außerdem sah sie die verschlossenen Truhen mit Waffen und die Fässer mit Vorräten, die man bereits an Bord geschafft hatte.

»Ihr könnt jederzeit Segel setzen?«

»Jederzeit. Man kann nicht vorsichtig genug sein. Ein Angriff kann immer aus dem Nichts kommen.«

»Und mit diesen Schiffen könnt Ihr entkommen.«

»Mit diesen Schiffen, Edyth, kann ich meine Truppen neu formieren und einen erneuten Angriff starten.«

»Ich verstehe.«

Griffin lachte. »Schaut nicht so unbehaglich drein, meine kleine englische Lady. Die Leute aus dem Süden meiden mich, und ich sie.«

»Euer Hof zieht also nicht umher?«

»Umherziehen? Oh, so wie König Edward. Gott segne Euch, nein. Das wäre, als würde man in einer Natterngrube schlafen. Nun, da ich den Süden besiegt habe, sammeln meine Männer jeden Monat meine Abgaben ein, und ich halte zweimal im Jahr dort Hof.«

»Wollen die Menschen ihren König denn nicht sehen?«

»Höchstens hängend.«

»Oh.«

»Tut mir leid, Edyth – Wales ist nicht England und wird auch niemals so sein. Meine Leute bewundern meine Stärke und respektieren meine Befehle. Sie akzeptieren meine Gesetze, aber sie mögen sie nicht. Niemals würden sie meine Straßen säumen, um mich zu lobpreisen wie den heiligen König Edward.«

»Es tut mir leid – Ihr müsst mich für sehr töricht halten.«

»Ich halte Euch für wunderbar frisch und unbefleckt von der Welt. Eure Unschuld tut mir gut.«

Edyth errötete. »Ihr müsst sehr stolz darauf sein, sämtliche Ländereien erobert zu haben.«

»Das bin ich, Edyth. Wirklich. Es war der Traum meines Vaters.«

»Dass Ihr König von ganz Wales würdet?«

»Dass *er* es würde. Als ich noch klein war, erzählte er mir immer davon, beschrieb mir, wie es sein würde.«

Seine leuchtenden Augen blickten plötzlich verloren drein, und Edyth hatte einen atemlosen Augenblick lang das Gefühl, ihm ganz nahe zu sein.

»Und wie *wäre* es gewesen?«

»Großartig natürlich. Alle würden sich vor ihm verneigen, und er hätte eine neue Krone mit vier großen Rubinen für die vier Teile seines Reiches. Er beschrieb sie immer so lebhaft, dass ich sie jetzt fast vor mir sehe.«

Edyth betrachtete die Krone, die Griffin trug – ein prächtiger, aber dennoch schlichter Goldreif.

»Aber diese Krone habt Ihr nicht anfertigen lassen?«

Er schüttelte heftig den Kopf. »Es kam mir nicht richtig vor.

Die Juwelen waren der Traum. Die Realität besteht aus Kriegen, Spionen und Feinden. Ich fürchte, die Waliser sind von Natur aus kein geeintes Volk. Unser Land wird von den Bergen in mehrere Regionen unterteilt, und wir halten uns bereitwilliger an einzelne Fürsten als an einen nationalen König. Mein Vater wurde ermordet.«

»Ermordet?!«

»Schaut nicht so schockiert drein. So geht es Königen nun einmal.«

»Nicht in England.«

Er schnaubte. »Nein, vielleicht nicht in England – obwohl ihr Engländer das auch schon erlebt habt – aber hier muss man es erwarten. *Ich* erwarte es. Jeden Tag wieder aufs Neue.«

»Und doch lebt ihr so …«

»Rücksichtslos?«

»In vollen Zügen.«

Er lächelte. »Es ist erstaunlich, wie lebendig man sich im Angesicht des eigenen Todes fühlt. Ich kann noch zwanzig Jahre König sein, Edyth, oder nur noch ein paar Stunden. Deshalb finde ich es am besten, das Beste aus dem zu machen, was dieses wundervolle Leben uns bietet.«

»Aber habt Ihr denn keine Angst?«

»Natürlich. Aber man darf sich von der Angst nicht aufhalten lassen.« Er glitt vom Rücken seines Hengstes herab, und Edyth beeilte sich, es ihm gleichzutun. »Was mich wirklich ängstigt«, bekannte er, »ist, dass ich es auch wieder verlieren werde – obwohl ich so sehr danach strebe, es zu halten. Mein Vater starb, als ich gerade einmal zehn Jahre alt war. Er war mein Abgott, Edyth, meine Welt. Meine Kindheit war durchdrungen von seinen Träumen, und mein Leben lang habe ich darum gekämpft, sie für ihn zu verwirklichen. Das war nicht schön. Ich musste erbarmungslos sein – nur so kann man es schaffen –, aber es ist mir gelungen. Ich bin endlich König von ganz Wales.«

»Warum also habt Ihr Angst?«

»Weil ich mich frage, was ich jetzt tun soll.«

Sie zuckte mit den Achseln. »Ihr müsst Euer Reich erhalten.«

»Ich muss es erhalten.« Er nickte bedächtig. »Ihr habt natürlich recht.« Plötzlich umfing er sie und wirbelte sie herum. »Ihr habt recht, Edyth Alfgarsdottir; Ihr seid wirklich weise.«

Seine Arme lagen fest um ihren Körper, sein Gesicht war dem ihren ganz nahe, aber seine Augen ruhten immer noch auf dem Meer und auf den Träumen, die er in den Wellen entdeckte. Er wurde ganz still.

»Werdet Ihr mir dabei helfen?« Er hielt sie so, dass ihre Füße wie die eines Kindes über dem Boden baumelten, obwohl ihr Herz eher eine Erwachsenenmelodie anstimmte. »Werdet Ihr mir helfen, Edyth?«

»Ich werde es versuchen«, flüsterte sie, und jetzt sah er ihr tief in die Augen.

»Ihr seid eine ganz besondere Frau.«

Er stellte sie sanft auf die Füße und schob ihr das Haar aus der Stirn, umfing ihr Kinn mit seinen großen Händen. Dann beugte er sich sehr vorsichtig herab und berührte ihre Lippen mit den seinen. Edyth legte ihm die Hände in den Nacken, erwiderte den Kuss innig, und Griffin stöhnte und zog sie an sich. Sie spürte die unbändige Hitze seines Körpers. Sie schmolz dahin unter der sanften Berührung seines Mundes, aber gerade als sie begann, seine Liebkosungen wirklich zu genießen, machte er sich von ihr los.

»Nein, Edyth – ich würde die Kontrolle verlieren.«

Verwirrt blinzelte sie zu ihm empor. »Bin ich zu jung für Euch? Zu unerfahren?«

»Nein! Aber ich will Euch nicht entehren, genauso wenig wie Euren Vater – um nichts in der Welt. Wenn Ihr einverstanden seid, Edyth, möchte ich Euren Vater um Eure Hand bitten.«

Plötzlich war Edyth ganz schwindelig. »Ihr wollt, dass ich Eure Frau werde?«

»Meine Frau und die Königin, ja. Das will ich.«

»Aber man sagt, Ihr würdet niemals heiraten«, stammelte sie.

»Sagt man das? Dann irrt man sich – wenn Ihr einverstanden seid.«

Edyth blickte zu dem großen Mann auf. Mit seinen klugen Augen sah er ihr forschend ins Gesicht, sie schienen verletzlich wie die eines Kindes. Sie versuchte, an England zu denken mit seinen eleganten, kultivierten Höfen und der friedlichen Landschaft, und an Svanas Einladung auf ihren verzauberten Landsitz. Aber nun, da die walisische See sich ihr zu Füßen warf, die walisischen Vögel ihren Kopf umkreisten und der walisische König sie mit solcher Zärtlichkeit ansah, war das alles in weite Ferne gerückt.

»Ich bin einverstanden«, flüsterte sie, und nun zog er sie fest in die Arme.

»Du wirst eine wundervolle Königin sein, Edyth«, versprach er, und seine Lippen bewegten sich dicht an den ihren. »Du hast es verdient, eine große Königin zu werden – größer vielleicht, als ein ungehobelter König wie ich es dir ermöglichen kann.«

»Nein, Griffin, du …«

Aber er hob den Finger in die Höhe, um sie zum Schweigen

zu bringen. »Wie auch immer, *Cariad* – Liebste. Es wird mir eine Ehre sein, dich auf deinen Thron zu geleiten.«

Und dann bedeckten seine Lippen die ihren, und für den Bruchteil eines Meereshauches verschwanden Kronen, Throne und Titel im Nichts der Bedeutungslosigkeit.

In ruhigerem Tempo ritten sie zurück zum Palast, jetzt ganz befangen in der Gesellschaft des anderen – trotz der Innigkeit ihrer Versprechen. Griffin hatte sie nur kurz geküsst, dann hatte er ihr wieder aufs Pferd geholfen, dann war er wieder ganz der Alte gewesen. Dennoch hatte Edyth das Gefühl, dass er sie hier auf dem Sand nackt ausgezogen hatte, so heftig spürte sie sein Verlangen, und sie war sicher, dass jeder Mann und jede Frau bei Hof es ebenfalls bemerken würde. Sie hatte keine Ahnung, wie sie ihrer Mutter gegenübertreten sollte, ohne dass diese alles erahnte, was sich zugetragen hatte. Aber als sie schließlich bei ihr anlangte, war Meghan zu abgelenkt, um sie auch nur anzusehen.

»Sie reiten in den Krieg, Edie.«

»Ich weiß.«

»Morgen.«

»Morgen?!«

Edyth dachte an Griffins Worte, dass jeder seiner Tage sein letzter sein konnte, und spürte, wie Furcht von ihr Besitz ergriff. Er hatte nicht erwähnt, dass er so schnell davonreiten würde – nur dass sie nicht von ihrer Heirat sprechen sollte, bevor er ihren Vater gefragt hatte. »Woher weißt du das?«, fragte sie.

»Die Söldner deines Vaters sind angekommen, und anscheinend sind sie zu teuer, um sie noch einen Tag länger hier zu behalten, deshalb hat der Kommandant des Königs angeordnet, sofort loszureiten.«

Edyth rannte zum Fenster hinüber und sah hinaus. Auf der Wiese hinter dem Palast wimmelte es von Männern, die grobe Zelte aufbauten und Feuer entzündeten.

»Es müssen Tausende sein«, rief sie aus.

»Zweitausend«, schniefte Meghan. »Sie kosten ein Vermögen, aber dein Vater beharrt darauf, dass es sein muss, um zu beweisen … oh, ich weiß nicht, was er beweisen will, aber er scheint sich seiner Sache sehr sicher zu sein.«

Edyth betrachtete die ameisengleiche Versammlung der Krieger, und ihr drehte sich der Magen um. Sie und Griffin waren durch die kleinen Tore an der zum Meer gelegenen Seite hineingeritten, wo wogendes Gras, welliges Wasser und Romantik herrschten. Aber hier war sie mit der Wirklichkeit konfrontiert: So sah Griffins Leben als König aus. Nicht Träume und Kronen und Königinnen, sondern Auseinandersetzungen und Krieg.

»Sie reiten morgen?«, wiederholte sie, und die Kälte durchdrang sie bis ins Mark trotz des anscheinend so wunderschönen Tages.

»Es ist schlimm, ich weiß. Aber wenn Gott mit uns ist – und dessen bin ich mir sicher –, dann werden wir bald nach Hause zurückkehren können.«

»Nach England?«

»Nach England, ja, Edyth. Wohin sonst?«

Aber darauf wusste Edyth keine Antwort.

# Kapitel acht

**Bosham, Oktober 1055**

*Lady Svana,*

*ich war hocherfreut über Eure freundliche Antwort, obwohl ich fürchte, dass Ihr Euch allzu große Sorgen um mich macht. Seid versichert, dass ich hier in Sicherheit bin, nein, sogar verehrt werde, und mein Leben keine Annehmlichkeiten vermissen lässt. Ich muss allerdings gestehen, dass es recht trist hier ist, nun, da alle Männer in den Krieg gezogen sind. Ich ergötze mich zwar nicht besonders an ihrer Gesellschaft, aber das Leben ist um so vieles bunter, wenn sie bei Hofe sind. Nun vergehen die Tage mit Nähen und Singen oder damit, meine Brüder davon abzuhalten, Unsinn zu treiben, oder meine Mutter zu trösten, damit sie sich vor Heimweh nicht die Augen ausweint.*

*Der Herbst scheint nahe zu sein. Ich bin sicher, Ihr seid auf Euren Ländereien jetzt sehr beschäftigt. Ich für meinen Teil kann kaum glauben, dass ich nun schon einen ganzen Sommer in Wales verbracht habe. Es ist gewiss ein schönes Land, und ich habe auch nichts dagegen, länger hierzubleiben. Trotzdem muss ich daran denken, wie viel seit jener Ratsversammlung im Fastenmonat geschehen ist, als ich Euch unter solch unglücklichen Umständen kennenlernte.*

*Mein einziger Trost ist mein Pferd. Der König hat es mir geschenkt, und die Stute ist das schönste Geschöpf auf Gottes Erdboden. Sie heißt Môrgwynt, was so viel wie Meeresbrise heißt, und manchmal kommt es mir so vor, als sei sie tatsächlich eins mit dem Wind. Ich reite sie, wann immer ich eine Begleitung finde, was nun, da die Männer fort sind, nicht annähernd oft genug ist.*

*Ich bete darum, dass dieser elende Krieg bald vorüber sein wird und ein Friedensabkommen geschlossen wird und dass ich Euch eines Tages wiedersehe, um mit Euch über all die Geschehnisse hier in Wales zu reden.*

*Mit meinen besten Wünschen und meiner Liebe*
*Edyth*

Svana las den Brief ein zweites Mal, bis sie voller Schrecken sah, wie eine Träne darauf fiel, so dass die Tinte auf dem Pergament verlief. Weshalb um alles in der Welt weinte sie nur? Wahrscheinlich war es das Kind, das in ihrem Schoß heranwuchs. Sie legte die Hand auf ihren Bauch und spürte seine Tritte.

»Hallo da drinnen, kleiner Störenfried«, flüsterte sie.

Dieses Kind war anders als die letzten drei. Vielleicht weil sie älter war, aber sie war ständig erschöpft, und ihr war häufig übel. Sie hatte sämtliche Kräuter ausprobiert, die sie kannte – Minze, Lavendel, Thymian und sogar einen Tee aus dem sehr teuren Ingwer, der aus dem Orient kam –, aber ohne Erfolg. Sie hatte sich sogar bereit erklärt, Harold mit dem Hof auf sein Lieblingsgut Bosham im Herzen von Wessex zu begleiten in der Hoffnung, dass die Seeluft ihre Übelkeit lindern könnte. Der Klatsch und Tratsch in den Frauengemächern jedoch wirkte sämtlichen gesundheitlichen Vorzügen der Natur entgegen.

»Gib doch einfach Ruhe, mein Kind«, bat sie leise und verspürte als Antwort einen kleinen, aber entschlossenen Tritt.

Ein Mädchen – es musste einfach ein Mädchen sein. Sie verdrängte den Gedanken schnell, wagte nicht, ihm überhaupt Raum zum Atmen zu geben, falls es keines war. Sie sehnte sich nach einer Tochter, aber bis sie solchermaßen gesegnet wurde, konnte sie die zärtlichen, fast mütterlichen Gefühle für Edyth kaum unterdrücken, weshalb die vorsichtig formulierten Zeilen des Mädchens ihr umso mehr Sorge bereiteten.

»Warum hat der König ihr ein Pferd geschenkt?«, fragte sie ihren gewölbten Leib, aber nicht das Kind antwortete, sondern Svanas gesunder Menschenverstand.

Warum machten Männer Frauen überhaupt Geschenke? Selbst der gute Harold, der ihr mit seinen Geschenken häufig Freude aufs Gesicht zauberte, genoss den irdischeren Ausdruck der Dankbarkeit, nachdem die Lichter gelöscht waren, erheblich mehr. Sie zog eine Grimasse. Wurde sie im Laufe der Jahre etwa zynisch? Möglicherweise hatte der walisische König nur mit seinem Reichtum protzen wollen. Vielleicht machte er Alfgar mit seiner Gabe den Hof, nicht Edyth? Vielleicht, vielleicht, vielleicht … Svana seufzte.

»Du lieber Himmel, Svana, du weinst schon wieder?«

Sie blickte auf, sah, wie Harold ihr luxuriöses Schlafgemach betrat, und wischte sich hastig die Tränen ab.

»Es ist Edyth, das arme Mädchen.« Sie wedelte mit dem Brief. »Der Himmel weiß, wie lange dieser Brief gebraucht hat, um zu mir zu gelangen. Er wurde vor über einem Monat geschrieben.«

»Wie geht es ihr?«

»Gut, wie sie sagt. Sie langweilt sich in der Gesellschaft der anderen Damen, aber daraus kann ich ihr keinen Vorwurf machen.«

Harold lachte. »Nun, meine Liebe, du wirst dich freuen, zu erfahren, dass ich dich jetzt wieder auf deine Ländereien bringen kann.«

»Oh nein, Harold, es tut mir leid. So habe ich es nicht gemeint. Ich bin sehr glücklich hier an deiner Seite.«

»Wenn du an meiner Seite bist, ja, aber ich weiß, dass der Rest eine Belastung für dich ist, und deshalb liebe ich dich. Aber tatsächlich zieht der ganze Hof in ein oder zwei Tagen weiter.«

»Wirklich? Warum, Harry? Was ist passiert?«

»Es hat mit deiner jungen Brieffreundin zu tun, oder besser gesagt: mit ihrem Vater.«

»Oh nein. Sag mir jetzt nicht, dass Ihr in den Krieg ziehen müsst?«

Er sah zu Boden, wie ein Junge, der bei einer Missetat ertappt worden ist. Svana hätte am liebsten laut losgelacht, aber diese Missetat war von tödlichem Ernst.

»Warum du? Ich dachte, Earl Ralph führt die Verteidigungslinien im Westen?«

»Das hat er.«

»Er ist tot?«

»Nein, nein. Es geht ihm gut. Vielleicht hat er nur einen roten Kopf vor Scham.« Harold ließ sich auf einen Hocker neben Svana sinken und ergriff ihre Hände. »Wie du weißt, haben Alfgar und Griffin Hereford belagert. Ralph hätte nichts weiter tun müssen, als ein paar Wochen auszuhalten. Dann hätte der Winter sie zu einem Friedensgesuch gezwungen.

Aber nein – der ungeduldige Narr beschloss, sie anzugreifen. Und nicht nur das, er nahm auch noch seine Männer als Kavallerie mit.«

»Als Kavallerie? In die Schlacht?«

Harold zuckte mit den Achseln. »Was soll ich dazu sagen? In ihm fließt normannisches Blut, und anscheinend hält er das immer noch für die beste Methode, egal was er von uns gelernt hat. Vielleicht wollte er uns das beweisen – oder mir.«

»Aber es hat nicht funktioniert?«

»Könnte man sagen. Die Pferde versanken innerhalb weniger Minuten im walisischen Morast. Griffins Truppen überwältigten sie sofort. Ralphs Truppen mussten den Rückzug antreten, und die Stadt lag nun ungeschützt da. Man sagt, die Waliser haben ziemlich dort gewütet. Sie haben nicht nur gesiegt, sondern uns auch noch verhöhnt.«

Svana sah, wie Harolds Kiefer arbeitete, und wusste, dass die Wunde tiefer saß, als sein plaudernder Ton verriet. Sie krampfte die Hände ineinander. »Es tut mir so leid.«

Er sah sie an und stieß den Atem aus. »Keine große Sache. Wenn nichts Schlimmeres passiert, als dass wir einen Narren aus uns machen, können wir uns glücklich schätzen. Aber natürlich können wir es nicht dabei belassen. Immerhin steht die Königsehre auf dem Spiel.«

Das Ungeborene in Svanas Bauch machte Purzelbäume, als ob es – wie seine Mutter – derlei Gedanken nur Hohn entgegenbrächte. Also eindeutig ein Mädchen. Svanas Hand legte sich schützend auf ihren Leib, und Harold legte seine darüber.

»Es bewegt sich immer heftiger?«, fragte er, und Svana nickte. »Vielleicht wird dir dann bald nicht mehr so übel sein.«

»Das hoffe ich. Doch ich fürchte, ab sofort wird mir deinetwegen übel sein.«

Er warf ihr einen vorwurfsvollen Blick zu. »Nein, Svana, mach dir um mich keine Sorgen. Ich kenne meine Fähigkeiten auf dem Schlachtfeld, und ich übe hart. Außerdem bin ich wohlgenährt.« Er tätschelte reumütig seinen Bauch. »Und ich habe die beste Rüstung. Das Jahr ist nicht mehr jung, also kann es nicht lange dauern. Ich kehre zur Christmette zu dir zurück, ich schwöre es dir.«

»Nach Nazeing?«

»Svana …«

»Ich weiß, ich weiß. Die Christmette ist in Gloucester. Das war sie immer schon und wird sie immer sein.«

»Du kommst also? Die Jungen auch?«

»Wenn es mir gut genug geht.«

»Du bist wütend auf mich.«

Sie blickte ihm tief in die Augen und sah die zarten, bernsteinfarbenen Ringe wie Feuer um seine sanften Pupillen leuchten. Sie seufzte. »Nicht auf dich, mein Lieber. Nur auf diese ganzen … Kriegshändel. Sie kommen mir so sinnlos vor.«

»Vielleicht sind sie das ja auch, Svana, aber was sollen wir tun? England ist ein reiches, aufstrebendes Land. Andere wollen es besitzen, und wenn sie es angreifen, müssen wir uns schließlich verteidigen, nicht wahr?«

»Mein Krieger«, sagte Svana und streichelte sein Gesicht. Er lächelte bedauernd. »Wir können nicht zulassen, dass Fremde unser Land oder unsere Leute verfolgen, denke ich, aber warum musst immerzu *du* derjenige sein, der für die Verteidigung zuständig ist?«

Harold zuckte mit den Achseln. »Der König ist wohl der Ansicht, dass ich der Beste für diese Aufgabe bin.«

Er sah so beschämt aus, wie er da vor ihr saß, mit seinen fähigen Kriegerhänden sanft auf ihrem Bauch. Svana konnte nicht länger mit ihm streiten. Sie schlang die Hände um seinen Nacken und küsste ihn leidenschaftlich.

»Du bist der Beste, Harold – der Beste für England und der Beste für mich.«

Er erwiderte ihren Kuss. »Sag es niemandem«, flüsterte er. »Aber ich bin lieber bei dir als anderswo.«

Sie spürte, wie es sich in ihrem Schoß regte. »Was für eine Schande, dass England dir so viel abverlangt. Hast du denn Zeit, mit mir ins Bett zu gehen?«

Seine Augen wurden dunkler, und er zog sie in seine Arme. »Die habe ich, Liebste. Ganz sicher sogar. So lange kann England auf jeden Fall warten.«

Hinterher, nachdem sie eng umschlungen in den zerwühlten Decken lagen, schmiegte Svana sich an ihn, wünschte sich, die Berührung seiner Finger unauslöschlich in ihre Haut brennen zu können, um die einsamen Wochen, die vor ihr lagen, zu überstehen.

»Du beeilst dich?«, fragte sie.

»Sosehr ich kann, ohne ein Risiko einzugehen.«

Sie streckte ihm die Zunge heraus. »Und du wirst einen Frieden aushandeln zwischen König Edward und Lord Alfgar?«

»Ich werde mein Bestes tun.«

»Und du wirst Edyth sicher nach Hause geleiten?«

»Warum sollte ich nicht?«

»Ich weiß es nicht.« Svana setzte sich auf und suchte nach dem Brief. Sie brauchte eine Minute, um ihn zwischen den hastig abgelegten Kleidungsstücken zu finden, aber schließlich tauchte er unter Harolds Hose wieder auf.

»Sie schreibt: *›Ich bete darum, dass ich Euch eines Tages wiedersehe.‹*«

»Und ich bin sicher, dass sie das wird.«

»Aber warum ›eines Tages‹, Harold? Warum nicht bald? Und warum spricht sie von ›*all den Geschehnissen hier in Wales*‹?«

»Das ist das Geschwätz kleiner Mädchen, Liebste. Sie langweilt sich, das hast du selbst gesagt.«

»Warum schreibt sie dann nicht ausführlicher?«

»Vielleicht ist das Pergament in Wales knapp?«

»Wohl kaum, Harry. Wenn der König ihr ein Pferd schenken kann, wird er sich ein paar Bogen Pergament wohl auch noch leisten können.«

»Ein Pferd?«

»Ja, ein wunderschönes Tier, wie Edyth schreibt.«

»Aber warum …? Oh, ehrlich, Svana, du verhörst mich ja geradezu. Sieh mal, das Mädchen ist mit ihrer Mutter im tiefsten Wales, und König Griffin ist in Hereford, reißt Mauern ein und treibt es dort zweifelsohne mit den einheimischen Mädchen. Vielleicht haben die beiden miteinander kokettiert, aber das ist vorüber. Ich werde also in die Schlacht ziehen, und ich bringe sie zurück an deine Tafel, und dann treffen wir uns alle zusammen bei der Christmette in Gloucester.«

»Versprochen?«

»Das ist nicht fair«, wandte er ein und küsste sie.

Svana seufzte. »So vieles ist nicht fair«, sagte sie wehmütig, aber Harold verschloss ihr die Lippen mit einem weiteren Kuss, und sie gab sich seinen erneuten Zärtlichkeiten hin, solange sie noch konnte.

# Kapitel neun

**Billingsley, Dezember 1055**

*Edyth,*

*ich bete darum, dass dieses Schreiben nicht genauso lange benötigt, wie Eures zu mir, und ich entschuldige mich jetzt schon für die Verzögerung. Mein teurer Gemahl ist dem König im Lande hinterhergereist, ich wiederum ihm, und Euer Brief musste offenbar uns beiden hinterherreisen. Ich wünschte, ich könnte einen von Harolds Falken direkt zu Euch schicken und meine Worte an seinem Bein festbinden, aber solange er nicht gelernt hat, Rhuddlan zu suchen, müssen wir uns wohl mit Pferden und Männern bescheiden.*

*Ich hoffe, wenn Ihr diesen Brief erhaltet, geht es Euch noch immer gut. Mein Kind wird immer größer, es wird im Frühjahr zur Welt kommen. Ich hoffe sehr, dass Ihr zu diesem Zeitpunkt wieder zurück in East Anglia seid. Wenn Gott uns ein gesundes Kind schenkt, würde ich mich freuen, wenn Ihr uns die Ehre als Patin gäbt. Harold möchte seine Kinder Gott anempfehlen, und da ich dem armen Mann schon so viel abschlage, erscheint es mir nur gerecht, ihm diesen kleinen Gefallen zu tun, besonders wenn dieses liebe Kind dadurch liebevolle und inspirierende Paten bekommt – wovon Ihr sicherlich eine sein werdet.*

*Harold ist davongeritten, um auf die Streitmächte Eures Vaters zu treffen. Es gefällt mir gar nicht, dass ein solcher Zusammenstoß bevorsteht. Ich wünschte, Männer würden ihre Streitigkeiten ohne Schwerter austragen, und ich bete um ein Jahr des Friedens, aber solch ein Jahr ist womöglich nur etwas für Frauen, und ehe sie nicht die Macht in Händen halten, wird es nie dazu kommen. Ich kann nur hoffen und darauf vertrauen, dass keine der beiden Seiten der anderen wirkliches Leid zufügen will und dass ein Friedensvertrag ausgehandelt werden kann, so dass wir uns am Weihnachtsfest mit dem Hof in Gloucester treffen können. Seid also weiterhin guten Mutes. Ich wünsche mir sehr, Euch bald zu treffen.*

*In Liebe*
*Svana*

Edyth faltete den Brief sorgfältig zusammen. Er war zerknittert und befleckt, weil sie ihn zu oft gelesen hatte, aber er war ihr auf der kalten Reise nach England ein Trost gewesen, nicht zuletzt deshalb, weil sie sicher war, dass Svana hocherfreut gewesen wäre, hätte sie gehört, dass sie zu den Friedensverhandlungen unterwegs war. Vor ein paar Tagen war ein Brief von Griffin gekommen, in dem er sie eingeladen hatte, sie in Billingsley zu treffen, kurz hinter der englischen Grenze. Meghan hatte diese Neuigkeiten mit beinahe wilder Freude aufgenommen, und sie waren losgeritten, sobald ihre Truhen gepackt waren.

Becca hatte darum gebeten, Edyth begleiten zu dürfen, »um für sie da zu sein«, und Edyth, die den jungen Lewys bei den Wachleuten entdeckt hatte, hatte lächelnd eingewilligt. Sie war froh über die Gesellschaft gewesen, denn es war ein harter, schneller Ritt gewesen. Aber nun entdeckte sie eine Reihe von Zelten am Horizont, und sie wusste, dass sie dem walisischen Zeltlager nahe sein mussten. Sie verstaute Svanas Brief sorgfältig in ihrer Tasche und zurrte Môrgwynts Zügel fester.

*»Y ddraig!«,* ertönte plötzlich ein Schrei. *Der Drache.*

Edyth folgte dem aufgeregten Zeigefinger der Wachleute und entdeckte Griffins im kalten Dezemberwind wild hin und her flatternde Standarte mit dem wilden Drachen, der seine Klauen in die Luft wirbelte. Sie hielt den Atem an, und Môrgwynt tänzelte seitwärts. Sie hatte den walisischen König seit fünf Monaten nicht mehr gesehen. Sie hatte niemandem, auch nicht ihrer Mutter, von ihrer vorläufigen Verlobung erzählt, und mittlerweile hatte sie fast das Gefühl, sich alles nur eingebildet zu haben. Ihre Hände umfingen zitternd die Zügel. Wenn ihre Hochzeit tatsächlich stattfand, würde sie an Weihnachten und auch zu einem späteren Zeitpunkt weder Svana noch sonst irgendjemanden vom englischen Hof sehen.

»Komm, Edyth«, sagte Meghan munter und warf sich den pelzbesetzten Mantel über die Schulter, »reiten wir deinem Vater entgegen.«

Mit hoch erhobenem Kopf und glühendem Gesicht führte Meghan sie an den Rand des walisischen Lagers. Man hatte sie schon von fern entdeckt, und als sie die ersten Zelte erreichten, hatte man hastig eine provisorische Wache aufgestellt. Langsam ritten sie an der Reihe der Männer vorbei, und dann plötzlich sahen sie ihn – König Griffin. Umrahmt vom Eingang seines tief scharlachroten Pavillons, wirkte er größer und stärker und viel, viel gutaussehender, als Edyth ihn in Erinnerung hatte. Sein Haar schimmerte im Licht der niedrig stehenden Sonne fuchsrot, und seine Augen, die er auf sie richtete, waren blauer als der Winterhimmel. Er war eher im Alter ihres Vaters als in ihrem eigenen, aber er strahlte eine Energie und eine Lebenslust aus, die ihr Herz zum Glühen brachte.

»Lady Edyth. Darf ich?«

Er streckte ihr die Hand entgegen, um ihr von Môrgwynts Rücken herunterzuhelfen, und sie glitt vom Pferd hinab und geradewegs in seine Arme. Er stützte sie, seine Hand leicht, aber fest um ihre Taille, und einen Augenblick lang war ihr, als gäbe es niemanden sonst auf der Welt.

»Ich habe dich vermisst«, murmelte er.

»Und ich Euch, Sire.«

Mit einem Mal wurde ihr klar, dass das stimmte, und es wurde mit jedem Augenblick mehr, da der große Mann vor ihr stand.

»Du bist also immer noch bereit?«

Sie sah, wie seine Lippen die Worte formten, und sehnte sich danach, ihnen ihre schreckliche Unsicherheit einfach durch einen Kuss zu nehmen. Sie spürte, wie sie an seiner Seite zu wachsen schien wie eine Pflanze, die unbemerkt verwelkt war und nun gierig den Frühlingsregen in sich aufsog.

»Verfügt nach Belieben über mich, Sire.«

»Oh, Edyth.« Griffins Stimme wurde leiser. »Ich hatte vergessen, wie sehr du mich erregst.«

»Dann bin ich ja froh, dass ich gekommen bin, um Euch daran zu erinnern.«

Er stöhnte leise, und Edyth verspürte einen Anflug von Macht über diesen Mann. Doch dann trat Alfgar zu ihnen, und sie mussten sich voneinander lösen und sich der Welt stellen.

»Mein liebes Mädchen, du bist ja zur Frau erblüht. Ich bin so glücklich, dass du hier bist, um an unserem Triumph teilzuhaben. König Griffin und ich haben eine große Schlacht geschlagen!«

Edyth sah, wie Griffin ihr über Alfgars Schulter hinweg zugrinste, und musste sich auf die Zunge beißen, um nicht mit ihm laut über die Begeisterung ihres Vaters loszulachen. Ein Blick auf das Gesicht ihrer Mutter jedoch erstickte jegliche Belustigung im Keim.

»Alfgar?«, fragte Lady Meghan streng, und ihre Augen fixierten Griffins Hand, die leicht, aber bestimmt um Edyth' Taille lag.

Alfgar grinste und zog sie energisch zu sich heran. »Sieh dir unsere liebe Tochter an, Weib.«

»Das tue ich. Sie scheint sich in der Gesellschaft unseres Gastgebers sehr … wohlzufühlen.«

»So soll es auch sein, meine Liebe, denn die beiden werden heiraten.«

Edyth sah, wie Meghans Augen sich weiteten, und verlagerte unbehaglich ihr Gewicht.

»Diese Verbindung gereicht uns zu großer Ehre«, fuhr Alfgar hastig fort, »denn sie wird Königin von Wales werden.«

Meghan stürzte sich förmlich auf ihre Tochter, und ihre Augen blitzten vor Zorn, weil sie in dieses Geheimnis nicht eingeweiht gewesen war. Aber der Rote Teufel stand hoch aufgerichtet da und erwartete ihre Glückwünsche.

»Wie wundervoll«, stammelte Meghan also.

Griffin brüllte vor Lachen. »Fürchtet Euch nicht, Mylady. Ich werde gut für Eure Tochter sorgen, denn sie liegt mir sehr am Herzen. Diese großartige Verbindung wird die Basis für einen großen Frieden sein.«

»Und dieser wird, wie ich hoffe, andauern«, sagte Meghan steif, aber ihre Brust schwoll bereits angesichts der Bedeutung des Augenblicks, und zweifellos auch vom Gedanken an all die neuen Gewänder, die man würde bestellen müssen.

»Wann beginnen denn die Friedensverhandlungen?«, fragte Edyth hastig.

Alfgar verdrehte die Augen. »Wir verhandeln schon seit Tagen, Edie. Der Friede ist anscheinend ein kompliziertes Geschäft.«

»Armer Vater. Für Formalitäten hattest du ja noch nie etwas übrig.«

»Das ist wohl wahr, aber ich lerne langsam, geduldiger zu sein.«

Edyth reckte sich nach oben und küsste ihn. »Das ist schön zu hören.«

»Und wir sind fast fertig, denke ich. Harold krittelt an den kleinsten Kleinigkeiten herum, aber Griffin lässt sich nicht beirren.«

»Harold?« Edyth' Herz machte einen Satz. Sie sah Griffin an. »Der Earl of Wessex ist hier?«

»An König Edwards Stelle, ja. Du kennst ihn?«

»Oh, ein wenig.« Edyth spürte, wie ihr Herz pochte, und legte sich die Hand auf den Hals, um es vor dem aufmerksamen König zu verbergen.

Griffins leuchtende Augen verengten sich. »Woher?«, fragte er.

»Woher? Nur ... nur weil ich seine Frau kenne, Lady Svana. Sie besitzt ein Landgut in East Anglia in der Nähe der Ländereien, die bald wieder meinem Vater gehören sollen, nicht wahr, Vater?«

»Ja«, stimmte Alfgar zu, aber Edyth spürte, dass Griffin sie weiterhin aufmerksam musterte.

»Komm herein«, sagte er nun – ein Befehl. »Ich bin sicher, dein Vater möchte deine Mutter und die Jungen in ihren Zelten unterbringen. Vielleicht möchtet Ihr anschließend einen Becher Wein mit uns trinken? Ich habe mittlerweile redlichen Durst.«

Er lächelte, aber seine Hand lag unter Edyth' Ellbogen, und seine Absicht war allen klar. Meghan machte einen Schritt vor, aber Alfgar zog sie mit sich und gab ein vorsichtiges »Wir brauchen nicht lange« von sich, bevor er seine Tochter Griffins Obhut überließ.

Kaum waren sie im Pavillon verschwunden, zog Griffin Edyth grob an sich. »Was bedeutet dir Earl Harold?«

»Nichts, Sire. Wirklich!«

»Unsinn. Ich habe deine Augen gesehen. Du verbirgst etwas.«

»Aber nicht vor Euch.« Edyth erzitterte in seinem stahlharten Griff. Sie sah keine andere Möglichkeit, seiner Eifersucht zu entgehen, als ihm die Wahrheit zu sagen. »Er hat mich einmal aufgefangen, vor einer Weile.«

»Aufgefangen? Wenn er …«

»Griffin, hör bitte zu.« Er zuckte zusammen, als sie seinen Namen sagte, und diesen Vorteil nutzte sie jetzt aus. »Er hat mich aufgefangen, als ich von einem Baum fiel. Ich habe etwas beobachtet – zwei Leute. Sie haben …«

Zu ihrer Erleichterung sah sie, wie sich ein Lächeln in Griffins Augen stahl, und sein Griff lockerte sich.

»Sie haben *was,* Edyth? Erzähl es mir.«

»Sie waren … waren brünstig, Sire.«

»Brünstig?!« Griffin warf den Kopf in den Nacken und

lachte schallend, dann zog er sie an sich. »Brünstig? Und gefiel dir dieser Anblick, *Cariad* – Liebste?«

»Er überraschte mich, Sire.«

»Griffin. Nenn mich wieder Griffin. Was hat dich überrascht?«

Edyth schloss die Augen. »Wie groß er war.«

»Oh, meine Liebste. Oh, Edyth!« Er vergrub seinen Kopf an ihrem Hals, presste seine Lippen auf ihre Haut. »Mach dir keine Sorgen«, sagte er kehlig. »Ich werde dich auch in dieser Beziehung nicht enttäuschen.«

Edyth erinnerte sich, wie Lord Torr lässig seine Männlichkeit gestreichelt hatte. Sie hatte das Mädchen vor Augen, das Gesäß eifrig nach oben gereckt, wie sie ihn darum anbettelte, in sie einzudringen. Sie versuchte, sich selbst in dieser Stellung vorzustellen, und der Gedanke erregte sie, verursachte ihr aber gleichzeitig auch Widerwillen. Und Griffin küsste sie immer noch.

»Sire, bitte, ich … ich habe Angst.«

Er zog sich zurück und sah ihr forschend ins Gesicht. »Angst? Aber Liebste, die musst du nicht haben. Ich passe auf dich auf. Ich werde dir so viel Vergnügen bereiten, Edyth. So viel Vergnügen.«

*»Was wäre das Leben ohne Vergnügen, Edyth Alfgarsdottir?«*, hörte sie Torrs Stimme in ihrem Kopf. Ein kalter Schauer lief ihr den Rücken hinab. Doch Griffin nahm ihre Hand, drehte ihre Handfläche nach oben und küsste unsagbar sanft die Wölbung ihrer Finger.

»Vertrau mir«, sagte er leise. »Morgen bringe ich die Friedensverhandlungen unter Dach und Fach. Ich überlasse Earl Harold ein bisschen Grenzland, denn schließlich habe ich ja meine Belohnung bekommen, und ich will sie mit nach Hause nehmen und sie genießen, genau wie sie, das schwöre ich, mich genießen wird.«

Die Stadt Billingsley war etwa mittelgroß – vielleicht hundert Einwohner –, und die Große Halle des Lords war nicht wirklich geräumig. Sie umfasste bestenfalls zwanzig Schritt in der Länge und war bereits gerammelt voll, als Alfgar und Griffin ihre Männer am darauffolgenden Morgen zu den Verhandlungen führten. Griffin hatte darauf bestanden, dass Edyth zu der Abordnung gehörte, und Alfgar, berauscht von dem lärmenden Jubel, den die Verlobung des Königs am Abend zuvor in ihrem Lager ausgelöst hatte, hatte bereitwillig zugestimmt. Edyth wäre lieber im düsteren Zelt ihres Vaters geblieben – hätte sogar freiwillig eine Nadel zur Hand genommen –, statt Earl Harold bei den Verhandlungen gegenüberzusitzen, aber Lady Meghan war so glücklich, den Grenzwall Offa's Dyke überschritten zu haben und wieder auf englischem Boden zu sein, dass sie einfach allem zustimmte.

»Oh ja«, hatte Edyth sie zuvor zu zwei englischen Ladys sagen hören. »Ich freue mich sehr über die Verbindung meiner Tochter. Rhuddlan ist sehr groß, und die Landschaft ist einfach wunderschön. Zudem ist König Griffin der erste Mann, der über ganz Wales herrscht – ist das nicht beeindruckend?« Edyth trat demonstrativ an die Seite ihrer Mutter, aber Meghan war noch nicht einmal zusammengezuckt. »Es ist viel zivilisierter dort, als man sich hierzulande vorstellt, aber der König ist ja auch ungeheuer wohlhabend und sehr, sehr stark.«

Edyth konnte das Gesicht ihrer Mutter nicht ganz erkennen, aber sie hätte schwören können, dass sie zwinkerte, und ganz sicher kicherten die beiden Ladys anzüglich.

»Und Eure Tochter wird Königin sein. Ihr müsst so stolz sein.«

»So stolz«, hatte Meghan bestätigt und geistesabwesend Edyth' Kopf getäschtelt. »Was für eine Ehre.«

Und nun betraten sie die Halle, und trotz der Kühle des Tages war Edyth ganz heiß. Ihr Arm ruhte auf dem von Griffin, und er hielt seinen so steif wie jeder englische Höfling, aber genauso gut hätte er ihre Taille umfangen können, so deutlich war die Botschaft, die sie an seiner Seite aussandte. *»Es ist nicht nur Schein«,* sagte sie sich streng, als die Engländer sich erhoben und verbeugten. *»Es ist eine Tatsache. Du bist mit diesem Mann verlobt, und du bist stolz darauf.«* Trotzdem konnte sie Harold nicht in die Augen sehen, als sie vortrat.

»Mylords und Ladys, Eure Anwesenheit ist uns eine Ehre.« Zuerst küsste er Meghan die Hand, dann wandte er sich Edyth zu. »Ihr seid sehr gewachsen, Lady Edyth, seit ich Euch zum letzten Mal sah. Ihr seht gut aus.«

»Es geht mir auch gut. Habt Dank, Mylord.« Edyth spürte Griffins angespannten Blick auf sich ruhen und wagte es immer noch nicht, Harold in die Augen zu sehen. »Ich wurde in Rhuddlan sehr freundlich behandelt.«

Sie sah Griffin an, der seine andere Hand über die ihre legte.

»Lady Edyth hat meinem Palast mit ihrer Anwesenheit neuen Glanz verliehen. So sehr, dass ich sie gebeten habe, meine Frau zu werden. Ihr Vater hat erfreut eingewilligt.«

Die versammelten Männer schnappten nach Luft.

Alfgar trat unbehaglich von einem Fuß auf den anderen, reckte aber das Kinn. »Es handelt sich um ein Bündnis, das sicherlich uns allen von Nutzen sein wird«, sagte er steif. »Unsere beiden Länder haben genügend Feinde jenseits des Meeres und sollten einander nicht bekämpfen.«

Edyth blinzelte, erstaunt über die plötzliche Beredsamkeit ihres Vaters. Wie lange hatte er über diese kleine Rede wohl nachgedacht? Er klang herausfordernd, fast trotzig, als ob er Widerspruch erwartete, aber Harold stand nur da, wie zur Salzsäule erstarrt, und starrte Edyth an.

»Und deshalb«, soufflierte Griffin, »sollten wir jetzt die endgültigen Bedingungen unseres Friedens aushandeln.«

Harold nickte, rührte sich aber nicht. Edyth hielt den Blick fest zu Boden gesenkt. Nach ein paar Sekunden schnalzte er mit der Zunge, wie man es bei einem widerspenstigen Pferd tut, und wandte sich ab. Griffin begleitete Edyth auf den Stuhl neben sich. Alfgar schlüpfte auf den zu ihrer anderen Seite, und gemeinsam sahen sie den nun unbeugsam dreinblickenden Harold an.

»Umverteilung des Landes«, sagte er nun knapp und zählte eine Reihe von Gütern auf, die auf einem Pergament vor ihm aufgelistet waren.

Es folgte eine lebhafte Debatte. Edyth wusste, sie hätte ihr aufmerksam lauschen sollte, aber der Anblick von Harold in Aktion faszinierte sie. Diesen Mann hatte sie erlebt, als er mit seiner Frau scherzte, Wein holte, mit anderen Höflingen schwatzte. Sogar in der Ratsversammlung war er immer ruhig und heiter gewesen. Aber nun war er von tiefem Ernst, befehligte seine Männer mit stählerner Härte und kalter, zielstrebiger Willenskraft.

Das war Harold, der Soldat, der um die Rechte seines Landes kämpfte, und plötzlich wünschte sich Edyth, nicht hergekommen zu sein. Dann hätte sie das hier nicht erleben müssen. Es war, als hätte Svanas wunderbarer Ehemann etwas von seinem Zauber verloren, und doch war sie unwillkürlich fasziniert von seiner erbarmungslosen Entschlossenheit. Sie gingen die zahlreichen Punkte im Eiltempo durch, jede der beiden Seiten war jetzt anscheinend begierig, zum Ende zu kommen. Schließlich holte Harold tief Luft.

»Und schließlich – Billingsley.« Er sah sich um, als wolle er die Stadt selbst in sich aufnehmen. Am Ende der Halle, auf den öffentlichen Plätzen, entstand eine gewisse Unruhe unter den einheimischen Lords. »Ihr wollt diese Stadt für Euch, König Griffin?«

»Das will ich.«

»Doch die Stadt selbst möchte lieber in englischer Hand bleiben.«

»Was hat das mit der Stadt zu tun?«

Ein Murmeln erhob sich am Ende der Halle, und Harold räusperte sich. »In England respektieren wir die Meinung unserer Leute«, sagte er.

»In Wales respektieren unsere Leute die Meinung ihres Königs.«

Harold runzelte die Stirn, und Edyth vergrub ihre Finger in den Falten ihres Gewandes, wünschte inständig, alles möge vorüber sein.

»Wir haben uns Euren anderen Forderungen gebeugt, Sire«, knurrte Harold, »aber Euch Billingsley zu überlassen, würde die Grenze weiter in die Marches rücken als je zuvor.«

»Was mir nach unserer herausragenden Leistung auf dem Schlachtfeld nur recht und billig erscheint.«

»Es gab kein Schlachtfeld.«

»Nur weil die Kavallerie Herefords die Flucht ergriffen hat.«

»Und Ihr Euch in die Berge zurückzogt.«

»Ein Mann sollte immer von einem günstigen Punkt aus angreifen.«

»Aber normalerweise nicht von einer Höhle aus.« Harolds Stimme klang leise und bösartig, und seine Männer sahen ihn mit unverhohlenem Schrecken an, was deutlich machte, dass dies nicht sein üblicher Verhandlungsstil war. Sein Blick traf Edyth', und er fixierte sie ein paar Sekunden lang, dann erhob er sich plötzlich.

»Darf ich eine Lösung für unser Dilemma vorschlagen?«, fragte er.

Griffin neigte den Kopf.

»Ich werde diese gute Stadt Eurer Verlobten zum Geschenk machen. Möge Lady Edyth sie als Brautgabe entgegennehmen und als Teil ihres Brautlandes betrachten, zu unser beider Ehre.«

»Was?« Edyth platzte damit heraus, bevor sie es verhindern konnte, und sie errötete heftig über ihren eigenen Mangel an Würde.

Griffin lächelte nachsichtig, als er sich erhob und Harold ansah. Alfgar kam kurz darauf ebenfalls stolpernd zum Stehen.

»Ich akzeptiere im Namen meiner zukünftigen Frau.«

Jemand in den hinteren Reihen jubelte, und einen Augenblick später stimmten seine Gefährten mit ein. Griffin trat ans Feuer, und Harold gesellte sich zu ihnen. Die beiden Männer gaben sich die Hand, und Alfgar wich ihnen nicht von der Seite.

»Passt auf sie auf«, hörte Edyth Harold sagen, grimmig wie ein Soldat, als er Griffin auf die Schulter schlug. Doch nachdem der Friedensschluss verkündet war, hatte er sich plötzlich wieder in den gewandten Höfling verwandelt.

In kürzester Zeit wurden die Tische zurückgeschoben und das Feuer geschürt, und ein riesiger, vorgekochter Wildschweinbraten wurde herübergehievt, um ihn über dem Feuer knusprig werden zu lassen. Fässer wurden aus der Küche herbeigerollt, und die Stimmung wurde allgemein entspannter. Das Fest hatte begonnen. Und irgendwie inmitten des ganzen Treibens war Edyth Besitzerin einer Stadt geworden, dieser Stadt. Sie bekam gerade noch mit, wie ihre Mutter ein »Gut gemacht, Liebling!« vor sich hin murmelte, bevor Griffin sie mit sich riss.

»Komm, wir wollen tanzen!«

Er wirbelte sie in seine Arme, schleuderte seine Glieder in jenen wilden, walisischen Tanzbewegungen, von denen sie auf Rhuddlan so begeistert gewesen war. Hier jedoch, mit den englischen Thanen, den Gefolgsleuten, die sie ebenso nachdenklich wie wohlwollend musterten, und mit Harold, der aussah, als ob er jeden Augenblick seine Jagdpfeile herausholen wollte, fiel es ihr schwer, diese Stimmung erneut in sich wachzurufen.

Sie war froh, als sie sich endlich zurückziehen durfte, aber sogar im Zelt fand sie nur wenig Ruhe.

»Edwin sagt, dass du nicht mehr mit uns nach Hause zurückkommst«, flüsterte Morcar in die Dunkelheit hinein.

Edyth schluckte. »Edwin hat recht.«

»Warum nicht, Edie?«

Sie spürte, wie ihre Decke angehoben wurde und wie Morcars schmaler, kleiner Körper neben sie schlüpfte. Sie nahm ihn fest in den Arm. »Weil ich mit König Griffin nach Wales zurückkehren muss.«

»Warum?«

»Weil sie seine Frau wird, Dummchen. Wie Mutter und Vater.«

Die Decke wurde auch an der anderen Seite angehoben, und auch Edwin kroch zu ihr ins Bett.

»Oh.« Morcar dachte darüber nach. »Werde ich dich wiedersehen, Edie?«

Edyth starrte in die Dunkelheit, riss die Augenlider so weit auf, wie sie nur konnte, damit die Tränen nicht flossen und sie verrieten. »Natürlich, Marc. Du kannst mich besuchen kommen, und ich komme an Weihnachten nach Gloucester.«

»Wenn der Frieden anhält.«

Schockiert wandte Edyth Edwin den Kopf zu. Es war zu dunkel, um ihn erkennen zu können, auch wenn er so dicht neben ihr lag. Aber Edyth konnte sich lebhaft sein ernsthaftes Gesicht vorstellen.

»Warum sagst du das, Edwin?«

»Der Rote Teufel liebt den Krieg.«

»Das ist wahr.«

»Und Earl Harold mag ihn nicht besonders.«

»Na ja, nein. Wahrscheinlich nicht.«

»Also …«

»Also«, sagte Edyth mit fester Stimme, »ist es meine Aufgabe, dafür zu sorgen, dass sie Freunde bleiben.«

»Wie du dafür sorgst, dass ich und Edwin Freunde bleiben?«, schlug Morcar vor.

Edyth dachte an den endlosen Zank und Streit ihrer Brüder.

»Ja«, sagte sie erschöpft. »Genau so. Und jetzt schlaft.«

# KAPITEL ZEHN

**Gloucester, Weihnachten 1055**

Als Harold auf Gloucester zuritt, war er durchgefroren bis auf die Knochen, und er konnte sich nicht erinnern, jemals so erschöpft gewesen zu sein. Anscheinend wurde er alt. Entweder das, oder diese Verhandlungen hatten ihn mehr angestrengt als sonst. Seine Hand wanderte auf seine Tunika und tätschelte die versiegelte Rolle, die er sicher darunter verwahrte.

»Könntet Ihr das Lady Svana geben?«, hatte Edyth ihn gefragt, als sie sich getrennt hatten.

Sie war bleich und verweint gewesen, und er hatte sich mit aller Strenge ins Gedächtnis rufen müssen, dass jedes Mädchen so aussehen mochte, wenn sie sich zum ersten Mal von ihrer Familie trennen musste. Aber das hier war nicht irgendein Mädchen – es war Edyth. Was in aller Welt würde Svana sagen, wenn er ihr alles berichtete?

»Bring Edyth sicher nach Hause«, hatte sie ihn ermahnt, als er sich auf diese gottverlassene Mission begeben hatte, doch genau das hatte er nicht getan. In jeder anderen Hinsicht war das Zusammentreffen ein Erfolg gewesen, aber so würde seine Frau das nicht sehen. Sie hatte Edyth Alfgarsdottir ins Herz geschlossen und freute sich darauf, sie bei sich in East Anglia zu haben. Und – um die Wahrheit zu sagen – auch Harold wünschte sich das. Er wusste, dass Svana sich ohne ihn einsam fühlte. Er wusste, wie sehr sie es hasste, dass er so häufig weg war und dass sie keine Ahnung hatte, welche Winkelzüge er beim König anwenden musste, um überhaupt Zeit mit ihr und den Kindern verbringen zu können. Und nun, da sie wieder ein Kind erwartete, war es für sie härter denn je.

Er sah in den Himmel hinauf. Er war grau und schwer von Schnee und schien niedriger zu hängen als sonst, als ob Gott selbst Druck auf ihn ausüben wollte. Hätte er Svana heiraten sollen? Er hatte sich den Wünschen seines Vaters widersetzt. Earl Godwin hatte Harold und seine Geschwister mit großer Nachsicht erzogen. Er hatte ihnen die besten Kleider gekauft, ihnen die beste Erziehung zuteilwerden lassen und die größten Ehren. Aber daran hatten sich auch Erwartungen geknüpft, und Harold wusste, dass er den großen Earl enttäuscht hatte, indem er sich an Svana gebunden hatte. In dunkleren Augenblicken fragte er sich manchmal sogar, ob er damit sein Leben verkürzt hatte. Nicht nur das, sondern er hatte sich auch gegen Hof und Kirche gewandt, und das schmerzte ihn. Wenngleich deutlich weniger, als es ihn geschmerzt hätte, ohne sie zu leben.

»Ein Mann wie du, Harold«, hatte seine Mutter damals gewütet, »heiratet nicht aus Liebe.«

Sie hatte dieses Wort förmlich hervorgespien, als handele es sich um einen giftigen Käfer, und Harold hatte gewusst, dass sie recht hatte. Aber er war nun einmal, wie er war, und er liebte Svana. Damals schien das genug zu sein. Es war immer noch genug. Er war nur erschöpft, konnte nicht mehr klar denken. Ein heißes Getränk würde ihm dabei helfen, dieses lächerliche Selbstmitleid in den Griff zu bekommen.

Er spornte sein Pferd an, um schneller zu den Stadttoren zu gelangen, und zwang sich zu einem huldvollen Lächeln, als er an den katzbuckelnden Wachen vorbeiritt, die ihm Einlass gewährten. Er war froh, endlich hier zu sein. Gloucester war ihm das liebste der drei königlichen Domizile. Es war nicht so muffig wie Winchester und erheblich geräumiger als das heruntergekommene Westminster. Bis zur Christmette blieb noch eine Woche Zeit, aber schon jetzt drängten sich ein paar Pavillons in der grauen Kälte zusammen. Harold blickte sich suchend um, konnte aber keine »Krieger«-Standarte entdecken, die von der sicheren Ankunft seiner Familie kündete. Er erschauerte und glitt von seinem Pferd herunter. Dann reichte er, ohne einen zweiten Blick zu verschwenden, sein kostbares Tier an den jungen Avery weiter. Ein paar junge Männer, dick in Pelze vermummt und mit Bechern gewürzten Weines in den Händen, kauerten um eine Kohlenpfanne herum, und instinktiv ging er der Wärme entgegen. Die Jungen machten ihm eilig Platz und verbeugten sich tief.

»Nein, kommt wieder ans Feuer«, drängte er. »Es ist viel zu kalt für ein solches Zeremoniell.«

Mit einem dankbaren Seufzer scharten sie sich wieder ums Feuer. Einer von ihnen holte einen grob geformten Kelch hervor und goss dem Earl Wein aus einem großen Krug ein, den man unter dem Kohlebecken verstaut hatte. Ein weiterer hob den Schürhaken aus den Flammen und tauchte ihn in die Flüssigkeit. Er zischte, und eine würzige Dampfwolke stieg Harold ins Gesicht, strich segensreich über seine eiskalte Haut.

»Habt Dank.«

Er nahm einen vorsichtigen Schluck und spürte, wie der Wein durch seine Kehle rann und dort einen warmen Pfad beschrieb. Er trank wieder und wieder, und erst als er begann, wieder aufzutauen, bemerkte er, dass die Jungen ihn erwartungsvoll ansahen.

»Wie ist es Euch in Wales ergangen, Mylord?«, wagte einer von ihnen schließlich zu fragen, und Harold wurde klar, wie begierig sie auf Neuigkeiten warteten.

»Gut«, versicherte er ihnen. »Sehr gut. Der Frieden ist vereinbart, und Earl Alfgar wird nach East Anglia zurückkehren.«

»Brodie ebenfalls?«

Harold sah den Fragenden an, offenbar ein Freund von Alfgars ältestem Sohn. »Brodie auch. Er hat sich tapfer geschlagen.«

»Er hat gekämpft?«

Der Neid in der Stimme des Jungen griff Harold ans Herz; Svana hasste den Kampf.

»Deine Zeit wird auch noch kommen«, blaffte er, »und glaub mir, wenn du mit dem Gesicht im Morast liegst, die Hufe einen Finger breit von deinem Kopf entfernt, über und über mit dem Blut toter Männer befleckt, glaubst du nicht mehr, dass dein Schicksal dir wohlgesinnt ist.«

»Mylord?«

Die Augen der jungen Männer waren groß im Dämmerlicht, und Harold schüttelte sich. »Achtet nicht auf mich, Knaben. Ich bin erschöpft von der Reise, das ist alles. Ich brauche Schlaf.«

»Und Trost in den Armen Eurer Gemahlin, Mylord?«

»Das wäre schön.«

»Aber Lady Svana ist hier.«

»Tatsächlich?«

»Sie ist vor zwei Tagen angekommen, Mylord, mit Euren mutigen Söhnen. Euer Ältester ritt sein eigenes Pony wie ein richtiger kleiner Mann.«

Harold blickte sich hektisch im Lager um, konnte seine Standarte aber immer noch nirgends entdecken. Das Licht wurde noch schwächer, und jetzt begannen ein paar Schneeflocken zu fallen.

»Wo ist sie?«, fragte er.

»Der König hat sie im Gästehaus untergebracht, Mylord, wegen des Zustands Eurer Gemahlin und so weiter.«

»Es geht ihr nicht gut?«

»Nicht schlechter als sonst üblich während einer Schwangerschaft.«

»Natürlich. Natürlich, danke. Dank dir vielmals.«

Zur Überraschung des Jungen ergriff Harold dessen Hand und schüttelte sie enthusiastisch, bevor er zum Gästehaus hinübereilte. Der Wachmann, der im Eingang kauerte, ging in Habtachtstellung, und Harold, dessen Herz wie die Trommel eines Minnesängers bei einem Festtagsumzug hämmerte, trat ein. Das untere Stockwerk des Gästehauses war leer, aber Harold konnte Stimmen von oben hören und erkannte das aufgeregte Kreischen seiner Söhne.

»Hallo?«, rief er und sprang die hölzerne Treppe hinauf. »Hallo? Sind da oben irgendwelche gutaussehenden jungen Männer?«

»Vater!«

Kaum hatte er den Treppenabsatz erreicht, stürzten sich die Kinder auf ihn. Er umarmte Godwin, Edmund und Magnus, dann machte er sich auf die Suche nach seiner Frau. Sie saß auf dem Bett und trug ein dickes wollenes Kleid in wunderschönem Blau, das sich über ihrem bereits beträchtlich gewölbten Bauch spannte. Ihr haselnussbraunes Haar war unter einer pelzbesetzten Haube verborgen, und sie war unglaublich schön.

»Die Jungfrau Maria selbst«, hauchte er und kam auf sie zu.

»Wohl kaum«, lächelte Svana und erhob sich. »Meiner Jungfräulichkeit hast du dich schon vor langer Zeit angenommen.«

Harold stand vor ihr, nahm sie mit allen Sinnen in sich auf. »Bist du sicher?«, fragte er leise.

»Nicht ganz. Vielleicht solltest du heute Nacht auf Nummer sicher gehen. Oh Harold, ich habe dich so vermisst.«

Harold umarmte sie innig. »Und ich dich. Wie hast du diese Reise nur mit diesen schrecklichen Rangen und diesem hier überstanden?«

Er legte ihr die Hand auf den Bauch, aber Svana lächelte nur. »Dieses hier, wie du sie nennst ...«

»Sie?«

»Vielleicht. Jedenfalls ist dieses hier ein richtiges Goldstück. Es geht mir besser denn je, und sie macht mir keine Probleme. Was ich von den Jungs nicht behaupten kann!« Sie streckte den Arm aus, um sie zu kitzeln, und sie wanden sich fröhlich. »Obwohl sie in Wirklichkeit auch sehr brav waren.«

»Es ist viel zu kalt, um nicht brav zu sein«, murmelte Godwin.

»Tatsächlich?«, sagte Harold. »Denn ich habe gehört, dass du wie ein richtiger Mann auf deinem eigenen Pony in Gloucester eingeritten bist.«

Godwin strahlte. »Ja. Ja, Vater, das bin ich, und zwar den ganzen Weg von Nazeing. Na ja, fast. Ich bin nur an einem Tag in der Kutsche gefahren, als es regnete, und das nur, weil Mutter es so wollte.«

»Mutter hatte vollkommen recht. Du musst an Weihnachten gesund sein.«

Bei diesen Worten begannen die Jungen aufgeregt durcheinanderzuschwatzen. Harold sah seine Frau an und verdrehte die Augen, obwohl das lärmende Gewusel seiner Familie ihn deutlich mehr erwärmte, als jeglicher Würzwein es zu tun vermocht hätte.

Aber dann fragte Svana: »Wie sind die Verhandlungen verlaufen?«, und er erstarrte.

»Gemischt«, antwortete er vorsichtig. Er kniff die Augen zusammen, und ihm drehte sich der Magen um. »Die Friedensverhandlungen liefen erfolgreich, und Alfgar kehrt nach East Anglia zurück. Er und seine Familie werden morgen hier sein.« Er sah zu den Dachsparren hinauf. »Das heißt, ein Großteil seiner Familie wird hier sein.«

»Harold?«

Die Knaben schienen die veränderte Stimmung ihres Vaters zu spüren und rannten davon, um zu spielen.

»Es ist Edyth, Liebes. Sie wird heiraten.«

»König Griffin?«

»Ja.«

»Ich wusste es! Konntest du diesen Wahnsinn nicht verhindern, Harold?«

»Wie denn, Svana? Ich hätte es getan, wenn es in meiner Macht gestanden hätte, aber die Ehe war zwischen König Griffin und Edyth' Vater längst arrangiert. Da lag es nicht in meiner Macht, zu widersprechen.«

»Sicherlich hättest du doch politische Hinderungsgründe ins Feld führen können?«

»Während wir einen Friedensvertrag zwischen unseren beiden Ländern aushandeln? Wohl kaum. Die Verbindung war, fürchte ich, äußerst passend.«

»Äußerst passend?«

»Nicht für mich, Svana, aber sie passte zur allgemeinen Stimmung.«

Sie schnaubte, und er konnte ihr keinen Vorwurf daraus machen. Selbst in seinen Ohren klang die ganze Sache sinnlos.

»Und Edyth selbst?«, fragte sie. »Wie geht es ihr?«

Harold dachte nach. »Sie schien geweint zu haben, als wir davonritten, war aber nicht unglücklich. Wirklich, Svana, ich glaube, sie mag ihn, und ich halte ihn für einen guten Mann – größtenteils. Und ganz sicher ist er vernarrt in sie. Das ist gut, oder nicht?«

Svana warf den Kopf in den Nacken. »Das dauert nur so lange, bis er sie im Bett hat.«

»Nicht unbedingt. Ich bin ja auch immer noch vernarrt in dich.«

Svana schloss die Augen, und Harold stand da und wartete ängstlich auf eine Antwort. Aber als sie sie wieder öffnete, entdeckte er die Resignation in ihren grauen Tiefen.

»Ich habe so etwas befürchtet, als ich ihre Briefe las, aber vielleicht hast du ja recht, und so schlimm ist es gar nicht. Sie ist nur einfach so jung.«

»Nicht mehr, Liebes. Sie ist in diesem Jahr schnell erwachsen geworden.«

»Und wird noch schneller erwachsen, ehe es vorüber ist.«

Harold nickte. Er küsste seine Frau. »Man erzählt sich allgemein«, sagte er leise, »dass der Rote Teufel zweifelsfrei sehr erfahren ist.«

»Harold!«, protestierte sie, aber dennoch entfuhr ihr ein Kichern. Harold wusste, dass das Schlimmste überstanden war.

»Ich werde sie im Auge behalten, Svana, das verspreche ich. Oh, und sie hat mir einen Brief für dich gegeben. Hier.«

Er griff unter seine Tunika und zog die Pergamentrolle hervor, die er sorgfältig darin verwahrt hatte. Svana sah zu den Jungen hinüber, die immer noch in ihr fröhliches Spiel vertieft waren, und ließ sich dann aufs Bett sinken. Harold setzte sich neben sie und legte ihr den Arm um die Schultern. Gemeinsam lasen sie Edyth' Worte:

*Meine liebe Svana,*

*Harold wird Euch mittlerweile von den Neuigkeiten berichtet haben. Macht ihm deshalb keine Vorwürfe. Es war meine Schuld. Ich wollte, dass der König mich mochte, und das tut er. Und, Svana, ich mag ihn ebenfalls. Ich weiß, er ist groß und grimmig und manchmal auch etwas wild, aber in seinem Inneren wohnt ein zärtliches Herz. Ich habe es gesehen. Er will, dass ich ihm dabei helfe, Wales zu erhalten. Ich weiß nicht, ob ich das schaffe, aber ich will es versuchen. Ich werde meine Familie vermissen, und ich werde Euch vermissen, aber ich habe ihm mein Versprechen gegeben, und das muss ich halten.*

*Es tut mir so furchtbar leid, dass ich Euch nicht besuchen kann, und ich hätte Verständnis, wenn Ihr nicht wollt, dass Euer wunderschönes Kind – denn ich bin sicher, dass es wunderschön wird – eine Patin hat, die auf der anderen Seite des Offa's Dyke festsitzt. Deshalb entbinde ich Euch von Eurer Bitte, obwohl ich es für immer zu schätzen wissen werde, dass Ihr mich gefragt habt.*

*Ich hoffe, dass dies nicht das Ende unserer Freundschaft ist, denn diese ist mir lieb und teuer. Griffin muss nach Rhuddlan zurückkehren, um dieses Jahr die Christmette dort zu feiern, nachdem er so lange auf Feldzügen fort war, aber vielleicht kann ich mich dem Hof ja im nächsten Jahr in Gloucester anschließen. Wir werden im Frühjahr miteinander vermählt, obwohl ich gestehen muss, Mylady, dass ich schon vorher sein Weib sein werde.*

*Ich kann nicht glauben, dass ich Königin werde, und ich fürchte, dass ich trotz meiner Krone das törichte Mädchen bleibe, das Ihr kennt. Ich hoffe, dass Ihr mir schreibt, sobald Ihr Zeit habt. Bitte glaubt mir eines: Ob Ihr dazukommt oder nicht, ich werde häufig und voller Liebe an Euch denken.*

*Bis wir uns wiedersehen, bleibe ich Eure*
*Edyth Alfgarsdottir*

# TEIL ZWEI

# Kapitel elf

**Rhuddlan, Dezember 1055**

Rhuddlan war vollkommen weiß. Die gesamte königliche Burg ruhte unter einer dicken Schneedecke, als läge sie im Winterschlaf. Das einzige Lebenszeichen war eine dunkle Rauchsäule, die durch das Strohdach der Großen Halle emporstieg, aber sogar sie war dünn und abweisend. Edyth starrte sie verzweifelt an und fragte sich, ob ihr jemals wieder warm werden würde. Die ferne See lag grau und flach da, sogar ihr Temperament schien von den endlosen Schneefällen gebändigt zu sein. Die Erinnerung an jenen Tag, als sie mit Griffin am Strand entlanggaloppiert war, schien in weite Ferne gerückt. Sie schauderte und beugte sich tief über Môrgwynts kräftigen Hals, suchte Schutz vor dem grausamen westlichen Winter. Im Augenblick konnte sie nicht allzu viel Freude an dem Gedanken finden, dereinst Königin von Wales zu werden.

»Keine Sorge, *Cariad – Liebste.*« Griffin kam neben sie geritten und beugte sich vor, um ihr seinen starken Arm um die Schultern zu legen. »Wir sind bald zu Hause.«

Zu Hause! Das war jetzt ihr Zuhause: dieser wilde, kleine Außenposten, der vier harte, kalte Tagesritte von England entfernt lag. Sie versuchte, ihren Verlobten anzulächeln, aber ihre Lippen waren zu aufgesprungen und zu erfroren, um sich nach ihrem Willen zu bewegen. Griffin beugte sich vor und küsste sie heftig.

»Ich werde dich wärmen, Edyth.«

Ihr Inneres stand sofort in Flammen, so dass sich ihre Haut nur noch eisiger anfühlte. Vielleicht würde ein weiterer Tagesritt ihr doch nicht so viel ausmachen – vielleicht sogar eine ganze Woche?

»Hab keine Angst, *Cariad.* Ich werde ganz sanft zu dir sein.«

»Ich dachte, du liebst einen guten Kampf im Bett?« Die Worte waren heraus, bevor sie sie zurückhalten konnte, aber Griffin lächelte nur.

»Ich *kann* kämpfen, Edyth – im Bett und auch ansonsten –, aber manchmal will ich es gar nicht. Willst du mich denn bekämpfen?«

»Nein! Oh nein, Sire.«

»Griffin. Und gut. Das ist gut. Ich werde dich gut behandeln, *Cariad,* hab keine Angst. Und jetzt komm. Es gibt viel zu viele kalte Zehen und leere Mägen hier, um auf den schneebedeckten Hügeln weiter zu verweilen. Wir reiten nach Hause!«

»Mylords und Ladys, ich will Euch meine Königin vorstellen – *Eure* Königin!«

Griffin zog Edyth auf die Füße und hielt ihre Hand wie ein siegreicher Krieger in die Höhe, wobei er sie vor Enthusiasmus fast vom Boden riss. Melodische Hochrufe erhoben sich in der Großen Halle, und Edyth spürte, wie sie bei dieser Begrüßung vor Freude rot wurde.

Das Fest war in vollem Gange. Die Feuer loderten hoch, es gab reichlich zu essen, und das Bier floss in Strömen. Hunderte Binsenkerzen brannten an den Wänden und zauberten verwegene goldene Muster auf die Schilde, die dazwischen hingen. Hier drinnen hatte das bleierne Weiß des Schnees keine Chance. Ein Großteil des kleinen Winterhofes aus Griffins Gefolge würde heute Nacht hier schlafen, statt sich mühsam den Weg in ihre eigenen, eiskalten Quartiere zu suchen. Aber das königliche Gemach war für ihn mit nicht weniger als vier sorgsam angefachten Kohlebecken vorbereitet worden. Edyth wusste das, weil er es ihr auf dem Weg zum Abendessen gezeigt hatte.

»Sieh, *Cariad* – wir werden es heute Nacht behaglich haben.«

»Aber wir sind doch noch gar nicht verheiratet«, wagte sie zu protestieren.

Er lachte nur. »Wer weiß hier draußen schon davon? Kein römischer Priester wird sich über die walisischen Straßen wagen, wenn der Frühling noch so weit entfernt ist. Glaub mir, Edyth, noch vor Sonnenaufgang wirst du sehr froh darüber sein.« Sie nickte stumm, und er nahm sie in die Arme und wirbelte sie herum. »Du bist so lieblich, Edyth. Gott, wenn ich könnte, würde ich dich jetzt schon nehmen.«

»Ja?« Edyth hatte es fast gehofft – dann hätte sie es zumindest hinter sich gehabt.

»Nein, die Vorfreude macht es nur noch süßer. Komm – unsere Untertanen warten!«

Und jetzt waren diese Untertanen da, tobten vor Freude, und sie konnte nichts anderes denken, als dass jeder einzelne von ihnen genau wusste, was heute Nacht mit ihr geschehen würde. Ihr drehte sich der Magen um, und sie wünschte, sie hätte nichts von dem Aal gegessen. Aber jetzt gebot Griffin mit einer Bewegung seiner großen Hände Ruhe, und sein Gutsverwalter John näherte sich mit einem wunderschönen hölzernen Kästchen. Edyth starrte es an.

»Ich habe ein Geschenk für dich, Edyth Alfgarsdottir.«

Griffin streckte die Hand nach dem Kästchen aus, und erwartungsvolle Stille senkte sich über die ganze Halle. Er hob den Deckel und griff hinein, machte eine dramatische Pause für die Menge, bevor er eine Krone herausnahm – eine wunderschöne, mit zahllosen Juwelen besetzte Krone. Edyth schnappte nach Luft.

»Ist das nicht ein Prachtstück?« Griffin hob sie hoch in die Luft, um sie seinen Lords und Ladys zu zeigen, bevor er sich wieder an Edyth wandte. »Wie du.«

Eine Träne entwischte aus ihrem Augenwinkel, und sie wischte sie fort. Griffin lächelte und beugte sich zu ihr herab, um sie zu küssen.

»Ich habe sie in Auftrag gegeben, bevor ich in den Kampf zog. Gefällt sie dir?«

Edyth versuchte, trotz des von ihrer Torheit vernebelten Blicks klar zu sehen. Sie betrachtete die zarten keltischen Muster, die in das Gold eingraviert waren, die wunderschön geschliffenen Amethyste und Aquamarine am unteren Rand und die vier riesigen, viereckigen Rubine, die prunkvoll in goldene Verwirbelungen eingelassen waren.

»Das ist die Krone deines Vaters.«

»Ja, und jetzt, meine Geliebte, ist sie dein.«

Mit diesen Worten beugte er sich vor und setzte sie ihr auf den Kopf. Sie passte perfekt und war voller Bedacht mit Kaninchenfell umrandet worden, so dass sie sich auf ihrem Kopf ganz weich anfühlte. Edyth hob die Hand, um sie zu berühren.

»Steht sie mir denn?«, flüsterte sie voller Ehrfurcht.

»Das tut sie«, antwortete Griffin. »Du siehst vollkommen aus.« Dann beugte er sich näher zu ihr heran und flüsterte: »Und noch besser wirst du aussehen, wenn du sonst nichts anhast.«

»Griffin!«

»Edyth. Du gehörst mir – nur mir. Komm.«

»Jetzt?«

»Jetzt.«

Er sprang auf und hob sie in seine Arme, trug sie durch die gesamte Halle, begleitet von ausgelassenen Hochrufen. Edyth verbarg das Gesicht an seiner breiten Schulter und war trotz der eisigen Luft, die sie wie ein Messerstich traf, dankbar, dass sie nun die vielsagenden, spöttischen Hochrufe der Höflinge hinter sich ließen. Innerhalb weniger Augenblicke hatten sie jedoch ihr Schlafgemach erreicht, und ihr ganzer Körper schien plötzlich in Flammen zu stehen – durch die Hitze der Feuer und durch die Erkenntnis, die nun heiß durch ihre Adern pulsierte. Griffin bedeutete den Dienern, die die Kohlebecken geschürt hatten, das Gemach zu verlassen, und sie zogen sich eilig zurück. Sanft setzte er sie ab.

»Endlich sind wir allein, *Cariad.* Nein, sag jetzt nichts. Sag nichts und denk nichts – sei ganz Gefühl. Jetzt ist es Zeit fürs Vergnügen.«

*Was wäre das Leben ohne Vergnügen, Edyth Alfgarsdottir?* Earl Torrs Worte hallten in Edyth' Geist wider, als Griffin ihr den Kopfputz abnahm und ihren Hals mit seinen Lippen liebkoste, aber sie schob die Worte beiseite. Sie war jetzt hier in Wales und durfte weder zurück noch in die Zukunft schauen. Griffins Küsse waren wie hauchzarte Versprechen auf ihrer Haut, und obwohl sie so nervös war, spürte sie, wie ihr Blut unter ihnen in Wallung geriet. Sie seufzte leise, und er küsste sie heftiger, bewegte seine Lippen nach unten bis in die Kuhle zwischen ihren Brüsten. Seine Finger fanden ihre Bänder und lösten sie geschickt, öffneten ihr Obergewand, so dass er seine Küsse an ihrem Ausschnitt entlangwandern lassen konnte.

Edyth' ganzer Körper begann zu pulsieren. Griffins Lippen ließen keinen Augenblick lang nach, wanderten über die Wölbung ihrer Brust, als ob sie dem immer heftigeren Pochen ihres Herzens folgen wollten. Sie keuchte vor Erregung und vergrub ihre Hände in seinem Haar, und nun fuhr Griffin mit der Zunge über ihre Brustwarze, bevor er sie sanft zwischen die Zähne nahm.

»Griffin, ich ...«

»Sag nichts«, unterbrach er sie heiser. »Diesmal noch nicht. Nichts sagen, nichts denken, nur ...«

»... fühlen«, wisperte Edyth.

»Du wunderschönes Mädchen.«

Er trat einen Schritt zurück, beugte sich vor und zog den Saum ihres Obergewandes mühelos über ihren Kopf, so dass sie nur noch im Unterkleid dastand. Er lächelte, dann schwang er sie hoch und legte sie aufs Bett, kniete zu ihren Füßen nieder. Er leckte sich die Lippen, dann beugte er sich langsam herab, nahm ihren Fuß in seine großen Hände, streifte ihren Schuh ab und küsste ihren Fußknöchel. Edyth schluckte. In all den Gesprächen, die sie im Laufe der Jahre in den Damengemächern belauscht hatte, hatte nie jemand etwas über Fußknöchel gesagt.

»Fühlen«, raunte er, und nun begann er sich nach oben zu bewegen. Langsam liebkoste er jedes Bein, rollte den Saum ihres Untergewandes immer höher. Edyth spürte, wie ihre Schenkel vibrierten, so sehr überwältigte sie die Vielzahl an Empfindungen. Zwischen ihren Beinen brauste Verlangen, als er immer näher und näher kam. Und plötzlich war seine Zunge – seine Zunge! – dort, und sie schrie auf vor Lust. Jetzt wusste sie, warum die Dienstmagd sich Torr so eifrig entgegengebäumt hatte. Ihr Körper fühlte sich an, als wolle er zerbersten, öffnete sich seiner Berührung, und sie wollte mehr. Viel mehr.

Als er aufhörte, sehnte sie sich danach, nach ihm zu greifen und ihn dorthin zurückzuziehen. Sie wand sich auf dem Bett, und er lächelte schelmisch.

»Keine Sorge – ich bin noch nicht fertig mit dir. Dein Unterkleid …«

Er wollte es ihr ausziehen, aber Edyth kam ihm zuvor, riss es sich über den Kopf, so dass sie nackt vor ihm lag. Sie empfand keine Scham, keine Nervosität, nur verzweifelte Vorfreude.

»Ah, *Cariad*!« Griffins Stimme war tief und volltönend vor Sinnlichkeit. Er entledigte sich seiner eigenen Kleider, und voller Ehrfurcht betrachtete Edyth seinen wundervollen Körper. Er war fest und hart. Seine muskulöse Brust war breit, doch seine Taille war schmal. Edyth' Augen weiteten sich, aber jetzt lag er wieder über ihr, küsste ihre Lippen, ihre Lider, knabberte an ihren Ohren, und ihr Körper gab sich ihm vollkommen hin.

»Jetzt«, raunte er.

Sie spürte, wie seine Hände sanft ihre Schenkel auseinanderschoben. Und dann war er in ihr, und ein scharfer, reißender Schmerz verwandelte sich in Wellen der Lust.

»Fester«, sagte sie.

Er gluckste und gehorchte, und sie spürte die Brandung immer heftiger werden, bis sie keine Kontrolle mehr über sich hatte und sich nur noch an ihn drängen konnte. Vage bekam sie mit, dass sie aufschrie, und Griffin ebenfalls. Vage spürte sie, wie er in ihrem Inneren pulsierte, und wie sich sein Samen in sie ergoss, aber im Vergleich zu der reinen Freude, die ihr seine Berührung bereitete, war das geradezu nebensächlich.

Schließlich ließ er von ihr ab und legte sich neben sie. Sie kuschelte sich an ihn.

»Gut?«, fragte er.

»So gut.« Sie richtete sich auf und sah ihn an, plötzlich ängstlich. »Habe ich alles richtig gemacht?«

»Oh, Edyth, du warst perfekt.«

»Wirklich?«

»Wirklich.«

»Gott sei Dank. Können wir es noch mal machen?«

Griffin stöhnte, aber sein Lächeln war breit. »Bald«, stimmte er zu und küsste sie, »aber zuerst möchte ich dich in deiner Krone sehen.«

»Natürlich. Ich unterstehe immerhin deinem Befehl.«

Griffin stöhnte wieder. »Warum habe ich das Gefühl, dass das gar nicht stimmt?«, fragte er, als sich Edyth kichernd erhob, um ihre wunderschöne Krone vom Boden aufzuheben.

# Kapitel zwölf

**Rhuddlan, September 1056**

*Meine liebste Edyth,*

*danke für Euren letzten Brief. Ich bin so froh, dass der Sommer warm war, und hoffe, dass Ihr einen ebenso schönen Herbst an der Westküste unserer Insel erlebt, wie wir hier im Osten. Wir haben eine reiche Weinernte, und die Kornspeicher in den Scheunen sind voll, so dass wir alle dick und rund werden.*

*Unser Schafsbock, der kleine Teufel, hat sich unter die Schafe gemischt, und Gott gefiel es, die armen Tiere mit Winterlämmern zu segnen. Sie sehen richtig verwirrt aus. Just letzte Nacht brachte eine Aue, die schon häufig gelammt hat, unter großen Mühen Nachwuchs zur Welt, und ich zog ihr nicht ein, nein: drei Lämmer aus dem Leib. Alle waren kerngesund und standen innerhalb weniger Augenblicke auf den Beinen. Und obwohl es stockdunkel war, fühlte ich mich gesegnet, weil ich ihr bei der Geburt beistehen konnte. Wie oft ich auch neues Leben auf diese Welt kommen sehe, es kommt mir jedes Mal wieder vor wie ein Wunder.*

*Ich freue mich sehr zu hören, dass auch Ihr Euer eigenes Wunder erwartet, und dass der Akt der Zeugung nicht zu beschwerlich war. Wir sprachen damals darüber, vor so langer Zeit, wie ich jetzt finde, dass die körperliche Liebe etwas Wunderbares sein kann, und ich bin erfreut, dass der König Euch so zärtlich behandelt.*

Edyth hielt in ihrer Lektüre inne und grinste. Der König war neuerdings nicht mehr ganz so zärtlich wie am Anfang, und – Gott möge ihr vergeben – sie ermunterte ihn auch noch zu dieser köstlichen Teufelei. Es war schwieriger geworden, als ihr Leib sich mehr und mehr wölbte, aber sie hatten es geschafft.

Doch als die Sommersonne die Felder beschien, musste das frische, grüne Gras offenbar wieder einmal mit Blut getränkt werden, und Griffin war wieder in den Krieg gezogen. Er war nun fast schon zwei Monate fort, und sie sehnte sich nach ihm. Ein Kind zu erwarten, schien ihren Appetit sogar noch gesteigert zu haben, und nun, da ihre Zeit nahte, war sie ruhelos und launisch. Sie schüttelte sich und wandte sich erneut Svanas willkommenem Brief zu.

*Ich habe es sehr bedauert, Eure Hochzeit zu verpassen, obwohl Euer Vater so oft davon gesprochen hat, dass ich fast das Gefühl habe, selbst dabei gewesen zu sein. An Pfingsten erzählte man sich bei Hof ständig Geschichten von Eurer Schönheit, Euren Gewändern und Eurer Krone. Wie ich höre, ist sie sehr prächtig, aber so soll es auch sein. Ich muss wohl meinen Hofknicks üben, bevor ich Euch und Euren kleinen Prinzen oder die Prinzessin besuche.*

*Meine eigene gesegnete kleine Tochter wächst schnell heran, und ich bin hoffnungslos verliebt in sie. Wir haben sie Crysta genannt, nach Harolds Mutter, und sie ist absolut lieblich – so klein im Vergleich zu ihren Brüdern, und nicht halb so anstrengend. Ihr fehlt nur das eine – eine Patin, aber Harold und ich sind uns einig, dass das warten muss, bis Ihr zu Besuch kommt, denn außer Euch kommt für mein kleines Mädchen niemand in Frage. Harold ist ganz vernarrt in sie, und ich weiß jetzt schon, dass sie ihn um ihren kleinen Finger wickeln wird. Ich fürchte, ich bin nicht länger die erste Frau in seinem Leben, aber ich bin es zufrieden.*

*Oder ich wäre es zufrieden, aber er ist fort. Wieder im Krieg, auf dem Männer stets beharren. Was würde geschehen, so frage ich mich, wenn sie alle zu Hause bei ihren Gemahlinnen blieben? Würde die Welt aufhören, sich zu drehen? Würde das Korn nicht mehr wachsen, würden keine Kinder mehr zur Welt kommen? Würde das Land seine Gestalt verändern? Männer sind anscheinend besessen von Grenzen, und die zwischen unseren Ländern scheint einen besonderen Reiz auf sie auszuüben. Ich kann nur darum beten, dass unsere Männer einander nicht töten, und vertraue darauf, meine teure Freundin, dass unser Zauber sie wieder unversehrt nach Hause lockt.*

*Eure ewig liebende*
*Svana*

Edyth las Svanas letzte Zeile wieder und wieder. Die kaum verhohlene Melancholie darin entsprach ihrer eigenen und war gleichzeitig Ärgernis und Balsam für ihre Seele. Griffin hatte ihr die Oberbefehlsgewalt über diesen Palast übertragen, aber diese Aufgabe erwies sich als schwierig. Die Höflinge, die ihr so viel Respekt entgegenbrachten, wenn er an ihrer Seite war, behandelten sie in seiner Abwesenheit mit Verachtung. Nur die Unterstützung des alten Stewards John hielt sie aufrecht. Bei dem Rest – den Frauen – war es, als versuche sie, eine Schar rolliger Katzen zu bändigen. An diesem Morgen erst war John zu ihr gekommen und hatte beklagt, dass seine Bienenwachsvorräte bedenklich zur Neige gingen.

»Es liegt an Lady Gwyneth«, hatte er ihr anvertraut. »Sie verlangt jeden Tag nach neuen Kerzen. Der König kann jeden Augenblick nach Hause kommen, aber wenn es in diesem Tempo weitergeht, dann werden seine Abende dunkel sein, und wir müssen bei Sonnenuntergang in unseren Betten sein.«

Edyth fand diese Aussicht durchaus verlockend, aber John war offensichtlich sehr bekümmert darüber, und sie hatte sich gezwungen, ihren verdrossenen, anspruchsvollen Leib zu ignorieren.

»Ich werde mit ihr reden«, hatte sie versprochen, aber sie hatte es den ganzen Morgen über aufgeschoben. Svanas Brief war eine willkommene Entschuldigung gewesen, um der Konfrontation auszuweichen, aber sie hatte ihn mittlerweile mehrmals gelesen, und sie wusste, dass sie sich jetzt auf den Weg zu Gwyneth machen musste.

*»Du bist die Königin«,* sagte sie sich streng und griff nach ihrer Krone. *»Du hast die Befehlsgewalt – Griffin hat es so verfügt.«*

Aber Griffin war nicht hier, und ohne ihn kam ihr alles so viel härter vor, besonders seine hochmütige ehemalige Geliebte. Als ob es spürte, wie sehr sie diese Aufgabe hasste, versetzte ihr Ungeborenes ihr einen Tritt, plötzlich und heftig, und Edyth legte die Hand auf ihren Bauch. Sie konnte jetzt schon die Form des entschlossenen, kleinen Füßchens spüren, und sie streichelte es sanft. Sie war die Königin, und sie trug das Kind des Königs unter ihrem Herzen, also konnten Gwyneth und ihre kreischenden Frauen auch lernen zu tun, was sie sagte.

Entschlossen verließ sie ihr elegantes Gemach und überquerte den Hof, um zu Gwyneths erheblich bescheideneren Räumlichkeiten zu gelangen, die sich in der kalten, westlichen Ecke des Anwesens befanden. Der Wachmann an der Tür verbeugte sich tief, aber die Frauen erhoben sich schwerfällig und knicksten nur zögerlich. Edyth schritt zu Gwyneths großem Stuhl, der fast einem Thron glich. Sie blieb schweigend vor ihr stehen, und schließlich knickste auch die Lady, aber genau wie ihr Gefolge war es nur die Andeutung eines Knickses – eher beleidigend als ehrerbietig.

»John sagt, dass Ihr unseren Kerzenvorrat gefährlich verschwendet, Mylady«, sagte Edyth in mittlerweile perfektem Walisisch.

»John ist ein Narr.«

»John ist ein fähiger Verwalter und einer der Diener, denen der König am meisten Vertrauen schenkt.«

»Der König ist nicht da.«

»Nein. Er kämpft für die Ehre und den Wohlstand unseres Landes.«

»*Unseres* Landes?« Der Verrat in der Stimme war unterschwellig, aber Edyth' scharfe Ohren vernahmen ihn dennoch. Sie wandte sich der Sprecherin zu, einer sinnlichen, dunkeläugigen jungen Frau.

»Wenn Ihr ein Problem mit Wales habt, Lady Alwen, können wir es sicher arrangieren, Euch anderswo unterzubringen. In Irland vielleicht …«

Die apfelroten Wangen der jungen Frau wurden bleich; jeder wusste, dass der walisische Hof ein Muster an Kultiviertheit war im Vergleich zu dem der barbarischen Iren.

Edyth lächelte grimmig. »Wie ich schon sagte, der König, mein Gatte, kämpft für unser Land und wird sicher nicht erfreut sein, wenn er in eine dunkle Halle zurückkehren muss. John sagt, wir können uns zwanzig Kerzen in der Woche für die Frauengemächer leisten, von denen zehn mir selbst zustehen. Das erscheint mir gerecht.«

»Gerecht? Hier wohnen viel mehr Frauen.«

Das stimmte. Die meiste Zeit über verbrachte Edyth lediglich in Gesellschaft ihrer Zofe, Becca, während es in Gwyneths Gemächern nur so wimmelte von Ladys, die klatschten und tratschten und, soweit Edyth sehen konnte, dem König nur auf der Tasche lagen, ohne ihm irgendwelche Gegenleistungen zu erbringen.

»Ihr habt recht«, sagte sie kühl, »vielleicht sollten einige von euch auf ihre eigenen Ländereien zurückkehren.«

»Ihr könnt uns nicht vorschreiben, was wir zu tun haben.«

Edyth legte mit einer gemessenen Bewegung die Hand auf ihre Krone. »Ich habe auch nicht vor, das zu tun. Ich lege euch nur nahe, dass eure Ehemänner enttäuscht sein werden, wenn sie aus dem Krieg zurückkehren und feststellen müssen, dass man sich kaum um eure Ländereien gekümmert hat, da ihr ihnen keinerlei Aufmerksamkeit geschenkt habt.«

»Dafür gibt es schließlich Verwalter«, blaffte Gwyneth.

Edyth hielt ihre Miene unbeeindruckt. »Sehr richtig, Mylady, und *unser* Verwalter hat zehn Kerzen vorgesehen. Sorgt bitte dafür, dass ihm Folge geleistet wird.«

Sie wandte sich zum Gehen, bevor eine von ihnen sie noch weiter herausfordern konnte, aber als sie einen Schritt auf die Tür zu machte, durchzuckte sie ein fürchterlicher Schmerz.

Sie blieb stehen, hielt sich den Bauch. Die Frauen beobachteten sie unbeteiligt. Wieder ein Schmerz, diesmal stärker als der letzte. Edyth griff nach der Wand, um sich abzustützen, schätzte aber die Entfernung falsch ein, so dass sie strauchelte. Niemand rührte sich, um ihr zu helfen.

Sie schloss die Augen, um der Krämpfe Herr zu werden. Es war sicher zu früh. Aber kaum dass sie das dachte, trat das Kind erneut, als wolle es entkommen, und sie spürte, wie etwas in ihr platzte. Eine Flüssigkeit floss ihr Bein hinab, und Gwyneths Frauen blickten zu ihrer Herrin hinüber. Ein paar machten einen Schritt auf Edyth zu, blieben aber sofort stehen, als hätte sie ihnen ein Zeichen gegeben.

Edyth stand keuchend da, allein, besann sich all ihrer Kraft. Furcht durchzuckte sie ebenso schnell, wie ihr Leib sich entleert hatte, aber unter gar keinen Umständen wollte sie diesen Katzen die Befriedigung geben, sie zu sehen. Sie raffte sich auf und sah sie an.

»Ich werde meinem Gemahl berichten, was für eine große Hilfe und was für ein Trost ihr wart, als ich seinen Erben zur Welt brachte. Guten Tag.«

Wieder erfasste sie eine Welle des Schmerzes, aber sie zwang sich, zur Tür zu gehen. Sie zog sie auf, taumelte in die Freiheit und stolperte in den Innenhof. John war am anderen Ende und rollte ein Fass auf die Halle zu, aber kaum sah er sie, kam er ihr zu Hilfe geeilt.

»Mylady, was ist los? Ist es das Kind?«

Edyth nickte und biss die Zähne zusammen, als ein neuer Krampf sie erfasste. »Könnt Ihr mir in mein Gemach helfen? Und Becca holen und Lewys losschicken, um die Hebamme zu holen?«

»Selbstverständlich.«

Er legte ihr einen starken Arm um die Taille, und sie lehnte sich dankbar an ihn. Sie war sich undeutlich bewusst, dass hinter ihr einige aus Gwyneths Rudel nervös aus dem Frauengemach kamen. Das Wissen, dass sie sie beobachteten, gab ihr die Kraft, die sie brauchte, um weiter voranzuschreiten, aber es war schwer.

»Oh Gott, John, es tut weh.«

»Das sehe ich, Mylady, aber Ihr seid stark und mutig. Der Herr weiß, dass Ihr das sein müsst, wenn Ihr Lady Boshaft in ihrem eigenen Schlupfwinkel aufsucht.«

Edyth versuchte zu lächeln, aber eine weitere Welle des Schmerzes drohte sie zu überwältigen, und höchst erleichtert erreichte sie ihr Gemach und brach auf dem Bett zusammen, wand sich förmlich um ihren Schmerz. Nur undeutlich registrierte sie, dass Becca herbeieilte und ihr in das lose Gebärgewand half, das sie noch nicht einmal fertiggenäht hatte. Das Mädchen betupfte ihre Stirn mit einem feuchten Tuch, aber Edyth stieß es fort. Was wollte sie mit dem verdammten Tuch? Sie brauchte eine Art Klammer, mit der sie das Ding herausziehen konnte. Sie brauchte ein Wunder. Das hier musste schnell wieder vorbei sein.

Aber das war es noch lange nicht. Edyth lag lange in den Wehen und wurde vom Kampf fast wahnsinnig. Die Hebamme kam mit einer jungen Gehilfin, und irgendwann tauchten auch zwei von Gwyneths Frauen auf – ältere Ehefrauen mit mehr Mitgefühl oder auch einfach nur einem größeren Selbsterhaltungstrieb. Doch das Kind ließ den Mutterleib immer noch nicht los.

»Weiter«, feuerten die Frauen sie an. »Ihr macht das großartig. Ihr habt es fast geschafft.«

Alles Unsinn. Edyth schien es, als würde sie es niemals

schaffen. Am liebsten hätte sie sich gehenlassen und wild geschluchzt, aber der endlose Schmerz ließ ihr noch nicht einmal dafür eine Atempause.

»Ich schaffe es nicht!«, schrie sie.

»Ihr schafft es«, ertönte es entschlossen im Chor.

Dann entstand plötzlich draußen Unruhe, und ein aufgeregtes Raunen erhob sich unter den Frauen, das schnell beunruhigter wurde, als die Tür aufgerissen wurde.

»*Cariad.*«

»Griffin!« Edyth warf sich ihm in die Arme. »Dein verdammtes Kind reißt mich in Stücke.«

»Du wirst es schaffen«, sagte er, und seine Stimme dröhnte durch das Frauengemach. Irgendwie klang er so viel überzeugender als alle anderen. Edyth klammerte sich an ihn, und die Frauen wuselten nervös um ihn herum.

»Sire«, wagte eine von ihnen zu sagen, »Ihr solltet nicht hier drin sein.«

»Warum um alles in der Welt nicht? Meine Frau bringt gerade mein Kind zur Welt. Es scheint mir, dass ich eigentlich der Einzige bin, der hier sein sollte.«

Die Frauen duckten sich, und Edyth hätte fast gelacht, wenn ihr Körper nicht von einer erneuten Welle des Schmerzes schier zerrissen worden wäre, die sogar noch heftiger als jede einzelne war, die sie vorher durchgestanden hatte.

»Ich spüre es«, rief sie, als ein Riesengewicht zwischen ihren Beinen nach unten drückte. »Ich spüre, dass es kommt.«

Daraufhin sprach den König niemand sonst mehr an.

»Aufs Bett, Mylady«, sagte die Hebamme, aber Edyth schüttelte den Kopf und umklammerte die Bettpfosten.

»Hier. Ich will es hier bekommen.«

»Aber …«

»Hier!«, brüllte Griffin.

Schnell legten die Frauen Tücher unter Edyth und hockten mit gebeugten Knien vor ihr – wie Jungen, die darauf warten, eine Schweineblase zu ergattern.

»Pressen«, drängte die Hebamme, und Edyth presste.

Es schmerzte so sehr, als ob der Teufel selbst sich den Weg nach draußen bahnte, aber gleichzeitig war es eine Erleichterung, überhaupt etwas tun zu können, und Edyth kämpfte mit dem Schmerz, presste und biss die Zähne zusammen. Durch den Nebel der Wehen hindurch hörte sie jemanden rufen: »Der Kopf, ich habe den Kopf« – und dann, mit einer letzten großen Anstrengung, spürte sie, wie das Kind aus ihr hinausglitt und ihr ganzer Körper still wurde. Sie brach in Griffins Armen zusammen, der sie festhielt, obwohl sie spürte, dass er bebte wie ein Schiff in einem Sturm.

»Du hast Angst«, fand sie den Atem, ihn zu necken.

»Zugegeben: Ich würde lieber zehn Schlachten schlagen, als das noch einmal durchzustehen.«

Vor lauter Lachen und Weinen konnte Edyth kaum noch etwas erkennen, aber ihr Blick wurde wieder klar, als die Hebamme den gewaschenen Säugling in die Höhe hielt.

»Es ist ein Junge, Mylady. Ein Sohn, ein Geschenk Gottes.«

»Gelobt sei Jesus Christus.«

Edyth spürte, wie die Brust ihres Mannes sich vor Stolz weitete, als er seinen Erben betrachtete. Zärtlich neigte er seinen großen Kopf mit dem kupferfarbenen Haarflaum, um ihn zu küssen, und das Kind blinzelte zwar, zuckte aber nicht zusammen.

»Ah«, sagte Griffin, »er ist mutig. Das ist gut. Ein Prinz muss mutig sein. Hier, *Cariad.*«

Er machte einen Schritt zurück und löste einen glänzenden

goldenen Reif von seinem Oberarm. Er legte ihn dem Jungen sanft um den winzigen Kopf.

»Pah!«, gluckste die Hebamme, während sie mit den Fingern nervös an ihren cremefarbenen Röcken herumfummelte. »Er ist doch nur ein Kind, Sire.«

»Nein«, rief Griffin tadelnd. »Er ist *mein* Kind, und er ist der zukünftige König von Wales – nicht wahr, Edyth?«

Edyth nickte. Stolz, Freude und Erleichterung überwältigten sie, und sie wollte etwas sagen, das diesem Augenblick angemessen war. Aber ihr kam die glänzende Krone ihres Sohnes wie nichts vor im Vergleich zu seinen kleinen Augen, die sie fragend anblickten – so blau wie die seines Vaters.

»Ein Sohn«, flüsterte sie und nahm ihn in die Arme. »Ich habe einen Sohn.«

Dann brach sie in Tränen aus.

# Kapitel dreizehn

**Coventry, Oktober 1057**

Edyth konnte kaum glauben, dass sie wieder in England war. Sie war erst seit zweieinhalb Jahren weg, kam sich aber jetzt schon wie eine Fremde vor. Sie war traurig gewesen, als die Nachricht vom Ableben ihres Großvaters, Earl Leofric, Rhuddlan erreicht hatte, hatte aber die Gelegenheit ergriffen, zur Beisetzung endlich an Edwards Hof zurückzukehren. Aber irgendwie kam ihr jetzt alles anders vor.

Ihre Gewänder waren zwar kostbar, aber aus walisischem Stoff – weich und stark, aber in den scharfen Augen der englischen Ladys wohl kaum genauso elegant wie deren Kleider. Wenige Händler wagten es, so weit nach Westen zu reisen wie nach Rhuddlan, deshalb schafften es die hochwertige Wolle aus Flandern und Italien und die kostbare Seide aus Byzanz nur selten zu Edyth' Näherinnen. Von seinen sommerlichen Beutezügen brachte Griffin ihr häufig wunderschöne Juwelen und edle Weine mit, aber ihr kriegerischer Gemahl kam nie auf den Gedanken, nach Stoffen Ausschau zu halten, und warum hätte er das auch tun sollen? Walisische Wolle war wunderschön.

Dennoch betrachtete Edyth die nach der neuesten Mode gefertigten Gewänder der Engländerinnen mit einer gehörigen Portion Neid. Viele Frauen trugen Roben, in deren Röcke extravagante, dreieckige Seitenstücke eingenäht worden waren, so dass sie beim Tanz elegant ihre Beine umwirbelten, und sie empfand die Beschränkungen, die der Schnitt ihrer engeren Kleider ihr auferlegte, fast wie eine Beleidigung. Andere wiederum besaßen raffiniert geschnittene Gewänder, die die Taille eng umschmiegten, ohne dass sie einen Gürtel benötigten, so dass die schmale Silhouette der Trägerin zur Geltung kam. Nicht dass solch ein Kleidungsstück Edyth im Augenblick gestanden hätte, rief sie sich ins Gedächtnis, denn sie trug Griffins zweites Kind unter dem Herzen, und ihr Bauch war bereits so dick, dass sie keine Taille mehr hatte – wenn auch nicht dick genug, um deutlich zu machen, dass die Wölbung nicht vom walisischen Bier stammte.

Sie zog den Bauch ein und fuhr – wie um sich zu beruhigen – mit den Händen über die kostbaren Goldketten, die an ihren juwelenbesetzten Schulterschließen befestigt waren. Sie war eine Königin und musste die entsprechende Haltung zeigen. Dennoch hatte sie das Gefühl, als ob ihre alten Bekannten sich zurückgezogen hätten, nicht weit genug, um vollkommen außer Sichtweite zu geraten, aber doch genug, dass sie Schwierigkeiten hatte, ihren Platz unter ihnen zu finden. Verwirrt hielt sie nach ihrem Sohn Ausschau. Griffin hatte ihn Ewan getauft – Gottesgeschenk –, und das war er in der Tat. Er war ihr mehr Gesellschaft, als sie es bei einem Kind für möglich gehalten hätte, sowohl in Wales als auch hier, am betriebsamen englischen Hof. Sie hatte ihr lebhaftes Kleinkind vor einigen Minuten der Obhut seines stolzen, jungen Onkels Morcar überlassen, und jetzt entdeckte sie die beiden, umgeben von den jungen Frauen an Edwards Hof.

»Hört ihn doch an!«

»Ist er nicht liebreizend?«

»Und wie er singt. Wie ein Engel!«

Ewan warf seinen Bewunderern sein süßestes Lächeln zu.

*Ganz der Vater,* dachte Edyth bedauernd, und sie spürte die Abwesenheit ihres Mannes wie einen scharfen Schmerz, denn Griffin war nicht mit hierhergekommen. Er hatte sich entschuldigt und ihr erklärt, dass der Mann, der seine Sommer damit verbracht hatte, die englischen Grenzgebiete zu plündern, an diesem Hof wohl kaum willkommen war. Er berief sich auf seine Sorge, dass im Süden womöglich ein Aufstand niederzuschlagen sein würde, nun, da Gwyneth mit Schimpf und Schande dorthin hatte zurückkehren müssen. Edyth hatte das akzeptiert, wobei sie insgeheim der Überzeugung war, es an Edwards Hof leichter zu haben ohne ihren schroffen Gemahl an ihrer Seite – dennoch vermisste sie ihn. Sie hatte vergessen, wie müde die Schwangerschaft sie machte, und nun, da morgen die Beisetzung ihres Großvaters anstand, fühlte sie sich verletzlicher denn je. Sie sehnte sich nach ihrem Sohn, eilte hinüber und nahm ihn in die Arme.

*»Mam!«,* rief er, und seine Bewunderer kicherten erneut.

»Ist das Walisisch?«, fragte eine von ihnen und musterte Ewan, als sei er direkt vom Polarstern auf die Erde herabgestiegen.

»Ja«, antwortete Edyth stolz.

»Wie auch Ihr es jetzt seid, Edyth Alfgarsdottir?«

»Ich bin die Königin von Wales, ja.«

Das brachte sie zum Schweigen, zumindest für den Augenblick. Edyth sah in ihre Gesichter, erkannte vage einige der Mädchen, mit denen sie seinerzeit beim Kronzeremoniell immer gespielt hatte, konnte sich an viele Namen aber nicht mehr erinnern. Der zwölfjährige Morcar jagte mittlerweile einem Tablett mit Süßigkeiten hinterher, und sie blieb hier zurück. Ihr war unbehaglich zumute, und sie fühlte sich verletzlich, zumal alle sie zu kennen schienen.

»Die Sprache klingt so seltsam«, sagte ein anderes Mädchen und glättete demonstrativ ihre weit schwingenden Röcke. »So altertümlich. Earl Torr sagt, dass die Kelten ein sehr, sehr altes Volk sind.«

»Das ist richtig – sie leben seit Generationen in diesem Land.«

»So hat er es nicht formuliert.«

Sie kicherten erneut – vornehmes, englisches Geklingel, und Edyth knirschte mit den Zähnen.

»Ich habe gehört«, sagte sie, »dass Earl Torr sich in walisischer Gesellschaft mehr als wohlgefühlt hat, als er dort auf Feldzug war, besonders in der der walisischen Mädchen.«

»Die Glücklichen. Habt Ihr sein Wappen gesehen – den scharfen Speer? Nun ja, wie ich höre, ist sein Speer nicht nur scharf, sondern auch lang.«

Entzückte Seufzer.

»Ooh, Sophie, vorsichtig. Lady Judith ist ganz in der Nähe.«

Sophie! Jetzt konnte sich Edyth wieder an sie erinnern – die Tochter des Lord of Thanet. Sie war ein stilles kleines Ding gewesen, als sie sie zum letzten Mal gesehen hatte, aber jetzt war sie zu einer jungen Frau herangewachsen. Ihre Freundin – möglicherweise Lady Emily von Canterbury, obwohl sie ebenfalls von einer mageren Hippe zu einer wohlgerundeten, jungen Frau herangewachsen war – deutete auf Torrs Gemahlin, die in der Nähe stand und sich ernsthaft mit einem Bischof unterhielt. Alle kicherten schon wieder wie wild.

Ob sie wohl auch so geworden wäre, wenn sie in England

geblieben wäre, fragte sich Edyth – ohne andere Gedanken als die an die neueste Mode, an Freundschaften und Ehemänner? Diese Mädchen waren Welten von ihr entfernt. Sie sah sich verzweifelt nach einer Fluchtmöglichkeit um und entdeckte schließlich ein Gewand, das sogar noch weniger modisch war als das ihre. Es hatte die Farbe von Mädesüßblüten und wirkte bezaubernd frisch inmitten all der übertrieben prächtigen Gewänder.

»Svana!«

»Edyth! Der Herr sei gepriesen. Es ist so schön, Euch zu sehen.«

»Und Euch.« Edyth stellte Ewan auf den Boden und ergriff die Hände ihrer Freundin, sog ihren Anblick nach fast dreijähriger Trennung förmlich in sich auf.

»Ihr zählt meine Falten, Edyth – ich bin in Eurer Abwesenheit alt geworden.«

»Unsinn. Ihr seht noch genauso aus wie früher, und in der Tat – obwohl Eure Briefe ein wahres Gottesgeschenk waren – seid Ihr mir persönlich deutlich lieber als in Briefform.«

Das stimmte. Svana sah vielleicht etwas älter aus als damals. Ihre haselnussbraun-goldenen Haare waren von silbernen Strähnen durchzogen, und das Leben hatte ein paar feine Linien in die Augenwinkel gezaubert – aber ihre grauen Augen funkelten so hell wie damals, und ihre schmale Gestalt war so rank, schlank und elegant wie eh und je. Jetzt beugte sie sich zu Ewan herab.

»Und das muss der Prince of Wales sein?«

Ewan hielt sich an Edyth' Bein fest, aber er lächelte Svana an, und als sie ihm die Hand entgegenstreckte, ergriff er sie mit dem feierlichen Ernst eines Erwachsenen.

»Ewan«, sagte Edyth und beugte sich ebenfalls herab,

»das ist Lady Svana. Mutters beste Freundin in ganz England.«

»Sicherlich nicht«, sagte Svana leise über den Kopf des Jungen hinweg.

»Sicherlich doch«, widersprach Edyth und sah zu den tratschenden Hofdamen in ihrer Umgebung hinüber. »Ich bin so froh, dass Ihr hier seid, Svana. Ich kam mir schon ganz ... verlassen vor.«

Svana lachte und lehnte sich gegen ihre Schulter. »Keine Sorge, Edie. Alles, was diese Frauen tun, ist dazu angetan, dass du dich anders fühlst, unsicher – falsch. Darin sind sie Expertinnen.«

»Und wie reagiert man darauf?«

»Ganz einfach – unterhalte dich mit den Männern.« Svana grinste frech. »Zuerst einmal verurteilen sie dich nicht, besonders nicht, da du so hübsch bist. Zum zweiten ärgert es die Frauen zutiefst.«

Jetzt musste Edyth ebenfalls lachen. »Ich werde es versuchen, obwohl ich mich auch gern mit dir unterhalten würde.«

»Und ich mich mit dir, aber das ist erlaubt, denn ich bin schließlich gar keine Frau – ich bin eine Hexe.«

»Was?«

Ein Diener kam mit einem Tablett vorbei, und Svana, deren eigene Worte sie anscheinend in Verlegenheit gebracht hatten, nahm sich ein Honiggebäck und befasste sich damit, es mit dem begeisterten Ewan zu teilen. Edyth wartete demonstrativ, und schließlich sah ihre Freundin ihr wieder in die Augen.

»Das erzählt man sich, Edie – dass ich Harold verhext habe.«

Edyth schüttelte den Kopf. »Was für ein Unsinn. Ich gestehe, Svana, dass ich dich einmal für eine Feenkönigin gehalten habe, aber der Zauber, den du auf Harold ausübst, ist vollkommen menschlich.«

»Oh nein. Das glauben sie mir niemals. Sie suchen verzweifelt nach einem Vorwand, um ihn mir zu entfremden.« Sie beugte sich vor. »Es ist die Rede davon, dass er der nächste König wird.«

»König? Warum?«

»Edward hat keinen Erben und interessiert sich nur noch für die Abtei, die er in Westminster errichten will. Ich bin überzeugt, dass sie Gott gefallen wird – zumindest ist *er* davon überzeugt, – aber sie wird die Wölfe nicht fernhalten, die jenseits des Meeres nur darauf warten anzugreifen. William, den Herzog der Normandie, gelüstet es nach einem Königreich, und Harald Hardrada hat sich noch nie mit seinem eigenen Thron zufriedengegeben. Er ist mit einer Prinzessin von Kiew verheiratet und will sie zur Kaiserin des Nordens machen. Der Witan fürchtet um Englands Sicherheit, sollte dem König – was Gott verhüten möge – etwas zustoßen.«

Blitzartig tauchte vor Edyth' geistigem Auge die Erinnerung an Torr auf, der über diese Dinge gesprochen hatte, bevor sie seinerzeit nach Wales gereist war. Damals war ihr das töricht vorgekommen, aber mittlerweile war Edward über fünfzig, und die Bedrohung ließ sich nun nicht mehr vom Tisch wischen.

»Aber warum Harold?«, fragte sie.

»Das weiß nur Gott. Er unterstützt es nicht. Tatsächlich hat er im vergangenen Winter Monate auf dem Kontinent verbracht, um den Vetter des Königs ausfindig zu machen. Er hat ihn den ganzen Weg aus Ungarn zurückgeschafft, nur um zu erleben, dass der unglückliche Mann wenige Tage, nachdem er Westminster erreicht hatte, starb.«

»Oh mein Gott!« Edyth sah auf Ewan hinab, der sich Honig von den Fingern leckte und hoffnungsvoll zu den immer noch vollen Tellern auf dem Tisch hinübersah. »Hat er denn Kinder?«

»Ja, drei. Einer davon ist ein Junge – Edgar –, aber er ist ein weinerliches kleines Ding, nicht wie dieser kleine Bursche.« Sie zerzauste Ewans rotgoldene Locken. »Die einzige Person, die zum Herrschen geboren ist, ist das mittlere Kind, Margaret. Aber sie ist ein Mädchen, nützt also niemandem etwas!«

»Svana!«

»Du weißt, was ich meine. Sie kann nicht regieren.«

»Ich verstehe nicht, wieso. Griffin sagt, dass ich alles könnte, wenn ich es mir in den Kopf setze.«

Svana lächelte. »Dann ist also auf Rhuddlan alles gut, Edie? Du bist zufrieden?«

»Das bin ich, obwohl es den Anschein hat ...«, fügte sie hinzu, als sie bemerkte, wie zwei Frauen auf sie zeigten, »dass ich langsam zum Kuriosum werde.«

»Ich habe es dir doch gesagt«, sagte Svana, »unterhalte dich lieber mit den ...«

»... Männern«, sagten sie im Chor.

»Mit was für Männern?«, fragte eine tiefe Stimme, und die Frauen sprangen schuldbewusst auseinander.

»Harold!« Begeistert umarmte Edyth den Earl of Wessex, aber sein breiter Rücken blieb steif unter ihren Händen, und sie zog sich verlegen wieder zurück. »Es tut mir sehr leid, Mylord. Ich habe mich vergessen.«

»Dann freue ich mich darüber.« Er zog sie wieder an sich und umfing sie so fest, dass er sie vom Boden hochhob. »Und ich bin froh, dass es Euch gutgeht. Wenn man meiner Frau

Glauben schenkt, könnte man meinen, dass Euer Vater Euch an ein Monster verfüttert hat.«

»Harold!«, protestierte Svana entrüstet.

»Ich gestehe«, sagte Edyth schnell, »dass ich Griffin ebenfalls für den Teufel hielt, als ich ihn zum ersten Mal sah. Aber das ist er nicht.«

»Teuflisch genug«, spie Harold hervor, »besonders für die, die in den Marches leben. Dort schlachtet er alles ab, was sich ihm in den Weg stellt.«

Edyth wich bei seinem plötzlichen düsteren Ton einen Schritt zurück.

»Mein Mann neigt zu Übertreibungen«, erklärte Svana schnell, aber Edyth spürte den Stimmungsumschwung, und ihr wurde ganz schwindelig dabei. Sie legte sich die Hand auf den Bauch, und das willkommene, flatternde Gefühl des jungen Lebens gab ihr wieder Sicherheit.

»Ihr erwartet ein Kind«, wechselte Harold das Thema. »Gott segne Euch. Und Ihr habt einen hübschen Sohn.«

Er hockte sich hin, um mit Ewan zu sprechen, der fröhlich zu ihm kann und seine pummelige Hand ausstreckte, um mit großen Augen mit Harolds sandfarbenen Locken zu spielen.

»Er ist bei Männern nicht an derlei hell leuchtendes Haar gewöhnt«, erklärte Edyth, als Harold zusammenzuckte, weil der Kleine neugierig daran zog.

»Ihr haltet mich also für hell und leuchtend, Edyth, Königin von Wales?«

»Ich halte Eure *Locken* für hell und leuchtend.«

»Ah! Wie bedauerlich.«

Svana schüttelte den Kopf. »Harold ist an Schmeicheleien gewöhnt. Jede ungebundene Frau hier will ihn zum Manne haben.«

»Er ist *dein* Ehemann, Svana.«

»Wir sind nur durch die Handfasting-Zeremonie aneinander gebunden.« Svanas Stimme klang leichthin, aber Edyth hörte den Schmerz in ihren Worten.

»Ihr seid einander inniger verbunden als jedes andere Paar, das ich kenne«, sagte sie entschieden.

»Danke Euch, Edyth«, antwortete Harold und erhob sich erneut. »Wenigstens ein Mensch ist meiner Meinung.«

Er wandte sich um, um sich Wein von seinem Leibeigenen Avery bringen zu lassen, und Svana packte drängend Edyth' Arm.

»Glaubst du, ich sollte mehr Zeit bei Hofe verbringen, Edyth – mit Harold?«

Edyth blinzelte. »Ich weiß es nicht. Glaubst *du* das denn?«

»Mit Harold ja, aber ich hasse es bei Hofe.«

»Manchmal hasse ich es auch in Wales.« Svana starrte sie an, und wieder bemerkte Edyth die zarten Linien auf ihrem schönen Gesicht. »Es tut mir leid. Es ist etwas anderes. Ich habe keine eigenen Ländereien, ich …«

»Nein, Edyth, es ist nichts anderes. Du hast recht. Ich werde mich stärker bemühen. Ich werde mehr reisen und häufiger in der Nähe meines Mannes sein, damit sich nicht eine dieser Katzen in ihn verbeißt.«

»Warum heiratest du ihn nicht?«

»Liebe braucht Freiheit. Wenn er ohne die Bande der römischen Kirche nicht treu bleiben kann, ist er nichts für mich.«

»Oh, Svana, die römischen Bande werden Harold nicht bei dir, sondern den Rest der Welt von ihm fernhalten.«

Svana war anscheinend den Tränen nahe, und Edyth hatte keine Ahnung, was sie sonst noch hätte sagen können. Deshalb war sie äußerst dankbar, als Harold mit den Weinkelchen zurückkehrte, und ihre Freundin riss sich sichtlich zusammen.

»Ein Toast«, schlug Harold vor, »auf das glorreiche Andenken Earl Leofrics. Möge er in Frieden ruhen.«

»Frieden?«, echote der kleine Ewan neugierig, und Edyth gab ihm hastig ein weiteres Stück Kuchen.

»Auf Earl Leofric«, sagte sie fest, und alle hoben den Becher.

Die Coventry Cathedral war vollkommen überfüllt. Sie war erst zehn Jahre zuvor von dem Earl in Auftrag gegeben worden, dessen Grabmal nun das Zentrum bildete, war geräumig und modern, aber nicht dazu geschaffen, den ganzen Hof zu beherbergen. Die Lords und Ladys drängten sich wie Aale im Fass aneinander, um dem großen Mann die letzte Ehre zu erweisen. Edyth stand mit ihrer Familie vorn, ihre elegante walisische Krone so schwer auf ihrem Kopf wie das Herz in ihrer Brust. Sie war sicher, dass alle sie anstarrten.

»Mich mag hier niemand mehr«, flüsterte sie Edwin zu.

Ihr Bruder beugte sich zu ihr hinunter. Er war so mager wie eh und je, aber mit seinen vierzehn Jahren überragte er sie deutlich, und auf seinem stets ernsten Gesicht zeigte sich der Schatten eines Bartes.

»Du bist eine Königin, Edie«, sagte er einfach. »Natürlich mag dich niemand. Sie sind allesamt verdammt eifersüchtig – besonders, wenn du diese Krone trägst.«

Edyth berührte das prächtige Diadem mit dem Finger und spürte Griffins Macht. Gott sei Dank hatte er darauf beharrt, dass sie sie mitbrachte: Wie unmodern ihr Kleid auch sein mochte, mit dieser Krone würde niemand es wagen, die Nase über sie zu rümpfen.

»Griffin hat sie für mich anfertigen lassen.«

»Er muss dich sehr schätzen.« Edwin hielt inne, dann fügte er hinzu: »Als Nächstes sind wir an der Reihe, weißt du.«

»Wie bitte?«

»Nun, da Großvater tot ist, sind wir die Nächsten. Brodie freut sich darüber, Macht reizt ihn ungeheuer. Aber ich bin mir da nicht so sicher.«

Edyth drückte seinen Arm. »Du musst dir dessen auch nicht sicher sein, Edwin. Du bist noch jung und der Zweitgeborene. Du hast noch Jahre vor dir, um das Leben zu genießen, und das solltest du auch. Du warst immer schon zu ernst. Hast du eine Liebste?«

Edwin schüttelte wild den Kopf. »Nein. Marc ist derjenige, der sich ständig mit Mädchen herumtreibt.«

Edyth war nicht überrascht, denn ihr jüngster Bruder war trotz seiner zwölf Jahre schon sehr reif. Er war fast so groß wie Edwin und hatte schon jetzt breitere Schultern. Als gutaussehender Junge mit einem lockigen Haarschopf und einem hintersinnigen Glitzern in seinen lohfarbenen Augen war er eindeutig jemand, der das Leben zu genießen wusste. Edyth war froh darüber; es gab so viel Leid in der Welt. Instinktiv sah sie Lady Godiva an. Ihre Großmutter hielt den Kopf so hoch erhoben wie immer, aber ihre scharfen Augen waren geschwollen, und ihr schönes Gesicht vom Kummer gezeichnet. Edyth trat näher zu ihr hin und bot ihr den Arm dar. Godiva sah hinunter, zögerte, dann ergriff sie ihn.

»Ich habe ihn sehr geliebt, Edyth.«

»Und er dich, Großmutter. Du hattest Glück.«

Godiva lächelte verhalten. »Das hat er auch immer gesagt, und ich bin in gewisser Weise froh, dass er ein friedvolles England hinter sich gelassen hat. Ein Gewitter zieht herauf, Edyth – spürst du es?«

Edyth dachte nach. Es war sicher wahr, dass sich am Hof einiges verändern würde. Earl Leofric hatte während der Regentschaft der vier Könige über Mittelengland geherrscht und war der Letzte einer Generation großer Ratgeber gewesen. Mit seinem Tod würde der Rat jetzt von den jüngeren Earls geleitet werden – Alfgar, Harold und Torr –, und das Rumoren hinter den Zeltwänden legte nahe, dass man nur Harold trauen konnte. Earl Torr, so sagte man, erhob Steuern bei seinen Untertanen im Norden, um seine Jagdschlösser im Süden zu finanzieren, wo er immer häufiger seine Zeit verbrachte. Ihr eigener Vater war bekannt für sein aufbrausendes Temperament, und sie war sich der hinter kaum vorgehaltener Hand geäußerten Bedenken über seine engen Verbindungen zu den »wilden Walisern«, zu denen sie jetzt ebenfalls zählte, nur allzu bewusst.

»Ich war nicht hier«, raunte sie jetzt Godiva zu.

»Dann siehst du ja jetzt nur umso klarer.«

»Der Hof fühlt sich … unsicher.«

»Das genau ist es ja, Edyth, und die Spione werden das den Raubtieren jenseits des Meeres berichten. Diese Sache mit dem fehlenden Erben ist für uns alle höchst ärgerlich. Es reicht nicht, wenn England sich damit zufriedengibt, dass die Gegenwart sicher ist, es muss sich auch um die Zukunft kümmern. Für Wales habt Ihr das anscheinend hinbekommen. Du bist sicher sehr stolz.«

»Das bin ich.«

Edyth war dankbar für das Verständnis ihrer Großmutter. So viele andere bei Hof schienen das Land, in das sie eingeheiratet hatte, ebenfalls für eines dieser Raubtiere zu halten. Sie hätte gern mehr gesagt, aber in diesem Moment wurde Earl Leofrics Sarg in die Kathedrale getragen, und der große Chor der Mönche stimmte einen Choral an. Sie musste sich also damit zufriedengeben, den Arm ihrer Großmutter zu drücken, während sie deren Gemahl zur letzten Ruhe betteten.

Der Hof blieb in Coventry, ermutigt von Godivas großer Gastfreundschaft und Alfgars kindlicher Begeisterung für seine neue Rolle als Earl of Mercia, und Edyth blieb ebenfalls. Der November brach an, überzog das Land mit Frost, und eigentlich war es Wahnsinn, weiter hier zu verharren, aber sie blieb trotzdem. Jeden Morgen wachte sie auf und nahm sich vor, den Befehl zum Packen zu erteilen, aber jeden Morgen fand sie neue Gründe zum Bleiben. Sie vermisste Griffin immer noch, doch das Leben am englischen Hof war ihr allzu vertraut. Und ihr kleines Gefolge, insbesondere die junge Becca und ihr Lewys, schienen keine Eile zu haben, sich von den hiesigen Annehmlichkeiten zu verabschieden.

Sie sagte sich, wie wichtig es war, dass Ewan seine Verwandtschaft mütterlicherseits besser kennenlernte, aber in Wirklichkeit beschränkten sich ihre familiären Verpflichtungen auf die Stunde des Frühstücks. Danach verbrachte sie ihre Zeit mit Svana, die ebenfalls blieb. Gemeinsam ritten sie mit den Kindern aus, Ewan und Crysta sicher vor ihren Müttern im Sattel, während Svanas ältere Jungen frei – und manchmal sehr wild – auf eigenen Pferden einherritten. Sie aßen in malerischen kleinen Tavernen, kauften den Händlern Schmuck ab, und an einem eiskalten und sonnigen Sonntag ergriffen sie die Gelegenheit, Edyth zur Patin der kleinen Crysta zu machen.

Es war eine schlichte Zeremonie, die auf Svanas Betreiben unter dem freien Himmel im eiskalten Garten der Benediktinerabtei in Coventry stattfand. Die einzigen Anwesenden außer dem Mönch mit dem freundlichen Gesicht, der das in

Pelz gehüllte Kind Gottes Schutz anempfahl, waren Harold, Svana und deren ältere Kinder; und in der Stille dieses Morgens hatte Edyth das Gefühl, dass sie auf so wundersame Weise in die Welt dieser Familie eingesogen wurde wie vor langer Zeit bei der Hochzeit dieses Paares, nur auf realere, bodenständigere Art und Weise.

Am Abend dieses Tages jedoch, als sie beobachtete, wie die Sonne tief im Westen unterging, wusste sie, dass sie nun nur noch die Zeit hinauszögerte.

»Wirst du bald nach Hause zurückkehren?«, fragte sie Svana vorsichtig ein paar Tage später, während sie unter dem grauen Himmel über den Markt von Coventry gingen, auf dem es von Menschen nur so wimmelte.

Svana wirkte mit einem Mal fast scheu. »Ich glaube, ich bleibe bis Weihnachten im Westen«, bekannte sie. »Es kommt mir töricht vor, die Kinder nach Hause zu schaffen, nur um in ein oder zwei Wochen nach Gloucester aufzubrechen.«

Edyth umfing die Hände ihrer Freundin. »Das ist ja herrlich, Svana. Ich bin sicher, auch Harold wird begeistert sein, dass er dich so lange bei sich hat.«

»Solange ich gut gelaunt bin, ja.«

»Oh, Svana, du bist immer gut gelaunt.«

»In letzter Zeit nicht mehr ganz so. Ich glaube, ich bekomme wieder ein Kind, Edie.«

Edyth umarmte die Freundin. »Du auch? Das ist ja wunderbar.«

Svana erwiderte ihre Umarmung. »Das ist es, obwohl mir die Schwangerschaft nicht ganz so leichtfällt wie dir, meine Liebe. Heute Morgen war mir hundeelend, und manchmal ist mir unglaublich schwindelig. Das kann aber auch von den ständigen Unterhaltungen in den Frauengemächern kommen. Gestern hörte ich zum Beispiel, dass ihr Waliser ständig wilde Gelage feiert.«

»Wenn das nur stimmen würde. Vielleicht sollte ich ein paar Frauen zu mir einladen – nur um zu sehen, wie sie sich winden, um einem Aufenthalt bei uns zu entgehen.« Sie schluckte. »Ich müsste eigentlich nach Hause zurückreiten, weißt du?«

Svana beugte sich herab, um eine verspätete Herbstanemone zu pflücken, und spielte wie ein Kind mit den wunderschönen Blütenblättern.

»Musst du das?«, fragte sie. »Könntest du nicht bis zur Christmette bleiben? Ewan und Crysta spielen so nett miteinander.«

Edyth nahm der Freundin die verstümmelte Blume aus der Hand. »Du weißt, dass ich das nicht kann. Griffin wäre verärgert. Er ist sicher jetzt schon wütend, weiß Gott.«

»Wütend?« Svana hob ruckartig den Kopf.

»Nicht so, Svana. Er ist kein gewalttätiger Mann, zumindest nicht in seinem eigenen Haus.«

»Aber außerhalb schon«, konterte Svana. »Wirklich, Edyth, du siehst es vielleicht nicht, aber Harold erkennt es durchaus. Er sagt, die Menschen in den Marches fürchten den Roten Teufel, und dass er bald nach Hereford ziehen muss, um die neuen Befestigungsanlagen zu inspizieren, bevor dein Gemahl sie wieder mit Furcht und Schrecken überzieht. Harold ist besorgt, dass du Griffins Mordlust gegenüber blind bist.«

Edyth richtete sich auf. »Ich dachte, so reden nur die Klatschweiber über mich.«

»Oh Edyth, bitte. Ich habe es nicht böse gemeint.« Svana ergriff Edyth' Hände und sah sie eindringlich an. »Ich habe doch nur Angst um dich. Griffins Angriffe auf England werden mit jedem Tag dreister. Man muss ihn bald bezwingen.«

»Bezwingen?«, fragte Edyth in scharfem Ton.

»Das sagt zumindest Harold.«

»Was sagt er denn noch?«

»Sei nicht böse, Edie.«

»Ich versuche es.« Edyth sah ihre teuerste Freundin an, die Frau, deren Briefe sie in vielen dunklen walisischen Wintern aufrechterhalten hatten, und kam sich plötzlich ganz verloren vor. »Was soll ich deiner Meinung nach tun? Mich bei meinem Vater verstecken? Was sollte das bringen? Und was wäre mit Ewan? Er hat ein Recht auf Wales, von Geburt an. Das kann ich ihm nicht nehmen.«

»Ich bin sicher, er könnte ein Earl werden oder, oder …«

»Ein Earl?« Edyth ließ die Blume zu Boden fallen und zertrat sie mit dem Fuß. »Ein englischer Earl ist immer noch besser als ein walisischer König, meinst du das?«

»Nicht besser, Edyth, nur – sicherer.«

Edyth warf den Kopf in den Nacken. »Immerzu machst du dir Sorgen darum, was sicher ist, Svana. Was, wenn ich gar keine Sicherheit will? Was, wenn ich *leben* will? Was, wenn ich meinen Gemahl liebe? Was, wenn ich sein Land liebe? Hast du darüber schon einmal nachgedacht, oder bist du, wie alle anderen, viel zu sehr von den unbestreitbaren Wundern Englands fasziniert?«

Svana lehnte sich an einen Baum. Plötzlich sah sie wieder aus wie die zerbrechliche Elfe aus der anderen Welt, für die Edyth sie früher einmal gehalten hatte, und mit einem Mal bereute sie ihre heftige Reaktion. »Oh, Svana, es tut mir leid. Das Kind – es geht dir nicht gut. Kann ich …?«

Aber Svana schob ihren Arm beiseite. »Nein, Edyth, entschuldige dich nicht bei mir. Es sollte eigentlich genau andersherum sein. Meine Bemerkungen waren unwissend, töricht – sogar grausam. Du hast recht, für mich ist Sicherheit ein hohes Gut, vielleicht ein zu hohes. Harold zumindest sieht das so. Ich verärgere ihn immer wieder, indem ich nach Frieden und Sicherheit und Ruhe strebe. Tief im Herzen bin ich eine einfache Frau vom Lande, Edie. Harolds Vater wusste das, aber ich dachte, ich könnte ihn eines Besseren belehren. Ich dachte, ich könnte es schaffen.«

»Du schaffst es doch auch. Harold braucht dich. Er könnte nicht halb so wagemutig und stark sein ohne den Frieden, den du ihm bietest, *und* ohne die Sicherheit *und* die Ruhe.«

Edyth beobachtete Svana besorgt. Erleichtert registrierte sie, wie sich ein schwaches Lächeln auf die Lippen der Freundin stahl.

»Du bist sehr weise geworden, Edyth Alfgarsdottir«, sagte sie. »Und ich sehr töricht. Wahrscheinlich liegt es an dem Kind. Es macht mich sentimental, so dass ich anderen dumme Ratschläge gebe. Gott sei Dank sind manche Menschen klug genug, nicht darauf zu hören.«

Edyth gab ihr einen Kuss, aber Svana fühlte sich in ihren Armen ganz zerbrechlich an. Instinktiv dachte sie an Edwins Worte: *»Als Nächstes sind wir an der Reihe.«* War sie dazu bereit? Konnte man überhaupt bereit dazu sein? Wahrscheinlich blieb einem nur eines: das Beste aus dem zu machen, was man gerade hatte.

»Komm nach Hereford«, drängte sie. »Wenn Harold dorthin will, kann ich mich seinem Gefolge anschließen. Und wenn du auch dorthin kämest, könnten wir länger zusammen bleiben. Oh, sag, dass du dazu bereit bist, Svana. Es ist wunderschön dort, und an klaren Tagen kann man bis nach Wales hinübersehen.«

»Dein Wales?«

»Mein Wales, ja.«

Svana nickte bedächtig. »Das fände ich schön, Edyth. Das fände ich sehr schön.«

»Dann ist das ja geregelt. Komm.« Edyth streckte den Arm nach ihr aus. »Wir müssen einiges einkaufen. Ich brauche ein paar Geschenke, die ich meinem Mann mitbringen kann.«

Svana nickte und nahm ihre Hand, richtete sich auf und war jetzt wieder die elegante Erscheinung, die Edyth so vertraut war. »Und wir brauchen Reiseverpflegung. Der Weg nach Wales ist weit.«

»Nein, Svana«, berichtigte sie Edyth sanft. »So weit ist es gar nicht.«

# Kapitel vierzehn

**Hereford, November 1057**

Harold betrachtete die steinerne Mauer, die sich im Westen Herefords erstreckte, und lächelte zufrieden.

»Sieh dir das an, Avery«, sagte er und wandte sich seinem kürzlich zum Knappen beförderten Leibeigenen zu. »Sehen die Befestigungsanlagen nicht hervorragend aus?«

Avery krauste die Nase. »Sie sind aus Stein.«

»Ja, Avery, sie sind aus Stein. Das war Earl Ralphs Idee.«

»Earl Ralph ist Normanne.«

»Das ist nicht unbedingt immer etwas Schlechtes.«

»Seine Kavallerie wurde vom Roten Teufel niedergemetzelt.«

»Nur weil er sie nicht klug eingesetzt hat. Eine Kavallerie kann sehr wirkungsvoll sein – genau wie Stein.«

»Wenn Ihr mich fragt«, schnaubte Avery, »sind berittene Truppen genauso nützlich wie das Muttermal auf meiner Schulter.«

In diesem Augenblick kam ein weiterer Reiter zu ihnen herüber, und Harold wandte sich um und sah, wie Edyth die pelzbesetzte Kapuze ihres Reitmantels zurückschob und sich interessiert umsah.

»Das ist also Hereford.«

»Ja. Avery und ich bewunderten gerade den Befestigungswall.«

»Stein«, sagte Edyth. Avery grinste, aber die junge Frau war noch nicht fertig. »Das ist eine gute Idee. Ich frage mich, warum wir ihn nicht häufiger verwenden.«

Jetzt war es Harold, der grinste, aber als er Edyth ansah, war sein Blick unsicher. Meinte sie das ernst? Normalerweise waren Menschen für ihn leicht durchschaubar, aber Edyth – oder zumindest diese neue, erwachsene Edyth – schien nicht so zu denken wie andere, und sie bereitete ihm nach wie vor Kopfzerbrechen.

»Macht Ihr Euch wirklich über so etwas Gedanken?«

»Warum denn nicht? Ich kann vielleicht nicht mit dem Schwert umgehen, Harold, aber ich bin dennoch genauso sehr Opfer von Kriegen wie Ihr – vielleicht sogar noch mehr.«

»Ihr klingt wie Svana, Edyth«, sagte er und sah zurück zu dem Wagen, in dem seine schwangere Frau mit Elaine und den Kindern unterwegs war. »Sie findet, Männer sollten einander nicht bekämpfen.«

»Sie hat recht, aber das wird Euch nicht davon abhalten, also müssen wir das Beste daraus machen. Frauen können nicht in den Kampf ziehen, weshalb Befestigungsanlagen durchaus von Interesse für uns sind. Vielleicht sollten wir so etwas auch auf Rhuddlan errichten, obwohl der äußere Westen sicher nicht so häufig angegriffen wird.«

»Griffin hält sich also für unangreifbar?«

»Natürlich nicht. Er ist kein dummer Mann, wisst Ihr. Wir haben zahlreiche Feinde, sowohl zu Land als auch zu Wasser, und Rhuddlan ist gut gegen sie gerüstet. Ihr habt mich nur gefragt, was ich von Stein halte.« Ihre Augen loderten, und Harold hielt in gespielter Beschwichtigung die Hände hoch.

»Ich entschuldige mich vielmals, Mylady Königin.«

Sie schüttelte kläglich den Kopf. »Gut. Aber nennt mich nicht so.«

»Es ist Euer Titel.«

»Wie Earl of Wessex der Eure ist, aber so umständlich spreche ich Euch nicht an. Ihr seid doch immerhin mein Freund?«

»Das hoffe ich.«

»Dann nennt mich bei meinem Namen.«

»Euch gefällt Eure königliche Würde nicht?«

Sie warf den Kopf in den Nacken, so dass ihre honigblonden Zöpfe im Wind flogen. »Ihr missversteht mich absichtlich, Harold. Ich bin mehr als glücklich, Königin zu sein, aber es macht mich nicht als Mensch aus. Kommt schon, zeigt mir Eure Steinstadt, sonst stehen wir noch den ganzen Abend hier wie Belagerer.«

Sie gab ihrem edlen Ross die Sporen – einer eleganten, dunklen Stute, der sie einen mystischen walisischen Namen gegeben hatte – und ritt auf die Tore zu, wobei ihr Mantel wild hinter ihr herwehte.

»Ein feuriges Weib«, murmelte Avery.

Harold dachte daran, wie sie ihm vor so vielen Jahren vom Baum in die Arme gefallen war, und lächelte.

»Das war sie immer schon«, sagte er und trieb sein eigenes Pferd an, um hinterherzugaloppieren.

An diesem Abend gab es ein großes Fest, und sämtliche Würdenträger der Umgebung nutzten die Gelegenheit, um auf Kosten ihrer Herren zu speisen. Das Land hier war zwar fruchtbar, aber das Leben war hart, denn Griffins Räuberbanden lauerten den Menschen ständig auf. Harold fürchtete – oder vielleicht hoffte er es auch –, dass Edyth keine Ahnung von den dunkleren Machenschaften ihres Mannes hatte. Sie hielt »Roter Teufel« für nichts weiter als einen glanzvollen Spitznamen, vielleicht sogar für ein Kompliment, aber die Einwohner Herefords kannten die Wahrheit. Trotz der neuen Befestigungsmauern mussten sie mit ihren Vorräten sorgsam umgehen, sie stets einlagern, nur »für den Fall«, und so stellte der heutige Abend eine willkommene Ausnahme dar.

Als die Nacht hereinbrach, sah sich Harold nach seinen Leuten um, die sich auf Pritschen an den Wänden der Großen Halle niedergelegt hatten. Viele der Lords und Ladys waren wieder in ihre Stadthäuser zurückgekehrt, mit vollen Bäuchen und Köpfen, die vom Ale, das der Lord ausgegeben hatte, schwirrten. Andere wiederum zogen es vor, hier zu nächtigen. Manche lagen allein da, andere mit ihren Frauen im Arm, und wieder andere hatten sich unter den Decken vergraben, um sich dort einer lebhafteren Beschäftigung als dem Schlaf hinzugeben.

Harold spürte, wie es sich in seinen Lenden regte, und dachte sehnsüchtig an seine Frau. Er war glücklich gewesen, dass Svana mit ihm westwärts ritt, aber die Sorge um ihren Gesundheitszustand trübte seine Freude an ihrer Gesellschaft beträchtlich. Sie war grau vor Erschöpfung gewesen, bevor noch das Fleisch abgeräumt worden war, und er hatte die stets beflissene Elaine gerufen, um ihr beim Zubettgehen zu helfen. Aber nun, da er die vielsagenden Lager der Paare betrachtete, sehnte er sich nach Svanas Umarmung. Er gehörte ins Bett. Aber zuerst wollte er noch mehr über den schwer fassbaren Teufelskönig erfahren, und Edyth war trotz ihres eigenen leicht gewölbten Leibes immer noch an seiner Seite.

»Wollt Ihr einen letzten Becher mit mir trinken, Edyth?«

»Ich sollte mich lieber zurückziehen«, erwiderte sie. »Die morgige Reise wird lang und anstrengend.«

Sie streckte ihm dennoch ihren Kelch entgegen, und Harold winkte Avery. Als sein Knappe sich von der Wand abstieß, um ihnen etwas einzugießen, sah ihn Harold mit einem freundlichen Kopfschütteln an. »Lass den Krug hier, Avery, und geh schon zu Bett.«

»Oh nein, Mylord. Ich denke nicht im Traum daran, Euch hierzulassen, damit Ihr Euch selbst bedient.«

»Kein Problem. Du warst schließlich schon sehr früh auf den Beinen, um alles für unsere Reise vorzubereiten.«

Dennoch schüttelte der Knappe den Kopf, doch dann ergriff Edyth das Wort.

»Wirklich, der Earl bedient uns gern selbst – das hat er schon früher einmal für mich getan.«

Avery errötete. Er sah von Edyth zu Harold und dann wieder zurück, dann verbeugte er sich tief und zog sich hastig rücklings zurück.

»Oh mein Gott«, lachte Edyth, »wahrscheinlich denkt er, ich meinte etwas Irdischeres als Wein.«

»Manche Menschen haben einfach eine schmutzige Fantasie.«

Sie sah ihn scharf an. »Meint Ihr damit mich?«

»Ich würde nicht im Traum daran denken.«

Edyth versetzte ihm einen Schlag auf die Hand, und er lachte. Die jungen Männer am Feuer blickten auf und wandten dann schnell wieder den Blick ab. Jetzt lachten sie beide.

»Mit Euch ins Bett zu gehen«, sagte Harold, »wäre, wie mit einer meiner Schwestern ins Bett zu gehen.«

»Oh.«

Edyth' Hand wanderte unsicher zu ihrer Halskette, und

Harold war sich mit einem Mal des Schwungs ihrer kostbaren Goldkette über ihren Brüsten gewahr.

»Vielleicht nicht ganz wie mit einer meiner Schwestern«, stammelte er, seine Zunge seltsam schwer. Die Luft kam ihm plötzlich stickig vor.

Sie sah zu ihm auf, die Augen dunkel, dann schien sie sich ein wenig zu schütteln. »Ich würde mich gern als Eure Schwester betrachten.«

Das griff er sofort auf. »Ja.«

»Und als Svanas Schwester ebenfalls.«

»Natürlich. Ihr bedeutet ihr ebenfalls viel.« Die Luft schien immer noch stickig, und das Atmen fiel Harold schwer, und er wünschte sich verzweifelt, einen leichteren Ton anschlagen zu können.

»Dabei habt Ihr doch schon ein paar Schwestern«, bot Edyth ihm einen Ausweg.

»Ja«, stimmte er hastig zu. »Hannah und Emma sind erheblich jünger als ich, aber Aldyth und ich spielten als Kinder ständig zusammen.«

»Königin Aldyth?«

»Das wurde sie dank der endlosen Bittschriften meines Vaters, obwohl es zunächst keine glückliche Verbindung war. König Edward nahm es meinem Vater übel, dass er so viel Einfluss hatte, und in den ersten Jahren weigerte er sich, die Ehe zu vollziehen.«

»Ist das der Grund, warum sie keinen Erben haben?«

*Erbe!* Das Wort durchfuhr Harold wie ein Schwerthieb; in letzter Zeit hörte er nichts anderes mehr, und er war es leid. Er goss Wein in seinen Kelch.

»Zunächst schon, aber später versuchten sie es. Sie versuchen es immer noch, aber ohne Erfolg.« Harold nahm einen tiefen Zug. »Es frisst meine arme Schwester auf, Edyth. Sie hat das Gefühl, Edward gegenüber versagt zu haben, auch England gegenüber. Das ist der Grund, warum sie so verzweifelt nach einem Ersatz sucht.«

»Und warum Ihr nach Ungarn reisen musstet?«

»Ja, an diesen gottverlassenen Ort. Sechs Monate lang war ich fort von England, und wozu? Um irgendeinen entfernt verwandten Prinzen den ganzen Weg nach England zurückzuschleifen, nur damit er mir hier unter den Händen stirbt.«

»Wurde er … ermordet?«

»Nein. Das war nicht auf zwielichtige Machenschaften zurückzuführen, Edyth, sondern, wenn Ihr mich fragt, nur auf einen schwachen Magen – und ein schwaches Herz. Und sein Sohn ist anscheinend auch nicht in besserer Verfassung.«

Er sah zum anderen Ende der Halle zum Feuer, das inmitten der letzten noch anwesenden Gruppe von Männern flackerte. Einer von ihnen hatte frisches Holz aufgelegt, so dass die Flammen tanzten. Harold sah gebannt zu, bis Edyth mit leiser Stimme sagte:

»Diese Funken sind wie die an Eurem Hochzeitstag. Erinnert Ihr Euch daran, wie wir ums Feuer getanzt sind? Es hat ebenfalls Funken gesprüht, und ich habe sie gejagt, als seien es Feen.«

»Tatsächlich?« Er sah sie an. Ihre Augen glänzten, und jetzt überließ auch er sich der Erinnerung. »Es war wirklich märchenhaft.«

»Ich hielt Svana damals für eine Feenkönigin.«

»Einige tun das immer noch.«

»Ihr habt Glück, dass Ihr sie habt – und sie Euch.«

»Bei dem Letzteren bin ich mir nicht ganz so sicher.« Harold blickte wieder zum Feuer hinüber, versuchte, sich den

Mann zu vergegenwärtigen, der er vor all den vielen Jahren gewesen war. Doch das war genauso schwer, wie die Funken zu fangen, bevor sie erloschen. »Sie hasst meine ›Politisiererei‹, und doch tue ich es irgendwie immer häufiger.«

»Habt Ihr Angst, Harold?« Edyth' Stimme umfing ihn ganz sanft, so dass er sich gar nicht sicher war, ob tatsächlich sie es war, die gesprochen hatte. »Ihr habt Angst, dass sie Euch zum König machen wollen?«

Harold sog den Atem ein. Er konnte sie nicht ansehen, konnte die Bedeutung dieser Worte nicht wirklich an sich heranlassen. »Ich bin kein König, Edyth.«

»Aber Ihr seid stark. Griffin steht von Geburts wegen auch nur ein Viertel von Wales zu, aber jetzt regiert er alles.«

»Aber das wollte er so.«

»Und Ihr wollt England nicht regieren?«

»Nein!« Er bellte es fast, und die Männer am Feuer schraken zusammen. »Nein«, wiederholte er leiser. »Ich will es nicht. Mein Vater hätte mich deshalb verachtet, aber ich bin nicht mein Vater, und ich habe nicht den Wunsch, zu herrschen.«

»Dann, Harold, müsst Ihr Euch vom Hof ein wenig zurückziehen. Verbringt mehr Zeit in Nazeing oder auf Euren eigenen Ländereien im Süden, denn wenn Ihr das nicht tut, werden sie sich mehr und mehr auf Euch verlassen.«

»Sie?«, flüsterte Harold.

»Eure Schwester, die Königin, König Edward, der Rat – England. Ich war lange fort, also kann ich die Situation mit jener Klarheit einschätzen, die nur der Blick einer Außenstehenden hat. Und ich sage Euch, Harold, dass sie alle auf Euch als Anführer blicken. Der König konzentriert sich ausschließlich auf seine Pläne für die neue Abtei in Westminster, die Königin auf ihre Kinderstube mit geborgten Säuglingen. Mein Vater ist … unzuverlässig, und Lord Torr ist im Norden beschäftigt …«

»Ha!«

»… und kümmert sich um sein eigenes Vergnügen. Ihr seid der Einzige, der England wirklich dient, und England weiß das.«

Harold schüttelte den Kopf, als versuche er, einen klaren Gedanken zu fassen. Edyth' Finger schwebten erneut über ihrer Kette, und der Anblick erfüllte ihn mit einem seltsamen Schaudern, als liebkosten sie seine eigene Haut. Was wusste sie?, fragte er sich verärgert. Sie war nur eine Frau, und doch hatte noch nie jemand versucht, ihn so intensiv zu dieser Angelegenheit zu befragen, noch nicht einmal Svana. Doch nun hatten sie dieses Thema einmal angeschnitten, und jetzt wollte er auch darüber reden.

»Wie soll ich da Nein sagen?«

»Dabei kann ich Euch nicht helfen, Harold«, sagte sie bedauernd. »Ich fürchte, ich kann es auch nicht besonders gut.«

»Edyth Alfgarsdottir, Ihr habt es weit gebracht, seit Ihr von einem Baum in meine Arme gefallen seid.«

Sie errötete. »So weit nun auch wieder nicht. Ich falle immer noch viel zu häufig für …«

»… eine Königin?«

»Ich glaube schon.«

»Aber diese Rolle ist nicht das, was Euch ausmacht?«

Sie sah ihn forschend an, und für einen kurzen Augenblick fühlte er sich so schutzlos, als stünde er vor dem Regierungsrat. Aber was war schon dabei, wenn er sich dafür interessierte, wie sich das Königtum anfühlte? Immerhin handelte es sich um ein wichtiges philosophisches Thema.

»Freunde sind es, die einen Menschen ausmachen«, sagte Edyth sanft. »Freunde und Angehörige. Menschen – nicht Titel.«

Mit diesen Worten erhob sie sich und küsste ihn auf die Wange, bevor sie aus der Halle rauschte. Die Männer am Feuer sahen auf, als sie vorbeiging. Harold entdeckte die Bewunderung in ihren Augen und wusste, dass auch er sie so ansah. Flüchtig zerriss ihn der Gedanke an den großen, lüsternen Griffin, der diese wilde Schönheit für sich beanspruchte, aber er schüttelte diese törichten Gefühle ab und erhob sich ebenfalls, um zu Bett zu gehen zu seiner lieben Frau.

# Kapitel fünfzehn

**Rhuddlan, März 1058**

»Lord Alfgar ist da!«

Edyth starrte ihre Magd an.

»Lord Alfgar? Mein Vater? Du musst dich irren, Becca.«

»Doch, wirklich, Mylady. Lewys hat es mir gerade erzählt. Schaut doch.«

Sie rannte zum Fenster, und zögernd löste Edyth ihr Kind von der Brustwarze und durchquerte ebenfalls das Zimmer. Ihr zweiter Sohn, Morgan, war vor drei Wochen zur Welt gekommen, und obwohl er von dem stolzen Griffin ebenso überschwänglich begrüßt worden war wie sein älterer Bruder, war er für seine Mutter ein erheblich anstrengenderer kleiner Prinz. Jetzt erscholl sein Protestgeschrei im ganzen Hof, und die Neuankömmlinge vor den Toren Rhuddlans blickten auf.

»Es *ist* mein Vater! Gott steh uns bei, was hat er nun schon wieder angestellt?«

»Vielleicht ist er ja nur gekommen, um seinen neuen Enkel kennenzulernen«, sagte Becca und nahm ihrer Herrin das immer noch schreiende Kind ab.

»Ich wünschte, du hättest recht, Becca«, sagte Edyth grimmig, »aber ich vermute, dass mein Vater nicht freiwillig hier ist, was für beschönigende Erklärungen er auch abgeben mag. Ich muss hinuntergehen.«

Hastig schloss sie ihr Kleid und zuckte zusammen, als der Stoff auf ihren immer noch vollen Brüsten kratzte. Morgan war ein kräftiger Junge und trank so wild, wie er sich seinen Weg aus ihrem Leib gekämpft hatte. Becca drängte sie, sich eine Säugeamme zu nehmen. Ewan hatte sie seinerzeit selbst gestillt, doch bei diesem hungrigen Jungen zog sie das ernsthaft in Erwägung. Eine Königin hatte viel zu viele Aufgaben, um es sich leisten zu können, den ganzen Tag auf dem Stillsessel zu sitzen, und außerdem musste sie dringend wieder an Griffins Seite zurückkehren. Denn ihr Gemahl hatte durchaus nicht in einem leeren Bett gelegen, während sie nach England geritten war, und nach ihrer Rückkehr nach Wales hatte sie sich nicht nur mit peitschendem Regen, sondern auch mit einem kichernden Hof und einem überschwänglich liebevollen Ehemann konfrontiert gesehen.

»Ich habe dich vermisst, Weib«, hatte er gesagt und sie an sich gepresst, sobald sie allein waren. »Niemand ist wie du.«

»Tatsächlich nicht?«, hatte sie gefragt und sich umgesehen. Im Eingang der Frauengemächer stand die sinnliche Lady Alwen ganz allein, ihr durchnässtes Kleid klebte an ihren deutlich sichtbaren Kurven. »Warum starrt Alwen dich so an?«

Er hatte seine üppige Haarmähne nach hinten geworfen. »Warum denn nicht? Bin ich nicht sehenswert? Komm schon, *Cariad,* sie ist nichts. Nur ein Körper. Du, du bist …«

»Du hast mit ihr das Bett geteilt?«

»Du warst nicht da. Ich bin ein Mann, Edyth. Ich habe Bedürfnisse.«

»Genau wie ich. Du weißt, wie ich bin, wenn ich ein Kind

erwarte, aber ich habe nicht das Bett des nächstbesten Lüstlings bestiegen.«

»Bist du sicher?« Plötzlich packte Griffin ihr Unterkleid. »Du hast dir mit der Rückkehr Zeit gelassen. Vielleicht hast du dir ja doch einen Engländer gegönnt, als du zu Hause warst. Irgendeinen ansehnlichen Knaben aus dem Süden vielleicht, oder vielleicht einen Lord aus den Marches, der mir eins auswischen wollte.«

»Griffin, nein.« Edyth hatte bestürzt die Hand nach ihm ausgestreckt, aber er hatte ihr Handgelenk gepackt und sie wild an sich gezogen.

»Es ist doch nicht dieser Harold, oder? Die Boten haben mir berichtet, dass er dich nach Hereford begleitet hat. Warum, Edyth? Konnte er nicht genug von dir bekommen, konnte er …?«

»Griffin, hör auf!«, schrie sie verzweifelt. »Das ist doch verrückt. Earl Harold wollte in jedem Fall nach Hereford reiten, und Lady Svana war bei ihm. Sie war es, die mir Gesellschaft geleistet hat. Ich bin deine Frau, Griffin. Ich trage dein Kind unter dem Herzen. Ich würde nie bei einem anderen Mann liegen – jetzt nicht und niemals.«

Er hatte sie an sich gerissen und sie wild geküsst. »Gut. Du gehörst mir – und nur mir.«

»Wie es scheint, gilt das umgekehrt nicht«, rutschte es ihr heraus, und Griffins Augen waren plötzlich von einem stürmischen Grau. »Es tut mir leid«, hatte sie gestammelt. »Es tut mir leid, Griffin. Ich bin nur … nur eifersüchtig.«

»Eifersüchtig?« Griffin hatte sie erstaunt angestarrt. Seine Stimme klang jetzt weicher. »Warum bist du eifersüchtig, *Cariad?*«

»Du könntest sie mir vorziehen.«

»Ach, du lieber Gott, Edyth, warum um alles in der Welt sollte ich das tun?«

»Sieh mich doch an, so ...« Sie deutete auf ihren Bauch.

»Reif und wundervoll, weil du mein Kind getragen hast? Du bist meine Frau, *Cariad,* meine Königin. Nichts ist wichtiger als das. Du bist mein Manna, und du darfst dich nicht daran stören, wenn ich mal zur Abwechslung an einem knusprigen Keks knabbere.«

»Knuspriger Keks?«, hatte Edyth hervorgesprudelt, und ihr Entsetzen hatte sich in ungläubige Heiterkeit verwandelt. »Nur du kannst ein Mädchen wie Alwen als knusprigen Keks bezeichnen.«

»Und nur du könntest etwas dagegen haben, dass sie eine belanglose Rolle in meinem Leben gespielt hat. Versprich mir jetzt eins: keine Eifersucht mehr.«

»Keine Eifersucht mehr«, erklärte sie und reckte das Kinn.

Es war eine Lüge gewesen, aber sie hielt sich daran. Im Hinterkopf erinnerte sie sich schuldbewusst an das spannungsgeladene nächtliche Gespräch mit Harold in Hereford, und während der langen, dunklen Monate hatte sie es auf sich genommen, Griffin mit noch größerer Inbrunst, ja Wildheit zu lieben. Er war voller wilder Lust darauf eingegangen. Und nun, da sie einen zweiten gesunden Sohn zur Welt gebracht hatte und die Frühlingssonne sich sogar bis in diese westlichen Regionen verirrte, hatte er nur noch Augen für sie. Sie hoffte nun, dass ihr impulsiver Vater diesen wiedergefundenen Frieden nicht zerstören würde.

Sie nahm den immer noch wimmernden Morgan wieder in die Arme und ging zur Treppe hinüber, bewegte sich, so schnell ihr immer noch schmerzender Körper es erlaubte. Dann trat sie auf den Hof hinaus. Griffin kam soeben aus seiner Großen Halle, und sie wechselten einen Blick, als sie gemeinsam ihren Gast begrüßten.

»König Griffin, Sire!« Alfgar verbeugte sich tief vor ihnen. »Seid gegrüßt. Hocherfreut, Euch so wohlauf zu sehen, und meine Tochter auch. Und wer ist dieser hübsche kleine Bursche? Noch ein Erbe für Wales, wie ich sehe. Sie hat sich gemacht, nicht wahr, meine Edyth?«

»Sehr«, sagte Griffin glattzüngig, und Morgan, erschrocken über seinen lauten Großvater, verstummte endlich. »Ich schätze sie sehr.«

»Das solltet Ihr auch, sie ist ein Engel.« Alfgars Stimme war durchdringend, seine Fröhlichkeit gezwungen, und als Griffin ihn in die Halle führte, wandte sich Edyth dankbar an Edwin. Ihr Bruder wirkte mager und gebeugt und übte sich im Gegensatz zu dem polternden Earl in Zurückhaltung.

»Was hat Vater denn diesmal angestellt?«, zischte sie.

Edwin zuckte mit den mageren Schultern. »Ich weiß es nicht genau. Es fand im Rat hinter verschlossenen Türen statt, und er will nicht darüber reden. Es hat etwas damit zu tun, dass Lane Godwinson ein Fürstentum erhalten soll. Vater konnte so gerade akzeptieren, dass Lord Garth East Anglia bekam. Er hat darauf verzichtet, um Mercia regieren zu können, aber nun hat Lord Lane auch die Oberhoheit über Kent erhalten, und Vater ist davon überzeugt, dass es sich um eine Art Verschwörung handelt.«

»Und tut es das?«

Edwin rieb sich mit der Hand um den dichter werdenden Bart. »Es herrscht sicher eine gewisse Voreingenommenheit ihm gegenüber, aber für Vater ist das gleichbedeutend mit Verschwörung. Brodie steht kurz vor seinem einundzwanzigsten Geburtstag, und er will einen Titel für ihn, für den er ebenso hart – und erbarmungslos – kämpfen wird wie damals für seinen eigenen.«

Beide zuckten bei der Erinnerung an die schreckliche Ratsversammlung im Jahr 1055 zusammen.

»Wird er denn niemals schlau?«, stöhnte Edyth.

»Ich weiß es nicht, Schwester, aber ich glaube, man hat ihn manipuliert.«

»Wer? Wer hat ihn manipuliert, Edwin?«

»Die Godwinsons. Ich habe gehört, wie Earl Torr sich bei einem Mädchen über das Temperament unseres Vaters amüsierte, und ich schwöre, er hat ihn in der Ratsversammlung provoziert. So schwierig ist das nicht.«

»Nein, aber warum sollte er so etwas tun?«

»Was glaubst du denn? Mercia ist das einzige Fürstentum, das nicht von den Godwinsons kontrolliert wird. Wir sind die Einzigen, die verhindern können, dass sie ganz England an sich reißen.«

»Das würden sie nie tun.«

»Wer sagt das?«

»Harold.« Edwin sah sie forschend an, und Edyth spürte, wie sie errötete. »Er hat mir das auf unserem Ritt nach Hereford nach Vaters Amtseinsetzung selbst gesagt. Er kam mir sehr aufrichtig vor, Edwin.«

»Darin ist er gut.«

»Nein, er …« Edyth schwieg plötzlich. »Sie sind dumm, wenn sie Vater reizen. Jetzt wird er sich Griffins Unterstützung versichern und angreifen.«

»Vielleicht wollen sie ja auch das.«

Erschrocken sah Edyth Edwin an, während sie in die Halle gingen. »Warum sollten sie das?«

»Damit können sie einen Krieg rechtfertigen.«

Edyth stellte keine weiteren Fragen; sie verstand nur allzu gut. König Edward suchte nach einem Grund, um Griffin zu unterwerfen, und wenn seine Armeen zugleich auch ihren jähzornigen, gewalttätigen Vater besiegten, dann würde noch nicht einmal Harold den Verlust betrauern. *Noch nicht einmal Harold!,* dachte sie spöttisch, als sie bemerkte, wie voreingenommen sie war. Sie war und blieb eben naiv.

»Ich liebe dieses Land mittlerweile«, sagte sie leise zu Edwin.

»Das sehe ich, Schwester, und ich kann dir daraus keinen Vorwurf machen. Ich hatte ganz vergessen, wie wunderschön es ist. Ich würde gern einmal mit dir am Strand entlangreiten, bevor wir wieder abreisen.«

»Das wäre mir eine Freude, Edwin.«

»Und ich möchte die Berge sehen. Warst du schon einmal in den Bergen?«

Edyth schüttelte den Kopf, wobei sie die Männer nicht aus den Augen ließ. Griffin hatte sie schon mehrfach zu überreden versucht, einen Ausflug in die großen Eryri-Berge zu machen, aber sie hatte ihrer dunklen Anziehungskraft stets widerstanden.

»Du hast doch keine Angst, Edyth, oder?«, forschte Edwin.

»Nicht vor den Bergen, nein, aber vielleicht vor meinem Vater. Was hat er jetzt vor?«

Alfgar schritt vor dem König auf und ab, sprach wild gestikulierend auf ihn ein.

»Er will eine Verschwörung anzetteln«, sagte Edwin müde. Und Edyth, die die Szenerie beobachtete, wusste, dass er recht hatte.

Sie hielt ihr Kind fest an ihre Brust gedrückt und fürchtete, dass der Frieden vorbei war, nun, da ihr reizbarer Vater in Rhuddlan angekommen war.

Und dann, kaum eine Woche später, hatte er tatsächlich ein Ende.

*»Llychlynwyr!«* Der Schrei kam vom Wachturm, schrill und voller Panik. *»Llychlynwyr!* Wikinger!«

Im Lager blickten die Männer von ihren Waffenübungen auf, und oben in den Frauengemächern eilten die Damen zum Fenster, von dem aus man auf das Meer hinausblicken konnte.

»Tatsächlich«, bestätigte Becca entsetzt flüsternd. »Es sind die Wikinger.«

»Gott steh uns bei, sie werden uns alle vergewaltigen!«, schrie Alwen, und Edyth dachte gehässig, dass ihr das sicher hochwillkommen war. Griffin hatte die walisische Frau seit Morgans Geburt vollkommen ignoriert, und sie war nicht mehr sinnlich, sondern zornig, weil sie in Ungnade gefallen war.

»Warum wir?«, jammerte eine andere. »Warum Wales?«

»Warum nicht?«, gab Becca zurück, obwohl sie zitterte.

»Wir müssen uns bewaffnen«, sagte Edyth. »Wir müssen die Tür verbarrikadieren und uns Waffen suchen, mit denen wir uns verteidigen können. Der König und seine Männer werden in den Kampf ziehen, um sie vom Palast fernzuhalten, aber wir sollten dennoch vorbereitet sein.«

Sie nahm den Schürhaken neben dem Kohlebecken in die Hand und schwang ihn, um ihnen Mut zu machen. Die anderen Frauen sahen sich um, aber in diesem Raum gab es nur wenig mehr als Nadeln – spitz, ja, aber hoffnungslos zu kurz. Edyth' Herz pochte wie wild. Morgan wand sich in ihren Armen, und Ewan hatte sich in ihren Röcken vergraben. Was würde ihren kleinen Prinzen zustoßen, wenn die Wikinger die Männer überwältigten? Edyth erinnerte sich an Griffins Worte an jenem zauberhaften Tag am Strand vor so langer Zeit: *»Ich kann noch zwanzig Jahre König sein, Edyth, oder nur noch ein paar Stunden.«* Waren jene letzten Stunden jetzt gekommen? Und ausgerechnet jetzt weilten ihr Vater und Edwin hier. Flüchtig dachte Edyth an ihre Mutter und betete darum, dass sie sie nicht alle gleichzeitig verlieren würde.

Ihre Damen hockten zu beiden Seiten der großen Fensteröffnung und riskierten ängstliche Blicke nach draußen, wie Mäuse aus ihrem Mäuseloch. Wenn die Wikinger tatsächlich kamen, gab es kein Entkommen. Edyth aber wollte genau wissen, was geschah. Sie schritt zum Fenster und stand genau in der Mitte, richtete den Blick aufs Meer, das etwa eine halbe Meile vom Palast entfernt lag, aber an diesem strahlenden Morgen für jedermann klar erkennbar war.

Die Wikinger segelten mit ihren schlanken Langbooten mitten unter Griffins vertäute Flotte. Es waren drei Schiffe, zwei von durchschnittlicher Größe, mit vielleicht fünfzig Mann, das dritte aber war riesig. Am Bug prangte ein gigantischer Drachenkopf, dessen Maul weit aufgerissen war, um scharlachrote Flammen gen Küste zu schleudern. Alle drei segelten dem Strand entgegen und waren bald nicht mehr zu sehen, doch nach kurzer Zeit erschienen Soldaten auf den Klippenpfaden, deren Schilde in der Sonne blitzten.

Direkt unter ihrem Fenster sammelten sich ihre walisischen Soldaten hastig vor den kleinen schwarzen Toren, setzten ihre Helme auf und legten die Schwertgürtel um. Es war eine hervorragende Truppe, aber aus dieser Entfernung kam es Edyth so vor, als ob immer mehr Wikingersoldaten auf den Klippen erschienen. Dann stießen plötzlich vier Trompeter eine triumphierende Salve aus, und wie von Zauberhand erschien eine große Gestalt über dem Kamm. Edyth hielt den Atem an. Das war doch nicht möglich – oder doch? Becca sah sie an, und ihr Blick verriet, dass sie den gleichen schrecklichen Verdacht hegte.

»Harald Hardrada«, keuchte Edyth.

»Ich kenne nur die Geschichten über ihn«, sagte Becca, »aber ich fürchte, er ist es. Lewys sagt, am Lagerfeuer schildern die anderen Männer ihn als machtgieriges Ungeheuer. Sie sagen, er sei so groß wie ein Berg und so weiß wie Schnee. Sie sagen, er habe Beine wie Eichenstämme, und sein Schwert sei gewaltiger als das jedes anderen Mannes. Sie sagen, seine Augen seien wie der Sturm, und eine Narbe, die an einer Seite seines Gesichts von seinen Augen bis zu seinem Mund verläuft, lässt ihn aussehen, als ob Gott – oder der Teufel – diese Linie gezogen hätte. Sie sagen …«

»Sie reden zu viel, Becca. Sei still, du jagst hier allen Angst ein.«

»*Ich* jage ihnen Angst ein? *Ich* bin es schließlich nicht, die da oben auf den Klippen steht und die Klinge schwingt.«

Edyth bedeutete ihr mit einer Handbewegung zu schweigen und lehnte sich über das hölzerne Fensterbrett, um sich davon zu überzeugen, dass sie richtig gesehen hatte. Sie lächelte.

»Er schwingt keine Klinge, Becca«, sagte sie und wandte sich um, »sondern eine Flagge. Er schwingt die weiße Flagge.«

Lautstark zeternd vor Freude und Erleichterung drängten sich die Frauen an die Fensteröffnung. Amüsiert hörte Edyth, dass manche sogar murmelten, sich umziehen zu wollen, um die »geehrten Gäste« gebührend empfangen zu können. Aber noch sahen sie von ihrem Aussichtspunkt wie gebannt zu, wie die Wachmänner eilig die schmalen schwarzen Tore hinabließen und die Wikingerhorde hineingaloppierte. Wild schwenkten sie die weiße Flagge, und tatsächlich trugen die Nordmänner ihre Schwerter in der Scheide und die Schilde auf dem Rücken. Doch trotzdem konnte einem bei ihrem Anblick das Blut in den Adern zu Eis gefrieren.

Gehüllt in große Mäntel und mit Tierfellen vor der Kälte des Meeres geschützt, wirkten sie noch stämmiger, als die Natur sie geschaffen hatte. Sie trugen das Haar und die Bärte länger als die kühnsten Sachsen, und viele von ihnen waren so blond, dass es schien, als habe die Sonne alle Farbe aus ihren Locken gebrannt. Auf ihren Köpfen trugen sie einfache Bronzehelme mit Metallbeschlägen und langem Nasenschutz, der ihre Augen in unergründliche Schatten tauchte, während sie sich in Gefechtsposition auf dem Gelände aufstellten. Edyth hätte gern eine breite Brust gehabt, an der sie Zuflucht hätte suchen können. Aber sie war die Königin, und sie musste hinuntergehen und diese … diese Soldaten willkommen heißen. Sie schluckte die bittere Galle, die ihr in die Kehle stieg, herunter, übergab Morgan der Kinderfrau und wandte sich an ihre Magd.

»Mein purpurrotes Gewand, Becca – gebe Gott, dass es noch passt –, und meine Krone. Und zwar schnell.«

Die große Gruppe wurde in die Halle geführt, wo Griffin hastig seinen und Edyth' Thron hatte aufstellen lassen, um sie zu empfangen. Walisische Höflinge drängten sich an den Wänden, schwatzten und verbeugten sich und versuchten, nicht allzu nervös zu wirken, und Earl Alfgar stand beunruhigt neben Edyth.

»Willkommen, willkommen.« Griffin sprach in rauem,

energischem Englisch, als er sich erhob, um seinem Gast die Hand zu schütteln.

Edyth stand an seiner Seite und versuchte, die Besucher nicht anzustarren, aber das war nicht so einfach. König Harald von Norwegen, allseits bekannt als Hardrada, was so viel hieß wie »der Erbarmungslose«, war sogar noch größer als Griffin, und sein weißblondes Haar stand in faszinierendem Gegensatz zu den kupferfarbenen Locken ihres Gemahls. Seine Wange zierte tatsächlich eine Narbe, aber sie war nur schwach ausgeprägt und nicht so lang, wie man sich erzählte. Letztlich waren es seine Augen, die einen in den Bann zogen. *Augen wie der Sturm,* hatte Becca geflüstert, und tatsächlich schienen graue und gelbe Tupfen wie Kieselsteine um die weiten Pupillen herumzuwirbeln, die einen förmlich zu verschlingen schienen, wenn man ihm zu lange in die Augen sah. Seine Bewegungen waren für einen Mann seiner Größe geschmeidig, wie die eines Wolfes im nächtlichen Wald, und seine Hände waren zwar schwielig von der jahrelangen Handhabung des Schwerts, aber dennoch überraschend schlank.

»Meine Gemahlin, Sire – Königin Edyth von Wales.«

Edyth trat einen Schritt vor und streckte ihm die Hand entgegen. Ihre Knie zitterten, als sie vor dem großen Mann knickste, aber sie hielt den Rücken gerade und das Haupt hoch erhoben, so dass ihre Krone im Licht der hastig entzündeten, flackernden Binsenkerzen an den Wänden funkelte. Hardrada küsste sanft ihre Hand.

»Es ist mir eine Ehre, Euch kennenzulernen, Mylady. Ich danke Euch für Eure großzügige Gastfreundschaft.« Seine Stimme klang kultiviert, sein Akzent war weich und spöttisch, eher die Stimme eines Höflings als die eines Kriegers.

»Das Vergnügen ist ganz auf unserer Seite. Hattet Ihr eine weite Reise?«

»In der Tat. Ich hatte Angelegenheiten an der Irischen See zu erledigen und habe Großartiges von Eurem Roten Teufel gehört. Da wir auf unserer Rückfahrt nach Norwegen einen sicheren Hafen benötigten, nahm ich mir vor, ihn mir mit eigenen Augen selbst anzusehen.«

Ein Lächeln glitt über sein Gesicht, das durch die Narbe entwaffnend schief geriet. Er spielte mit ihr – stellte sie auf die Probe. Sie kannte dieses Spiel nur allzu gut.

»Ihr werdet nicht enttäuscht sein, Sire. Wales ist ein Juwel.«

»Seine Königin ist es auf jeden Fall, obwohl Ihr, wie ich glaube, nicht aus Wales stammt?«

»Aber jetzt bin ich Waliserin.«

»Aber nicht von Geburt an. Wie läuft es in England?«

»Das solltet Ihr meinen Vater fragen«, antwortete sie und deutete auf Alfgar, der im Hintergrund eifrig auf und ab wippte.

»Bestimmt«, versicherte König Hardrada, wobei er ihn kaum eines Blickes würdigte. »Aber jetzt frage ich Euch.«

Edyth schluckte. »Ich bin in den vergangenen Jahren kaum dort gewesen, Sire. Ich bin es zufrieden, auf Rhuddlan zu bleiben.«

»Und Ihr habt noch *keine* Neuigkeiten miteinander ausgetauscht?«

Ohne es zu wollen, errötete Edyth. Svanas letzter Brief war vor wenigen Tagen eingetroffen. »Es gibt einen Briefwechsel, Sire, ja, aber das sind nur Belanglosigkeiten unter Frauen – Geschichten von Gewändern und Kleidern.« Sie lächelte ihn liebreizend an, und er lachte.

»Ihr, Edyth Alfgarsdottir, kommt mir nicht wie eine Frau vor, die sich mit derlei Belanglosigkeiten abgibt.«

»Gefällt Euch mein Gewand denn nicht?«

Er ließ seinen intensiven Blick über sie hinweggleiten, wobei er auf der Wölbung ihrer milchprallen Brüste verharrte. »Euer Gewand gefällt mir außerordentlich. Griffin ist ein glücklicher Mann.«

»Das bin ich«, ergriff Griffin die Gelegenheit, sich wieder ins Gespräch zu bringen. »Meine Gemahlin hat vor Kurzem unserem zweiten kleinen Prinzen das Leben geschenkt.«

»Gratulation!« Hardrada schlug Griffin auf den Rücken. »Mein Erstgeborener begleitet mich. Er lernt, ein Krieger zu werden. Magnus!« Er schnippte mit den Fingern, und überrascht entdeckte Edyth einen dünnen, fast zerbrechlich wirkenden Jungen, der neben seinen Vater trat.

»Ihr Norweger lernt früh«, sagte Griffin mit leisem Lachen.

Hardrada runzelte die Stirn. »Magnus ist älter, als er aussieht. Er kam zu früh zur Welt.« Er sah auf seinen Sohn hinab, als sei er ein Fohlen auf dem Markt. »Er wird noch aufholen, und er ist sehr mutig.«

»Ich habe schon einen Mann getötet«, informierte Magnus sie stolz, und selbst Griffin hatte keine passende Erwiderung darauf parat.

Unbehaglich warf er Edyth einen Blick zu, die sich zwang, einen Schritt vorzutreten.

»Ihr müsst sehr stolz auf ihn sein, Sire«, sagte sie glattzüngig. »Und Ihr habt auch noch weitere Kinder, nicht wahr?«

Hardrada fixierte sie erneut und lächelte gelassen. »In der Tat. Ich habe zwei Söhne und zwei Töchter, und tatsächlich sogar zwei Gemahlinnen.«

»Zwei Gemahlinnen?«

»Ja – warum nicht? Elisabeth, meine schöne slawische

Prinzessin, ist meine Frau nach römischem Recht, und Thora Thorbergsdatter ist meine Handfasting-Frau – obwohl ich sie beide als gleichberechtigt betrachte.«

»Tun *sie* das denn auch?«, fragte Edyth.

»Wenn sie wissen, was gut für sie ist, ja.«

Edyth erschauerte, als sie den schnellen Wechsel seiner Stimmlage registrierte, und selbst Griffin wirkte verblüfft. »Dass du mir jetzt nicht auf dumme Ideen kommst«, sagte sie knapp zu ihrem Ehemann.

»Genau wie ihre Mutter«, warf Alfgar ein und verdrehte die Augen.

Gott sei Dank lachte Hardrada. »Ich glaube, mein Freund«, sagte er zu seinem Gastgeber, als der Gong ertönte, der sie zu Tisch rief, »dass diese Frau so gut ist wie zwei Frauen. Ich bin überzeugt, dass sie genug für jeden Mann wäre.«

Seine Augen bohrten sich förmlich in sie hinein, und Edyth hatte das Gefühl, geradezu festgenagelt zu werden. Unbehaglich blickte sie zu ihrem Vater hinüber. Er hatte ihr in ihrer Kindheit ein wenig von Hardradas Werdegang als Oberbefehlshaber der gefürchteten Warägergarde berichtet, und wie Beccas geflüsterte Geschichten war auch dies wie eine Legende gewesen. Es kam ihr unwirklich vor, diesem großen Mann jetzt tatsächlich gegenüberzustehen. Sie zwang sich zur Ruhe, als sie Platz auf ihrem Thron nahm, und er ließ seine hochgewachsene Gestalt auf einem eigens für ihn zwischen ihr und Griffin aufgestellten Stuhl nieder.

Die Diener kamen nun mit dem ersten Gang – frischem Fisch mit einer aromatischen Knoblauchsauce und großen Stücken weichem weißem Brot. Sie konnten es sich eigentlich nicht leisten, das grobere Korn wegzuwerfen, aber Edyth hatte befohlen, es speziell für die furchterregenden Gäste zu backen, und sie war froh darüber, als Hardrada davon abbiss und anerkennend nickte.

»Ihr sagt, dass Ihr auf dem Rückweg nach Norwegen seid, Sire?«, fragte sie höflich.

»Das war meine Absicht«, antwortete er. »Wenn sich nicht noch etwas Interessanteres ergibt.«

»Oh, ich bin sicher, hier gibt es für einen Mann wie Euch nur wenig Interessantes«, sagte sie schnell. »Es sei denn, Ihr verfügt über besondere Fähigkeiten in der Lämmerzucht.«

Er verzog die Lippen. »Ich glaube, an dieser Fähigkeit mangelt es mir, Mylady. Überhaupt gehört es nicht gerade zu meinen herausragendsten Begabungen, Leben zu *spenden.*«

Edyth trank einen tiefen Zug von dem teuren rheinischen Wein, den Griffin von seinen Beutezügen im vergangenen Sommer mitgebracht hatte, und versuchte, einen Ausweg aus dieser unbehaglichen Unterhaltung zu finden, aber jetzt beugte sich ihr Vater von der anderen Seite herüber.

»Euch eilt der Ruf als großer Krieger voraus, Sire.«

»Ich danke Euch, Earl Alfgar.«

Alfgar hüstelte. »Unglücklicherweise bin ich momentan kein Earl mehr, Sire. Die Narren des Englischen Rates spielen mir übel mit, um sich selbst einen Vorteil zu verschaffen.«

»Tatsächlich?« Interesse blitzte in den wirbelnden Tiefen von Hardradas Augen auf, und zum ersten Mal, seit er den Fuß auf ihre Küste gesetzt hatte, sah er den englischen Exilanten an. »Ihr wollt ihnen also Vernunft beibringen?«

»In der Tat, Sire. Deshalb bin ich auf der Suche nach Verbündeten.«

Hardrada lachte, leise und rau. »Ich bin niemandes Verbündeter, *Lord* Alfgar.«

»Natürlich nicht, Sire«, stotterte Alfgar und stieß die beruhigende Hand fort, die Edyth ihm auf den mächtigen Oberschenkel legte. »Natürlich nicht. Was ich eigentlich sagen wollte, war, dass ich einen Anführer suche.«

»Einen Anführer. Interessant. Ist das nicht interessant, König Griffin?« Mit einem Mal wirbelte er zu seinem Gastgeber herum. »Lord Alfgar sucht einen Anführer, der einen Angriff gegen die Engländer führt.«

Griffin berührte instinktiv seine Krone. Er sah Edyth an, und sie wusste, dass er sich fragte, wie er dem großen Norweger beibringen sollte, dass bei Angriffen gegen die Engländer *er* der Anführer war. Er fand die Worte jedoch nicht rechtzeitig.

»Eigentlich hatte ich vor, nach Hause zu fahren«, sagte Hardrada, »aber wenn sich so eine verlockende Alternative bietet, wäre es doch eine Schande, allzu bald wieder in See zu stechen.« Er sah sich unter seinen Männern um, die Griffins Ale beherzt zusprachen. »Ein Krieg mit den Engländern«, fuhr er fort, als ob es sich um einen netten Tagesausflug zu Pferde handelte. »Warum nicht?!«

Edyth konnte sie nicht aufhalten. Die drei Männer segelten nur wenige Tage später davon. Stolz ritten die walisischen Schiffe zwischen der nur wenig größeren Wikingerflotte auf den Wellen der Mündung des Mersey zu – der Hintertür nach England, wie Hardrada ihn fröhlich nannte.

Bei ihrer Abreise waren sie alle noch bestens gelaunt, aber wie anders war es wenige Monate später bei ihrer Heimkehr. Griffins Männer kamen allein zurück, schlammverkrustet, blutüberströmt, voller Läuse und beladen mit ihrer Beute.

»Guter Gott, mein Mann«, begrüßte Edyth ihn und schob die Kinder hinter sich, »du siehst aus, als wärst du einmal in die Hölle und zurück gereist.«

»Vielleicht sind wir das ja«, war die einzige Antwort, und erschrocken über seine düstere Stimmung, konzentrierte sie ihre Aufmerksamkeit darauf, sich darum zu kümmern, dass er und seine Männer baden und sich entlausen konnten und etwas zu essen bekamen.

Es war eine mühselige Aufgabe, insbesondere, da die Männer nichts von der normalen Ausgelassenheit einer heimkehrenden Kampftruppe an den Tag legten. Sie starrten in ihr Bier und tranken es, und als die Beute auf dem Tisch ausgebreitet wurde, um sie, wie es Brauch war, unter den Siegern zu verteilen, gingen nur die ärmsten Soldaten hin, um sich ihren Anteil zu sichern. Edyth musterte die Beute voller Schrecken. Der Anblick so vieler häuslicher Gegenstände und Schmuckstücke verursachte ihr Übelkeit. Das waren keine Schätze, die man toten Feinden abgenommen oder auf dem Schlachtfeld errungen hatte. Man hatte sie unschuldigen Menschen abgenommen, deren Behausungen unglücklicherweise auf dem Weg einer marodierenden Truppe gelegen hatten.

»Hardrada macht seinem Namen alle Ehre.« Mehr sagte Griffin nicht, als sie ihn in der Abgeschiedenheit ihres Privatgemachs danach fragte. »Er ist wirklich erbarmungslos.«

Ihren Teufel von einem Gemahl so eingeschüchtert zu erleben, machte Edyth mehr Angst als alles andere.

»Wenigstens ist er fort«, sagte sie und deutete auf den leeren Horizont, an dem die Drachenboote des großen Wikingers verschwunden waren.

»Vorläufig.« Mehr sagte Griffin nicht. »Aber ich glaube, er gehört nicht zu den Männern, die sich dauerhaft zurückziehen, Edyth. Mein einziger Trost ist, dass es ihm in England besser gefallen hat als in Wales, obwohl er herzlich wenig zurückgelassen hat, zu dem zurückzukehren sich lohnen würde.«

»Und mein Vater?«

»Earl Alfgar ist wieder in Mercia, und dein Bruder ebenfalls. Er hat innerhalb weniger Wochen eine Einigung erzielt. Dein Vater redet gern vom Kämpfen, Edyth, aber in Wirklichkeit fehlt ihm dazu der Mumm, im Gegensatz zum norwegischen König: Er ist erst abgezogen, als seine kostbaren Drachenboote unter der Last zu versinken drohten.«

Mit leerem Blick starrte er auf die Wände ihres Gemachs, als sei er in einer Art Albtraum gefangen, und Edyth wagte es nicht, weitere Fragen zu stellen.

»Kommst du ins Bett?«, schlug sie sanft vor. Und wie ein Lamm, das Schutz vor dem grausamen Wind sucht, kam er zu ihr, aber ausnahmsweise war er einmal nicht in der Stimmung zum Spielen.

»Ich fürchte, ich habe mich geirrt, *Cariad*«, flüsterte er in die Dunkelheit. »Ich fürchte, dass ich jetzt zu weit gegangen bin. Ich habe die Engländer zu weit getrieben. Sie glauben, dass ich es war, der ihnen die Wikinger auf den Hals gehetzt hat, und sie werden sich rächen wollen. Wir müssen uns um unsere Verteidigungsanlagen kümmern.«

Edyth küsste ihn sanft. »Das werden wir, Griffin. Darum kümmern wir uns im Frühling als Allererstes. Aber schon bald fällt der erste Schnee, und der bringt auch eine Art von Sicherheit. Du musst dich jetzt ausruhen.«

»Ausruhen«, echote Griffin halb schlafend, aber seine Stimme klang angestrengt, und selbst im Schlaf konnte er keine Ruhe finden.

# Kapitel sechzehn

**Nazeing, September 1062**

»Du wirst ihr nicht schreiben.«

Svana sah von dem Pergament auf, als Harold in die Küche in Nazeing trat und sich die feuchten Blätter von den Stiefeln schüttelte.

»Mach dich nicht lächerlich, Harold. Ich muss. Wahrscheinlich hat sie großen Kummer.«

Harold blickte zu Boden, und Svana ging zu ihm, um ihm ihren Standpunkt klarzumachen. Edyth' älterer Bruder Brodie war auf der Rückkehr von einer Pilgerreise nach Rom in Reims gestorben, und sie machte sich Sorgen, wie ihre Freundin die traurige Botschaft aufnehmen würde.

»Sie ist ganz allein dort draußen, Harry.«

»Nicht ganz allein«, sagte Harold barsch. »Sie hat immerhin Griffin.«

»Aber er ist keine Frau.«

»Nein, aber ein Mann ist er auch nicht. Er ist ein Ungeheuer, Svana. Seine Überfälle waren in diesem Sommer schlimmer denn je, und König Edward schäumt vor Zorn. Ich bin sicher, das Wüten der Wikinger erinnert ihn an die Plündereien, die er als Kind unter König Ethelred miterleben musste – und er hat befohlen, dass sämtlicher Verkehr mit Wales eingestellt wird. Wie sähe es denn aus, wenn ausgerechnet ich mich seinem Befehl widersetzte?«

»Du tust es ja gar nicht«, erklärte Svana, »sondern ich, und ich sehe nicht ein, warum ein paar Worte des Trostes an eine Freundin eine Gefahr für das Land darstellen sollen.«

»Das ist alles kein Scherz, Svana.«

»Nein, das ist es in der Tat nicht. Ich glaube, Edyth wird sehr einsam sein, wenn wir sie jetzt auch noch im Stich lassen.«

Harold stöhnte. »Wir lassen sie nicht im Stich, meine Liebste. Bitte versuch doch wenigstens, es einzusehen. Ich bedaure den Verlust ihres Bruders wirklich, aber die Lage mit Wales ist nun mal ernst. Edward dürstet es nach Rache, und Torr ermutigt ihn auch noch. Es hat fast vier Jahre gedauert, bis wir die Dörfer in Northumbria wieder aufgebaut hatten, die ausgelöscht worden waren, um Hardradas Goldgier zu befriedigen, und die Menschen sind sehr unglücklich. Torr hat ihnen irrsinnig hohe Steuern auferlegt – deutlich mehr, als es gekostet hätte, ein paar Cottages neu zu errichten –, und Edyth' verdammter Mann ist ein hervorragender Sündenbock, den die Menschen für ihre Misere verantwortlich machen können. Wenn irgendjemand sie deines Trostes beraubt hat, dann war er es.«

Svana ging zum Feuer und rührte wütend in der Hafergrütze herum. Wieder kam es ihr so vor, als ob die Männer handelten und die Frauen litten. Sie hörte Harold seufzen und spürte, wie sich seine Arme um ihre Taille legten.

»Es tut mir leid, Svana. Ich weiß, es schmerzt dich, aber Edward will Griffin besiegen. *Jeder* will Griffin besiegen.«

»Jeder?«

»Nun, Alfgar vielleicht nicht, aber er ist bettlägerig. Lady Meghan sagt, er sei krank vor Kummer.«

»Das bezweifle ich nicht.«

Harold neigte den Kopf. »Vielleicht, Svana, aber ich glaube vielmehr, dass er Kriegshandlungen gegen Wales aus dem Wege gehen will. Der törichte Narr hatte keine Ahnung, worauf er sich einließ, als er mit den Wikingern in den Kampf zog, aber das ist eben Alfgar, wie er leibt und lebt. Das wirkliche Problem aber ist Griffin.«

»Und wie üblich sollst du derjenige sein, der dieses Problem löst?« Harolds Arme umfingen Svanas Taille, und sie verkniff sich ihren Protest, wandte sich in seinen Armen um und sah zu ihm auf. »Torr ist schließlich nie bereit, sich für seine Leute einzusetzen«, bemerkte sie milde.

»Das stimmt, aber er fürchtet Unruhen, und wenn Torr Angst hat, holt er zum Schlag aus. Ihn dürstet nach Griffins Blut, und außerdem« – er verdrehte die Augen – »liegen in den Marches einige der besten Jagdgebiete, und die will er erobern.«

»Du magst ihn nicht besonders, nicht wahr?«

»Nicht sehr. Er ist einer, der nur nimmt. Das war er schon immer. Er glaubt, ihm stünde ein leichtes Leben zu, und nein, das gefällt mir nicht. Warum sollte es das auch?«

»Du hast keinen Grund dazu.« Svana umfasste ihn und vergrub ihre Finger in den stahlharten Muskeln an seinen Schultern; sie waren vollkommen verspannt. »Und wenn er nur die Hälfte deines Pflichtgefühls besäße, wäre er ein besserer Mann.«

»Und wenn ich nur die Hälfte seines Sinns fürs Vergnügen hätte, wärst du eine glücklichere Frau.«

»Nein!« Sie presste die Lippen auf seinen Hals, schmiegte sich an ihn. »Torrs Sinn fürs ›Vergnügen‹ gefällt mir ganz und gar nicht, Harry, und ich liebe dich so, wie du bist. Du bist ein zehnmal besserer Gemahl, als er es wäre.«

»Auch wenn ich nicht da bin?«

»Sogar dann. Obwohl es mir lieber wäre, wenn du nicht nach Wales reiten würdest.«

»Noch ist es ja nicht so weit, meine Liebe, erst müssen sich noch ein paar Dinge ändern. Die Tage werden kürzer, und schon bald steht das Weihnachtsfest vor der Tür. Das ist nicht die richtige Zeit, um Krieg zu führen.«

»Da sind wir ausnahmsweise«, sagte sie und küsste ihn, »mal einer Meinung.«

Er erwiderte ihren Kuss, erst ganz leicht, dann inniger.

»Lass mich meinen Brief wegschicken«, flüsterte sie und presste sich an ihn. »Nur dies eine Mal.«

Er stöhnte. »Gut, nur dies eine Mal«, stimmte er heiser zu, »und Svana, ich verspreche dir – was immer mit Griffin geschehen muss, ich werde für Edyth' Sicherheit sorgen. Niemand wird ihr oder ihren Kindern ein Leid zufügen – niemand.«

»Griffin könnte es tun.«

»Nein. Er liebt sie, Svana, so wie ich dich liebe. Nein, eigentlich ist das falsch, denn keiner kann so lieben, wie ich es tue, aber es kommt dem nahe.«

Svana schüttelte den Kopf, obwohl sie besänftigt war, weil er ihr erlaubt hatte, den Brief zu schreiben. »Du raspelst Süßholz«, bezichtigte sie ihn lächelnd.

»Darf ich das denn nicht?«, fragte er und berührte ihren Hals mit den Lippen. »Immerhin bist du ja auch sehr liebreizend.«

»Ich bin zu alt, um liebreizend zu sein«, widersprach sie, aber jetzt lächelte er auch.

»Und nun, da du ›alt‹ bist, bist du nicht mehr süß, sondern – bitter?« Er presste sie an sich, und sie wand sich verheißungsvoll in seinen Armen. »Gebeugt?« Mit einer Hand kitzelte er sie unter ihrem Arm, bis sie vollkommen hilflos war. »Krumm?«

»Harold, hör auf! Nicht kitzeln, ich bitte dich.«

»Du bittest mich? Na gut, aber nur, wenn du dich später an einer netteren Stelle kitzeln lässt!« Svana errötete. »Siehst du – jetzt bist du gar nicht mehr so alt, Weib.«

»Nicht mehr so alt«, stimmte sie zu und sah ihm in die bernsteinberingten Augen. »Ich liebe dich so sehr, Harry.«

»Und ich liebe dich. Ich kann König Edward nicht davon abhalten, Griffin den Krieg zu erklären, meine Liebste, aber ich kann und werde Edyth sicher zurückbringen. Und wenn es das Letzte ist, was ich tue.«

# Kapitel siebzehn

**Rhuddlan, Weihnachten 1062**

Edyth blickte sich auf dem weihnachtlich geschmückten Hof um, versuchte, sich das festliche Treiben tief ins Gedächtnis einzuprägen. Rhuddlan war lebendig und erstrahlte in den buntesten Farben, und ihr großer, kühner, robuster Gemahl strahlte mit seinem Palast um die Wette. Er hatte das Leid, das die Wikinger über die Menschen gebracht hatten, längst abgeschüttelt und genoss das Leben wieder. Edyth bewunderte ihn sehr dafür. Die Lords aus dem Süden waren fern geblieben, aber alle Edelleute aus Nordwales waren seit zwei Wochen anwesend, erwiesen ihrem König und ihrer Königin die Ehre und tranken ihren Keller leer.

Sie begingen das Dreikönigsfest, und damit das Ende der Weihnachtstage, mit einer Hochzeit. Becca hatte endlich Lewys, der seit Neuestem Lord of Bethseda war, zum Mann genommen, und der Hof nutzte diese letzte Gelegenheit zu einem Festmahl, bevor die Zeiten wieder karger wurden. Die Weihnachtsdekoration hing immer noch überall, und die Große Halle war über und über mit Grün geschmückt. Im keltischen Wales schlug man keine Bäume, denn in den Bäumen, so hatte Griffin Edyth in ihrem ersten Jahr hier ernst versichert, wohnten die alten Geister. Sie ihrer Wurzeln zu berauben brachte im neuen Jahr Unglück. Efeu hingegen sog die Geister aus den Bäumen. Man sicherte sich also ihr Wohlwollen, wenn man ihn von der Baumrinde abriss, und so prangten in der ganzen Halle Girlanden.

Edyth hatte die Kletterpflanze zunächst lästig gefunden, besonders wenn sie ihre winzigen Fühler in die Mauern vergrub, aber Griffin beharrte darauf, dass Efeu für Sieg stand, und da anscheinend sein Herz daran hing, versuchte sie, das Beste daraus zu machen. Sie hatte angeordnet, die Blätter mit Kalktünche zu beschmieren, als ob Schnee darauf läge, und sammelte feinen Goldstaub von den Juwelieren des Königs, um die Blätter damit zu bestäuben, so dass sie im Licht der Binsenkerzen funkelten. Griffin war begeistert gewesen, als er das zum ersten Mal gesehen hatte.

»Du bist so klug, *Cariad*«, hatte er gesagt, hatte sie geküsst, und am Weihnachtsabend hatte er eine der Ranken mit ins Bett genommen und sie ihr um den nackten Leib geschlungen.

»Was, wenn mir der Efeu den Geist aussaugt?«, hatte Edyth eingewandt, aber Griffin hatte nur gelacht.

»Nichts könnte dir deinen Geist nehmen, mein wunderschönes Mädchen.«

Sie versuchte, daran zu glauben. Trotzdem war sie an diesem Weihnachtsfest trauriger gewesen, als sie zu zeigen gewagt hatte. Selbst heute Abend, mit der strahlenden Becca, ihren kleinen Prinzen, die mit großen Augen aufgeregt umherliefen, und einer ständigen leichten Übelkeit, die sie vermuten ließ, dass wieder ein Kind unterwegs war, hatte sie das Gefühl, keine Luft zu bekommen.

Es war jetzt ein paar Wochen her, da sie voller Freude einen Brief von ihrer Mutter geöffnet hatte, in dem die schreckliche Nachricht über Brodies Tod zu lesen gewesen war, aber immer noch gefror ihr bei dem Gedanken daran das Blut in den Adern zu Eis. Sie hatte ihren Bruder kaum mehr gesehen, nachdem er in seinen ersten Kampf mit Griffin gezogen war, und wusste nicht, wie er als Mann gewesen war, aber dennoch hatte sein plötzlicher Tod eine tiefe Lücke in ihrem Leben hinterlassen. Die Zeilen ihrer Mutter waren voller herzzerreißender Trauer gewesen, und so hatte sie sich voller Dankbarkeit dem nächsten Brief zugewandt, auf dem das vertraute weinberankte Siegel prangte.

*Meine liebste Freundin,*

*mein Herz ist bei Dir in dieser kummervollen Zeit, und ich bete darum, dass du ein wenig Trost in Deiner Trauer findest. Du solltest wissen, dass der gesamte Hof trauert, und dass Harold den Befehl gegeben hat, in jeder Kirche und Abtei in ganz England Gebete sprechen zu lassen, um die Seele Deines Bruders Gott anzuempfehlen.*

*Meine eigenen Gedanken sind jedoch ausschließlich bei dir. Ich bin, wie Du weißt, für konventionelle Gebetsformen nicht zu haben, aber ich habe Gott in den Bäumen und in den täglichen Wundern des Lebens gesucht und ihn gebeten, über Dich zu wachen. Ich weiß, das wird er, denn Du, Edyth, bist es mehr wert als die meisten Menschen.*

*Ich bete darum, dass dieser Brief Dich trotz der strengen Grenze, die uns beide trennt, erreicht, und ich weiß, dass wenn er es – so Gott will – tatsächlich tut, der Winter das Land schon fest im Griff haben wird. Ich fürchte, Du wirst nicht reisen können, aber vielleicht könntest Du Deinen Mann um eine Reise nach Coventry bitten, sobald die Sonne zurückgekehrt ist? Dein Vater leidet sehr, und Du wärst ein großer Trost für ihn.*

*Vielleicht könntest Du Dich in dieser traurigen Zeit ja sogar für ein Friedensabkommen mit Mercia einsetzen? Dein Vater hat König Griffin immer standhaft verteidigt, und vielleicht veranlasst seine Trauer den König dazu, unsere jeweiligen Landesgrenzen nicht zu überschreiten? Es wäre, meine liebe, liebe Freundin, höchste Zeit für einen baldigen Frieden. Allerhöchste Zeit. Nach dem herben Verlust, den wir erlitten haben, brauchen wir, wie Du mir sicher beipflichten wirst, ein Friedensjahr für uns Frauen, damit unsere Herzen wieder heilen können.*

*Ich schreibe Dir sehr bald wieder. In inniger Liebe*
*Svana*

Edyth war gerührt gewesen, dennoch hatte der Brief sie beunruhigt. Ein Friedensjahr für uns Frauen? Höchste Zeit für einen baldigen Frieden? Das war eine Warnung, vorsichtig formuliert, um unbemerkt von misstrauischen Blicken ihr Herz zu erreichen. Während der Weihnachtsfeierlichkeiten hatte sie noch nichts in diese Richtung unternommen, aber vielleicht wurde es im neuen Jahr Zeit, Pläne zu schmieden. Sie beugte sich zu Griffin hinüber, der nachsichtig einige junge Leute beobachtete, die zur Musik der Spielleute tanzten.

»Ich glaube, die Engländer haben vor, bald anzugreifen, Griffin«, sagte sie. »Ich vermute, sie haben genug davon, dass du an ihren Grenzen herumlungerst.«

»Herumlungerst? *Herumlungerst,* Edyth?«

»Du hast mich schon verstanden.«

»Ja.« Er sah sie an. »Ja, das habe ich. Du meinst, wir sollten sie mal wieder bezwingen? Einen richtigen Angriff starten? Vielleicht sogar Hereford einnehmen?«

»Nein!« Edyth ergriff seine Hand. »Nein, Griffin, das habe ich nicht gemeint. Warum sind wir nicht einfach nur zufrieden mit dem, was wir haben?«

»Edyth …«

»Wales ist ein wunderschönes Land, Griffin, und du hast hier so viel erreicht. Willst du denn keinen Frieden?«

»Natürlich will ich den, und tatsächlich verschaffe ich unserem Land damit den Frieden. Solange wir nämlich gegen die Engländer kämpfen, bekämpfen wir uns nicht mehr untereinander.«

»Und wenn die Engländer angreifen?«

»Darauf sind wir vorbereitet. Heute Abend enden die Weihnachtsfeierlichkeiten; morgen können wir uns ernsteren Dingen zuwenden. Herumlungern! Unglaublich! Komm, *Cariad,* die Trauer vernebelt deinen Geist. Trink, sei fröhlich.«

Er goss ihr noch etwas Wein ein, und gehorsam trank sie einen großen Schluck. Er war kräftig und aromatisch gewürzt und wärmte ihr den Magen, wenn nicht gar das Herz. Griffin zog sie dicht zu sich heran. Einer von Lewys' Kumpanen stimmte ein Hochzeitsliedchen an, anzüglich und vollmundig, und die Hand ihres Gemahls wanderte hinab zu ihrem Schenkel.

»Ich hoffe, deine Magd ist ebenso wild darauf, in ihr Ehebett zu gelangen, wie du es damals warst, *Cariad«,* raunte er ihr ins Ohr.

»Ich war so jung, Griffin.«

Er sah sie mit verengten Augen an. »Du bist jetzt wohl kaum alt, Edyth.«

»Aber in letzter Zeit fühle ich mich so.«

Er seufzte, zog seine Hand zurück und liebkoste stattdessen ihr Gesicht. »Ich weiß, und es tut mir leid.«

»Man hat mir berichtet, dass mein Vater sehr traurig über den Tod meines Bruders ist.«

»Das ist sicher auch so. Stell dir vor, es wäre Ewan oder der kleine Morgan. Ich würde vor Trauer den Himmel zerreißen.«

»Warum müsst ihr immer wieder Krieg führen, Griffin?«

»Warum nicht, *Cariad*? Ich bin überzeugt, Earl Alfgar würde jetzt am liebsten alles kurz und klein schlagen, das ihm in den Weg kommt. Wir müssen alles in unserer Macht Stehende tun, um ihm zu helfen. Vielleicht können wir ihn ja im Frühjahr überreden, uns mit deiner Familie zusammen zu besuchen?«

Edyth Herz tat einen freudigen Satz. »Wirklich? Das wäre so schön, Griffin.«

»Und ich hoffe, auch deine Familie wird sich darüber freuen. Ihre Erinnerungen an Wales sind schließlich nicht allzu glücklich, fürchte ich. Du weißt ja, *Cariad,* dass ich Earl Alfgar im Geiste täglich segne, weil er dich zu mir gebracht hat. Der junge Lewys hätte wirklich Glück, wenn er an seiner Frau genauso viel Freude hat wie ich an dir.«

Gerührt küsste sie ihn, und er zog sie so dicht an sich, dass die ganze Halle in ermutigende Rufe ausbrach. Sie lächelte jetzt breit und kämpfte sich frei.

»Lass mich los, lieber Gemahl – ich möchte einen Toast ausbringen.«

Sie erhob sich, klopfte mit ihrem Essmesser an den silbernen Trinkbecher, und alle wandten sich ihr zu. Die unzähligen Gesichter waren nur undeutlich erkennbar im Rauch des Feuers, dem Dampf, der vom Fleisch aufstieg, und den wirbelnden Lichtern der unermüdlich brennenden kleinen Binsenkerzen, die von den grün geschmückten Wänden herabschienen, aber Edyth kannte sie dennoch alle. Ihre Leute.

»Lasst uns trinken«, sagte sie, wobei ihr das Walisisch wie ihre Muttersprache über die Zunge glitt. Alles jubelte, aber sie hielt die Hand in die Höhe, um sie zum Schweigen zu bringen. »Lasst uns auf das Andenken meines Bruders Brodie trinken.«

Die versammelte Menge brüllte begeistert, und ihre Zustimmung war Balsam für Edyth' Seele.

»Und lasst uns auf meinen Mann trinken«, fuhr sie fort. »Griffin, König von ganz Wales. Möge er in Ehren noch viele Jahre über uns herrschen!«

Jetzt ertönten die Hochrufe einmal, zweimal, dreimal durch die ganze Halle. Edyth drehte sich stolz um, um Griffin zu küssen, aber er war bleich, und seine blauen Augen starrten blicklos in die Reihen der fröhlichen Menge.

»Griffin?«

»Ruhe.« Er sprang auf. »Ruhe!«

Die Lords und Ladys verstummten augenblicklich. Sogar die Kinder, die am Rande der Halle mit ihren Ammen spielten, wurden still. Und da drängte sich ein Schrei durch die Menge hindurch, gedämpft durch das Heulen des Windes und den Schnee, aber dennoch so klar wie die reinste Glocke: »Attacke! Attacke!«

Die Menschen sprangen auf, stießen Weinkelche und Teller um und stießen voller Panik zusammen. Lewys hielt seine Braut inmitten des Raumes eng umfangen, während die Männer ihre Schilde von den Wänden rissen und die Frauen zu ihren Kindern liefen. Überall herrschte Chaos.

»Stillgestanden!«, bellte Griffin von seinem Thron aus. Seine Männer blieben stehen, doch die Frauen eilten trotzdem zum Kindertisch hinüber. »Stillgestanden! Wollt ihr, dass wir alle umgebracht werden?« Eine Frau wimmerte. Alle blickten wild in der Halle umher. »Frauen und Kinder nach hinten –

hinter die Tische. Männer an die Waffen – in dreireihiger Formation vor den Türen. Jetzt.«

Griffin sah Edyth an, während alle aktiv wurden. »Kümmerst du dich um die Frauen?«

»Ja. Wer mag das sein, Griffin?«

»Prinz Huw vielleicht? Gwyneth hat wahrscheinlich die ganze Zeit herumgegeifert, und dieser heimtückische Angriff ist seine Taktik.«

»Aber es ist Weihnachten.«

»Nicht mehr, *Cariad.* Mach dir keine Sorgen. Rhuddlan ist stark, und seine Männer noch mehr. Wir werden uns ihnen schon in den Weg stellen. Jetzt – die Frauen!«

Es schien fast unmöglich. Die Menschen waren wie zwei Wogen, die gegeneinanderbrandeten, während sie den entgegengesetzten Enden der Halle zustrebten, aber schließlich war es geschafft. Edyth zog eine zitternde Becca hinter einen Tisch, als Griffin, flankiert von seinen besten Wachleuten, die großen Türen aufstieß, und die Feiernden blickten auf den Hof hinaus. Es folgte eine atemlose, verblüffte Stille.

Hinter Rhuddlans großen Toren schienen Flammen den dunklen Hügel hinabzulaufen. Hunderte Leuchtfeuer des Todes ergossen sich aus der Dunkelheit auf sie zu, und sie schienen einen erbarmungslosen, kehligen Schrei auszustoßen: »Ut! Ut! Ut!«

»Die Engländer!«

Die ganze Halle erzitterte ob der grausigen Erkenntnis, dass die gezückten Schwerter der Männer nutzlos sein würden. Die ersten Fackeln wurden bereits geworfen, wirbelten durch den Nachthimmel wie Sternschnuppen und flammten in den Wachtürmen auf. Eine traf das Strohdach auf dem linken Wachturm, und er ging in Flammen auf, während die

Männer aus der Fensteröffnung sprangen. Der Hof würde nicht mehr lange sicher sein. Wenn der riesige Palisadenzaun Feuer fing, würde alles niedergebrannt werden, und da der Angriff ohne Vorwarnung erfolgt war, war es zu spät für Griffins Armee, hinauszumarschieren und den Angreifern den Weg abzuschneiden.

Griffin sah sich um. Mit verengten Augen sah er Edyth an. »Du wusstest davon?«, bellte er über die auf dem Boden kauernden Menschen hinweg.

Edyth sprang auf die Füße. »Nein! Nein, Griffin, ich wusste nichts.«

»Du hast gesagt, dass sie angreifen wollten.«

»Nur weil Svana etwas von entsprechenden Gerüchten bei Hof berichtet hat. Mehr wusste ich nicht, wirklich! Ich habe noch nie erlebt, dass Männer mitten im Winter angreifen.«

»Nun, jetzt erlebst du es. Wir alle erleben es.«

Er richtete seinen großen Körper auf, und als sie seine Silhouette vor dem Hintergrund der voranpreschenden Flammen sah, dachte Edyth, dass er nie königlicher ausgesehen hatte. Es schmerzte sie zutiefst, dass er glaubte, sie könnte etwas mit diesem Schrecken zu tun haben. Sie erinnerte sich daran, was er ihr einmal gesagt hatte – *Es ist erstaunlich, wie lebendig man sich im Angesicht des eigenen Todes fühlt* – und erkannte, dass er einen Tag wie diesen gemeint hatte und stets darauf gefasst gewesen war.

»Die Bastarde haben uns überrascht«, spie er hervor. »Sie haben das Fest der Geburt des Christuskindes entweiht und die Heiligkeit einer Hochzeitszeremonie geschändet. Sie haben den Teufel vor unsere Tore gebracht. Wir haben jetzt nur noch eine Chance – zu den Schiffen! Und leise, sonst werden wir alle niedergemetzelt.«

»Ihr habt Euren König gehört«, sagte Edyth laut. Jede Faser ihres Seins sehnte sich danach, sich ihren Weg durch die Menge zu bahnen und ihre Kinder an sich zu drücken, aber sie war die Königin – sie musste die Menschen anführen. »Wir müssen schnell und leise sein, dann sind wir bald in Sicherheit.«

»Was, wenn sie am Strand auf uns warten?«

»Das werden sie nicht«, versprach Griffin. »In dieser Dunkelheit sieht man die Hand vor Augen nicht, und sie kennen sich hier nicht aus. Wir müssen Gott danken, dass der Mond nicht scheint und ihnen Helligkeit spendet. Sie können den Palast nur deshalb angreifen, weil er hell erleuchtet ist wie … bei einer Christmette. Außerdem haben wir keine Wahl. Los!«

Die Frauen drängten sich zusammen und eilten auf die Türen zu, wo Griffins Männer warteten, um die Reihen um sie zu schließen, die Schilde und Schwerter wie eine eiserne Haut, mit der sie die weiche Mitte ihrer Angehörigen schützten. Edyth trat auf den Hof hinaus und sah zu, wie sie im Schatten der Großen Halle auf den winzigen Hinterausgang zugeführt wurden. Sie dachte an die vielen Male, da sie sich voller Freude auf Môrgwynt aus diesem kleinen Tor hinausgestohlen hatte. Jetzt konnte das Tor ihnen das Leben retten.

Prinz Bleddyn hatte es leise geöffnet und stand nun an der einen Seite, während sein Bruder, Prinz Rhys, sich an der anderen postierte. Ihre breiten Gestalten sorgten für Ruhe und Ordnung bei den verschreckten Menschen, die sich in die Dunkelheit hinausschlichen. Bislang gab es hinter dem Palisadenzaun keine Anzeichen dafür, dass die einfallenden Engländer die Flucht von etwa hundert der höchsten Edelleute von Nordwales bemerkt hatten. Edyth sah jedoch die Fackeln über den Hügeln wandern und wusste, dass es nur eine Frage der Zeit war, bis sie umzingelt waren und der lange, beschwerliche Weg zur tosenden See nicht in die Freiheit, sondern in den Tod führte.

Sie sah zu Griffin hinüber. Er stand jetzt inmitten des Innenhofes, sah nicht mehr zu seinen fliehenden Leuten hin, sondern blickte zum Tor des Palastes. Sie schluckte ihre Angst hinunter und stellte sich an seine Seite.

»Was tust du, Mylord?«

»Meine Leute brauchen Zeit für den Rückzug. Solange die Engländer glauben, dass wir uns alle drinnen verschanzen, haben sie die. Geh jetzt.«

»Nein. Ich bin die Königin. Ich bleibe bei dir.«

Er antwortete nichts, streckte aber die Hand aus und ergriff die ihre, dann straffte er die Schultern. »Wer seid Ihr, dass Ihr es wagt, das heilige Weihnachtsfest zu entweihen?«, rief er, die Stimme laut in der knisternden Nachtluft.

»Männer, die Gottes Werk tun«, drang eine allzu vertraute Stimme über die Tore hinweg. Edyth hielt den Atem an. »Ergebt Euch, Griffin. Ergebt Euch jetzt, dann geschieht Euch kein Leid.«

»Ich bin der König von ganz Wales«, knurrte Griffin. »Ich werde mich Euch nicht ergeben, Harold Godwinson.«

»Ihr müsst, oder wir brennen Euren Palast bis auf die Grundmauern nieder.«

»Meinen Geist könnt Ihr nie verbrennen!«

»Das haben wir auch gar nicht vor. Wir wollen ihn nur zähmen.«

»Ein Drache lässt sich nicht zähmen.«

»Ihr werdet von Euren eigenen Flammen verschlungen.«

»Niemals!«

»Dann schickt mir Eure Königin.«

Griffin erstarrte. Sein Blick fixierte Edyth – fragend –, aber ohne zu zögern, schleuderte sie ihre Antwort hinaus in die Nacht.

»Ich bleibe bei meinem König.«

»Edyth!« Einen Augenblick lang klang Harolds Stimme unsicher – das war der Mann, nicht der Soldat –, aber dann fing er sich wieder. »Ich habe Neuigkeiten. Traurige Neuigkeiten. Euer Vater ist tot. Hört Ihr das, Griffin? Earl Alfgar, Euer Verbündeter, ist tot. Jetzt gibt es niemanden mehr, der Euch schützt.«

Edyth spürte den Schmerz körperlich. Ihre Knie gaben nach. Griffin zog sie dicht an sich.

»Er lügt«, zischte er.

»Warum sollte er das tun?«

»Das ist eine genauso hinterhältige Masche wie ein Angriff bei Nacht an einem der Feiertage unseres Herrn.«

»Das stimmt, und doch ist es wahr. Ich weiß es.«

»Umso mehr Grund, für deine Sicherheit zu sorgen. Komm, *Cariad*. Unsere kleinen Prinzen erwarten uns in den Booten. Soll dieser englische Schurke heute ruhig siegen.«

Edyth sah sich um. Der verbliebene Wachturm war nur noch eine Feuersäule, das Feuer leckte über den Palisadenzaun, und noch mehr Fackeln waren jetzt auf dem Hügel erschienen, die sich der dem Meer zugewandten Seite des Palastes näherten. Die anderen waren fort, waren über das hohe, gefrorene Gras zu den sicheren Booten geflüchtet, die weniger als eine Meile nördlich vertäut lagen. Aber Edyth' Beine wollten ihr vor Schwäche einfach nicht gehorchen.

»Es wird ein schaler Sieg sein«, drängte Griffin. »Und wir werden überleben und erneut in den Krieg ziehen.«

»Ich bin der Kriege überdrüssig, Griffin.«

»Dann bist du nicht die Königin, für die ich dich gehalten habe.«

Seine Augen glitzerten scharf wie Stahl im Feuerschein. Edyth blickte tief in sie hinein und entdeckte erneut darin das Mädchen, das dieser Mann gekrönt hatte.

»Ich bin diese Königin«, antwortete sie. »Doch, das bin ich.«

Mit lautem Getöse hinter ihnen zerbarst das große Vordertor neben dem brennenden Wachturm. Schwerter und Äxte tauchten in der Lücke auf, hackten erbarmungslos auf das verkohlte Holz ein. Es gab ein lautes Klingen, als der Metallbolzen zu Boden fiel und die Lücke größer wurde.

»Schnell«, keuchte Griffin und zerrte Edyth zur Hintertür hinaus. Er blieb stehen, um sie hinter ihnen zuzuziehen, und Edyth hatte Zeit, in die gähnende Dunkelheit des Hügels hinabzublicken.

»Wo ist der Pfad?«, rief sie atemlos. »Ich kann den Pfad nicht sehen.«

»Vertrau mir«, sagte Griffin und packte ihre Hand erneut. »Ich kenne ihn so gut wie das Muster auf meinem Schwertgriff. Komm.«

Zu ihrer Linken loderten die Fackeln gefährlich nah, und hinter ihnen erklangen wütende Schreie, denn der Feind hatte entdeckt, dass sie verschwunden waren.

»Vertrau mir«, wiederholte Griffin, dann stürzte er sich in halsbrecherischem Tempo in die Nacht.

Zusammen rannten sie davon, ihre Füße flogen über die gefrorene Erde, ihre königlichen Mäntel umwehten sie wie die Rabenschwingen. Der Pfad wand sich mehrfach, aber Griffin zog Edyth sicher hinab, blieb noch nicht einmal stehen, als sie hörten, wie das Hintertor weit aufgerissen wurde und die englischen Soldaten hinter ihnen herstapften. Das heftige Rascheln und Kratzen des hohen Grases sagte ihnen, dass ihre Verfolger mehr Mühe hatten, den Weg über den zerklüfteten Hügel zu finden, als sie, und sie gelangten ungehindert an den Strand. Vier von Griffins Booten waren bereits draußen auf dem Wasser. Das fünfte schwankte wild auf den Wogen, die Ruder waren erhoben, jederzeit bereit, in die Wellen hinabzutauchen und sie in die Sicherheit der dunklen Gewässer zu bringen.

Griffin schwang sich Edyth auf den Arm und watete taillentief in die eiskalten Fluten. Sie spürte, wie das eiskalte Wasser an ihren herabbaumelnden Zehen leckte, und fragte sich, wie ihr Mann das ertragen konnte. Er biss die Zähne zusammen, und sie spürte, wie er zitterte, aber er strauchelte keinen Augenblick, bis sie endlich am Boot angelangt waren. Griffin hob sie an Deck, bevor auch er selbst von Bleddyn und Rhys emporgehievt wurde. Sofort gab der Kapitän den Befehl zum Auslaufen, und die Ruder bissen ins Wasser und zerrten das große Boot genau in dem Augenblick von der Küste fort, als die ersten englischen Soldaten auf den Sandstrand strömten.

In jener Nacht brannte Rhuddlan bis auf die Grundmauern nieder. Die Flüchtlinge spürten die Hitze sogar weit draußen auf See noch, saßen dicht aneinandergedrängt da und sahen zu, wie ihr kostbarer Palast ein Raub der Flammen wurde.

»Die ganze Arbeit«, stöhnte Edyth. »Meine Wandteppiche, meine Wandbehänge – was für eine leichtfertige Verschwendung.«

Griffin zog sie grimmig zu sich heran. Die Ammen übergaben ihnen die beiden Prinzen, und jetzt schlief Morgan zwischen ihnen, und Ewan saß angespannt und aufrecht auf dem breiten Knie seines Vaters und starrte voller Schrecken auf das Leuchtfeuer der Angst, in das seine Heimat sich verwandelt hatte. Edyth sah die Flammen in seinen ernsten, kleinen Augen und musste plötzlich an Edwin denken. Wenn ihr Vater wirklich tot war, würde er jetzt Earl of Mercia, und das würde ihm Angst machen. *»Als Nächstes sind wir an der Reihe«,* hatte er ihr bei der Beisetzung ihres Großvaters gesagt, und das Nächste war anscheinend jetzt gekommen und biss sie wie der eiskalte Meereswind.

»Es ist nur ein Palast«, sagte Griffin rau. »Nur Planken und Nähstiche. Wenn dieser Schurke glaubt, dass er heute Nacht mein Königreich zerstört hat, ist er ein noch viel größerer Narr, als ich gedacht hätte. Meine Herrschaft ist hier – bei diesen Menschen, hier in meiner Krone und vor allem …« – er klopfte sich auf die Brust – »… in meinem Herzen.«

Vereinzelte Hochrufe erhoben sich in ihrem Boot, und die Menschen in den anderen Schiffen zu ihren beiden Seiten sahen voller Hoffnung hinüber, zogen dann aber schnell wieder die Köpfe ein. Ihre Sorge in der heutigen Nacht galt nicht der Zukunft Wales', sondern dem eigenen Überleben. Es gab Robbenfelle für die Schlafstätten an Bord, aber nicht genug für alle, und die Festgewänder und Tuniken waren bereits durchweicht von der Gischt der grollenden See. Edyth sah sich nach Becca und Lewys um und entdeckte sie zusammengekauert am Bug des zweiten Bootes. Das war wohl kaum die Art von Hochzeitsnacht, die die beiden sich vorgestellt hatten, dachte sie traurig.

»Wo werden wir hingehen?«, fragte sie Griffin.

»Wohin die Segel uns tragen.«

Er deutete auf die großen, gewachsten Leinentücher, die sich im Wind bauschten, als ob zumindest sie froh darüber seien, dem Land entkommen zu sein.

»Aber …«

»Nach Irland, *Cariad,* nur vorübergehend. König Diarmid ist immer bereit, seine Hilfe gegen die Engländer anzubieten, besonders, wenn seine Gäste zahlungswillig sind.« Er deutete auf die große, verschlossene Truhe, die seine Männer aus der Halle hierhergeschleppt hatten. »Er wird uns ein paar Wochen lang Beistand leisten, bis Harold aufhört, unsere Heimat zu verwüsten, und dann kehren wir zurück.«

Edyth wandte den Blick wieder der immer kleiner werdenden Küste zu. Rhuddlan loderte wilder denn je, und sie konnte die englischen Streitmächte ausmachen, dunkle Dämonen im Licht, die wütend auf dem Strand herumtanzten, weil ihnen ihre Beute entkommen war. Griffin lächelte grimmig, aber Edyth hörte ein weiteres Geräusch im heftigen Wind – ein Wiehern und wildes Stampfen von Hufen gegen Holz.

»Môrgwynt!«, schrie sie voller Schmerz.

Griffin umfasste ihr Knie. »Môrgwynt wird nichts geschehen. Selbst dieser englische Mistkerl lässt gute Pferde nicht zugrunde gehen, und sie ist eine der besten.«

»Aber sie ist *mein* Pferd.«

»Nicht mehr.«

Seine Worte setzten sich wie Eisklumpen in ihrem Inneren fest. Ein Kummer nach dem nächsten.

»Mein Vater ist tot.«

Die Tatsache durchschnitt ihr wundes Herz wie eine gezackte Feuersteinklinge.

»Es tut mir so leid, *Cariad,* wirklich. Er war ein guter Mann. Ein bisschen ungestüm manchmal, aber das gefiel mir.«

Edyth nickte, wagte aber nicht zu antworten. Sie beobachtete, wie Harolds Männer in der Hölle herumliefen, die sie selbst geschaffen hatten, versuchte, sich auf die Krise der Gegenwart zu konzentrieren, aber in den züngelnden Flammen sah sie immer nur Bilder von ihrem Vater – der sie als kleines Mädchen in die Luft geworfen hatte, der sie vor sich auf seinem Pferd hatte reiten und beim Abendessen auf seinem Schoß hatte sitzen lassen.

»Mein bestes Mädchen«, hatte er ihr beim Einschlafen immer zugeflüstert, nachdem die langweiligen Gespräche der Erwachsenen sie eingelullt hatten. »Mein Engel.« Doch jetzt war er selbst der Engel.

Trotz ihres Kummers lächelte Edyth über dieses Bild. Ihr Vater war vieles gewesen, aber niemals ein Engel. Er hatte so intensiv geliebt, wie er gelebt hatte. Er hatte Fehler gemacht, ja, aber Fehler, die nicht aus Torheit, sondern aus Leidenschaft entstanden waren.

»Du hast ihn sehr stolz gemacht«, flüsterte ihr Griffin ins Ohr, und Edyth rief sich Alfgars Gesicht vor Augen, als er sie zum ersten Mal mit ihrer wunderschönen Krone gesehen hatte. Sie wusste, dass Griffin recht hatte. Sie schluckte die Tränen herunter.

»Er wäre wütend gewesen, wenn er das hier gesehen hätte«, sagte sie.

»Wütend«, stimmte Griffin zu. »Mit dieser Barbarei hat Earl Harold sein Andenken besudelt.«

Erneut durchzuckte Edyth der Schmerz; Griffins Worte entsprachen der Wahrheit. Der Gedanke war ihr verhasst, dass ihr geliebter Vater tot war, dass die Hochzeit ihrer Magd ein so furchtbares Ende genommen hatte, dass ihr Palast niedergebrannt war und ihre Leute in Gefahr waren. Aber vor allem war ihr verhasst, dass es Harold gewesen war, der ihr das angetan hatte. Sie hatte ihn für einen besseren Menschen gehalten.

# Kapitel achtzehn

**Deheubarth, Mai 1063**

»Hasst mich von mir aus wie eh und je, aber eins solltet Ihr wissen: Ihr braucht mich. *Wales* braucht mich.«

Die Menge murmelte erbost. Es war erst ein paar Monate her, seit sie aus Wales geflohen waren, aber Griffin hatte nicht zugelassen, dass irgendetwas der Rückeroberung seines Landes im Wege stand, noch nicht einmal die erbitterten internen Rivalitäten. Damals, als er Edyth seine Schiffe gezeigt hatte, hatte er ihr entschlossen berichtet, dass sie nicht so sehr zur Flucht gedacht waren, sondern um »seine Truppen neu zu formieren und einen erneuten Angriff zu starten«, und genau das versuchte er jetzt zu tun. Die Waliser jedoch standen nicht hinter ihm.

Heute hatten sie sich in dem hübschen Küstenstädtchen St. Davids zum Witan versammelt, und Edyth' Herz raste vor Furcht, als sie Deheubarths höchste Würdenträger sah. Sie war froh gewesen – töricht, wie sie nun mal gewesen war –, als Griffin ihr gesagt hatte, dass sie sein Königreich bereisen würden. Er hatte sie immer wieder vor dem Süden gewarnt, aber es war dennoch ein Schock für sie gewesen. Sie war bespuckt, angerempelt und vor Kurzem sogar mit Mehl beworfen worden. Die groben Körner klebten ihr immer noch im Haar. Sie spürte, wie sie unter ihrem hastig gewechselten Kopfputz auf ihrer Kopfhaut juckten, aber sie würde sich nicht kratzen. Das hätte die Krone auf ihrem Haupt herabgewürdigt – die Krone mit den vier Rubinen, die die vier Teile von Griffins Königreich symbolisierten. Sie war immer so stolz darauf gewesen, den Traum seines Vaters auf der Stirn tragen zu dürfen – aber erst jetzt, sieben Jahre nachdem er sie ihr auf den Kopf gesetzt hatte, begriff sie, dass dies noch immer nicht mehr war als ein Traum.

Die südlichen Territorien erkannten Griffins Herrschaft nur widerwillig an. Er hatte ihr das immer wieder versichert, aber jetzt sah sie es mit eigenen Augen. In Glamorgan waren sie mit eiskalter Höflichkeit empfangen worden. Die Bürger der Stadt Cardiff hatten sie verhalten willkommen geheißen, aber die alteingesessenen Lords, angeführt von den Neffen des Königs, den Griffin ermordet hatte, hatten sich geweigert, mit ihnen an einem Tisch zu sitzen. Selbst die Menschen auf der Straße hatten in eisigem Schweigen dagestanden, als sie hindurchritten, und in Deheubarth war es sogar noch schlimmer gewesen. Jetzt standen sie vor einer Versammlung der reichen, schnöden Elite dieses fruchtbaren südlichen Landstrichs, angeführt von der hochnäsigen Lady Gwyneth und ihrem schleimigen Neffen, Prinz Huw. Ihr Hass war förmlich greifbar.

Edyth war erschöpft. Sie hatte lange im Sattel gesessen und vermisste Môrgwynt schmerzlich. Nach ihrer Rückkehr nach Rhuddlan hatte sie die Ruinen nach ihrer kostbaren Stute abgesucht, aber obwohl viele der königlichen Pferde noch da waren, war von ihr keine Spur mehr zu entdecken, und sie war gezwungen gewesen, auf einem anderen Tier zu reiten. Sie hatte jede Nacht in einem anderen Bett geschlafen, und das nur wenig, denn an jedem der vier Bettpfosten standen Wachleute, und Griffin griff beim kleinsten Geräusch sofort nach seinem Schwert. Sie fühlte sich, als hätte sie keine richtige Ruhe mehr gefunden, seit dem Tag, bevor Harold seine Flammen den Berg hinab nach Rhuddlan geführt hatte, und sie würde wohl auch in Zukunft keine mehr finden. Sie war tatsächlich wieder schwanger, und das Ungeborene war bereits ordentlich herangewachsen, aber sie hatte Angst um das Kind. Sie hatte geglaubt, die Leute wären froh, den Beweis für einen weiteren Erben für Wales zu sehen, aber stattdessen wurde sie ausgebuht.

»Geben deine Kinder deinen Untertanen denn kein Gefühl von Sicherheit?«, hatte sie Griffin gefragt.

»Sie wollen keine Sicherheit, Edyth. Sie bevorzugen Unsicherheit – die lässt sich nutzen, um die Spaltung voranzutreiben.«

Edyth hatte an England gedacht, das so verzweifelt nach einem legitimen Erben für den König suchte, dass sie Harold den ganzen Weg nach Ungarn geschickt hatten, um einen ausfindig zu machen, und wunderte sich über den Gegensatz. Sie und Griffin boten Wales alle Sicherheit, nach der England sich sehnte, aber sie wurden verfolgt wie Gesetzlose, und sie war so grenzenlos müde.

König Diarmid von Dublin hatte, wie Griffin vorausgesagt hatte, sie mit offenen Armen willkommen geheißen, insbesondere als er Griffins Truhe mit Juwelen sah. Die Flüchtlinge hatten kostbare Gewänder erhalten und stets gut gespeist, aber im Vergleich zu Diarmids Hof war Griffins geradezu zivilisiert. Mit großen, hölzernen Schalen hatten sie ihr Essen aus riesigen Töpfen über dem Feuer gefischt und den Rest mit grobem, trockenem Brot aufgewischt. Sie hatten Unmengen von einem kräftigen dunklen Bier getrunken und den bitteren Geschmack mit einem goldfarbenen Feuerwasser heruntergespült.

Edyth hatte einmal davon probiert, und es hatte sich angefühlt, als ob man ihr ihre Eingeweide wegbrannte. Sie hatte gehustet, bis ihr fast die Brust geplatzt war, und König Diarmid hatte so sehr gelacht, dass er von der Bank gefallen war, so dass alle sehen konnten, was er unter der seltsamen, wollenen Tunika, die die Iren hier bevorzugten, trug – oder eben nicht trug, und das löste noch mehr Gelächter aus. Edyth hatte ihre liebe Mühe gehabt, nicht die Lippen zu schürzen, wie ihre Mutter es immer getan hatte, und war immens dankbar gewesen, als Griffin erklärt hatte, es sei Zeit, nach Hause zu segeln. Ihr Zuhause war jedoch nur noch ein Haufen Asche, die von den letzten Winterstürmen umhergewirbelt wurde.

»Wir werden es wieder neu aufbauen«, hatte Griffin fest entschlossen erklärt. »Rhuddlan wird größer und besser als je zuvor sein. Es wird steinerne Befestigungsanlagen geben und doppelte Gräben. Niemand wird mich je wieder überraschen.«

Er war so entschlossen gewesen, so stark. Die neue Halle war schneller errichtet worden, als jeder es für möglich gehalten hätte, und die königlichen Gemächer folgten auf dem Fuße. Ein paar Wochen lang hatte Edyth wieder das Gefühl einer gewissen kostbaren Normalität gehabt. Aber dann waren Spione aufgetaucht, die davon berichteten, was im Süden gemunkelt wurde – dass Griffin schwach war, leicht zu besiegen –, und das hatte er nicht ertragen können.

»Unter gar keinen Umständen sitze ich hier herum und warte darauf, dass mich wieder jemand angreift. Sie müssen keine Ränke schmieden, um zu mir zu kommen. Ich komme zu ihnen.«

Und so waren sie jetzt hier, die königliche Familie von Wales, mit Griffin in voller Rüstung, wohin er auch ging, und die Jungen – sehr zu ihrer Freude – mit Miniaturversionen, und selbst Edyth mit einer kunstvoll gefertigten Kettenhemdtunika unter ihrem Gewand. Sie lag ihr schwer auf den Schultern und noch schwerer auf ihrem gewölbten Leib. Sie klirrte, wenn sie sich bewegte, aber dennoch war sie dankbar dafür. Bis jetzt war das Mehl das Schlimmste gewesen, das sie getroffen hatte, aber sie musste jeden Augenblick mit einer erheblich wirkungsvolleren Waffe rechnen.

»Die Engländer kommen«, sagte Griffin jetzt zu den versammelten Adeligen Deheubarths. »König Edward will Wales einnehmen, und wenn ihr mich für einen erbärmlichen König haltet, dann wartet nur, bis ihr ihn seht.«

»Wenn er so kümmerlich ist, dann kann er uns nicht besiegen«, sagte Huw herausfordernd.

»Das stimmt. Aber Ihr müsst wissen, dass Edward in England nicht wirklich regiert. Earl Harold ist der eigentliche Drahtzieher, und er vermag uns sehr wohl zu schlagen, wenn wir nicht zusammenhalten. Sie sagen, dass er die größte Armee in der ganzen Christenheit befehligt und dass er auch die Mittel hat, um diese zu finanzieren, und sogar in der Lage ist, den ganzen Weg bis nach Deheubarth zu marschieren. Ihr seid hier draußen nicht unangreifbar, wisst Ihr. Harold hat Rhuddlan zerstört. Jetzt gibt es für ihn kein Ziel im Norden mehr, und er wird seinen Blick auf Cardiff und Swansea und, ja, auf St. Davids richten.« Griffin deutete mit einer ausladenden Handbewegung auf die schöne Stadt, in der sie jetzt standen. »Unsere einzige Chance besteht darin, uns ihm gemeinsam zu widersetzen.«

Die Lords murmelten etwas vor sich hin und wandten Griffin den Rücken zu, der aufrecht dastand und nach vorn blickte. Edyth konnte nicht sagen, was er dachte, aber ihre eigenen Gedanken überschlugen sich. Wollte auch *sie* sich Harold widersetzen? Sie erinnerte sich daran, wie er sie vor vielen Jahren nach Westminster zurückbegleitet hatte. Obwohl er sie bei einem Sturz aus so einem verdammten Baum aufgefangen hatte, hatte er sie sehr respektvoll behandelt, und dafür hatte er sich auf ewig einen Platz in ihrem Herzen gesichert. Wie hatten sie als Gegner in so einem erbitterten Kampf enden können?

Prinz Huw baute sich vor Griffin auf. »Wir werden uns den Engländern widersetzen. Wir werden uns ihnen immer widersetzen.«

»Also unterstützt Ihr mich?«

Huw trat von einem Fuß auf den anderen. »Wir unterstützen Euch – diesmal.«

Griffin streckte die Hand aus. »Diesmal, mein Prinz, ist genug. Wir müssen also Pläne schmieden.«

Huw schüttelte den Kopf. »Der Plan ist einfach, Griffin. Wenn die Engländer nach Deheubarth kommen, werden wir sie schlagen. Wenn sie nach Gwynedd kommen, werdet Ihr sie schlagen.«

»Das ist nicht genug.« Edyth hörte, dass Griffin, dessen Temperament ohnehin immer leicht entflammbar war, gleich explodierte, und verkrampfte sich. »Erkennt Ihr das nicht, Mann? Wenn die Engländer kommen, bringen sie eine große Infanterie mit, die hervorragend ausgebildet ist.«

»*Wir* sind hervorragend ausgebildet.«

»Aber das wird kein Scharmützel, Huw, das wird Krieg.«

»Ja, aber auf unserem Boden. Wir werden ihnen eine Falle stellen und sie fangen wie Mäuse in einer Scheune.«

Die Menge jubelte zustimmend. Griffin blickte sich nach Edyth um, und sie sah die Frustration in seinen blauen Augen, und noch etwas anderes – Verzweiflung?

»Vielleicht könnt Ihr einigen eine Falle stellen«, versuchte er es erneut, »aber es werden immer mehr kommen. Sie wollen uns vernichten.«

Doch Huw lächelte nur.

»Nein, mein Lord König. Vernichten wollen sie nur *Euch.*«

Huw hatte recht. Edyth und Griffin waren kaum in ihre neu errichtete Halle in Rhuddlan zurückgekehrt, als sie die Nachricht erreichte, dass der große Earl seine Schiffe nach Cardiff gesegelt hatte, und dass die Stadt sich schon ergeben hatte, bevor er auch nur einen Fuß auf den Strand gesetzt hatte. Von dort aus marschierte seine Armee durch Glamorgan und weiter nach Deheubarth, um sich dann auf direktem Wege nach Rhuddlan zu begeben. Griffins Spione brachten täglich neue Nachrichten, die sie nur mit gesenktem Haupt zu überbringen wagten, weil sie Angst vor seinem schrecklichen Zorn hatten. Und alle sagten das Gleiche: Die mutigen Waliser teilten sich vor Harold wie das Meer vor Moses.

»Er stellt Steine auf«, berichtete ein Junge Griffin. »Steine mit lateinischer Inschrift – *Hic Fuit Victor Haroldus* – und Holzkreuze. Er hinterlässt Stützpunkte an jedem Kreuz, um sicherzustellen, dass sich nach seinem Abzug keine Widerstandsgruppen bilden.«

»Wie können die Waliser das tun?«, zischte Edyth eines Nachts im königlichen Gemach. Auf dem zerstörten Gelände gab es nur wenig Schlafraum, und selbst hier boten nur die Vorhänge um das Bett ihnen eine gewisse Privatsphäre. Dahinter schliefen Griffins Wachen auf Pritschen. »Haben die denn gar keinen Stolz? Wollen sie sich etwa von den Engländern regieren lassen?«

Griffin brachte sie mit einem Kuss zum Schweigen. »Sie wollen sich überhaupt nicht regieren lassen, *Cariad.«*

»Nun, das sollten sie aber, und zwar von dir.«

»Deine gute Meinung bedeutet mir mehr, als du je ahnen kannst, Edyth, aber ich habe nie erwartet, dass diese Schurken sie teilen. Wales ist einfach noch nicht bereit für einen einzelnen König.«

»Aber warum heißen sie dann König Edward willkommen?«

»Das tun sie gar nicht, sie begrüßen …«

»… Earl Harold, ich weiß, aber er kämpft für Edward. Er ist kein Gott, Griffin, nur ein Soldat wie du.«

»Nicht wie ich, Edyth, nein. Earl Harold wird nicht von irgendwelchen törichten Visionen angetrieben. Er ist Pragmatiker – ein Kriegsherr, der seine Schlachten gewinnt; niemand, der Bündnisse schmiedet. Er macht nur seine Arbeit, und bedauerlicherweise macht er sie gut. Wenn er gewinnt, Edyth, dann wird er Wales wieder aufspalten, so dass wir uns weiterhin gegenseitig bekämpfen und England in Ruhe lassen. Und diese Rechnung wird aufgehen.«

*»Falls* er gewinnt.«

»Das wird er nicht. Ich werde Männer aus dem Norden rekrutieren, und wir werden in den Kampf reiten. Er wird lebend nicht weiter als bis Caernarfon kommen.«

Die Worte ließen Edyth' Blut zu Eis gefrieren, und während Griffin Rhuddlan in ein militärisches Lager verwandelte, wuchs ihre Angst immer mehr. Die Prinzen Bleddyn und Rhys marschierten mit tausend grimmig dreinblickenden Soldaten ein, und es kam die Nachricht, dass noch mehr in

Conwy und Bangor auf sie warteten, um sich der Truppe anzuschließen. Die Stimmung gegen den Mann, der es wagte, Engländer an die walisische Küste zu bringen, war angeheizt. Edyth bangte um Harolds Leben und begann, einen tränenreichen Brief an Svana zu verfassen.

Doch als sie noch nach Worten für ihren Kummer suchte, stürzten zwei Boten in den von Zelten übersäten Hof. Sie blickten wild um sich, und ihre Hände zitterten, als sie von ihren schweißnassen Pferden sprangen. Dankbar ließ sie den Brief liegen und rannte aus ihrem Gemach zu Griffin und seinen Brüdern in der Halle. Der walisische König sah in seiner Kriegsrüstung imposant aus. Das kupferfarbene Haar ergoss sich unter seinem königlichen Helm auf seine Schultern, aber er war ungewöhnlich blass. Sie eilte zu ihm hin.

»Griffin? Was ist passiert?«

Er deutete auf die Boten, die beide vor ihm knieten. »Diese Männer kommen von meiner Mutter in Powys. Sie wird belagert.«

»Belagert? Aber Harold ist doch im Westen, oder?«

»Ja, das ist er, Mylady«, bestätigte Prinz Bleddyn, »aber unsere Mutter wird trotzdem angegriffen.«

»Von wem? Wer ist ins Land eingefallen?« Sie sah Griffin an. »Ist es Hardrada?«

»Nein!« Harold stieß ein bitteres Lachen aus. »Nein, nicht Hardrada, Edyth, obwohl er vielleicht die Wurzel allen Übels ist. Es ist Earl Torr. Er und Harold arbeiten zusammen, um uns von beiden Seiten einzukesseln.«

»Torr und Harold? Zusammen?«

»Das überrascht dich?«

»Harold hasst Torr.«

»Nicht so sehr, Weib, wie er *mich* hasst. Ich wusste, ich hätte diesen Wikinger nicht nach England bringen dürfen.« Einen Moment lang wirkte er verloren, aber dann wurde sein Blick hart, Feuer glomm im Aquamarinblau seiner Augen. »Egal. Wir werden nach Osten reiten, um uns um Earl Torr zu kümmern, und dann reiten wir nach Westen und töten Harold. Niemand greift die Waliser in ihrem eigenen Land an und kehrt nach Hause zurück, um von seinen Ruhmestaten zu berichten.«

Er küsste sie kurz und hart, dann schritt er davon, um seine Hauptmänner zu sich zu rufen.

Innerhalb weniger Stunden war die gesamte Heerschar ausgerückt, und die Frauen blieben zurück und wanderten ruhelos in den nur halb fertiggestellten Gebäuden Rhuddlans umher. Edyth hatte das Gefühl, aus dem warmen Bett direkt in Eiswasser getaucht worden zu sein, aber jetzt war nicht die Zeit zum Zittern.

»Griffin gewinnt immer«, sagte sie entschlossen zu Becca, als sie die Vorhänge um die Betten der Jungen schlossen, die sie vorläufig in der gegenüberliegenden Ecke ihres Gemachs untergebracht hatten. »Niemand vermag ihn zu besiegen.«

»Noch nicht einmal Earl Harold?«

»Er kämpft nicht gegen Earl Harold.«

»Noch nicht.«

Edyth machte eine verächtliche Handbewegung. »Diese Schlacht sollte unseren Truppen keine großen Probleme bereiten. Griffin wird es nicht zulassen, dass ein selbstsüchtiger Emporkömmling und Narr wie Earl Torr ihn besiegt. Er wird zurück sein, bevor Harold Caernarfon auch nur nahe gekommen ist.«

Trotzdem sah sie unwillkürlich noch einmal hinter den Vorhängen nach ihren Jungen, als ob sie bereits bedroht wären.

Und tatsächlich bewegte sich Harold mit der Geschwindigkeit eines jagenden Falken voran. Zwei Tage später ritten Boten nach Rhuddlan, die berichteten, dass er die Stadt bereits erreicht hatte. Edyth empfing sie auf ihrem Thron, nur in Gesellschaft ihrer spärlichen Wachen und der Magd.

»Was tun wir, wenn er seine Armee herbringt?«, wagte Becca zu fragen, als die Boten in den provisorischen Küchenzelten mit einer Mahlzeit versorgt wurden.

Edyth blickte auf ihren Bauch herab, der so gewölbt war, dass sie fürchtete, jeden Augenblick niederzukommen. Dann sah sie auf den ihrer Magd, der sich ebenfalls leicht wölbte.

»Wir können wohl kaum in den Kampf ziehen, Becca. Wir würden uns ergeben müssen, aber Griffin wird rechtzeitig da sein. Er wird uns nicht im Stich lassen, das weiß ich.«

Wie zur trotzigen Bestätigung klopfte sie auf die Armlehne des leeren Throns ihres Mannes, und als die Sonne unterging, rief tatsächlich einer der jungen Wachleute, dass die Truppen gesichtet werden konnten. Sofort stürmte Edyth aus der Halle und die Treppen des halb fertigen Wachturms hinauf. Becca war ihr dicht auf den Fersen. Als sie oben anlangten, sahen sie Männer unter der großen Drachenstandarte den Hügel hinabkommen.

»Sie kehren siegreich zurück!«, rief Edyth zu den anderen Frauen hinunter, die sich unten im Lager zusammenscharten.

Sie jubelten, aber Becca zupfte eindringlich an ihrem Ärmel.

»Was ist los, Becca?«, fragte sie.

»Mylady, seht doch bitte hin. Kommt Euch das wie eine siegreiche Armee vor?«

Edyth blickte wieder zum Horizont, und sie musste zugeben, dass die Männer zwar in Formation marschierten, allerdings mit hängenden Schultern und langsamen Schritten.

»Wie eine müde Truppe, das ist alles.«

»Und eine kleine.«

Die Truppen waren jetzt vollständig am dunklen Horizont aufgetaucht, und es wurde offenbar, dass es nur noch ein Viertel der Männer waren, die vor zwei Tagen aufgebrochen waren. Becca schlug sich die Hände vor den Mund.

»Lewys«, rief sie erstickt, und dann war sie fort, rannte mit klappernden Schritten über die hölzernen Stufen nach unten und durch die Lücke, wo, wenn es Gott gefiel, eines Tages wieder Tore sein würden.

Die anderen Frauen folgten ihr, und plötzlich war die Nacht erfüllt von den Namen, die den schlammbesudelten Männern hoffnungsvoll entgegengerufen wurden wie Angelruten, die ins dunkle Meer geworfen werden. Es war schrecklich klar, dass zu viele keinen Fisch an Land ziehen würden, und Edyth spürte, wie sie von Verzweiflung gepackt wurde. Wie hatte so etwas geschehen können? Wie war es möglich, dass der erste König von ganz Wales besiegt worden war? Sie sah Griffin an der Spitze seiner Männer reiten, anscheinend unversehrt, aber Harold war im Anmarsch, und wie sollte er jetzt noch einmal in den Kampf ziehen?

Langsam schritt Edyth die Stufen hinab. Sie holte die Jungen aus ihrem provisorischen Kinderzimmer und stand, mit jedem an einer Hand, wartend am Fuße des Turms, eine winzige Ehrengarde, um ihren Gemahl daheim willkommen zu heißen. »Mylord.«

Er glitt vom Pferd, und die Beine gaben unter ihm nach. Edyth stürzte vor, um ihn zu stützen, und wäre unter seinem Gewicht beinahe selbst zusammengebrochen. »Griffin, bist du verletzt?«

»Nein, nur erschöpft.«

Sie sah ihn sich genauer an und entdeckte einen Bluterguss an seiner Wange und eine gezackte Wunde unter seinem Ohr. Sie sah den Schmutz, der in seinem wunderbaren flammenden Haar klebte, und die Erschöpfung, die seine blauen Augen verdunkelte.

»Du musst dich ausruhen.«

»Ausruhen?!« Er lachte bitter. »Es gibt nur noch eine Form der Ruhe, die ich noch finden kann, *Cariad,* und zwar unter der Erde.«

»Griffin, so darfst du nicht reden. Was ist heute geschehen? Wurdet ihr besiegt?«

»Nein, wir wurden nicht geschlagen, waren aber auch nicht siegreich. Sie zogen sich zurück, als das Tageslicht schwand. Earl Torr wollte in der Dunkelheit offenbar keine Verluste riskieren, und dazu bestand auch kein Anlass. Unsere Reihen sind sehr zusammengeschrumpft, Edyth.«

Er fuhr sich mit zitternden Fingern durch das verfilzte Haar und sah sich nach seinen Männern um, die auf die Halle zuhumpelten, gestützt von ihren Frauen, während jene, die nur die kalte Luft vorgefunden hatten, einander dahinter Trost spendeten. Edyth hielt verzweifelt nach Becca Ausschau und entdeckte sie dicht an einen humpelnden Lewys geschmiegt.

»Gott sei gepriesen«, murmelte sie.

Neben ihr stieß Griffin ein höhnisches Lachen aus. »Ich sehe keinen Gott in dieser Sache, Edyth. Irgendwelche Neuigkeiten von Earl Harold?«

»Ein Bote ist vorhin angekommen«, bekannte sie nervös. »Harold wurde in Caernarfon gesichtet.«

»Dann ist er da. Hat er viele Männer?«

»Der Bote sprach von zweitausend.«

»Tausend mehr als angeblich in Cardiff. Wie es scheint, hat er neue Männer rekrutiert.«

Edyth blickte zu Boden. Sie wusste, was das bedeutete. So weit von der englischen Küste entfernt gab es nur eine Möglichkeit, wie Harold seine Truppen hatte aufstocken können – die Waliser aus dem Süden hatten Griffin verraten.

»Was können wir tun?«

»Wir können nicht kämpfen. Noch nicht.«

Griffin wandte den Blick gen Süden. Die Sonne war nun untergegangen, und das Einzige, das Edyth erkennen konnte, war der zerklüftete Kamm der Eryri-Berge.

»Also?«, flüsterte sie.

»Also tun wir, was wir tun müssen – wir gehen in die Berge.«

# Kapitel neunzehn

In dieser Nacht konnten die Männer keinen Schritt mehr weitergehen. Griffin ließ sie in der Großen Halle essen und ausruhen, während die Frauen umhereilten, Wunden versorgten und Nahrungsmittel und Zelte in Satteltaschen verstauten. John und seine Männer befestigten die Vorräte auf kräftigen Ponys, und kaum zeigte die Sonne ihr Gesicht, verließen diejenigen der abgerissenen und erschöpften Truppe, die noch dazu in der Lage waren, Rhuddlan und machten sich in südwestlicher Richtung auf zum großen Eryri.

Edyth ging mit Griffin voraus und führte ein stämmiges Bergpony am Zügel, auf dessen niedrigem Rücken die beiden kleinen Prinzen saßen. Ihre Kronen hatten sie zwischen Haferplätzchen, Dörrfleisch und anderen überlebenswichtigen Vorräten weggepackt, und sie trotteten dahin, genau wie die etwa fünfzig Männer, Frauen und Kinder, die nun Asyl in den Bergen suchten. Es würde ein harter Tagesmarsch sein, bevor sie auch nur den Wald erreichten, der sich über die Anhöhen erstreckte, und obwohl diese dunkel und unheilverkündend aussahen, sehnte sich Edyth danach, sie zu erreichen, denn auf der offenen Straße waren sie für jedermann sichtbar.

»Ich finde es hier gar nicht schön, Mutter«, flüsterte Morgan.

Er war jetzt fünf Jahre alt, hatte die Statur seines Vaters und sein wildes, kupferfarbenes Haar geerbt und schlug sich normalerweise energisch durchs Leben. Aber heute wirkte er ängstlich.

»Es gibt nichts, worum du dir Sorgen machen müsstest, Morgan«, versicherte Edyth ihm. »Die Berge sind unsere Freunde. Niemand wird es wagen, uns hineinzufolgen.«

»Warum nicht? Warum werden sie es nicht wagen, Mutter?«

»Warum nicht? Weil ... weil sie die Berge nicht so kennen wie wir, Morgan. Was für uns Sicherheit bedeutet, wäre für sie eine Gefahr.«

»Aber warum?«

»Ich weiß es nicht!« Edyth bedauerte ihren scharfen Ton sofort. »Ich weiß es nicht, Morgan«, wiederholte sie ruhiger. »Ich war noch nie dort, aber dein Vater sagt, dass es so ist, und ich vertraue ihm, so wie du es ebenfalls tun solltest.«

»Das tue ich auch«, stimmte Morgan entschlossen zu, obwohl seine Lippen zitterten.

»In den Bergen werden wir wieder stark werden«, sagte Ewan zu ihm. »Und dann werden wir zurückkehren und angreifen.«

»Können die Berge denn zaubern?«, fragte Morgan.

»Ja«, stimmte Ewan fest zu, und Edyth war so dankbar für die Zuversicht ihres stämmigen Sechsjährigen, dass sie es nicht übers Herz brachte, ihm zu widersprechen.

Bei Einbruch der Nacht erreichten sie den sicheren Wald und bewegten sich dennoch einige Zeit in der Dunkelheit weiter, bevor Griffin sie ausruhen ließ. Am nächsten Tag begannen sie den Aufstieg auf einem Weg, der an einem der zahllosen Flüsse entlangführte, die sich, unbeeindruckt von der Welt, in die Tiefe stürzten. Das Wasser war so klar und rein, dass Edyth sich ein wenig besser fühlte – sicherlich konnte solche Reinheit keiner bösen Quelle entspringen?

Die Sonne schien hell, und in den Bäumen sangen die Vögel. Sie spürte, wie die gesamte Gruppe sich langsam entspannte. Kaninchen und Eichhörnchen flitzten über den Weg vor ihnen, und wenn Edyth mit verengten Augen ins Licht blinzelte, hätte sie die zerkratzten Rüstungen der Männer beinahe blitzen sehen, hätte sich vorstellen können, dass die prall gefüllten Satteltaschen voller Leckereien waren und dass die Kinder vor Freude herumsprangen und nicht furchtsam zusammenschreckten. Aber sie konnte nie lange genug blinzeln und versank schon bald in das gleiche dumpfe, zermürbende Schweigen wie alle anderen.

Das Licht währte länger als ihr Mut. Als sie auf einer Lichtung Halt machten, war der Himmel über ihnen immer noch blau.

Die Berghänge schlängelten sich sanft nach oben, und vor ihnen lag ein riesiger See, der zwar nicht besonders breit war, aber sich zwischen zwei Bergen erstreckte, so weit das Auge reichte.

»Lake Colwyd«, verkündete Griffin stolz, »benannt nach einem großen walisischen Kriegsherrn, der mit dem legendären Stammesfürsten Arthur zusammen gekämpft hat. Wir werden hier unser Lager aufschlagen, allerdings ohne Feuer zu machen. Wir sind immer noch nicht weit genug entfernt.«

»Wir werden nie weit genug entfernt sein.«

»Wer hat das gesagt?«, fragte Griffin.

Ein Soldat trat vor, ein stämmiger Kerl, der schon seit Langem zu Griffins Elitekampftruppe gehörte, wenn er auch jetzt zu Boden blickte wie ein Junge, den man bei einer Missetat ertappt hat. Seine Frau zupfte ihn ängstlich am Ärmel, da wagte er es, den Kopf zu heben und offen zu reden.

»Ich bin Euer treuer Untertan, Sire, aber diese Flucht halte ich für sinnlos. Sollen wir für den Rest unserer Tage wie wilde Tiere leben?«

»Zumindest *haben* wir dann noch Tage vor uns.«

»Wir könnten uns ergeben.«

Ein Schauder durchfuhr die Gruppe erschöpfter Menschen.

»Wir können uns nicht ergeben.«

»Nicht den Engländern.«

»Sie werden uns alle töten.«

Griffin machte eine ausladende Handbewegung.

»Meine treuen Untertanen sagen die Wahrheit – die Engländer werden uns zu Tode hetzen. Du tust recht daran, deine Ängste auszusprechen, Soldat, aber diese Ängste sind fehl am Platze. Nun – unser Lager.«

Der Soldat blickte wieder zu Boden und zog sich zurück, nahm seine Frau mit sich, und alle machten sich an die Arbeit. Obwohl sie am sanft abfallenden Ufer des großen Sees genug Platz gehabt hätten, bestand Griffin darauf, das Lager im Schutz der Kiefern aufzustellen, so dass die Zelte in einigem Abstand voneinander standen. Ein leichter Nieselregen hatte eingesetzt, und obwohl er die Bäume kaum durchdrang, war er eine willkommene Entschuldigung, um bald zu Bett zu gehen. Heute Abend würde es keine gemeinsame Mahlzeit, keinen Gesang ums Feuer geben. Die ganze Gesellschaft war lediglich eine Ansammlung dunkler Schatten, die wenig mehr verband als der Hass auf die Engländer. Edyth, die sich mit Griffin, Becca, Lewys, ihren Söhnen und ihrem runden Bauch in eines der Zelte quetschte, hatte ein mulmiges Gefühl.

*»Ich muss ihn töten«,* hatte Griffin gesagt, und Edyth hatte erkannt, dass das jetzt seine einzige Chance war – ein Über-

raschungsangriff, ein Hinterhalt. Sie hätte ihn darin bestärken sollen, aber Gott wusste, dass sie Harold tief im Herzen nicht den Tod wünschte, und als die Nacht langsam anbrach, spürte sie diese hässliche Gewissheit wie einen Schmerz, der ihr Innerstes durchschnitt.

Eine lange, beängstigende Woche schlich sich voran, die nur durch das absurd warme Wetter etwas erträglicher wurde. Die Flüchtlinge bahnten sich ihren Weg durch die Gyderau-Berge, zogen von See zu See und wanderten auf die am weitesten entfernte Gebirgskette zu, den Moelwynion. Zuerst zeigte Griffin Edyth noch die Seen und Berge, erzählte ihr die Geschichten, die sich darum rankten, aber im Laufe der Tage verstummte er immer mehr, als ob selbst ihm klar wurde, dass diese Flucht nichts mit der Tradition der berühmten Krieger zu tun hatte, dass sie alles andere als großartig war.

Doch bald würde ihre Reise vorüber sein. Morgen würden sie die Flanke des Moel yr Ogof erreichen, wo es laut Griffin eine tiefe Höhle gab, in der sie Zuflucht finden würden. Die Aussicht auf Ruhe hatte den erschöpften Reisenden wieder Mut gegeben, und sie waren an diesem Morgen schneller vorangekommen. Jetzt aber umrundeten sie ein kleines Dorf namens Beddgelert – denn sie wollten noch nicht einmal von den paar Bauern entdeckt werden –, und der Weg war eng und überwuchert.

Man hatte Edyth überredet, mit Morgan auf das Pony zu steigen, und der kleine Ewan schritt entschlossen voran, wie ein mittäglicher Schatten seines großen Vaters. Edyth beobachtete seine mutigen Schritte voller Stolz, als sie plötzlich einen heftigen Krampf verspürte. Sie legte eine Hand auf ihren Bauch und schloss die Augen – das konnte doch nicht sein?

Doch nur wenige Augenblicke später durchfuhr sie ein weiterer Schmerz, und sie musste die Zähne zusammenbeißen.

»Nein«, flüsterte sie dem Kind zu. »Bitte nicht jetzt – nur noch einen Tag.«

»Mutter?«, fragte Morgan und sah sich nach ihr um. »Geht es dir gut?«

»Alles in Ordnung«, trällerte sie, aber schon wieder durchstieß sie ein weiterer Schmerz, und das Pony, das das spürte, tänzelte zur Seite.

»Alles gut«, beruhigte Edyth es. »Nur ruhig, geh weiter.«

Sie sprach nicht nur zu dem Tier, sondern auch zu sich selbst. Sie vergrub die Hände in seiner drahtigen Mähne und versuchte, sich auf den felsigen Pfad vor sich zu konzentrieren.

*»Nur noch ein bisschen«,* beschwor sie das Ungeborene. *»Dann sind wir im Lager, und du kannst sicher auf die Welt kommen.«*

Das Wort »sicher« hallte bedeutungslos in ihr nach, und dann – wie aus weiter Entfernung – ertönte eine Stimme, leise und bestimmt: *»Ihr seid jetzt in Sicherheit.«* Harold! Was hatte er in ihrem Kopf zu suchen? Ein weiterer Schmerz durchfuhr sie, diesmal so heftig, dass sie zusammenzuckte und Morgan fast aus dem Sattel geworfen worden wäre. Sein Aufschrei schreckte alle auf.

»Morgan«, blaffte Griffin. »Das ist nicht der richtige Zeitpunkt für törichte Spielchen.«

»Es ist nicht seine Schuld«, stieß Edyth hervor, bevor ihr Körper wieder zu zucken begann und Becca, schneller als der König, begriff und zu ihr hinüberrannte.

»Das Kind?«

Edyth brachte nur ein Nicken zustande.

»Gott steh uns bei«, sagte jemand. »Nicht jetzt.«

Sie sahen sich nervös um. Durch die Bäume hindurch konnte man den Rauch aus den Häusern im Dorf aufsteigen sehen, und vor ihnen lag eine offene Ebene. Wenn Kundschafter es bis hierher geschafft hatten, würden sie sie pfeilschnell entdecken.

»Ich kann weiterreiten«, beharrte Edyth, als der Schmerz nachließ. »Es dauert sicher noch Stunden. Reitet weiter – bitte.«

»Aber, Mylady …«

»Was haben wir denn für eine Wahl?«

Griffin kam zu ihr hinüber. »Reite mit mir, *Cariad.* Ich werde auf dich achtgeben.«

Er holte Morgan vom Pony herunter, und Lewys nahm den kleinen Prinzen auf seine breiten Schultern. Morgan war von dem Tausch begeistert, das arme Pony aber wahrscheinlich weniger, aber es trug seine Last tapfer weiter, und die Gruppe kam wieder voran.

»Schaffst du es, Edyth, wirklich?«, flüsterte Griffin ihr ins Ohr.

Sie lehnte sich an seine breite Brust zurück in der Hoffnung, etwas von seiner Kraft in sich aufzunehmen.

»Der Schmerz ist auf dem Rücken eines Pferdes nicht schlimmer als auf dem Boden. Aber vielleicht werde ich mich ein bisschen winden.«

Er lachte leise. »Dein Winden hat uns immerhin so weit gebracht, *Cariad.*«

»Du windest dich doch auch«, protestierte sie, dann drängte sie sich an ihn, als der Schmerz erneut kam.

Der ganze Tag verging für Edyth wie im Nebel. Sie kletterten in scharfem Tempo aus dem Tal hinaus und dann die Moelwynion-Berge hinauf. Die Bergkämme schienen sich ihr zuzuneigen, und die Sonne streichelte ihre Stirn. Die verrückte Welt aus hinabstürzenden Flüssen und zerklüfteten Felsen war nur noch verschwommen sichtbar, während sie gegen die immer heftiger werdenden Wehen ankämpfte und sich an Griffin lehnte, dessen Arme sie auf dem armen Pony festhielten. Sie ritten immer weiter bergauf, und der Wald wurde dichter und dichter.

»Es ist nicht mehr weit«, versprach Griffin. »Bei Anbruch der Nacht sind wir da. Dort finden wir Schutz, es ist trocken und warm. Wir machen dir ein Bett und …«

Edyth jedoch konnte einen Schrei nicht mehr unterdrücken. Sie bäumte sich auf, und Becca kam an ihre Seite.

»Wir müssen anhalten, Sire. Das Kind wird bald kommen.«

»Es ist aber noch nicht sicher«, sagte einer der Soldaten, doch Becca wirbelte zu ihnen herum, die Hände in die Hüften gestemmt, die Augen funkelnd.

»Dann geht doch und schaut, dass Ihr Euch selbst in ›Sicherheit‹ bringt, wenn Ihr unbedingt wollt. Ich bleibe hier bei Eurer Königin.«

Die Männer blickten betreten zu Boden, und Griffin strich Edyth das Haar aus dem Gesicht.

»Kannst du noch weiter, *Cariad?*«

»Natürlich kann … aaah!«

Dieser Schmerz war am schlimmsten. Er durchschauerte sie, fuhr ihr wie ein Dolch durch die Eingeweide, als ob er das Kind mit aller Gewalt befreien wollte. Das Wasser strömte ihr die Beine hinab, und das Pony bäumte sich furchtsam auf. Es war nur Griffins schneller Reaktion zu verdanken, dass sie nicht beide zu Boden fielen, aber sobald er das Tier beruhigt hatte, sprang er herunter und zog Edyth sanft mit sich.

»Wir bleiben heute Nacht hier. Wir haben den ganzen Tag

nichts gehört und gesehen, und das königliche Kind kündigt sein Erscheinen an. John, wir brauchen ein Zelt, und zwar schnell. Kann jemand für Wasser und Decken sorgen? Ist hier eine Frau, die Erfahrungen als Hebamme hat? Wir brauchen euch. Dieser Prinz oder diese Prinzessin wird vom ersten Augenblick an lernen, ein Kämpfer zu sein, und ich bin überzeugt, dass ihr alle helfen werdet, das Kind auf diese Welt zu bringen, die uns allen so sehr am Herzen liegt.«

Das war eine königliche Rede, und Edyth hätte gern geantwortet, aber ihr Körper machte ihr einen Strich durch die Rechnung. Sie klammerte sich an einen Baumstumpf, als Becca ihr Gott sei Dank zur Hilfe eilte. Lewys war derjenige, der es aussprach: »Ich glaube, Sire, dazu ist es wahrscheinlich zu spät.«

Edyth klammerte sich an die Borke, vergrub die Nägel tief in der weichen Oberfläche und presste mit aller Macht. Das war kein königliches Schlafgemach mit weichen Tüchern und warmem Wasser und gluckenden Hebammen, aber es spielte keine Rolle – denn in diesem Augenblick spürte sie nichts als ihren pulsierenden Körper und gehorchte ihren Instinkten.

»Da ist es«, hörte sie Becca rufen. »Es ist da, Mylady – noch einmal pressen.«

Edyth biss die Zähne zusammen und beugte die Knie, während Becca ihre Röcke hob. Die kleine Gruppe von Waldhöflingen schloss sich schweigend um sie, und Griffin trat an ihre Seite. Es war keine würdevolle Veranstaltung, aber welchen Nutzen hatte Würde überhaupt? Sie wollte nur eines: ihr Kind sicher in den Armen halten. Und sie überließ sich dem reißenden Schmerz und presste, hinab auf die moosige Erde der wilden Berghänge der Eryris, bis sie die wundervolle Erleichterung der Geburt spürte.

»Ich habe es!«, rief Becca.

Edyth brach in Griffins Armen zusammen. Ein klagender Laut erhob sich zwischen den Kiefern, und ihre Magd zog – wie eine Art Zauberin – einen winzigen, rosigen Säugling unter ihren durchweichten Röcken hervor.

»Es ist ein Mädchen!«, rief sie. »Eine kleine Prinzessin von Wales.«

Edyth spürte, wie ihr erschöpfter Körper von einer leichten, schwindelerregenden Woge des Glücks erfasst wurde. Langsam wandte sie sich um und streckte die Arme nach dem Kind aus, und Griffin umarmte beide fest, während die Höflinge respektvoll einen Schritt zurücktraten. Tief sog sie die klare Luft ein und sah voller Staunen in die himmelblauen Augen ihrer Tochter, die sie ansah, als sei es vollkommen normal, unter den Bäumen auf dem Dach der Welt geboren zu werden.

Endlich lag Edyth im Bett. Das Zelt war derb, und das Bett feucht, aber Griffin lag warm an ihrer Seite, und das Kind trank zufrieden, und im Augenblick fühlte sie sich so reich wie an jedem anderen Ort des Landes.

»Das ist ein gutes Zeichen, *Cariad«,* flüsterte Griffin und strich ihr das Haar aus dem Gesicht. »Gott hat uns mit dieser wunderschönen Tochter gesegnet, und um ihretwillen wird er über uns wachen.«

»Das hoffe ich, Griffin.«

Er zog sie dichter zu sich heran. »Ich war nicht immer der beste Ehemann, Edyth, aber du, die Jungen und jetzt diese kleine Prinzessin, ihr bedeutet mir unendlich viel. Ich wünschte …«

»Keine Wünsche, Griffin. Wir werden einen Weg finden; das haben wir immer.«

Sie hatte Mühe, die Augen offen zu halten, und er küsste sie sanft.

»Du brauchst Schlaf, *Cariad*. Hier, gib mir das Kind.«

Dankbar gab Edyth ihm den nun schlafenden Säugling und sah zu, wie er das Mädchen zärtlich auf seine breite Brust legte. Bei ihm war sie in Sicherheit, und Edyth spürte, wie sie endlich in den segensreichen Schlaf hinüberglitt. Aber in diesem Augenblick wurde sie von einem scharfen Schrei draußen rüde wieder geweckt.

»Wer da?«

Das Unterholz teilte sich raschelnd, und es ertönte ein leiser Schrei, als jemand hervorgezerrt wurde.

»Ich bitte um Verzeihung, Mylord«, erklang eine zitternde Stimme. »Ich habe nichts Böses vor. Ich komme aus Beddgelert. Ich war auf der Jagd und habe Geräusche gehört. Seid Ihr … der König?«

Edyth sah Griffin an, der sich halb erhoben hatte, das Kind noch immer unter dem Kinn.

»Natürlich nicht, Junge«, sagte Lewys draußen mit rauer Stimme. »Was hätte der König denn in den Bergen zu suchen?«

»Wir haben gehört, dass er vor Earl Harold geflohen ist.«

»Jedenfalls nicht mit uns. Wir sind Dorfbewohner auf der Flucht vor den englischen Schweinen.«

Edyth hörte, wie das ganze Lager den Atem anhielt. Es war dunkel, und sie waren schmutzig und abgerissen von ihrer Reise, aber ein einziger Blick auf die Qualität von Lewys' Reisemantel hätte jedem, der nur halbwegs Augen im Kopf hatte, sagen müssen, dass sie keine einfachen Dorfbewohner waren. Der Junge sagte jedoch einfach nur:

»Warum?«

»Warum?«, echote Lewys.

»Ja, warum? Sie sagen, dass Earl Harold die Waliser freundlich behandelt. Er hat mit dem gemeinen Volk nichts zu schaffen. Er will nur den König – und die Königin, zumindest erzählt man sich das.«

Edyth spürte, wie Griffins Arm sie fest umklammerte, und musste sich auf die Lippe beißen, um nicht laut aufzuschreien.

»Was ist dieser Mann für dich?«, zischte er.

»Nichts, Griffin.«

»Warum macht er dann Jagd auf mich? Geht es bei diesem ganzen Krieg nur um *dich,* Weib?«

»Nein! Griffin, ich war dir immer treu. Ich schwöre es. Bitte – ich habe gerade dein Kind zur Welt gebracht.«

Bei diesen Worten erwachte das Mädchen und weinte. Edyth riss sie Griffin aus den Armen und hielt sie dicht an ihre Brust, aber sie spürte die Spannung, die zwischen den Zelteingängen aufstieg.

»Griffin«, flüsterte sie eindringlich. »Das ist nicht der richtige Zeitpunkt für einen Streit. Bitte.«

Er nickte knapp und erhob sich. »Der Junge muss verschwinden.«

»Verschwinden?«

Griffin stand auf und schlüpfte zum Zeltausgang hinaus. Und obwohl sie so müde war, kam Edyth mühsam auf die Beine und folgte ihm. Sie kam gerade rechtzeitig hinaus, um Zeuge zu werden, wie ihr Mann zum Feuer hinüberschritt, wie einen grellen Blitz sein Schwert zückte und den Jungen durchbohrte, bevor dieser auch nur einen Arm heben konnte, um sich zu verteidigen. Sein schmaler Körper fiel mit einem dumpfen Laut zwischen den Zweigen und dem Moos zu Boden, und Edyth starrte ihn an. Man konnte förmlich sehen, wie das ganze Lager erschauerte, während die Männer aus den Zelten strömten und sich um den Leichnam scharten.

»Das hättet Ihr nicht tun dürfen«, sagte Lewys ruhig.

»Ihr stellt mich infrage – Euren König?«

»Hier draußen gibt es keine Könige.«

Edyth sah, wie sich die Männer zu dem großen Wachmann hin bewegten, dann stürzte Becca an ihr vorbei und stellte sich neben ihn.

»Er hat recht«, sagte ein anderer Mann. »Wir sind Exilanten, die davonlaufen wie Feiglinge.«

Griffin richtete sich drohend auf und stand nun breitbeinig da. Edyth strich ihrer Tochter fieberhaft mit der Hand über den Rücken. Sie wollte eingreifen, *musste* eingreifen, aber sie war so müde.

»Ich bin Euer König, und solange noch Leben in mir ist, werde ich das auch bleiben.«

»Tatsächlich?« Die Worte klangen leise und drohend.

»Bitte«, begann Edyth, aber niemand achtete auf sie.

»Der Junge hatte nichts Böses getan«, fuhr Lewys fort.

»Er hätte im Dorf Alarm geschlagen«, gab Griffin zurück. »Jemand hätte vielleicht die Gelegenheit ergriffen, daraus Kapital zu schlagen und zu diesem elenden Engländer zu rennen, der uns alles nehmen will.«

»Einschließlich Eures Anstands?«, knurrte Lewys.

»Wie könnt Ihr es wagen?«

Griffin erhob erneut das Schwert, und Becca schrie auf und stürzte vor. Griffin sah sie gerade noch rechtzeitig kommen, konnte aber den Schwung seines Schwertes nicht mehr aufhalten. Er drehte es so, dass sie von der stumpfen Seite, nicht von der Klinge getroffen wurde, aber dennoch fuhr der Hieb mit ganzer Wucht auf ihre schmalen Schultern hinab, so dass sie strauchelte. In Blitzesschnelle zückte auch Lewys sein Schwert.

»Nein!«, schrie Edyth.

Lewys hielt Becca mit dem einen Arm. Er sah sie an, und Griffin erkannte die Gelegenheit. Er hob erneut das Schwert, eindeutig zitternd vor Zorn, aber als er sich bewegte, um den Schlag zu parieren, schrie er plötzlich vor Schmerz auf und ließ die Waffe fallen, als ob Gott selbst sie ihm aus der Hand geschlagen hätte.

»Griffin!«

Er wandte sich langsam um, und Edyth sah den Schrecken in den Tiefen seiner blauen Augen wirbeln wie einen Strudel, der die See in die Tiefe zieht. Ein Schwert steckte an der empfindlichen Stelle unter seinem Arm, zu tief, um seine tödliche Wirkung auch nur einen Augenblick lang in Zweifel zu ziehen. Hinter ihm stand ein Soldat, die Hände vor dem Mund, als könne er selbst nicht glauben, was er getan hatte, aber schon scharten sich seine Gefährten um ihn und beschützten ihn. Jeder sah, wie Griffin Edyth die Hand entgegenstreckte. Sie sprang vor, aber er brach auf der Erde zusammen, noch bevor ihre Finger sich berühren konnten. Edyth stürzte zu Boden und bettete seinen Kopf in ihren freien Arm.

Er sah zu ihr auf, holte zitternd Atem und sprach sein letztes Wort: »*Cariad.*« Dann war er tot.

Niemand sagte ein Wort. Niemand bewegte sich. Von irgendwo her, wie von ferne, von den Höhen des Eryri, hörte Edyth ihr Kind weinen, und das Geräusch hallte in ihrem Herzen wider. Griffin war so weit gekommen, hatte so erbittert gekämpft – um *so* zu enden? Sie erinnerte sich daran, wie er am Strand gewesen war, als er sie gefragt hatte, ob sie ihm helfen würde, sein Königreich zu erhalten – so entschlossen und darunter doch so verletzlich. Nur sie hatte jemals seine wahren Ängste gekannt; jedem anderen hatte er den grimmigen Krieger und den zügellosen Höfling gezeigt – die Maske des Königs, nicht sein Herz.

Sein Leben lang hatte Griffin darum gekämpft, Wales so zu regieren, wie er glaubte, dass es regiert werden müsste, und sein Leben lang hatte Wales sich ihm widersetzt. Jetzt hatte es ihn in einen unehrenhaften Tod getrieben im Herzen ebendieses Landes, und einen Augenblick lang hasste Edyth das Land, das sie mit ihrem Gemahl fast acht Jahre lang geteilt hatte. Doch sie hatte gewusst, dass es so kommen würde: *»Ich kann noch zwanzig Jahre König sein«*, hatte er ihr gesagt, *»oder nur noch ein paar Stunden. Deshalb finde ich es am besten, das Beste aus dem zu machen, was dieses wundervolle Leben uns bietet.«*

Nun, das hatte er getan, und sie war die Glückliche gewesen, die es mit ihm zusammen hatte tun dürfen, wenn auch für allzu kurze Zeit. Sie zog die Trauer wie einen Mantel um sich, vergrub ihr Gesicht in den verblassenden kupferfarbenen Locken ihres Mannes und weinte. Noch immer wagte niemand etwas zu tun, bis jemand hinter dem Feuer sagte: »Gott segne den König.« Es war eine sanfte, klare Stimme, bei deren Klang Edyth den Kopf hob. »Gott segne den König«, wiederholte Becca. Sie stand da, mit der Hand ihren verletzten Arm umfangend, das Haupt aber hoch erhoben. Langsam stimmten die anderen mit ein: »Gott segne den König.«

Tief bewegt setzte sich Edyth zurück, umfing ihre vaterlose Tochter mit dem einen Arm und presste sich die andere Hand auf das Herz, als ob sie es daran hindern wollte zu zerbrechen. Wie konnte sie Wales hassen, das ihr so viel gegeben hatte?

Wie konnte sie diese Menschen hassen, die ihr und Griffin in aller Not immer zur Seite gestanden hatten – und immer noch zur Seite standen? Keiner wagte es, den anderen anzusehen. Niemand sprach von Schuld, und niemand würde es jemals tun. Griffins Welt war schon zu lange in sich zusammengefallen, und in dieser Nacht war sie vollends verschwunden. Er war durch das Schwert gestorben, und in diesem besonderen Kampf fragte keiner danach, wem dieses Schwert gehört hatte.

Edyth stimmte in den Gesang mit ein, erst flüsternd, dann mit stolzer, grimmiger Stimme. Jetzt konnte man sie hören. Die Menschen von Beddgelert würden sie hören. Harolds Kundschafter würden sie hören. Harold selbst würde sie hören, aber das spielte jetzt keine Rolle mehr. Nichts spielte mehr eine Rolle. Der erste König von ganz Wales lag tot im Staub, auf halbem Wege hinauf zu seinem geliebten Berg – auf halbem Wege zum Himmel. Morgen würden die Männer ihn als Kriegsbeute an Harold übergeben – aber heute Nacht, unter den Sternen, in einem Raum außerhalb der Zeit, würden sie ihn mit ihrem Gesang zur ewigen Ruhe geleiten.

# Kapitel zwanzig

**Rhuddlan, August 1063**

Harold wusste, dass er eigentlich Triumph hätte empfinden sollen. Natürlich hatte er alles so arrangiert, dass es so aussah. Er hatte Avery befohlen, Griffins Thron aus seiner Großen Halle zu schaffen und ein hastig errichtetes Podest inmitten des königlichen Hofes zu errichten, immer noch umgeben von dem verkohlten Zaun, den seine eigenen Männer zu Beginn jenes unheilvollen Krieges um Wales niedergebrannt hatten. Er saß in vollem Ornat als Earl of Wessex da und wartete auf das demütige Erscheinen seiner Gefangenen, also konnte er durchaus Triumph empfinden. Warum also drehte sich ihm der Magen, als hätte er ein ganzes verdammtes Fass walisisches Ale getrunken?

Edyth' Thron stand neben ihm, und er hätte schwören können, dass er den Schatten ihrer Finger in dem Holz der Armstützen sehen konnte. Als sie ihn hierhergebracht hatten, hatte er eins ihrer honigblonden Haare entdeckt, das sich in der Ecke verfangen hatte und wie ein Geist in der kühlen Luft wehte. Aber jetzt war es nicht mehr da, und Earl Torr fläzte sich auf dem Thron, sein schlankes Bein lässig über der Armlehne baumelnd, als ob er sich in der Taverne eines armen Mannes und nicht an einem königlichen Hof befände.

»Setz dich gerade hin!«, befahl ihm Harold leise. »Zeig wenigstens etwas Ehrerbietung!«

Torrs bernsteinfarbene Augen verengten sich. »Für wen? Für die verräterischen Ausreißer, die ihren eigenen König in ihren ach so heiligen Bergen gemeuchelt haben?«

»Torr, genug! Wir sollten auch als Sieger Würde zeigen.«

»Ich sehe nicht ein, warum.«

Harold wandte sich von seinem Bruder ab. Seite an Seite mit ihm zu kämpfen, war eine Herausforderung gewesen, und mit ihm zu siegen, war sogar noch schlimmer. Torr hatte Rhuddlan zuerst eingenommen, ließ seine glitzernde Standarte des »scharfen Speers« von dem einzelnen Wachturm wehen, bevor er seine Truppen auf die mageren Vorräte losließ. Als Harold angekommen war, fand er die Soldaten auf dem Gelände allesamt schlafend vor. Torr selbst lag mit drei hilflosen jungen Frauen ausgestreckt auf dem königlichen Bett. Sofort hatte er Disziplin gefordert, was die Männer ebenso missmutig wie beschämt aufnahmen, und ihr Anführer mit einer Mischung aus Häme und Gereiztheit.

»Sei doch nicht so ein Langweiler, Harold«, hatte Torr gemurrt. »Was soll die ganze Kämpferei, wenn man sich hinterher nicht an der Beute freuen kann?«

Er hatte noch mehr geschmollt, als Harold seine drei »Beutestücke« fortgeschickt hatte.

»Sie hatten doch ihren Spaß«, hatte er beharrlich behauptet.

»Du meinst, dass du sie bezahlt hast.«

»Und? Seit Wochen bin ich ohne weibliche Gesellschaft in diesem gottverlassenen Land. Ein bisschen Vergnügen ist doch das Mindeste, was ich verdient habe.«

»Es ist doch immer wieder ein Vergnügen mit dir, nicht

wahr?«, hatte Harold scharf erwidert. »Was, wenn die Waliser angegriffen hätten?«

Torr hatte nur lasziv gegrinst. »Oh, das haben sie, Harry – na ja, zumindest drei von ihnen!«

Harold hatte sich gezwungen, sich abzuwenden, und er hatte in den langen Tagen danach Torr gemieden, so gut es ging. Garth war mit ihm durch Wales geritten, war aber jetzt nach England zurückgekehrt, um König Edward unverzüglich von dem Sieg zu berichten, und er vermisste seine gut gelaunte Gesellschaft. Noch nicht einmal bei Gott hatte er Zuflucht suchen können, denn Griffins Kapelle war mit dem Rest des königlichen Palastes niedergebrannt worden. Er sehnte sich nach Hause zurück, aber nun sollten ihnen endlich die Geiseln vorgeführt werden, und sie konnten Frieden schließen und wieder nach Osten reiten.

Er hob den Kopf. Trompetenklänge wurden vom Wind hinübergeweht – die Kapitulationsabordnung näherte sich. Er stieß Torrs Bein hinunter und erhob sich aus Griffins Thron. Er hatte seine Männer in voller Rüstung antreten lassen, um die Gefangenen zu begrüßen, aber nun bot sich ihm ein kümmerlicher Anblick. Griffins Soldaten schlurften in den kahlen Hof, die Häupter gesenkt, und trugen eine goldene Platte. Ein grauenvoller Gegenstand rollte darauf herum, und Harold wusste, noch bevor sie nah genug waren, dass es sich um Griffins Kopf handeln musste – den Beweis, dass er tot war. Es gehörte zu seinen Pflichten, ihn entgegenzunehmen, und er richtete sich kerzengerade auf, während er nach der Königin Ausschau hielt. Er hatte erwartet, dass sie der Truppe voranritt, hoch aufgerichtet auf einem Pferd, die Krone stolz auf dem Kopf. Aber eine solche Gestalt konnte er nirgends entdecken. Sein Herz setzte einen Schlag aus.

Man hatte ihm berichtet, dass sie schwach war. Hatte sie es nicht geschafft?

Die Männer fielen vor ihm auf die Knie. Harold trat an die Kante des Podests, um die Platte entgegenzunehmen, aber er hörte nicht auf, nach Edyth zu suchen. Und dann entdeckte er sie.

Sie befand sich im ersten Karren, zusammen mit den anderen Frauen. Offensichtlich hatte sie gelegen, aber jetzt richtete sie sich auf und setzte sich hin, ihr Rücken so gerade wie sein eigener. Ihre beiden Jungen saßen dicht neben ihr, die kleinen Augen blitzend vor entsetztem Trotz, und in ihren Armen lag ein winziges, in Windeln gewickeltes Bündel. Harold registrierte das alles, während er die Hände nach der Platte ausstreckte, und hätte fast danebengegriffen. Seine Finger schlossen sich gerade noch rechtzeitig um den Tellerrand, und er hob Griffins Kopf in die Höhe. Sofort erhob sich wildes Jubelgeschrei von seiner Truppe, aber seine eigenen Gedanken überschlugen sich. Sie hatte offenbar in der Wildnis entbunden, wie die ärmste Gemeine. Sie musste sehr schwach sein. Vielleicht bekam sie sogar Kindbettfieber. Sie konnte sterben, bevor er sie über den Offa's Dyke bringen konnte, und was würde Svana dann sagen? Sein großer Sieg würde in ihren Augen nichts zählen.

Genau hinter seinem Thron befand sich ein Eichentisch mit Wein, und er schob den Krug beiseite, um Griffins Kopf dort abzustellen. Er rollte gefährlich hin und her, und nur die verfilzte, blutige Masse seines rostfarbenen Haars bewahrte den Kopf davor, auf dem Boden zu Füßen der Soldaten zu landen. Torr lachte.

»Seht her«, rief er aus, »das passiert den Feinden König Edwards!«

Die Soldaten brüllten, und ausnahmsweise einmal war Harold seinem sorglosen Bruder dankbar dafür, dass er das Zeremoniell wahrte, das ihm selbst in der Kehle stecken geblieben war. Er hielt die Hände in die Höhe.

»Wir akzeptieren dieses Unterpfand für Wales' Kapitulation, und wir werden König Griffin hier, in seinem Palast Rhuddlan, in Ehren beisetzen. Dann werden wir die Bedingungen aushandeln mit jenen, die sich unserer Herrschaft unterwerfen. Aber zunächst müssen sich sämtliche Gefangenen vor uns verbeugen und König Edward von England als ihrem obersten Herrn die Treue schwören.«

»König Edward, König Edward!«, riefen die englischen Truppen, und die Rufe schienen an den neuen Mauern von Rhuddlans Großer Halle förmlich zu zerbersten.

Edyth stand auf. Sie reichte ihr Kind einer blassen Frau hinter ihr und streckte die Hand aus, damit man ihr von dem Karren herunterhalf. Avery eilte vor, um ihr die Ehre zu erweisen, dann hob er die beiden kleinen Prinzen herunter. Sie hielt sie an jeder Hand und bahnte sich den Weg durch die schmalen Reihen der Männer, bis sie vor Harold stand. Ihr Gang war unsicher, als hätte sie große Schmerzen, und er hätte ihr das gern erspart, aber er wusste, dass es getan werden musste, und bewunderte sie über die Maßen dafür, dass sie es durchstand. Sie ließ sich auf die Knie fallen, beugte den Kopf, aber ihre Stimme war fest und übertönte den Meereswind, so dass sie mit Leichtigkeit über den schweigenden Schlosshof trug.

»Als Königin von Wales unterwerfe ich mich mit meinen Söhnen, den Prinzen, Euch, Earl Harold, als dem ehrenwerten Repräsentanten König Edwards. Möge Gott ihm und allen, die ihm dienen, seinen Segen geben und für sein Wohlergehen sorgen.«

Harold trat vor und bot ihr seine Hand. Edyth ergriff sie, und er umfing ihre Finger fest, versuchte, mit dieser einen Berührung alles zu übermitteln, was er eigentlich sagen wollte: dass er dafür sorgen wollte, dass sie respektiert wurde, ehrenvoll behandelt, sicher war; dass er sie nach Hause bringen würde, wie er es Svana versprochen hatte. Ihre Finger waren jedenfalls kühl, und ihr Gesicht, das sich nun zu ihm emporneigte, war bleich, aber ihre Miene stark.

»Wir nehmen Eure Unterwerfung an, Mylady, und nehmen Euch und Eure Söhne in unsere sichere Obhut.«

»Und meine Tochter.«

»Und Eure Tochter.« Harold befahl, dass das winzige Wesen zu ihnen gebracht wurde, dann nahm er es in seine Arme und blickte in ihre stürmischen, blauen Augen. »Welchen Namen habt Ihr ihr gegeben?«

»Nesta. Das bedeutet ›rein‹, denn sie ist im Streit geboren, wird aber keinen in die Welt bringen.«

Harold neigte den Kopf. »Nesta. Sie wird bei uns in Sicherheit sein, während wir gemeinsam daran arbeiten, dem Land Frieden zu bringen.«

»Frieden«, hörte er Edyth raunen, fast seufzen, und er umfing den Säugling fester, als sich ringsum Jubelrufe erhoben.

Dann trat Torr vor, seine Wolfsaugen blitzten. »Ihr könnt Euch mir jederzeit unterwerfen, Edyth Alfgarsdottir.«

Harolds Hand zuckte, als wolle er seinen Bruder schlagen, aber Edyth wandte ihr Gesicht einfach nur Torr zu, und sie spuckte ihm ruhig, fast schon höflich, vor die Füße und ging davon.

»Diese kleine Hexe, die schnappe ich mir!«

»Das wirst du nicht«, sagte Harold zu seinem erbosten

Bruder. »Sie ist immer noch die Königin von Wales und dazu noch Tochter eines Earl, und sie wird nicht so behandelt wie deine armen Dirnen.«

»Oh, um Himmels willen, Harold – sie ist unsere Gefangene. Sie gehört uns, und wir können mit ihr tun, was wir wollen.«

»Und ich will sie unversehrt ihrem Bruder Edwin, dem Earl of Mercia, unserem Verbündeten – unserem *absolut notwendigen* Verbündeten – übergeben.«

Torr schnaubte. »Weißt du, was ich denke, Harold? Ich glaube, du willst sie für dich selbst.«

»Das ist nicht wahr.«

»Du hattest schon immer ein Auge auf sie, seit diesem Tag damals in den Wäldern. Bist du eifersüchtig, Harold? Damals hat sie mich beobachtet, weißt du, und ihr gefiel, was sie sah. Ich wette, sie würde sich mir bereitwillig hingeben. Ich wette, sie würde es lieben.«

Harolds Hand schoss hervor, zu schnell, als dass Torr ihr hätte ausweichen können. Er packte den edlen Stoff von Torrs Tunika und riss ihn zu sich.

»Dein Speer ist immer zu scharf, Bruder. Sie kommt gerade aus dem Kindbett, und das war ein Bett aus Zweigen. Wenn du sie auch nur anrührst, schwöre ich beim Blut Christi, dass ich dich umbringe.«

Torr zog nur eine Augenbraue in die Höhe. Zögernd ließ Harold los, und sein Bruder wich einen Schritt zurück und strich sich mit einem höhnischen Grinsen die Tunika glatt.

»Eindeutig eifersüchtig«, sagte er, bevor er zu seinem Platz an der Tafel zurückschlenderte.

Harold rammte seine Faust hart gegen die Wand. Er schlug sich die Knöchel blutig, aber er war froh darüber. Irgendwann, so dachte er, würde er Torr tatsächlich töten. Er musste diesen Frieden schließen, und das schnell, denn es würde den Truppen nicht guttun, ihre Anführer entzweit zu sehen. Er holte tief Luft, wandte sich um und ging zu dem Tisch hinüber. Er würde die ganze Sache schnellstens über die Bühne bringen.

Es war nicht schwer. Die Waliser aus dem Norden ließen sich auf jede seiner Forderungen ein, ebenso wie ihre südlichen Pendants zuvor. Wie Tiere, die die Sicherheit ihres eigenen Rudels suchen, suchten sie in ihren Stämmen Schutz. Glamorgan hatte er Prinz Caradogs Befehlsgewalt überlassen, und Deheubarth der Regentschaft des hochmütigen, aber sicher nur an innenpolitischen Themen interessierten Prinzen Huw. Den Norden teilte Harold zwischen einem verängstigten Prinzen Bleddyn und seinem jüngeren Bruder Rhys auf. Er ergriff auch die obligatorische Gelegenheit, sich selbst und Torr weite Teile des Grenzlandes zu übertragen, das Griffin sich durch ständige erbarmungslose Angriffe angeeignet hatte. Nur eine Stadt – Billingsley – überließ er ihrer ursprünglichen Herrschaft. Vielleicht würde Edyth diese Stadt ihrer Tochter eines Tages als Mitgift mitgeben, die in all diesen Schrecken hineingeboren worden war. Er hoffte, das irgendwann noch zu erleben. Aber die Jahre lagen vor ihm wie in Nebel eingehüllt, und er fürchtete sich so sehr davor, den Nebel zu durchdringen, dass er es nicht einmal versuchte.

In der Nacht, in der sie abreisen sollten, besuchte er Edyth. Trotz Torrs spöttischer Bemerkungen hatte er darauf beharrt, ihr die Privatsphäre eines eigenen Gemachs zu gewähren. Er berichtete allen, dass König Edward ausdrücklich darum gebeten hatte, dass sie sicher zurück an seinen Hof gelangte. Sie hatte das dankbar akzeptiert und hatte sich mit ihren Kindern und ihrer schwangeren Magd zurückgezogen, die ebenfalls verletzt zu sein schien, wenngleich ihm niemand sagte, wie das geschehen war. Er hatte dafür gesorgt, dass sie gut bewacht und mit Nahrungsmitteln versorgt wurde. Aber jetzt, nach drei Tagen in dem halb fertigen Palast, wurden die Männer langsam unruhig; außerdem wurden sie zu teuer, und sie mussten allmählich nach England zurückkehren. Er klopfte an die Tür, und die Magd ließ ihn mit niedergeschlagenen Augen hinein.

»Meine Herrin stillt ihre Tochter«, berichtete sie ihm in gebrochenem Englisch, »aber ich werde sie holen.«

»Nein. Nein, ich kann warten. Das Kind soll ruhig sein Essen bekommen.«

Das Mädchen hätte beinahe gelächelt. Ihr Arm ruhte in einer Schlinge, aber sie bediente ihn aufmerksam. Er nahm den Wein entgegen und versuchte, dem zugezogenen Vorhang um das große Bett keine Beachtung zu schenken, hinter dem er Edyth' Silhouette so gerade erkennen konnte, während sie ihr Kind fütterte.

»Kommst du mit uns nach England?«, fragte er die Magd, um das Geräusch des saugenden Kindes zu übertönen.

»Ich?« Sie sah ihn aus großen braunen Augen an, zu überrascht, um seinem Blick auszuweichen. »Nein, ich nicht sprechen gut Englisch. Mylady hat mir ein bisschen beigebracht, aber …«

»Sie spricht Walisisch mit dir?«

»Natürlich. Wir sind doch hier in Wales.«

Harold dachte daran, wie ihr Vater Edyth im zarten Alter von vierzehn hierhergebracht hatte, und versuchte, sich vorzustellen, wie es für sie gewesen sein musste. »Richtig.«

»Sie hat immer Briefe aus England bekommen, von Lady

Svana. Die waren ihr …« Sie versuchte, sich an das richtige Wort zu erinnern. »Ihr Rettungsanker.«

Harold lächelte. »Lady Svana ist meine Gemahlin.«

»Ich weiß, Mylord. Mylady, die Königin, hat häufig davon gesprochen.«

Harold hätte gern mehr in Erfahrung gebracht, aber das Mädchen hatte scheu den Blick abgewandt, die Hand schützend auf ihren Bauch gelegt.

»Erwartest du ein Kind?«

»Ja. Mein Mann gehört zur Königs … ich meine …«

»Dein Mann ist ein Wachmann«, schlug Harold sanft vor.

»Ja. Er gehört zur walisischen Garde, und wir gehören hierher. Nach Wales.«

»Und Lady Edyth? Wohin gehört Lady Edyth?«

Sie zuckte mit den Achseln. »Lady Edyth gehört dorthin, wo immer sie hinwill.«

»Lady Edyth«, sagte die Lady nun selbst und kam hinter den Vorhängen hervor, »gefällt es gar nicht, irgendwem oder irgendwohin zu ›gehören‹. Guten Abend, Mylord. Bedeutet Euer Besuch, dass wir abreisen müssen?«

»Fühlt Ihr Euch denn dafür wohl genug?«

Edyth sah ihm gerade in die Augen. »Ja.« Sie sah ihre Magd an. »Ich werde gute Freunde zurücklassen müssen, was ich sehr bedaure, aber es lässt sich nicht ändern. Und ich habe ja immer noch meine Kinder.«

»Natürlich. Ihr Onkel, der Earl of Mercia, wird sie sicherlich willkommen heißen.«

»Ihr seid sehr freundlich, Mylord.«

Es überraschte ihn, wie sehr ihn ihre Förmlichkeit verletzte.

»Ich habe Euch etwas für die Heimreise mitgebracht.«

»Tatsächlich?« Dennoch klang ihre Stimme dumpf, teilnahmslos.

Harold räusperte sich. »Ich dachte mir, Ihr wollt vielleicht auf Eurer eigenen, wunderschönen Stute reiten.«

»Môrgwynt?« Ruckartig hob sie den Kopf, und Harold war hocherfreut, endlich einen Funken Leben in ihren Augen zu entdecken; der war es wert gewesen, dass er das Tier vor dem Feuer gerettet hatte. »Oh, Harold, danke!«

Sie machte einen Schritt auf ihn zu, als wollte sie ihn umarmen, fing sich aber im letzten Augenblick wieder und blieb stehen. Dennoch spürte Harold, dass er ein wenig von dem Eis in ihrem Inneren geschmolzen hatte, und er war froh darüber. Dieser kleine, warme Fleck war wie eine Spur der alten Edyth, ein Samen, der wachsen und vielleicht wieder erblühen konnte. Die Magd hatte Svana als Edyth' Rettungsanker bezeichnet, und jetzt schwor er sich, diese arme, entthronte walisische Königin Svanas sicherer Fürsorge zu überantworten.

»Ihr seid also bereit, mit uns nach England zu reiten?«, fragte er.

Edyth reckte das Kinn. »Ja, Mylord, ich bin bereit, nach England zu reiten.«

# Teil Drei

# Kapitel einundzwanzig

**Westminster, Oktober 1063**

Edyth konnte kaum glauben, wie sehr Westminster sich in den acht Jahren, seit sie das letzte Mal hier gewesen war, verändert hatte. Thorney Island war eingeebnet worden. Mit Bergen von Erde hatte man das Sumpfland dort trockengelegt, das Menschen mit ungeeignetem Schuhwerk oft zum Verhängnis geworden war. Die alte Abteikirche war eingerissen worden, und König Edwards große, neue Kathedrale erhob sich hoch in die Lüfte, Schicht um Schicht aus schimmerndem Reigate-Stein gefertigt. Die Säulen, die dereinst das Kirchenschiff tragen sollten, ragten jetzt schon in den Himmel, als ob sie die übrigen Wände Gott entgegentragen wollten.

Edward hatte den Hof schon beim ersten Morgenlicht zusammengerufen, um das Fundament segnen zu lassen, und nun standen sie allesamt in der kühlen Herbstluft, zitterten in ihren edelsten Gewändern und versuchten, ein Gähnen zu unterdrücken, während Erzbischof Stigand of Canterbury Weihwasser versprühte und die Gebete zur Einsegnung sang. Edyth wusste, dass sie den Blick demütig zu Boden senken sollte, doch sie konnte ihn nicht von den kunstvollen Werken der Steinmetze lassen, die hier überall zu sehen waren. Ganz London wuchs, nicht nur die Abtei.

Jenseits der Flüsse, die Westminster umgaben, waren überall Häuser aus dem Boden geschossen, so dass Edyth von dort, wo sie stand, kaum noch Gras entdecken konnte. Viel Weideland war gerodet worden, und das Dorf Chelsea im Westen schien sich bis zum Ufer des Tyburn zu erstrecken. Selbst am anderen Ufer der Themse errichteten Menschen neue Häuser, preschten über das Weideland in Southwark wie eifrige Pilger. Über die ausgetretenen Straßen bewegten sich mehr und mehr Kaufleute, verkauften Lebensmittel und Stoffe und ausgefallene Waren, herbeigeschafft von den Schiffen, die das Ufer der Themse säumten. Es war wie ein immerwährender Markt, und Edyth staunte über das geschäftige Treiben.

Sie hatte selbst gewusst, dass sie in Wales alles andere als mit der Zeit gegangen war, aber ihr war nicht klar gewesen, wie rasant sich England weiterentwickelt hatte. Die Jahre des Friedens hatten dem Land Zeit für Wachstum und Wohlstand gegeben, und sie fragte sich unwillkürlich, was Griffin aus alldem gemacht hätte. Sie dachte jeden Tag an ihn. Sie vermisste seinen starken Körper an ihrer Seite, seine Impulsivität und seinen Enthusiasmus, sogar seine Wutausbrüche. Sie vermisste seinen Stolz auf die Kinder, seinen feurigen Tanz und seine Aufmerksamkeiten im Bett. Sie litt darunter, dass die kleine Nesta, die ahnungslos heranwuchs, ihren Vater nie kennenlernen würde, und war dankbar für die Tatsache, dass seine letzten Lebensstunden auf dieser Welt, wie wirr sie auch gewesen sein mochten, sie ihm noch geschenkt hatten.

Sein Tod verfolgte sie. Sie dachte immer und immer wieder darüber nach und sehnte sich nach Becca, um mit ihr darüber zu reden – obwohl ihre Magd ja auch Anteil am Geschehen gehabt hatte, weshalb es vielleicht gar nicht möglich gewesen wäre, darüber zu reden. Was für ein dummer Streit. Ein einfaches Aufflackern von Griffins stets lauerndem Zorn, und schon war er für immer fort. Doch wenn das nicht geschehen wäre, dann eben etwas anderes. Im Rückblick wusste sie, dass sein Tod ebenso abscheulich wie unvermeidlich gewesen war. Von dem Augenblick an, da Harold das Feuer nach Rhuddlan gebracht hatte, waren sie auf der Flucht gewesen, und irgendwann hätten sie unweigerlich scheitern müssen. Oder *er* hätte scheitern müssen. Sie war, wie es schien, wieder in Earl Harolds starken Armen gelandet und war sicher zurück nach Westminster gebracht worden, fast, als ob ihr Leben in Wales nie stattgefunden hätte.

»Jetzt sind wir beide Witwen, meine Liebe.«

Edyth wandte sich um und entdeckte ihre Großmutter neben sich. Lady Godiva wirkte so beherrscht und elegant wie eh und je, aber ihre Stimme war leiser, und ihre Augen blickten nicht mehr so scharf drein. Edyth nickte.

»Ich habe gerade an ihn gedacht – an Griffin.«

»Das wirst du noch lange tun, aber du bist noch jung. Du wirst wieder heiraten.«

»Vielleicht auch nicht.«

Godiva neigte den Kopf. »Vielleicht auch nicht. Das liegt in deiner Hand.«

»Glaubst du das, Großmutter, wirklich?«

»Das hängt ganz von dir ab. Vor dem Gesetz bist du niemandem verpflichtet.«

»Aber ich muss meine Kinder schützen, und jeder sagt, dass ich das am besten mit einem Ehemann an meiner Seite kann.« Instinktiv streckte sie die Hände nach Ewan und Morgan aus, aber die Jungen waren mit ihrer kleinen Schwester in der königlichen Kinderstube, und ihr Griff ging ins Leere.

»Wachsen und gedeihen sie?«, fragte Godiva.

»Ja. Meine Prinzen von Wales verwandeln sich so schnell in kleine englische Lords, dass mir ganz schwindelig wird.«

Sie hatte sich Sorgen um sie gemacht, weil sie kaum Englisch sprachen und nichts von den richtigen Umgangsformen wussten. Aber beide Jungen waren groß für ihr Alter und hatten jenes natürliche Selbstvertrauen, das durch königliche Abstammung entsteht. Außerdem schien man sie weniger als Ausländer denn als mystische Helden zu betrachten. Sie hatten sich nahtlos in die Gruppe der anderen Kinder eingefügt und begannen bereits, den walisischen Akzent abzustreifen – so mühelos wie eine Schlange ihre Haut.

»Kinder erholen sich schnell.«

Das stimmte. Ewan rief zwar nachts immer noch nach seinem Vater, und Morgan wanderte über die Felder auf der Suche nach dem Meer, aber das würde vergehen. Wenn sie zu Männern herangewachsen waren, würde Wales für sie wahrscheinlich nur noch eine flüchtige Erinnerung sein wie ein Traum von dem Land, das sie von Geburts wegen eigentlich hätten regieren sollen. Edyth schüttelte sich.

»Wir dürfen nicht in der Vergangenheit verharren, denke ich.«

»Nein, meine Liebe, das dürfen wir nicht. Aber wir können sie in Ehren halten.«

Edyth lächelte dankbar. Wie so oft verstand Godiva, was andere nicht verstanden – dass ihre Zeit in Wales eben kein kurzes Intermezzo gewesen war, welches sie nun besser hinter sich ließ, sondern ein Teil ihres Lebens. Dennoch musste sie weiter voranschreiten, so wie Westminster weiter voranschritt.

Die Einsegnung war vorüber, und die Höflinge flanierten in

der Herbstsonne umher. Edyth entdeckte Erzbischof Eldred, der sich ernst mit einer Gruppe junger Lords unterhielt und sich sogar von einem von ihnen ein Schwert auslieh, um auf eine wichtige architektonische Besonderheit hinzuweisen. Sie sah Lord Garth – der jetzt Earl Garth von East Anglia war –, der sich tief vor einer errötenden jungen Lady verbeugte, und Earl Torr, der ihn finster dabei beobachtete, seine Frau Judith ausnahmsweise an seinem Arm. Sie entdeckte ihre eigene Mutter, die ohne Alfgar an ihrer Seite klein und verletzlich wirkte, und den jungen Morcar, der sie beschützend in den Arm nahm, um sie zu ein paar Lords und Ladys in der Nähe zu führen. Edyth lächelte und wollte sich der Gruppe gerade anschließen, aber in diesem Augenblick tauchte der König persönlich an ihrer Seite auf.

»Willkommen in England, Mylady. Ich hoffe, Ihr habt es bequem.«

»Sehr. Danke, Sire.«

Edyth versank in einen Hofknicks, aber der König zog sie sofort wieder hoch und bot ihr seinen Arm. Godiva versetzte ihr unauffällig einen Stoß, und sie verstand, wobei sie den wütenden Höflingen, die nun gezwungen waren, ihr den Weg freizumachen, einen belustigten Blick zuwarf.

»Was haltet Ihr von meiner Kathedrale?«, fragte Edward.

»Sie ist wunderschön, Sire, wirklich. Ich habe noch nie etwas so Großartiges gesehen. Sie dient in hohem Maße der Ehre Gottes.«

»Ich freue mich, dass Ihr so denkt. Sie ist der Abtei in Jumièges nachempfunden – einer großartigen Kirche, obwohl ich mich selbst loben muss, da ich noch ein paar Verbesserungen angebracht habe.«

»Wir müssen immer voranschreiten, Sire.«

»Das ist wahr, Mylady!« Edward strahlte sie an. Er war gerade achtundfünfzig Jahre alt, aber seine große Gestalt war gebeugt, mager und ausgezehrt. Dennoch hielt er ihren Arm mit starkem Griff, und seine hellen Augen waren voller Leben. »Die Zukunft gehört dem Stein, wisst Ihr.«

»Ich glaube, da habt Ihr recht.«

Edyth dachte an Harolds steinerne Verteidigungsanlagen in Hereford und an Griffins Weigerung, das Gleiche in Rhuddlan zu errichten. Wenn er seinen Palast aus Stein erbaut hätte, hätte Harold ihn nicht niederbrennen können, und sie hätten nicht zu den Schiffen flüchten müssen und …

»Was denkt Ihr gerade?« Der König von England sah sie eindringlich an, und Edyth erkannte verlegen, dass sie mit den Gedanken ganz woanders gewesen war.

»Es tut mir sehr leid, Sire. Ich habe Euch nicht richtig verstanden.«

»Gott segne Euch, Mylady. Ihr habt viel durchmachen müssen.«

»Es tut mir leid«, stammelte Edyth erneut. »Und es tut mir leid, dass mein Gemahl Krieg gegen Euch geführt hat.«

»Das war nicht Eure Schuld, Lady Edyth. Königinnen müssen sich mit vielen Dingen abfinden – fragt meine Gemahlin.« Er deutete auf Königin Aldyth, die nun an seine Seite getreten war.

»Es ist schön, dass Ihr wieder daheim seid, Mylady.«

Edyth spürte, wie ihr Tränen in die Augen traten, und sah nach oben, um sie zurückzudrängen. Ein Tropfen Freundlichkeit von dem eleganten König und seiner Königin, und schon schmolz sie dahin!

»Ihr seid sehr gütig«, murmelte sie, aber nun hatten sie Gott sei Dank die große Schieferplatte erreicht, auf der die Pläne des Steinmetzen für die Abteikirche zu sehen waren, und sie konnte ihre Aufmerksamkeit auf die komplizierten Steinreliefs und die Konstruktion des Architravs richten.

»Großartig«, wiederholte sie.

»Ja«, stimmte der König zu, »und sie soll viele Jahre überdauern, sogar Jahrhunderte. Das ist mein Vermächtnis an England.«

»Aber wer wird das Vermächtnis fortführen?« Königin Aldyths Worte waren leise, wie ein Flüstern im Wind. Edyth sah sie verwirrt an, und ein Höfling ergriff die Chance, um den König anzusprechen.

Königin Aldyth lächelte sie traurig an. »Ihr habt Kinder.«

»Ja. Drei.«

»Ihr seid gesegnet.«

»Das bin ich.« Edyth erkannte Aldyths Schmerz und wollte ihn lindern. »Ihr seid sehr zart, Mylady«, erwiderte sie deshalb. »Vielleicht wollte Gott Euch durch eine Geburt nicht verlieren?«

Die Königin wirkte verblüfft, aber dann lächelte sie. »Was für ein hübscher Gedanke, Lady Edyth, danke – obwohl ich kaum glauben kann, dass ich so kostbar bin. Königinnen sollen Kinder bekommen, wisst Ihr. Es ist unsere Pflicht.«

»Eine unserer Pflichten – ich meine, *Eurer* Pflichten.«

»Ihr seid ebenfalls Königin, Edyth, und ich bin davon überzeugt, dass Ihr eine gute seid.« Aldyth zog sie von der Menge fort. »Ich bin wirklich froh, dass Ihr wieder hier seid. Der Tod Eures Vaters ist ein großer Verlust für unser Land, wie er es sicher auch für Euch ist.« Edyth neigte den Kopf und hoffte inständig, nicht wieder in Tränen auszubrechen. »Er war ein … lebhafter Mann, aber auch ein erfahrener Earl. Euer Bruder macht seine Sache gut, aber er ist jung, Gott segne ihn, und er wurde nicht zum Herrschen erzogen. Ich bin sicher, Ihr werdet ihm eine große Stütze sein und ihm helfen, Mercias Stärke für den König zu erhalten.«

»Ich werde alles in meiner Macht Stehende tun, um zu helfen, Mylady.«

»Und Ihr werdet erneut heiraten.« Im Gegensatz zu Godiva klang das aus dem Mund der Königin wie eine Feststellung, nicht wie eine Frage.

»Vielleicht irgendwann.«

»Besitzt Ihr Ländereien?«

»Wenige.« Ein Großteil von Edyth' Brautland lag in Wales, so dass sie es nun verloren hatte. Sie hatte etwas Land in den Marches, aber das brachte nicht viel ein. »Ich habe Billingsley«, erinnerte sie sich nun laut. »Das wurde mir im Jahre 1055 von Earl Harold geschenkt.«

»Natürlich. Mein Bruder hat großes Interesse an Euch, Lady Edyth.«

»Er war immer sehr gut zu mir. Seine Frau ebenfalls.«

»Lady Svana, ja.« Die Königin strich mit der Hand über Edyth' Arm. »Wisst Ihr, sie ist ja nicht wirklich seine Frau.«

Edyth zuckte zurück, dann fasste sie sich. Sie hatte die Königin beleidigt und wusste nicht, wie sie das wiedergutmachen konnte. Verwirrt knickste sie, die Wangen flammend rot, aber die Königin ergriff ihren Arm einfach erneut und führte sie noch weiter von der Menge fort. Edyth blickte sich verzweifelt um. Svana war hier. Erst gestern hatte sie einen wunderbaren Abend mit ihr verbracht, aber in der Nähe von Kirchen, und sei es auch nur halb fertigen, fühlte Svana sich stets unbehaglich. Deshalb hatte sie die Einsegnung am Morgen gemieden. Im Stillen verfluchte Edyth ihre Freundin. Sie sollte jetzt an Harolds Seite sein, um derlei Gerede Einhalt zu gebieten, denn wenn es sogar von der Königin von England kam, war es sicher gefährlich.

»Ich habe noch nie ein Paar erlebt, das inniger miteinander verbunden gewesen wäre«, sagte Edyth nun steif.

»Das ist wahr«, stimmte Aldyth leichthin zu. »Mein Bruder liebt Svana sehr, genau wie ich, aber in den Augen der Kirche ist sie dennoch nicht seine Frau.«

»Aber in den Augen Gottes ist sie es sehr wohl.«

Die Königin lächelte verkniffen. »Eure Loyalität gereicht Euch zur Ehre, Mylady, aber stellt Euch einmal folgende Frage – kann Lady Svana jemals Königin werden?« Edyth sah sich entsetzt um, und Aldyth seufzte. »Ihr billigt meine lose Zunge nicht.«

»Nein Mylady, natürlich steht mir das nicht zu, ich …«

»Bitte, Edyth. Ihr habt ja recht, aber ich mache mir eben Sorgen. Ich habe England keinen Erben geschenkt. Das bedeutet, wir haben kein Fundament.« Sie deutete auf die tief eingelassenen Steine der zukünftigen Kathedrale. »Und ohne Fundament kann dieses herrliche Land, für das mein Gemahl so hart gearbeitet hat, einfach in sich zusammenfallen. Letzte Woche erhielten wir einen Brief von Herzog William dem Normannen.« Edyth blinzelte; dieser Themenwechsel überforderte ihren von der Niederkunft noch angegriffenen Geist. »Er setzte uns persönlich davon in Kenntnis, dass er Maine eingenommen habe – eine Provinz, von der er glaubt, dass sie ihm versprochen sei.«

»So wie er glaubt, dass ihm auch England versprochen wurde?«

Die Königin nickte eifrig. »Ihr habt mich also genau verstanden. Aber nicht nur das. Er schrieb auch, dass der Herzog von Maine erkrankt sei – offenbar hatte er bei der Siegesfeier etwas Falsches gegessen, das behauptete jedenfalls William. Mittlerweile ist er tot, Lady Edyth. Er wird William nie mehr das Recht auf sein Land streitig machen. Versteht Ihr das *auch?*«

»Nur allzu gut, Mylady.«

»Der Herzog wird sich nicht aufhalten lassen in seinem Bestreben, sich das zu sichern, was ihm seiner Ansicht nach zusteht, obwohl er als Bastard zur Welt kam. Seine Blutsverbindungen sind nur sehr dürftig, wisst Ihr, und auch nur in der mütterlichen Linie vorhanden – Königin Emma, die Mutter unseres lieben Edward, war seine Großtante –, aber er schwört, dass Edward ihm im Jahre 1051 den Thron versprochen hat.«

»Und hat er das getan?«

»Ich war nicht zugegen, aber man hat mir berichtet, dass durchaus die Rede davon war, ja. Aber es wurden keine Eide geleistet. Edward ist den Normannen zu Dank verpflichtet, weil sie ihn vor der Invasion der Wikinger geschützt haben, als sein Vater im Exil weilte. Und diese Schuld beabsichtigt er auch zu begleichen, aber er will nicht mit dem Thron bezahlen. William jedoch ist kein Mann, der sich mit dem Zweitbesten zufriedengibt. Er schreibt, dass er seinen Sohn – seinen ersten, Edyth, von dreien – als Erben eingesetzt habe. Er schreibt, dass Robert sich als fähiger Anführer erweist, und zusammen mit seiner respekteinflößenden Mutter, Lady Matilda, wird er ihn würdig vertreten, sollte William jemals wieder in den Krieg ziehen müssen. Er schreibt, er hoffe jedoch, dass ihm alles andere, das ihm rechtmäßig zusteht – und damit meint er England –, zufällt, ohne dass gewaltsame Maßnahmen vonnöten sein werden.«

Edyth starrte die Königin an. Angesichts ihrer Worte

schrumpften die geschäftigen, schmeichelnden Höflinge in ihrer Umgebung zu kleinen, wirkungslosen Insekten zusammen.

»Er ist sehr deutlich, nicht wahr?«

»Allerdings.«

»Der König und ich müssen also ebenfalls sehr deutlich werden, und das sind wir. Für uns gibt es nur einen zukünftigen König für England, und mir scheint, Lady Edyth, dass es auch nur eine Königin gibt.« Aldyth fixierte Edyth einen Augenblick lang mit ihren eisblauen Augen, dann wirbelte sie herum. »Ah, ist das Euer teurer Bruder? Er scheint sich bei Edwards architektonischen Ergüssen etwas zu langweilen. Sollen wir ihn erlösen? Earl Edwin, guten Tag. Wie erfreut müsst Ihr sein, Eure Schwester wieder an Eurer Seite zu haben.«

Edwin verbeugte sich tief und bejahte, dass er natürlich sehr erfreut sei, und so wurde Edyth wieder in die oberflächlichen Unterhaltungen des Hofes hineingezogen. Aber ihre Gedanken überschlugen sich. Die Königin konnte doch nicht allen Ernstes der Ansicht sein, dass sie Harold heiraten sollte? Ihre beste Freundin verraten, und er seine Frau verraten? Sie hatte keine Erfahrung, was das Intrigenspiel bei Hofe anging – ja, daran musste es liegen: Sie hatte die Königin sicher missverstanden. Sie *musste* sie missverstanden haben. Ihr Herz pochte lächerlich schnell, ihr Kopf dröhnte. Sobald der Anstand es zuließ, entschuldigte sie sich und suchte nach ihrem lebenslustigen jüngeren Bruder. Sie brauchte dringend eine Ablenkung.

Morcar jonglierte vor ein paar einfältig lächelnden jungen Ladys mit Steinen, ließ aber sofort davon ab, als er sie entdeckte.

»Du siehst bekümmert aus, Schwester.«

»Nur verwirrt, Marc. Ich bin an das höfische Leben einfach nicht mehr gewöhnt. Ich freue mich, nach Mercia zurückzukehren und dort etwas Frieden zu finden.«

»Das willst du wirklich?« Er zog eine Grimasse. »Für meinen Geschmack ist es dort ein wenig zu friedlich.«

»Du langweilst dich?«

Schuldbewusst sah er sich um, aber soeben war der Gong erklungen, und die Höflinge liefen ungeduldig zur Großen Halle hinüber, um ihr Frühstück einzunehmen. Niemand schenkte ihnen Aufmerksamkeit.

»Um die Wahrheit zu sagen, Edyth, das tue ich. Ich helfe Edwin, wo ich kann, aber er lässt mich nur ungern eigene Entscheidungen treffen. Das ist durchaus in Ordnung – immerhin ist er für sein Fürstentum verantwortlich –, aber ich habe wenig Verpflichtungen.«

»Zu wenig Verpflichtungen, wie es aussieht.« Edyth deutete auf die jungen Ladys, die ihnen folgten, und ihr gutaussehender Bruder grinste.

»Kann ich etwas dafür, wenn die Frauen mich begehren? Außerdem warst du doch damals auch kein Kind von Traurigkeit. Ich erinnere mich, dass Griffin eigentlich keine Chance hatte.«

Edyth errötete. »War ich wirklich so schlimm?«

»Nicht schlimm, Schwester – entschlossen.«

Edyth scharrte mit dem Fuß über die Steinplatte. Es stimmte. Obwohl sie erst vierzehn gewesen war, war sie voller Neugier gewesen und hatte unbedingt eine Eroberung machen wollen, und sie hatte Erfolg gehabt.

»Stell dir vor«, sagte sie jetzt zu Morcar, »Vater wäre Northumbria übertragen worden, und nicht Earl Torr.«

Morcar grunzte. »Die Menschen in Northumbria wären

froh darüber gewesen. Wie man hört, hassen sie Torr. Die Steuern sind höher denn je, und einen Großteil davon gibt er für den Bau von Jagdhäusern in Wiltshire und den Marches aus. Ich brauche wohl nicht zu betonen, dass die Menschen aus Northumbria ihm deshalb grollen.«

»Woher weißt du das?«

Morcar zuckte mit den Achseln. »Auch wenn Earl Torr anderer Meinung ist, da oben gibt es einige gute Jagdgebiete, und ich gehe mit ein paar Leuten dort regelmäßig auf die Jagd. Ich unterhalte mich mit ihnen.«

Edyth sah sich ängstlich um. »Sei vorsichtig, Marc.«

»Das bin ich, aber sie brauchen mich, und das ist ein gutes Gefühl. Außerdem habe ich, wie gesagt, jede Menge Zeit. Was soll ich denn sonst damit anfangen?«

»Ich weiß es nicht, aber sieh zu, dass du nicht in irgendeinen Schlamassel gerätst.«

»Ich bin nicht wie Vater, Edyth.«

Er hatte sich versteift, und sofort bereute sie ihre Worte. »Ich weiß, Marc, ich weiß. Es tut mir leid. Ich bin müde.«

Sehnsüchtig dachte sie an Coventry. Dort würde sie vor den Hofintrigen sicher sein. Dort gab es keine königlichen Erwartungen, und sie konnte ihre noch immer nicht verheilten Wunden pflegen und ihre vibrierenden Nerven beruhigen.

»Edyth!« Svana tauchte plötzlich in der Menge auf, als sei sie die ganze Zeit über da gewesen. »Wie war die Einsegnung?«

Edyth lächelte, als Svana sich ihr näherte. Ihre Freundin wirkte so frisch wie eh und je in ihrem blassgelben Gewand, das – zweifellos von der geschickten Elaine – mit zarten Blumen in einem dunkleren Gelb bestickt worden war.

»Sehr förmlich«, antwortete sie schlicht. »Es hätte dir nicht gefallen.«

»Du kennst mich allzu gut.«

»Und ich verstehe dich von Mal zu Mal besser. Gerade habe ich zu Morcar gesagt, wie schön es sein wird, dem Hof zu entkommen und nach Hause zurückzukehren.«

»Nach Hause?«

»Nach Coventry. Wenn ich keine Gefangene mehr bin, unterstehe ich der Obhut meines Bruders.«

»Edyth! Natürlich bist du keine Gefangene. Harold würde das nie zulassen, und du musst dorthin gehen, wo du dich wohlfühlst – obwohl Coventry nicht der einzige friedliche Ort in England ist.«

Edyth musterte sie eindringlich, dann überließ sie Morcar lächelnd wieder den Ladys und trat einen Schritt näher. »Liebe Freundin, du klingst, als hättest du etwas anderes im Sinn.«

»Gar nicht, obwohl ich in der Tat überlegt habe, ob du mich nach Weihnachten in Nazeing besuchen willst, wie wir es schon einmal vor so langer Zeit geplant haben. Crysta ist jetzt acht Jahre alt und sollte mehr von ihrer Patentante haben, und es wäre wunderbar, wenn du eine Weile bei uns wärst.«

Edyth dachte an Nazeing, das sie am Tag der Hochzeit von Svana und Harold vor so langer Zeit zuletzt gesehen hatte – die grünen Wiesen, die Feuerfunken, die Magie. Sie wäre so gern zurückgekehrt, und doch … Das königliche Paar nahm am Tisch Platz, und als Königin Aldyth sich setzte, fand ihr Blick Edyth', und sie schien fast schon die Armlehnen ihres reich geschnitzten Thrones zu tätscheln, als wolle sie sie einladen, das Erbe anzutreten. Edyth zuckte zurück.

»Wird Harold auch da sein?«

Svana schüttelte den Kopf, und etwas in der Art, wie ihre

eleganten Schultern nach vorn sanken, lenkte Edyth vom durchdringenden Blick der Königin ab.

»Svana? Was ist los?«

Svana sah zu dem Strohdach hinauf, als müsse sie sich zunächst erst noch sammeln. Schließlich erwiderte sie: »König Edward hat Harold gebeten, im Frühling in die Normandie zu segeln.«

»In die Normandie? Warum?«

»Er soll versuchen, ein neues Abkommen mit Herzog William zu vereinbaren.«

Sofort kamen Edyth die Worte Königin Aldyths in den Sinn. Wenn man ihr Glauben schenken konnte, vergiftete William andere Fürsten in ihrem eigenen Land. Deshalb war es eindeutig Wahnsinn, seinen Hof aufzusuchen. Und doch hatte sie am eigenen Leib erfahren müssen, dass Harold nicht der Mann war, der untätig darauf wartete, dass die Feinde zu ihm kamen. Der Gedanke schmerzte sie zutiefst, und sie packte Svanas Hände.

»Nein, Svana, du musst ihn aufhalten. Das muss er ablehnen.«

»Dem König eine Bitte abschlagen? Er wüsste gar nicht, wie.«

Svanas Stimme klang bitter, und ausnahmsweise konnte Edyth sie verstehen. Ihre arme Freundin wünschte sich nichts sehnlicher, als dass ihr Gemahl bei ihr zu Hause blieb. Aber Frauen, das hatte auch Edyth erfahren müssen, hatten kaum die Macht, auch solche scheinbar kleinen Wünsche erfüllt zu bekommen. Sie konnten jedoch füreinander da sein, und vielleicht hatte Gott, egal welche Ränke andere schmiedeten, sie ja nach England zurückgesandt, um Svana in diesen unruhigen Zeiten beizustehen?

# Kapitel zweiundzwanzig

**Nazeing, Mai 1064**

Svana sah ihren Mädchen zu, wie sie der kleinen Nesta halfen, ein Lamm zu füttern, das von seiner Mutter verstoßen worden war, und wartete auf das übliche, plötzliche Gefühl der Freude in ihrem Herzen, aber es wollte sich nicht einstellen. Sie war wütend über sich selbst, und dann wieder wütend darüber, dass sie überhaupt wütend war. Sie verwandelte sich langsam in die Hexe, für die die Menschen sie früher einmal gehalten hatten; nur weniger in eine magische Zauberin als in eine alte Vettel.

»Ist das nicht allerliebst?«, fragte Edyth. »Wirklich ein Wunder.« Mit vielsagendem Blick sah sie zu Svana auf.

»Habe ich das einmal gesagt?«

»Ja – du hast es mir geschrieben. Es stand in einem Brief damals, als ich gerade in Wales angekommen war. Du hattest drei Winterlämmern auf die Welt geholfen, und du schriebst: ›Wie oft ich auch neues Leben auf diese Welt habe kommen sehen, es kommt mir jedes Mal wieder vor wie ein Wunder.‹«

Plötzlich drehte sich alles um Svana. Sie schwankte und tastete nach dem Geländer, um nicht zu stürzen. Edyth sprang auf.

»Svana, du siehst seltsam aus. Geht es dir nicht gut?«

»Das ist die Schwangerschaft, sonst nichts.«

Svana wischte die Sorge ihrer Freundin mit einer Handbewegung vom Tisch und ging zum Scheunentor hinüber, wobei sie eine Hand auf ihren Bauch legte. Sie war überglücklich gewesen, als ihr klar wurde, dass sie Harolds sechstes Kind unter dem Herzen trug – ein Stück von ihm in ihrem Inneren, während er jenseits des schmalen Kanals weilte –, aber jetzt fühlte es sich gar nicht mehr so gut an. Diesmal war ihr nicht nur übel, sondern sie hatte auch Krämpfe. Sie hatte sogar geblutet, wenn auch nicht genug, um jemand anders damit Sorgen bereiten zu wollen.

»Es scheint mit jedem Mal schwerer zu werden«, bekannte sie.

»Das wird es.« Edyth überließ die Mädchen sich selbst und ging zu ihr hinüber. »Du bist jetzt älter.«

»Alt.«

»*Älter.* Wenn du alt wärst, könntest du gar nicht mehr empfangen.«

Svana lächelte kläglich. »Manchmal denke ich, dass das ein Segen wäre.« Sie sah, wie schockiert Edyth' hübsches Gesicht mit einem Mal aussah, und hatte gleich ein schlechtes Gewissen. »Das habe ich eigentlich nicht ernst gemeint. Harolds Kind unter dem Herzen zu tragen ist immer ein Segen. Ich wünschte nur, er wäre zu Hause, das ist alles.«

Sie schloss die Augen vor ihrem Kummer, der sie mittlerweile überallhin begleitete. Harold war in die Normandie gesegelt, sobald die schlimmsten Winterstürme sich gelegt hatten, aber das Erste, was sie gehört hatten, war, dass er bei Ponthieu Schiffbruch erlitten hatte. Er hatte Gott sei Dank aus sicherem Refugium in Rouen geschrieben, aber diese Sicherheit hatte einen üblen Beigeschmack. Es war der Herzog der

Normandie selbst gewesen, der ausgeritten war, um ihn aus der Gefangenschaft des habgierigen Herzogs von Ponthieu zu befreien, wodurch Harold gefährlicherweise in seiner Schuld stand. Das Nächste, was sie gehört hatte, war, dass er den Treueeid geleistet hatte und dabei helfen sollte, in die Bretagne einzumarschieren. Sie wusste, was das bedeutete: dass er noch für lange Zeit fernbleiben würde.

Normalerweise war der Frühling ihre Lieblingsjahreszeit, aber nun schleppte er sich endlos lange dahin. Sie hätte das angstvolle Warten auf Harolds Rückkehr wohl kaum überlebt, hätte sie Edyth nicht an ihrer Seite gehabt, aber in der vergangenen Woche waren endlich Boten gekommen, die die Nachricht überbrachten, dass Harold Anfang Juni Segel setzen würde, um auf sein Landgut nach Bosham zurückzukehren. Svana hatte diese Neuigkeiten voller Freude aufgenommen – sie hatte unter freiem Himmel ein großes Fest für ihre Leute gegeben, um seine Rückkehr zu feiern –, aber aus irgendeinem Grund war ihr die vergangene Woche länger vorgekommen als all die Wochen zuvor. Jetzt betrachtete sie die leuchtenden Farben des herrlichen Maiabends und wünschte, sie könnte ihn genießen, statt sehnsüchtig dem Untergang der Sonne entgegenzufiebern.

»Ich erinnere mich so lebhaft an deine Hochzeit«, sagte Edyth nun, als sie über die sanfthügeligen Weiden hinwegblickte, wo ein paar Jungen lärmend miteinander Fangen spielten. »Hier, an einem wunderschönen Tag, alle tanzten und sangen. Es war reine Magie, absolut vollkommen.«

Svana holte tief Luft und betrachtete das wogende Gras, als ob ein Hauch jener wundervollen Nacht immer noch darüberläge. »Das war es«, stimmte sie leise zu. »Damals war es das wirklich.«

Aber die Magie, wenn sie denn wirklich einmal existiert hatte, war mittlerweile verschwunden, und sie konnte Harold in ihrem Feenkreis in Nazeing nicht länger halten.

*»Er wird der neue König«*, hatten die Hofdamen ihr ins Ohr geflüstert. *»Wer sonst sollte es werden? Wer könnte es? Und dann …«* Sie sahen sie an, mit listigem Blick, und deuteten sogar mit einem Kopfnicken auf Königin Aldyth, als ob sie ihr die Krone, ihre Juwelen und Pelze entreißen und Svana persönlich anlegen wollten.

»Und dann wird Herzog William angreifen«, pflegte Svana zu antworten, und sie zogen sich zurück – nicht wegen des Gedankens an seinen Einmarsch, sondern weil sie sich weigerte, ihren Traum mitzuträumen. Das machte sie wahnsinnig. War ihnen denn nicht klar, dass man die Königinnenkrone nicht einfach anprobieren konnte wie die Kleider der Mutter? Erkannten sie nicht, dass eine Krone Dornen im Inneren hatte? Warum sollte sie das wollen? Und wie konnte sie es verhindern?

»Hier ist es sehr friedlich, nicht wahr?«, sagte sie und deutete mit einer wilden Geste auf den stetig wechselnden Horizont.

»Wunderschön.«

»Wunderschön – ja, ich habe Glück.«

»Svana? Was ist los?«, fragte Edyth. »Sag es mir doch bitte. Gefällt es dir hier nicht mehr?«

»Oh doch, ich liebe es hier. Ich würde für mein Leben gern immer hierbleiben, feige, wie ich bin.«

»Feige?«

»So hat mich Godwin vergangenen Winter genannt. Er war wütend, weil ich nicht zugelassen habe, dass er seinen Vater in die Normandie begleitete. Er meint, er sei erwachsen, und vielleicht hat er recht, Edyth – immerhin ist er bald sechzehn –, aber die Welt ist so bitterkalt, sogar für einen Mann.«

»Ist er immer noch wütend?«

»Nicht sehr. Er ist ein guter Sohn, und er liebt dieses Land genauso sehr wie ich, aber er verdächtigt mich noch immer der Feigheit, und er will damit nicht besudelt werden.«

»Was ist feige daran, seine Heimat zu lieben, Svana?«

»Wahrscheinlich hängt das davon ab, was du für deine Heimat hältst und was man von dir erwartet.« Sie schluckte. »Ich will nicht Königin werden, Edie.«

Sie sah die jüngere Frau an und sah, dass sie zutiefst errötete. Das Rot brannte beinahe wie Wunden auf ihren Wangen.

»Das hast du nie gewollt«, sagte Edyth vorsichtig.

»Harold ebenso wenig, aber er ist nicht so selbstsüchtig wie ich.«

»Eine Frau ist nicht selbstsüchtig, weil sie ihren Mann bei sich haben will.«

»Genauso wenig ist er selbstsüchtig, weil er seine Frau an seiner Seite haben will, egal wohin sein Weg ihn führt.«

»Nein.« Edyth pflückte verlegen ein paar Grashalme, überließ die Samen dem Wind, dann leuchteten ihre Augen auf. »Du solltest nach Bosham reiten, Svana. Du könntest dort sein und Harold treffen, wenn er über den Kanal zurückkehrt. Er muss sich sehr einsam fühlen. Denk doch nur, wie sehr er dich jetzt wahrscheinlich braucht.«

Einen flüchtigen Augenblick lang hätte Svana am liebsten geschrien, dass sie nicht gebraucht werden wollte, dass sie es nicht ertragen konnte – aber sie wusste, wie erbärmlich das gewesen wäre, wie schwach, und sie wollte nicht schwach sein. Sie sah von den Jungen, die eine alte Schweineblase umherwarfen, zu den Mädchen, die eifrig versuchten, einem Lamm ein Haarband um den Hals zu legen, dann wieder zu ihrer Freundin. Sie konnte sich hier nicht auf ewig verstecken, und sie konnte Harold nicht für immer im Stich lassen.

»Ich werde gehen«, sagte sie düster, aber schon jetzt revoltierte ihr ganzer Körper gegen diesen Gedanken.

In dieser Nacht lag Svana wach, versuchte sich vorzustellen, wie sie am Strand auf Harold wartete, um ihn zu Hause willkommen zu heißen. Sie versuchte, sich sein glückliches Gesicht auszumalen, das Gefühl seiner Arme um ihren Leib, aber sie hatte Rücken- und Kopfschmerzen. Sie brauchte jetzt dringend Schlaf, wenn sie die Reise nach Süden schaffen wollte, aber ihr verdammter Körper blieb beharrlich wach. Es war nicht das Kind, denn sie hatte es den ganzen Tag noch nicht gespürt – sondern ihr eigener Unterleib. Eine seltsame Hitze ging davon aus. Und Schmerz.

Sie hörte den Schrei, als käme er von woanders – von einem Mutterschaf in der Scheune vielleicht –, aber an dem nächsten heftigen Stich gab es keinen Zweifel. Das war ihr eigener Schmerz, und sie konnte ihn nicht zum Schweigen bringen.

»Mutter?«

Wie durch einen roten Schleier sah sie Hannah und Crysta am Fuße ihres Bettes stehen, aber als sie versuchte, aufzustehen, um zu ihnen zu gehen, hatte sie das Gefühl, als ramme ihr jemand ein Schwert in den Körper. Sie streckte die Hand aus, aber die Kinder blieben verängstigt in einiger Entfernung stehen, und dann stürmte Gott sei Dank Edyth in ihr Gemach.

»Keine Angst, Mädchen«, hörte sie sie sagen. »Lauft los

und holt Elaine. Ich passe auf eure Mutter auf. Schnell, macht schon!«

Crysta rannte zur Tür und zerrte ihre kleine Schwester hinter sich her, und Svana hatte gerade noch Zeit, Edyth zu danken, dass sie sie fortgeschickt hatte, bevor der Schmerz sie mit doppelter Wucht in zwei Hälften zu zerteilen drohte. Verzweifelt sah sie Edyth an.

»Verliere ich es?«

Edyth verschränkte die Hände. »Ich weiß es noch nicht. Darf ich nachsehen?«

Svana nickte und zwang sich, sich aufzusetzen, während Edyth die Decke zurückschlug. Blut besudelte die Matratze, breitete sich in einer scharlachroten Flut unter ihr aus und drohte ihre ganze Welt hinfortzuspülen.

»Ich *verliere* es!«

»Es scheint so.« Edyth' Stimme war ganz ruhig. »Es tut mir leid, Svana, aber jetzt müssen wir uns um dich kümmern. Unter keinen Umständen dürfen wir dich auch noch verlieren.«

Svana konnte den Blick nicht von dem scharlachroten Fleck abwenden. Musste sie jetzt ihr Leben lassen? Bestrafte Gott sie, weil sie Harold bei der Ausübung seiner Pflicht für sein Land behinderte? Plötzlich schien alles auf erschreckende Weise klar.

»Mein Tod würde eine Menge Probleme lösen«, sagte sie bitter, aber Edyth packte ihre Schultern, hielt sie fest und zwang sie, ihr ins Gesicht zu sehen.

»Gar nichts würde er lösen. Überhaupt nichts! So darfst du nicht reden. Crysta und Hannah brauchen dich. Die Jungen brauchen dich. Harold braucht dich. Und Gott steh mir bei, Svana, *ich* brauche dich. Kämpf wenigstens für *mich* – versprochen?«

Svana hätte es ihr gern versprochen, aber dann durchfuhr sie ein neuer Schmerz, und sie konnte nur noch schreien.

»Ruhig, ruhig«, sagte eine Stimme – Elaine. »Das bringt nichts. Kommt, Svana, meine Liebe, erhebt Euch. Es muss raus. Alles, auch die Nachgeburt. Wenn es länger in Eurem Leib bleibt, verwandelt es sich in Gift. Könnt Ihr aufstehen? Gut. Sehr gut. Und jetzt: Setzt Euch her.«

Svana blickte hinunter. Zu ihren Füßen stand ein Kübel, dessen Rand mit weichen Leinentüchern ausgelegt war, aber die gähnende Öffnung war so dunkel wie der Höllenschlund selbst. Sie schauderte, aber ihre Knie gaben nach, als eine weitere Schmerzwelle über sie hinwegwogte, und ihr blieb keine Wahl, als sich auf den Eimer niederdrücken zu lassen.

»Ihr müsst jetzt pressen, meine Liebe«, sagte Elaine. »Ihr wisst doch, wie das geht, nicht wahr?«

Svana biss die Zähne zusammen. Sie wollte nicht hier sein. Sie wollte das hier nicht tun – Harolds Kind in einen schmutzigen Kübel stoßen. Das war kein Wunder des Lebens. Das war Schmerz und Verlust und Furcht und Blut – das war das Schlachtfeld einer Frau.

»Kämpfe, Svana«, drängte Edyth neben ihr. »Bitte, kämpfe.«

Svanas ganzer Körper spannte sich an, als ob sie von einem Mühlstein niedergedrückt würde. Sie hätte sich dem gern widersetzt, aber es überkam sie mit aller Macht, und mit einem gequälten Schrei presste sie. Sie hörte den widerwärtigen Schwall der Flüssigkeit und begann vor Entsetzen zu schwanken. Nur Edyth' Hand auf ihrem Rücken stützte sie, rieb unermüdlich, so dass sie das Gefühl hatte, die Hitze verbrenne ihr die Haut.

»Und noch einmal, meine Liebe«, ertönte Elaines Stimme, sanft und beruhigend.

Edyth' Hand bewegte sich nicht weiter, aber Svana spürte sie immer noch an ihrem Rücken, stark und fest. Sie drängte sich dagegen, als ihr armer Schoß sich mit einem ekelerregenden, würgenden, plumpsenden Geräusch in den Eimer entleerte.

»Da«, sagte Elaine. »Da, es ist geschafft. Es ist vorbei.«

»Vorbei«, wiederholte Svana, und es war eher ein Wimmern als ein Wort. Dann brach sie zusammen.

Sie wollte Harold bei sich haben. Sie wollte seine starken Arme um sich spüren, seine sanfte Stimme hören und die wunderbare Sicherheit seines Körpers an dem ihren fühlen. Sie dachte daran, dass er jetzt wieder an Englands Küsten gespült würde, ohne jemanden, der ihn sicher an Land zog, und der Schmerz ließ sie erneut erschauern. Sie streckte die Hand aus und griff nach Edyth' Arm.

»Du musst gehen, Edie.«

»Gehen?«

»Nach Bosham.«

»Was? Nein. Nein, Svana. Ich bleibe hier. Ich bleibe bei dir.«

»Nein.« In dieser furchtbaren Nacht schien Svana nicht mehr Herr ihrer selbst zu sein, aber trotzdem wusste sie das eine mit Sicherheit. »Du musst Harold entgegenreisen. Ich will nicht, dass er allein an der Küste landet. Ich will nicht, dass er allein ist, wenn er davon hört. Er kann nicht gut allein sein.« Mühevoll rappelte sie sich auf, jetzt verzweifelt. »Bitte, Edyth, geh für mich zu Harold, so wie ich hier für dich gekämpft habe.«

Es kam ihr wie eine Ewigkeit vor, bis Edyth antwortete. Aber als sie es tat, hatte sie das Gefühl, als werde ihr eine große Last von den Schultern genommen.

»Ich werde gehen, Svana. Für dich werde ich gehen.«

Und nach diesem segensreichen Versprechen überließ sich Svana endlich bleiernem Schlaf.

# Kapitel dreiundzwanzig

**Bosham, Juni 1064**

Die Winde sprangen mit Harolds Schiff um wie eine Katze mit ihrer hilflosen Beute, sandten es krumm und schief über das Wasser. Edyth stand am Strand und hielt den Atem an, eingehüllt in die Anspannung wie eine Spindel in Wolle. Das Meer, aufgewühlt von einem Sommergewitter, schien den Earl nur zögerlich wieder an die englische Küste lassen zu wollen, und sie kreuzte hinter dem Rücken die Finger und wünschte inständig, er möge sicher ankommen.

Das Schiff wurde stetig größer, bis sie schließlich die pulsierenden Gestalten der Ruderer ausmachen konnte, die schwer zu kämpfen hatten, um das Schiff dem sicheren Strand entgegenzuführen. Fasziniert beobachtete sie, wie die Segel gerefft wurden und wie der hölzerne Schiffsrumpf über den Sand glitt, die Ruder hoch in der Luft wie die Beine eines Insekts. Nachdem der Bug die gierigen Wellen durchpflügt hatte, sprangen die Männer heraus, um das Boot über die Wasserlinie in Sicherheit zu ziehen, und die Gischt der durchweichten Seile traf sie eiskalt wie ein Schock. Sie wich zurück, aber dann sprang eine dunkle Gestalt vor ihr in den Sand.

»Harold!«

Sie rannte zu ihm hin und umarmte ihn. Seine Arme umfingen sie, und sie spürte, wie seine Finger sich in ihrem Rücken vergruben, als wolle er sie niemals mehr loslassen.

»Edyth, Gott sei gepriesen. Es tut so gut, endlich wieder ein freundliches Gesicht zu sehen.« Er zog sich zurück und musterte sie. »Geht es dir gut? Geht es … Svana gut?«

»Ganz gut, Harold.« Er glaubte ihr nicht; sie war ihm die Wahrheit schuldig. »Sie hat ein Kind verloren.«

»Ein Kind? Ich hatte ja keine Ahnung, dass sie …«

»Sie wusste es selbst noch nicht lange, obwohl es groß genug war, um ihr heftige Schmerzen zu bereiten, als es herauskam.«

Edyth presste die Augen zu, um das Bild des Blutes und der Angst und das Geräusch des schrecklich hoffnungslosen Platschens, mit dem ein Leben in einem Kübel landete, aus ihrem Gedächtnis zu verbannen.

»Und Svana …?«

»Geht es gut, wirklich, Harold. Sie ist ein wenig traurig, aber Elaine kümmert sich um sie. Sie hat kein Fieber bekommen, und sie ist gesund, wie auch der Rest deiner Familie. Sie wollen dich unbedingt sehen.«

»Und ich sie. Es waren dunkle Zeiten, Edyth.« Ein Schatten glitt über seine Züge.

»Komm«, sagte sie und ergriff seinen Arm. »Wir haben die Feuer angezündet und den Wein erhitzt. Außerdem gibt es heißes Stew und frisches Brot für alle.«

»Du bist ein guter Truchsess, Mylady.«

»Nein – dafür musst du Joseph danken. Ich bin nur hier, um dir Svanas Liebe zu übermitteln.«

»Und vielleicht auch etwas von deiner eigenen?«

»Natürlich.« Sie wandte den Blick ab. »Du bist wie ein Bruder für mich, Harold. Und jetzt komm!«

Später, als die Männer am Feuer auftauten, die Mägen wieder voll waren und der Wein durch ihre Adern rann, sah Edyth, wie sie sich sichtlich entspannten. Sie saßen nicht länger mit gebeugten Rücken und hängenden Schultern da, sie streckten die Beine aus, und hie und da entdeckte man sogar ein Lächeln auf den nicht mehr ganz so farblosen Lippen. Im Verlaufe des Abends blieb nur ein einziger Mann angespannt und zusammengesunken dort sitzen – ein Anblick, der Edyth schmerzte.

»Es war also hart?«, fragte sie vorsichtig.

»Hart?« Harold spürte dem Geschmack des Wortes förmlich nach, runzelte die Stirn, denn es schmeckte schal. »Nein, Edyth, es war die Hölle selbst.«

»Der Herzog war also nicht gastfreundlich?«

»Oh nein – der Herzog war *sehr* gastfreundlich. Er ist wie geschmolzene Butter. Man kann ihn unmöglich packen, und wenn man es doch versucht, bekommt man nur glitschige Hände. Ich werde mich nie wieder sauber fühlen.«

»Ich könnte dir ein Bad bereiten lassen.«

»Nein, Edyth, danke dir. Der Schmutz ist in meinem Inneren.«

»Er hat dich grausam behandelt?«

»Nein, er behandelte mich wie einen König. Er tischte mir königliche Speisen auf und gewährte mir königliche Gemächer, und seine Frau, die Herzogin Matilda, war die Liebenswürdigkeit in Person. Sie ritten mit mir aus und zeigten mir ihr Herzogtum bis zu den Grenzen und tatsächlich auch darüber hinaus. Matildas Vater ist der Regent von Frankreich, musst du wissen. Er führt die Regierungsgeschäfte zusammen mit der Mutter des jungen Königs, Anna von Kiew – der Schwester von Hardradas Frau, der Königin von Norwegen.

Überall versammeln sich dunkle Mächte, Edyth, und William ist der dunkelste und böseste von allen.«

»Du mochtest ihn nicht?«

Harold seufzte. »Ich wünschte, es wäre so einfach«, bekannte er. »Er ist ein faszinierender Mann, Edyth – getrieben und hochkonzentriert, und ein unglaublich gerissener Feldherr. Wir haben viel gemeinsam. Vielleicht ist das der Grund, warum ich mich zum Narren halten ließ und glaubte, zwischen uns stünde alles zum Besten. Ich ritt also an seiner Seite als Feldherr in die Bretagne, und er pries meine Kriegskünste, ebenso wie ich seine lobte. Ich glaubte, dass wir gut zusammenarbeiten, aber wie es scheint, spielte er mich nur gegen seine Feinde aus. Und dann, ganz am Ende, trickste er mich aus.«

Seine raue Stimme klang hohl in seinem Kelch, und er trank den Wein in tiefen Zügen, wie um die Erinnerung zu ertränken.

»Er hat dich ausgetrickst?«

»Am allerletzten Abend, als ob er sich das die ganze Zeit für mich aufgespart hätte – und wahrscheinlich hat er das auch. Er ist ein geduldiger Mann, Edyth – ein kalter, entschlossener, gefährlich geduldiger Mann. Er weiß, wie man sich an seine Beute heranschleicht, und er weiß, wie man ihr den Garaus macht, wenn die Zeit gekommen ist.«

Harold nahm einen weiteren Zug, und Avery trat einen Schritt vor, um seinen Kelch erneut zu füllen. Der junge Knappe war im vergangenen Jahr zu einem starken Soldaten herangewachsen, und etwas an ihm erinnerte Edyth an Lewys. Sie spürte einen Stich des Bedauerns. Sie hatte versucht, etwas über ihre lieben Freunde in Erfahrung zu bringen, über die Geburt ihres Kindes, aber die Grenzen nach Wales waren geschlossen worden, und sie hatte nichts herausfinden können.

Es war fast, als hätte es sie nie gegeben. Erneut sah sie Harolds Knappen an und entdeckte dunkle Schatten der Erschöpfung unter seinen jungen Augen.

»Geh zu Bett, Avery«, sagte Harold.

»Aber Mylord …«

»Wirklich, Junge. Du hast mir in den vergangenen Monaten gut gedient und hast dir deine Ruhe verdient. Ich werde auch bald schlafen gehen.«

Avery sah von Harold zu Edyth, dann verbeugte er sich tief und zog sich zurück. Viele Männer bauten jetzt ihre Pritschen auf, erschöpft von der harten Reise. Fast schien es, als wolle die ganze Welt schlafen. Edyth hätte gern gewusst, was geschehen war, fürchtete aber, Harold noch mehr zu quälen, wenn sie weiter nachforschte. Sie wartete, beobachtete ihn schweigend, und schließlich blickte er wieder auf.

»Er hat mich schwören lassen, Edyth.«

»Was denn schwören?«

»Den Treueeid – er hat mich schwören lassen, dass ich seinen Thronanspruch unterstütze, hat mich auf ihn als zukünftigen König von England eingeschworen.« Seine Stimme brach, und er hieb mit der Faust auf den Tisch. »Bindet Gott einen Mann an einen solchen Schwur, Edyth? Einen Schwur, zu dem er genötigt wurde und den er gegen seine tiefste Überzeugung leisten musste?«

Edyth holte tief Luft; nie waren Worte wichtiger gewesen. »Ich glaube nicht, Harold. Männer sehen die Handlungen, Gott sieht die Absichten, die dahinterstehen.«

Er schaute sie an, und sein Blick war für einen Augenblick nicht mehr ganz so düster, aber allzu schnell waren die Schatten wieder da.

»Und doch habe ich geschworen, Edyth.«

»Wie kam es dazu?«

»Wie?! Ich wage kaum, das zu erzählen.«

»Es tut mir leid. Das musst du auch gar nicht. Ich bin zu neugierig – das war immer schon so.«

Ein geisterhaftes Lächeln glitt über seine Lippen. »Das stimmt, Edyth, und es ist gut so. In dieser Welt muss man so viel lernen – mehr als ich, Narr, der ich nun einmal bin, je gelernt habe. Ich werde es dir erzählen. Nein, ich *muss* es dir erzählen, denn die Erinnerung daran nagt von innen an mir wie ein gefangenes Tier.«

Er holte tief Luft, und Edyth beugte sich zu ihm vor. Sie blendete das Klappern der Teller aus, während die Dienerschaft die Reste des Essens abräumten, ebenso wie das Schlagen von Holz auf Holz, während sie die Tischböcke forttrugen, um Platz für die Pritschen zu schaffen. Sie blendete Josephs Stimme aus, der die Männer ins Bett schickte, und das Schnarchen der Schlafenden und sogar das gelegentliche Wimmern, das von den Albträumen zeugte, die wie blinde Passagiere aus der Normandie mitgekommen waren. Sie blendete alles aus, so dass sie nur noch Harolds Worte hörte, die er sich mühsam abrang und ihr zu Füßen legte.

»Es hätte ein großes Fest sein sollen. Nicht mehr. Es war Herzogin Matildas Idee gewesen, zumindest tat sie so. Sie war so freundlich zu mir, Edyth, so besorgt, aber wie es scheint, spielte sie genauso mit mir wie ihr kostbarer Ehemann. Wir hatten Bedingungen ausgehandelt, weißt du. Damals, als William mich zum ersten Mal in Rouen empfangen hatte, hatten wir uns auf einige Punkte geeinigt. Ich hatte ihm, wie König Edward mir aufgetragen hatte, gesagt, dass er jetzt einen englischen Erben nominieren wolle, dass er aber William als Vetter mütterlicherseits anerkenne und diese Verbindung durch eine

Allianz zu untermauern wünsche. Im Rahmen dieses Vertrages hatte ich ihm das Fürstentum Cornwall angeboten, und er hatte akzeptiert. Wir hatten uns die Hand darauf gegeben, Edyth.«

»Ihr habt einen Eid geschworen?«

»Nein. Nein, das nicht, denn gleich am darauffolgenden Tag kam die Nachricht von Unruhen in der Bretagne, und wir ritten gemeinsam in den Kampf, aber wir hatten uns die Hand gegeben. Ich versprach sogar meine liebe Schwester Emma einem seiner normannischen Lords zur Frau. Wir hatten uns *geeinigt*, Edyth. Pah! Wie es scheint, kümmert Herzog William sich nur wenig um Ehre. Er ist tatsächlich ein Bastard.«

»Was passierte auf dem Fest?«

»Oh, das Übliche. Jede Menge Essen und Wein – die Normannen legen viel Wert auf ihre ›cuisine‹ –, und dann verkündete William, dass wir vor aller Augen unsere Freundschaft besiegeln sollten. Das erwartete ich nicht anders. Wir hatten diesen Eid auch vorgesehen, aber er hatte ihn abgewandelt. Vor aller Augen legte er die Worte des Eides auf ein hübsches Kästchen, und als ich sie las, als ich …« Harold hielt den Atem an. »Ich sollte schwören, Williams Anspruch auf den englischen Thron nach dem Tod seines Vetters König Edward aufrechtzuerhalten, und als ich den Kopf hob, um zu protestieren, hatte ich normannische Schwerter an der Kehle. Ich hatte keine Wahl, Edyth, nicht, wenn ich weiterleben wollte.«

»Oh Harold.« Edyth legte ihre Hände auf seine. »Ein solcher Eid ist nicht bindend.«

»Ah, aber Edyth, ich habe dir das Schlimmste noch gar nicht erzählt. Ich war auch dieser Ansicht. Also sprach ich die Worte, während meine eigenen Männer mich voller Schrecken beobachteten und der Herzog mich wie ein Beutetier umrundete. Ich meinte kein einziges Wort davon ernst, und das wusste er. Aber als ich fertig war, öffnete er das Kästchen, und darin, Edyth, befanden sich die feinsten Reliquien der Normandie: die Knochen des heiligen Rémy, des heiligen Philibert, der heiligen Barbara und sogar des heiligen Maximus. Ich hatte meinen Eid bei all ihren heiligen Überresten geleistet, Edyth – dem kann ich mich nicht entziehen.«

»Du hast es nicht gewusst?«

»Nein, aber ich weiß es jetzt, und das Wissen sitzt wie ein Mühlstein auf meinem Herzen.«

»Es war ein Trick, Harold, sonst nichts. Du darfst dich davon nicht binden lassen. Nur ein Feigling würde das von dir verlangen.«

»Ein Feigling?« Harold musste fast lachen. »Das würde ihm gar nicht gefallen, Edyth. Aber ich glaube, du hast recht. Herzog William *ist* ein Feigling, wenn auch ein gewissenloser, und er strebt nach der englischen Krone.« Edyth spürte, wie er mit ihren Fingern spielte, wie mit Kerbhölzern, die ihm magische Zahlen offenbarten. »Eines und nur eines hat mir diese unglückselige Reise gezeigt – wir dürfen unter keinen Umständen zulassen, dass die Normannen England regieren.«

»Dann musst du König werden, Harold.«

»Der Ungar, Prinz Edgar …«

»Vielleicht, wenn der König noch ein paar Jahre lebt.« Es entstand eine Pause. »Aber wenn nicht, dann musst du der nächste Herrscher sein.«

»Das werden die Menschen nicht wollen.«

»Doch, das werden sie. Sie lieben dich. Das Volk von Wessex liebt dich, weil du einer der Ihren bist. Unsere Familie sichert dir Mercias Unterstützung, und Torr die von Northumbria.«

»Ach, Torr. Die Menschen in Northumbria mögen ihn nicht sonderlich, weißt du.«

»Ich weiß. Morcar hat mir davon berichtet.«

»Was spricht also dagegen, diese Antipathie auch auf seinen Bruder auszudehnen? Sie hassen Torr, weil er ihr Land zur eigenen Bereicherung ausbeutet, und täte ich das nicht in gewisser Weise auch, wenn ich den Thron bestiege?«

»Betrachtest du den Thron denn als Bereicherung, Harold?«

»Nein, aber in den Augen der Engländer wird es so wirken. Aus der Ferne sieht das Königtum immer sehr glanzvoll aus; nur aus der Nähe erkennt man, dass der Glanz nicht vom Gold, sondern vom Stahl herrührt. Wenn die Bevölkerung des Nordens keinen König aus dem Süden haben will, sucht sie sich einen neuen. Das haben sie schon einmal getan – oder wie, glaubst du, hat König Knut wohl England erobert?«

Edyth starrte ihn an. »Hardrada«, keuchte sie.

»Hardrada, ja. Viele Einwohner Northumbrias haben immer noch das Gefühl, mehr mit Norwegen als mit England gemein zu haben. York könnte ihn mit offenen Armen empfangen, und dann wären wir verloren.«

Edyth erinnerte sich an die sturmumwölkten Augen des großen Kriegers, die sie auf Rhuddlan förmlich festgenagelt hatten, und ihr wurde klar, dass Harold recht hatte.

»Dann muss man Torr dazu bringen, gerechter zu regieren. Du musst mit ihm reden, Harold, ihm klarmachen, wie wichtig das für England ist.«

Harold schnaubte. »Mein Bruder interessiert sich nur für das, was für ihn selbst wichtig ist.«

»Vielleicht könnte *ich* ja mit ihm reden?«

»Nein!« Erneut ergriff Harold ihre Hände. »Nein, Edyth, du darfst ihm nicht nahe kommen. Er würde …«

»Mich pfählen?« Harold erschauerte bei den Worten, und Edyth verkniff sich nur mit Mühe ein Lachen. »Ich bin kein Mädchen mehr, Harold. Du musst mich nicht beschützen, meine Unschuld ist sowieso dahin.«

»Nicht die *ganze* Unschuld, Edyth. Wir sind unschuldiger, als wir glauben. Ich war unschuldig genug, um zu glauben, dass William mich ehrenhaft behandeln würde. Es gibt mehr Dunkelheit in dieser Welt, als wir wissen können – als wir wissen *sollten,* und das gilt für manche von uns ganz besonders.«

»Für Svana zum Beispiel«, hauchte Edyth.

»Svana sieht all das Gute in Gottes Schöpfung«, stimmte Harold zu, und sein Blick wurde weich. »Sie hat sich auf Nazeing ihre eigene Welt geschaffen, und das ist ein wunderschöner Ort, Edyth. Auch dort gibt es Probleme – auf welchem Anwesen gäbe es die nicht –, aber keine gespaltenen Lager, keine Politik, keinen verdammten Krieg. In diesem Sinne ist es perfekt, aber gleichzeitig auch unwirklich. Svana wünscht sich, dass der Rest der Welt auch so sein möge, und sie hat damit recht, aber …«

»Aber das ist unmöglich. Nicht, solange der Rest der Welt nicht ähnlich reinen Herzens ist wie sie.«

»Du erkennst das, Edyth.«

»Wie könnte ich das verkennen? Schließlich bin ich im Haushalt meines Vaters aufgewachsen. Er lebte und atmete Politik.«

»Genau wie meiner, Edyth, genau wie meiner. Wir sind aus dem gleichen Holz geschnitzt, du und ich, getrieben von unserer Pflicht einer größeren Familie gegenüber als nur unserer eigenen. Manchmal wünschte ich, ich wäre nicht so und könnte mich nach Nazeing zurückziehen und das Leben eines Landjunkers führen. Aber dafür müsste ich auf mein Fürstentum verzichten, und dagegen lehnt sich mein ganzes Inneres auf. Mein Vater hat Wessex erobert, Edyth, und ich bin stolz, es für ihn halten zu können, genauso wie ich stolz bin, zum Großen Rat Englands zu gehören.«

Er klang so bitter, so verwirrt. Edyth streckte die Hand aus.

»An Stolz ist nichts auszusetzen, Harold. Ebenso wenig wie an Pflichtgefühl.«

»Aber wem gegenüber bin ich denn verpflichtet, Edyth? Ich will nicht nur mein Land schützen, sondern auch meine Kinder, vielleicht sogar noch mehr, und ich frage mich voller Sorge, ob das falsch ist. Svana hält es ganz gewiss für falsch, und ich liebe sie dafür, aber meinem eigenen Gewissen kann ich nicht entrinnen. Ich will nicht König von England werden, Edyth, aber wenn England mich letztlich haben will, dann kann ich unmöglich Nein sagen. Ich bitte nur inständig darum, diese Bürde nicht allein tragen zu müssen.«

»Du wirst Svana an deiner Seite haben.«

»So wie ich sie jetzt hier habe?«

»Das ist nicht fair. Es geht ihr nicht gut. Die Reise hätte sie gefährdet.«

»Reisen gefährdet sie immer. Sie kann am Hof nicht atmen, nicht lange jedenfalls. Nicht, wie du es kannst, Edyth.«

»Harold, nicht.«

»Du warst schon einmal Königin; du könntest es noch einmal werden.«

»Nicht so …«

»Heirate mich.«

»Nein! Nein, Harold, das darfst du nicht sagen. Nicht du.«

»Andere haben auch schon davon gesprochen?«

»Zu viele, aber sie haben keine Ahnung. Sie denken nur an die Politik, nicht an die Liebe.«

»Und das wäre eine *politische* Verbindung.«

»Keine Liebesheirat?«

»Du liegst mir sehr am Herzen, Edyth, das weißt du.«

»Als Freundin.«

»Ja, aber …«

»Du meinst, wir würden … so tun, als ob? Eine ausschließlich platonische Verbindung eingehen?«

Etwas tief in ihrem Inneren wütete heftig gegen seine Überlegungen, aber dann schüttelte er den Kopf.

»Nein. Nein, das nicht, Edyth. Meine Schwester hat so eine Ehe zuerst geführt, und es hätte sie beinahe getötet. Eine Gemahlin muss eine Gemahlin sein.«

Edyth blickte zu ihm auf. Sein Gesicht war dem ihren ganz nah, sein Atem strich warm über ihre Wange, in seinen Augen brodelten Gefühle, die sie nicht entziffern konnte. »Aber Svana …«, sagte sie kläglich.

Er verschloss ihr den Mund mit seinen Lippen. Grimmig, besitzergreifend. Die Luft schien aus dem Raum zu entweichen. Edyth schwirrte der Kopf, ihr Körper stand in Flammen und wogte ihm entgegen wie ein Boot auf den Wellen. Ein wundervoller Rausch setzte ein, und sie klammerte sich an ihn, aber als ihre Finger hinter seinem Nacken lagen, strauchelten sie an ihrem gesunden Menschenverstand, und sie machte sich ruckartig los.

»Nein«, sagte sie und dann lauter: *»Nein!«* Dann wandte sie sich um und rannte hinaus in die Nacht durch das Lager, um sich in ihrem eigenen Bett zu vergraben. Doch sie wusste bereits jetzt, dass sie nie tief genug in die weichen Federn sinken konnte, um dem zu entkommen, was gerade geschehen war.

Am darauffolgenden Morgen blieb Edyth in ihrem Pavillon und betete darum, dass Harold abreisen würde, um dem König in Westminster Bericht zu erstatten, ohne dass sie ihn würde wiedersehen müssen. Sie war über seinen Kuss entsetzt, und noch entsetzter darüber, wie bereitwillig sie darauf eingegangen war. Was hatte er gestern Abend über die Unschuld gesagt? Wie war es möglich, dermaßen unschuldig zu sein, sogar was die eigenen Begierden anging? Nicht dass sie ihn begehrte. Nein. Ihr gestriges Verhalten war der späten Stunde, dem vielen Wein und dem Gefühl geschuldet, ihn durch den Bastard-Herzog so übel zugerichtet zu sehen. Dennoch hatte sie nicht den Wunsch, sich den Launen ihres verwitweten Körpers nochmals zu überlassen, und sie schlich in ihrem Zelt herum und wartete darauf zu hören, wie die Truppen sich sammelten, um davonzureiten.

Aber sie hörte nichts. Doch als die Sonne ihren Zenit überschritten hatte und die Schatten im Raum länger wurden, hörte sie vor dem Pavillon eine Stimme. Edyth starrte voller Schrecken zum Eingang.

»Edyth?« Seine Stimme war sanft, nervös. Sie sah zur Decke. »Edyth, ich bin es – Harold. Kann ich eintreten? Bitte.«

»Besser nicht.«

»Nein, Edyth. Wir können das nicht so auf sich beruhen lassen. Es war nur ein Kuss.«

Nur ein Kuss? Nein, es war ein Funke, der die Bedürfnisse und Begierden neu entzündet hatte, die sie begraben hatte, als Griffin vor ihren Augen in den walisischen Eryri-Bergen niedergestreckt worden war. Aber wenn *Harold* diesen Kuss als unbedeutend bewertete, dann konnte sie es vielleicht auch so sehen.

»Du warst müde«, schlug sie vor.

»Müde und einsam und verwirrt. Nein, nicht verwirrt, aber ... töricht. Edyth, kann ich bitte eintreten?«

Langsam schob sie den Zeltvorhang beiseite, und der große Earl of Wessex trat verlegen ein.

»Svana«, sagte sie, und diesmal hinderte er sie nicht am Sprechen, sondern stand nur mit hängendem Kopf da. »Liebst du sie?«

»Natürlich liebe ich sie, mehr als mein Leben. Warum, glaubst du denn, will ich sie nicht zu meiner Königin machen?«

Edyth runzelte die Stirn, aber er packte ihre Arme und drückte sie an ihren Rumpf. Ihr Körper sang förmlich bei dieser Berührung, und sie kämpfte dagegen an, angewidert von sich selbst.

»Königin zu sein, würde Svana umbringen, Edyth. Sie braucht ihre Freiheit, nicht die Fesseln, die die Anforderungen eines launischen Landes ihr anlegen würden. Sie erträgt es noch nicht einmal, bei Hof zu sein, das weißt du – wie viel mehr würde sie es verabscheuen, darüber zu herrschen?«

Edyth blickte auf seine großen Hände hinab, die ihre Arme umfingen, und versuchte, sich auf seine Worte zu konzentrieren. Er hatte recht – mit jedem einzelnen Wort.

»Dann musst du eben ohne Königin regieren.«

Er schüttelte den Kopf. »Dazu bin ich nicht stark genug, Edyth. Vielleicht bin ich noch nicht einmal stark genug, um überhaupt König zu sein.«

»Nein, Harold, du bist stark genug.« Sie sah eindringlich zu ihm empor, und plötzlich waren ihre Gesichter sich wieder ganz nah, und der ganze Wahnsinn begann von vorn. »Lass mich los.«

Er wich zurück, als habe man ihn geschlagen, und Edyth sah, wie seine Brust sich hob und senkte, genau wie ihre eigene. »Das muss aufhören, Harold. Reite zu Edward, erstatte ihm Bericht, hebe weitere Truppen aus, wenn du das willst. Aber es besteht kein Grund zur Panik, kein Grund zu … törichter Eile.«

»Edyth … bitte. Noch ist Edward gesund. Aber das kann sich jederzeit ändern. Wir können nicht wissen, was die Zukunft uns bringt; wir können nur in bester Absicht handeln.«

»Gott sieht unsere Absichten.« Edyth hörte ihre eigenen Worte, und sie klangen wie eine schreckliche Selbstanklage. Gott würde in der Tat genau wissen, welche Absicht sie, ohne es zu wollen, bei jenem verrückten Kuss am gestrigen Abend getrieben hatte. Aber dennoch hatte Harry recht. Königin zu sein, würde Svana umbringen, und wenn Edyth ihre Stelle einnahm, nur um ihre Freundin zu retten oder um Harold zu helfen, dann wäre eine solche Lösung vielleicht denkbar gewesen. Aber diese dunkle Nacht hatte gefährliche Gefühle in ihr entfacht, die bedeuteten, dass sie ihre liebste Freundin mit einer solchen Verbindung nicht retten, sondern sie betrügen würde. Die Wahrheit war: Auf eine solche Ehe hätte sie sich nur einlassen können, wenn sie weniger für ihn empfunden hätte – viel, viel weniger.

»Guten Tag, Harold«, sagte sie steif. »Möge Gott dir eine schnelle Reise nach Westminster gewähren.«

»Du wirst nicht mit uns reiten?«

»Ich muss nach Coventry zurückkehren. Meine Familie braucht mich – so, wie deine dich braucht.«

Harold seufzte. »Ich wollte dir keine Schande bereiten, Edyth.«

»Deshalb müssen sich unsere Wege jetzt auch trennen, und wir dürfen nie wieder von Heirat sprechen. Du wirst doch *nie wieder* davon anfangen, Harold?«

Harold jedoch verbeugte sich nur tief und verließ das Zelt. Im Eingang blieb er noch einmal stehen, und Edyth musste sich am Bettpfosten festhalten, um ihm nicht hinterherzulaufen.

»Gott segne dich, Edyth Alfgarsdottir«, murmelte er, und dann war er endlich fort.

# KAPITEL VIERUNDZWANZIG

**Coventry, Oktober 1065**

*Meine liebste Edyth,*

*ich hoffe, wenn dieser Brief dich erreicht, geht es dir gut, und du bist in Coventry in Sicherheit, obwohl ich langsam fürchte, dass jene Sicherheit, die ich, wie du weißt, lange für ein hohes Gut gehalten habe, eine Illusion ist. Harold war länger denn je beim König. Edward war sehr krank, Edyth. Eine Zeitlang fürchtete der Hof um sein Leben, aber – Gott sei gepriesen – er hat sich wieder erholt, und Harold hat ihn in Torrs wunderschönes Jagdschloss in Wiltshire gebracht, um seine Lebensgeister wieder zu wecken. Ich bete inständig darum, dass es funktioniert, denn im Traum sehe ich nur noch Kronen, die ihre Schatten auf uns werfen, und fürchte die Anforderungen, die der Tod des Königs an uns stellen wird, mit jedem Tag mehr.*

*Sie nennen Harold jetzt Subregulus, Edyth, und da Edward sich ausschließlich für seine kostbare Kathedrale interessiert, kontrolliert er sämtliche Regierungsgeschäfte. Niemand außer ihm wäre für diese Aufgabe geeignet. Der junge ungarische Prinz Edgar ist noch immer so ein jämmerliches, kleines Wesen wie an dem Tag, an dem sein Vater starb, obwohl ich durchaus Mitleid mit ihm empfinde. Auch er ist ein*

*Opfer der Kronerbenfrage für dieses Land, aber ihn schützt zumindest seine Jugend, und das nutzt er aus. Harold sagt, er macht nur wenig Fortschritte bei seiner militärischen Ausbildung und isst wie ein Mädchen. Es besteht wohl kaum Hoffnung, dass er in absehbarer Zeit eine Armee anführen kann, und die werden wir brauchen, wenn König Edward zu Gott befohlen wird.*

*Einen Engländer gibt es, der den Thron bereitwillig übernähme, ja, sogar freudig, aber Harold fürchtet seine Regentschaft vielleicht noch mehr als die Herzog Williams oder sogar des Wikingers, Hardrada. Earl Torr ist machtgierig wie eh und je und bringt seinem eigenen Fürstentum nur Verachtung entgegen. Er hält sich so selten dort auf, dass die jüngeren Lords aus dem Norden ihn kaum erkennen, wenn sie bei Hof sind, und wenn er einmal dorthin reist, dann nur, um weitere Steuern zu erheben und Strafen zu verhängen. Er verdient den Titel gar nicht, den er so sehr verachtet. Bitte warne deinen Bruder vor seinem Nachbarn im Norden, denn Aufstände in Northumbria können sich vielleicht auch auf Mercia ausbreiten.*

*Ich würde dich so gern sehen, Edyth. Ich habe dich beim Kronzeremoniell an Pfingsten so vermisst, und bis zum Weihnachtsfest vergeht noch so viel Zeit. Ich weiß, ich war immer übervorsichtig, und ich weiß, dass du mich deshalb auslachst, aber die Welt dreht sich immer schneller, und sie wird uns voneinander entfernen, wenn wir nicht aufpassen. Ich bete um unser Frauenjahr, aber ich fürchte, 1066 wird es nicht sein.*

*Komm her und besuch mich hier. Es gibt so viele Dinge, über die wir reden sollten, und für die ein welliges Stück Pergament denkbar ungeeignet ist.*

*Pass auf dich auf, meine liebe Freundin, und behaltet eure Grenzen im Auge.*

*Mit all meiner Liebe*
*Svana*

Edyth faltete den Brief sorgfältig zusammen und legte ihn in ihren Schoß. Es war ein wunderschöner Herbsttag, und die Blätter tanzten im eleganten Hof Coventrys umher, aber Svanas Worte jagten ihr Kälteschauer über den Rücken.

»Kommt schon, Jungen, mehr. Abwehr und Stoß und – au! Hervorragend, Ewan, hervorragend!«

Sie sah auf. Morcar hielt sich mit dramatischer Geste den Schenkel, gegen den sein ältester Neffe, nun ein Pimpf von neun Jahren, gerade einen tödlichen Schlag mit seinem hölzernen Übungsschwert pariert hatte.

Morgan, der sich nicht ausstechen lassen wollte, stürzte sich wild auf seinen Onkel Edwin.

»Weiter so, Morgan«, ermutigte ihn Ewan, »tu so, als ob er ein Normanne sei – schlachte ihn ab!«

Edyth erschauerte und fuhr mit dem Finger über Svanas Brief. Es stimmte zwar, dass ihre Freundin immer übervorsichtig gewesen war, aber Edyth hatte mehr und mehr das Gefühl, dass sie mit ihren Befürchtungen recht hatte. Ihre kostbaren Jungen dabei zu beobachten, wie sie im sicheren Refugium des Hofes von Coventry an Waffenübungen teilnahmen, war schön und gut, aber wenn die Normannen tatsächlich einmarschierten, würde das wohl kaum ausreichen.

Als der Falkner kam, um die Jungen zu ihrer nächsten Unterrichtsstunde abzuholen, trat Morcar zu ihr und rieb sich immer noch mit schmerzverzerrtem Gesicht den Schenkel.

»Deine Söhne sind harte Kämpfer.«

»Genau wie ihr Vater, Gott segne ihn.«

»Du vermisst ihn immer noch?«

»Ich vermisse ihn. Ich vermisse auch mein Leben als Königin. Vor allem aber vermisse ich die Gewissheit, wer meine Feinde sind.«

»Du bist in melancholischer Stimmung, Schwester.« Er betrachtete das Pergament in ihrem Schoß. »Wer hat dir die Stimmung verdorben?«

Edyth seufzte. »Svana. Sie quält sich vor Sorge um Harold, da der König krank ist. Und sie sorgt sich auch um uns.« Sie ergriff Morcars Arm. »Sie sagt, es gäbe Ärger in Northumbria, Marc, und dass wir auf unsere Grenzen achten müssen. Ich muss mit Edwin reden.«

Sie wollte sich gerade erheben, aber er hielt sie auf. »Edwin weiß es.«

Etwas in seiner Haltung, eine plötzliche, untypische Feierlichkeit, ließ Edyth innehalten, und ihr stockte der Atem. »Was meinst du damit, Marc? Ist irgendetwas geschehen?«

Morcar drehte sich um und winkte Edwin zu ihnen herüber. »Es gibt tatsächlich Ärger in Northumbria«, bekannte er. »Earl Torr hat den Menschen nach der Ernte eine ungeheure Steuerlast aufgebürdet, und viele Stimmen haben sich gegen ihn erhoben, insbesondere in York. Das könnte gefährlich werden.«

»Hardrada?«

»Das wäre eine Möglichkeit«, stimmte Edwin zu, der hinzugekommen war. »Aber meiner Einschätzung nach sind im Moment eher die Aufstände vor Ort das Problem.«

»Was meinst du damit genau?« Edyth blickte von einem Bruder zum anderen. »Warum erzählt ihr mir nichts?«

»Du solltest dir keine Sorgen machen, Edyth«, antwortete Edwin. »Du hast deine Kinder, um die du dich kümmern musst.«

»Und das verhindert, dass ich das große Weltgeschehen verstehe, nicht wahr? Das hindert mich daran, mich für jenes England zu interessieren, in dem sie aufwachsen werden?« Die beiden Männer sahen einander betreten an, und Edyth stampfte frustriert mit dem Fuß auf. »Ich war Königin, Edwin. Ich habe ein Land regiert. Ich habe zu einer feindlichen Menge gesprochen. Man muss mich nicht beschützen.«

»Ich glaube, sie sollte Bescheid wissen«, sagte Morcar. »Bald ist es sowieso unvermeidlich.«

»Was denn?«, schrie Edyth, aber schon hatten sich beide Brüder abgewandt und sahen zum Wachturm hinüber, wo die Wachen lautstark mit einem Neuankömmling vor den Toren verhandelten.

»Vielleicht ist es in der Tat jetzt schon unvermeidlich«, sagte Edwin leise.

Er schritt über den Hof, sprintete mit wenigen Schritten den Wachturm hinauf und sah zur Fensteröffnung über ihnen nach unten.

»Lasst sie ein«, befahl er den Wachen und sagte dann zu den Männern vor den Toren: »Seid willkommen in Frieden.«

»Marc«, rief Edyth scharf, als sie über den Hof eilten, »was ist hier los?«

Die Tore öffneten sich, und drei Männer – Lords, ihren feinen Umhängen nach zu urteilen – ritten herein, flankiert von ihren Wachen. Als sie Morcar sahen, stiegen sie von ihren Pferden ab und ließen sich vor ihm auf die Knie fallen.

»Lord Morcar, wir kommen mit Neuigkeiten. Rebellen haben York eingenommen und die Männer des fehlgeleiteten

Earl vertrieben. Sie haben den Thronschatz an sich genommen und Earl Torr für vogelfrei erklärt wegen seiner Verbrechen an seiner Bevölkerung. Wir bitten Euch, an seiner Stelle als neuer Earl von Northumbria zu regieren, und stellen unsere Waffen in Euren Dienst, um Euren Anspruch auf die Regentschaft zu unterstützen.«

Edyth konnte es kaum glauben. Die Leute aus dem Norden hatten ihren eigenen Regenten hinausgeworfen und wollten Morcar an seiner Stelle? Sie sah zu ihrem gutaussehenden Bruder hinüber, der hoch aufgerichtet vor den Männern stand, als ob ihm dieses Ansinnen zustünde. Er war offensichtlich nicht überrascht. Svana hatte mit ihrer Warnung recht gehabt, aber ihr Brief war viel zu spät angekommen, als dass Edyth noch etwas hätte unternehmen können.

»Morcar, das ist gefährlich«, stieß sie hervor. »Sich gegen den Earl zu stellen, bedeutet, sich gegen den König zu stellen.«

»Nicht gegen den König«, erwiderte Morcar ruhig. »Ich stehe treu zu König Edward. Wir alle sind ihm gegenüber loyal. Wir wollen einfach nur, dass man unsere Stimme hört.«

Wir? Unsere? Morcar sprach selbstbewusst und sicher, und es war offensichtlich, dass er, wenn auch aus der Ferne, schon seit langer Zeit ihr Anführer gewesen war. Die Männer baten nicht um seine Unterstützung, sondern bestätigten sie nur.

»Ich akzeptiere«, sagte Morcar nun und bedeutete den drei Lords, sich zu erheben. »Kommt, Ihr braucht eine Erfrischung, und ich will hören, was es Neues gibt. Wir haben keine Zeit zu verlieren.«

Edyth wagte es nicht, sich zu den Männern an den Tisch zu setzen. Gleichwohl blieb sie mit ihrer Mutter und der Großmutter in der Nähe, sorgte dafür, dass sie bedient wurden, und lauschte aufmerksam dem, was sie zu sagen hatten. Die Rebellen waren zahlreich, und es wurden täglich mehr. Boten waren nicht nur durch Northumbria geritten, sondern auch durch Mercia, und in sämtlichen Dörfern des Nordens erhob man sich gegen Earl Torr.

»Torr wird schäumen vor Wut«, flüsterte Edyth Godiva zu.

»Das hätte er sich früher überlegen müssen«, antwortete sie bissig.

»Das ist wahr«, stimmte Meghan zu. »Ein Earl ist seinen Untertanen gegenüber in der Pflicht. Alfgar hat das immer gesagt, Gott segne ihn. Dieser elende Godwinson hat seine Pflichten vernachlässigt, und jetzt muss er dafür bezahlen. Morcar wird ein wundervoller Earl sein.«

»Aber Torr wird das nicht einfach so hinnehmen. Er wird in den Kampf ziehen.«

»Mit welcher Armee denn? Seine Männer haben sich gegen ihn gewandt.«

»Der König wird die Fyrd zu den Waffen rufen.«

»Und Engländer gegen Engländer kämpfen lassen? Dazu ist er zu schwach. Außerdem soll seine kostbare Kathedrale bald eingeweiht werden, und seine sterbliche Seele steht auf dem Spiel. Das glaubst du doch nicht wirklich, Edyth, oder?«

Edyth blickte zu Boden. Die Fyrd – die englische Miliz, die von Dörfern und niederen Lords als eine Form der Abgabe dem König zur Verfügung gestellt wurde – konnte jederzeit zu den Waffen gerufen werden, aber Meghan hatte recht: Nur ein Verrückter würde sie in einem Bürgerkrieg aktivieren. Was also würde jetzt geschehen? Svana hatte geschrieben, dass Harold in Wiltshire bei Torr war. Er würde also an der Seite seines Bruders sein, wenn die Neuigkeit eintraf. Wie würde er sich verhalten? Was *konnte* er überhaupt tun? Und was konnte *sie* unternehmen, um ihnen allen den Weg zu erleichtern?

Sie dachte an Griffin und daran, dass er sein Leben damit verbracht hatte, Aufstände niederzuschlagen. Die verschiedenen Lager hatten Wales wieder entzweit, so dass das so hart erkämpfte Land ihres Gemahls mit Leichtigkeit von einem ausländischen Feind hatte erobert werden können. Das durfte in England nicht auch geschehen. Und plötzlich kam ihr eine Idee, wie sie das verhindern konnte.

Sie stahl sich davon und ging in Richtung Pferdestall. Es wurde Zeit, Môrgwynt wieder einmal einen anständigen Ausritt zu gönnen; und ihr selbst konnte es auch nicht schaden. Svana mochte sich nach Sicherheit sehnen, aber Edyth – Gott steh ihr bei – wurde der Sicherheit viel schneller überdrüssig, als gut für sie war.

# Kapitel fünfundzwanzig

**Wiltshire, Oktober 1065**

Harold war beim Morgengrauen auf den Beinen und schritt jetzt über den Hof von Torrs luxuriösem neuen Jagdschloss in Britford. Die Spielmänner hatten in der eleganten Großen Halle gestern lange aufgespielt – länger, als sowohl König Edward als auch Harold hatten durchhalten können, und er fürchtete, dass sein Bruder noch lange nicht aus den Federn kommen würde. Ruhelos betrat er die Falknerei. Das Wetter war perfekt zur Falkenjagd, kühl und frisch mit einer leichten Brise, die die Vögel beflügelte, und wenn er schon mit Torr hier festsitzen musste, dann wollte er auch das Beste daraus machen.

Harold ging zu seinem eigenen Falken, Artemis, hinüber und schnalzte leise mit der Zunge, um das Weibchen zu wecken. Ein paar weitere Tage noch, dann würde er vom König den Abschied erbitten und nach Nazeing reiten. Edward genoss die Jagd und erfreute sich erheblich besserer Gesundheit, deshalb wollte Harold noch vor dem Weihnachtsfest bei Hof zu Svana zurückkehren. Er musste sich um Godwins Erziehung kümmern. Joseph hatte dafür gesorgt, dass er gut ausgebildet wurde, aber bald wurde der Junge achtzehn und sollte sich seine militärischen Sporen in einem anderen Haushalt verdienen. Vielleicht sollte er auch Edmund woanders unterbringen? Er war mit ihnen viel zu nachsichtig gewesen. Wenn sie in die Welt jenseits der üppigen Weiden ihrer Mutter hinauszogen, würden sie ihr nicht gewachsen sein. Er zog eine Grimasse und griff nach Artemis' Haube, aber klappernde Hufe im Nebenhof ließen ihn innehalten.

»Wer kann das sein?«, fragte er den Vogel, aber Artemis konnte mit ihrer Haube noch nicht einmal den Kopf drehen. »Nur noch einen Augenblick«, versprach Harold ihr und ging zur Tür der Falknerei hinüber.

Zwei Boten stiegen soeben vom Pferd und sprachen eindringlich auf die Wachen ein.

»Kann ich euch helfen?«

Sie wandten sich um und kamen flink zu ihm hinübergelaufen. Dann machten sie eine tiefe, nervöse Verbeugung.

»Wir bringen Neuigkeiten, Mylord – ernste Neuigkeiten.«

Harolds Gedanken überschlugen sich. König Edward war hier, er konnte also nicht gemeint sein.

»Eine Invasion?«

»Oh nein, Mylord.« Die Boten sahen kurzzeitig erleichtert aus, dann rissen sie sich zusammen. »Eine Rebellion.«

»Eine Rebellion?! Hier in England?«

»Ja, Mylord, im Norden. Die Rebellen haben York eingenommen und beanspruchen das Fürstentum Northumbria für ihren eigenen Mann.«

Harold blickte zu Torrs Fenster hinauf, aber die Läden waren noch immer fest geschlossen, und er war zweifelsohne nicht allein. »Erzählt mir mehr«, drängte er voller böser Vorahnungen.

»Es ist eine starke Streitmacht, Mylord, und gut organisiert. Sie haben Earl Torrs Garde hinausgeworfen und den Staatsschatz an sich genommen. Sie marschieren gen Süden, rekrutieren Männer, wo immer sie hinkommen – in Lincoln, Nottingham, Leicester. Im Augenblick sind sie auf dem Vormarsch nach Oxford.«

»So nah sind sie schon?«

»Sie haben Earl Torr zum Vogelfreien erklärt und an seiner Stelle Lord Morcar of Mercia zum Oberhaupt erklärt.«

»Marc? Gütiger Gott, der ist doch noch ein Junge.«

»Ein sehr beliebter Junge, Mylord, vergebt mir.« Der Bote neigte den Kopf, entsetzt über seinen eigenen Wagemut, aber Harold tätschelte ihm die Schulter. Er brauchte jetzt Leute um sich, die offen ihre Meinung äußerten.

»Wie viele Männer hat er in seinem Gefolge?«

»Es sind etwa fünftausend, und man sagt, dass auch Waliser darunter sind – hervorragend ausgebildete Soldaten, Mylord, nicht nur Bauern mit Heugabeln.«

»Waliser?« Harold schloss die Augen. Es gab nur einen Menschen, der Waliser zu den Waffen rufen konnte.

Wie konnte sie es wagen? Er hatte sie für seine Freundin gehalten, hatte sie an seiner Seite geglaubt, hatte geglaubt, dass ihr etwas an ihm lag. *»Unsere Familie sichert dir Mercias Unterstützung«*, hatte sie damals in Bosham versprochen, als er so töricht gewesen war, sie zu bitten, seine Frau zu werden. Nun, sie hatte sich tatsächlich daran gehalten, aber im Zorn und als Gegnerin. Lachte sie nun über seine Leichtgläubigkeit, während sie die Truppen ihres toten Gemahls gegen seine Familie führte? Ihm war übel, als er erneut zum Gemach seines Bruders hinaufblickte. Was hatte sein lockerer Lebenswandel ihnen jetzt eingebrockt? Ihre Unterhaltung vom Abend zuvor ging ihm durch den Kopf.

»Gott, Harold, was bist du doch für ein Langweiler geworden«, hatte Torr sich beklagt, als er kurz nach dem König aufgestanden war, um sich zurückzuziehen. »Du solltest aus den Reichtümern um dich herum das Beste machen.«

»Vielleicht, aber derlei Ausschweifungen sind falsch, Torr. Ein Earl sollte weise regieren und sich nicht von Gier leiten lassen.«

»Wie du, Bruder? Bist du etwa nicht gierig? Ich bin wenigstens nur hinter den Frauen her – du bist derjenige, den es nach der Krone gelüstet.«

»Das ist nicht wahr«, hatte Harold verletzt geantwortet. »Der König befiehlt mir, ihm zu dienen.«

»Nur weil du immer anwesend bist, um Befehle zu erteilen. Außerdem ist es doch leicht für dich, nicht wahr? Edward gefällt es in Wessex; du wirst ihn kaum überreden können, in Northumbria zur Jagd zu reiten.«

»Wenn du«, erwiderte Harold scharf, »einen Palast wie diesen dort errichtet hättest, würde er das vielleicht sogar tun. Garth oder Lane verlassen ihre Fürstentümer nur selten, und sie verfügen über erheblich weniger Erfahrung als du. Du vernachlässigst deine Leute, Torr, und das ist falsch.«

»Falsch? Du bist besessen von ›Falsch‹. Leb ein bisschen, Harold.« Er schnippte mit den Fingern, um sich Wein bringen zu lassen. »Komm, Bruder, wir wollen nicht miteinander streiten. Der König ist zu Bett gegangen, und wir können uns endlich amüsieren.«

»Torr!«

»Was denn? Oh komm schon, Harold, sag nicht, du genießt die Gesellschaft des alten Narren?«

»Pst«, hatte Harold gezischt. »Zeig ein wenig mehr Respekt. Er ist immerhin der König.«

»Das ist er, und ein alter Narr ist er obendrein. Wir haben heute fast nichts gefangen, weil er so langsam geritten ist.«

»Es ging ihm nicht gut.«

»Also lass ihn doch auf seinem Thron schnarchen, dann geht es uns allen besser.«

»Torr, bitte – das ist Verrat.«

»Wohl kaum! Komm schon, Harry. Ich habe meine Pflicht getan. Ich bin den ganzen Tag im Tempo des Königs geritten und habe den ganzen Abend über Kirchen geredet. Jetzt habe ich ein bisschen Spaß verdient.«

»Das denkst du immer.«

»Und ich habe immer recht. Du hast auch etwas Spaß verdient, Harold, du weißt nur nicht, wie du es anstellen sollst.«

Bei der Erinnerung an gestern stöhnte Harold jetzt laut auf. Torr hatte letztlich zu sehr gelebt, und ausnahmsweise hoffte Harold diesmal, dass er seine wollüstige Nacht genossen hatte, denn wie es schien, würde dieser kühle Morgen seinem sorglosen Treiben ein Ende bereiten.

Die Rebellen versammelten sich wenige Stunden später auf dem Hügel, genau hinter Torrs Jagdschlösschen, ordentlich und kontrolliert – das war kein Pöbel, sondern eine kampfbereite und besorgniserregend intelligente Streitmacht. König Edward kam aus seinem Gemach und betrachtete sie neugierig über den Zaun hinweg – fast, als werfe er einen Blick ins königliche Kinderzimmer. Harold eilte herbei, um ihn zu seinem Thron zu geleiten, der inmitten eines hastig errichteten Podests stand, um die Delegation der Rebellen zu empfangen.

»Was für eine Verschwendung an so einem schönen Morgen«, murmelte Edward, als Harold ihm hinaufhalf.

»Es ist ernst, Sire«, warnte Harold, aber Edward grunzte nur und ließ seinen Finger unbekümmert über die funkelnde Länge seines Zepters wandern, eine wunderschöne, juwelenbesetzte Rute, die sein Recht symbolisierte, über seine Untertanen Recht zu sprechen.

»Wir können uns keinen Bürgerkrieg leisten«, drängte Harold. »Ihr werdet in ganz Europa für Eure friedvolle Art der Regentschaft gepriesen, und da die Einweihung Eurer Kathedrale kurz bevorsteht, müssen wir diesen Frieden unbedingt erhalten.«

»Zumal es mir so schlecht geht, meint Ihr. Alle warten doch nur darauf, dass ich sterbe, Harold.«

»Alle wünschen Euch Gesundheit, Sire. Je länger Ihr regiert, umso stärker wird England sein.«

»Wohl gesprochen.«

»Es ist die Wahrheit.«

»Aber sie haben recht, Harold.« Der König packte plötzlich seinen Arm. »Ich bin nicht mehr lange auf dieser Welt, und, um die Wahrheit zu sagen, ich bin bereit, sie zu verlassen. Nur meine Angst vor dem, was ich hinterlassen werde – oder auch *nicht* hinterlassen werde –, hält mich noch auf dieser rauen Erde. Ihr werdet doch für England sorgen, Harold, wenn ich nicht mehr bin?«

Harold sah sich nervös um. Diener stellten Bänke unter ihnen auf und führten die Geschworenen – zwölf Thane, die rasch aus der näheren Umgebung zusammengerufen worden waren – zu ihren Sitzen, während die Rebellen näher zu den Toren rückten. Das war wohl kaum der richtige Zeitpunkt für solch ein gewichtiges Gespräch.

»Sire«, bat er inständig. »Ich habe zu diesem Thema schon zu viel geschworen.«

»Ihr meint Herzog William?« Edward wischte das fort wie eine Staubfluse und zog Harold weiter zurück auf das Podest. »Ich spreche Euch von diesem falschen Schwur frei. Ihr wisst so gut wie ich, dass die letzten Worte des Königs seinen absoluten letzten Willen darstellen. Der Erbe, den ich nenne, wenn ich im Sterben liege, ist der gottgewollte Erbe, und wo Gott die Führung übernimmt, muss das Volk folgen.«

Harold blickte hinüber zu der großen Gruppe der Rebellen, und ihm sank das Herz. »Sire, Ihr seid wirklich sehr freundlich, aber ich weiß nicht, wie man regiert.«

Edward tätschelte ihm darauf lediglich den Arm, als hätte er nur Sorge geäußert, weil er einen bestimmten Schwerthieb nicht ausführen oder mit seinem Pferd nicht hoch genug springen konnte.

»Doch, das wisst Ihr, Harold. Ihr wisst es mit jeder Faser Eures Seins und wusstet es immer schon. Nun müsst Ihr nur noch daran glauben. Damit fangen wir heute an. Ich möchte, dass *Ihr* diesen Prozess führt.«

Entsetzt starrte Harold ihn an. »Sire, das kann ich nicht tun. Die Rebellen wollen Eure Gerechtigkeit als Gottes Stellvertreter auf Erden.«

»Und die gewähre ich ihnen, Harold, und zwar durch *meinen* Repräsentanten auf dieser Erde – Euch.« Plötzlich ging er zurück zum Thron und nahm das königliche Zepter in die Hand. Es war schwer, und beide sahen, wie es in seiner schwachen Hand erzitterte. »Seht, ich bin zu schwach, um England zu halten.«

»Nein, Sire …«

»Ich bin zu schwach, Harold. Nun seid Ihr an der Reihe.«

Er streckte ihm das Zepter entgegen, und es zitterte so sehr, dass Harold befürchtete, es würde zu Boden fallen und entzweibrechen, aber er konnte es dennoch nicht über sich bringen, es an sich zu nehmen.

»Die Rebellen werden nicht weichen, Sire«, protestierte er

verzweifelt. »Ich fürchte, wir werden durch diese Sache meinen Bruder verlieren.«

»Ich fürchte, Harold, dass wir ihn schon seit Langem verloren haben. Nun bitte, nehmt von mir als Eurem König – und mehr noch: als Eurem Freund – das Zepter entgegen.« Sanft streckte er die andere Hand aus und ergriff die von Harold, drückte sie fest auf das Zepter. »Ich habe von Jugend an darum gekämpft, England zu regieren. Es bedeutete mir alles, und ich danke Gott für jeden Tag, an dem er mir die Ehre gewährte, auf diesem großartigen Thron zu sitzen. Für Euch ist es nicht das Gleiche, das weiß ich, aber Gott ruft uns auf verschiedenste Art und Weise, Harold, und wir müssen ihm gehorchen.«

Harold sog den Atem ein. Zu seiner Linken sah er Torr aus seinem Gemach kommen. Gekleidet in seine prächtigsten Gewänder, kam er mit energischen, wütenden Schritten auf sie zu. Zu seiner Rechten kam die riesige Armee der Rebellen durch die Tore des Hofes, ihr Gleichschritt erschütterte die Erde mit ungeheurer Entschlossenheit. Genau vor ihm saß der König und wartete. Er hatte keine Wahl.

»Wie Ihr wünscht, Sire.«

»Wie England es wünscht, Harold.«

»Schaut, unsere Lords aus Mercia sind ebenfalls da.« Edward ließ das Zepter los und deutete auf die Lords. Aber Harold spürte das Gewicht in den Händen und konnte den Blick nicht davon abwenden. »Und unsere Lady, wenn ich mich nicht irre.«

Bei diesen Worten blickte Harold auf und folgte mit dem Blick dem zitternden Finger des Königs, sah, dass Edyth auf sie zukam, flankiert von ihren beiden Brüdern. Sie war bleich, stand aber erhobenen Hauptes da, hielt ihre schöne walisische Krone unter dem Arm, und der Blick, mit dem sie ihm in die Augen sah, war ruhig und fest. Harold sah keinerlei Verrat in ihnen, nur ruhige, schweigende Unterstützung. Aber dennoch: War sie nicht mit feindlichen Truppen hergekommen, um die Regentschaft ihres Bruders über ein Fürstentum zu erzwingen? Verwirrt zwang er sich, von dem Podest herunterzutreten und die Arme auszubreiten, wobei er alle Willenskraft aufbieten musste, damit das Zepter nicht zitterte.

»Mylords, Mylady – willkommen.«

Alle verbeugten sich. Harold war sich bewusst, dass aller Augen auf dem Zepter ruhten, das ihn als obersten Richter auswies, aber nur sein eigener Bruder, der an der Seite stand, stellte die Frage: »Was zum Teufel tust du damit, Harold?«

Harold wandte sich zu ihm um. »Der König, *Earl* Torr, hat mich gebeten, es in dieser Gerichtsversammlung in seinem Namen einzusetzen, da er sich immer noch geschwächt fühlt.«

Über ihnen nickte Edward zustimmend und ließ sich auf den Thron sinken.

»Wir begrüßen Euer Urteil, Earl Harold«, sagte Morcar, »und bitten darum, Euch unsere Beweise im Hinblick auf die Regentschaft über Northumbria vortragen zu dürfen.«

»Gewährt«, stimmte Harold zu und bedeutete den unzähligen Rebellenführern mit einer Handbewegung, auf den Bänken gegenüber den Geschworenen Platz zu nehmen. Ihre Truppen sammelten sich in geordneten Reihen hinter ihnen. »Earl Torr …« Er deutete auf einen Stuhl, der vor der Menge aufgestellt worden war, und sah, wie sein Bruder erbleichte. Seit er sich erinnern konnte, sah Torr zum ersten Mal verängstigt aus.

»Harold, um der Liebe Gottes willen …«, begann er, aber für Appelle dieser Art war es bereits zu spät. Zu spät auch für persönliche Worte zwischen ihnen. Sie standen jetzt auf der Bühne Englands und mussten sich den Gesetzen des Landes unterwerfen.

Harold nahm ebenfalls Platz, und die Rebellen traten mit einer Beschwerdeliste vor, die ein beherrschter junger Lord, Osric of Northallerton, sorgfältig von einem eleganten Pergamentpapier ablas. Die Beweise waren überwältigend. Unzählige ungelöste Probleme, unfaire Gerichtsurteile, Steuerbetrügereien, Missbrauch königlicher Münzen und offenkundige Vetternwirtschaft wurden an diesem kühlen Herbstmorgen vorgetragen, während die Rebellen vor Torrs luxuriösem Jagdschloss im Süden auf und ab marschierten.

Lord Osric sprach gewandt und intelligent, ein starker und leidenschaftlicher Ruf nach Gerechtigkeit von einer herrschenden Elite. Die Geschworenen hörten aufmerksam zu, aber Harold sah in den Blicken, die sie Torr zuwarfen, wie widerwärtig sie ihn fanden. Das machte ihn nervös. Auch er war angewidert, aber Torr war sein Bruder; sie hatten schon als kleine Jungen miteinander gekämpft. Was ihnen aber hier bevorstand, war erheblich gefährlicher als eine brüderliche Rauferei, denn auf diesem Urteil fußte die Zukunft des gesamten Königreiches.

»Wir legen diese Beweisstücke den Geschworenen vor, ebenso wie dem König und Earl Harold«, schloss Osric schließlich, »und bitten um Gerechtigkeit für die Menschen in Northumbria, die ordentlich regiert werden wollen unter angemessener Berücksichtigung ihrer eigenen Interessen und denen ihres Landes.«

Harold erhob sich. »Ist jemand bereit, Earl Torr zu verteidigen?«, fragte er.

Torr sprang auf. »Ich verteidige mich selbst«, spie er hervor.

»Diese Menschen haben keine Ahnung von den Regierungsgeschäften und davon, wie viel sie kosten.«

»Nein«, rief jemand von hinten. »Was es kostet, sehen wir hier ja mit eigenen Augen.«

Ein bitteres Lachen erhob sich unter den Truppen, und alle Blicke richteten sich auf Torrs extravagante Behausung.

»Wie könnt ihr es wagen?! Ich bin euer Earl. Erwartet ihr etwa, dass ich genauso lebe wie ihr, mit euren Kindern im eigenen Bett, euren Tieren zu euren Füßen und euren …«

Ein lautes Grollen ging durch die Menge, und Harold hob instinktiv das Zepter. »Earl Torr, Ihr werdet diesen Menschen und diesem Gerichtshof Respekt erweisen.«

»Warum? Sie haben mir doch auch keinen erwiesen. Ich habe alles in meiner Macht Stehende getan, um ihr aufständisches Land zu regieren, und wie vergelten sie mir das? Das ist blanker Hohn.«

»Das ist es«, stimmte Morcar ruhig zu, »aber *Ihr* seid es, der *uns* verhöhnt – und das muss aufhören.«

Torr griff nach seinem Schwert, und ohne nachzudenken, sprang Harold vor ihn hin und sah ihn an, seine einzige Waffe das juwelenbesetzte Zepter des Königtums. Die Menge keuchte und drängte vor, als die beiden Brüder einander gegenüberstanden.

»Wer will mir das antun?«, zischte Torr.

»Du hast es dir selbst angetan, Torr.«

»Du könntest sie aufhalten – du hast das Zepter, lieber Bruder, du hast die Macht.«

»Das hier ist England, Torr, keine Diktatur. Unseren Menschen steht das Recht zu, frei zu sprechen, und heute haben sie gesprochen. Ein Fürstentum ist kein Spielzeug, sondern vielmehr ein Kind, für das es zu sorgen gilt, und es ist allzu offensichtlich, dass du nur wenig für das deine gesorgt hast. Geschworene?«

Er sah zu dem ersten Geschworenen hinüber, einem älteren Mann mit gebeugtem Rücken, aber verständnisvoll leuchtenden Augen. Die Spannung in der Arena wuchs. Der Mann schlurfte voran und sagte mit lauter Stimme: »Wir befinden Earl Tostig für schuldig. Er hat es versäumt, Northumbria auf gerechte und integre Weise zu regieren.«

Harold wusste, was er jetzt zu tun hatte, aber es zerriss ihm das Herz. Er spürte den Druck von Torrs Schwert gegen sein Zepter, ebenso wie die Erwartung der Menge, aber er brachte die Worte nicht über die Lippen, mit denen er seinen Bruder ins Exil verbannen sollte. Was für ein Mann wäre zu so etwas fähig gewesen?

Er blickte sich wild um. Er sah die eisblauen Augen des Königs, die sich erwartungsvoll in ihn hineinbohrten, die des jungen Morcar, der ihn voller Vertrauen ansah, und die der Truppen, die mit gerunzelter Stirn auf seine Worte warteten. Dann entdeckte er Edyth, die ihn fest anblickte und genauso zu schimmern schien wie dieses verdammte Zepter. Sie hatte überhaupt keinen Zweifel. Warum nicht? Er hatte ihr in Bosham gesagt, dass er Einheit brauchte, warum brachte sie ihm also Entzweiung?

Er sah sich verwirrt in der großen Arena um. Und plötzlich wurde ihm klar, dass hier sehr wohl Einheit herrschte: Einigkeit gegen Torr. Ohne ihn wäre England stärker, und sie hatte das als Erste erkannt. Sie stand ihm zwar gegenüber, aber sie war auf seiner Seite, und diese Erkenntnis erfüllte mit einem Mal sein ganzes Sein.

Er richtete sich auf. Es war ein intensives, warmes Gefühl, das ihm Kraft gab – es war, wie er erkannte, Glauben.

»Earl Torr, sosehr es mich als Euer Bruder schmerzt, aber ich muss mich den Wünschen des Volkes und der Macht der großen englischen Gerichtsbarkeit beugen. Und so verurteile ich Euch für Eure Verbrechen zur Verbannung aus diesem Land. Ihr werdet das Fürstentum von Northumbria abgeben und innerhalb von fünf Tagen mit Eurer Familie die Küsten dieses Landes verlassen. Wenn Ihr danach noch einmal in England gesehen werdet, habt Ihr Euer Leben verwirkt. Habt Ihr das verstanden?«

»Harold, nein! Das kannst du mir nicht antun. Du kannst nicht ...«

»Habt Ihr verstanden?«

Einen Augenblick lang verstärkte Torr den Druck seines Schwertes gegen das Zepter, aber als die unzähligen Edelleute nach vorn drängten, verließ ihn der Mut. Er sprang zurück, senkte die Waffe, ließ aber Harold keine Sekunde lang aus den Augen.

»Oh, ich verstehe, Bruder. Ich erkenne Verrat, wenn ich ihn sehe. Vater würde den Mann hassen, der aus dir geworden ist.«

»Vater würde das Gleiche tun.«

»Das kannst du glauben, wenn du willst, aber wir beide wissen es besser. Eine Familie sollte zusammenhalten, und das weißt du. Du wirst dafür bezahlen, Harold Godwinson. Gott wird dich dafür bezahlen lassen, und, glaub mir, ich auch.«

Mit einem Wirbeln seines scharlachroten Mantels stolzierte er aus dem Hof. Hochrufe erhoben sich, und die Männer warfen ihre Hüte in die Luft, um das Urteil zu feiern. Doch vor Harolds geistigem Auge stand nur sein Vater, der auf ihn herabblickte. *»Torr ist derjenige, der Unrecht begangen hat«*, sagte er sich. *»Torr hat den Familiennamen besudelt.«* Aber trotz der vielen Männer, die nach der Verbannung seines Bruders lechzten, war das schwer zu glauben.

»Du hast richtig gehandelt«, sagte eine leise Stimme an seiner Seite, und er wandte sich um und entdeckte Edyth.

Sie streckte die Hand aus, und er umfing sie.

»Was ist das Richtige?«, fragte er.

Sie hatte keine Antwort. Aber ihre Hand in der seinen hielt ihn aufrecht, und für den Augenblick schien ihm das genug.

# Kapitel sechsundzwanzig

»Ich habe dir den Norden gebracht, Harold«, sagte Edyth leise. »Wie ich es versprochen habe.«

»Es scheint so«, pflichtete er ihr bei und zog sie fort von den zechenden Rebellen, nur um sie dann herumzuwirbeln und sie an einer Eiche festzuhalten. »Ich dachte, du seist gegen mich, Edie.«

»Gegen dich? Niemals.«

»Du hast die Waliser gegen mich geführt.«

»Eine Handvoll, mehr nicht, um das richtige Ergebnis für uns alle sicherzustellen.«

Sie zwang sich, zu ihm hinaufzulächeln. Sie wollte nicht, dass er erfuhr, dass ihre walisischen Truppen mit Billingsley gekauft worden waren, der Stadt, die er ihr seinerzeit geschenkt hatte. Als sie mit Prinz Bleddyn verhandelt hatte, war dies sein stolzer Preis gewesen, aber es war die Sache trotzdem wert gewesen.

»England wird nun in Sicherheit sein«, sagte sie nun.

»Mit deinen Brüdern, die den Norden für mich halten?«

»Genau. Sie sind dir treu ergeben, Harold.«

»Das bezweifle ich nicht, Edyth. Aber dem Süden wird nicht wohl dabei sein, wenn deine Familie für die Machtbalance verantwortlich ist.«

Edyth lachte. »Kaum, Harold. Wessex ist bei Weitem das

mächtigste Fürstentum, und deine Brüder haben die reichen Länder Kent und East Anglia unter ihren Fittichen.«

»Die Waagschalen sind vielleicht zu gleichen Teilen gefüllt«, stimmte er zu, »aber nicht miteinander verbunden.«

»Mylord?«

Er sprach in Rätseln, und ihr müdes Gehirn vermochte sie nicht zu lösen. Jetzt beugte er sich so dicht heran, dass sich die Sichel des Mondes im dunklen Blau seiner Pupillen spiegelte wie ein zartes silberfarbenes Lächeln. Ihr Herz pochte wie eine Wassermühle bei Flut, und sie versuchte angestrengt, es zu beruhigen.

»Ich bin in Frieden hergekommen, Harold«, protestierte sie schwach, »um dich der Unterstützung und Loyalität meiner Familie zu versichern.«

»Was ich dankbar akzeptiere. Aber wie alle Verträge muss auch dieser noch ratifiziert werden.«

»Ratifiziert? Deine Worte sind wie Schlangen und verwirren mich, Harold.« Sie stieß ihn gegen die Brust, aber die starken Muskeln widerstanden ihrem schwachen Protest. Und jetzt umfing er ihre Hand, und sie spürte auch sein Herz heftig darunter schlagen. Ihr Körper pulsierte verräterisch. »Du kannst mich nicht einfach so herumkommandieren«, protestierte sie ärgerlich. »Ich unterstehe nicht deinem Befehl, nur weil du Subregulus bist.«

»Nenn mich nicht so!« Seine Stimme klang schneidend. Er packte ihre Schultern, zog sie an sich. »Es tut mir leid. Es ist nicht leicht, ja, aber trotzdem *verstehst* du mich, Edyth Alfgarsdottir. Du hast mich immer verstanden. Deine Familie und meine halten nun England in unseren jungen Händen, und es ist nur noch eines vonnöten, um diese Allianz vollkommen zu machen.«

»Nein!«

»Ja. Du musst mich heiraten, Edyth.«

»Nein, Harold.« Edyth hatte Mühe, die Tränen zurückzuhalten. »Ich habe dir den Norden gebracht«, wiederholte sie – wie eine Bitte.

»Und dadurch hast du alles festgeschrieben bis auf unsere Hochzeitszeremonie. Gott steh uns bei, Edyth, aber du hast doch gesehen, wie es da draußen zugeht. Dieses Land ist nicht mehr so stabil wie einst. Es braucht eine feste Hand. Jeder sieht nur auf mich, aber ich kann das nicht ohne dich.«

»Ich werde dafür sorgen, dass der Norden deiner Sache treu bleibt, Harold, ich schwöre es.«

Er schüttelte heftig den Kopf. »Das weiß ich. Du verstehst mich nicht, Edyth. Ich meinte, dass ich es nicht ohne *dich* kann.«

Es war einfach zu schön, um es ertragen zu können. Sie versuchte, sich loszumachen. »Du bist schon verheiratet.«

»Du weißt, dass das nicht stimmt.«

»Warum nicht?« Wut flammte in ihr auf, auf der Stelle so heiß wie die glühendste Kohle. »Warum hast du sie nicht richtig geheiratet, Harold? Warum konntest du uns das nicht ersparen?«

Er zuckte hilflos mit den Schultern. »Sie wollte es nicht. Sie glaubt nicht an Konventionen. Sie glaubt nicht an Regeln, an Strukturen und Titel.«

»Wie Königin zu sein?«, flüsterte Edyth.

»Wie Königin zu sein.«

Edyth wusste, dass das stimmte, aber sie wusste auch eins: Harald wollte sie heiraten, um Svana zu schützen. Ihre eigenen Motive hingegen waren deutlich niederer. Sie lehnte sich gegen den Baum, aber die Borke der alten Eiche grub sich in ihre Haut, als wolle sie sie von sich stoßen.

»Sie wird mich hassen«, flüsterte sie.

»Nein, Edyth, sie kann nicht hassen.«

»Das sollte sie aber. Deine Kinder …«

»… sind und bleiben meine Kinder. Ich werde ihnen erklären, welchen Preis Größe hat.«

»Bin ich ein *Preis?«*

»Nein! Edyth, du bist ein Juwel.«

»Juwelen bin ich gründlich leid. Ich besitze vier große Rubine, Harold, weißt du das? Vier große Rubine auf der Krone, die Griffin für mich machen ließ. Sie sind wunderschön, Harold, aber sie sind vollkommen *nutzlos.«*

»Das ist nicht wahr. Sie leuchten so, wie du leuchtest, und so etwas braucht die Welt, sonst wäre sie allzu trist.«

»Du hast auch auf alles eine Antwort.«

»Ich habe keine Antwort auf meine Frage – wirst du mich heiraten, Edyth?«

*Meine liebste Svana,*

*ich schreibe Dir, weil ich Dich um Gnade bitte. Du hattest nie eine Bindung an die römische Kirche, das weiß ich, aber ich wünsche mir, dass Du es irgendwie übers Herz bringen kannst, ihre Gesetze zu befolgen, wenigstens äußerlich, sonst sind wir beide in Gefahr. Sie wollen, dass ich heirate. Das wirst Du wissen. Du warst immer schon klüger als ich und immer reineren Herzens, obwohl Gott weiß, dass das zum gegenwärtigen Zeitpunkt nicht schwer ist. Ich habe keine Worte für das alles, und ich weiß, dass ich stammele und nur wenig Sinnvolles zu Pergament bringe. Vergib mir. Meine Feder ist ebenso verwirrt wie mein Herz.*

*Ich werde es aussprechen. Sie wollen, dass ich Harold heirate, Svana. Deinen Harold. Der Hof will es, der König will es, England will es. Ich will es nicht, aber ich habe nicht die Stärke wie Du, den Anforderungen der Pflicht und den Erwartungen zu widerstehen. Harold liebt mich nicht. Nein, er gibt sich weiterhin jenem Wahnsinn hin, nur eine einzige Frau zu lieben – dich. Er will dich vor der Welt beschützen, von der er weiß, dass Du sie verachtest, und ich, so scheint es, soll sein Schild sein.*

*Die Vorbereitungen sind bereits im Gange, Svana, und nur ein Mensch kann sie aufhalten. Wenn Du jetzt kommen würdest, wenn Du an meiner Stelle am Altar stehen würdest, dann müsste die Welt Dich als Harolds wahre Frau anerkennen. Du wärst Königin, Svana, und ich wäre Deine stets treu ergebene Dienerin, nicht die Natter an Deiner Brust.*

*Ich habe alles so weit hinausgezögert, wie ich konnte, meine liebe Freundin, aber die Hochzeit soll jetzt in zwei Wochen stattfinden. Der König kränkelt wieder, und am Hof ist Panik ausgebrochen, die, wie es scheint, nur eine Hochzeit lindern kann. Du hast mir geschrieben, dass die Welt sich immer schneller dreht, und jetzt hat sie mich von meinen unsicheren Füßen gerissen. Ich weiß, dass ich Königin sein kann, wenn ich es muss, aber ich wäre lieber Deine Freundin.*

*Es ist mir verhasst, das von dir zu erbitten, denn ich weiß, dass Du keine Veranlassung siehst, Dich den törichten Vorstellungen jener zu unterwerfen, die weniger vertrauensvoll sind als Du, meine Liebe. Ich fürchte, Du wirst mich für diesen Brief verachten, und ich kann Dir keinen Vorwurf daraus machen, denn ich verachte mich selbst da-*

*für, aber zumindest um unserer Freundschaft willen: Bitte komm.*

*Mit unendlicher Liebe und in unendlicher Trauer*
*Edyth*

*Meine liebste Edyth,*

*spar dir Deinen Ärger für mich auf, mein liebstes Kind, denn ich bin diejenige, die hier im Irrtum ist. Das Einzige, was stark bei mir ist, ist das Bewusstsein für meine eigene Schwäche. Sei versichert, Edie, ich kann und will nicht nach Westminster kommen, um mich auf dem Altar Roms tückischen Regeln und den alles verschlingenden Ängsten des Hofes opfern zu lassen. Es würde meine Seele brechen, und das kann ich nicht einmal für Dich, meine Liebe.*

*Als ich mich durch Handfasting an Harold band, wusste ich, dass ich mich auf zwei Männer einließ – den einfachen Liebhaber, der mir barfuß im Gras in Nazeing die Treue schwor, und den Earl, der immer früher oder später die Stiefel wieder anziehen und davonreiten musste. Den ersten habe ich geliebt und liebe ihn noch immer, aber sein Pfad ist zu weit von meinem abgewichen, und ich bin nicht die richtige Frau, um ihn in diesen schweren Zeiten zu stützen.*

*Ich bedaure zutiefst, dass Du es sein musst, die es tut, und doch bin ich darüber froher, als Du je glauben wirst. Denn wenn es eine Frau in dieser bitterkalten Welt gibt, der ich vertrauen kann und von der ich weiß, dass sie für den Mann sorgt, der mir mehr bedeutet als ich selbst, dann bist Du es. Wir wissen beide, dass Harold nicht gut allein sein kann, und obwohl ich im Herzen immer bei ihm sein werde, braucht er eine Frau, die an seiner Seite reitet, die mit ihm redet, die den Thron mit ihm besteigt. Ich bin nicht dazu geboren, verfüge auch nicht über die Verbindungen und habe schon gar nicht den Wunsch. Mir ist dieser Schritt zu groß. Aber Du, Edyth, Du hast den richtigen Geist, den Mut und das Feuer, um höher hinaufzusteigen als jeder von uns. Das war schon immer so.*

*Ich verlange mehr von Dir, meine liebste Freundin, als von jeder Frau verlangt werden sollte, aber Du bist mehr als jede Frau. Geh mit Gott, Edyth, und sei gewiss: Wenn Deine Hochzeitsglocken läuten, jubelt mein Herz mit ihnen.*

*Deine Svana*

# Kapitel siebenundzwanzig

**Coventry, Dezember 1065**

Coventry loderte im Licht. Edyth, die von ihrem hastig installierten »Brautgemach« hinabblickte, war so geblendet, als ob der Teufel selbst ihr seine feurige Fackel ins Gesicht gehalten hätte. Die Sonne war noch nicht aufgegangen, und eine der kältesten Nächte des Jahres hatte die Stadt immer noch fest im Griff, aber schon jetzt tanzten ein paar Zechende um die Kohlenbecken, die an allen möglichen Orten aufgestellt worden waren, und sammelten sich als zitternde Schatten in den unzähligen Pavillons auf dem gesamten Gelände. Der Hof schien begierig zu sein, möglichst früh mit den Hochzeitsfeierlichkeiten zu beginnen.

»Ich dachte, wir hätten uns auf eine ruhige Hochzeit geeinigt«, beklagte sie sich bei ihrer Mutter, die sich durch einen Berg von Gewändern hinter ihr arbeitete.

»Meintest du das im Ernst?«, antwortete Lady Meghan.

»Du etwa nicht?«

»Offensichtlich nicht«, sagte Godiva trocken, nahm Edyth' Arm und zog sie von der Fensteröffnung fort. »Komm, meine Liebe, wir müssen uns in aller Ruhe auf den vor uns liegenden Tag vorbereiten.«

Edyth errötete. »In aller Ruhe?!«, blaffte sie. »Wie kann ich bei dem Getöse ruhig bleiben? Wahrscheinlich ist ganz England hier.«

»Und das ist sehr gut für die Stadt. Ich habe gehört, dass die Händler in einer Woche mehr eingenommen haben als sonst in einem ganzen Jahr. Ist das nicht wundervoll?«

»Das ist es, Großmutter, wirklich. Ich fühle mich nur einfach nicht wohl bei all diesem … Pomp.«

Godiva krauste die feine Nase. »Es ist ja auch nicht Sinn der Sache, dass du dich wohlfühlst, mein Mädchen, sondern diese Hochzeitsfeier findet statt, um die Ehre und die Macht deiner Familie zu demonstrieren – wie du sehr wohl weißt, wenn du einmal kurz darüber nachdenkst. Außerdem ist dieser ›Pomp‹, wie du es nennst, etwas, an das du dich wohl gewöhnen musst.«

»In der Tat.« Meghan sprang auf. »Du wirst die Herzogin von Wessex sein, an zweiter Stelle des Landes, gleich hinter Königin Aldyth. Dein Vater wäre so stolz.«

Ihre Augen wurden feucht, und Edyth beugte sich mit einem leisen Seufzer vor und küsste sie. »Vater hat mich früher immer ermahnt, mich von den Godwinsons fernzuhalten«, sagte sie sanft.

»Die Umstände ändern sich eben. Alfgar hätte diese Hochzeit sehr begrüßt. Er war immer sehr … anpassungsfähig.«

Edyth dachte an ihr Exil vor zehn Jahren. Wie ein zertretener Käfer hatte Alfgar damals Westminster verlassen, aber als sie in Rhuddlan anlangten, hätte jeder meinen können, dass die Reise nach Westen sein größter Wunsch gewesen war. Sie lächelte liebevoll.

»Ich wünschte, er könnte heute bei uns sein.«

»Das wünschte ich auch, meine Liebe. Er würde das alles sehr genießen – und das musst du um seinetwillen auch tun.«

Meghan warf einen Blick durch den Raum und runzelte sorgenvoll die Stirn. »Hast du genügend Gewänder, was meinst du?«

»Genügend Gewänder?! Mutter, ich besitze genügend Gewänder, um halb England damit auszustaffieren.«

»Unsinn. Du musst angemessen gekleidet sein für deine Rolle, und zwar nicht nur heute, sondern auch in den kommenden Monaten und Jahren, besonders wenn du dereinst ...«

»Still, Mutter! Sprich es nicht aus.«

»Jeder andere tut es.«

»Dann sind sie allesamt töricht.«

»Oder ehrlich. Vielleicht, Edyth, meine Liebste, betrügst du dich selbst? Der Rest des Hofs sieht die Situation sehr klar – warum sonst, glaubst du, sind sie alle gekommen?«

Als Meghan wieder durch den Raum gluckte, um die verdammten Gewänder noch einmal zu prüfen, seufzte Edyth. Sie dachte an ihre erste Hochzeit zurück in einer einsamen Halle an der nackten walisischen Küste – warm und lärmend und leicht. Sie hatte Griffin geliebt, oder nicht? Wenn ihre heftigen, stürmischen, schuldbewussten Gefühle für ihren neuen Bräutigam sie zu überwältigen drohten, fragte sie sich oftmals, ob die acht Jahre ihrer ersten Ehe nicht eine einzige Täuschung gewesen waren.

»Waren sie nicht«, rief sie heftig aus.

»Wie bitte, meine Liebe?«, fragte Godiva.

Edyth packte den Arm ihrer Großmutter. »Du hast gesagt, ich hätte die Wahl, wen ich heirate.«

»Und die hattest du.«

»Wohl kaum. Alle haben mir immer wieder versichert, wie gut diese Verbindung sei – für England, für die Familie, für die Zukunft, für jeden außer für mich selbst.«

Godiva sah sie an. Mit ihren alten, allwissenden Augen blickte sie so durchdringend drein wie früher. »Ich glaube, mein Liebes, dass du diese Ehe nicht ganz so sehr verabscheust, wie du glaubst, es tun zu müssen.«

Edyth blickte zu Boden. Godiva hatte recht. Sie hatte versucht, ihre edle Gesinnung in den Vordergrund zu rücken, hatte versucht, ihre Hochzeit als Opfer zu betrachten – ihren Brüdern, Harold und Svana gegenüber. Aber die Wahrheit sah viel weniger erhaben aus, als sie vorgab. Der Gedanke, mit Harold das Bett zu teilen, schien wie eine Flamme zwischen ihren Beinen zu lodern, und für ihren Betrug an Svana gab es keine Worte – nicht, solange jede verdammte Faser ihres Seins sie mit aller Macht in seine Arme trieb. Niemand zwang sie mit dem Schwert im Rücken zu diesem Schritt, keine Geisel stand am Altar, es gab keinen Zwang außer dem »Wohl Englands«. War das genug? Vielleicht, aber heute Nacht, in ihrem Ehebett, würde England dann auch anwesend sein? Edyth bezweifelte es, und ihre Haut prickelte vor schmählichem Verlangen.

»Mach dir keine Vorwürfe«, sagte Godiva sanft. »Letztlich musst du deinen eigenen Weg gehen, und der, den du gewählt hast, ist gut. Wirklich. So, sollen wir dich jetzt ankleiden? Wenn tatsächlich ganz England hier ist, sollten wir die Menschen besser nicht warten lassen.«

Das musste man Meghan nicht zweimal sagen, und in wenigen Augenblicken war Edyth in ihr Hochzeitsgewand gekleidet – ein wunderschönes, feines Oberkleid aus tiefgrüner Wolle, elegant und kunstvoll geschlitzt an den langen Ärmeln und an den Seiten des bemerkenswert weiten Rockes, so dass darunter ein teures, cremefarbenes Seidenunterkleid sichtbar war. Der Saum und die Ärmelaufschläge waren mit so vielen

Juwelen besetzt, dass Edyth über die Näherinnen staunte, die ihre Mutter offenbar dienstverpflichtet hatte, um dieses Gewand rechtzeitig fertig zu bekommen. An der Taille wurde es von einem ähnlich juwelenbesetzten Gürtel zusammengehalten, der die ineinander verschlungenen Wappen von Mercia und Wessex zeigte.

»Wunderschön«, rief Meghan aus. »Und jetzt die Schuhe.«

Sie schniefte, als sie sie herbeiholte, und Edyth verkniff sich ein Lächeln. Zu so einem eleganten Kleid hätte sie eigentlich leichte Kalbslederschuhe tragen sollen, aber da hatte sie dann doch ein Machtwort gesprochen. Sie würde an einem der kältesten Tage durch die Stadt gehen, und sie würde Stiefel tragen. Meghan hatte gemurrt, aber irgendwann nachgegeben. Dann war sie zu einem der besten Gerber Coventrys geeilt und hatte ihn beauftragt, ein paar Stiefel zu fertigen, die ihrer erhabenen Tochter würdig waren.

Als Edyth an Edwins Arm aus ihrem Gemach trat, war sie froh über das warme, feste Gefühl, das die wunderschönen Schuhe ihr gaben. Dennoch zitterten ihre Beine, als die Tore aufgestoßen wurden und das erste Jubelgeschrei der riesigen Menschenmenge sie überrollte. Sie musste sich schwer auf ihren Bruder stützen.

»Lächle, Schwester«, drängte er sie und drückte ihre Hand. »Viele haben die ganze Nacht draußen verbracht, um einen Platz an der Straße zu ergattern, weil sie dich sehen wollen.«

Edyth blickte sich um: Es stimmte. Die Männer, Frauen und Kinder, die am nächsten zu ihr standen, waren in so viele Decken gehüllt, dass sie eher wie Wollballen als wie Menschen aussahen, aber sie winkten und jubelten und streckten ihr bittend die Hände entgegen, und ihre einfache Freude wärmte ihr Herz. Sie hob den Kopf und ließ sich durch

Coventrys gewundene Straßen führen bis zum Tor der Kathedrale. Im Vorbeigehen lächelte sie, winkte und ergriff so viele Hände wie möglich. Ewan und Morgan gingen stolz hinter ihrer Mutter her, hielten ihr die Schleppe, und die kleine Nesta folgte, gekleidet in ein cremefarbenes Gewand, von dem Edyth bezweifelte, dass es den Tag überleben würde. Sie hielt Morcars Hand und winkte wie eine vollkommene kleine Miniaturbraut.

Die Menge liebte sie alle, und als Edyth auf dem Marktplatz anlangte und sich der Kathedrale näherte, hatte sie fast schon vergessen, warum sie hier war. Der Anblick Harolds jedoch, der hoch aufgerichtet und gutaussehend in einer scharlachroten Tunika an der Spitze der Treppe stand, rief ihr die Verbindung wieder ins Gedächtnis, die der Grund für all diese Feierlichkeiten war, und sie taumelte.

»Ruhig, Schwester. Ich halte dich fest.«

Edwin zog sie fester an sich, hielt sie, und sie sah zu ihm auf. Er war zu einem starken jungen Mann herangewachsen, immer noch so still und ernst wie als Junge, aber mit jener ruhigen Autorität, die er sich so hart erkämpft hatte.

»Wir sind weit gekommen, Edwin«, sagte sie.

»Das sind wir. Ich habe dir, glaube ich, damals gesagt, dass wir als Nächstes an der Reihe sind. Und hier sind wir nun.«

»Hier sind wir nun.«

»Du wirst eine wunderbare First Lady abgeben – die beste. Ich bin so stolz auf dich.«

Edyth' Kehle wurde eng. »Nein, Edwin, du bringst mich zum Weinen.«

»Als Braut darfst du das. Ich hingegen würde dann aussehen wie ein Narr.«

Er fuhr sich heimlich mit dem Finger unters Auge, und

Edyth reckte sich, um ihm einen schnellen Kuss zu geben. Dann schritten sie die Treppe empor, auf Harold, den Earl of Wessex und Subregulus Englands zu. Edyth wusste nicht, wo sie hinsehen sollte, aber genau in diesem Augenblick ertönte das fröhliche Geläut der Glocken von Coventry, und sie hörte im Geiste Svanas Worte: *Sei gewiss: Wenn Deine Hochzeitsglocken läuten, jubelt mein Herz mit ihnen.* Einen Augenblick lang richtete sie den Blick gen Osten, als ob sie ihre teure Freundin dort stehen sehen könnte, aber sie entdeckte nur anzüglich grinsende Höflinge. Also reckte sie das Kinn und sah Harold direkt in die Augen. Er ergriff ihre Hand.

Sie wurden vom Bischof Coventrys vermählt – auch das hatte Edwin auf seine ruhige Art angeordnet –, während die beiden großen Erzbischöfe von York und Canterbury sich darum streiten durften, wer die Psalmen bei dem darauffolgenden Segen singen durfte. Der Gottesdienst war nur kurz, was nicht nur der Kälte, sondern auch der Tatsache geschuldet war, dass das Kirchenschiff in der mercianischen Kathedrale nie dafür vorgesehen war, eine solche Menge von Edelleuten und Angehörigen des Königshofs zu beherbergen. Edyth musste fast lachen, als sie sie zusammengedrängt wie Bauern dort stehen sah, und ein Blick auf Harold sagte ihr, dass auch ihn dieser Anblick amüsierte. Sie hätte gern mit ihm darüber gesprochen, aber das Zeremoniell ließ ihnen keine Gelegenheit, mehr auszutauschen als einen keuschen Kuss, bevor sie als Mann und Frau wieder auf die Straße traten und die Menge ihnen sogar noch lauter zujubelte als zuvor.

»Wie es scheint, bieten wir noch mehr Unterhaltung als jeder Jahrmarkt, du und ich«, flüsterte Harold ihr zu.

Das war eine treffende Zusammenfassung. Den restlichen Tag über hatte Edyth das Gefühl, als ob sie herumgewirbelt würde wie das Band an einem Maibaum, fest verschnürt und für jedermann sichtbar. Irgendwann jedoch würde jemand die Bänder lösen, und bei diesem Gedanken überliefen sie Schauer, was ihr ganz privates Maibaumfest dunkler erscheinen ließ – sowohl aufregender als auch beängstigender. Sie standen kurz vor der Wintersonnenwende, weshalb die Nacht schnell hereinbrach. Schon bald würden sie und Harold von den Feierlichkeiten ausgeschlossen und dem wahren Geschäft der Ehe überlassen werden.

»Müssen wir in aller Öffentlichkeit ins Bett gehen?«, hatte sie ihre Mutter vor ein paar Tagen gefragt. »Immerhin bin ich Witwe, und er …«

»… ist ein großer Mann mit einer großen Zukunft und einer verzwickten Vergangenheit. Der Hof muss sehen, dass die Sache anständig vollzogen wird.«

Edyth wusste, dass sie recht hatte, aber während die Pyramiden aus honigbeträufelten Kuchen verschlungen wurden und ein goldener Kelch herumgereicht wurde, der mit aromatischem, gewürztem Wein gefüllt war, um auf das Ehebett anzustoßen, stellte sie fest, dass ihr Lächeln ebenso versickerte wie ihr neu gefundenes Selbstvertrauen. Als Meghan sie ins Brautgemach geleitete, zitterte sie wie ein altes Schiff.

Sie konnte den wilden Lärm der Männer hören, die Harold zu ihr schickten, und setzte sich unsicher auf die Bettkante, das Herz ruhelos wie ein wildes Fohlen. Ihre Mutter schnalzte mit der Zunge.

»Dein Untergewand, mein Schatz.«

»Natürlich«, stimmte Edyth zu, aber ihre Finger zitterten, und Meghan musste ihr beim Entkleiden helfen und sie nackt unter die Decke packen.

»Wir sind bereit«, rief sie und rannte zur geöffneten Tür.

Edyth umklammerte die schwere Wolldecke, als Harold mit seinen Männern hineinschritt, aber bevor sie auch nur ein Lied anstimmen konnten, hatte er das Bett schon erreicht. Er zog seine kostbare Kleidung aus und schlüpfte wie der Blitz neben sie unter die Decke. Er legte ihr den Arm um die Schultern und nickte den Anwesenden kurz zu. »Ihr könnt jetzt gehen.«

Die Männer standen da, verblüfft schweigend, wie kleine Jungen, denen man den Kuchen weggeschnappt hat. Sie sahen einander verlegen an, und Edyth spürte, wie Harold wütend wurde, aber dann übernahm Gott sei Dank sein Bruder Garth das Kommando.

»Wir wollen den Bräutigam nicht aufhalten, Freunde«, sagte er leichthin, dann zwinkerte er Harold freundschaftlich zu und drängte die Männer zur Tür.

Murrend und maulend verließen sie das Gemach. Edyth sah, dass ihre eigenen Brüder zögerten, und schenkte ihnen ein angespanntes Lächeln, so dass sie ebenfalls gingen und Meghan mitnahmen. Plötzlich waren der Pomp und die Feierlichkeit des großen Tages von Mercia vorbei, aber Frieden konnte sie dennoch keinen finden, denn nun war sie allein mit ihrem nackten Bräutigam und dem wilden Pochen ihres Herzens.

»Hast du Angst, Edyth?«

Hatte sie die? Sie wagte nicht, ihm in die Augen zu sehen, aber sie spürte seinen Körper an dem ihren und ihren eigenen, der ihm schamlos entgegenpulsierte.

»Ich habe Angst, Harold.« Sie hob den Blick, und da war er, sah mit großer Sorge auf sie herab. Sie war ihm wieder in die Arme gefallen, aber diesmal viel, viel tiefer hinein. »Ich habe Angst«, flüsterte sie, »weil ich dich so sehr begehre.«

Er hielt den Atem an, und sie spürte, wie er sich regte, und wagte es, ihre Finger über seinen Schenkel gleiten zu lassen. Er war hart vor Muskeln und weich vor flaumigem Haar. Sein Griff wurde fester, und dann richtete er sich auf und war über ihr.

»Ich will dich auch, Edyth.«

Sie konnte spüren, wie er an ihr hart wurde, und ihre Beine öffneten sich unter ihm. Er küsste sie, erst ganz sanft, dann härter, und sie klammerte sich an seinen Rücken, bäumte sich ihm entgegen. Erinnerungen durchfluteten sie: Harold, der sie in seinen starken Armen auffing, als sie vom Baum fiel; Harold, der ihr Billingsley schenkte; seine dunklen Augen, als sie an Griffins Arm stand; Harold, der auf Rhuddlan ihre Kapitulation entgegennahm und sie vor Torrs lüsterner Aufmerksamkeit schützte, während doch die ganze Zeit über – noch bevor sie selbst es bemerkt hatte – er derjenige gewesen war, der eine Versuchung für sie war. Harold, der in Bosham seine Finger mit den ihren verwob und sie küsste, als ob das das einzig Gesunde in einer verrückten Welt sei. War es das? Oder war dies hier der eigentliche Wahnsinn?

»Du hast einmal gesagt, mit mir das Bett zu teilen, wäre so, wie es mit deiner Schwester zu teilen«, stieß sie mühsam hervor und hielt ihn von sich weg.

»Ich habe gelogen.« Er sprach ganz dicht an ihren Lippen, streifte sie mit den seinen. »Vielleicht habe ich mich selbst genauso belogen wie dich. Dies ist eine seltsame Ehe, Edyth, aber dennoch eine Ehe. *Unsere* Ehe. Wir sind vielen verpflichtet, aber das hier schulden wir nur uns selbst.«

Und dann wurde sie von seinen Lippen verschlungen, und sein Körper drängte sich an sie. Edyth schrie auf, als er in sie eindrang, sie ganz und gar erfüllte, als ob sie die ganze Zeit –

bis heute Nacht – leer gewesen wäre. Es gab keinen Platz für Schuldgefühle, keinen für Pflicht, für Familien oder Länder, für Vergangenheit oder Zukunft. Es gab nur Raum für das Jetzt, und Edyth überließ sich ihm voller Freude.

# Kapitel achtundzwanzig

**Westminster, Januar 1066**

Der Hof stand schweigend da. Die große Tür zum königlichen Gemach war fest verschlossen, und dahinter kämpfte König Edward um sein Leben. Bei ihm waren die Erzbischöfe Eldred und Stigand, Königin Aldyth und ihr Bruder, Earl Harold. Alle anderen warteten im Gebäude nebenan, vor dem Todeskampf durch dicke Holzwände und dem fallenden Schnee geschützt. Es war eine bitterkalte Nacht, und trotz des hell lodernden Feuers waren sie in schwere Pelze gehüllt. In Edyth' müden Augen ähnelten sie allesamt verängstigten kleinen Tieren im Wald.

Über den Hof drangen die süßen Melodien der Frühmette zu ihnen herüber, hießen den Tag willkommen, der mit Sicherheit das Ende von Edwards vierundzwanzig Jahre währender Regentschaft über England markieren würde. Es war die längste und friedlichste Regierungszeit seit König Athelstan vor mehr als hundert Jahren gewesen, und sie hatte sehr dazu beigetragen, ein wohlhabendes, stabiles und von vielen Seiten beneidetes Land zu schaffen, das er nun in andere Hände legen musste. Die Stimmen der Mönche hallten gespenstisch in dem hohen Gewölbe der neuen Kathedrale des Königs wider, die am gestrigen Tage erst eingeweiht worden war. Edward, der lange Jahre so emsig mit ihrer Planung verbracht hatte, war zu krank gewesen, um der Zeremonie beizuwohnen.

Er hatte es nur auf einer Bahre zur Mette geschafft, geschwächt von den ersten Anfällen, die in der Nacht zuvor eingesetzt hatten.

Er hatte vor dem Altar gelegen, ausgemergelt, fast geisterhaft, mit einem glückseligen Lächeln auf den Lippen, aber die Anstrengung war über seine Kräfte gegangen, und er war seitdem nicht mehr aufgestanden. Nun feierte man das Dreikönigsfest, aber die Psalmen der Frühmette klangen verhalten, vorsichtig – respektvoll. Edyth hörte ihnen zu und erinnerte sich unwillkürlich an den Dreikönigstag vor ein paar Jahren, als Harold das Feuer nach Rhuddlan gebracht hatte und sie über das eiskalte Meer vor ihm geflohen war. Sie war nicht allzu weit gekommen.

Die Höflinge reckten die müden Beine, und sie richtete ihre Aufmerksamkeit wieder auf die Gegenwart. Edward war gestern Abend ins Delirium gefallen, und alle waren an sein Sterbebett geeilt, aber er lebte noch.

»Kann er sprechen, was meint Ihr?«, flüsterte Edyth Earl Garth zu.

»Ob er den Namen seines Erben nennen kann, meint Ihr? Ich weiß es nicht. Er muss es einfach tun.«

»Was, wenn er …« Edyth sah sich nervös um, aber niemand hörte ihnen zu, »… Herzog William zu seinem Nachfolger bestimmt?«

»Nicht, Edyth! Warum sollte er?«

»Man sagt doch, dass Männer im Angesicht des Todes sich ihrer Jugend besinnen, und der König hat die seine in der Normandie verbracht, nicht wahr?«

»Erst ab seinem zehnten Lebensjahr. Er ist Engländer, Edyth, und er wird einen Engländer zum Nachfolger bestimmen. Er *muss* einen Engländer nennen.«

»Ich hoffe, das sieht er genauso klar wie Ihr.«

Edyth sah zu Edwin und Morcar hinüber, die dicht beim Feuer nebeneinander kauerten. Gemeinsam regierten sie den Norden. Harold herrschte über den Süden, und die Verbindung, der Dreh- und Angelpunkt, war sie selbst. Ihre Ehe hielt England zusammen, aber wenn Edward jetzt Harold nicht zum Nachfolger bestimmte, wäre alles umsonst gewesen. Sie rieb sich die Schläfen, versuchte, den Schmerz dahinter zu vertreiben. Sie und Harold waren jetzt einen Monat lang verheiratet. Sie waren in diesen Tagen am Hof geblieben, hatten den Lords und Ladys geschmeichelt, die sich mit wachsender Beunruhigung um sie geschart hatten, da die Gesundheit des Königs sichtlich nachließ. Die Nächte hatten sie eng umschlungen verbracht in verzweifelter, blindwütiger Leidenschaft.

Edyth ertappte sich ständig dabei, dass sie einfach nicht glauben konnte, wie ihr Leben verlief; und die lange Wache am Sterbebett des Königs hatte auch nicht gerade dazu beigetragen, diesen Zustand zu lindern.

Zumindest ihre Kinder schienen es zufrieden zu sein. Harold war freundlich zu ihnen, raufte mit den Jungen und ließ die kleine Nesta auf seinen Schultern reiten oder ihn wie einen Berg besteigen, so dass sie mit offener Bewunderung zu ihm aufblickte, ähnlich wie – so fürchtete Edyth – ihre Mutter es tat. Sie fragte sich, ob ihm bei dem Gedanken an die eigenen Kinder das Herz schwer wurde, so wie ihr selbst, aber sie wagte nicht, ihn zu fragen. So vieles zwischen ihnen musste unausgesprochen bleiben.

Svana hatte keinen weiteren Brief mehr geschrieben und war auch an Weihnachten nicht an den Hof gekommen, aber sie hatte Godwin und Edmund mit Geschenken gesandt – ein neuer Schwertgürtel für Harold und ein paar winzige, ausnehmend schön gearbeitete Silberglocken für Edyth. Die Bedeutung dieses Geschenks war ihr nicht entgangen, und sie trug sie stets bei sich, damit ihr helles Klingeln ihre Ängste besänftigte. Aber das gelang nur selten, und jetzt erklang irgendwo hinter den Wänden eine weitere Glocke, leise und süß.

Die Höflinge hoben den Kopf. Sie strafften die Schultern unter ihren Pelzen. Blinzelten. Die Glocke erklang erneut, ein sanfter Ruf an den Heiligen Geist, um eine Seele bei sich aufzunehmen – eine königliche Seele.

»Möge Gott ihm gnädig sein.« Garth bekreuzigte sich.

Andere fingen ebenfalls an zu beten, aber sämtliche Augen richteten sich auf die Tür. Schließlich öffnete sie sich, und Erzbischof Stigand trat in einem Wirbel aus Schneeflocken ein.

»Der König ist tot«, verkündete er. »Möge der Herr seiner Seele gnädig sein.«

»Möge Er ihr gnädig sein«, kam folgsam die Antwort, aber alle warteten gespannt.

»König Edward hat mit seinem letzten Atemzug seinen Nachfolger bestimmt. Seine Wahl ist von Gott gewollt, der ihn nun zu sich gerufen hat.«

Edyth spürte, wie Garth sich an ihrer Seite anspannte. Mit gerunzelter Stirn traten nun auch ihre Brüder an ihre Seite. Der ganze Hof hielt den Atem an.

»Und obwohl wir das Dahinscheiden eines großen Königs betrauern, können wir die Ernennung eines neuen bejubeln.«

Morcar verdrehte die Augen, und Edyth dachte erneut an Svana und ihren Hass auf die Wichtigtuerei der römischen Kirche; auch sie hätte in diesem Geistlichen den um Aufmerksamkeit heischenden Narren erkannt. Sie verspürte den verräterischen Wunsch, loszulachen, und – sosehr sie sich auch bemühte – das Gelächter brach sich in einem winzigen Schluchzen Bahn. Der Erzbischof runzelte die Stirn, aber er fasste sich schnell wieder.

»Gott segne König Harold II.«

Edyth vergrub das Gesicht in den Händen, alles Lachen war erstorben. Es war vollbracht. Erleichterung durchflutete sie, doch auf ihrem Rücken ritt die Angst. Es war nicht vollbracht; es hatte gerade erst begonnen.

»Und Gott segne Königin Edyth.«

Sämtliche Augen richteten sich auf sie, und die Lords und Ladys Englands fielen um wie die Kegel, als sie vor ihr niederknieten. Sogar ihre stattliche Großmutter verneigte sich tief, und Edyth nahm die Finger vom Gesicht und zwang sich, hoch erhobenen Hauptes voller Stolz dazustehen, obwohl ihr die Knie zitterten und ihr der Atem in der Kehle stockte. Sie war mit Jubelrufen als Königin von Wales empfangen worden, mit Gelächter und Unmengen von Wein; doch das hatte sie nicht auf die einstudierte Ehrerbietung vorbereitet, die ihr in diesem überwältigenden Augenblick entgegengebracht wurde. Sollte sie etwas sagen? Was gab es zu sagen?

Panik stieg in ihr auf, aber in diesem Augenblick öffnete sich die Tür erneut, und sämtliche Augen richteten sich einhellig auf den nun eintretenden Harold. Schultern neigten sich weiter nach unten, als wollten sie sich noch tiefer verbeugen.

Harold trat an Edyth' Seite. Ihre Blicke trafen sich, und seine Finger verwoben sich fest mit den ihren, wie sie es in Bosham getan hatten, als dieser Tag noch einen ganzen Albtraum lang entfernt zu sein schien. Er ließ den Blick über die Menge schweifen.

»Wir danken euch für eure Treue. Wir werden sie in der nächsten Zeit brauchen – England wird sie brauchen. Erhebt euch, Ratgeber, Freunde, heute verbindet uns die Trauer.«

Er klang so edel; Gott hatte ihn sicher aus einem bestimmten Grund ausgewählt. Vielleicht hatte er auch sie gewählt. Das war schwer zu glauben, und dennoch deutete alles darauf hin, alles außer ihrem eigenen Gewissen. Doch diesen Luxus konnte sie sich jetzt nicht mehr leisten. Erzbischof Stigand ergriff wieder das Wort.

»König Edward wird am morgigen Tag im Angesicht Gottes vor dem Altar beigesetzt, den dieser gesegnete König zu Seinen Ehren hat errichten lassen. König Harold wird am gleichen Tag gekrönt werden, und seine Königin mit ihm.«

Edyth sah Harold an. »Morgen?«

»Wir dürfen keine Zeit verlieren, Edyth. Der Thron ist alles andere als stabil, und je eher wir es hinter uns bringen, umso besser.«

»Wir sollten umherfahren.«

Er sah sie forschend an, und sie wirbelte herum und nahm seine Hand in die ihre. »Wir sollten im Land umherfahren – zuerst sollten wir den Norden besuchen. Die Leute sollen dich sehen, mit dir reden. Das kannst du am besten, Harold, und die Menschen werden einem König, den sie mit eigenen Augen gesehen haben, am ehesten vertrauen.« Er nickte nachdenklich, aber sie sprach unbeirrt weiter. »Griffin hatte sich in Rhuddlan versteckt. Er wähnte sich dort in Sicherheit, aber das war ein Trugschluss – wie du selbst nur allzu deutlich bewiesen hast.« Harold zog eine Grimasse, aber jetzt war nicht der richtige Zeitpunkt für eine Lektion, genauso wenig wie für Schuldzuweisungen. »Wir sind erst nach Süden geritten, als es schon zu spät war – diesen Fehler kannst du dir nicht leisten.«

»Du hast recht. Du hast so recht, Edyth. Siehst du, ich habe dir ja gesagt, dass ich dich als Königin an meiner Seite brauche.«

»Nun, das bin ich ja auch«, sagte sie kurz angebunden. »Und jetzt wartet Arbeit auf uns.«

Edyth wurde in ihrem Hochzeitskleid in Westminster gekrönt, und dann zwei Monate später noch einmal in dem erstaunlichen Münster von York. Die große Kirche konnte sich, was die künstlerische Gestaltung anging, nicht mit Edwards Kathedrale messen, wohl aber mit den himmelhohen Architraven und den dreißig Altären. Edyth fand sie in jeder Hinsicht genauso beeindruckend. Die Zeremonie wurde von dem bodenständigen Erzbischof Eldred durchgeführt, und Edyth empfand sie als erheblich bewegender und bedeutsamer als den Gottesdienst in Westminster.

Vielleicht lag das daran, dass sie das Gefühl hatte, eher dem Norden anzugehören, insbesondere, da ihre Brüder sie als stolze Gefährten überallhin begleiteten. Vielleicht lag es aber auch einfach nur daran, dass sie Zeit gehabt hatte, sich an ihren neuen Titel zu gewöhnen. Der tägliche Jubel der Menschen auf den Straßen hatte ihre seltsame Rolle als Königin untermauert. Sie hatte sich darüber gefreut, dem Land dienen zu dürfen, über das sie jetzt allem Anschein nach herrschte. Manchmal erinnerte sie sich an Griffins Worte damals, als er sie zum ersten Mal gebeten hatte, sie zu heiraten: *»Du wirst eine wundervolle Königin sein, Edyth«,* hatte er gesagt. *»Du hast es verdient, eine große Königin zu werden – größer vielleicht, als ein ungehobelter König wie ich es dir ermöglichen kann.«*

Hatte er es gewusst? Hatte er es irgendwie geahnt? Sie wusste, wie lächerlich dieser Gedanke war, aber so vieles im Leben kam einem nun einmal lächerlich vor, und sie hoffte, dass ihr leidenschaftlich ehrgeiziger erster Ehemann irgendwie stolz gewesen wäre, sie heute so zu sehen.

York war eine schöne Stadt. Einige der alten römischen Mauern waren zu Verteidigungszwecken stehen gelassen worden. Sie bedeckten weite Teile des Landes, und dazwischen befand sich Weideland. Der Hauptteil der Stadt befand sich in dem fruchtbaren Gebiet zwischen dem breiten Fluss Ouse und seinem kleineren Nebenarm, dem River Foss. Hier herrschte weniger geschäftiges Treiben als im fortschrittlichen und ständig wachsenden Westminster. Vielmehr strahlte der Ort die stetige Ruhe einer Stadt aus, die sich ihres Platzes in der Welt sicher ist. Und ebenso sicher ihres Königs und ihrer Königin.

»Du hattest recht, dass du mich zu dieser Reise veranlasst hast, Edyth«, sagte Harold am Abend ihrer Krönungsfeierlichkeiten im Norden, als sie im Herzen des alten königlichen Palastes nebeneinander im Bett lagen. »Wenn dieses Königtum nicht andauert, wenn …«

»Kein Wenn und Aber, Harold.«

»Nun, dann lassen wir es eben dabei bewenden, dass ich diese Zeit in meinem Herzen bewahren werde. Ich hätte nicht gedacht, dass ich mir jemals wirklich wie ein König vorkommen würde, aber hier tue ich das. Ich habe eine Überraschung für dich.«

»Tatsächlich?«

Er grinste wie ein kleiner Junge, dann sprang er aus dem Bett und schritt zu dem Seitentisch hinüber, um einen kleinen Beutel zu holen. Edyth wandte sich ab. Sie hatte sich an Harolds Körper neben sich oder in sich gewöhnt, aber sie vermied es immer noch, ihn anzusehen, und drehte sich erst wieder um, als er wieder sicher unter der Decke lag.

»Sieh mal.«

Er öffnete den Beutel und holte einen Penny heraus, so glänzend, als käme er direkt aus der Münzprägerei. Edyth streckte die Hand danach aus, und er legte ihn ihr mit der Kopfseite nach oben in die Handfläche.

»Harold, das bist ja du.«

»Das stimmt, aber das ist noch nicht das Beste. Hier.« Er drehte die Münze um. Darauf stand ein einziges Wort, das selbstbewusst ins Silber gestanzt worden war: »PAX«.

»Frieden«, übersetzte Edyth. »Das ist vollkommen.«

Er lächelte verlegen. »Leider reicht es nicht, das Wort auf Englands Münzen prägen zu lassen, um ihn zu sichern. Aber es ist ein Anfang.«

»Hast du neue Nachrichten?«

»Nichts aus Skandinavien, aber Herzog William lässt Schiffe bauen. Er wird kommen, Edyth.«

»Und wir werden bereit für ihn sein. Wir haben die beste Fyrd in Europa mit dem besten Feldherrn.«

»Ich hoffe, du hast recht. Ich habe erfahren, dass Torr von Herzog William abgewiesen wurde, aber das glaube ich erst, wenn ich es mit eigenen Augen gesehen habe. Dieser Normanne hat alle möglichen Tricks auf Lager, und Torr ist auch nicht viel besser. Er hasst mich, weil ich deinen Bruder meinem eigenen vorgezogen habe, und vielleicht hat er recht damit.«

»He.« Edyth nahm sein Kinn in die Hand und richtete sich auf, um sich rittlings auf ihn zu setzen. »Das klingt aber gar nicht wie ein Mann, der sich wie ein König fühlt.«

Er fuhr mit den Fingern über ihre Brustwarze, eine gedankenlose Geste, fast, als wolle er seine neuen Münzen polieren, aber sofort schoss eine Welle des Verlangens durch ihren Körper. Sie hungerte nach ihm wie ein Bauer in der Erntezeit, entschlossen, sich vollzustopfen aus Furcht vor der bevorstehenden Hungersnot, und nun ließ sie ihre Hüften nach hinten kreisen, rieb sich an ihm, erregte ihn.

»Mein Gott, Edyth, ich weiß, dass ich gesagt habe, dass das hier eine richtige Ehe sein sollte, aber ich hatte ja keine Ahnung, dass … Edyth?« Sie wich zurück, ihre Lust verdichtete sich zu einem harten, abscheulichen Ball, der sich gewaltsam seinen Weg von der lüsternen Mitte ihres Seins zwischen ihren Beinen den Weg hinaufbahnte und ihr die Tränen in die Augen trieb. »Edyth, es tut mir leid. Nicht weinen.«

»Ich sollte dich nicht belästigen. Du unterstehst nicht meinem Befehl.«

»Unsinn. Das ist Unsinn, Edyth. Du bist meine Gemahlin.«

»Vor allen anderen, ja. Aber wir beide wissen, dass es eine Lüge ist, nicht wahr?«

Sie tastete nach der Decke, zog sie hoch und verhüllte ihren Körper darin. *»Es ist schon spät«,* sagte ihr ihr Verstand. *»Es war ein langer Tag, ein fantastischer Tag. Verdirb ihn nicht. Kämpf nicht gegen ihn an. Verärgere ihn nicht.«* Es hatte keinen Zweck. Der Kummer brach sich Bahn, erreichte seinen Höhepunkt, trieb auf einer Woge aus Schuldgefühlen dahin, und sie konnte ihm nicht länger entkommen. »Stellst du dir vor, dass ich sie bin?«

»Edyth!«

»Tust du das? Kannst du es so besser aushalten?«

»Nein.« Er umfing ihre Handgelenke, zog sie zu sich heran, so dass die Decke herunterrutschte und sie nackt vor ihm saß. »Es ist anders, Edyth. Ich weiß nicht, wie ich es erklären soll. Als ich vor Jahren bei den Osmanen war, lernte ich Männer kennen, die mehr als nur eine Frau hatten. Das ist ihre Art zu leben. Ich habe mit einem von ihnen darüber gesprochen, und er behauptete, sie alle auf gleiche Weise zu lieben. Ich habe es damals nicht verstanden, aber jetzt verstehe ich es.«

»Du liebst uns beide.«

»Ist das falsch?«

»Aber sie liebst du am meisten – und so sollte es ja auch sein.«

Er schüttelte sie sanft. »Am meisten, Edyth? Was heißt denn ›am meisten‹? Welches deiner Kinder liebst du denn am meisten?«

»Keines, aber Mutterliebe ist etwas anderes, Harold.«

»Ist sie das? Sicher zeigt es doch nur, dass das Herz offen sein kann. Ich weiß, dass es ungewöhnlich ist, Edyth, aber die Zeiten sind es auch. Und wir sind es – du und ich –, auf deren Schultern die zukünftigen Geschicke ruhen. Andere verstehen das vielleicht nicht, aber wenn wir ehrlich zueinander sind, dann können wir es doch verstehen. Hast du denn Griffin nicht geliebt?«

»Doch. Aber er ist tot.«

»Und ich bin am Leben, ebenso wie du – lebendig und hier bei mir.«

Seine Hände hielten ihre Handgelenke fest, und nun fanden seine Lippen ihren Hals, knabberten daran, neckten sie, so dass ihr Körper sofort wieder in Flammen stand, wogegen ihr Geist sich unmöglich auflehnen konnte. Er hatte recht. Sie war hier bei ihm, und – so unfassbar ihr das manchmal vorkam – es war alles, was sie hatte, und sie musste das Bestmögliche daraus machen.

# Kapitel neunundzwanzig

**Westminster, Mai 1066**

Einige Monate lang, die ihnen wie eine Ewigkeit vorkamen, passierte gar nichts. England bereitete sich auf das Osterfest vor. Harold und Edyth wurden jubelnd im Süden begrüßt, und überall grünte und blühte es. Die Lämmer wurden geboren, und wenn man nicht aufs Meer hinaussah, konnte man glauben, dass in König Harolds England nur Wohlstand und Frieden herrschten.

»Ich bitte um Verzeihung, Sire«, sagte Avery eines Morgens, als er Harold beim Ankleiden half. »Aber nächste Woche ist Trimilchi.«

»Fürwahr.« Harold sah Edyth an, die sich unter den Decken verbarg, weil sie sich immer noch nicht daran gewöhnen konnte, im königlichen Bett gesehen zu werden. »Sollen wir den 1. Mai feiern, meine Königin?«

Edyth dachte nach. Das Trimilchi-Fest – das Fest des Maifeiertags, wie man inzwischen sagte – war ein altes Fest, das noch in heidnischen Ritualen wurzelte, und konnte durchaus ausarten. König Edward hatte derlei Festlichkeiten in den frommen letzten Jahren seines Lebens untersagt, aber dennoch wurde es landesweit gefeiert, und es wäre eine Ehre, dieses Fest auch in Westminster zu zelebrieren.

»Ich glaube, das sollten wir«, sagte sie. »Ich werde mich heute um die Planung kümmern.«

Harold grinste sie an. »Dann wirst du wohl aufstehen müssen.«

»Alles zu seiner Zeit«, erwiderte sie sittsam. »Avery kann meine Mägde rufen, wenn er mit dir fertig ist.«

Avery verbeugte sich und zog sich zurück, und Edyth blickte sich in dem prächtig eingerichteten königlichen Gemach mit den kostbaren Bettvorhängen, bestickten Hockern und kostspieligen Glasfenstern um. Sie war vielleicht immer noch befangen mit Harold, aber – Gott steh ihr bei – sie gewöhnte sich schnell daran, wieder Königin zu sein. Sie stand auf, griff nach ihrem Bettkleid, und Harold krauste die Nase.

»Musst du das tragen, Edie? Du siehst so viel hübscher aus ohne, und ist es nicht immerhin eine alte Tradition, an Trimilchi nackt herumzulaufen?«

»In Wales wurden die Menschen durchaus dazu ermutigt«, stimmte sie leichthin zu, und sein Blick verdunkelte sich.

»In Wales wurde, soweit ich das beurteilen konnte, zu vielen Dingen ermutigt.«

Er kam auf sie zu, blickte kurz zum Bett hinüber, aber mit einem Lächeln wich sie seinen Armen aus.

»Was vergangen ist, ist vergangen. Kommt nun, König Harold, wir müssen ein Fest vorbereiten.«

Vier Tage später, am Abend von Trimilchi, sah Edyth auf das Weideland von Chelsea hinaus und lächelte vor Stolz. Nach den fieberhaften Vorbereitungen war das Ergebnis einfach großartig. In den Bäumen hingen Bänder und buntes Gebäck. Zwei große Haufen getrocknetes Holz waren für Freudenfeuer aufgehäuft worden, und die königlichen Zelte standen offen, so dass die sanfte Frühlingsluft hineinwehte. Die Tische bogen sich unter den Speisen und Getränken, mit denen die Höflinge während der langen Nacht dieses Festes versorgt werden sollten.

Es sah aus wie ein üppiges Fest, aber in Wirklichkeit hatten Edyth und ihre Köche sich etwas einfallen lassen müssen, denn Lebensmittel waren knapp in dieser mageren Zeit, bevor das Korn reif wurde. Das Bier jedoch floss reichlich, und Harolds Männer hatten an diesem Morgen einen Keiler im Wald gefangen, so dass es zumindest Frischfleisch gab. Außerdem war sowieso niemand nur wegen des Essens gekommen. Die Freude darüber, dass dieses alte Fest wieder zum Leben erweckt wurde, überwog alles.

Die Höflinge, die die Wiesen bevölkerten, schwatzten und lachten aufgeregt. Sie waren allesamt in Grün gekleidet – der Farbe der Feen –, und viele, auch Edyth, trugen Bänder und Blumen an ihren Kostümen, die im Gegensatz zu der normalerweise eher gedämpften, sachlichen Mode standen, die sonst bei Hof üblich war. Selbst die Erwachsenen sprangen übermütig mit der aufgeregten Kinderschar um die große Eiche, die das Zentrum des Festes bildete. Titel und Positionen schienen hier draußen mit einem Mal ebenso bedeutungslos geworden zu sein wie die übliche Ordnung, und etwas an diesem sorglosen Durcheinander erinnerte Edyth an Griffin.

Sie hatte Harold mit den walisischen Traditionen nur necken wollen, aber es stimmte, dass die Gebräuche an Trimilchi tief im ausgelassenen Beltane-Fest verwurzelt waren. An Griffins Hof waren Standbilder des Grünen Mannes herumgetragen worden, der mit wenig mehr als ein paar Blättern bekleidet war, und Paare waren nackt oder »in den Himmel gehüllt« über die Feuer gesprungen, ein Fruchtbarkeitsritual, bevor sie in den spärlichen Büschen Unterschlupf gesucht hatten. Edyth errötete, als sie sich daran erinnerte, wie ihr eigener Mann sie in »grünem Gewand« wenig mehr als eine Schößlinglänge von anderen Armen in die Arme genommen hatte, um den Sommer gemeinsam willkommen zu heißen. Es war kein Zufall, dass so viele Frauen im Februar niedergekommen waren, und nicht alle von ihnen hatten geheiratet, wobei sich keiner in Wales mit derlei »römischen« Skrupeln aufgehalten hatte.

In England hingegen ging es deutlich zivilisierter zu, zumindest zu Beginn der Feierlichkeiten. Heute hatte der Hof sich in Edwards neuer Kathedrale versammelt, um einer Messe für Maria beizuwohnen, der Christusmutter und daher Königin der Maitagsfeierlichkeiten für Fruchtbarkeit und Kindersegen. Ihr Standbild war am Ende des Gottesdienstes auf die Wiese gebracht und wie beiläufig unter die große Eiche gestellt worden. Dann aber wandten sich die Höflinge den eher irdischeren Traditionen zu, und schon bald lagen gefärbte Eier zu ihren Füßen, und bunte Bänder wirbelten als Liebesbeweise in den Zweigen über ihrem Haupt.

Als der Himmel sich barmherzigerweise verdunkelte, fingen sie an zu singen und zu tanzen, und Edyth bezweifelte nicht, dass die Büsche, sobald die Nacht hereingebrochen war, sogar in Westminster nicht unerforscht bleiben würden. Sie sah auf die Bäume hinter ihr. Es handelte sich nur noch um ein kleines Wäldchen, weil so viel für die Bebauung gerodet worden war, und sie fragte sich, ob der Baum, auf den sie als ungeduldiges Mädchen geklettert war, noch immer stand. Sie hätte ihn nicht wiedergefunden – nicht die Zweige hatten sie interessiert, sondern das Paar darunter. Sie errötete, als sie sich an Torrs laszive Sinnlichkeit erinnerte, mit der er sie als Tanzpartnerin gewählt hatte, und an sein dunkles Vergnügen über ihr törichtes Hinterherspionieren am darauffolgenden Tag. Gott sei Dank war Lord Harold in der Nähe gewesen, sonst hätte dieses naive kleine Intermezzo ganz anders enden können.

»Geht es dir gut, Edie?«

Seine Stimme durchdrang ihre Erinnerungen, und sie sah zu ihrem einstigen Retter auf, der nun, durch eine seltsame Fügung des Schicksals, ihr Gemahl war.

»Sehr gut, Harold.« Sie schüttelte die Gedanken an die Vergangenheit ab. »Der Hof ist in festlicher Stimmung.«

»So sollte es auch sein. Heute Abend müssen wir die Wesen aus der Anderwelt mit unserer guten Laune fernhalten.«

»So abergläubisch, Harry, König von England?«

»Sogar Könige sind vor Gott nur Männer, besonders an Abenden wie diesem.«

Er berührte seine Ersatzkrone, ein einfaches Geflecht aus Vogelbeerzweigen, und Edyth' Hand wanderte instinktiv zu ihrer eigenen. Sie waren zu König und Königin des Trimilchi-Festes gekrönt worden, sobald die Gesellschaft die heilige Maria unter die Eiche gestellt hatte, und waren die Ehrenfeen dieser Nacht. Bei diesem Gedanken musste Edyth lachen.

»Komm, Harry«, neckte sie ihn, »ein gebildeter Mann wie du kann doch nicht allen Ernstes an Hexen oder Kobolde glauben?«

»Nein«, stimmte er zu, und seine Stimme klang überraschend ernst, »aber an dieser Welt ist mehr, als wir jemals wissen können, Edyth. Zumindest sagt das …« Er hielt inne.

»… Svana?«, fragte Edyth, und er nickte. Sie dachte einen Augenblick lang nach und sagte dann: »Ihr hätte der heutige

Abend gefallen. Wirklich. Harold, wenn es am Hof immer so wäre, könnte sie ihn genug lieben, um …«

»Aber es ist nicht immer so.«

»Nein.« Edyth verdrängte die unangenehmen Gedanken und reckte sich, um ihm einen Kuss auf die Wange zu geben. »Wir müssen also das Beste daraus machen. Sollen wir tanzen?« Sie deutete auf die Gestalten, die um die Eiche herumwirbelten, wobei sie lange Bänder um den dicken Stamm des Baumes wanden, um ihn zu segnen und sowohl seine Fruchtbarkeit als auch ihre eigene zu besiegeln. Hand in Hand, lachend, während ihre Kostüme sich im dahinschwindenden Tageslicht mit dem Grün des Grases verwoben. »Es scheint doch Freude zu machen, oder?«

»Doch, so sieht es aus, Edie«, pflichtete er ihr bei. »Aber hast du gemerkt, dass es nur Frauen sind?«

»Bald wird jede einen Mann in die Arme schließen.«

Harold lachte. Er umfing ihr Kinn und schob ihr Gesicht zu sich empor. Jemand hatte den Zunder in den beiden Holzhaufen hinter der Eiche entzündet, und sie konnte die ersten Flammen in seinen Pupillen glänzen sehen, als er auf sie herablächelte.

»Später, Edie. Die Männer tanzen später.«

»Das bezweifle ich nicht, Mylord. Wie du weißt, habe ich schon früher in grünem Gewand getanzt.«

»Edyth!«

»Harold – du musst heute nicht das Unschuldslamm bei mir spielen.«

Er schnaubte. »Ich erinnere mich an eine Zeit, in der du die Unschuldige warst, Edyth Alfgarsdottir.«

»Ich habe auch schon daran gedacht, aber diese Zeiten sind glücklicherweise lange vorbei. Torr ist fort, Gott sei gepriesen.«

»Vorläufig.«

»Vorläufig ist genug, Harry, und wenn du jetzt nicht mit mir tanzt, gehe ich allein.«

Sie machte einen Schritt auf die Tanzenden zu, aber er packte ihre Hand und zog sie zurück. »Kein Tanz im grünen Gewand.«

»Nur mit dir.«

Er lächelte und beugte sich herab, um ihr einen sanften Kuss auf die Lippen zu geben, bevor er sie losließ. Sie rannte zu den Frauen hinüber, die den Kreis öffneten, um sie einzulassen. Die Bänder reichten jetzt bis zum Boden, und die Spielleute, die sich vorher beklagt hatten, dass die feuchte Nachtluft ihren kostbaren Instrumenten schaden konnte, schienen ihre Beschwerden vergessen zu haben und stimmten eine fröhliche Melodie an. Die Töne ihrer Lauten und Flöten wirbelten durch die sanfte Luft und kitzelten die Fußsohlen der Frauen. Einige hatten, wie Edyth sah, ihre Schuhe bereits abgelegt, und sie war froh, dass sie zuvor daran gedacht hatte, die Männer des Stewards mit Rechen und Besen über die Wiese zu schicken.

Sie schüttelte insgeheim den Kopf über sich selbst; das hier war ein großes Fest, und sie sollte sich über derlei Kleinigkeiten jetzt nicht mehr den Kopf zerbrechen. Sie musste jetzt nicht Königin sein, sondern nur ein Mädchen mit Ebereschenkrone, das im Schein des Feuers tanzte. Sie ließ die Hände der anderen Frauen nicht los und überließ sich der Musik. Die Feuer brannten lichterloh, warfen die Flammen weit nach oben, als ob sie nach den Sternen greifen wollten. Funken stoben in den purpurroten Himmel und fielen zu Boden, wo Kinder sie kreischend mit ihren festen kleinen Stiefeln austraten. Edyth entdeckte Nesta, die die Hand ihres Onkels Morcar festhielt und rücksichtslos die älteren Ladys daran hinderte, um die Aufmerksamkeit des neuen Earls zu buhlen. Ewan und Morgan spielten mit ein paar Jungen Fangen zwischen den Bäumen, und sie hörte ihre Stimmen, die in schnellem, leichtem Englisch den neuen Freunden etwas zuriefen – wobei der walisische Singsang kaum noch ein Hauch war.

»Fang mich doch!«

Ihre fröhlichen Rufe rieselten durch die Melodie des Tanzes und erwärmten Edyth' Herz. »Vorläufig« war tatsächlich genug. Zumindest am heutigen Abend konnten die Feinde jenseits des Meeres zusammen mit den anderen bösen Geistern in die Schatten verbannt werden; die englischen Feuer brannten hoch genug, um sie allesamt fernzuhalten.

Die Frau zu ihrer Linken ließ sie los, und andere Finger umfingen die ihren. Sie waren warm und trocken, und bei ihrer Berührung stockte Edyth der Atem. Sie wandte sich nach links. Es war jetzt fast dunkel, und das Gesicht der Frau war im Feuerschein nur schemenhaft erkennbar, aber Edyth hätte es überall wiedererkannt. Sie schnappte nach Luft, und ihre Lippen wollten den Namen formen, aber die Frau gebot ihr Einhalt.

»Sag ihn nicht. Wenn du ihn nicht aussprichst, bin ich gar nicht da.«

Edyth starrte ihre alte Freundin an. »Du bist also keine Fee?«

»Nein, nein, wirklich nicht, Edyth. Das war ich noch nie. Ich bin nur allzu menschlich.«

Edyth zog Svana zu dem in allen Farben des Regenbogens geschmückten Baumstamm, so dass die Tänzerinnen sie umkreisten.

»Es tut mir so leid ...«, begann sie, aber Svana brachte sie sogleich zum Schweigen.

»Keine Entschuldigungen, Edie. Nicht heute Abend. Niemals.«

»Warum bist du denn dann gekommen?«

»Um dich zu sehen.«

»Willst du sehen, ob ich meiner Rolle gerecht werde?«

»Nein! Ich will dich nicht auf die Probe stellen, Edyth, wirklich, ich wollte dich einfach nur *sehen*. Wissen … dass es dich noch gibt.« Sie blickte zu Boden. »Du musst mich für eine Närrin halten.«

Edyth entspannte sich. »Aber nein. Ich hatte die gleiche Sehnsucht, nur nicht so klar. Noch nicht einmal damals in Wales habe ich mich so weit von dir entfernt gefühlt wie in den vergangenen Monaten.«

»So muss es sein, Edyth, und wir wissen es beide, aber ich dachte, dass ich heute Abend, unter den Bäumen, solange die normale Welt in Auflösung begriffen ist, ein Plätzchen finden könnte, in dem das ›Müssen‹ für eine Weile keinen Raum findet.«

»Das hast du gut abgepasst. Komm, wir wollen Harold suchen.«

Doch da wich Svana zurück. »Das kann ich nicht, Edyth. Er gehört jetzt dir.«

»Aber …«

»Er gehört dir. Komm, meine Liebe, der Tanz geht sonst ohne uns weiter. Wir müssen uns wieder einreihen.«

Sie deutete auf die Frauen, die sie noch immer umkreisten, und Edyth holte tief Atem. Die Luft war erfüllt vom Duft nach Erde, Ruß und gewürztem Wein, und das alles war durchdrungen vom Hauch der Wiesenblumen – der Sommer war endlich da. Spontan griff sie nach einem der zahllosen Bänder an ihrem Gürtel und riss es ab.

»Hier«, sagte sie. »Wir müssen es als Zeichen unserer Freundschaft an den Baum binden.«

Ihre alte Freundin zog ebenfalls ein Band von ihrem Kleid, ebenfalls grün, aber heller – wie ein frisches Blatt. Sie gab es Edyth, die beide Bänder verzwirbelte und an beiden Enden fest verknotete. Dann packte sie einen dicken Ast, schlang die miteinander verwobenen Bänder darum und befestigte sie mit einem Knoten am Baum. Die Bänder wirbelten wild herum, als sie den Zweig losließ, und sie beobachtete es hingerissen.

»Sie sehen fast wild und verrückt aus.«

»Vielleicht tun wir das ja auch. Komm, Edie, tanzen wir, solange wir es können.«

Edyth nickte, und zusammen traten sie wieder unter die Feiernden und schlossen sich dem Kreis der Tanzenden an. Die Nacht hatte sich jetzt vollends herabgesenkt, und alle Menschen hatten sich in ihre eigenen Schatten verwandelt – Gestalten vor dem Feuer, das die Nacht in Schach hielt. Die breite Themse rauschte an der einen Seite an ihnen vorbei, wirbelte ihre Schaumkronen vorüber wie Feen, die im Mondschein tanzten, und im Hintergrund brannten Fackeln auf Thorney Island, die die hellen Steine von Edwards wundervoller Kathedrale beleuchteten. Edyth erwartete beinahe, dass auch er auf den Wiesen Chelseas erschien, aber ein solcher Geist, der nach Harolds Krone oder ihrer eigenen griff, wollte sich nicht einstellen. König Edward war tot, aber England lebte weiter, stark und stolz und selbstsicher.

In den Schatten einer Nacht, die halb christlich, halb heidnisch war, schien es keine Rolle zu spielen, wer wer war. Ob Lord oder niederster Diener, das Gelächter eines jeden klang gleich, und gemeinsam feierte der englische Hof die Ankunft eines neuen Sommers. Die Zeit zerfloss ebenso wie die Gesichter. Der Mond ging auf, silbrig glänzend, und Paare verschwanden wie Käfer zwischen den Bäumen. Edyth tanzte weiter, war wie in Trance, bis plötzlich ein Arm ihre Taille umfing und sie aus dem Kreis hinausgezogen wurde.

»Da bist du ja, Edie. Ich habe schon gedacht, meine Königin hätte sich weggezaubert.«

Sie blinzelte zu Harold auf, dann sah sie sich nervös um.

»Edyth?« Seine Stimme klang plötzlich angespannt. »Edyth, wo warst du?«

»Ich habe getanzt, Harold. Hier mit …« Sie sah sich erneut um. Die Gesichter verschwammen im dunstigen Licht des Mondes, aber das Gesicht, das sie suchte, konnte sie nicht entdecken.

»Mit wem?«

»Bist du etwa eifersüchtig?«

»Sollte ich das denn sein?«

»Nein. Nein, gewiss nicht.« Sie zog ihn dichter zu sich heran. »Ich habe mit Svana getanzt.«

»Was?« Er zuckte zusammen, als sei er von einer Pfeilspitze getroffen worden. »Das ist unmöglich, Edyth. Du hast zu viel von dem Wein getrunken.« Aber noch als er sprach, ließ er seine Augen unruhig über die wogende Menge wandern.

»Wirklich, Harold, ich war mit ihr zusammen.« Tief im Herzen zweifelte sie nun selbst daran, und als sie zur Eiche hinübersah, stellte sie erleichtert fest, dass die verwirbelten, grünen Bänder dort immer noch in der sanften Brise wehten. »Sie war hier«, beharrte sie.

Er runzelte die Stirn, blinzelte, legte Edyth die Hand auf die Stirn, aber dann war Svana wieder da – bleich wie der Mond, aber entschlossen, nur ein paar Schritte von ihnen entfernt.

Harolds Augen weiteten sich wie Blütenblätter in der Morgenröte. Er streckte die Hand aus, aber sie wich mit leichtem Kopfschütteln zurück.

»Es tut mir leid. Ich hätte nicht kommen sollen.«

Harold konnte sie nur anstarren, und so war es Edyth, die antwortete. »Ich bin froh, dass du gekommen bist.«

»Wenn der Morgen graut, bin ich wieder fort.«

»Du musst nicht das Gefühl haben …«

»Ich werde bei Sonnenaufgang fort sein, bevor die Glocken den Sommer einläuten. Ich bete darum, dass er uns Frieden bringen möge.«

»Bete lieber darum«, grollte Harold, der endlich seine Stimme wiedergefunden hatte, »dass er uns den Sieg bringt, denn das ist die einzige Möglichkeit, wie wir Frieden finden.«

Sie nickte bedächtig. »Das hast du immer schon gesagt.«

»Svana …!«

Der Name schien durch die dunklen Schatten zu klingen, und sie hielt erneut eine Hand in die Höhe.

»Und ich bin überzeugt, dass du recht hast. Wirklich. Ich bin aus Liebe hierhergekommen – zu euch beiden – und vielleicht auch aus meiner eigenen Schwäche heraus, aber ich habe auch Neuigkeiten. Es tut mir leid, Harry, aber ich muss dir davon berichten. Ich habe Männer an der Ostküste, Fischer. Sie haben Schiffe gesehen, noch weit draußen, aber sie segeln nach Süden. Eines … trug das Wappen des scharfen Speers.«

»Torr!«

»So scheint es.«

Harold ging wieder auf sie zu, aber wieder trat sie einen Schritt zurück, als ob sie fürchtete, bei seiner Berührung zu Staub zu zerfallen. Er zuckte zusammen, dann straffte er die

Schultern. »Dann ist er wenigstens nicht bei William«, sagte er. »Wie viele Schiffe sind es?«

»Eine Handvoll, mehr nicht.«

»Mein Bruder hat also nicht allzu viel Unterstützung gefunden. Ich glaube nicht, dass wir uns um eine Handvoll Schiffe allzu viele Sorgen machen müssen.«

»Das ist wohl wahr, Harold. Aber meine Männer sagen, dass es von der Bauart her skandinavische Schiffe sind.«

»Hardrada!«, keuchte Edith, und Harold sah sie an.

»Wir müssen deine Brüder suchen, Edyth. Wenn die Wikinger Torr begleiten, müssen wir uns umso mehr um ihre Abwehr kümmern.«

Beide sahen sich auf den Wiesenflächen um, aber im schwachen Mondlicht waren die jungen Earls nirgends zu entdecken.

»Wie sollen wir sie in der heutigen Nacht nur finden, Harold?«, fragte Edyth. »Ich werde Marc nicht hinterherjagen. Ich bin schon einmal in die Wälder gegangen, wenn du dich erinnerst, und das versetzte mir einen solchen Schock, dass ich vom Baum fiel.«

Harold lächelte und sah Svana an, und für einen kurzen Augenblick lang war es, als ob sie wieder wie damals in Westminster wären, ganz am Anfang. Dann rief jemand »Sire!«, und Harold sah sich um. Die Vergangenheit war wieder fort.

»Ich muss zumindest Boten aussenden!«, sagte er.

»Wirst du die Fyrd zu den Waffen rufen?«, fragte Edyth.

»Ich weiß es noch nicht. Ich werde Männer aussenden, um die Bedrohung einzuschätzen. Wir können es uns nicht leisten, die Männer zu bald zu den Waffen zu rufen, während Herzog William jenseits des Kanals lauert. Was halten deine Männer vom …« Er sah wieder Svana an, aber sie hatte ihr Gesicht dem Mond zugewandt. Er seufzte. »… Kriegsgeschrei?«, murmelte er.

»Harold?«, fragte Edyth, aber es war Svana, der er antwortete.

»Du hast mein Kriegsgeschrei immer verabscheut.«

Sie nickte.

»Siehst du nicht, dass es Nächte wie diese hier sind, für die wir kämpfen?«

Svanas Blick richtete sich auf ihn, aber sie erwiderte noch immer nichts.

»Das ist wahr, Harold«, sagte Edyth jetzt leise, »aber es ist auch wahr, dass wir nicht nur darum kämpfen sollten, sondern sie auch genießen müssen. Kommt jetzt. Die Fyrd kann doch sicher noch bis morgen warten, oder?«

Seine Finger fanden die ihren. Sie waren kalt, und sie drückte seine Hand fest, um ihm Leben einzuhauchen, auch wenn es Svana auf ihrer anderen Seite das Leben raubte. Böse Geister näherten sich dem Land, aber noch waren sie nicht da. Die Musiker spielten weiter, und die drei tanzten zusammen in der Dunkelheit.

Harolds Männer rückten am nächsten Morgen aus. Die Trimilchi-Feiern wurden abgekürzt, und der Hof wagte es nicht, darüber zu murren. Der König war wieder auf dem Thron, die Krone fest auf seinem Kopf, denn sein Ebereschenkranz lag unbeachtet in den Büschen. Svana war im Morgennebel verschwunden, war mit den zerzausten Paaren verschmolzen, die zwischen den Bäumen hervorkrochen, als die Glocken der Kathedrale die Ankunft des Sommers verkündeten, und hinterließ nur leichte Fußabdrücke im Tau, die davon zeugten, dass sie überhaupt hier gewesen war. Harold war zu sehr mit seinem Hohen Rat beschäftigt, um darum zu trauern, aber Edyth kroch ins Bett und gestattete es sich, um sie beide zu weinen. Sie wusste, dass Harold glaubte, für diese Pflicht auserwählt worden zu sein – um Englands Furcht zu bekämpfen, nicht, um sein Wohlergehen zu feiern –, aber sie hoffte, dass er die vergangene Nacht dabei dennoch im Herzen behalten würde.

Die Boten kehrten schnell zurück, und es stellte sich heraus, dass Svanas Männer die Wahrheit gesagt hatten. Doch der verbannte Earl bewegte sich schneller als gedacht auf die Küste zu.

»Earl Torr wurde vor der Isle of Wight gesichtet«, berichteten sie. »Sechs Schiffe fahren auf die Südostküste zu. Earl Lane hat sie in Kent gesichtet, und er glaubt, dass sie angreifen werden.«

»Mit sechs Schiffen?«

Harold verachtete seinen Bruder wegen seines Mangels an Weitsicht, aber das änderte sich, als die nächsten Boten ankamen und berichteten, dass Torrs ehemaliger Stellvertreter mit siebzehn weiteren Schiffen an der Ostküste entlangsegelte, allesamt – wie Svanas Männer schon gesagt hatten – von skandinavischer Bauart.

»Der König von Norwegen ist nicht an Bord«, versicherten sie ihnen, »auch seine Söhne nicht. Aber anscheinend kommt diese Abordnung von den Orkneys, die ihm unterstehen.«

»Eine Vorhut?«

»Vielleicht. Und Sire, Earl Lane lässt Euch mitteilen, dass Herzog William einen großen Gottesdienst in seiner Klosterkirche von Caen abhalten ließ, um seine Flotte segnen zu lassen. Er trägt das Banner des Papstes und proklamiert den Heiligen Krieg.«

»Heilig! Diesem Bastard-Herzog ist nun wirklich nichts heilig außer seiner Entschlossenheit, mir den Thron zu nehmen.«

Harolds Stimme klang herausfordernd, aber als er sich Edyth zuwandte, sah sie, dass seine leuchtenden Augen umwölkt dreinblickten.

»Es fängt an, Edyth«, sagte er leise. »Jetzt fängt es an.«

Edyth schluckte. Sie hatte gewusst, dass dieser Tag kommen würde, sie hatten es beide gewusst. Aber bis zu diesem Augenblick hatte es immer noch Hoffnung gegeben, dass sie sich irrten. Diese Hoffnung war nun zerstört, es gab nur noch den Glauben – an Gott, an England, an ihre eigene Stärke und an ihr Recht. Harold erhob sich. Kurz führte er die Hände an die Krone, und Edyth kam es so vor, dass ihn ihre Energie durchströmte und ihn größer erscheinen ließ.

»Ich muss jetzt die Fyrd zu den Waffen rufen«, sagte er. »Wir müssen unsere südlichen Grenzen schützen.«

Edyth erhob sich neben ihm, ebenfalls entschlossen, sich dieser Situation als würdig zu erweisen. »Ich werde die Mägde anweisen zu packen.«

Sie wollte gerade gehen, aber Harold streckte den Arm aus und umfing ihr Handgelenk, zog sie wieder zurück.

»Tut das bitte«, sagte er förmlich. »Aber Ihr wisst, meine Königin, dass sich unsere Wege jetzt trennen müssen.«

Sie starrte ihn an. »Du schickst mich fort?«

»Nein! Mein Gott, Edyth, natürlich nicht, aber du weißt so gut wie ich, dass wir von allen Seiten bedroht werden. Ich muss den Süden beschützen, und du …«

»Ich muss in den Norden gehen. Natürlich.« Die Erkenntnis versenkte sich in Edyth' Herz wie ein Bleiklumpen. Sechs wundervolle Monate lang hatte sie sich vorgemacht, dass sie diese Ehe als Frau genießen könnte, aber jetzt erkannte sie – wie den kühlen Morgen nach dem glückseligen Treiben ihrer Trimilchi-Nacht –, was ihre Stellung tatsächlich bedeutete. »Dafür hast du mich geheiratet«, sagte sie düster.

»Nicht nur dafür, Edyth, wirklich nicht. Aber: Ja, unsere Verbindung hat das Land geeint, wie wir es beabsichtigt hatten, und das müssen wir nun nutzen, um für seine Sicherheit zu sorgen.«

»Ist es, weil sie …?«

Er küsste sie, schnell und hart, um sie am Weitersprechen zu hindern. »Es ist wegen gar nichts, meine Königin. Es *ist* einfach so.«

Seine Augen wanderten schon wieder ruhelos zur Seite zu seinen wartenden Feldherren. Sie war jetzt Teil des Verteidigungssystems, dessentwegen er als Thronfolger ausgewählt worden war, und jeglicher Protest wäre ihr kleinlich vorgekommen.

»Ja, Mylord«, sagte sie widerstandslos und floh.

# Kapitel dreissig

**York, September 1066**

Es war ein langer Sommer voller strahlendem Sonnenschein und allgemeiner, heißer Nervosität. Selbst Ewan, Morgan und Nesta, die die Reise nach Norden anfänglich als großes Abenteuer betrachtet hatten, fingen die Stimmung auf und spielten lieber mit den Bauernkindern, so weit entfernt von dem angespannten Hof ihrer Mutter wie möglich. Torrs Schiffe voller Söldner erwiesen sich als unsichere Flotte. Die rauen Winde verteilten sie in alle Richtungen, zerrissen ihre Segel und zerrten an ihrer Entschlossenheit. Sie krochen wieder zurück zur Ostküste, wo Edwin und Morcar, die sich dort positioniert hatten, um nach Wikingern Ausschau zu halten, warteten, um sich ihrer anzunehmen. Harold rief seine Fyrd in Chichester zu den Waffen, aber ungünstige Winde hielten Herzog William im Hafen fest, und die Stimmung im Kriegslager war schon bald so dumpf wie abgestandene Luft.

Allein und voller Angst, sehnte sich Edyth danach, Svana zu schreiben. Die Magie der einen gestohlenen Nacht, in der sie ihre schemenhafte Freundschaft wiederbelebt hatten, erwärmte ihr Herz, aber jedes Mal, wenn sie versuchte, Worte zu finden, um dies zum Ausdruck zu bringen, kam ihr die prekäre Situation, in der sie sich alle befanden, wieder in den

Sinn. Außerdem hielt sie es nicht für gerecht, Svana mit jenen Problemen zu belasten, deretwegen sie schließlich Harold aufgegeben hatte. Svana schrieb ebenfalls nicht, so dass Edyth nur von Harold Briefe bekam: kurze, nervöse Notizen über die Bewegungen der Schiffe oder vielmehr über deren Ausbleiben.

*Edyth,*

*warum nur wollen sie nicht kommen? Meine Spione berichten, dass Williams Flotte im Hafen wartet, und dass er fast achttausend Mann dort aufgestellt hat, und dennoch wartet er weiter. Ich sitze hier in der Falle, nutzlos. Die Truppen sind ruhelos. Ihre Furcht ist abgestumpft, ebenso wie ihre Kampfkünste. Ich unterziehe sie einem erbitterten Waffenübungsprogramm, aber das ist nicht das Gleiche wie richtige Normannen, denen sie ihre Klingen in den Körper rammen können. Mittlerweile schleichen sich sogar Frauen ins Kriegslager, und die Moral der Männer lässt nach. Sie werden unzüchtig und träge, und das alles auf Englands Kosten.*

*Dein*
*Harold Rex*

Es war ein kurzes, unpersönliches Schreiben, und unwillkürlich spürte sie einen Stich der Enttäuschung, aber sie versuchte, ihn zu verstehen. Harold war frustriert; frustriert, angsterfüllt und deprimiert, weil er zur Untätigkeit verdammt war, und in diesem Punkt hatte er ihr Mitgefühl. Im Norden hatten sie zumindest mehr zu tun, und sie versuchte, ihr verdrossenes Verlangen nach Zärtlichkeit zu unterdrücken und ihm freundlich zu antworten.

*Harold,*

*ich freue mich, Dir von einem großen Sieg über die Flotte des Gesetzlosen berichten zu können. Meine Brüder informierten mich, dass sie sich in alle Winde verstreut haben wie Hafer im Sturm, und Torr ist davongehumpelt, um seine Wunden in Schottland zu lecken. Das Jahr schreitet voran. Wilde Winde und unaufhörlicher Regen haben hier in York bereits die Blätter von den Bäumen gerissen, so dass unsere Feinde Deckung suchen. Vielleicht erleben wir Ende des Jahres 1066 schon unseren Frieden? Ich bete darum, dass wir gemeinsam die Christmette feiern können und dass unsere Landesgrenzen dann immer noch bestehen.*

*In Liebe*
*Edyth Regina*

*Edyth,*

*Du hast recht, der Herbst ist da. Auch wir hatten Sturm über dem Kanal, so heftig, dass einige meiner Schiffe zerstört wurden und der Bastard keine Hoffnung haben kann, lossegeln zu können. Meine Spione berichten mir, dass auch er viele Schiffe verloren hat und seine Truppen entlässt. Ich habe, wenn auch zögerlich, das Gleiche getan. Die Männer sind in diesem Lager ebenso verfault wie das Korn auf den Feldern, deshalb habe ich sie nach Hause geschickt und die Flotte im sicheren Hafen der Themse vor Anker gehen lassen.*

*Ich reite nach Westminster, Edyth, und ich bete darum, dass Du und die Kinder dort mit mir zusammenkommt, sobald ihr sicher reisen könnt. Sie sagen, dass die Ernte gut ausgefallen ist, was vielleicht der Segen Gottes für unsere Regentschaft ist. Lass uns hoffen, dass wir damit gut durch den Winter kommen, so dass wir gut zu kämpfen vermögen, wenn unsere Feinde im neuen Jahr zurückkehren.*

*Garth sagt, meine Briefe an Dich waren recht kurz und knapp. Er meint, dass Du kein militärischer Anführer seist, den man informieren und dem man Befehle erteilen kann, und ich fürchte, er hat recht. Aber ich habe ihm auch gesagt, Edyth, dass Du Du bist und dass Du mich deshalb verstehen würdest. Ich hoffe, auch da habe ich recht, und danke Dir für Deine Umsicht im Norden.*

*Bald werden wir uns in Westminster wiedersehen.*
*Harold*

Der Brief war aufrichtig, wenn auch nicht beredt, und Edyth hielt ihn dicht an ihr Herz gepresst, als sie loslief, um ihrem Haushalt den Befehl zum Packen zu erteilen. Edwin patrouillierte am Humber, und Morcar an der rauen Küste um Scarborough, und sie sandte Boten zu ihnen, um sie zu bitten, nach York zurückzukehren und die fünftausend Mann zu entlassen, die vor den Mauern der Stadt ihr Lager aufgeschlagen hatten.

Zwei Tage später preschte einer von Morcars Boten in die Stadt, und sie rannte ihm entgegen.

»Ist mein Bruder auf dem Rückweg?«

»Das ist er, Mylady, und zwar so schnell er kann.«

Die Worte des Mannes machten ihr Hoffnung, aber er blickte unverwandt zu Boden.

»Warum diese Hast?«

Er hustete heftig. »Scarborough ist angegriffen worden, Mylady. Die Wikinger. Earl Morcars Streitkräfte haben die erste Angriffswelle zurückschlagen können, aber jetzt bewegen sie sich zum Humber hinab. Die Leuchtfeuer sind entlang der Küste überall zu sehen, und sie sagen, dass die Flottille von der Nordsee aus Verstärkung bekommt.«

»Wie viele denn noch?«

Er schluckte und scharrte mit seinem schmutzigen Zeh in der festgestampften Erde des Hallenbodens. »Sie sagen, dass es fast dreihundert Schiffe sind, Mylady, und sie fahren alle in diese Richtung. Earl Morcar sagt, dass sie im günstigsten Falle innerhalb weniger Tage in York sind.«

Edyth' törichte Hoffnungen fielen in sich zusammen. Der Feind war also anscheinend doch nicht vom Sturm zurückgeschlagen worden, sondern hatte sich dahinter versteckt, und nun kam er wie eine Flutwelle auf sie zu. Morcar hatte Boten zu Harold geschickt, der seine Eliteeinheiten in Westminster parat gehalten hatte, aber sie wussten alle, dass es Tage dauern würde, um sie zu erreichen, und noch mehr Tage, bis sie gen Norden marschiert waren. Vorläufig waren sie also auf sich gestellt.

Hardradas Augen suchten Edyth in den wenigen Stunden der Ruhe, die sie sich gönnte, im Traum heim. Währenddessen kamen die Angreifer immer näher, und sie stand regelmäßig auf, um nach den Kindern zu sehen, die nach einem Tag im Heu selbstvergessen schliefen. »Der Erbarmungslose«, nannten sie ihn, und sie wusste, dass das stimmte. Er konnte sich als weltgewandter Höfling geben, aber das war nur eine Fassade, hinter der sich ein harter und entschlossener Krieger verbarg. Er nannte sich Christ, hatte aber keinen Respekt vor der Heiligkeit des Lebens – auch nicht seines eigenen –, und Edyth hatte den Verdacht, dass eigentlich Walhalla es war, was in dem, was man für sein Herz hielt, wohnte. Er würde nie aufgeben; es würde ein Kampf auf Leben und Tod werden. Sie erinnerte sich an Griffins dezimierte Truppen, die über den Horizont gekrochen waren, nachdem sie Earl Torr auf dem Schlachtfeld begegnet waren; an die Frauen, die verzweifelt die Namen ihrer Männer ins Leere gerufen hatten, und ihr Herz zitterte verzagt.

*»Warum müssen Männer immer in den Krieg ziehen?«*, hörte sie Svanas Stimme wie einen Geist in ihrem Kopf. Edyth versuchte, sie auszublenden, aber erfolglos, denn die Sehnsucht nach ihrer alten Freundin war einfach zu groß. Sie beide hatten sich ein weibliches Jahr des Friedens gewünscht, aber es war nie gekommen. Frauen waren offenbar dazu verdammt, immer am Rand zu stehen – in den Ratsversammlungen, auf Schlachtfeldern; sogar vielleicht in ihrer eigenen Ehe – und sie hatte genug davon.

»Ich komme mit«, sagte sie zu Edwin, als er verkündete, dass sie nach Fulford marschieren wollten, um den voranpreschenden Wikingern zu begegnen.

»Nein.«

»Ich bin die Königin.«

»Aber du kannst nicht kämpfen, und ich kann keine Männer entbehren, um dich zu beschützen. Außerdem hast du deine Kinder, um die du dich kümmern musst. Und abgesehen davon, Schwester: Entweder machen dich die Kriegsrationen kränker als die meisten anderen, oder du trägst etwas sehr Kostbares für England in dir. Habe ich recht?«

Edyth errötete, und ihre Hand wanderte auf ihren Bauch, der unter ihrem Gewand immer noch flach war, obwohl das nicht mehr lange so bleiben würde. Sie hatte es Harold noch nicht gesagt. Für derlei weibliche Neuigkeiten schien zwischen den knappen Zeilen über Truppenbewegungen und feindliche Positionen kein Platz gewesen zu sein, aber jetzt war das ersehnte königliche Kind vielleicht in Gefahr, bevor sein Vater überhaupt wusste, dass es existierte.

»Du hast recht, Bruder«, bekannte sie, »aber bitte behalte es für dich. Es ist noch recht früh, und ich hatte noch keine Gelegenheit, es Harold zu erzählen.«

»Er wird beglückt sein. Ein Erbe für England! *Jedermann* wird begeistert sein. Lass es mich den Männern erzählen – dann haben sie einen weiteren Grund zum Kämpfen.«

»Nein.«

»Aber Edyth …«

»Königin Edyth.« Sie schämte sich, dass sie ihren Titel bei ihrem Bruder in die Waagschale warf, aber es wirkte.

»Nun gut, vielleicht später«, antwortete er milde. Dann beugte er sich vor, gab ihr einen Kuss auf die Stirn und fügte hinzu: »Aber ich bin froh, dass ich es weiß. Vater wäre überglücklich gewesen. Ein zukünftiger König unseres Geschlechts. König Harold III. vielleicht?«

Edyth spürte Tränen in sich aufsteigen und wandte sich um, um sie zu verbergen. »Lass uns nicht zu weit in die Zukunft denken, Bruder«, brachte sie mühsam hervor.

»Nein«, stimmte er sanft zu, »es gibt viel zu tun, um unser aller Zukunft zu sichern, aber wir werden es schaffen. Du musst hierbleiben, Edyth, die Stadt halten und dich darauf vorbereiten, Hardradas Kapitulation entgegenzunehmen. Und die von Torr.«

Edyth' Kopf fuhr in die Höhe. »Torr ist bei ihm?«

»Natürlich. Der verräterische Bastard. Aber für uns ist das gut; die Männer dürsten nach seinem Blut. Er wird den Tag nicht überleben.«

Edyth packte den Arm ihres Bruders. »Aber du wirst überleben, Edwin? Und Morcar auch?«

»Das werden wir, Edyth.«

»Wie kannst du da so sicher sein?«

Er zuckte mit den Achseln. »Ich kann es mir nicht leisten, etwas anderes zu denken. Ein Mann kann nur in den Kampf ziehen, wenn er an seinen Sieg glaubt.«

Edyth sah ihm nach, als er sie verließ, und dachte über seine Worte nach. Das war also das Geheimnis, wie Männer in die Schlacht zogen: Sie dachten einfach nicht richtig darüber nach. Vielleicht wären sie sonst alle zu Hause geblieben und hätten einfach nur das Leben genossen, wofür Svana lange Zeit plädiert hatte, statt es wie Narren auf dem Schlachtfeld zu opfern. Wie auch immer, jetzt war nicht die richtige Zeit für derlei verrückte Weisheiten. Ihre Männer rückten aus, und sie musste sie mit einem Lächeln auf die Reise schicken. Und dann musste sie endlos lange abwarten, wer von ihnen zurückkehren würde.

Sie hörten das Klirren von Stahl an Stahl sogar noch in York. Edyth schickte die Kinder zum Spiel mit den anderen in die Große Halle und hockte mit den anderen Ladys des Nordens zusammen, die so dicht zusammengedrängt gar nicht mehr so großartig aussahen. Sie kauerten da, die Augen fest verschlossen, ohne einen Blick für die Prächtigkeit ihres Frauengemachs, und lauschten auf die entsetzlichen Geräusche, die die Herbstbrise ohne Gnade vom Schlachtfeld zu ihnen herüberwehte. Es dauerte Stunden. Sie waren zu weit entfernt, um das Saugen und Spritzen zu hören, wenn Fleisch auseinandergerissen wurde, aber dennoch duckten sie sich allein bei der Vorstellung. Im Laufe des Tages jedoch gewöhnten sie sich an die Geräusche und saßen reglos da, stumm, hilflos.

Nachmittags schlichen die Kinder ebenfalls hinein und

suchten nach ihren Müttern, denn die Furcht griff immer mehr um sich, so dass auch die Kleinen ihr mehr und mehr erlagen. Edyth zog Nesta und Morgan auf ihren Schoß, während der zehnjährige Ewan bleich wie ein Geist neben ihr saß. Und sie warteten immer noch. Immer mal wieder schluchzte jemand, als sei er stellvertretend für die Krieger auf dem Schlachtfeld erschlagen worden, und die anderen bekreuzigten sich und beteten darum, dass ihre Intuition sie getäuscht hatte.

Edyth wusste, dass in der Stadt und in den Dörfern der Umgebung die Frauen das Gleiche taten. Sie überlegte, ob sie sich erheben sollte, ob sie ein paar mitreißende Worte sprechen sollte, aber die Narren, an die sie diese Worte hätte richten können, waren zu weit entfernt, und ihre Ohren waren voller Blut, so dass sie sowieso nichts verstanden hätten. Sie fühlte sich nicht wie eine Königin und auch nicht wie eine Ehefrau und Mutter, sondern wie ein verängstigtes Kind. Also blieb sie zusammengekauert mit den anderen dort sitzen und betete.

»Lieber Gott, rette meine Brüder.«

Es kam ihr selbstsüchtig vor, aber sie konnte nicht für alle Männer da draußen beten; diese Aufgabe war ihr einfach zu groß. Das Höchste, auf das sie hoffen konnten, war, dass Hardrada mehr Männer verlor als sie selbst, aber auch dann würde es hohe Verluste geben. Auch in ganz Norwegen würden die Frauen auf ihre Männer warten; sie würden in einer anderen Sprache trauern, aber es würde genauso klingen. Und dennoch ging der Kampf erbarmungslos weiter.

Die Sonne ging schon unter, als der Lärm langsam nachließ. Licht schlitzte den Himmel blutrot auf, wie ein Spiegel der Erde unter ihm, und die Frauen und Kinder hoben verzweifelt hoffend die Köpfe. Die Trompete kündete vom Sieg, schrill und hochmütig, jedoch ohne irgendeinen Hinweis auf die Nationalität des Trompetenbläsers. Edyth hielt ihre Kinder dicht an sich und fuhr sich mit der Hand wieder und wieder über ihren Bauch, bis sie sich selbst Einhalt gebieten musste aus Angst, sie könnte Harolds Kind schaden. Doch der Ton hielt weiterhin an. Sie erhob sich.

»Zum Wachturm.«

Über den Haupttoren der Stadt befand sich ein Turm, den man vor ein paar hundert Jahren auf den römischen Fundamenten errichtet hatte. Er war nicht hoch genug, um den Blick bis Fulford komplett freizugeben, aber sie würden frühzeitig erkennen können, wer die Straße von Süden aus hinaufkam. Sie ließen die Kinder mit den Ammen im Gemach und bewegten sich die gewundene Treppe hinauf, standen oben in der Dämmerung und blickten zum Horizont.

Es war Hardrada.

Er ritt auf einem riesigen, schwarzen Pferd, ein Lord schritt ihm voran und schwenkte sein großes Banner. Edyth starrte die schwarzen Schwingen des räuberischen Raben an und schmeckte die Niederlage, scharf und bitter. In Wales hatte sie sie ebenfalls kennengelernt, aber in Wales war der Sieger Harold gewesen, ihr Harold. Der Sieger, der ihnen jetzt entgegenritt, hatte keinen Grund, sie zu verschonen, und sie waren in ernster Gefahr. Wikinger waren nicht bekannt für ihre Barmherzigkeit. Edyth' Hand flog wieder auf ihren Bauch. Sie hatte den Norden für Harold verloren, und jetzt verlor sie vielleicht auch noch sein Kind – seinen Erben.

»Sie werden uns alle vergewaltigen!«

Genau das hatte die junge Alwen damals auf Rhuddlan

gerufen, und Edyth verlor einen Augenblick jedes Gefühl für die Zeit. Einen Herzschlag lang war sie die Königin eines anderen Landes, eines anderen Volkes, aber das dumpfe Stampfen tausender feindlicher Füße auf der breiten Straße nach York brachte sie wieder zur Besinnung. Jetzt war sie die Königin von England, und sie würde sich dementsprechend verhalten müssen.

»Fasst euch«, befahl sie den Frauen streng. »Wir sind keine Bauersfrauen. Trocknet eure Tränen und steht aufrecht da – und zwar schnell.«

Sie straffte die Schultern und trat so weit vor, wie die enge Plattform des Turms es erlaubte. Hardrada zügelte unter ihr das Pferd und fixierte sie mit seinen Sturmaugen.

»Ihr seid besiegt, Mylady.«

»Es scheint so – zumindest für den heutigen Tag.«

Er lachte. »Eure edlen Brüder sind geflohen.«

Edyth' Herz machte einen Satz; sie waren am Leben. Dieses Wissen gab ihr Mut. »Was wollt Ihr von uns?«

»Wir wollen Einlass nach York, das wir für uns beanspruchen.«

Edyth beugte den Kopf. »Ich kann mich Euch nicht widersetzen, Sire, aber ich kann Euch bitten, mich und mein Volk zu respektieren.«

Hardrada blickte sich nach seinen Männern um. Sie trugen die Häupter hoch erhoben, aber sie wirkten erschöpft, und viele von ihnen waren verwundet. Er fixierte Edyth erneut.

»Wir sind nicht zum Plündern gekommen, meine Königin, sondern zum Siegen. Heute ist nur ein einziger Schritt auf unserem Weg.«

»Ein Sieg auf dem Weg zur Niederlage.«

Seine Augen blitzten. »Wenn es Euch gefällt, es so zu sehen.

Für mich ist es kein Unterschied. Ich will etwas zu essen, ich will Wein, und ich will die Bedingungen aushandeln – über Geiseln.«

Hinter Edyth wimmerten ein paar Frauen. Es würden ihre edlen Söhne sein, die dem erbarmungslosen Wikingerkönig überantwortet wurden, und Edyth' Herz zog sich zusammen bei dem Gedanken, dass ihre geliebten Söhne Ewan und Morgan zu Hardrada würden gehen müssen. Aber was blieb ihnen anderes übrig? Die Männer waren geflohen, hielten sich irgendwo verborgen, um zu überleben und wieder kämpfen zu können, und die Frauen waren allein. In dieser Situation gab es nur einen einzigen Gedanken, der Edyth aufrechterhielt und ihr die Kraft gab, den Befehl zum Öffnen der Tore zu erteilen und die Wikinger einzulassen: Harold würde kommen. Sie hatte ihm einen Boten geschickt, und er würde kommen. Aber mit Fußtruppen war es ein weiter Weg, vielleicht zu lang. Sie musste Hardrada irgendwie hinhalten, und sie musste beten, und vor allem musste sie darauf hoffen, dass sie nicht noch mehr Männer im Namen eines Friedens, der vielleicht nie kommen würde, in den Tod lockte.

# Kapitel einunddreissig

**York, 23. September 1066**

Hardrada blieb nur eine Nacht in York, aber sie schien sich hinzuziehen wie zehn Nächte. Edyth und ihre Frauen wurden genötigt, ihre Bezwinger zu bedienen, und obwohl der Wikingerkönig seine Männer fest am Zügel hielt, gab es viele lüsterne Hände und anzügliche Drohungen, die sie zu erdulden hatten. Schlimmer noch als diese belanglosen Belästigungen jedoch war die Gewissheit, dass nur wenige Schritte entfernt ihre eigenen Männer lagen – vielleicht tödlich verletzt, und dass sie nicht zu ihnen konnten. Earl Torr, eine magerere, dunklere, sogar noch raubtierhaftere Version seiner selbst, stellte Edyth nach, und sie wurde nur verschont – wenn man wirklich von Verschonung sprechen konnte – durch Hardrada.

»Es tat mir sehr leid, vom Ableben Eures Gemahls zu hören«, eröffnete der Wikingerkönig das Gespräch, als ob es sich um eine Konversation beim Abendessen handelte. »Ich meine, das von Eurem *ersten* Gemahl. Gehört es zu Euren Gewohnheiten, die Bezwinger Eurer Ehemänner zu heiraten? Ich hoffe es doch sehr.«

»Ihr seid bereits verheiratet, Sire«, antwortete sie steif.

»Das war König Harold doch auch.«

Edyth keuchte, und Hardrada musterte sie neugierig. »Ihr kanntet sie? War sie vielleicht sogar eine Freundin? Ach, ihr Frauen – ihr seid so wankelmütig.«

»Wenigstens bringen wir uns nicht gegenseitig um.«

»Glaubt Ihr?« Seine Worte waren ebenso scharf wie seine Klinge, und er wusste, wie man Schwächen aufdeckte. Edyth warf den Kopf in den Nacken.

»Ich bin die Königin dieses Landes, und die Menschen lieben mich. Ihr tätet gut daran, Euch daran zu erinnern, wenn Ihr über sie herrschen wollt.«

»Oh, ich *werde* über sie herrschen. Und Ihr, Edyth Alfgarsdottir, tätet gut daran, Euch *daran* zu erinnern. Wir werden nun die Kapitulationsbedingungen aushandeln.«

»Jetzt?«

»Habt Ihr etwas Besseres vor?«

Er zog die Augenbrauen in die Höhe, und Torr beugte sich von der anderen Seite lüstern vor.

»Nein«, blaffte Edyth. »Wir sprechen über die Kapitulationsbedingungen.«

Am nächsten Tag führte Hardrada seine Truppen zu den Schiffen zurück, die in Riccal vor Anker lagen. Es war trotz seiner Prahlerei deutlich, dass sie schwere Verluste erlitten hatten, und als Edyth und ihre Frauen sich aufs Schlachtfeld begaben, sahen sie, wieso. Die weite Ebene des Landes war wie ein Sumpf aus Leichen. Sie lagen übereinander, wie grausige Trittsteine über dem feuchten Marschland. Das Wasser war wegen der vielen Leiber über die Ufer getreten und flutete über das Land, so scharlachrot wie die Färberröte im Fass des Färbers, und der Gestank des Todes wurde von den schwarzen Wolken der Krähen über dem Boden verteilt, denen Wikinger und Engländer ein genüssliches Festmahl bereiteten.

»Wir können sie nicht alle begraben«, sagte Edyth.

»Das Moor wird sie für uns aufnehmen.«

»Tot oder lebendig, ja. Wir müssen nach denen Ausschau halten, die noch atmen.«

Es war eine widerwärtige, ekelerregende Aufgabe, aber dennoch der Mühe wert. Selbst jetzt noch schrien Männer um Hilfe, und jeder Einzelne, den sie aus dem Schlamm zogen, kam ihnen vor wie ein Sieg. Doch allzu häufig stammten die Schreie von Norwegern.

»Lassen wir sie liegen?«

Edyth schüttelte den Kopf. »Nein. Wir retten sie. Hardrada kann sie haben, um damit die Anzahl seiner kostbaren Geiseln aufzufüllen.«

Oberflächlich betrachtet, war dies eine politische Vernunftentscheidung, aber sie maskierte nur eine erheblich grundlegendere Wahrheit – wer einen Menschen, egal welcher Nationalität, dem Tode überließ, überließ auch die eigene Seele der Verdammnis. Edyth war stark, ja, aber so stark nun auch wieder nicht. Sie arbeiteten den ganzen Tag, halfen den Männern, die fast doppelt so groß und schwer waren wie sie selbst, in die leeren Zelte des englischen Kriegslagers zu gelangen. Edyth sehnte sich nach einer Nachricht von ihren Brüdern, aber nichts kam. Sie sehnte sich nach einer Nachricht von Harold, aber nichts kam. Sie trieb in einem Meer aus Blut umher und konnte nur weitermachen – immer ein Verband nach dem nächsten.

Sie schickte Hardrada eine Nachricht: *»Wir pflegen 213 von Euren Soldaten und bieten sie Euch im Tausch gegen die Hälfte der Euch zugestandenen Geiseln an.«*

Sie hätte gern um mehr gebeten. Hardrada hatte einhundert Männer und Jungen verlangt, also war es wohl kaum ein fairer Tausch, aber sie wusste, dass er Sicherheit wollte, und dass seine eigenen Männer die ihm nicht bieten konnten. Also schrieb sie weiter: *»Von den verbleibenden fünfzig haben wir noch nicht alle zusammen und bitten um einen weiteren Tag, um unsere eigenen Verwundeten so weit wiederherzustellen, dass sie sich in Eure Obhut begeben können.«*

Es war eine traurige Aufgabe, Männer zu pflegen, nur um sie dann dem weit aufgerissenen Maul des Feindes zu überantworten, aber bislang hatte Hardrada sich ehrenhaft verhalten. Wenn er so wie König Knut über England zu regieren wünschte, konnte er es sich nicht leisten, den Respekt seiner Untertanen aufs Spiel zu setzen, und sie konnte nur darum beten, dass er seine Geiseln gut behandelte. Sie schickte den Boten mit dem Brief fort und kehrte zu den Verwundeten zurück. Sie konnte sehen, dass jene Frauen, die Männer und Söhne vom Schlachtfeld gerettet hatten, sie mit Blicken förmlich erdolchten, aber sie hatte keine Wahl.

»Meine Jungen werden ebenfalls gehen«, erinnerte sie sie, und das Herz tat ihr weh, wenn sie an das junge Leben ihrer Söhne dachte.

Sie hätte Ewan und Morgan gern irgendwo versteckt und sie vor alldem beschützt. Sie waren immerhin walisische Prinzen, die mit dem englischen Krieg eigentlich nichts zu schaffen hatten. Und doch: Durch ihre Ehe mit Harold hatte sie sie zu einem Teil dieses Ganzen gemacht, und davor konnte sie die Augen nicht verschließen, wie weh es auch tat. Sie konnte sich nur sagen, dass es nicht in Hardradas Interesse lag, Familien auseinanderzureißen, die er beherrschen wollte, aber das war nur ein kleiner Trost, denn immerhin waren es nicht nur Ewan und Morgan, die in Gefahr waren.

»Wenn Hardrada wieder gewinnt«, fügte sie düster hinzu, »wird er meinem Mann wohl kaum die Gnade gewähren, nur Geisel zu sein.«

Das brachte zwar die Frauen zum Schweigen, nicht aber ihre eigenen Ängste. Zum ersten Mal hatte sie es gewagt, Harold als den Ihren zu betrachten, aber das war nur ein schwacher Trost. Außerdem konnte er genauso gut auch schon tot sein. Eigentlich fand sie, dass die Nachricht vom Tod eines Königs sofort wie ein Lauffeuer durchs ganze Land gehen musste, aber so etwas war natürlich nicht möglich. Eine Trompete dieser Reichweite war noch nicht geschaffen worden, und sosehr sie es sich auch wünschte, ihr Herz konnte nicht erahnen, wie es Harold ging – das vermochte wohl nur Svana. Sie nahm einen weiteren Verband zur Hand und zwang sich weiterzumachen.

Hardrada akzeptierte ihre Bedingungen, lobte ihre Krankenpflege und schwor, die Engländer, über die er herrschen würde, ehrenvoll zu behandeln. Die Auslieferung der Geiseln und des alten Schatzes von York, der so schwer war, dass die geschwächten Männer und Jungen ihn kaum tragen konnten, sollte am nächsten Tag, dem 25. September, an einem hübschen, am Fluss Derwent gelegenen Ort namens Stamford Bridge erfolgen. Boten hatten sich hereingeschlichen, um sie darüber zu informieren, dass Edwin und Morcar sich mit Morcars Flotte im Verborgenen hielten, stationiert auf dem Fluss Wharfe bei Tadcaster. Sie beabsichtigten, versicherten die Boten, den Widerstand aufzubauen, aber eigentlich wussten alle, dass sie nicht genug Männer finden würden, um die Wikinger zu schlagen. Edyth schickte noch mehr Boten nach

Süden, um Harold zu finden, aber sie wusste, dass sie ihm nicht genug Zeit verschafft hatte.

Am Abend vor der Geiselübergabe nahm sie Ewan und Morgan in dem prächtigen Gemach, das sie mit Harold auf ihrer triumphalen Prozession durch den Norden geteilt hatte, beiseite.

»Die Zeit ist gekommen«, sagte sie, »dass ihr euch als wahre Prinzen erweisen müsst.«

Der achtjährige Morgan stand sofort pflichtschuldigst stramm, worüber sie normalerweise laut gelacht hätte, aber jetzt blieb ihr das Lachen im Halse stecken. Sie legte eine Hand auf seine kleine Schulter.

»Ihr müsst für eine Weile mit den anderen Männern und Jungen Yorks weggehen.«

»Wohin?«

»Ihr müsst bei den Wikingern bleiben.«

Die beiden Jungen rissen die Augen auf.

»Auf ihren Schiffen?«, fragte Morgan begeistert.

»Ja.«

»Kann ich auf dem fahren, auf dem vorn der Drache ist?«

»Ich weiß es nicht, Morgan.«

»Und kannst du mit mir darauf fahren?«

Edyth wandte den Blick ab und schluckte die Tränen herunter. »Es fahren nur die Männer, fürchte ich, mein Schatz.«

»Oh.«

Morgan sah nachdenklich aus, aber Ewan mit seinen zehn Jahren war scharfsinniger. »Werden wir Gefangene sein, Mutter?«

»Nicht Gefangene, Ewan, nicht wirklich – sondern Geiseln.«

»Was ist der Unterschied?«

»Der Unterschied ist … ist …« Sie kämpfte um Selbstbeherrschung. »Der Unterschied ist, dass ihr freigelassen werdet, wenn die Könige nicht mehr miteinander kämpfen.«

»Wann hören sie denn auf zu kämpfen?«, fragte Morgan.

Nun kamen Edyth doch die Tränen, und sie konnte nicht antworten.

Ewan jedoch hatte begriffen. »Wenn einer von ihnen tot ist.«

Es war die harte, brutale Wahrheit, und darunter lauerte sogar eine noch schlimmere – nur wenn Hardrada gewann, würden die Jungen wieder freikommen. Wenn ihre kostbaren walisischen Prinzen den Wikingern ausgeliefert wurden, dann würden entweder sie oder Harold sterben. Was auch geschah, Edyth würde in zwei Teile gerissen.

An diesem Abend lud sie die Geiseln und diejenigen ihrer Familienmitglieder, die immer noch in der Stadt waren, zum Abendessen in den Palast des Erzbischofs ein, wobei sie mit ihren Söhnen neben sich am Kopfende des Tisches saß. Es war ein düsteres Mahl, gesalzen mit Tränen. Sie alle versuchten, das Essen herunterzuwürgen, aber am Ende kehrten zu viele unangerührte Teller in die Küchenzelte zurück.

Da plötzlich entdeckte Edyth einen Ankömmling an der Tür – einen Mann in voller Rüstung und verdreckt von der Reise. Ein Bote! Sie erhob sich und winkte ihn herein, und er kam zu ihr, bis er so dicht vor ihr stand, dass sie sogar seinen Schweiß riechen konnte.

»Ich komme vom König«, sagte er mit leiser Stimme.

»Harold!«

Er legte sich einen Finger auf die schmutzigen Lippen. »Er ist in Tadcaster, zusammen mit Euren Brüdern.«

Edyth' Herz weitete sich vor Freude. Tadcaster war nur wenige Stunden zu Fuß vom Südwesten der Stadt entfernt. Harold musste geflogen sein wie Merkur, wenn er in so kurzer Zeit so weit hatte reisen können, und er war bei Edwin und Morcar, also konnten sie dort doch sicher den Widerstand bilden, den sie planten? Die Geiseln mussten unter Umständen gar nicht ausgeliefert werden; die Hoffnung, die in Edyth' Herz pulsierte, schien sich in der ganzen Halle auszubreiten.

»König Harold ist hier. König Harold wird uns retten.«

Es musste so sein; dennoch war ihre Situation prekär, und sie mussten jetzt Ruhe bewahren.

»Hat er Männer?«

»Etwa fünftausend, Mylady.«

»Und Hardradas Streitkräfte sind dezimiert; die meisten von ihnen liegen im Sumpf von Fulford.« Edyth blickte in die Menge und konnte ihre Erregung kaum verbergen. »Was hat er vor?«

»Er will die Angreifer morgen bei Stamford Bridge überraschen, aber dazu muss er durch York hindurchmarschieren. Wenn er sich aus dem Süden nähert, entdeckt man ihn zu bald. Harold sagt, es ist unabdingbar, dass die Truppen vor den Wikingern so lange wie möglich verborgen bleiben – sie müssen die Stadt leise passieren.«

»Das schaffen wir.« Edyth sprang auf. »Verschließt die Tore!«

Wachleute zogen die großen, hölzernen Türen zu, und Edyth legte den Arm um ihre beiden Söhne und bedeutete den Leuten, noch näher zu kommen.

»Wir müssen jetzt zusammenarbeiten. Wir müssen an die Türen klopfen und sämtlichen Hausbewohnern klarmachen, dass sie keinen Mucks von sich geben dürfen, wenn die Truppen im Morgengrauen durch die Stadt marschieren. Hardrada hat eine Wache hinter den Nordtoren aufgestellt. Wenn sie von der Sache Wind bekommen, werden sie sofort Boten losschicken, um ihn zu warnen.«

»Nicht, wenn wir zuerst zu ihnen gelangen.« Das war Lord Osric of Northallerton. Er trug einen Arm in der Schlinge, aber mit dem anderen umfasste er seinen Schwertgriff. »Wir haben noch genug einsatzfähige Männer. Wir können uns von hinten an sie heranschleichen und ihnen den Weg versperren. Wenn Harolds Leute aus den Nordtoren kommen, werden wir sie niedermetzeln. Kein Wort wird diesen Bastard von einem Wikingerkönig erreichen, wenn wir uns dazwischenwerfen.«

»Das ist riskant.«

»Besser im Kampf gegen die Wikinger sterben, als uns ihnen mit dem Joch um den Hals unterwerfen.«

Es erhob sich ermunterndes Gemurmel, aber Edyth gebot Schweigen.

»Lord Osric, ich übertrage Euch die Verantwortung für diese Aktion, und ich danke Euch schon jetzt im Namen König Harolds dafür. Für den Rest von uns gilt: Wir haben eine lange Nacht vor uns. Kommt!«

Das Morgengrauen nahte allzu schnell heran, und sie mussten sich beeilen, um auch noch die letzten der kleinen Häuser in der hintersten Ecke der Stadt zu erreichen, aber die Einwohner gaben die Nachricht selbst weiter.

Als die Sonne aufging, bot sich ihnen ein erstaunlicher Anblick. Die gewundene Hauptstraße Yorks war gesäumt von alten Männern, Frauen und Kindern. Barhäuptig, die Hände an den Herzen, und die Münder – selbst die kleinsten – fest verschlossen. Sie wandten dem König die Gesichter zu, als er einritt, und warfen Blätter und Blumen auf seinen Weg, und er erwiderte ihre Ehrenbezeugungen.

Edyth stand am anderen Ende der Stadt, ihre Kinder an ihrer Seite, die Krone auf dem Kopf, und die ganze Welt in ihrer Kehle. Sie entdeckte ihre Brüder. Edwin trug eine gezackte Wunde über der jungen Stirn, und Morcar einen behelfsmäßigen Verband um die Schulter, aber sie saßen hoch aufgerichtet im Sattel, begierig darauf, sich nach ihrer Niederlage noch einmal zu beweisen. Sie warfen ihr scheue Küsse zu, als sie vorüberritten, und sie hielt segnend die Hände in die Höhe. Aber für Worte war jetzt nicht der richtige Zeitpunkt, und nun kam Harold. Seine Augen waren unverwandt auf die ihren gerichtet, als er die letzte sichere Straße hinab und auf die Nordtore zuritt. Er zügelte sein Pferd, als sie heruntergekurbelt wurden, und wandte sich der Stadt zu.

»Ich danke euch, ihr guten Leute von York, für eure Hilfe an diesem Morgen und bitte jetzt nur noch um eure Gebete. Wir werden Hardrada *keine* Geiseln übergeben; wir werden uns ihm *nicht* ergeben.«

Die Menschen hoben ihm ihre Arme entgegen, aber immer noch sagte niemand einen Ton. Er salutierte ein weiteres Mal, dann beugte er sich herab und legte feierlich den Jungen, die ihre Köpfe zu ihm emporwandten, die Hände auf den Scheitel. Dann legte er Edyth den Arm um die Taille und zog sie gegen die Flanke seines Pferdes.

»Gott segne Euch, meine Königin. Ihr habt mir heute alle Ehre gemacht, und ich hoffe, auch Euch zur Ehre zu gereichen, indem ich über den falschen Herausforderer siege.«

»Ah, Harold«, sagte Edyth. »Ich bin's, Edyth. Du musst keine langen Reden schwingen.«

»Dann nimm stattdessen dies.«

Er küsste ihre Lippen sanft, ein wirbelnder Augenblick der Zärtlichkeit inmitten all dieses Chaos, dann ließ er sie los und ritt davon. Die Männer strömten an ihr vorüber nach draußen, wo Schmerz- und Wutschreie ihr sagten, dass Osrics Männer gute Arbeit geleistet hatten. Harold, Edwin und Morcar ritten in den Kampf, und Edyth – Edyth wartete erneut.

Es dauerte sogar noch länger als der Kampf von Fulford, und diesmal war es zu weit entfernt, um etwas hören zu können. Sie hörten nichts als Stille und die kranken Schreie ihrer eigenen Fantasie. Edyth schickte ihre Kinder in das sichere Gemach, während sie und ihre Frauen sich um die Verwundeten aus der letzten Schlacht kümmerten. Sie versuchte, sich nicht vorzustellen, wie viele währenddessen ebenfalls zerstückelt werden würden. Jene, die eine Chance hatten zu überleben, wurden vorsichtig hinter die Stadtmauern geschafft. Aber viele andere, auch die Norweger, befanden sich immer noch in Zelten in Fulford, und der Gestank des Schlachtfeldes durchdrang einfach alles, ein stets präsenter Schatten des Todes.

Die Sonne wanderte über den Himmel und ging auf der anderen Seite wieder unter, ohne dass sie Nachrichten erhielten, und erst als die Sterne hell leuchteten und der Mond aus den milchweißen Wolken auf sie herabblinzelte, hörten sie etwas. Aber was war das für ein Laut! Es war Gesang, nicht weich und melodisch wie der der Waliser, sondern fröhlich und kräftig und durchdrungen von einem tiefen, widerhallenden, wundervollen Grundton: »Ut! Ut! Ut!«

Die Frauen erstarrten. Verwundert sahen sie einander an.

»Ut! Ut! Ut!«

Als sie die Bedeutung erfassten, bekamen sie eine Gänsehaut vor Freude, und erst in diesem Augenblick, als sie den

Trommelschlag des englischen Sieges vernahm, wurde Edyth klar, wie wenig sie ihn erwartet hatte.

»Ut! Ut! Ut!«

Die Frauen rannten aus der Stadt, strömten über die Ebene auf die einmarschierenden Truppen zu – und dort, an ihrer Spitze, mit hoch erhobenem Banner und einem Lächeln, so strahlend wie der Mond selbst, ritt der König.

»Harold!« Auch Edyth rannte ihm nun entgegen, stolperte über ihr königliches Gewand und stürzte mit dem Kopf voraus auf ihn zu. »Harold – du hast es geschafft!«

Sie reckte ihm die Arme entgegen, und er griff nach unten und schwang sie vor sich auf sein Pferd. Sie spürte, dass er vor Anstrengung zitterte, und sah aus der Nähe, wie erschöpft er war, aber er war unversehrt und siegreich.

»Du hast es geschafft«, wiederholte sie und drehte sich im Sattel, um ihm in die Augen zu sehen.

»Hast du je etwas anderes erwartet?«

»Nein! Nein, natürlich nicht.«

»Lügnerin.«

»Und *du?«*

»Sehr oft, aber ich habe es ignoriert.«

Edyth dachte an Edwins Worte: *»Ein Mann kann nur in den Kampf ziehen, wenn er an seinen Sieg glaubt.«* Anscheinend hatte er damit etwas sehr Treffendes gesagt.

»Und meine Brüder?«, stieß sie hervor.

»Bringen die Nachhut mit, aber es geht ihnen gut, Edie. Sie haben trotz ihrer Verletzungen unermüdlich gekämpft. Du kannst stolz auf sie sein.«

»Ich bin auf euch alle stolz. Ist es vorüber?«

»Vorläufig ja. Hardrada ist tot.«

»Du hast ihn getötet?«

»Nein. Diese Ehre gebührt Lord Garth – er hat gekämpft wie zwanzig Mann.«

»Und Torr?«

Harolds Miene umwölkte sich. »Er ist ebenfalls tot. Ich habe versucht, ihn zu retten, Edyth. Zweimal habe ich ihm angeboten zu verhandeln – vor dem Kampf und dann wieder, als Hardrada niedergestreckt worden war –, aber er lehnte ab. Wir hatten keine Wahl.«

»Keine Wahl«, bekräftigte sie und legte ihm die Hände um den Nacken. »Du hast das großartig gemacht, Harold. Es ist ein großer Sieg für England – einer der größten der Geschichte.«

»Das ist er, aber wir haben einen hohen Preis dafür bezahlt. Viele Edelmänner haben heute ihr Leben verloren.«

»Dann müssen wir ihnen heute Abend unsere Ehre erweisen.«

Sie waren jetzt an den Toren der Stadt angelangt, und diejenigen, die am Morgen den Truppen ihren stillen Gruß entboten hatten, ließen sie nun jubelnd ein. Die Hausbesitzer boten den Soldaten Brot, Bier, sogar kostbares Fleisch an, und ganz York war in Feierlaune. Edyth holte Ewan, Morgan und Nesta zu sich und bedeckte sie über und über mit Küssen, während die Glocken der Kathedrale bis in die entferntesten Winkel des großen Nordmoores drangen. Harold lobte den Mut der Jungen, und zusammen ging die königliche Familie voraus in die Große Halle. Fässer wurden geöffnet, und die Menschen aus dem Norden waren schon beim ersten Schluck betrunken – trunken vom Sieg, von der Freude und vor allem vor Erleichterung.

Überall erzählte man sich Geschichten.

»Wir haben sie erwischt, als sie sich wie Katzen in der Sonne aalten.«

»Sie trugen noch nicht einmal eine Rüstung – diese unverschämten Banditen.«

»Und sie hatten nur die Hälfte ihrer Armee da.«

»Der Rest kam viel später, aber aus zu weiter Ferne und zu langsam. Sie waren von Anfang an Futter für unsere Schwerter.«

Nach einer Weile wurde Edyth von den Geschichten fast ebenso übel wie vor ein paar Tagen, als sie über das grausige Schlachtfeld bei Fulford gewandert war, und sie schmiegte sich an Harold. Die Einzelheiten dieses Kampfes waren genauso abscheulich wie beim letzten Mal, aber diesmal wurde der Schmerz wenigstens belohnt. England war sicher vor den Angreifern, die versucht hatten, es auseinanderzureißen – und gescheitert waren. Wie groß auch der Schrecken gewesen sein mochte, es war ein segensreiches Gefühl.

Drei Tage später kamen Boten. Herzog William war gelandet.

# Kapitel zweiunddreissig

**Ware, 5. Oktober 1066**

»Harold, Sire – die Männer sind erschöpft. Wir können heute Abend nicht mehr weiterreiten.«

Edyth hätte bei Garths Worten am liebsten vor Erleichterung geweint. Sie reisten nun schon fünf Tage ununterbrochen, und selbst auf dem Rücken der Pferde war sie müde bis auf die Knochen. Ihr Herz war immer noch wund vor Schmerz, dass sie ihre lieben Jungen beinahe an Hardrada verloren hatte, dennoch hatte sie sie und die kleine Nesta in die relative Sicherheit zu Godiva und Meghan nach Coventry geschickt, während sie mit ihrem König nach Süden ritt. Aber die Trennung war ihr schwergefallen. Sie wusste nun, warum Svana ihre eigenen Jungen in Nazeing behielt, obwohl zumindest Godwin mittlerweile alt genug war, um in den Kampf zu ziehen. Manchmal hatte sie das Gefühl, dass die Welt zu gefährlich war, um jemanden, der einem lieb und teuer war, hinausziehen zu lassen, ganz besonders in diesem Jahr.

Sie betete darum, dass ihre geliebten Kinder bei ihrer Mutter in Sicherheit waren, aber jetzt trug sie ein weiteres unter dem Herzen, um das sie sich Sorgen machen musste. Ihr war ständig übel, und sie sehnte sich nach Ruhe, aber dennoch erzählte sie Harold nicht, warum sie so litt, aus Angst, dass er sie in irgendeinem verschlafenen Kloster zurücklassen würde. Doch sie brauchte dringend eine Nacht lang Schlaf. Als sie Harold sehnsüchtig zu den weit entfernt liegenden Leuchtfeuern am Rande Westminsters hinüberblicken sah, trat sie neben ihn.

»Wir können bei Tagesanbruch wieder losreiten, Harold. Es ist egal wo wir schlafen.«

Er nickte zögernd und gab Garth ein Zeichen. Der Befehl wurde in den langen Reihen der Soldaten nach hinten weitergegeben, und die Formation löste sich auf. Die Männer schafften es kaum bis in das schützende Waldstück, wo sie zu Boden sanken und sich zusammenrollten, als lägen sie im weichsten Daunenbett. Wie bei so vielen Gelegenheiten in den vergangenen Tagen staunte Edyth über ihren Gleichmut und über ihre beständige Fröhlichkeit, während sie weitermarschierten – die ganze lange Strecke, hinein in eine weitere Schlacht.

»Wir werden morgen in Westminster ankommen«, sagte sie zu Harold, »und du kannst deine Truppen zu den Waffen rufen.«

»Ich brenne auch darauf, Edyth«, bekannte er. »Ich will diesen Bastard aus unserem Land vertreiben, bevor er uns mit seinem bösen Ehrgeiz vergiftet. Er hat keine Ahnung von Regierungsgeschäften und schert sich nicht ums Gesetz. Und auch von Wirtschaft versteht er, abgesehen von Steuern, die er zur Anschaffung von Waffen erhebt, herzlich wenig – ganz zu schweigen von Kunst, Musik oder Dichtkunst. Er besitzt noch nicht einmal einen Falken. Er ist ein Barbar, der nach Land und Titeln strebt, und wir dürfen nicht zulassen, dass er unseren Thron für sich beansprucht. Wir müssen ihn davonjagen.«

Sie vermutete, dass er sich das immer wieder sagte – ein Ritual, so stark und unverzichtbar wie das Vaterunser, aber dennoch weniger lebenspendend. Seine Augen waren in diesen Tagen unverwandt auf den Horizont gerichtet, seine Finger umkrampften den Knauf seines Schwertes. Er schlief nur wenig und aß nur wenig. Edyth fand es furchtbar, dass sein Sieg über Hardrada, die Geißel Europas, so nahtlos in die Furcht übergegangen war, die diesen schauerlichen Marsch beherrschte. Hatte je ein Mann zwei so mächtige Feinde innerhalb so kurzer Zeit, aber in so weiter räumlicher Entfernung, bekämpfen müssen? Und wenn ja – hatte derjenige gewonnen?

Der Zweifel nagte beständig an ihr, und sie fürchtete, dass er Harold bei lebendigem Leib auffraß. So viele Male hatte sie zugesehen, wie er durch die Reihen seiner Männer gegangen war, wie er sie gelobt hatte, sie beruhigt hatte, sich um sie gesorgt hatte, aber wer tat das Gleiche für ihn? Sie hatte es versucht, bei Gott, aber ihre Seele fand selbst nicht genug Frieden, um die seine zu besänftigen. Das konnte ihm nur ein einziger Mensch bieten.

»Edyth ist ein Wunder, Garth«, hatte sie Harold zu seinem Bruder am vergangenen Abend sagen hören, als sie sich vor dem Zelt unterhielten, in dem man sie schlafend vermutete. »Ich bin gesegnet, dass sie meine Königin ist.«

»Ich hoffe, das hast du ihr gesagt.«

»Viele Male – aber sie wird es niemals glauben.«

»Wegen …«

»Ja.«

»Vermisst du sie – Svana?«

Der Name traf Edyth wie ein Schwerthieb, und sie hatte sich vorgebeugt, um die Antwort besser zu verstehen, aber es folgte nur ein langes Schweigen, bis Harold sagte: »Ich muss ins Bett.«

Edyth hatte gehört, wie das Feuer ausgetreten worden war, und sich gezwungen, sich hinzulegen und sich schlafend zu stellen. Aber das Ausbleiben der Antwort hatte sie belastet, und nun, während sie auf die kleine Stadt Ware blickte, die ihr von ihren Reisen nach East Anglia so vertraut war, wusste sie, was sie zu tun hatte.

»Wir sind ganz in der Nähe, Harold.«

»Von London vielleicht, aber nach Hastings ist es immer noch ein ganzes Stück.«

»Nein, Harold, ich meine nicht London.«

Er warf ihr einen merkwürdigen Blick zu, und sie wandte ihre Augen nach Osten, die Straße hinauf, die zum nahegelegenen Nazeing führte. Sein ganzer Körper schien zu erschauern, aber er sagte nichts, und Edyth berührte seine Brust mit der Hand.

»Du solltest hinreiten. Jetzt. Die Männer schlafen – sie werden dich nicht vermissen.«

»Das wäre nicht fair, Edyth.«

»Nein, Harold.« In dieser Sache war Edyth sich vollkommen sicher. »Es war lange Zeit nicht fair, aber heute Nacht können wir vielleicht ein gewisses Gleichgewicht wiederherstellen.«

Er legte ihr sanft eine Hand auf den Arm. »Du willst, dass ich gehe?«

*»Nein!«*, schrie ihr Herz. *»Nein, ich möchte, dass du dich in mir verlierst, und die Stärke, die du brauchst, dort findest.«* Aber das wäre nicht fair gewesen. Svana hatte Harold in ihre, Edyth', Obhut gegeben, als die Zeiten es erforderten, und jetzt musste sie das Gleiche tun.

»Ich will, dass du gehst. Jetzt. Pass auf dich auf und sag ihr … Egal.«

»Aber du …«

»Mir geht es gut.«

Er protestierte nur zum Schein, und das Leuchten in seinen Augen konnte er vor ihr nicht verbergen. Edyth versetzte ihm einen kleinen Schubs und wandte sich dann ab. Als sie sich wieder umzublicken wagte, war er verschwunden. Sie dachte an Svana, die im Morgengrauen des Trimilchi-Festes seiner Berührung ausgewichen war, und hoffte, dass sie jetzt keinen furchtbaren Fehler gemacht hatte, aber tief im Inneren wusste sie, dass es in Nazeing anders sein würde. Svana würde den Mann willkommen heißen, an den sie sich unter Gottes freiem Himmel durch Handfasting gebunden hatte, und eine Nacht lang würde Harold wieder barfuß dastehen können. Die Wunde in ihrem eigenen törichten Herzen war nichts im Vergleich zu dem Balsam, der dies für seine Seele sein würde.

»Wir müssen sofort zuschlagen!«

Harold stieß mit der Faust in seine Handfläche und funkelte den versammelten Rat wütend an. Edyth beobachtete ihn, ihre Krone auf dem Kopf. Er war erfüllt von Energie und Zielstrebigkeit, wieder der Sieger von Stamford Bridge, nicht der erschöpfte Heerführer, der während des langen Marsches nach Süden aus ihm geworden war. Vielleicht hatte ihm seine Rückkehr nach Westminster wieder Kraft gegeben, vielleicht war es auch die Tatsache, dass er William witterte, oder vielleicht – und das war das Wahrscheinlichste – war es seine Nacht mit Svana gewesen. Er war im Morgengrauen zurückgekehrt, war aber nicht zu Edyth ins Bett gestiegen, und sie hatte sich ebenfalls zurückgehalten voller Furcht, dass sie den feinen Duft nach Gras an ihm wahrnehmen würde, den ihre alte Freundin immer verströmte.

»Geht es dir gut?«, hatte sie herausgebracht.

»Mir geht es gut.«

»Das ist schön.«

»Und dir, Edyth? Hast du geschlafen?«

»Ja.«

Sie hatten beide gewusst, dass das eine Lüge war.

»Sie schickt dir ihre Segenswünsche.«

»Sie ist einfach zu gut, Harold.«

»Und so soll sie bleiben. Sie weiß, dass du in diesem verrückten Spiel genauso eine Schachfigur bist wie sie, Edie. Ich bin der wahre Schuldige, aber sie macht auch mir keinen Vorwurf.«

»Sie liebt dich.«

»Trotz allem, was es sie kostet.«

»Es ist sicher besser, die Liebe zu kennen, egal was sie kostet, oder nicht?«

Daran musste sie glauben, nicht nur um Harolds willen, sondern auch für sich selbst. Sie hätte ihn gern gefragt, was in dieser Nacht geschehen war, hätte gern gewusst, was sie einander gesagt hatten, miteinander getan hatten, aber sie wusste auch, dass sie nicht fragen durfte. Sogar an Trimilchi war Svana mehr Geist als aus Fleisch und Blut gewesen, und jetzt war es fast, als ob Harold für eine einzige Nacht zur anderen Seite des Seins hinübergewechselt wäre. Aber er war lebendiger denn je zurückgekehrt, und Edyth war dafür gleichzeitig dankbar und beschämend tief betrübt.

*»Du bist jetzt hier«*, rief sie sich ins Gedächtnis und sah sich im Palast von Westminster um, aber es war nur ein kleiner Trost, denn Harold war jetzt wieder ganz und gar der König.

»Wäre es nicht besser, Sire«, sagte der Bischof von London, »wenn wir warten, bis wir eine größere Fyrd ausheben können? William scheint von der Küste nicht weiterzumarschieren.«

»Nein, aber er plündert überall das Land – mein Land, meine Leute. Und er kann jederzeit losmarschieren. Eines Nachts kann er seine ganzen verdammten Truppen mobilisieren, und plötzlich befinden wir uns in der Defensive. Er ist ein gerissener Bastard. Ich weiß das. Wir müssen das Schlachtfeld selbst wählen und dafür sorgen, dass wir zuerst dort sind. Wir warten nur noch auf die Truppen aus Westen und Osten, dann marschieren wir los. Wir können uns auf dem Weg mit den südlichen Truppen treffen.«

»Aber Sire«, protestierte der Bischof. »Die Männer aus dem Norden …«

»… sind bereits hier. Sie sind alle mit mir gekommen.«

»Das ist sehr mutig von ihnen, aber es sind nur tausend Mann. Mercia und Northumbria werden mutmaßlich fünftausend stellen.«

»Ja, und der Rest starb durch das Schwert der Wikinger. Sie haben ihr Leben gegeben, um den größten Heerführer zu zerstören, den Europa je gekannt hat, so dass Ihr hier sicher in Westminster sitzen könnte.« Der Bischof zog den Kopf ein, und Harold beugte sich zu ihm vor. »Trotz ihrer großen Verluste marschieren die Earls Edwin und Morcar mit einiger Verstärkung auf uns zu, Gott segne sie. In der Zwischenzeit jedoch müssen wir auf unsere eigenen Männer bauen. Ich hoffe, Eure Rüstung ist gut geölt, Mylord.«

»Ich habe keine Rüstung, Sire, nur die Gnade Gottes.«

Harold schnaubte. »Kann die eine normannische Klinge abwehren?«

»Ich vertraue darauf.«

»Dann seid Ihr ein Narr, Bischof. Gottes Altar soll seine

Herrlichkeit zum Ausdruck bringen und ist nicht dazu da, sich dahinter zu verstecken. Ihr macht Euch Sorgen wegen der Anzahl der Soldaten, die ich zu Felde führe? Dann bewaffnet Euch selbst – ihr alle. Wir marschieren in vier Tagen los.«

»Aber Sire …«

»Habt Ihr nichts Besseres zu tun, als mit mir zu schwatzen? Ihr findet die Waffenschmiede in der Steel Street, aber eilt Euch, sie haben viel zu tun.«

Die Versammlung löste sich auf, und die Geistlichen schlurften aus der Halle, wobei sie entrüstet die Köpfe schüttelten.

»War das fair, Harold?«, fragte Garth.

»Natürlich war es das. Wir brauchen jeden verfügbaren Mann, um William zu schlagen. Haben wir Nachricht aus dem Norden?«

»Noch nicht.«

»Aber sie werden kommen«, sagte Edyth, die unbedingt für ihre Brüder sprechen wollte.

Harold hatte Edwin und Morcar im Norden gelassen, um dort weitere Männer anzuwerben. Sie hatten versprochen, ihrem König nach Süden zu folgen, sobald sie genügend Truppen hatten, aber wie Edyth und Harold nur allzu gut wussten, war es eine lange Strecke, auf der man nur langsam vorankam.

»Wir müssen weiter vorpreschen«, beharrte Harold nun. »Wir haben Hardrada besiegt, und wir werden William besiegen. Wir zeigen ihnen, dass man diese Insel nicht so leicht erobert.«

Seine Stimmung war ansteckend und verbreitete sich schnell unter den Truppen, die in den darauffolgenden drei Tagen wie ein endloser Strom in Westminster ankamen. Die Weiden Chelseas, auf denen sie im Mai noch so sorglos getanzt hatten, liefen nun förmlich über vor Bewaffneten, und ganz London schien sich in ein Heerlager verwandelt zu haben. Die Soldaten lungerten an jeder Straßenecke herum oder, wenn sie es wagten, in jeder Taverne. Alle dürsteten nach normannischem Blut, und die ganze Stadt vibrierte vor eifrig benutzten Schwertern – manchmal zu eifrig, insbesondere am Abend.

Harold verbrachte seine ganze Zeit mit Patrouillen, und Edyth fand nie genug Zeit mit ihm allein, um ihm von dem Geschenk zu berichten, von dem sie jetzt sicher war, dass sie es unter dem Herzen trug. Am nächsten Morgen wollten sie ausreiten, und sie wanderte mit ihm durch das behelfsmäßig errichtete Lager. Es roch nach Schlamm und Schweiß, nach Leder und Wolle und derbem Eintopf. Löcher in den Bäumen zeugten allerorten von Schwert- und Pfeilübungen, aber jetzt knisterten die Feuer mild vor sich hin, und die Männer unterhielten sich leise miteinander. Edyth fing Bruchstücke der Unterhaltung über Frauen und Kinder, Häuser und Dörfer auf.

»Oh, sie hasst Stiefel auf dem Bett«, hörte sie einen Mann liebevoll berichten.

»Meine auch. Macht mich richtig fertig, wenn ich sie nicht ausgezogen habe.«

Der zweite Mann seufzte, als sei das das größte Vergnügen seines Lebens, und rieb vorsichtig sein raues Lederwams, das in der Schlacht sein einziger Schutz sein würde. Überall schärften die Männer ihre Waffen so sorgsam wie ihre Erinnerungen, und die Luft hallte wider vom Kratzen von Stein an Stahl, vom Schleifen der Klingen und dem Hämmern, mit dem Dellen in den Schilden ausgebessert wurden. Funken flogen, und Männer fluchten, und Edyth wanderte zwischen ihnen hindurch und beobachtete, wie Harold unermüdlich mit den nervösen Männern seines Bataillons sprach. Alle Gesichter wandten sich ihm zu, und die Männer lauschten ihm aufmerksam, wie einem Orakel.

»Spricht er immer so mit den Männern?«, flüsterte Edyth Garth zu.

»Ungefähr so, und er ist noch nicht fertig. Ich glaube, er wartet darauf, dass jemand Einwände erhebt oder sein Recht auf die Krone anzweifelt, aber das hat noch niemand getan.«

»Und es wird auch niemand tun. Sie lieben ihn, Garth.«

»Das sollten sie auch. Niemals, das schwöre ich, hat ein König sich so für sein Land hingegeben.«

Edyth nickte und trat neben Harold. »Musst du morgen losziehen, Harold?«, fragte sie. »Kannst du nicht doch noch warten, bis meine Brüder kommen?«

»Ich wage es nicht, Edyth. Mit jedem Tag wird Williams Macht an der Südküste stärker.«

»Er hat keine Macht über die Südküste, das schwöre ich. Er hat eigentlich nur Macht über dich.«

Er zuckte zusammen und musterte seine Truppen, die sich für den schweren Marsch nach Süden formierten. »Glaubst du? Glaubst du, dass es bei diesem Kampf um mich geht?«

»Nein! Bei dieser Schlacht geht es nur um England, aber dafür zahlst du einen hohen Preis. Du hast bis jetzt so Großes geleistet, Harold.«

Es klang hohl, falsch, wie etwas, das man einem Kind erzählt, nicht dem König von England, und es überraschte sie nicht, als er sich von ihr zurückzog. Er ging ein paar Meter weiter, dann wirbelte er plötzlich herum, das Gesicht ganz verhärmt.

»Ich kann nicht beten, Edyth. Ich habe es versucht, aber ich spüre Gott nicht mehr.«

Edyth nahm seine Hände. »Gott segnet dich, Harold, wirklich. Das muss so sein, denn sonst hättest du Hardrada nicht besiegen können.«

»Hardrada hatte kein Recht auf England. William hingegen …«

»William ist ein Nichts. Auf Edwards Totenbett wurde *dir* der Thron versprochen, Harold, ein Versprechen, das von Gott geheiligt ist, daran darfst du jetzt nicht zweifeln. Du hast mir so oft erzählt, dass man nicht zulassen darf, dass Herzog William England regiert, und daran musst du unbedingt festhalten.«

»Du hast recht.« Harold zog sie an sich. »Gott, Edyth, ich hätte ohne dich nie so weit kommen können – weißt du das eigentlich?«

»Nein, Harold, ich bin nur ein Ersatz.«

»Nein!«

»Keine Sorge. Ich bin ein bereitwilliger Ersatz. Zu bereitwillig vielleicht.«

»Du bist kein Ersatz, Edyth. So einfach ist das nicht. Vielleicht sieht es in den Augen der anderen so aus, aber wir – du, ich, Svana –, wir wissen es besser. Sag mir, dass wir es besser wissen.«

Edyth dachte an die vielen Jahre zurück, an die sich überschlagenden Ereignisse und Gefühle, die sie irgendwie von jenem unschuldigen Tag, als Harold sie – verängstigt und mit zerrissenem Kleid – in Svanas Pavillon gebracht hatte, bis hierher geführt hatten. Sie alle waren von den gierigen Gezeiten der Bedürfnisse Englands hin und her geschleudert worden. Sie waren eng aneinandergeschmiedet und zu weit auseinandergerissen worden, aber vielleicht hatte Harold recht – in allen Stürmen, egal wie seltsam ihr Zusammenwirken gewesen war, waren sie stärker gewesen, weil sie einander gehabt hatten.

»Wir wissen es«, antwortete sie.

Sie sah sich um. Harolds Huscarls, seine persönliche Leibgarde, nahmen ihre Plätze um ihn herum ein und standen bereit, die Männer nach Süden zu führen; und die Feldherren versammelten ihre Bataillone um sich, um in geordneten Reihen hinter ihnen aufzumarschieren. Die Zeit wurde langsam knapp. Edyth holte tief Luft.

»Ich muss dir etwas sagen.«

Harold zog sich zurück. »Du reitest nicht mit in die Schlacht, Edyth.«

»Nein. Nein, das nicht. Ich … ich erwarte ein Kind.«

»Wirklich?« Er sah auf sie hinab, die Augen strahlend vor Freude. »Das ist ja wunderbar.«

Ihr Herz sang vor Freude über diese einfache Antwort, und erst jetzt erkannte sie, wie sehr sie sich vor seiner Reaktion gefürchtet hatte. »Es wird wohl in der Osterzeit zur Welt kommen.«

»Ostern, zur Wiedergeburt Christi. Das ist ein Zeichen, Edyth. Nein, es ist mehr als das. Es ist ein Erbe – ein Erbe für England!«

»Das ist es.«

Sie lachte, als er sie hochhob, und einen Augenblick lang hatte sie das Gefühl, dass ganz Westminster bei diesem Laut aufblickte und lächelte.

»Ein Erbe, für den es sich endlich zu kämpfen lohnt. Komm, jetzt muss ich zu meinem Pferd.«

Er zog sie mit sich zu seinem großen Schlachtross an der Spitze der mutigen Männer Englands. Er griff nach den Zügeln, aber Edyth hielt ihn zurück.

»Bitte lass mich zusammen mit dir nach Süden reiten, Harold«, bat sie.

»Nein, Edyth.« Seine Finger fanden die ihren, verwoben sich mit ihnen. »Ich könnte es nicht ertragen, dich der Gefahr so nah zu wissen.«

»In dem Augenblick, in dem ich mich bereit erklärt habe, deine Frau zu werden, Harold, habe ich mich in Gefahr gebracht.«

»Ich weiß, und es tut mir leid.«

»Mir nicht. Ich habe unsere gemeinsame Zeit genossen.«

»Sie ist noch nicht vorüber, Edyth. Du wirst es noch viele Jahre mit mir aushalten müssen, aber nur, wenn du tust, worum ich dich jetzt bitte. Wenn deine Brüder hier sind, darfst du kommen, wenn du unbedingt musst.«

»Ich lenke dich ab.«

Einen Augenblick lang zuckte ein Lächeln um seine erschöpften Mundwinkel. »Ja, Edyth, du lenkst mich ab. Du lenkst mich auch jetzt ab, Gott segne dich, und ich muss jetzt die Truppen aufstellen.«

Doch seine Finger ließen sie nicht los.

»Wenn du mich nicht mit dir reiten lässt, musst du mir eines versprechen.«

»Muss ich das?«

»Ja. Pass auf dich selbst genauso gut auf wie auf jeden anderen.«

Jetzt lächelte er wirklich. »Du kennst mich allzu gut, Edyth Alfgarsdottir.«

»Versprochen?«

»Ich verspreche es. Und jetzt lass mich los.«

Er hob ihre beiden ineinander verschlungenen Hände hoch und küsste sie, dann ließ er sie los und bestieg sein Ross, um seine Truppen aus der Stadt zu führen. Edyth verschlang die Hände ineinander, um das Gefühl seiner Berührung festzuhalten, aber sie waren schon kalt, lange bevor die Truppen auch nur London Bridge erreicht hatten.

Sie beobachtete, wie die Männer über das große Bauwerk wogten und zielstrebig nach Süden marschierten, ein derbes Marschlied wehte auf der frischen Oktoberbrise zu ihr zurück. Sie sah so lange zu, bis sogar ihr revoltierender Magen Ruhe gab, und die mutigen Stimmen nur noch wie ein Nebelfetzen in der leeren Luft hingen. Sie hatte wieder einen Ehemann in den Krieg geschickt, und wieder blieb ihr nur übrig, zu warten. Sie dachte an Svana und an ihre Sehnsucht nach einem Jahr des Friedens, und sie wünschte sich, ihre liebe Freundin möge hier bei ihr sein. Aber Svana war in Nazeing auf ihrem einsamen Landsitz, und Edyth war hier in Westminster auf ihrem einsamen Thron, und Harold – Harold marschierte in einen einsamen Kampf mit einem Mann, der ihn schon viel zu lange heimsuchte.

# Kapitel dreiunddreissig

**Senlac Ridge, 14. Oktober 1066**

»Haltet den Wall!«

Harold schrie es immer wieder, und er würde es immer wieder schreien. Die Schildmauer erstreckte sich wie eine lebende Schildkröte über den ganzen Hügelkamm, wand sich und bewegte sich, fiel aber niemals zurück. Die Normannen hatten den ganzen Morgen über versucht, sie zu durchbrechen, und er sah die Frustration in den Augen derer, die ihnen am nächsten kamen. Das war ein gutes Zeichen. Ein frustrierter Soldat ging Risiken ein, vergaß Befehle, brach die Formation.

»Haltet den Wall!«

Harold hörte seine beiden Brüder den gleichen Befehl bellen, hörte die gemessenen Töne der Trompeten, die die Truppen anwiesen, dicht beieinander zu bleiben.

»Wir sind die Verteidiger«, hatte Harold ihnen am gestrigen Abend verkündet. »Wir werden das Land verteidigen. Es wird hart werden, es wird mühevoll sein, aber es ist die beste Möglichkeit. Lasst die anderen arbeiten. Lasst sie sich immer wieder den Hügel hinaufarbeiten, um anzugreifen, und werft sie dann wieder hinunter. Wir wollen das Tal mit normannischen Leichen füllen, so dass unsere eigenen Männer sicher in ihr eigenes Heim zurückkehren können, das ihnen teuer genug ist, um heute mit uns zu kämpfen.«

Jetzt schweiften seine Blicke pausenlos über das Feld, hielten nach Lücken in der Verteidigungslinie Ausschau, aber es gab keine. Die Normannen waren Welle um Welle herangerückt, große Schlachtrösser, die voranpreschten, mit hart arbeitenden Muskeln, schäumenden Mäulern, trommelnden Hufen. Aber selbst die normannischen Tiere konnte man nicht zwingen, in den Schildwall hineinzureiten, und so waren sie immer und immer wieder zurückgeschlagen worden. Jetzt hatte die Sonne ihren Zenit erreicht, und der Boden war mit Gefallenen übersät, was es Williams Truppen noch schwerer machte durchzukommen.

»Haltet den Wall!«

Er klang wie ein Narr, aber in der Hitze des Gefechts konnte die Konzentration eines Mannes leicht nachlassen, und sie brauchten einfache Befehle, an die sie sich halten konnten. Harold konnte spüren, wie sie nach vorn drängten, um sich auf den Feind zu stürzen und den Kampf zu beenden, aber ein Mann hatte allein erheblich geringere Chancen als in der geschlossenen Linie seiner Kameraden. Und jetzt zogen sich die Normannen erneut zurück. Wasserschläuche wurden schnell weitergereicht, während die Sonne auf Männer und Leichname mit gleicher Milde herabschien. Es war harte Arbeit, da sie von dem Metall zu Boden gedrückt wurden, und die Männer reckten sich und bewegten ihre Schildarme. Dann bissen sie die Zähne zusammen und wappneten sich für die nächste Angriffswelle.

Harold sah zurück, verzweifelt nach Anzeichen für die Ankunft der Truppen aus dem Norden Ausschau haltend. Er war gezwungen gewesen, seine Schlachtlinien ohne sie aufzustellen, als seine Spione ihm berichtet hatten, dass William zum Gefecht ausrückte, aber schon bei der ersten Angriffswelle war ein Bote in ihr Lager geritten und richtete aus, dass sie auf dem Weg waren. Harold brauchte sie auch dringend. Berichten zufolge ritt Königin Edyth an der Spitze, zusammen mit ihren edlen Brüdern, und er wusste, sie würde sie wild vorantreiben, aber manchmal konnte ein Mann – und sogar eine Frau – eben nicht schnell genug sein.

»Jetzt wäre es gut«, murmelte er. »Jetzt wäre es perfekt.«

Plötzlich entstand Unruhe zur Linken des Schlachtfeldes, und er sah sich um. Eine Gruppe von Williams Truppen im Zentrum hatte mitten im Angriff innegehalten, nicht weit von den englischen Linien entfernt. Chaos war ausgebrochen, und Schreie hallten vom Schildwall wider.

»Der Herzog ist tot! Der Herzog ist tot!«

Harold spürte, wie ihm das Blut in den Adern zu Eis wurde. War das wahr? Wie konnte das sein?

»Von einer Axt niedergestreckt«, hörte man flüstern.

»Mit einer Lanze erstochen.«

»Erschossen von einem Pfeil.«

Das Schlachtfeld schien förmlich zu Eis zu erstarren, alle Augen waren auf die umherstolpernden Männer gerichtet. Avery kam zu Harold.

»Ich habe seine Standarte entdeckt, Sire. Und seht, ist das nicht sein Pferd?«

Ein großartiges Tier war voller Panik ausgebrochen und galoppierte davon, vorbei an der Schildmauer, um dann gegen die Bäume am anderen Ende zu prallen. Das Ross warf den Kopf in die Höhe, und Williams leuchtendes Banner fiel zu Boden.

»Ja«, stimmte Harold zu. »Das ist es in der Tat.«

Der Schildwall pulsierte und drängte wie ein Mann nach vorn.

»Haltet den Wall!«

Harolds Schrei wurde von seinen Befehlshabern entlang der Gefechtslinien aufgegriffen, aber die Truppe der Normannen war immer noch vollkommen durcheinander, und plötzlich brachen am äußersten Ende die englischen Linien. Die Männer stürzten sich auf die Kavallerie, die Äxte hoch erhoben und ihren großen Kampfschrei auf den Lippen: »Ut! Ut! Ut!«

»Haltet den Wall!«, schrie Harold aufs Neue, eher ein Reflex als ein Befehl, denn auch er konzentrierte sich auf den verzweifelten Kampf inmitten des Schlachtfeldes.

Pferde schlugen aus und wandten sich um. Männer schrien. Der Rest der normannischen Offensive löste sich auf. Harold sah Lane und seine Huscarls angreifen und spürte, wie sein Herz weit wurde. Sie würden gewinnen. Williams Truppen fielen auseinander. Seine eigenen Männer wollten sich ebenfalls auf die Normannen stürzen, aber er hielt sie weiterhin fest. Das Kriegsglück hatte sich schon bei geringeren Anlässen gewendet, aber hier, heute, hatte Gott gegen den Bastard-Fürsten gesprochen und England gerettet.

Und dann, wie ein Phönix aus der Asche, löste sich ein Mann aus der Gruppe, ein wenig unsicher im Sattel, aber hoch aufgerichtet und grimmig. Er zog den Helm vom Kopf und zeigte sich seinen Männern.

*»Le duc!«*, brüllten sie. *»Le duc, le duc, le duc!«*

William grinste. Sein Blick fand Harold und richtete sich auf sein Gesicht, so dass dieser sich für einen Augenblick wie ein Kind vorkam, das in einem Hof von einem viel größeren Jungen in die Ecke gedrängt wurde.

»Haltet den Wall!« Mehr konnte er nicht mehr sagen. Er eilte zu seiner linken Flanke, um sie am Ausbluten in die weiter vorrückenden normannischen Truppen zu hindern, und die Männer zogen sich verblüfft zurück. »Schilde!«, brüllte er ihnen zu.

Überall schlugen die Normannen auf die verstreuten englischen Reihen ein, zerstückelten die eingekesselten Männer. Die Engländer wehrten sich mit aller Macht, und langsam wurden die Fremden wieder zurückgedrängt. Der Schildwall schloss sich wieder, aber es war viel Schaden entstanden, und auf dem Hang tobte ein blutiger Kampf. Hilflos entdeckte Harold Lane inmitten des wildesten Schlachtgetümmels und wandte den Kopf, um das unvermeidliche Abschlachten seines Bruders nicht mit ansehen zu müssen.

Für den winzigsten Augenblick verspürte er das verrückte Verlangen, sich umzudrehen und vom Schlachtfeld zu flüchten, Edyth auf der Straße zu finden, sie auf sein Pferd zu heben und aus diesem königlichen Wahnsinn zu fliehen – aber wohin? Nazeing, bat sein Herz, aber dort konnte er jetzt nicht hin, nicht mit Edyth, und er konnte sie schlecht zurücklassen. So blieb ihm nichts als ein kalter Thron, um ihm Kraft zu geben. Ein kalter Thron und etwa fünftausend beherzte Engländer.

»Haltet den Wall! Haltet den Wall für England!«

Sein Magen knurrte, allerdings eher vor Übelkeit als vor Hunger. Der Tag wälzte sich voran. Die Zeit umwirbelte sie, verlor sich in einem bitteren, endlosen Überlebenskampf, und dann erreichte die Sonne wieder die Bäume. Die Männer mussten erschöpft sein, hungrig, durstig. In dieser Verfassung verlor ein Mann jeglichen Blick für erhabene Ideen von Recht oder Sieg und kämpfte nur noch weiter, um den nächsten Atemzug tun zu können, bis selbst das ein zu großer Kampf wurde. Harold konnte erkennen, dass der gesamte Wall ermattete. Die Defensive forderte ihren Tribut, sie war erheblich anstrengender als der Angriff. Wo, um Hölle und Verdammnis, blieb nur die Verstärkung? Er sah Garth an.

»Können wir dem standhalten, Bruder?«

»Ja, aber wir müssen jetzt darum beten, dass die Nacht anbricht. Sicherlich werden Edwin und Morcar morgen in aller Herrgottsfrühe mit frischen Männern eintreffen. Wir werden uns durch ihre Überreste hindurchpflügen. Sie haben schwere Verluste erlitten.«

»Genau wie wir selbst.«

»Aber sie haben niemanden in der Hinterhand. Sie stehen mit dem Rücken zum Kanal, und der ist ein unbarmherziger Herr. Bleib stark, Harold, wir schaffen das.«

Die Normannen preschten erneut vor, eine große pfeilförmige Angriffsformation, angeführt in der Mitte von Williams eigenen Truppen. Seine Bretonen rückten zur Rechten vor, und seine flandrischen Söldner zur Linken. Die Normannen hatten ebenfalls das schwindende Licht bemerkt und warfen sich ihnen nun mit voller Wucht entgegen, aber die Engländer waren gewappnet. Vom erfahrensten, geschicktesten Kämpfer bis hin zum einfachsten Dorfsoldaten brachten sie ihre Schilde ins Gleichgewicht, und Harold spürte, wie ihm das Herz fast unerträglich weit wurde. Er hatte nicht darum gebeten, König über diese Menschen zu sein, aber Gott wusste, dass es für ihn ein Segen war. Sie konnten dem Angriff standhalten. Sie *würden* standhalten.

Der große englische Schlachtruf grollte hinter der Schildmauer hervor: »Ut! Ut! Ut!« Er brachte die Erde zum Erbeben, und die feindlichen Pferde scheuten, als ob auch sie den

Hass spürten. Rechts von Williams Kerntruppen stieg eines hoch in die Luft, und die Pferde neben ihm tänzelten zur Seite. Harolds Huscarls ergriffen die Gelegenheit, ihre tödlichen Lanzen in die allgemeine Verwirrung zu schleudern. Pferde fielen laut wiehernd zu Boden und zogen ihre Reiter mit sich. Der Angriff scheiterte. Williams Standarte zuckte und sank in das Gewühl der Leiber hinab.

Die Normannen zogen sich zurück. Einige ergriffen die Flucht. Harold befahl seinen Bogenschützen, die letzten kostbaren Pfeile fliegen zu lassen. Mehr Pferde stürzten zu Boden, und nun traten auch die Bretonen an der rechten Flanke den Rückzug an, flohen. Ihre Loyalität stand bestenfalls auf unsicheren Füßen und fiel nun der Panik zum Opfer. Ein langgezogener Heulton erklang von den normannischen Trompeten.

»Der Rückzug!«

Die Worte perlten durch die englischen Reihen. Schilde wurden gehoben.

»Haltet den Wall!«, bellte Harold, aber niemand hörte auf ihn.

Der Kriegsschrei erhob sich laut in die Lüfte. Äxte schlugen gegen Schilde, Lanzen wurden in die Luft geschleudert. Die Engländer sehnten sich danach, dem Feind hinterherzujagen. Einige der Feldherren sangen zusammen mit ihren Männern, und nun durchbrach eine Gruppe gedrungener Gloucestershire-Soldaten die Mauer, das Leuchten des Sieges in den Augen, und stürzten sich mit voller Wucht auf die sich zurückziehenden Normannen.

»Nein!«, schrie Harold.

Sie blickten zu Williams Standarte hinüber und sahen den Herzog stocksteif auf seinem Schlachtross sitzen und den Angriff fast mit so etwas wie Vergnügen beobachten.

»Haltet den Wall!« Harold weinte fast, aber es war zwecklos. Seine Defensive löste sich auf, denn jeder Einzelne stürzte nach vorn, um die Eindringlinge niederzumetzeln, sie wieder ins Meer zurückzutreiben, wo sie hergekommen waren. Er konnte nur voller Entsetzen beobachten, wie die Bretonen ihre Pferde wendeten. Die Flucht verwandelte sich in einen geschickten Angriff, als sie die blutdurstigen Engländer in einen Kreis des Todes trieben. Er sah Avery an. Sein eigener Albtraum spiegelte sich in den Augen des jungen Knappen wider. Sie hatten diese Art des vorgeblichen Rückzugs schon einmal gesehen, als sie an Williams Seite in die Bretagne eingefallen waren. Warum hatten sie sich daran nicht erinnert? Warum hatten sie die Männer nicht gewarnt?

Er sah zurück, hoffte auf das Erscheinen seiner Truppen aus dem Norden, hoffte auf ein Wunder, aber es kam nicht. Am Horizont wollten und wollten keine Soldaten auftauchen. Überall drängten die verbliebenden Feldherrn ihre entsetzten Reihen hastig zu einer Schildmauer zusammen, aber was geblieben war, waren die kaum ausgebildeten Männer der allgemeinen Fyrd – die jungen Männer aus den englischen Dörfern, deren einziger Kampf bislang der miteinander gewesen war. Ihre Schilde waren brüchig, ihre Schwerter stumpf vom jahrelangen Schleifen, ihre einzige wahre Waffe war ihr Mut, aber der fiel jetzt offensichtlich ebenfalls in sich zusammen.

Harold spürte, wie seine Leibwache sich um ihn scharte, Avery und Garth an erster Stelle. Diese Männer waren bestens ausgebildet, sie waren stark und ungeheuer mutig, aber es waren nur noch wenige, und sie waren erschöpft. An der Haltung ihrer breiten Schultern erkannte Harold, dass sie hier waren, um mit ihm zu sterben. Er fühlte sich nutzlos, unwürdig.

»Flieht«, drängte er. »Verschwendet euer Leben nicht für meines.«

Eine Hand packte seinen Arm. »Wir halten zusammen, Bruder.«

Harold wandte sich um und sah Garth in die Augen. »So sollte es nicht geschehen.«

»Nein.«

»Wir haben versagt.«

»Noch nicht. Wenn ich sterbe, reiße ich zwanzig von diesen Halunken mit in den Tod. Das sind zwanzig weniger, die England in Angst und Schrecken versetzen können, und einer von ihnen soll der Bastard-Herzog selbst sein.«

Harold nickte grimmig über diesen letzten Funken Hoffnung inmitten des dunklen Schreckens eines sich auflösenden Schlachtfeldes. Einige Engländer flohen in den schützenden Andreaswald – den großen Wald hinter dem Schlachtfeld –, und Harold wünschte ihnen Glück. Er sah ein letztes Mal die London Road hinab und glaubte, einen Staubwirbel zu erkennen, der sich in den dunklen Himmel erhob, aber sonst nichts. Sie waren auf sich gestellt. Er drehte sich um, stemmte die Füße in die schlammige Erde und hob sein Schwert.

»Gott segne dich, Bruder«, hörte er Garth sagen, bevor die Pfeile heransurrten.

Sie kamen aus dem Nichts – der Regen des Teufels. Garth schrie auf, und Harold wandte sich um, um ihn aufzufangen, aber dann fiel auch Avery, sein Kopf baumelte schlaff auf den zerrissenen Sehnen seines Halses, sein Körper riss Garth aus Harolds Armen. Harold strauchelte, und als er wieder Halt fand, durchbohrte ein ungeheurer Schmerz seinen Wangenknochen, und sein ganzer Körper schien Feuer zu fangen. Er hob die Hand und spürte, dass ein Pfeil in seiner Haut steckte.

Blut floss hinab wie scharlachrote Tränen, aber er zwang sich, ihn hinauszuzerren. Er sah die Welt nur noch wie durch einen Schleier. Seine Knie gaben nach. Er sah zu Gott hinauf und entdeckte nur Schwerter.

Er dachte an Edyth, die verzweifelt versuchte, ihn noch rechtzeitig zu erreichen, mit seinem Sohn, seinem mutmaßlichen Erben, unter dem Herzen, und hasste sich dafür, dass er sie im Stich ließ. Er hatte sie gezwungen, Königin zu werden, und bereitete ihr nur Trauer.

*»Ich habe unsere gemeinsame Zeit genossen«,* hatte sie gesagt, und er sah den Hauch ihres Lächelns vor sich, als das erste Schwert auf ihn herabsauste. Die Normannen stürzten sich wie Teufel auf ihn, trieben ihre Waffen in sein Fleisch, so dass das, was von seiner Welt übrig geblieben war, auseinanderriss und nur noch reiner Schmerz übrig blieb. Er schmeckte Salz und Schlamm und klammerte sich an der Luft fest, als das Rot ins Schwarz sickerte und dann in sengendes Weiß überging. Er streckte den Arm aus, und plötzlich umfing ihn eine Hand und zog ihn sanft, zärtlich in Sicherheit.

»Svana«, flüsterte er und ließ die Welt los.

# Kapitel vierunddreissig

»Können wir nicht schneller marschieren?«

Edyth blickte zurück auf die Reihen der Männer, die die Straße füllten, so weit das Auge reichte. Sie waren vor zwei Tagen aus London abgezogen, aber sie kamen nur entsetzlich langsam voran. Edyth hatte Môrgwynt immer wieder zum Schritt zügeln müssen, obwohl jede Faser ihres Seins danach trachtete, ihr die Zügel schießen zu lassen und in Windeseile nach Süden zu Harold zu reiten. Das Einzige, was sie daran hinderte, war das Wissen, dass nicht sie es war, die er brauchte, sondern die Soldaten, die sie mitbrachte. Das waren die Männer, mit denen er seine Truppen ausreichend aufstocken konnte, um Herzog William zu besiegen, aber in der Hauptsache handelte es sich um Fußvolk. Sie marschierten beherzt, ihr Gleichschritt fest auf der Straße nach Süden, aber sie gingen dennoch zu Fuß, und Edyth' Herz pochte wild, dumpf und schmerzhaft in ihrer Brust, mit jeder mühsam erkämpften Meile.

»Es ist jetzt nicht mehr weit«, tröstete Edwin sie.

Er ritt zu ihrer Rechten, hoch auf einem edlen Zuchthengst, den das langsame Tempo ebenso nervös machte wie Môrgwynt, aber er hielt ihn fest im Griff. Er war in den vergangenen paar Monaten um Jahre gealtert und sah jetzt mit jeder Faser wie ein Earl aus. Er hatte sich das Haar rigoros kurz geschnitten, aber sein Bart war sehr dicht, und an den Augenwinkeln hatten sich neue Linien eingegraben. Seine Fulford-Narbe ragte unter dem Helm hervor, ein Kriegsmal, das in sein Fleisch geritzt worden war, und Edyth betete darum, dass er nicht noch mehr Wunden erleiden musste. Wenn sie Hastings doch nur rechtzeitig erreichen könnten, Harold zur Seite stehen und den Bastard-Herzog besiegen könnten, dann konnte wieder Frieden herrschen. Nicht lange genug, um diese Linien wieder zum Verschwinden zu bringen – Edyth wusste jetzt, dass man die Lebenserfahrungen nicht so leicht wegwischen konnte –, aber zumindest, um sie zu lindern.

»Hör doch!«

Das war Morcar an ihrer anderen Seite. Auch er war gealtert, aber er war nach wie vor ein gutaussehender Mann, und in seinen braunen Augen glomm immer noch ein verheißungsvoller Funke. Wenn sie das hier überlebten, so schwor sich Edyth, würde sie ihm eine würdige Gemahlin suchen, mit der er kleine Marcs bekommen konnte. Die Kleinen würden sie ganz schön in Atem halten, das wusste sie jetzt schon.

»Hör doch!«, wiederholte Morcar und riss sie aus ihren törichten Frauenträumen. »Meeresvögel. Wir sind ganz in der Nähe.«

Sie sahen auf, und tatsächlich kreisten Vögel über der schwarzen Masse des Andreaswaldes vor ihnen, blendend weiß zeichneten sie sich vor dem dunkler werdenden Himmel ab.

»Die Nacht bricht bald herein«, sagte Edyth.

»Gut«, antwortete Edwin. »Wir werden im Dunkeln in Harolds Lager ankommen und den Feind morgen früh überraschen.«

»So schnell schon wollt ihr mit dem Kampf beginnen?«

»Wenn wir nicht zu spät kommen.«

»Du glaubst, sie kämpfen bereits?«

»Möglich ist es. Harold brannte darauf anzugreifen.«

»Aber er wird auf uns warten. Sicherlich wird er doch auf uns warten?«

»Sicherlich«, stimmte Morcar zu, »wenn er kann. Hör doch!«

Sein Blick war auf den Horizont gerichtet, und die Furcht nahm ihr den Atem, während sie versuchte, die Geräusche auszumachen, die sie vernahm. Edyth wandte sich um und bedeutete den Truppen stehen zu bleiben. Die Feldherren geboten sofortige Aufmerksamkeit, und die ganze müde Parade der Männer kam zum Stillstand. Ein unbehagliches Schweigen senkte sich über die Menge, durchbrochen nur vom Geschrei der Vögel und dann, in weiter Ferne, den Schreien von Männern.

»Sie kämpfen«, sagte Edwin. »Gott steh ihnen bei, wenn das schon den ganzen Tag so geht.« Er wandte sich seinen Truppen zu, stellte sich in die Steigbügel, um sich überall Gehör zu verschaffen. »Der König ist bereits in die Schlacht gezogen! Er wird uns dringend brauchen. Alle Berittenen reihen sich hinter mir und Earl Morcar her. Die Waffen bereit. Die Fußtruppen folgen unmittelbar.«

Die Männer reagierten sofort: Häupter fuhren ruckartig in die Höhe, Waffen klirrten. Edwin und Morcar scharten ihre Feldherren um sich und gaben eilige Anweisungen, und plötzlich befand sich Edyth nicht mehr inmitten eines langsamen Marsches, sondern in einer aktiven Armee.

»Was ist mit mir?« fragte sie.

Edwin sah sie an. »Du? Du, Schwester, musst in sicherer Entfernung bleiben.«

»Soll ich das wirklich?!«

Edwin wandte seinen Hengst um und ritt dicht neben Môrgwynts Flanke. »Ja, Edie. Du bist die Königin von England, und du trägst den Erben der Krone unter deinem Herzen. Du musst zurückbleiben.«

Edyth sah ein, dass das nur vernünftig war, aber sie hatte genug von Vernunft. Sie hatte genug vom Warten. Sie und Svana hatten sich schon seit so langer Zeit nach einem Frauenjahr gesehnt, aber solange Frauen »in sicherer Entfernung« blieben, würde das nie kommen.

»Ich *bin* die Königin von England, Edwin, auf deinen Wunsch, auf Morcars Wunsch und auf Harolds Wunsch. Ich habe getan, worum ihr mich gebeten habt, und jetzt werdet ihr meine Bitte erfüllen. Ich werde mit euch reiten.«

Ihr Bruder kniff die Augen zusammen, aber es war keine Zeit zum Streiten, und das wusste er.

»Ich werde über sie wachen«, versicherte Morcar ihm, und Edyth hatte gerade noch Zeit, ihm einen dankbaren Blick zuzuwerfen, bevor die angelsächsischen Reiter ihren Pferden die Sporen gaben.

Môrgwynt, stark wie eh und je unter ihr, preschte eifrig mit den anderen voran. Flüchtig dachte Edyth an Griffin. Er hatte ihr dieses wundervolle Pferd in einer impulsiven, großzügigen Geste geschenkt, die so typisch war für seine feurige Lebensart, und Môrgwynt hatte sie viel weiter getragen, als sie beide es sich damals hätten vorstellen können. Sie vergrub die Fersen in ihren Flanken und trieb sie voran, aber schon nach fünfzig Schritten mussten sie Halt machen, denn eine Schar Männer mit wildem Blick wankte heftig winkend auf sie zu.

»Es sind die Unsrigen«, keuchte Morcar.

Die Männer fielen vor ihm auf die Knie und wimmerten mitleiderregend. »Habt Erbarmen, Mylord. Wir sind keine Verräter. Sie haben zum Rückzug geblasen. Wir müssen fliehen.«

Verzweifelt und mit flackerndem Blick sahen sie sich um, während sie sprachen, und Morcar blickte zu seiner Truppe zurück.

»Die Schlacht ist also verloren?«

»Die Schlacht ist verloren, Mylord. Gott steh uns bei.«

Edyth ritt nach vorn. »Und der König?«

Die Männer blickten zu Boden.

»Ich weiß es nicht, Mylady«, antwortete der Erste. »Es tut mir leid. Er war bei den Huscarls, als wir flohen, aber ich fürchte …«

Edyth begann am ganzen Körper zu zittern. Môrgwynt spürte es und scheute. Instinktiv packte Edyth die Zügel fester. »Wir müssen zu ihm!«

»Nein«, schrie der Mann. »Nein, Mylady, das könnt Ihr nicht. Sie kommen. Die Normannen kommen.«

»Nicht mehr«, sagte Edwin grimmig.

»Ihr könnt nichts gegen sie ausrichten, Mylord. Es sind zu viele. Wir müssen fliehen.«

Edwin musterte ihn kühl. »Wir werden nicht fliehen.« Er sah Morcar an. »Wir müssen ihnen als Kavallerie entgegentreten. Das ist der einzige Weg.«

Morcar nickte und blickte sich wild um. Die Männer schwärmten bereits aus, aber sie waren noch nicht am Wald angelangt, und die Straße war mit den weiten Grasflächen zu beiden Seiten vollkommen offen. Sogar Edyth erkannte, dass sie hier Freiwild waren. »Wir werden nicht fliehen« war vielleicht eine ehrenhafte Losung, aber war sie auch weise? Aber vielleicht atmete Harold ja noch, und – Gott möge ihr verzeihen – sie hätte jeden einzelnen dieser Soldaten, ihre eigenen lieben Brüder eingeschlossen, geopfert, um ihn zu retten. Sie spürte, wie eine seltsame Ruhe sie überkam, wie das Zittern aufhörte und ihr ganzer Körper sich anspannte. Sie spürte, wie die Zukunft versickerte und die Gegenwart sie erfüllte. War das Kampflust?

»Hier entlang, Mylord«, brabbelte einer der flüchtenden Männer nun. »Wenn Ihr kämpfen müsst, dann kommt hier entlang. Es gibt einen tiefen Graben am Rande des Waldes. Wenn Ihr Euch am Rande dieses Grabens aufstellt, werden die Normannen ihn im schwindenden Licht vielleicht gar nicht sehen.«

»Ist das ein Trick?«, fragte Morcar Edwin.

»Es ist eine Chance«, antwortete Edwin. »und wahrscheinlich eine größere, als wir sie hier hätten. Hier gibt es wenig Deckung, und sie würden uns einkesseln.«

Morcar nickte kurz und hob den Mann auf den Rücken seines großen Braunen. »Folgt mir!«

Sie hatten etwa vierhundert Reiter im Gefolge, aber dennoch bewegten sie sich im Eiltempo seitwärts. Der Mann lotste sie über einen kleinen Pfad nach Osten, der dann tatsächlich eine Steigung hinaufführte, wo das Gras in Buschwerk überging. Vorsichtig bezogen sie Position am Rande eines tiefen Grabens, der nur aus loser Erde bestand. Edyth versuchte, das Schlachtfeld zu erkennen, aber es lag hinter den ersten Bäumen des Andreaswaldes, und so blieb sie über Harolds Schicksal weiterhin im Ungewissen.

*»Halt durch«,* versuchte sie ihn im Geiste anzuspornen. *»Halt noch etwas länger durch, Harold. Wir kommen.«*

Sie konnten die normannischen Verfolger die London Road entlangpreschen hören, ihre Trompeten plärrten, und plötzlich brachen sie zwischen den Bäumen hervor, die Rüstungen blitzten im letzten Tageslicht.

»Blast zum Angriff!«, schrie Edwin.

Ihre eigenen Trompeter hoben die Instrumente und bliesen hinein, stark und laut. Unter ihnen zügelten die Normannen ihre Pferde und wandten die Köpfe. Voller Erregung packte Edyth ihr filigranes Essmesser, schwang es ebenso grimmig in der Luft, wie um sie herum die Männer ihre großen Schwerter. Die Normannen stießen wütende Schreie aus. Ihr Anführer hob sein Schwert, und der gesamte Sturm preschte von der Straße zum Weideland hinüber. Sie spornten ihre riesigen, zum Kampf gerüsteten Pferde zu vollem Galopp an, um sich auf die Angelsachsen zu stürzen.

»Position halten!«, bellte Edwin, aber eigentlich war der Befehl überflüssig.

Sie wussten, was zu Füßen ihrer Pferde lag. Und als ob es jemand ausgepustet hätte, erstarb nun das letzte Tageslicht über den Bäumen. Die Normannen aber waren ahnungslos über das, was sie erwartete. Ihre Schreie, als sie in die Tiefe fielen, waren mitleiderregend. Hunderte von Pferden stürzten in den Graben, wieherten voller Panik, und ihre Reiter brüllten vor Zorn und plötzlicher, blinder Angst. In der Dunkelheit hörte Edyth eher, als dass sie es sah, wie die Leiber durch das Buschwerk preschten und dann mit einem hässlichen Geräusch auf die zerklüfteten Felsen im Abgrund fielen. Mann um Mann stürzte in den Tod.

Die zweite Linie der Normannen wollte den Rückzug antreten, aber die meisten ritten in scharfem Galopp und konnten nicht mehr anhalten. Sie stürzten ebenfalls hinab, prallten auf ihre Kameraden und wurden von den Pferden zerquetscht. Edyth' kurzer Blutdurst erstarb mit ihnen. Überall um sie herum jubelten die Männer, verhöhnten die sterbenden Normannen, aber sie empfand nur Trauer über so viel Verschwendung von Leben. Sicher war es ein solcher kleinlicher Kampf um Land nicht wert, dass so viele ihr Leben dafür aushauchten. Sie ließ sich auf Môrgwynts Nacken sinken und vergrub das Gesicht in der weichen Mähne.

»Sie ziehen sich zurück, Edie«, sagte ihr Morcar leise ins Ohr.

»Sie sterben, Marc«, gab sie wütend zurück.

Er zuckte mit den Achseln. »Besser sie als wir.«

»Besser niemand«, brauste sie auf. »Svana hatte recht. Das ist alles so sinnlos. Idiotisch.«

»Das ist Krieg, Edyth.«

Er konnte es nicht erkennen; er hielt sie für töricht. Blut machte anscheinend blind.

»Was jetzt?«, fragte sie.

»Wir müssen beim ersten Licht aufs Schlachtfeld. Wir müssen Harold finden.«

Edyth schüttelte den Kopf. »Das wirst du nicht.«

»Wir werden sehen.«

Aber sie wusste es jetzt besser. Hunderte von Normannen waren in den Graben gestürzt, und weitere Hunderte waren entkommen und in ihr Heerlager geflohen. Eine so große Anzahl von Kriegern konnte sich nicht so einfach vom Schlachtfeld entfernen, wenn der König noch lebte.

»Harold ist tot, Morcar«, sagte sie, und ihre Stimme klang rau, als sie die bösen Worte aussprach. »Was für einen kleinen Sieg du hier auch errungen haben magst – wenn du dorthin reitest, wirst du auf deinen neuen König treffen.«

»Du gibst allzu leicht auf, Edie.«

»Nein, Bruder, ich hätte vor Jahren aufgeben sollen. Ich

hätte mit Griffins Jungen in Coventry bleiben sollen. Ich hätte Harold sagen sollen, dass er sich mit seiner Frau nach Nazeing zurückziehen soll – mit seiner richtigen Frau –, und Herzog William einfach König werden lassen sollte, wenn er es so unbedingt wollte. Wenigstens wären dann noch alle am Leben.«

»Aber entehrt, Edie.«

Sie antwortete nicht. Die Trauer hielt sie im Würgegriff, erstickte ihr Herz mit ihren Tentakeln. Sie versuchte, an ihre Kinder zu denken, die bei Meghan und Godiva in Coventry in Sicherheit waren, aber sosehr sie sie auch liebte, sie konnte sich im Augenblick noch nicht einmal an ihre Gesichter erinnern. Sie waren nicht mehr als Geistererscheinungen. Anscheinend war sie, wie die glücklosen Normannen, in den Abgrund gefallen. Sie war hinabgestürzt – dorthin, wo es nur Schwärze und Schrecken und einen erbarmungslos eisigen Wind gab, der sie immer weiter in die Tiefe zog. Harold war fort, und England war verloren, und alles Verlässliche, alles Greifbare schien ihr genommen worden zu sein.

»Das kann nicht wahr sein«, sagte sie immer wieder, wartete darauf, dass ihre Worte irgendwo Halt fanden und ihren Fall aufhielten, aber die ruhelosen englischen Soldaten, die sich hinter ihr sammelten, zeigten ihr, das es wahr sein musste. Sie glitt von Môrgwynts Rücken herunter und lehnte sich an ihre starke Flanke, während um sie herum die Männer Wachen aufstellten und behelfsmäßige Unterkünfte errichteten. Boten wurden ausgesandt, um das Schlachtfeld auszukundschaften. Als sie zurückkamen und der ernsten Versammlung Bericht erstatteten, konnte Edyth es nicht über sich bringen zuzuhören. Sie blieb abseits stehen, keine Königin mehr, sondern wieder ein verängstigtes Mädchen.

»Der König?«, wagte Edwin die Frage.

»Der König ist tot.«

Die Worte schienen im hohlen Wald hinter ihnen widerzuhallen und in die elenden Schreie jener Normannen einzustimmen, die in dem Graben noch am Leben waren. Edyth hielt sich die Ohren zu, aber die kümmerliche Barriere ihrer Hände konnte den Schrecken nicht fernhalten.

»Wie?«, fragte Morcar.

»Was glaubst du denn, wie?«, blaffte Edwin ihn an. »Dahingeschlachtet von normannischen Schwertern. Wir waren zu spät. Wir haben ihn im Norden im Stich gelassen und hier jetzt auch wieder.«

Morcar sog den Atem ein. Edyth wusste, sie hätte einen Schritt vortreten sollen, hätte dafür sorgen sollen, dass sie mit der Streiterei aufhörten, wie sie es früher getan hatte, als sie noch Kinder waren. Aber sie hatte einfach nicht die Beherztheit. Sollten sie doch streiten – sie alle. Es machte ohnehin keinen Unterschied, was sie sagte oder tat.

»Es ist noch nicht vorbei«, beharrte Morcar. »Wenn wir nach Westminster zurückkehren, können wir uns neu formieren und verteidigen. Harold ist vielleicht tot – Gott schenke seiner Seele Frieden –, aber William ist noch nicht König.«

Edyth fand seine Worte ermüdend. »Willst du, dass wir alle getötet werden?«, fragte sie.

»Willst du, dass wir von einem Tyrannen regiert werden?«, erwiderte er scharf.

»Welche Wahl haben wir denn? Es ist vorbei, Morcar, zumindest sollte es das sein. Harold hätte niemals gezwungen werden sollen, den Thron zu besteigen. Sie haben ihn zum König gemacht, damit er diesen Bastard-Herzog daran hindert, rücksichtslos die Macht an sich zu reißen, aber der Herzog ist trotzdem gekommen, und Harold ist fort. England hat zu viel von ihm verlangt, und das muss das Land einsehen.«

»Harold war mehr als jeder andere erpicht darauf, Herzog William von Englands Toren fernzuhalten«, beharrte Edwin und trat neben Morcar.

»Nein«, erwiderte Edyth. »Alle *wollten,* dass das sein vornehmster Wunsch war. In Wahrheit wünschte er sich einfach nur, in Frieden seine Kinder großziehen zu dürfen.«

»Von denen du nun eines unter dem Herzen trägst. Willst du, dass der Kleine unter Herzog Williams Herrschaft aufwächst?«

Edyth wandte sich ab. »Ich will, dass er in Sicherheit aufwächst.«

Schweigen senkte sich über sie herab, und dann sagte Morcar: »Es tut mir leid, Schwester.«

Er breitete die Arme aus, und nach ganz kurzem Zögern überließ sie sich ihm. Edwin trat zu ihnen, und die Wärme ihrer Liebe durchbrach die harte Schale ihrer Trauer. Ihre kleinen Brüder waren jetzt größer als sie selbst, breitschultriger, härter und so viel mehr vom Leben gezeichnet als damals, als sie als Kinder in ihr Bett gekrochen waren. Aber sie waren immer noch ihre kleinen Brüder.

»Ich kämpfe nie wieder«, flüsterte sie an ihrer breiten Kriegerbrust, aber sie hielten sie zu fest, um sie verstehen zu können, und dann hörte man plötzlich Pferdehufe auf der Straße.

Edwin und Morcar sprangen zurück, so dass sie seitwärts taumelte und sich an einem Baum festhielt, während die Männer mit erhobenen Waffen auf die Straße hinausrannten.

»Wer da?«

Die Antwort kam leise, aber sie bewegte etwas in Edyth' eisigem Herzen, so dass sie langsam ein paar Schritt voranging.

Die Schar auf der Straße hielt ebenfalls Waffen in Händen, aber es waren dennoch keine Soldaten. Sie bewegten sich mit dem stapfenden Gang von Bauern voran, und an ihrer Spitze ritt eine Frau – eine Frau in einem Gewand aus sanftestem Schlüsselblumengelb, das hell im Mondschein leuchtete.

»Svana? Svana!«

Edyth rannte los, bevor irgendjemand sie aufhalten konnte. Svana blickte auf, für einen Augenblick wie erstarrt, dann glitt sie von ihrem Pferd und rannte ebenfalls los.

»Edyth? Edyth, bist du das? Gott sei Dank.«

Sie fielen einander in die Arme, und einen Augenblick lang verlor sich Edyth in der Umarmung der alten Freundin. Aber dann prasselte die Gegenwart wieder auf sie ein, und sie zog sich zurück. »Warum bist du hier?«

»Ich bin nach Westminster gereist, um nach dir zu suchen. Nachdem ich Harold gesehen hatte, konnte ich es nicht ertragen, allein zu warten. Ich hatte das Gefühl, dass du die Einzige bist, die mich verstehen würde, und sehnte mich danach, dich zu sehen. Das war anmaßend von mir, es tut mir leid.«

»Es war überhaupt nicht anmaßend, Svana.«

»Oh doch, das war es. Immerhin bist du die Königin von England.«

»Das bin ich nicht.« Die Trauer zog Edyth wieder in die Tiefe, und sie ergriff die Hände der alten Freundin, während die Männer sich taktvoll in die Büsche zurückzogen. »Er ist tot, Svana.«

Svanas Augen umwölkten sich im Mondlicht ebenfalls, und sie nickte. »Ich weiß.«

»Du hast es gespürt?«

»Nein! Wie oft muss ich dir noch sagen, dass ich keine Magie in mir habe, Edie, schon gar nicht im Augenblick. Wir haben auf der Straße ein paar Männer getroffen. Traurige Nachrichten verbreiten sich schnell. Es tut mir so leid.«

»Nein, Svana, du bist diejenige, die den Verlust erlitten hat. Ich wollte niemals deinen Platz einnehmen. Ich wollte dich nie verletzen. Ich wollte nie …«

»Still, Edyth. Glaubst du, ich wüsste das nicht? Harold brauchte dich. Er brauchte etwas, das ich ihm nicht geben konnte. Wenn dich irgendjemand in diese Situation hineingetrieben hat, dann war ich das.«

»Nein! Du hast niemals jemanden zu irgendetwas gezwungen.«

»Am wenigsten mich selbst. Ich hätte dir damals nicht jenen Brief schreiben sollen, Edyth. Ich habe zu viel von dir verlangt. Mehr, als gerecht war. Es tut mir so leid.«

Edyth blickte zu Boden. Die Schuld umtoste sie wie die Schreie der Normannen, die in dem Graben hinter ihnen immer noch um den Tod flehten.

»Du irrst dich, Svana«, sagte sie leise. »Du hast mich nicht gezwungen. Ich bin bereitwillig gegangen. Ich habe dich als seine Ehefrau betrogen und dir deine Position streitig gemacht.«

»Weil ich dich darum gebeten habe, Edyth.«

»Nein! Nein, nicht deshalb, nicht wirklich. So lange habe ich versucht, so zu tun – der Welt gegenüber, dir gegenüber, sogar mir selbst gegenüber –, aber es war eine Lüge. Eine Lüge, Svana. Ich habe Harold geheiratet, weil ich ihn liebte.«

Das Schweigen erbebte zwischen den Bäumen. Edyth blickte verzweifelt auf den feuchten Boden, aber Svanas Finger umfingen die ihren fest.

»Das weiß ich, Edie«, sagte sie sanft. »Ich weiß es, weil deine Augen ein Spiegel meiner eigenen waren.«

Edyth blinzelte verblüfft. »Aber ich hatte nicht das Recht, ihn zu lieben.«

Jetzt lächelte Svana. »Du hattest jedes Recht dazu, meine Liebste. Liebe braucht Freiheit, und ein Übermaß an Liebe ist doch ganz gewiss besser als all dieser Hass?«

Edyth nickte langsam. »Sie wollen, dass wir nach Westminster zurückkehren«, sagte sie und deutete auf ihre Brüder, die nervös in der Nähe herumstanden. »Sie wollen, dass wir einen anderen Mann auf den Thron zwingen, um William fernzuhalten, und sie wollen, dass wir kämpfen und kämpfen, bis wir alle verschwunden sind.«

»Natürlich wollen sie das«, sagte Svana. »Und du, liebste Freundin?«

»Ich kämpfe nie wieder.«

»Wirklich nie wieder?«

»Svana?«

»Ich will ihn finden, Edie. Ich will Harold finden und ihn begraben. *Wir* haben hier vielleicht keinen Frieden, aber ich möchte, dass *er* endlich Frieden findet. Hilfst du mir? Bitte?«

Edyth blickte zu den Soldaten in den Büschen zurück und zu dem Graben des Todes hinter ihnen. Sie sah zu den dunklen Bäumen hinüber, hinter denen das blutige Schlachtfeld lag, auf dem es von den Truppen Williams, die sich wie Aasgeier auf die Engländer gestürzt hatten, nur so wimmelte. Svana hatte recht – sie konnten Harold nicht normannischer Barmherzigkeit ausliefern, denn die würde es nicht geben.

»Dafür kann ich noch einmal kämpfen«, stimmte sie leise zu. »Mit dir, Svana, kann ich dafür noch einmal kämpfen.«

# Kapitel fünfunddreissig

»Edyth Alfgarsdottir.« Herzog William sah sie über seine spitze Nase hinweg an wie eine amüsante Kuriosität. Dann fügte er quasi als Nachsatz hinzu: »Königin von England.« Edyth quittierte den Titel mit einer kurzen Neigung des Kopfes, aber Williams dünne Lippen kräuselten sich.

»Ihr seid keine Königin. Meine Matilda, meine Gemahlin …« Er sah Svana an, die hinter Edyth stand, und fügte höhnisch hinzu, »meine *einzig wahre* Gemahlin, ist jetzt Königin. Sie hat mich bei diesem Feldzug, mit dem ich meine Rechte geltend machte, sehr unterstützt. Wirklich sehr. Sie stellte mir ein großartiges Schiff zur Verfügung, wisst Ihr, das mich über den Kanal trug, und sie widmete eine Abtei unserer guten Sache, und nun hat Gott sie angelächelt – wie es nur gerecht ist. Sie wird eine wundervolle Königin von England sein – wahrhaft wundervoll. Ich denke, Ihr werdet sie mögen. Sie ist eine sehr vornehme Erscheinung.« Er sah Edyth aus verengten Augen an, die nach ihrer Nacht in der Wildnis ziemlich zerzaust aussah. »Vielleicht könntet Ihr ihre Hofdame werden.«

»Ich bin keine Dienerin.«

Die normannischen Lords sahen einander an und gluckssten vor sich hin.

»Ihr Angelsachsen!«, sagte William nachsichtig. »In einer

zivilisierten Gesellschaft gilt es als Ehre, einer Königin zu dienen.«

»Das kommt auf die Königin an.«

William knurrte, und Edyth verfluchte sich selbst; warum konnte sie ihre Zunge nicht im Zaum halten? Sie spürte Svanas ruhige Hand in ihrem Kreuz und blickte zu Boden, angestrengt die Tränen zurückhaltend. Edwin und Morcar hatten sie bekniet, sich mit ihnen nach Westminster zurückzuziehen, aber mit Svana an ihrer Seite war sie standhaft geblieben. Die Männer waren noch vor Morgengrauen nach Norden geritten, und beim ersten Tageslicht waren die beiden Frauen allein auf das Schlachtfeld aufgebrochen.

William hatte sich unter einem goldenen Baldachin auf dem Senlac Ridge posiert, wo ihn am Tag zuvor um diese Zeit noch der Schildwall auf Armeslänge ferngehalten hatte. Er saß auf einem goldenen Thron, den er in hochmütiger Voraussicht mitgebracht haben musste, und hatte einen frischen scharlachroten Mantel über sein immer noch blutbesudeltes Kettenhemd gezogen. Seine Männer hatten, soweit es möglich war, die Leichen weggeräumt, so wie sie Binsen von einer Tanzfläche gefegt hätten, und Edyth sah aus den Augenwinkeln einen riesigen Leichenhügel. Es kostete sie große Überwindung, ihr Anliegen nicht aus den Augen zu verlieren.

»Ich suche nach dem Leichnam meines … meines Gemahls.«

»Wie rührend. Vielleicht findet Ihr ihn ja, wenn auch etwas … zerstückelt.«

Edyth vergrub die Nägel in ihren Schenkeln, so dass sie sich durch die Wolle ihres feinen Gewandes bohrten. Sie würde sich nicht von ihm quälen lassen. »Also darf ich nachsehen, Mylord?«

»Sire.«

Er fixierte sie, zwang ihr den Titel auf. Sie glaubte sterben zu müssen, wenn sie ihn aussprach, aber es war notwendig.

»Sire.«

»König William – das klingt doch wunderbar, nicht wahr? König William I. regierte vom sechsten Januar 1066 bis … wer kann das wissen?«

»Vom sechsten Januar an? Das stimmt nicht. Das …«

»Aber sicher doch, kleine Edyth. Harold hatte nicht das Recht, König zu werden. Seine Regentschaft muss aus der Geschichtsschreibung getilgt werden – und Eure ebenfalls. Niemand wird sich an Euch als Königin erinnern. Oh, und bedauerlicherweise bedeutet das, dass jeder, der in dieser Zeit gegen mich gekämpft hat, als Verräter gilt.«

»Nein! Das könnt Ihr nicht tun.«

»Harolds Regentschaft war falsch.«

»Wie Euer Geburtsrecht.«

Die anwesenden Edelmänner sogen scharf den Atem ein, und William sprang auf die Füße. »Mein Blut ist echt.«

»Blut macht keinen Mann aus, und schon gar keinen König.«

William knurrte leise, doch dann lächelte er, ein bedächtiges, triumphierendes Lächeln. »Vielleicht nicht, aber der Sieg auf dem Feld macht ihn dazu, und der Sieg gehört ganz offensichtlich mir.«

Dazu gab es nichts mehr zu sagen. Edyth neigte den Kopf. »Dürfen wir dann nach seinem Leichnam suchen – Sire?«

»*Wir?* Ihr und seine Hure aus dem Osten?«

Edyth' Kopf fuhr erneut in die Höhe. »Lady Svana ist keine Hure.«

»Nein? Wie nett. Dann einigen wir uns auf Bigamie, ja? Wie

heidnisch von euch allen. Kein Wunder, dass Gott mir den Sieg geschenkt hat; irgendjemand muss diesem Land ja wieder Tugend beibringen.«

Nur Svanas Hand, die immer noch fest auf Edyth' Rücken lag, verlieh ihr die Kraft, diese Sticheleien zu ignorieren.

»Dürfen wir also nach seinem Leichnam suchen?«, wiederholte sie.

»Es sei euch gestattet.« Glücklicherweise erinnerte sich Edyth daran, in einen flüchtigen Knicks vor ihm zu versinken, und wandte sich um. »Und wenn ihr ihn gefunden habt, dürft ihr ihn zu mir bringen.«

»Aber …«

»Zu mir. Ich werde keine Schreine oder erfundene Wunder am Grab eines Emporkömmlings und Heuchlers zulassen.«

Edyth schäumte vor Zorn. Sie wirbelte herum, um etwas zu erwidern, aber Svana legte ihr sanft einen Finger auf die Lippen und sah William an ihrer Stelle an.

»Wir werden tun, was Ihr verlangt«, sagte sie, »aber eines solltet Ihr wissen: Was er auch gewesen sein mag, Harold war kein Heuchler. Alles, was er tat, war offen und ehrlich. Er wurde auf Bitten seines Vorgängers zum König von England, und weil seine Landsleute ihn dazu wählten, und selbst wenn Ihr seinen Namen aus den Aufzeichnungen tilgt, Ihr werdet ihn niemals aus ihren Herzen tilgen. Einen guten Tag.«

Sie flohen und zitterten dabei wie Espenlaub. Edyth war sicher, dass William ihnen seine Männer hinterherschicken und sie in Ketten legen würde, aber er blieb nur untätig sitzen und sah ihnen nach. Sie spürte, wie sich seine Blicke in ihren Rücken bohrten, und hielt sich an Svanas Hand fest, als sie über die Masse der verstümmelten Leichen hinwegstiegen, die im Gras von Hastings lagen. Sie sah ihre alte Freundin an, und tausend Worte gingen zwischen ihnen hin und her – Verschwendung, Gier, Sinnlosigkeit, Wahnsinn –, aber sie sprachen sie nicht aus. Dazu bestand keine Notwendigkeit; sie beide erkannten das alles so offensichtlich wie die Aaskrähen, die lärmend über den Leichen zu ihren Füßen kreisten, weil sie das frische Blut rochen.

Es gab nur wenig andere Frauen außer ihnen, denn Harolds mutige Soldaten waren durch ganz England gezogen, und viele ihrer Ehefrauen wussten noch gar nichts von ihrem Verlust. Überall zogen normannische Fußsoldaten vorsichtig ihre eigenen Toten hervor, um sie in einer ehrenvollen Zeremonie aufzubahren, aber die meisten der armen Engländer konnten nur darauf hoffen, Stück um Stück auf ihrer Heimaterde zur ewigen Ruhe zu verfaulen. Aber nicht Harold – nicht, solange sie lebten, um ihm diese Schmach zu ersparen.

Sie schritten über das Feld, suchten nach der Schar Leichname in Ritterrüstung, um den letzten Standort des Königs auszumachen, aber die Räuber waren ebenfalls schon unterwegs gewesen. Schon jetzt war nichts mehr von Wert an den Toten zu finden, und nackt sahen alle Männer vor ihrem Herrgott gleich aus. Immer wieder mussten sie Leichname umdrehen, um ins Gesicht eines Mannes zu sehen, den eine andere Frau betrauern würde, oder – noch schlimmer – in Gesichter, die zu verstümmelt waren, um ihre Träger erkennen zu können. Sie bewegten sich schnell voran, unterdrückten die Übelkeit, die sie angesichts der erschlagenen, zerfetzten Menschen, angesichts der verheerenden Verwüstungen, die diese Schlacht unter Harolds Männern angerichtet hatte, befiel, und suchten weiter nach seinem teuren Leichnam.

»Wir werden ihn erkennen«, murmelte Svana immer wieder.

Zu Anfang hatte Edyth ihr noch geglaubt, aber nun, da ihr Gewand blutdurchtränkt war, ihr das Fleisch der Toten unter den Nägeln klebte und jede Bewegung von glasigen Augen verfolgt wurde, versickerte ihre törichte Zuversicht. Sie waren dort, wo er gestorben war, dessen war sie sicher. Hier, östlich des flatternden Baldachins, in dem William residierte, befanden sich die meisten Leichen, und die Männer, deren zerstückelte Überreste hier lagen, waren offensichtlich Berufssoldaten gewesen, denn die Körper waren breitschultrig und muskulös. Sie drehte einen um und fiel auf die Knie.

»Garth!«

Ein Pfeil steckte tief in seinem Hals, und ein einzelner, geronnener Blutfaden verlief bis hinunter zu seinem Herzen. Sein Körper war in Stücke gerissen worden, aber sein Gesicht war fast unversehrt. Edyth starrte es an und spürte, wie die Wirklichkeit der Schlacht von Hastings sie mit aller Macht traf. Kein dumpfer Schmerz, kein Kloß im Hals, kein Magen, der sich umdrehte, sondern ungeheure, sengende, alles verschlingende Qual.

»Nein!«, heulte sie auf und nahm ihn in die Arme.

Die normannischen Edelleute sahen neugierig zu ihr hinüber. Sie aßen, und ein übelkeiterregender Geruch nach gebratenem Fleisch wehte über den Gestank des Todes, den der barbarische neue König über das Land gebracht hatte, hinweg, als sei nichts weiter passiert. Aber jetzt hielten sie inne, musterten die beiden Frauen wie Hofnarren. Edyth blickte nervös zu Svana hinüber und versuchte, ihren Kummer im Stillen mit sich auszumachen. Wo Garth lag, konnte sein Bruder nicht allzu weit entfernt sein.

Sanft legte sie ihn wieder zu Boden, und sie gingen weiter, aber die Normannen, die diese letzte Bastion aus Englands besten und edelsten Heerführern niedergemetzelt hatten, waren mit wilder Entschlossenheit zu Werke gegangen. Sie entdeckten ein Durcheinander aus Gliedmaßen, leeren Augenhöhlen und blutverkrustetem Haar. Was spielte es schon für eine Rolle, dachte Edyth voller Bitterkeit, wessen Blut königlich war, wenn es im Boden versickerte?

Die Tränen blendeten sie, was ihre Aufgabe umso hoffnungsloser werden ließ, und während sie ergebnislos den entsetzlichen Haufen durchsuchten, hätte sie sich am liebsten ebenfalls zwischen sie gelegt, um zu sterben.

Da flüsterte Svana: »Ich habe ihn.«

Sie schob einen Leichnam zurück und streckte die Hand nach einem darunterliegenden Körper aus. Er lag da, den Arm hoch in die Luft gereckt, die Finger von jenen Klingen abgehackt, die auf sein armes Gesicht hatten einschlagen wollen. Eine riesige Wunde klaffte an einer Wange. Die Nase war verschwunden, und ein Auge war ihm herausgerissen worden. Die Lippen waren zerfetzt, aber dennoch zu einem winzigen, geheimnisvollen Lächeln verzogen, und das verbleibende Auge war zwar geschwollen, schien jedoch weit weg in den Himmel zu blicken.

»Er ist es«, sagte Svana und fuhr mit dem Finger sanft über sein zerschmettertes Kinn.

»Wie kannst du das wissen?«, fragte Edyth voller Furcht.

»Um seine Iris ist ein bernsteinfarbener Ring – sieh her.«

Sie deutete darauf, und tatsächlich entdeckte Edyth dort jenen blassen Ring aus Sonnenschein um die nachtblaue Iris.

»Ein goldener Ring«, berichtigte sie.

»Gold, das zu kostbar war, als dass ich es hätte behalten dürfen«, sagte Svana und setzte sich zurück. »Schon als ich ihm zum ersten Mal in die Augen sah, ahnte ich, dass ich ihn nicht lange würde behalten können, aber es war schon zu spät und spielte keine Rolle mehr. Ich war seinem Zauber bereits erlegen.«

»Also hast nicht du ihn verzaubert?«

»Nein – es war genau umgekehrt.«

»Und jetzt hast du ihn verloren.«

»Genau wie du, Edie. Wir dürfen nicht zulassen, dass dieser Bastard-Herzog ihn uns nimmt. Wir dürfen es nicht!«

Ihre Stimme klang schrill vor Kummer, und Edyth blickte zu dem normannischen Lager hinüber. William hatte sich erhoben und kam auf sie zu.

»Wir werden es nicht zulassen«, sagte sie voller Ingrimm. »Das hier ist die Schlacht der Frauen, und die werden wir nicht verlieren. Hier.«

Sie zerrte Harolds geschundenen Körper aus Svanas Armen und stieß ihr einen anderen Leichnam hinein. Dann ließ sie ihr Haar darüber fallen und weinte lauthals.

»Ihr habt ihn gefunden«, ertönte Herzog Williams Stimme über ihnen. »Hervorragend. Ich werde nicht zulassen, dass bei dieser vermaledeiten Schlacht ein Märtyrer geboren wurde.«

Edyth sprang auf. »Ihr könnt ihn nicht haben.«

»Oh, ich glaube schon, dass ich das kann. Immerhin habe ich ihn getötet. Tretet beiseite.«

Grob stieß William Edyth aus dem Weg, und sie stolperte, um wieder Halt zu finden. In diesem Augenblick sah Svana auf, die Augen voller Tränen. Edyth beobachtete sie nervös, aber Svana sah ihn unverwandt an.

»Ihr habt England«, rief sie scharf. »Ihr müsst nicht auch noch Harold haben.«

»Aber ich kriege ihn. Männer!«

Zwei bullige Wachmänner sprangen vor. Einer zerrte den geschundenen Körper aus Svanas Armen, der andere hielt die Frauen fest.

»Bastard!«, spie Edyth hervor, aber William lachte nur.

»Woran habt Ihr ihn erkannt?«, fragte er Svana, packte ihr Kinn und riss es nach oben. »Wie?«

Sie deutete auf den Leichnam, ihre schlanken Finger zitterten. »An dem Muttermal auf seiner Schulter.«

Misstrauisch blickte William auf das dunkle Mal auf der zerfetzten Haut hinab. Mit der Spitze seines Essmessers beschrieb er einen Kreis darum, und dann, mit einer scharfen, trockenen Bewegung, zerfetzte er es. In diesem Augenblick kam Edyth eine Erinnerung – sie war in Harolds Pavillon gekommen, wo sein Knappe mit bloßem Oberkörper stand und sich wusch, seine Haut weiß in der Dämmerung. Verblüfft hatte sie das dunkle Mal auf Averys muskulöser Schulter angestarrt, ein winziger, persönlicher Punkt auf einem Mann, den sie bis zu diesem Zeitpunkt nur als Harolds Diener gekannt hatte. Jetzt war dieses Mal ein Geschenk Gottes. Aber William zögerte noch immer. Also stürzte sie vor, wobei sie die überraschten Wachleute mit sich riss.

»Wie könnt Ihr es wagen, meinen Gemahl noch weiter zu schänden?«, fragte sie. »Ihr habt schon seine Krone – ist das nicht genug? Das war *mein* Muttermal. Ich habe es geküsst.«

William lächelte fast.

Svana sah Edyth an, und dann sprang sie ebenfalls vor. »Ich habe es zuerst geküsst«, spie sie ihr entgegen. »Du hast kein Recht auf ihn.«

Edyth wusste, dass Svana ebenso schauspielerte wie sie selbst, aber dennoch fiel sie in sich zusammen, und William stürzte vor – ein Raubtier, das eine Schwäche witterte.

»Ladys, also wirklich«, gackerte er. »Es hat ja wohl kaum Zweck, sich um einen toten Mann zu streiten.« Er nickte dem Wachmann zu, der den Leichnam hielt. »Begrabt den Verräter auf den Klippen, damit er stets auf die Normandie hinausschaut, in der er schwor, mich als König zu unterstützen. Und lasst diese Katzen laufen – wir brauchen sie nicht mehr.«

Die Männer stießen Edyth und Svana zu Boden, und William sah auf sie herab.

»Ich erwarte von Euch, Lady Edyth, dass Ihr bei meiner Krönung anwesend seid. Soll ich Euch Männer schicken, die Euch begleiten?«

Edyth schüttelte den Kopf. »Ich werde dort sein, Mylo– … Sire.«

»Das rate ich Euch auch.«

Die Trompete erklang auf dem Hügel, und William sah hinüber. Ein kostbar gekleideter Reiter stieg vor seinem Tisch ab, und seine schmalen Lippen verzogen sich zu einem beifälligen Lächeln.

»Vergebt mir«, schleuderte er Edyth und Svana entgegen. »Ich muss mich um ein paar wichtige Gäste kümmern und kann es mir nicht erlauben, mich weiter mit Weiberkram abzugeben. Ihr werdet sicher nicht bleiben, nicht wahr?«

Mit spöttischem Lächeln marschierte er davon und überließ sie kurzerhand sich selbst. Die beiden Frauen lagen wie erstarrt da, bis er fort war, und dann streckte Svana den Arm aus und ergriff Edyth' Hand.

»Wir haben ihn geschlagen«, sagte Edyth, obwohl sie zitterte, so heftig hatte diese Begegnung sie aufgewühlt.

»Wir haben ihn geschlagen«, stimmte Svana leise zu und fügte hinzu: »Du weißt doch, dass ich es nicht ernst meinte, als ich sagte, dass du kein Recht auf Harold hattest, Edie? Ich musste dafür sorgen, dass sie es glaubten, das war alles.«

»Und es ist dir gelungen«, antwortete Edyth mit gezwungenem Lächeln. »Ich weiß, dass du es nicht ernst gemeint hast, aber ich weiß auch, dass es die Wahrheit ist.«

»Es ist in der Tat die Wahrheit, denn niemand hat ein ›Recht‹ auf einen anderen Menschen. Harold liebte mich, Edyth, und Harold liebte dich ebenfalls. Und nun, da er fort ist, lass uns bitte zumindest einander lieben.«

Edyth lächelte. »Du warst mir eine wunderbare Freundin, Svana.«

»Und du mir. Aber unsere Freundschaft steht erst am Anfang. Wir werden sie, fürchte ich, in den Jahren, die vor uns liegen, noch sehr brauchen.«

Sie blickte dem drahtigen Körper Herzog Williams hinterher, der mit hochmütiger Geste dem Wachmann ein Zeichen gab, welcher sich Harolds angeblichen Leichnam achtlos über die Schulter geworfen hatte.

»Das war Avery«, flüsterte Edyth.

»Er wäre froh gewesen, seinem Herrn diesen letzten Dienst erweisen zu dürfen.«

»Das wäre er.«

Verstohlen winkte Svana einem Leiterwagenfahrer, der brennend auf eine weitere tödliche Ladung hoffte. Die beiden Frauen hievten Harold darauf, legten Garth neben ihn und bedeckten die beiden edlen Brüder mit den ineinander verschlungenen Überresten ihrer Leibwache.

»Wir bringen sie zur Waltham Abbey«, sagte Svana. »Dort wird Harold seinen Frieden finden.«

Edyth nickte. »Und dann? Ich werde nicht zu seiner Krönung gehen, das weißt du, Svana. Ich werde nicht zusehen, wie er an Harolds Stelle gekrönt wird. Ich könnte es nicht ertragen.«

»Ich ebenso wenig. Komm nach Nazeing, Edyth.«

»Nach Nazeing?« Bilder der lieblichen Feenwiesen durchzuckten Edyth' verwundeten Geist wie ein Hoffnungsschimmer. »Kann ich das?«

»Natürlich – und deine Kinder ebenfalls. Dort sind wir in Sicherheit, zumindest für eine Weile.«

Sie sah so ernst aus, aber Edyth empfand ihre unschuldigen Worte wie einen Messerstich.

»Meine Kinder?« Ihre Stimme klang rau, und unwillkürlich legte sie die Hand auf ihren Bauch. »Du willst mich sicher nicht mit meinen Kindern dort haben, Svana.«

Svana jedoch streckte einfach nur die Hand aus und legte sie auf Edyth'. »Du trägst sein Kind unter dem Herzen?« Edyth nickte unglücklich. »Aber das ist ja wunderbar, Edie.« Das waren auch Harolds Worte gewesen, und jetzt wagte Edyth aufzublicken. Svana lächelte.

»Das ist ein Segen – ein Kind, um das zu ersetzen, das ich verloren habe. Ein Kind, das wir gemeinsam aufziehen können.«

»Du willst mich wirklich bei dir haben?«

»Wirklich. Für mich warst du seine Frau, Edyth.«

Edyth dachte an Svanas Hochzeit auf jenem Hügel vor vielen Jahren zurück. Damals war sie noch ein Kind gewesen, aber wie sehr Svana es auch abstritt, sie hatte damals schon Weisheit genug besessen, um zu wissen, dass hier Magie im Spiel gewesen war – die Magie zwischen zwei Menschen.

»Nein, Svana«, sagte sie. »*Du* warst seine Frau. Ich war nur ein Mädchen, das den Funken eures innigen Bündnisses hinterherjagte.«

Svana nickte sanft und streckte ihr auch die andere Hand entgegen. »Er hat dich auch geliebt, Edie, wirklich – aber jetzt muss keine von uns mehr irgendetwas hinterherjagen. Komm.«

Edyth ergriff die ihr dargebotene Hand, und zusammen folgten die beiden Frauen dem grunzenden Leiterwagenfahrer durch das Blutbad, in das Englands letzter Widerstand sich verwandelt hatte, und wanderten über die karge Straße gen Norden.

# Epilog

*Manchmal, wenn sie ihre Augen schließt und sich jene Nacht vorstellt, kann Edyth nicht sagen, wo die Erinnerung aufhört und der Traum beginnt. Sie fragt sich, ob sie damals verzaubert wurde. Sie war immerhin erst acht Jahre alt, und ihr Geist bewegte sich immer wieder in Fantasiewelten, aber etwas an dieser Nacht, die sich unter einer Million Sterne im Schein des Feuers abspielte, fühlt sich auch heute noch so verlässlich an, so real, als ob ihr Geist nicht benebelt, sondern zum ersten Mal richtig klar gewesen wäre.*

*An diesem Tag sah Harold wie ein König aus. Sogar in der einfachen Kluft des Bräutigams in dunkelstem Grün wirkte er wie ein Mitglied des Königshauses, als er voranschritt, um Lady Svanas Hand zu nehmen. Nirgendwo gab es eine Spur von Gold, nur Blumen; keine Bischöfe, nur einen lächelnden Mönch in sackartigem Gewand und mit bloßen Füßen. Es gab keinen Ehevertrag, keine förmlichen Gebete, keinen Austausch von Ländereien oder kostbaren Brautgeschenken, nur zwei ineinander verschlungene Hände, die zwei Menschen für ein Jahr und einen Tag aneinander banden.*

*»Länger nicht?«, hatte Edyth gefragt. Die Ehe währte schließlich ewig, das wusste jeder – murrte darüber, scherzte darüber, akzeptierte es.*

*»Nur wenn wir es wollen«, hatte Lady Svana damals zu ihr gesagt. »Unsere Ehe ist eine Herzensangelegenheit, keine vor dem Gesetz. Wenn wir aufhören, einander zu lieben, ist sie vorüber.«*

*Edyth hatte wohl schockiert ausgesehen, denn Svana hatte gelacht und gesagt: »Keine Angst, diese Verbindung wird bis zum Tode andauern – aber Liebe braucht Freiheit.«*

*Alle Liebe braucht Freiheit.*

# Historische Anmerkungen

Was mich an Geschichte fasziniert, sind die Lücken zwischen den markanten Daten – was die Menschen, auch die Könige und Königinnen, an jenen Tagen taten, die nicht in den offiziellen Überlieferungen erscheinen. Bei meinen Recherchen zu der Fülle aufregender Ereignisse in der angelsächsischen Zeit fand ich häufig erheblich mehr Lücken als Daten, und während das für die ernsthafte Historikerin in mir frustrierend ist, ist es für die vorwitzige und kreative Romanautorin eine wahre Freude, diese Lücken mit der eigenen Fantasie zu füllen.

Die *Angelsächsische Chronik* (*Anglo-Saxon Chronicle*), die unsere Hauptquelle für Informationen über diesen Zeitraum darstellt, deckt mühelos ein ganzes Jahr voller Ereignisse mit einem einzigen Abschnitt ab. Zwischen den Zeilen der sorgfältig, manchmal aber auch recht zufällig von den Mönchen zusammengestellten Ereignisse jedoch gab es Hunderte von Männern, Frauen und Kindern, die jeden Morgen aufs Neue aufstanden – denen warm oder kalt war, die aßen, tranken, auf die Toilette gingen, miteinander stritten, sich ineinander verliebten und genauso schüchtern, verlegen, aufgeregt oder nervös waren wie wir heute. Im Rahmen der Evolution der Menschheit sind tausend Jahre nur ein winziger Zeitabschnitt, und obwohl die Sitten und der Alltag im Jahre 1055 sicherlich vollkommen anders waren als heute, kann ich einfach nicht glauben, dass die grundlegenden menschlichen Empfindungen sich so sehr verändert haben. Und diese Verbindung zu den Menschen der Vergangenheit – zu ihrer alltäglichen Existenz – will ich in meinen Romanen einfangen.

Ich habe, soweit es möglich war, versucht, mich in den Grenzen der bekannten Fakten zu bewegen, aber ich hatte nicht die Absicht, ein historisches Werk zu verfassen, genauso wenig wie eine historische Interpretation. Ich will definitiv nicht behaupten, dass Edyth' Leben *so und nicht anders* verlaufen ist. Aber ich hoffe, gut und sorgfältig genug recherchiert zu haben, um mit Fug und Recht sagen zu können, dass es so hätte verlaufen *können*. Und doch gibt es einige Punkte an meiner Geschichte, über die der Leser sich wundern kann, deshalb will ich an dieser Stelle auf ein paar wichtige historische Sitten und Gebräuche, Augenblicke, Menschen und Orte eingehen.

## Brauchtum und Terminologie

### *Handfasting-Ehen*

Handfasting war eine heidnische Hochzeitszeremonie, bei dem die Hände der Braut und des Bräutigams buchstäblich mit Bändern zusammengebunden wurden, die ihre Vereinigung symbolisierten. Der Brauch blieb im Danelag (im Osten Englands) bis ins elfte Jahrhundert populär, denn in diesem Gebiet galt – wie der Name bereits nahelegt – dänisches Recht. Die Dänen blieben bis ca. 950 heidnisch, und selbst nachdem sie zum Christentum übergetreten waren, behielten sie ihre alten Sitten und Gebräuche länger bei als die Menschen in Mittel- und Südengland.

Handfasting war rechtlich bindend und wurde (wenn auch zögerlich) von der Kirche akzeptiert. Lange Zeit blieb das so, auch nachdem die kirchliche Hochzeit nach römischem Recht in England eingeführt wurde. Tatsächlich findet sich sogar Shakespeares Unterschrift als Trauzeuge unter dem Dokument für eine Handfasting-Hochzeit im Jahre 1604, und erst durch den *Marriage Act 1753* wurde verfügt, dass ein amtierender Priester oder Magistrat für eine juristisch gültige Eheschließung vonnöten war.

Die Normannen verachteten die Praxis der Bigamie, aber vor 1066 war es für herausragende Persönlichkeiten der politischen Öffentlichkeit durchaus nützlich, zwei Frauen zu haben, denn sie brauchten Erben. Zahlreiche nordeuropäische Herrscher in der Wikinger- und der angelsächsischen Periode, auch König Knut, Harold of Wessex und Harald Hardrada hatten sowohl eine Handfasting-Frau als auch eine, die sie nach römischem Kirchenrecht geheiratet hatten.

### *Crownwearings oder Kronzeremoniell*

Der formelle Ablauf dieser Gepflogenheit – es handelte sich buchstäblich um eine Versammlung, bei der der Monarch seine Krone trug, damit alle sie sehen konnten – wird manchmal William dem Eroberer zugeordnet, scheint aber dennoch ihren Ursprung bei König Edward zu haben, der eine feste Routine für seinen umherziehenden königlichen Hof schaffen wollte. Das Kronzeremoniell fand zeitgleich mit den Schlüsselereignissen im Kirchenkalender statt und diente dazu, sämtliche einflussreichen Menschen Englands dreimal im Jahr zu versammeln. Abgesehen von wenigen Ausnahmen – zum Beispiel zum Jahreswechsel 1065/1066, als Edwards Gesundheitszustand sich verschlechterte – fanden

*Crownwearings* stets in Gloucester zur Christmette statt, in Winchester zu Ostern und in Westminster zu Pfingsten.

*Pavillons*

Der stets anwesende Haushalt auf dem Anwesen eines Königs oder Edelmannes war vergleichsweise klein – er umfasste schätzungsweise einhundert Menschen. Wann immer der gesamte Hof sich also beim Kronzeremoniell oder zu anderen großen Gelegenheiten wie Hochzeiten versammelte, brachten die Familien ihre eigenen, aus gewachstem Leinen bestehenden Pavillons mit, in denen sie wohnten. Das war das ganze Jahr über gängige Praxis, auch zur Christmette, bei der England häufig tief verschneit gewesen sein muss. Für Wärme sorgte man mit Fellen und Decken.

*Die Weihnachtszeit*

Besonders scharfsinnige Leser haben vielleicht die Anspielung bemerkt, dass die Engländer Bäume in ihren Hallen aufstellten, um Weihnachten zu feiern, und haben sich über den Anachronismus gewundert. Immerhin wird Königin Victorias deutschem Ehemann Albert zugeschrieben, diese Praxis in England eingeführt zu haben. In Wirklichkeit jedoch handelte es sich um einen alten skandinavisch-germanischen Brauch, der im Laufe der Zeit in England verloren ging und von Prinz Albert weniger eingeführt als wiederbelebt wurde.

*Wikinger*

Es ist unwahrscheinlich, dass Edyth und ihre Zeitgenossen Hardrada und seine Männer als »Wikinger« bezeichneten, denn dieser Begriff wurde erst später eingeführt. Wahrscheinlich sprachen sie eher von »Nordmännern«. Aber für unsere

Zwecke ist der Terminus »Wikinger« insofern nützlicher, als er die Furcht vor ihrer seeräuberischen Aktivität wiedergibt, die sie allgemein ausgelöst haben müssen.

### *Geiseln*

Geiseln zu nehmen, war eine normale und allgemein akzeptierte Praxis, um für die Einhaltung von Vereinbarungen zu sorgen. Meist wurden die Menschen, die als Geiseln dienten, wie vornehme Gäste behandelt – es sei denn natürlich, die Vereinbarung wurde gebrochen. Wir wissen, dass Geiseln und ein erheblicher Schatz bei Stamford Bridge an Hardrada übergeben werden sollten. Aber wir können natürlich nicht wissen, wer die Geiseln waren, und ganz sicher wissen wir nicht, ob dazu auch Edyth' walisische Prinzen gehörten. Vor dem Hintergrund, dass es sich um eine sehr wichtige Vereinbarung handelte, waren die Geiseln aber mit Sicherheit herausragende Persönlichkeiten, weshalb es durchaus möglich ist, dass ihre Söhne Ewan (Idwal) und Morgan (Maredudd) Teil dieser schrecklichen Abordnung waren, zumindest, sofern sie bei Edyth in York weilten (was ebenfalls nicht bekannt ist).

### *Monarchen*

William verfügte, dass die Nummerierung der Könige bei ihm beginnen solle, weshalb König Harold und all seine Vorgänger keine Zahlen, sondern Beinamen haben – beispielsweise Edmund Ironside (Edmund Eisenseite) oder Alfred the Great (Alfred der Große). Viele dieser Namen wurden erst posthum verliehen, was insbesondere für Edward the Confessor (Eduard den Bekenner) gilt, dessen Beiname erst etwa zweihundert Jahre nach seinem Tod als Teil einer Propaganda der

Mönche von Westminster eingeführt wurde, um möglichst viele Pilger an sein Grab zu locken.

## Historische Schlüsselmomente

*Williams Besuch an Edwards Hof an Weihnachten 1051*

Es existiert nur ein einziger Bericht über diesen Besuch, aber der ist in weiten Teilen verlässlich, da er der oben genannten *Angelsächsischen Chronik* entstammt, und auch die zeitliche Einordnung ist glaubwürdig. Im Jahre 1051 hatte man die Godwins ins Exil gezwungen, was in weiten Teilen auf die Machenschaften von Edwards normannischem Berater Robert de Jumièges zurückzuführen war. Dieser bereitete offensichtlich damals schon Williams Weg auf den englischen Thron vor. Es ist gut möglich, dass William den Hof seines Vetters zur Christmette besuchte und dass in der Tat über die Thronfolge gesprochen wurde. Aber auch andere kamen als Thronfolger in Betracht und wurden entsprechend angesprochen (ähnlich wie Elizabeth I., die zahllosen Bewerbern die Ehe versprach). Aber es existieren keinerlei Aufzeichnungen über eine offizielle Vereinbarung.

*Königliche Herrschaft über Wales*

König Griffin kann mit Fug und Recht für sich in Anspruch nehmen, der einzige Mann in der Geschichte zu sein, der jemals König über ganz Wales war. Obwohl es auch vor ihm schon einige Herrscher gab, die weite Gebiete des Landes kontrollierten – insbesondere Rhodri der Große (Rhodri the Great), der von 844 bis 878 ganz Wales mit Ausnahme von Deheubarth regierte, und Hywel ap Cadell, der von 910 bis

950 alles außer Glamorgan beherrschte. Aber bis zu Griffins Herrschaft kontrollierte keiner von ihnen alle vier Fürstentümer (also Deheubarth, Powys, Glamorgan und Gwynedd).

Nach Griffins Tod behauptete sich die englische Oberhoheit. Obwohl souveräne Prinzen eingesetzt wurden – namentlich Rhys ap Gruffydd von 1155–1197 und Llywelyn Fawr (der Große) von ca. 1200–1240 – gab es niemals wieder einen König über ganz Wales. Im Jahre 1282 besiegte König Edward I. von England das gesamte Land, und von diesem Zeitpunkt an mutierte der Titel »Prince of Wales« zum Ehrentitel für den mutmaßlichen Thronfolger, was er auch heute noch ist. Das bedeutet, dass Edyth die einzige Frau war, die jemals Königin von Wales war. Und nicht nur das: Sie ist die einzige Frau, die nicht nur Königin von Wales, sondern auch Königin von England war, eine Tatsache, für die man ihr ganz sicher Anerkennung zollen muss.

*Harald Hardradas Stippvisite auf Rhuddlan*

An dieser Stelle habe ich mir eine gewisse künstlerische Freiheit erlaubt. Es ist durchaus dokumentiert, dass Wikinger nach Wales reisten und von diesem Ausgangspunkt aus in England einmarschierten, obwohl die historischen Quellen (insbesondere die *Brut y Tywysogyon* oder *Chronicle of the Princes*) nahelegen, dass die Männer nicht von Hardrada selbst, sondern von seinem Sohn Magnus angeführt wurden. Harald bereiste die Nordsee und den Atlantik und kam sogar bis zum legendären »Vineland« (Neufundland in Amerika) – es ist also durchaus möglich, dass er auch in Wales an Land ging.

*Harolds Reise zu William im Jahre 1064*

Es ist dokumentiert, dass Harolds Schiff bei Ponthieu Schiffbruch erlitt und dass er durch William selbst vor dem Grafen Guy de Ponthieu (Guido I.) gerettet wurde. Anschließend verbrachte er wohl einige Zeit am Hof des Herzogs und zog mit William erfolgreich gegen die Bretagne in die Schlacht. Es muss auch eine Art Eid gegeben haben, bevor er wieder abreiste. Was nicht in den Quellen verzeichnet ist (denn es interessierte die damaligen Chronisten einfach nicht), ist, *warum* er dorthin reiste. Manche Theorien gingen davon aus, dass er schlicht und ergreifend bei einer Fischfahrt vom Kurs abkam. Wieder andere glauben, dass er versuchte, seinen Bruder und seinen Neffen, die William als politische Geiseln hielt, zu befreien. Eine dritte Theorie geht davon aus, dass er von König Edward auf eine diplomatische Mission geschickt worden war. Wir werden es nie genau wissen, aber ich hoffe sehr, dass meine Version zur Struktur der von mir gezeichneten Charaktere passt.

*König Edwards Sterbebett*

Es existieren keine offiziellen Aufzeichnungen darüber, dass König Edward auf dem Sterbebett seinen Thronfolger bestimmt hat, nur einen bewusst nebulös gehaltenen Bericht in der alles andere als verlässlichen *Vita Edwardi Regis* (dem »Leben von König Edward«, einem Machwerk, das als mittelalterliche Propaganda von Königin Aldyth in Auftrag gegeben worden war). Darin ist die Rede davon, dass er »Harold die Königin, das Königreich und alle Freunde jenseits der Landesgrenzen anempfahl, die Edward gut gedient hatten.« Harold wurde jedenfalls schon am darauffolgenden Tag gekrönt, und angesichts der Tatsache, dass er in offiziellen Dokumenten schon seit Längerem als *Subregulus* (»Unterkönig«) anerkannt wurde, gibt es keine Veranlassung, Edwards diesbezügliche Absicht in Zweifel zu ziehen.

Zur Zeit der Angelsachsen war königliches Blut nur eines der Kriterien, um König zu werden, und es war beileibe nicht das wichtigste. Dies war die Fähigkeit, das Land gegen seine Feinde zu verteidigen. Es gab noch kein Recht des Erstgeborenen – das führten erst die Normannen ein –, und der Witan oder Hohe Rat hatte das Recht, den Mann zu wählen, den die Mitglieder für den geeignetsten Herrscher hielten. Im Jahre 1066 war unzweifelhaft Harold dieser Mann.

*Verstärkung aus dem Norden für die Schlacht bei Hastings*

Die historischen Quellen schweigen sich nicht nur darüber aus, warum Harold im Jahre 1064 in die Normandie reiste, sie dokumentieren auch nicht, warum er gen Hastings marschierte, bevor seine Streitkräfte aus dem Norden es bis nach London geschafft hatten. Für solch einen erfahrenen und kampferprobten Krieger ist das ein leichtsinniger und der Ungeduld geschuldeter Fehler – der ihn sein Leben und sein Königreich kostete. Warum also verhielt er sich so?

William plünderte die Ländereien um Hastings, die in Harolds ererbtem Fürstentum Wessex lagen, deshalb fühlte Harold sich wahrscheinlich verpflichtet, seine Leute so schnell wie möglich zu verteidigen. Es könnte auch sein, dass er, nachdem er Hardrada durch seinen temporeichen Einsatz besiegt hatte, die gleiche Strategie auch bei William anwenden wollte. Williams Truppen litten augenscheinlich unter schwerer Ruhr. Vielleicht hoffte er, dass sie noch immer geschwächt waren. Außerdem wären so viele Soldaten, die um London lagerten, ein kostspieliges Risiko gewesen, bei dem es zudem zu Ausschreitungen unter den Männern kommen konnte. Sie in Bewegung zu halten, wäre also eine durchaus vernünftige Strategie gewesen. Harold war nach seinem Sieg über Hardrada sicherlich auch im Siegesrausch, erschöpft von einem Sommer des Wartens und dem langen Marsch nach Norden. Er wünschte sich inständig, nun den letzten Eindringling auch noch loszuwerden. Aber als er dann im Süden angekommen war, hatte er das Timing nicht mehr im Griff, denn er sah sich nun mit Williams vorrückender Armee konfrontiert. Trotzdem wäre es wahrscheinlich klüger gewesen, erst einen oder zwei Tage später in die Schlacht zu ziehen.

Wir wissen nicht mit Sicherheit, ob die Männer, die eine große Anzahl normannischer Verfolger nach der Schlacht in eine Schlucht lockten, tatsächlich existierten, und falls ja, ob es sich tatsächlich um Edwins und Morcars Truppen handelte. Die Brüder waren jedoch kurz darauf in London und verteidigten dort Edgar Ætheling, sie waren also definitiv gen Süden geritten, was es wahrscheinlich macht, dass der entsprechende Hinterhalt auf ihre Männer zurückgeht. Wenn ja, kann man wohl mit Fug und Recht behaupten, dass Harold England in der letzten Stunde der Schlacht bei Hastings verlor, und dass, wäre die Verstärkung aus dem Norden etwas früher eingetroffen (oder hätte Harold auf sie gewartet, bevor er in den Krieg zog), die Geschichte eine vollkommen andere Wendung hätte nehmen können.

### *Harolds Begräbnis*

Es gibt keine eindeutigen Belege, wo König Harold zur letzten Ruhe gebettet wurde. Überliefert sind zwei Versionen: dass sein Leichnam von Svana (oder in manchen Versionen von seiner Mutter) geborgen und nach Waltham Abbey gebracht wurde. Der zweiten Version zufolge ließ William ihn voller Verachtung auf einer Klippe irgendwo an der Südküste begraben, damit er stets auf das Herzogtum blicken musste, das sich den englischen Thron von ihm »zurückerobert« hatte. Einigermaßen sicher scheint zu sein, dass sein armer, zerstückelter Leichnam von Svana anhand eines Muttermals an seiner Schulter identifiziert wurde. Ich habe diese Berichte einfach verwandelt und das Muttermal Avery zugeschrieben, um ein dramatisches und hoffentlich auch glaubwürdiges Ende zu schaffen.

### *Nach der Schlacht*

Im Jahre 1067 wurde Edyth von einem Jungen entbunden, den sie Harold nannte und der, wenn die Geschichte sich in nur einer einzigen Schlacht anders entwickelt hätte, der Nachfolger seines Vaters hätte werden können. Wir wissen nicht, was nach 1066 aus Edyth wurde, aber es ist gut möglich, dass sie mit Svanas drei älteren Söhnen nach Irland floh. Diese drei initiierten in den Jahren 1067, 1068 und 1069 erfolglos Aufstände gegen William im Südwesten, möglicherweise, um den jungen Harold auf den Thron zu heben. Edyth' Brüder zettelten im Jahre 1068 und noch einmal in 1070 ähnliche Rebellionen im Norden an. Edwin wurde getötet und Morcar zu lebenslanger Haft verurteilt.

Der junge Harold erscheint dreißig Jahre später am norwegischen Hof. Vielleicht wurde er von Magnus II., Harald Hardradas Sohn, mit offenen Armen aufgenommen, weil Harold ihn nach der Schlacht bei Stamford Bridge gnädig behandelt und ihm den Rückzug mit seinen Schiffen gestattet hatte. Vielleicht steckte ja auch der Plan dahinter, nochmals in England einzumarschieren, aber das geschah nie.

Edyth, Edwin, Morcar und Nesta könnten auch mit dem königlichen Kind nach Norwegen gereist sein, aber es gibt verlässliche Aufzeichnungen, dass Nesta Osbern FitzRichard heiratete, den Sohn eines normannischen Lords, der Richard's Castle in der Nähe von Ludlow errichten ließ (eines der wenigen Schlösser aus Stein im England zur Zeit der Eroberung). Dieses Schloss liegt in der Nähe der walisischen Grenze, deshalb liegt die Möglichkeit nahe, dass Edyth irgendwann ins Land ihres ersten Ehemannes zurückkehrte, aber dafür haben wir ebenfalls keine konkreten Belege.

## Menschen und Orte

### *Westminster*

Meine Leser werden bemerkt haben, dass Westminster in diesem Roman auf Thorney Island angesiedelt ist. Diese Tatsache ist dokumentiert und demonstriert die erheblichen Veränderungen, die London im Laufe der Jahrhunderte durchgemacht hat. Thorney Island war vom Fluss Tyburn geschaffen, der von den Hügeln South Hampsteads herabfloss und sich dann teilte, und zwar ungefähr dort, wo heute der St. James' Park und der Buckingham Palace liegen, so dass Thorney Island vom »Festland« abgeschnitten war. Genau wie viele andere alte Flüsse und Ströme existiert auch der Tyburn noch, aber er wurde Anfang des neunzehnten Jahrhunderts zum Kanal umfunktioniert und verläuft nun fast vollständig unterirdisch unter Londons Straßen und Gebäuden.

*Earl Torr*

Ich bin vielleicht etwas hart mit der Figur des Earl Tostig umgesprungen, denn vieles deutet darauf hin, dass er nicht der Womanizer war, als den ich ihn hier darstelle, sondern ein frommer und gläubiger Mann. Den Spitznamen »Torr« – das angelsächsische Wort für Turm (»tower«) – habe ich selbst erfunden, und seinen Ruf habe ich an den seines wilden älteren Bruders Sweyn angelehnt, der im Jahre 1052 starb, noch vor Beginn dieser Geschichte. Earl Tostig herrschte jedoch unzweifelhaft mit harter Hand über seine Untertanen aus dem Norden und verbrachte so viel Zeit wie möglich im Süden, was zu dem sehr unüblichen Aufstand seiner Untertanen im Jahre 1065 führte. Die wichtigsten Fakten dieser Rebellion im Norden, die hier in der Geschichte ihren Niederschlag finden, sind gut dokumentiert und legen die Vermutung nahe, dass er ein harter und unbeliebter Herrscher war.

*Macbeth*

Shakespeare-Fans werden hoffentlich begeistert sein, dass der wahre Macbeth in dieser Geschichte Erwähnung findet. Er regierte von 1040 bis 1057 über Schottland, für ein Jahr gefolgt von seinem Sohn Lulach. Malcolm floh nach England, wo er anscheinend Aufnahme bei Earl Ward (Siward) of Northumbria fand und bei Hof eingeführt wurde, wo König Edward – der ebenfalls jahrelang im normannischen Exil gelebt hatte – ihn unterstütze. Englische Armeen halfen Prinz Malcolm dabei, seinen Thron zurückzuerobern; ein Prozess, der sich über viele Jahre – von 1054 bis 1058 – hinzog und bei dem Earl Siwards erwachsener Sohn Osbeorn das Leben verlor. Wegen Osbeorns Tod auf dem Schlachtfeld hatte der Earl of Northumbria keinen natürlichen Erben. Als Siward im darauffolgenden Jahr an Altersschwäche starb, machte er also den Weg frei für Earl Torr und die Verkettung der Umstände, die in dieser Geschichte geschildert werden.

*Edyth' Söhne*

Während Nesta mit fast hundertprozentiger Gewissheit Edyth' Tochter ist, gibt es in den historischen Quellen einige Verwirrung darüber, ob Ewan (Idwal) und Morgan (Maredudd) tatsächlich ihre leiblichen Söhne oder die von einer vorherigen Geliebten Griffins waren, vielleicht von Lady Gwyneth. Vor dem Hintergrund der Dauer von Edyth' Regentschaft erscheint es jedoch wahrscheinlich, dass es ihre eigenen Söhne waren.

*Die Freundschaft zwischen Svana und Edyth*

Ich muss gestehen, dass es absolut keinerlei historische Hinweise auf eine Freundschaft zwischen diesen beiden Frauen gab (und es existieren ganz sicher auch keine Briefe), aber an Freundschaften waren die angelsächsischen Chronisten auch nicht interessiert. Es stimmt allerdings, dass Edyth sich während der Regentschaft ihres Vaters als Earl zwischen 1051 und 1055 mehrfach in East Anglia aufgehalten hat. Es ist also mehr als wahrscheinlich, dass sie Svana (Eadyth Swanneck) mehrfach getroffen hat, zumal diese über großen Grundbesitz in dieser Region verfügte. Der Rest entspringt meiner eigenen Fantasie, und ich hoffe, dem Leser hat es gefallen.

## Namensveränderungen

Die Namen der Figuren sind in der Originalsprache entweder schwer auszusprechen oder stiften aufgrund großer Ähnlichkeiten Verwirrung. Deshalb habe ich einige Veränderungen vorgenommen, um den Lesefluss für den Leser von heute zu erleichtern. Für die Neugierigen unter Ihnen jedoch hier eine Auflistung der ursprünglichen Namen:

| | **angelsächsisch / walisisch** | **meine Version** |
|---|---|---|
| | Eadyth Swanneck | Svana |
| | Earl Siward | Earl Ward |
| | | |
| Earl Godwins Kinder | Harold | Harold |
| | Eadyth | Aldyth (Königin) |
| | Tostig | Torr (auch Tostig) |
| | Gyrth | Garth |
| | Leofwine | Lane |
| | Ælfgifu | Emma |
| | Gunnhild | Hannah |
| | Wulfnoth | Wulf |
| | | |
| Earl Alfgars Kinder | Burgheard | Brodie |
| | Eadyth | Edyth |
| | Eadwin | Edwin |
| | Morcar | Morcar (Marc) |

| | | |
|---|---|---|
| Edyths Kinder | Idwal | Ewan |
| | Maredudd | Morgan |
| | Nesta | Nesta |
| Svanas Kinder | Godwin | Godwin |
| | Eadmund | Edmund |
| | Gytha | Crysta |
| | Gunnhild | Hannah |

## Bibliographie

Ich bin den Autoren zahlloser Bücher und Websites sowie unzähligen Museen und Ausstellungen zu Dank verpflichtet, die diesen düsteren Teil der Geschichte für mich zum Leben erweckt haben. Im Folgenden liste ich nur ein paar Quellen auf, die für wissbegierige Leser interessant sein könnten.

### Historische Ereignisse


Campbell, James, *The Anglo-Saxon State.* (Hambledon und London, 2000)

Davies, Wendy (Hrsg.), *From the Vikings to the Normans.* (Oxford University Press, 2003)

De Vries, Kelly, *The Norwegian Invasion of England in 1066.* (Boydell Press, 1999)

Freeman, E. A., *The History of the Norman Conquest of England.* (Cambridge University Press, 2011 [1867])

Harvey-Wood, Harriet, *The Battle of Hastings.* (Atlantic Books, 2008)
Higham, N.J., *The Death of Anglo-Saxon England.* (Sutton Publishing, 1997)
Hill, Paul, *The Road to Hastings.* (Tempus, 2005)
Huscroft, Richard, *The Norman Conquest.* (Pearson Education Ltd, 2009)
Huscroft, Richard, *Ruling England 1042–1217.* (Pearson Education Ltd, 2003)
Reston Jr., James, *The Last Apocalypse – Europe at the Year 1000.* (Anchor Publishing, 1999)

# Interview mit Joanna Courtney

*Wollten Sie immer schon Schriftstellerin werden?*
Ja, seit ich denken kann. Meine Mutter sagt, dass ich viele Stunden zufrieden in meinem Bettchen verbringen konnte, solange ich dort nur genügend Kinderbücher bei mir hatte, und ich war immer schon eine Leseratte. Ich liebte Enid Blyton, und schon mit zehn schrieb ich meine eigenen Internatsgeschichten. Englisch war immer mein Lieblingsfach, dicht gefolgt von Geschichte.

Im Rahmen meines *Duke of Edinburgh Awards* belegte ich Kurse in Kreativem Schreiben und schrieb insgeheim stets und ständig: einerseits lange Tagebucheinträge über meine Ängste, andererseits Kurzgeschichten. Dann studierte ich Englische Literatur an der Cambridge University, und anschließend, als ich in einer wundervollen Textilstadt in Lancashire arbeitete und nebenher jede Menge Zeit hatte, begann ich wieder mit dem Schreiben. Ich entdeckte, dass das Verfassen von Kurzgeschichten meine Erzählkunst verfeinerte. Mittlerweile kann ich auf über zweihundert Kurzgeschichten zurückblicken, die ich in Frauenzeitschriften veröffentlichte, und damit habe ich bis heute nicht aufgehört. Aber mit der Zeit besann ich mich dann wieder auf längere Texte – erst waren es Seriengeschichten, später immer häufiger Romane.

Meine Kinder sind jetzt dreizehn und zehn, so dass ich wieder mehr Zeit zum Schreiben finde, aber ich kann wirklich immer noch nicht richtig glauben, dass ich tatsächlich Erfolg habe. Mein Leben lang träumte ich davon, in der Buchhandlung ein Buch von mir auf dem Regal stehen zu sehen. Jetzt hat sich dieser Traum erfüllt, und es ist wunderbar.

*Warum schreiben Sie historische Romane?*
Ich war schon immer fasziniert von der Vergangenheit. Ich erinnere mich, wie ich als Kind Holyrood Palace in Edinburgh besichtigte und die (wahrscheinlich nachträglich wieder angebrachte) Blutspur betrachtete. Sie soll von David Rizzio stammen, der dort von Lord Darnley ermordet wurde. Ich war tief beeindruckt, dass ich am selben Punkt stand – auf den gleichen Bodendielen, auf denen der Mord stattgefunden hatte.

Die Vielschichtigkeit persönlicher Erfahrungen in vergangenen Epochen faszinierte mich mehr und mehr, und so befasste ich mich im Rahmen meines Studiums der Englischen Literatur mehr und mehr mit mittelalterlichen Werken und dem Arthus-Stoff. Ich war von den Zusammenhängen gefesselt – vom kulturellen Hintergrund der Erzählungen. Eine Geschichte, die laut auf einem Wikingerfest erzählt wurde, sollte das Publikum damals bewegen, sollte seinen Sinn fürs Dramatische schüren, so dass die Menschen den jeweiligen Helden später im Kampf nacheiferten. Auf diese Weise boten ihnen die Geschichten nicht nur Unterhaltung, sondern gaben ihnen zudem auch den notwendigen Mut. Ein Roman aus dem neunzehnten Jahrhundert hingegen war eher fürs stille Kämmerlein gedacht. Er sollte ruhigere Emotionen und Gedanken wecken, um sie zur Grundlage ernsthafter Diskussionen zu machen. Ich wollte mehr über diese Unterschiede und die Unvermeidlichkeit der literarischen Wirkung erfahren, glaube ich. Deshalb las ich viel über die Lebensweise der Vergangenheit. Je mehr ich darüber lernte, umso faszinierter war ich. Und so richtete ich mein Augenmerk auf die Einzelschicksale der Menschen, die in jenen vergangenen Zeit lebten und die nun meine Geschichten bevölkern.

*Wie lange brauchten Sie, um* Das Purpurne Herz *zu schreiben?*
Diese Frage ist schwer zu beantworten, denn ich denke ständig ans Schreiben. Meine Kindergeschichten und meine Kurzgeschichten haben mich geprägt, mich erst zu der Person gemacht, die diesen Roman schreiben konnte. Der eigentliche Schreibprozess hat wahrscheinlich nur ein paar Monate in Anspruch genommen, aber da gibt es noch so viel mehr, das in meine Arbeit einfließt – nicht zuletzt meine Forschung.

Bevor *Das Purpurne Herz* von Pan Macmillan verlegt wurde, schrieb ich einen anderen Roman, der zwischen 1045 und 1052 angesiedelt ist. Er handelte von Aldyth Godwinson, der Frau König Edwards. Ein Großteil der dafür nötigen Hintergrundinformationen floss auch in *Das Purpurne Herz* mit ein, nur die walisische Geschichte war Neuland für mich und musste sorgfältig recherchiert werden.

Nach dem Schreiben dann folgt die Redaktion – ich glaube, es dauert fast zweimal so lange, einen Roman zu redigieren, wie den ersten Entwurf zu verfassen. Also kann man sagen, dass ich ein ganzes Jahr an diesem speziellen Buch gearbeitet habe.

*Arbeiten Sie derzeit an einem neuen Roman?*
Ich habe soeben die Redaktion am zweiten Band meiner Trilogie beendet und sitze momentan an den Recherchen für Band drei. Das macht mir viel Freude, denn sicher ist es eine faszinierende Herausforderung, den »Bastard«-Herzog William in einen romantischen Helden zu verwandeln.

# Danksagungen

Ich muss so vielen Menschen dafür danken, dass sie mir geholfen haben, dieses Projekt zu verwirklichen. Ein Buch zu schreiben ist eine verrückte Sache, und während es mir meist viel Spaß bereitet hat, wird es für die armen Leute in meiner Umgebung wohl nicht immer die reine Freude gewesen sein, mich um sich zu haben. Ich kann ihnen nicht genug dafür danken, dass sie trotzdem für mich da waren.

Zunächst einmal muss ich Stuart und unseren Kindern für ihre Geduld, Liebe und Toleranz danken, die sie meinem unermüdlichen Interesse an angelsächsischer Geschichte entgegenbrachten. Insbesondere danke ich Hannah, weil sie jedem erzählt hat, dass ich »nur über die Schlacht bei Hastings« schreibe. Ich danke Alec, weil er dafür sorgte, dass ich mit beiden Beinen auf dem Boden der Tatsachen blieb, indem er mich stets daran erinnerte, dass »Fußball so viel wichtiger ist als Bücher«. Ich danke Rory, weil er mir ein Vorbild an nicht enden wollendem Fleiß war, und Emily, weil sie meine Liebe zur Geschichte teilt und meine walisische »Leserin-in-residence« war. Sie alle sind unheimlich stolz darauf, eine »Schriftstellerin« als Mum zu haben, und ich hoffe doch sehr, dass dieses Buch ihre liebevollen und vertrauensvollen Erwartungen erfüllt.

Dann sind da noch mein Bruder Sandy und meine Schwester Lindsay, die so verdammt erfolgreich in ihren eigenen Bereichen sind, dass ich mich unglaublich anstrengen musste, um mit ihnen mitzuhalten! Und natürlich danke ich auch ihren tollen Familien, weil sie meine Vertrauten, meine Fans und Trinkkumpane waren. Ganz lieben Dank auch an meinen Dad, der meine Arbeit gelesen hat und mir ehrliches und wertvolles Feedback gab. Danke insbesondere dafür, dass er stets den Finger auf die groben oder albernen Formulierungen gelegt hat. Ich danke meiner Stiefmutter, weil sie sich um die Kinderbetreuung in den ersten Jahren verdient gemacht hat, als ich versuchte, »eine Schriftstellerin« zu werden, und ich danke meiner Mutter für Schokolade, emotionale Unterstützung und die liebevolle Nachricht, die sie vor Kurzem an meiner Pinnwand hinterlassen hat: »Mach weiter so – ich spüre, dass der Durchbruch naht.« Wie recht du hattest, Mum!

Ich will auch meine Freunde nicht vergessen. Maggie und Jacky und die anderen Cambridge-Girlies, die mit beeindruckender Beharrlichkeit die Meinung vertraten, dass eine, die Schriftstellerin werden will, nicht vollkommen übergeschnappt ist. Meinen Supper-Club-Ladys, weil sie mein Selbstvertrauen in puncto Taillenumfang stärkten und dafür sorgten, dass ich nicht den Verstand verlor (na ja, fast nicht), während ich die Untiefen der Tätigkeit als freiberuflich arbeitende Mom zu umschiffen versuchte. Ich danke Brenda und Jamie für ihre redaktionellen Ratschläge und ihren Zuspruch, und Tracey, die mich mit ihren humorvollen Bemerkungen und leckeren Snacks immer bei Laune hielt. Und ich danke meinen Schriftstellerkolleginnen Tracy Bloom und Julie Houston, die ich beide bei der *Romantic Novelists' Association* kennengelernt habe, und mit denen ich mich glücklicherweise über die Herausforderungen und Freuden austauschen konnte, die mit der Veröffentlichung der eigenen Texte einhergehen.

Und schließlich die Profis. Ein Riesendank an all meine Redakteure bei diversen Frauenzeitschriften für ihre Unterstützung und ihren Rat während der vergangenen fünfzehn Jahre. Ein großes Dankeschön auch an die *Open University,* weil sie mich als Tutorin für *Creative Writing* eingestellt hat – eine Arbeit, die ich liebe und die es mir ermöglichte, meinen Alltag zu finanzieren, während ich in meinem »richtigen Beruf« als Schriftstellerin arbeitete. Ich danke Emilys walisischem Freund, Aled, der meine unbeholfenen Versuche in seiner wunderschönen Sprache gegengelesen hat; dem fantastischen *Anglo-Saxon House;* dem British Museum und den freundlichen Ladys in der *Mickleover Library,* die mir stets mit Hilfe und Geduld zur Seite standen.

Und dann gebührt mein besonderer Dank natürlich Kate Shaw, meiner fantastischen Agentin, die im Jahre 2004 als Erste an mich geglaubt hat, beharrlich an diesem Glauben festgehalten und schließlich jemand anders überredet hat, ihr zuzustimmen. Und last but not least danke ich genau dieser Person, nämlich Natasha Harding bei Pan Macmillan. Ihr gefiel mein Roman gut genug, um ihn anzunehmen und herauszubringen. Lieben Dank für ihre Begeisterung und ihre scharfsinnige redaktionelle Betreuung.

Ich wollte schon Schriftstellerin werden, seit ich in meinem Kinderbettchen saß und ganz allein Bilderbücher durchblätterte. Ich danke allen Menschen, die ich hier aufgelistet habe, und zweifellos noch tausend anderen für alles, was sie für mich getan haben, damit ich so weit kommen konnte. Und ich freue mich, auch den nächsten Teil meines Weges mit ihnen zu gehen.